HINDEL – Der tapfere, kleine Verführungskünstler
© Copyright 2019 Marco Born-Miljak

Jede Vervielfältigung, Veröffentlichung oder Weitergabe dieses Buches – auch auszugsweise – bedarf der ausdrücklichen schriftlichen Genehmigung des Autors. Bitte respektieren Sie die lange und harte Arbeit, die in einem solchen Werk steckt, und nehmen Sie auf die Urheberrechte Rücksicht.

Die Geschichte dieses Buches ist frei erfunden. Ähnlichkeiten zu lebenden oder verstorbenen Personen oder zu real existierenden Firmen oder Institutionen wären rein zufällig und sind nicht beabsichtigt.

1. Auflage: Januar 2019

Herstellung und Verlag (Print):
BoD – Books On Demand, 22848 Norderstedt (BRD)

Vertrieb (E-Book):
tolino media GmbH & Co. KG, 80636 München (BRD)
Amazon Kindle Direct Publishing, Amazon.com, Inc. (USA)

Covergestaltung & Satz:
MBM Self-Publishing

Coverbild:
© Copyright 2019 Marco Born-Miljak

ISBN (Print)   9783748124535
ISBN (E-Book)   9783739442075

Über den Autor:

Marco Born-Miljak, geboren am 26.11.1977 in Nürtingen, Baden-Württemberg, ist Diplom-Wirtschaftsinformatiker und arbeitet seit vielen Jahren erfolgreich als Softwareentwickler, IT-Berater und IT-Coach. Schreiben tut er seit seiner Jugendzeit. Mit seinem Debütroman »GROSSE BRÜDER«, einem Spionagethriller aus der Welt der Cyberkriminalität, landete er einen Überraschungserfolg, der viele begeisterte Rezensionen sowie die Auszeichnungen ›Thalia TOP-Autor Selfpublishing‹ und ›Empfehlung der Redaktion bücher.de‹ erhielt. Er ist Mitglied im Bundesverband junger Autoren und Autorinnen e.V. und lebt mit seiner Frau und seinen Stiefkindern im nordrhein-westfälischen Marl.

www.marco-miljak.de
facebook.com/bornmiljak
instagram.com/bornmiljak
marco.miljak@gmail.com
500px.com/mmiljak

Für meine geliebte Frau Daniela.

Liebe Carolin,

Vielen Dank fürs Mitmachen und viel Vergnügen beim Lesen.

Marc Bornschlegl

(09.05.19)

»Manche Männer bemühen sich ein Leben lang, das Wesen einer Frau zu verstehen. Andere befassen sich mit weniger schwierigen Dingen, zum Beispiel mit der Relativitätstheorie.«

(Albert Einstein)

– Tag 1 –

Liebes Tagebuch,

Hallo erst mal, ich bin der Jürgen, 29 Jahre alt, und ich hab dich heute gekauft. Ich hoffe, es ist okay für dich, wenn ich dich gleich duze, weil, wir kennen uns ja noch nicht so lange, und ich hab halt null Erfahrung im Umgang mit Tagebüchern. Um ehrlich zu sein, fand ich Tagebücher total doof und langweilig und nur was für Luschen, echte Männer machen so was nicht. Aber nachdem mir mein Therapeut gesagt hat, dass ich damit anfangen soll, weil das meiner seelischen Stababili… äh … Staliba… äh … Stabilatität (oder so ähnlich) helfen würde, da dachte ich mir: *Okay, dann mach ich's halt.*

Wobei, das stimmt noch nicht so ganz. Am Anfang hab ich mich natürlich gewehrt, um ihm zu zeigen, dass ich keine Softeis lutschende Memme bin, sondern ein echter Kerl. »Echte Männer machen so was nicht!«, hab ich ihm gesagt, mit total ernster Stimme und allem.

»Überlegen Sie sich's«, hat er darauf geantwortet. »Es kann sehr befreiend sein, ein paar schöne Dinge des Alltags niederzuschreiben und über ihnen zu meditieren. Damit wären Sie auch nicht alleine, viele Persönlichkeiten der Weltgeschichte haben Tagebuch geschrieben.«

Ich hab ihn gefragt, ob er mir ein paar von diesen prominenten Persönlichkeiten nennen könnte, weil, wenn das schon so viele von denen gemacht haben, dann wollte ich das natürlich auch, ist ja klar!

Mein Therapeut hat ein sehr überraschtes Gesicht gezogen (als hätte er überhaupt nicht mit dieser Frage gerechnet), und dann hat er zögerlich geantwortet: »Äh, na ja … also … Göbbels zum Beispiel … und … äh …«

Ich hab ihn gefragt, ob er vielleicht noch andere Persönlichkeiten der Weltgeschichte kennen würde, die Tagebuch geschrieben haben, am besten solche, die keine psychopathischen Irren waren und Millionen von Menschen umgebracht haben. Daraufhin hat er wieder so komisch geguckt. Diesmal allerdings war's nicht sein überraschtes Gesicht gewesen, sondern eher so eins, wie man es bei Irrenärzten im Fernsehen sieht, wenn die mit total Bekloppten reden und sich denken: ›*Du bist der*

Idiot und *ich* der Doktor, also halt die Klappe«. Aber dann, nach einer Weile, hat er plötzlich geantwortet: »Klammern Sie sich nicht so stark an Idole, mein Freund. Erschaffen Sie sich Ihr eigenes Idol.«

»Hä?«

»Sie klammern sich zu sehr an Vorbilder und andere Menschen. Sie müssen sich Ihr eigenes Idol erschaffen, sozusagen ein *Ich-Idol*, sich selbst, geboren aus dem Es und genährt durch das individuelle Selbst.«

Da ich kein einziges Wort von dem verstanden hab, was er da gefaselt hat, hab ich ganz eifrig genickt und ihm geantwortet: »Da treffen Sie VOLL ins Schwarze, Herr Doktor, SO IST ES! Das werde ich tun!«

Daraufhin hat er zufrieden gelächelt und mich bis zu unserer nächsten Sitzung verabschiedet, und ich bin aus der Praxis raus und in den Ein-Euro-Shop an der Straßenecke gelatscht, um mir ein Tagebuch zu kaufen und mein Ich-Idol zu erschaffen.

Das ist übrigens auch eine total interessante Geschichte, die muss ich dir unbedingt erzählen. Also, pass auf, das war so: Nachdem ich den Shop betreten hab, bin ich zu der Verkäuferin gegangen, die hinter der Kasse gestanden hat – so eine lustlose, blonde Tussi, die die ganze Zeit auf ihrem Handy herumgespielt hat –, und hab sie gefragt, ob man hier auch Tagebücher kaufen könnte. Ich war mir sicher gewesen, dass sie jeden Tag dutzende solche Anfragen von Männern bekommt, die ihr persönliches Ich-Idol erschaffen wollen. Aber komischerweise hat sie nur gefragt: »Für einen Jungen oder für ein Mädchen?«

»Für einen Jungen«, hab ich geantwortet, immerhin bin ich ja einer. Was für eine idiotische Frage!

Sie hat mit ihrer Hand in Richtung von einem Wühltisch im hinteren Bereich des Ladens gewedelt, in dem bunte Kindermalbücher neben preisreduzierten Wintersocken und fleischfarbenen Übergrößen-BHs gelegen haben. Und in einer Ecke war – tadaaa! – auch ein Stapel Tagebücher gewesen. Die einen waren pink und hatten eine Minnie Mouse auf der Vorderseite, die anderen waren blau mit Benjamin Blümchen. Du kannst es dir bestimmt denken, Tagebuch: Das waren alles deine Brüder und Schwestern!

»Da hinten«, hat sie gemurmelt. »Da finden Sie bestimmt was.« Dann hat sie weiter auf ihr doofes Handy geglotzt.

Ich bin zu dem Wühltisch gelaufen und hab die nächsten fünf Minuten damit verbracht, die Auswahl zu studieren. Ich hab immer wieder mal eins von den Büchern aus dem Haufen gezogen und so getan, als ob ich mich voll damit auskennen würde. Ich hab's gedreht und gewendet, die (komplett leeren) Seiten durchgeblättert und das Cover gemustert. Die Dinger haben, bis auf die Farbe und das Bild vorne, exakt gleich ausgesehen, aber ich wollte der Tussi trotzdem zeigen, dass ich nicht einfach ein 08/15-Tagebuch kaufe, sondern nur das allerbeste Tagebuch auf der ganzen Welt.

Am Ende hat sich gezeigt, dass die Entscheidung nicht sooo schwer war, weil ... na ja ... auf dem Wühltisch lagen ja nur diese zwei Sorten. Und Minnie Mouse hab ich noch nie leiden können. Mutti hat immer gesagt, dass die ein Flittchen ist, weil sie mit anderen rummacht und der arme Mickey deshalb eifersüchtig ist. Also hab ich das blaue Modell mit Benjamin Blümchen genommen, das schien mir am besten geeignet zu sein, um damit mein Ich-Idol zu erschaffen. Die schnörkelige Schrift auf der Vorderseite, mit dem Herzchen im Buchstaben ›a‹ von ›Tagebuch‹, ist zwar ein bisschen ... äh ... komisch, aber das ist mir egal. Ich wollte bei meiner nächsten Therapiesitzung auf keinen Fall erzählen müssen, dass ich es nicht geschafft hab, so ein popeliges Tagebuch zu kaufen. Das wär echt peinlich geworden. Schließlich bin ich ein echter Mann und keine Memme!

So, und jetzt sitz ich hier in meinem Zimmer (ich wohne übrigens noch bei meiner Mutti) und überleg mir, was ich in dich reinschreiben könnte. Hm ... gar nicht so einfach, merk ich gerade. Gibt's vielleicht irgendwelche Handbücher zu dem Thema? So eine Art ›Schreibleitfaden für Männer mit Tagebuch-Füllproblematik‹ oder so? Das wär echt ein Knüller, das muss ich unbedingt auf Amazon nachgucken.

Tja, keine Ahnung. Wie fängt man denn ein Tagebuch an?

Da fällt mir ein: Ich könnte dir erzählen, warum ich überhaupt zu dieser Therapie gehe. Ja, das ist ein guter Anfang! Pass auf, die Sache ist folgende: Vor zwei Monaten hab ich ein total doofes Erlebnis im Supermarkt um die Ecke gehabt. Ich war einkaufen gewesen und bin in der Schlange an der Kasse gestanden, um meine Sachen zu bezahlen. An diesem Tag ist viel losgewesen, deshalb hab ich warten müssen. Und ... tja ... direkt hinter mir ist so eine meganervige, tattrige, alte Schachtel gestanden, die sich gelangweilt und deshalb jeden mit ihrer ätzenden Lebensgeschichte vollgequatscht hat (kennst du bestimmt). Die hat dem Typen hinter mir erzählt, wie sie letztens beim Arzt gewesen ist, weil sie doch 'ne schwache Blase hätte, und der Arzt hätte ihr geraten, Windeln zu tragen, aber sie hätte ihn nur ausgelacht und ihm gesagt, dass das totaler Unsinn sei, schließlich hätte sie den Krieg überlebt und die Kälte und den Hunger, da hätte es so was auch nicht gegeben, aber dann ist da noch ihr Rheuma, genau hiiiier und daaaaa, und dort tut's auch ein bisschen weh, und total süße Enkelkinder hat sie, die wohnen irgendwo ganz weit weg, in Brasilien oder Timbuktu oder auf dem Mond, aber ihre Schwiegertochter hat überhaupt keine Ahnung, wie man Kinder erziehen muss, die wär viel zu weich und nachgiebig mit denen ...

... und so weiter halt!

Ich hab nicht wirklich zugehört, ich wollte unbedingt verhindern, dass mich die irre Oma auch noch bemerkt und mich dann auch so volllabert. Das kann ich Ü-BER-HAUPT nicht leiden, weißt du!

Aber dann hat der Typ hinter mir – ihr ›Opfer‹ – ein ultrafieses und total feiges Ablenkungsmanöver gestartet. Er hat zu ihr gemeint: »Entschuldigen Sie, aber mir ist aufgefallen, dass ich noch etwas vergessen habe«, und dann ist er mit seinem Einkaufswagen ganz schnell in die Obst- und Gemüseabteilung gerollt, wo ihn die Bekloppte nicht mehr sehen konnte.

Dieser miese Feigling!!!

Und was hat die Laber-Oma gemacht? Genau! Sie hat sich nach neuen Opfern umgesehen. Und wen hat sie dabei entdeckt? Na? Genau!

Mich!

Ich sag dir, Tagebuch, ich hab mir so sehr gewünscht, dass sie mich einfach in Ruhe lässt und ich mein Zeug bezahlen und verschwinden kann, aber das ist natürlich NICHT passiert. Ganz im Gegenteil. Die verrückte Alte hat exakt fünf Sekunden gebraucht, um ihren schrumpeligen Kopf zu mir nach vorne zu recken und in meinen Einkaufswagen zu glotzen, was ich sogar noch mehr hasse als von fremden Menschen vollgetextet zu werden. Ich hab versucht, ihr den Blick zu versperren, indem ich immer weiter zur Seite gerückt bin, aber das hat nichts genützt, die Oma hatte RÖNTGENAUGEN, ich schwör's! Irgendwie hat sie es geschafft, in meinen Einkaufswagen zu gucken – da war eine Fertigpizza drin gewesen, eine Flasche Cola light, ein Joghurt mit Erdbeeren und eine Schachtel Binden für Mutti –, und dann hat sie mit ganz lauter Stimme und total vorwurfsvoll gerufen: »Also, junger Mann, *das* ist aber keine gesunde Ernährung für Ihre Kinder!«

»Das ist für mich«, hab ich geantwortet, ohne sie anzugucken. Das stimmte ja auch, das war wirklich für mich. Na ja, okay, bis auf die Binden natürlich.

Aber die Alte hat keine Ruhe gegeben. Sie hat sich meinen Wagen noch mal ganz genau angeguckt und dann neugierig gefragt: »Was essen denn Ihre Kinder?«

»Ich hab keine.«

O Mann, Tagebuch, RIESENGROSSER FEHLER!!! Jetzt wurde die Oma so richtig munter, das hättest du sehen sollen. Sie hat sich direkt neben mir aufgebaut wie so ein übergroßes Erdmännchen, hat ihre Fäuste in die Hüften gestemmt und so laut gerufen, dass es der ganze Laden hören konnte: »Sie haben keine Kinder? Wieso das denn? Wollen Sie und Ihre Frau keine? Ihr jungen Leute wisst doch gar nicht, wie schön das ist! Da gibt's immer nur Karriere, Karriere, Karriere, aber der liebe Herrgott hat Mann und Frau dazu geschaffen, dass die Kinder kriegen! Was sagt denn Ihre Frau dazu?«

»Ich hab keine Frau«, hab ich leise gemurmelt und mir gewünscht, dass sich endlich der Boden öffnet – entweder unter mir oder, was ich noch besser gefunden hätte, unter ihr.

Mit der Antwort hat die Oma offenbar nicht gerechnet. Sie hat ein überraschtes »Ach ...?« herausgepresst und mich dabei angeguckt, als ob ich ihr gerade erzählt hätte, dass ich nur noch zwei Tage zu leben habe. »Sind Sie ein ... wie sagt man heutzutage? Ein Heiratsloser?«

»Unverheirateter«, hab ich sie korrigiert. »Nein, bin ich nicht, ich hab nicht mal eine Freundin.«

Spätestens jetzt war ich mir sicher, dass sich der ganze Laden über mich kaputtlachen und mich für einen totalen Versager halten würde. Zum Glück ist es in diesem Moment weitergegangen und ich hab ENDLICH meine Sachen bezahlen und nach Hause abhauen können. Blöderweise ist mir erst dort aufgefallen, dass ich die 27,49 € Restgeld nicht mitgenommen hab.

SO EIN MIST!!! Diese doofe, verrückte Oma!

Aber weißt du was, Tagebuch? Die alte Schachtel hatte irgendwie recht, ich bin wirklich ein Heiratsloser. Ich bin sogar ein FRAUENLOSER, weil ich Single bin und noch nie eine Freundin hatte. Ich weiß auch nicht, woran das liegt. Ich meine, so der megahübsche Brad Pitt bin ich nicht, aber dafür ein total netter Kerl und superromantisch noch dazu. Das sagt zumindest meine Mutti. Die meint immer, dass sich jede Frau glücklich schätzen müsste, einen so tollen Mann wie mich kennenzulernen, und dass mich diese oberflächlichen Hühner mit ihren bauchfreien Tops und ihren tiefen Ausschnitten überhaupt nicht verdient hätten.

Aber ... na ja ... trotzdem finde ich das irgendwie doof. Das Alleinsein, meine ich. Das macht überhaupt keinen Spaß.

Und weil ich es mittlerweile nicht nur ein bisschen doof finde, sondern richtig superdoof, hab ich beschlossen, jemanden um Rat zu fragen, der sich damit auskennt. Nein, nicht meinen Therapeuten, der kommt erst später vor. Ich rede von meinen Kumpel Dieter!

Der Dieter ist genauso alt wie ich, aber im Unterschied zu mir kennt er sich voll gut mit Frauen aus. Er hat mir mal Fotos von seiner Freundin gezeigt, die auf seinem PC gespeichert waren. Und ich kann dir sagen: Holla, die Waldfee!!! Das ist 'ne richtig fesche Braut, Tagebuch, eine supertolle Frau! Lustigerweise hab ich dieselben Bilder, die mir der Dieter damals gezeigt hat, auch auf so 'ner Internetseite gefunden, wo sich Models vorstellen konnten. Ich denke, die Typen von dieser Modelagentur haben die Freundin von dem Dieter so toll gefunden, dass sie die bei sich unbedingt zeigen wollten. Cool, oder?

Na, jedenfalls bin ich zu ihm hingegangen und hab ihn gefragt, was ich tun könnte, um endlich auch eine Freundin zu finden, und ob er 'ne Idee hätte, warum das bei mir nicht klappt. Weil, weißt du, alle Frauen, die mir bisher gefallen haben, sind entweder weggelaufen oder haben mich ausgelacht (oder beleidigt).

Der Dieter hat daraufhin überlegt und überlegt und überlegt, und dann, nach einer halben Ewigkeit hat er zu mir gesagt, dass er absolut keine Ahnung hätte und ich lieber jemanden fragen soll, der sich damit auskennt. Einen Therapeuten zum Beispiel.

Tja, und so bin ich zu der Therapiesache gekommen!

Mit dem Herrn Doktor hab ich mich von Anfang an super verstanden. Wir sind da voll auf einer Linie, weißt du. Nur bei einer

Sache, da hat er mir Quatsch erzählt. Er hat nämlich behauptet, dass mein Problem mit Frauen daher kommt, dass ich zu sehr an meiner Mutti hänge (irgendwas mit ›Ötzipahl‹ oder so, hab ich jedenfalls nicht verstanden). Da hab ich ihm gesagt, dass das nicht sein kann, meine Mutti ist die allerbeste Mutti von der ganzen Welt, mit der versteh ich mich richtig gut. Die bekocht mich jeden Tag und wäscht meine Wäsche und räumt mein Zimmer auf. Ich hab nicht kapiert, warum ausgerechnet sie schuld daran sein soll, dass ich keine Freundin finden kann. Trotzdem hat der Herr Doktor immer wieder darauf bestanden, und deswegen hab ich irgendwann brav genickt und so getan, als ob ich alles toll finden würde, was er mir erzählt. Ich wollte auf jeden Fall verhindern, dass er mich für einen kompletten Vollidioten hält, der sogar zu doof ist, die einfachsten Sachen zu verstehen. Ich bin schließlich ein echter Mann und keine Memme!

Bei einer dieser Sitzungen hat er zu mir gemeint, dass ich mein Problem gezielt ›angehen‹ und ›nach Lösungen suchen‹ müsste.

»Es bringt nichts, wenn Sie sich nur beklagen. Sie müssen aktiv werden und Ihr Leben gezielt in die eigenen Hände nehmen.«

Das hab ich ausnahmsweise verstanden.

Tja, liebes Tagebuch, genau das werde ich jetzt tun. Ich werde mir eine Freundin suchen. Und genau da kommst du ins Spiel! Ich hab zwar keine blasse Ahnung, wie ich das mit der Freundin anstellen soll, aber du wirst mich trotzdem dabei begleiten und mir zugucken dürfen. Ich will von einem frauenlosen Verlierer zu einem total erfolgreichen Profi werden.

IN SECHS MONATEN WILL ICH EINE FREUNDIN HABEN!!!
Und morgen fang ich damit an.

In Liebe, dein Jürgen.

– Tag 2 –

Liebes Tagebuch,

Gestern hab ich mich hingesetzt und darüber nachgedacht, wie ich mein Ziel mit der Freundin erreichen kann. Dabei sind mir zwei Dinge klar geworden. Erstens: Ich will nicht irgendeine Freundin haben, sondern eine, die mindestens so fesch und sexy ist wie die vom Dieter. Und zweitens: So was schafft man nicht auf gut Glück und ohne Plan, da muss man professionell und mit Köpfchen rangehen. Deswegen hab ich mir ein paar Filzstifte und eine große, weiße Flipcharttafel geholt (die hab ich aus Muttis Kirchengemeinde ... ähm ... ausgeliehen, das merkt schon keiner), und dann hab ich mit dicker, roter Farbe in die Mitte des Blattes geschrieben:

Die Lösung des Frauenproblems: Eine Frau!

Das hab ich mir eine Weile angeguckt und gedacht: *Nee, so kannst du das nicht stehen lassen, das klingt total doof!* War tatsächlich so, klang total doof. Also hab ich das erste Blatt abgerissen und auf das zweite geschrieben:

Die Lösung des Frauenproblems: Eine Frau FINDEN!

So war es schon viel besser.

Anschließend hab ich einen gelben Stift genommen und wollte kleine, fluffige Wölkchen um den Text malen, wo dann meine Ideen reingekommen wären. Blöderweise hab ich gemerkt, dass man einen *gelben* Stift auf *weißem* Papier nicht sooo dolle lesen kann. Also hab ich das zweite Blatt ebenfalls abgerissen, die Überschrift und die Wölkchen mit einem BLAUEN Stift wiederholt und mich dann hingesetzt, um mir zu überlegen, WAS GENAU ich da reinschreiben soll.

Nach zwei Stunden hat mein Plan ungefähr so ausgesehen:

Die Lösung des Frauenproblems: Eine Frau FINDEN!
Vorgehen: Eine Frau SUCHEN!

Nicht schlecht, oder? Ich war ziemlich stolz auf mich.

An dieser Stelle hab ich eine Pause gemacht, weil, man muss es ja nicht übertreiben. Vom Gefühl her war ich nur einen winzigen Schritt davon entfernt, die superhübsche, sexy Freundin kennenzulernen, die sich unsterblich in mich verlieben würde. Also bin ich zu Mutti gegangen und hab sie gefragt, ob sie mir 'ne Portion Makkaroni mit Käse machen kann, dann hab ich mich vor den Fernseher gesetzt. Von meinem Plan hab ich ihr noch nichts erzählt.

Nach dem Essen hab ich dann beschlossen, meine Suche im Internet zu beginnen. Das fand ich irgendwie logisch, weil, dem Dieter seine Freundin ist ja auch im Internet zu sehen. Außerdem gibt's da jede Menge ledige und gut aussehende Frauen, die nur auf einen Mann wie mich warten. Das behauptet zumindest diese Werbung im Nachtfernsehen.

Ich hab mich vor meinen PC gesetzt und ›Mann sucht sexy Frau‹ bei Google eingegeben (die wissen schließlich alles).

Und soll ich dir was sagen, Tagebuch? Ich hab TAUSENDE … ach, was rede ich … ZEHNTAUSENDE Treffer bekommen! Du kannst dir das gar nicht vorstellen! Ich hätte nie gedacht, dass es SO VIELE Seiten im Internet gibt, auf denen man Frauen kennenlernen kann.

Wobei … wenn ich ehrlich bin, dann waren die meisten davon irgendwie … na ja … seltsam!

Auf einer zum Beispiel konnte man sich die Frauen, die sich mit einem treffen wollen, erst mal in Ruhe angucken. Das fand ich klasse, weil, man will ja nicht die Katze im Sack kaufen und sich so 'ne Hässliche oder Fette anlachen, die man nicht mehr loswird. Da war so eine Vorschaufunktion echt praktisch.

Eine der Frauen hat dazu in ihrem Wohnzimmer (oder war das ihr Schlafzimmer?) eine Kamera aufgestellt und sich auf eine doll verzierte Couch gesetzt. War auch eine echt Hübsche, muss ich sagen. Also … die Frau meine ich, nicht die Couch! Doch dann ist was Schräges passiert: Die Frau hat angefangen, sich zwischen den Beinen zu kratzen und zu reiben, so als ob sie da 'nen Juckreiz hätte, dann hat sie sich auf den

Rücken gelegt und sich hin und her gewälzt, als ob sie auch da was hätte. Und dann ... äh ... ist es noch schräger geworden, weil, auf einmal ist so 'n Typ durchs Bild gelatscht, zu ihr hingegangen und hat versucht, ihr zu helfen. Keine Ahnung, wer das war, vielleicht ihr Nachbar. Jedenfalls hat er ihr das Höschen ausgezogen und die Stelle, an der sie sich gerieben hat, mit seinen Fingern abgetastet.

Da hab ich mich ganz schnell weggeklickt! Ich meine, jetzt mal im Ernst: Ich will eine Frau kennenlernen, die hübsch und sexy ist, aber bestimmt keine, die einen üblen Juckreiz hat. Und medizinische Tipps zur Behandlung von Hautausschlägen brauch ich auch keine, bei so was frag ich lieber Mutti.

Ich bin zur zweiten Seite in der Trefferliste gewechselt, aber die war auch nicht besser gewesen. Auf der schien es gar nicht um Dates mit Frauen zu gehen, sondern um Getränkerezepte oder so was in der Art. Jedenfalls gab es da kurze Filmchen, die alle gleich abgelaufen sind. Da hat immer eine Frau auf dem Boden gekniet und ein Glas hochgehalten, in dem irgendein weißer Schnodder war. Im Hintergrund war noch eine Männerstimme gewesen, die gesagt hat: »Trink das!« Und die Frauen haben das gemacht. Scheinbar hat es ihnen sehr gut geschmeckt, weil, sie haben gelächelt und sich den Mund abgewischt, und die Stimme im Hintergrund hat sie gelobt und gesagt: »Braves Mädchen!«

Ich bin noch etwas länger auf dieser Seite geblieben, weil ich unbedingt die Rezepte für diese Getränke haben wollte. Das wär nämlich was für Mutti und ihre Freundinnen aus der Kirchengemeinde. Die sitzen immer dienstags bei uns im Wohnzimmer und reden über Glaubenskram. Aber ich konnte nirgendwo ein Rezept finden, da war nichts, weit und breit nichts! Das fand ich schon schräg. Ich meine, erst einem den Mund wässrig machen, und dann kein Rezept anbieten? Wie blöde ist das denn?

Aber egal, ich bin zur nächsten Seite gewechselt, und da stand irgendwas von ›professioneller Online-Partnersuche‹ und ›Nur 160 € Mitgliedsgebühr im Jahr‹ und ›TÜV-geprüfter Sicherheit‹. Da hab ich mich sofort weggeklickt, weil, mit so einem plumpen Trick können die vielleicht die total Bescheuerten einfangen, aber nicht mich!

Auf der nächsten Seite wurde es wieder interessant. Da war oben eine Bilderleiste mit Fotos von hübschen Frauen. Unter dem ersten stand ›Manuela (19)‹, unter dem zweiten ›Jenny (22)‹, und unter dem dritten ›Jasmin (21)‹. Zusätzlich war bei jeder Frau angegeben, in welcher Stadt sie wohnt.

Und jetzt stell dir vor, Tagebuch: Bei der ›Jenny (22)‹ stand allen Ernstes STUTTGART dran! Ist das zu fassen? Die Jenny wohnt tatsächlich in Stuttgart, also ganz in meiner Nähe! Das kann kein Zufall sein. Also hab ich sofort auf ihr Bild geklickt und bin zu einer anderen Seite weitergeleitet worden, auf der man seinen Namen, seine Adresse und seine Kontonummer eingeben konnte. Im Anschluss hieß es, dass sich die Jenny bei mir melden wird, um sich mit mir zu verabreden und auf ein ›heißes Abenteuer‹ zu treffen (was auch immer das sein soll).

NA ALSO!!!

Siehst du, Tagebuch? Es sind gerade mal zwei Tage vergangen, und schon hab ich mein erstes Date mit einer sexy Frau! Läuft bei mir, würde ich sagen. Bist du stolz auf mich? Also ich BIN stolz auf mich! Die Jenny ist genauso eine Frau, wie ich sie mir gewünscht hab, sie ist wie dem Dieter seine Freundin. Ich muss ihr nur sagen, dass sie sich ein Oberteil anziehen soll, wenn sie Fotos von sich ins Internet stellt, weil, das sieht total billig aus. Als ob sie sich nichts zum Anziehen leisten könnte.

Aber egal, auf jeden Fall ist sie hübsch, und nur das zählt. Ich freu mich schon riesig auf unser Date. Ich geb dir Bescheid, sobald sie sich bei mir meldet, das wird bestimmt jeden Moment passieren, da bin ich mir sicher. Ich setz mich schon mal in mein Zimmer und leg mein Handy bereit.

Also dann, bis die Tage.

In Liebe, dein Jürgen.

– Tag 3 –

Liebes Tagebuch,

Ich wollte dir nur kurz Bescheid geben, dass sich die Jenny noch nicht bei mir gemeldet hat. Seltsam! Aber das wird sich bestimmt gleich ändern, da bin ich mir total sicher! Deswegen muss ich mich beim Schreiben kurzhalten und mich wieder in mein Zimmer setzen. Weißt du, ich hab's mir da gestern gemütlich gemacht, mit ganz vielen Kissen und leckeren Snacks, und heute Morgen hab ich noch Muttis Fernseher aus dem Wohnzimmer in den Flur geschoben, bis direkt vor meine Zimmertür, damit mir beim Warten nicht so langweilig ist. Hat auch ganz gut funktioniert. Die letzten siebenundzwanzig Stunden sind wie im Flug vergangen. Nur die blöde Sonne und das ewige Vogelzwitschern da draußen haben echt genervt. Aber das Problem hab ich lösen können, ich hab einfach die Fenster zugemacht und die Rollladen runtergelassen, seitdem ist's schon viel besser.

 Na ja, wollte dir das nur kurz sagen, falls du ungeduldig geworden bist oder dir schon Sorgen machst. Ich geb dir auf jeden Fall Bescheid, sobald sich was tut. Versprochen!

 In Liebe, dein Jürgen.

– Tag 4 –

Liebes Tagebuch,

Also, die Jenny ... ähm ... die ... hat ... hat noch nicht angerufen ... und ich bin jetzt ... ehrlich gesagt ... ziem... ziem... ziemlich müde ... hab die letzten achtundvierzig Stunden ... da hab ich ... äh ... also ... ziemlich viel ferngesehen, um wach zu bleiben ... wollte nicht schlafen ... sonst hätt ich viell... vielleicht Jennys Anruf überhört ... aber langsam bin ich ... bin ich schon ziemlich ... hhh ... hh ... h ...
   ... h ... h ...
   h ...
   h ...
   ..
   .

– Tag 5 –

Liebes Tagebuch,

So ein Mist!!! Die Jenny hat sich das ganze Wochenende nicht bei mir gemeldet. Am Sonntag bin ich dann plötzlich eingeschlafen, vom Bett gefallen und hab mir dabei den Kopf an der Bettkante gestoßen. Das hat ganz schön wehgetan! Und 'ne Riesenbeule hab ich auch.
    So ein Mist!!!
    Aber das ist längst nicht alles, weil, ich hab heute Morgen herausgefunden, dass sich die Jenny gar nicht bei mir melden KONNTE, ich hab ihr nämlich keine Nummer hinterlassen! Wie bekloppt kann man nur sein? Allerdings muss ich dazusagen, dass das nicht allein meine Schuld war. Auf der Seite, auf der man sich für ein Date mit der Jenny anmelden konnte, gibt es kein Eingabefeld für Telefonnummern! Deswegen hab ich mich dort noch mal angemeldet und dann in das Feld, wo man normalerweise seinen Namen einträgt, folgenden Text reingeschrieben:

Hi Jenny, ich bin's, der Jürgen – also der vom Freitag!
Ruf mich an!

    Und dahinter hab ich meine Handynummer eingetippt. Ziemlich clever, oder?
    Übrigens ist mir aufgefallen, dass die Firma, bei der die Jenny arbeitet, dreihundert Euro von meinem Konto abgebucht hat. Ist bestimmt nur ein Irrtum. Da haben die mich mit jemandem verwechselt. Das muss ich unbedingt der Jenny erzählen, wenn wir uns treffen, weil, dann sieht sie, mit was für Pfeifen sie zusammenarbeitet und ist mir bestimmt dankbar.
    Na ja, wie auch immer, ich hab mich jetzt ausgeschlafen – was mit der Beule am Kopf gar nicht so leicht gewesen ist – und hab dann beschlossen, meine Strategie noch ein bisschen anzupassen. Kennst du diese Partneragenturen, bei denen man ein Video von sich macht und dann im Internet veröffentlicht? Ich hab mir überlegt, dass das doch eine

super Idee wäre, weil, dann müsste nicht mehr ich nach den Frauen suchen, sondern die Frauen sehen mich in dem Video und verlieben sich in mich und melden sich von ganz alleine bei mir. Ist doch klasse, oder? Total praktisch, und vor allem so bequem. Das will ich auf jeden Fall haben.

Ich hab mir deshalb den Camcorder vom Dieter ausgeliehen, und dann hab ich mich zuhause auf unsere Wohnzimmercouch gesetzt, meine schickste Cordhose und das karierte Hemd von Tante Elsbeth angezogen und hab mir eine total originelle Botschaft ausgedacht. Pass auf, die ging so: Zuerst hab ich mit einem *Rrrooaaarrrr*-Blick in die Kamera geguckt (du weißt schon, so ein total gefährliches ›Rrrooaaarrrr‹ halt, wie ein Raubtier beim Jagen), und dann hab ich supermännlich und total lässig gesagt: »Hallo, du holde Blume der Prärie. Sei gegrüßt, du Rose in der Wüste, die sich einsam im Winde wiegt und mit ihren Blättern nach dem Himmel greift, wie ein Betender sich demütig zu Gott erhebt. Ein Vulkan der Leidenschaft ist's, der in meinem Inneren schlummert. Willst du es sein, der sich dem lodernden Feuer stellt? Ich bin gespannt auf dich. Melde dich!«

Super, oder? Der Text ist ein Knaller. Wenn jetzt noch die Kamera eingeschaltet gewesen wär, dann wär das voll das Hammervideo geworden.

So ein Mist, echt!!!

Ich bin aufgestanden, hab das Mistding eingeschaltet, hab mich wieder auf die Couch gesetzt und den ganzen Text von vorne heruntergeleiert. Die ›Rooaaarrr‹-Sache hab ich weggelassen, da war irgendwie die Luft raus. Trotzdem war der zweite Durchgang echt gut, wenn man von ein paar unbedeutenden Versprechern absieht (zum Beispiel: »Sei gegrüßt, du holde Wüste«).

Blöderweise hab ich vergessen, die Aufnahmetaste zu drücken.

SO EIN MIST!!!

Also dritter Versuch.

Ich hab doppelt und dreifach kontrolliert, ob die Kamera WIRKLICH eingeschaltet ist und die Aufnahmetaste WIRKLICH gedrückt, dann hab ich mich auf die Couch gesetzt und meinen Text aufgesagt. Zumindest ... fast! Weil, auf dem Weg dorthin bin ich voll über den Teppich gestolpert und hab dabei eine von Muttis Töpferkurs-Vasen zerdeppert. Die Dinger sind hässlich wie die Nacht, aber sie hängt trotzdem daran. Ab da war meine Laune im Keller gewesen. Ein halbwegs cooles Grinsen hab ich noch hinbekommen, aber beim Text hat's schon zu hapern angefangen.

»Hallo, du holde ... äh ... was war das noch mal? Ach ja, Blume. Nein, Moment, das stimmt so nicht. Hallo, du holde Rose, die du deine Blätter in den Himmel reckst wie –«

An dieser Stelle hat die Kamera leise gepiept und ist ausgegangen.

Akku leer.

MIST, MIST, MIST!!!

Also wieder von der Couch aufgestanden, wieder über den Teppich gestolpert, dabei die nächste Vase von Mutti gezeppert (das wird ECHT schwer zu erklären sein), den dämlichen Akku gewechselt, die Kamera eingeschaltet, die Aufnahmetaste gedrückt, und wieder zurück auf die Couch. Ich hab mich wie ein nasser Sack reinfallen lassen und hab anschließend komplett lustlos heruntergerasselt: »Hi, ich bin der Jürgen, 29 Jahre alt. Ich suche eine Frau, egal, welche! Du solltest nicht fett sein und auch nicht hässlich, sondern schlank und gut aussehend, sonst ist der Kontrast zwischen uns zu groß. Und, ach ja: Kochen solltest du mindestens so gut können wie meine Mutti. Der Rest ist egal. Also tschüss, der Jürgen.«

Das hab ich dann auf meinen PC überspielt und bei YouTube hochgeladen. Und am nächsten Tag bin ich zum Dieter, um ihm seinen Camcorder zurückzugeben und ihn ein kleines bisschen mit dem Video neidisch zu machen.

Der hat sich erst mal gewundert. »Warum denn ausgerechnet bei YouTube?«, hat er mich gefragt. »Ich dachte, du wolltest eine Frau finden, und dich nicht zum Deppen machen.«

Pfff, was weiß der denn schon?

»Ist doch ganz einfach«, hab ich ihm erklärt. »Bei so 'ner Partnersuch-Video-Reinstell-Seite zahl ich gut und gerne zweihundert Euro, und dann sehen's nur ein paar fette, alte Frauen, die so frustriert sind, dass sie sich bei so was anmelden müssen. Das hab ich mal in 'ner Reportage auf RTL2 gesehen. ›*Frustrierte, fette, alte Frauen im Internet*‹ hieß die, glaub ich. Bei YouTube sehen es viel mehr Menschen, und da sind dann auch die total schönen Topmodels dabei. Das hab ich mal in 'ner Reportage auf RTL2 gesehen. ›*Total schöne Topmodel-Frauen im Internet*‹ hieß die, glaub ich.«

Der Dieter meinte daraufhin, dass ich ihm das Video zeigen soll, und das hab ich natürlich gemacht.

Nachdem wir es uns angesehen haben, ist er mit riesengroßen Augen neben mir gestanden und war sprachlos gewesen! Tjaahaa, lieber Dieter, was du kannst, das kann ich schon lange! Ich war in dem Moment so megastolz gewesen, das kannst du dir gar nicht vorstellen.

Nur eine Sache hat mich gestört, nämlich die vielen Kommentare unter meinem Video, die von irgendwelchen Spaßvögeln geschrieben waren. Die haben überhaupt nicht neidisch geklungen, sondern eher ... na ja ... frech und doof!

Einer von denen hat zum Beispiel geschrieben:

Ey, du Opfer, das ist ja voll assi!!!

Pfff, was weiß der denn schon? Ich bin doch kein Opfer!
Ein anderer meinte:

So findest du definitiv nie eine Frau, du Warmduscher.

Pfff, was weiß der denn schon? Ist bestimmt so ein frustrierter Versager, der so frustriert ist, dass er sogar bei der Seite mit den frustrierten, fetten, alten Frauen keinen Zutritt bekommt! Der kann mich mal gernhaben.

Ein dritter meinte:

Wusstest du schon:
Wenn dir ein Laster übers Gesicht fährt,
dann läuft das unter Schönheits-OP.

Den hab ich nicht kapiert.

Aber wie auch immer, ich finde mein Video trotzdem toll. Und das Coolste daran ist: Ich fahr jetzt auf zwei Gleisen gleis... äh ... gleichzeitig: Ich hab die Jenny auf der einen Seite – die sich jeden Moment bei mir melden wird, da bin ich mir absolut sicher –, und dann hab ich noch das

YouTube-Video, das von ganz vielen Modelfrauen gesehen wird, die sich in mich verlieben und bei mir melden werden. Es kann also echt nichts mehr schiefgehen, Tagebuch, es ist wirklich nur noch eine Frage der Zeit, bis ich meine Freundin finde.

Jetzt geh ich erst mal zwei neue Vasen für Mutti kaufen, und dann setz ich mich wieder in mein Zimmer und warte auf Jennys Anruf.

Morgen ist übrigens Therapie. Bin schon gespannt, wie der Herr Doktor reagieren wird, wenn ich ihm von meinen tollen Erfolgen erzähle – ganz besonders natürlich von dir, Tagebuch!

Also dann, man sieht sich.

In Liebe, dein Jürgen.

– Tag 6 –

Liebes Tagebuch,

Die Jenny hat sich immer noch nicht bei mir gemeldet! Also auf diese Weise findet die nie einen Mann, so viel steht schon mal fest.

Und weißt du, was das Schärfste ist? Diese Blödmänner von der Firma, bei der die Jenny arbeitet, haben SCHON WIEDER dreihundert Euro von meinem Konto abgebucht! Ist das zu fassen? Boah ey, sind die doof! Die haben immer noch nicht kapiert, dass die mich mit jemandem verwechseln. Ich hab ihnen einen bitterbösen Brief geschrieben und mich beschwert. Das war gar nicht so leicht gewesen, ich musste erst eine Postadresse finden. Übrigens: Wusstest du, dass ›Târgu Secuiesc‹ in Rumänien liegt, Tagebuch? Also ich nicht.

Mein Video auf YouTube ist auch nicht so der Knaller, hab ich den Eindruck, und das überrascht mich. Bisher haben sich's exakt 9.271 Leute angeguckt, und 117 von denen haben einen Kommentar hinterlassen. Aber von diesen 117 sind genau 117 männlich, und 116 davon gehören zu diesen frustrierten, blöden Spaßvögeln, die nur Quatsch schreiben. Der Hundertsiebzehnte ist der Dieter. Der hat keinen echten Kommentar hinterlassen, der hat nur auf den Text von so einem Typen geantwortet, der geschrieben hat:

> *Hey, den Spacko kenn ich doch!*
> *Ist das nicht der komische Kumpel vom Dieter D.?*

Der Dieter hat daraufhin zurückgeschrieben:

> *Nö, kenne den Kerl nicht, nie gesehen!*

Echt cool, oder? So ganz lässig gekontert. Der Dieter ist halt ein echter Freund. Ich muss ihn nur mal fragen, warum er nicht mehr rangeht, wenn ich ihn anrufe.

Na ja, wie auch immer, am letzten Mittwoch bin ich wieder in Therapie gewesen. Der Herr Doktor war mächtig stolz auf mich, als ich ihm von dir, liebes Tagebuch, erzählt hab, und natürlich auch davon, wie fleißig ich an meinem Ich-Idol arbeite. Ich hab ihm gesagt, dass ich ganz häufig in dich reinschreibe, aber dass es trotzdem keinen Grund zur Sorge gibt, weil ich normal geblieben bin und nicht vorhabe, Gaskammern zu bauen. Da hat er mich ganz seltsam angeguckt. Aber anstatt etwas darauf zu antworten, hat er nur gefragt, wie's denn mit der Frauensuche vorangeht. Ich hab ihm von der Jenny und von meinem Video erzählt, und natürlich hab ich ihm dabei nicht die ganze Wahrheit gesagt, das hätt ihn nur verwirrt. Ich hab's ein winzig kleines Bisschen ausgeschmückt und ihm erzählt, dass ich ein supertolles Date mit einer supersexy Frau hatte, die 22 Jahre alt ist und Jenny heißt. Außerdem hätte ich ein Video ins Internet gestellt, auf das sich haufenweise Frauen bei mir melden werden und sich mit mir treffen wollen. Und sogar die Männer, die es gesehen haben, sind so begeistert, dass sie damit angefangen haben, ihre eigenen Videos zu drehen und online zu stellen – sogar mein Freund Dieter, mit dem ich jeden Tag telefoniere. Seine Freundin, die fesche Braut, wär deswegen total eifersüchtig, obwohl sie das gar nicht nötig hat, und ...

... an dieser Stelle hat mich der Herr Doktor unterbrochen und mir gesagt, dass ihm das völlig reichen würde. War bestimmt beeindruckt gewesen. Das hat sich richtig gut angefühlt!

Obwohl ... manchmal bin ich mir bei ihm nicht sicher, was er sich denkt. Irgendwie scheint er die Augen zu verdrehen, wenn ich ihm etwas erzähle, und ich hab keine Ahnung, was das zu bedeuten hat. Vielleicht ist das so ein Tick von ihm.

Und, ach ja, fast hätt ich's vergessen, es gibt noch eine weitere Neuigkeit. Ich werde am Samstag shoppen gehen und mir ein neues Outfit zulegen! Ja, du liest richtig, Tagebuch: Der coole Jürgen (also ich) bekommt neue Klamotten! Der Grund dafür ist, dass ich letztens eine Zeitschrift bei meinem Therapeuten gesehen hab. Die lag in seinem Wartezimmer aus. Und in der stand drin, dass Männer, die bei Frauen erfolgreich sein wollen, unbedingt ein cooles Outfit brauchen. Das wär voll wichtig, haben die gemeint. Eigentlich bin ich ja der Meinung gewesen, dass mein Outfit cool IST, aber als ich diese gut aussehenden Männermodels auf den Fotos gesehen hab, die ganz lässig mit einem kurzärmligen Hemd und in Bermudashorts auf einem schneebedeckten

Berggipfel gestanden sind, da hab ich mir gedacht: *Hm, vielleicht könntest du ja doch was an dir ändern.*

Also hab ich beschlossen, einkaufen zu gehen.

Eigentlich hätt ich gerne den Dieter dabeigehabt, weil, alleine mach ich das definitiv nicht. Aber den kann ich ja nicht erreichen. Ist wohl zu sehr damit beschäftigt, seine Videos zu drehen. Deswegen hab ich Mutti gefragt, aber die kann am Samstag auch nicht, da ist ihr Strickkurs und anschließend das Kaffeekränzchen im Pfarrhaus.

Damit ist nur noch eine einzige Person übrig geblieben, die ich fragen konnte. Und die hätt ich mir liebend gerne erspart, das kannst du mir glauben!

Die Rede ist von meinem komischen Nachbarn Sebastian.

Weißt du, der Sebastian wohnt auf demselben Stockwerk wie Mutti und ich, nur eine Tür weiter. Und er ist ein ganz komischer Kerl! Er läuft immer total schick und mit gestylten Haaren herum, und ständig besucht ihn irgendeine andere seiner Schwestern und übernachtet bei ihm. Also ... zumindest GLAUBE ich, dass das seine Schwestern sind. Was sollen die denn sonst sein? Die gehen jedenfalls bei ihm ein und aus, und deswegen hab ich mich schon gefragt, ob's in seiner Familie überhaupt irgendwelche Männer gibt (außer ihn selbst natürlich).

Genau diesem Sebastian bin ich gestern im Hausflur begegnet, ganz zufällig. Er hat mir einen Klaps auf die Schulter gegeben, und als ich mich zu ihm umgedreht hab, da hat er mich mit einem total freundlichen »Hi, wie geht's?« begrüßt. Hm, der wird doch nicht schwul sein, oder? Also, wenn ich's mir recht überlege, irgendwie würde das zu ihm passen, bei so vielen Schwestern, wie er hat.

Na ja, wie auch immer, bei der Gelegenheit hab ich ihn gefragt, ob er Lust hätte, mit mir einkaufen zu gehen und mir dabei zu helfen, und da hat er fröhlich erwidert: »Aber klar doch, sehr gerne! Pimpen wir dich mal ein bisschen, Alter. Du hast es definitiv nötig.«

Pfff, was weiß der denn schon? Warum soll ich's denn nötig haben? Soll sich lieber selbst angucken, dieser komische, gestylte Pfau!

Und überhaupt: Was meint er mit *pimpen*???

Verdammt, der Typ ist AUF JEDEN FALL schwul!!!

Na ja, jetzt ist es sowieso zu spät, jetzt kann ich's nicht mehr rückgängig machen. Ich muss wohl in den sauren Apfel beißen und schauen, wie sich die Sache entwickelt. Aber eines schwör ich dir, Tagebuch: Sollte dieser komische Kerl versuchen, bei mir in die Umkleidekabine zu spicken oder mich anzufassen, dann werde ich ihm die Meinung geigen, aber so was von! Nachbar hin oder her, völlig egal!

Okay, so viel dazu. Sobald es Neuigkeiten gibt – zum Beispiel, dass sich die Jenny bei mir gemeldet hat, oder dass der Sebastian, dieser komische, schwule Kerl, mich angefasst hat –, dann erzähl ich's dir natürlich sofort.

In Liebe, dein Jürgen.

– Tag 7 –

Liebes Tagebuch,

Entschuldige, dass ich mich erst jetzt bei dir melde, aber ich hatte die letzten Tage TOTAL viel um die Ohren!

Nein, die Jenny hat sich nicht bei mir gemeldet. Mein Handy hat zwar am Freitag geklingelt und ich bin wie ein Bekloppter vom Klo aufgesprungen und zu meinem Zimmer gerannt – und dabei über meine Hose gestolpert –, aber dann war's nur mein Opa Friedhelm gewesen.

Weißt du, Opa Friedhelm ist schon ein bisschen älter und seniler. Das allein wär nicht schlimm, aber Opa Friedhelm ist auch einer von diesen Menschen, die denken, dass heute alles voll doof ist und früher alles viel besser war – und dass er das jedem ausführlich erzählen muss. Letztens zum Beispiel, als Mutti und ich bei ihm im Altersheim gewesen sind (Mutti sagt immer: »Wir erben von ihm, also besuchen wir ihn auch«), da hat er uns eine geschlagene Stunde von seinen Kriegserlebnissen erzählt.

»Ihrrrrr junge Läiddd wisset doch gar nedd, wie guaaat's aaah gaaad«, hat er die ganze Zeit geschrien und mir mit seinem Stock auf den Kopf gehauen. Das hat er früher auch schon gemacht, als ich ein kleines Kind gewesen bin, aber zum Glück hat das keine bleibenden Schäden hinterlassen.

Am Freitag war's genauso gewesen. Opa Friedhelm hat am Telefon erzählt und erzählt und erzählt und erzählt, und während er so erzählt hat, hab ich versucht, meine Hose wieder hochzuziehen. Das ist mir nur bis zur Hälfte gelungen, weil sich meine Unterhose im Reißverschluss verheddert hat. Und genau in dem Moment, als ich sie rausfummeln wollte, ist Mutti in mein Zimmer gekommen und hat mich gefragt, mit wem ich telefonieren würde. Ich hab die Sprechmuschel zugehalten und ihr zugeflüstert: »Das ist Opa Friedhelm. Er erzählt mir gerade von den Duschen im Altersheim.« Da hat Mutti ziemlich irritiert geguckt und ist kopfschüttelnd rausgegangen. Kann ich gut verstehen, echt. So ein blödes Thema, Duschen im Altersheim. Typisch Opa Friedhelm!

Nach einer Stunde hat er mich dann gefragt, ob ich von Samstag bis heute auf seine Pudeldame Tinki aufpassen könnte.

»Die wellet bei mirrr a Darrrrmschpiegelung macha«, hat er gebrüllt. »Weisch du überrrhaupt, was des isch, du Saubub?«

Ohne meine Antwort abzuwarten, hat er mir erklärt, dass ihm irgendein ›bolschewistisches Dreckspack‹ irgendwelche Sachen in den Hintern stecken will, um irgendwas ganz Schlimmes mit ihm zu machen. Und in dieser Zeit müsste er im Krankenhaus bleiben.

Ich hab nur ein hastiges »Ja, mir egal, kann ich machen!« geantwortet, weil sich mittlerweile nicht nur meine Unterhose, sondern auch mein ... äh ... na, du weißt schon, im Reißverschluss verheddert hat. DAS hat vielleicht wehgetan, Tagebuch! Ich hab so schnell wie möglich aufgelegt und bin dann zu Mutti gerannt, um mir von ihr helfen zu lassen.

Tja, das hätte ich mir besser zweimal überlegen sollen. Also ... das mit dem Hund, meine ich, nicht das mit Mutti. Weil, Tinki kann genau zwei Sachen: Das Eine ist fressen, und das Andere ist kacken! So ging's das ganze Wochenende über: Tinki frisst, Tinki kackt, Tinki frisst, Tinki kackt, zwischendurch trinkt sie ein bisschen Wasser aus der Toilette, dann frisst sie wieder und kackt. Echt wahr, manchmal hab ich gedacht, dass der ganze Köter nur aus Kacke besteht, bei so vielen Haufen, wie der gesetzt hat. Da könnte man einen ganzen Dobermann draus bauen. Und bei diesem ganzen Kacke-Wegräum-Stress hab ich natürlich vergessen, dass ich mich am Samstag mit dem Sebastian zum Shoppen verabredet hab. Der stand um Punkt zehn Uhr morgens bei uns vor der Wohnungstür, gerade als ich dabei war, einen von Tinkis Kackhaufen aus der Tulpenvase von Mutti zu kratzen.

Nachdem ich ihm aufgemacht hab, hat er mich ziemlich verdutzt angeguckt, dann geschnüffelt, das Gesicht verzogen und mich mit einem Grinsen gefragt, ob ich mein neues Aftershave aufgelegt hätte: *Eau de Gülle*. Ha, ha, sehr witzig! Hält sich wohl für einen Komiker, der komische Kerl.

Jedenfalls hat er mich daran erinnert, dass wir einkaufen gehen wollten, und ich hab ihn gefragt, ob wir das aufs nächste Wochenende verschieben könnten, im Moment hätte ich nämlich andere Probleme. Aber er hat nur den Kopf geschüttelt. Das ginge leider nicht, hat er erwidert, weil er sich da um seine Mädels kümmern müsste. Keine Ahnung, wen er damit gemeint hat. Wahrscheinlich seine Schwestern.

Ich bin also ins Bad geflitzt und hab mir Tinkis Kacke abgewaschen und mir anschließend was Frisches angezogen. Und dann sind wir auch schon losgefahren.

Und weißt du was, Tagebuch? Das war ein sehr, sehr seltsames Shoppen! Das muss ich dir unbedingt erzählen.

Es ging schon mal damit los, dass sich der Sebastian, der komische Kerl, geweigert hat, in irgendeinen von den Läden reinzugehen, in denen ich normalerweise mit Mutti einkaufe.

»Alter, die haben doch nur Scheiße!«, hat er zu mir gemeint. »Was willst du denn da?«

So ein Quatsch! Was weiß der denn schon? Wenn ich mit Mutti unterwegs bin, dann finden wir jedenfalls immer einen todschicken Pullunder oder ein total cooles kariertes Hemd für mich. Aber der Sebastian wollte da einfach nicht rein.

»Guck mal, da drüben beim C&A gibt's auch günstige Sachen. Aber die sehen nicht aus wie zusammengenähte Topflappen.«

Also sind wir halt dorthin. Und ich hab mir fest vorgenommen, alles doof zu finden, was er mir zeigt, damit er merkt, dass ich ein echter Kerl bin und keine Memme.

Aber weißt du was? Dieser komische Kerl ist noch nicht mal alleine losgezogen, um irgendwelche Sachen für mich rauszusuchen, nee, der hat sich Verstärkung geholt! Der ist zu so 'ner jungen Verkäuferin hingelatscht und hat sie gefragt: »Hast du kurz Zeit?«

»Ja, sicher«, hat sie geantwortet. »Was kann ich für dich tun?«

»Ich habe eine Herausforderung, quasi eine Lebensaufgabe, und ich brauche eine charmante und hübsche Frau mit gutem Geschmack, die mich dabei unterstützt.« Er hat auf mich gezeigt. »Das ist das Vorher-Bild, okay? Der Junge braucht dringend neue Klamotten. Lass uns ein Nachher-Bild erschaffen, und zwar ein richtig geiles!«

Ich hab blöderweise etwas zu lange gebraucht, um zu kapieren, was er gerade gesagt hat, deswegen war's für eine böse Antwort schon zu spät gewesen. So ein Mist, echt! Ein Nachher-Bild? Pfff, was weiß der denn? Soll sich lieber selbst angucken, dieser komische Kerl!

Die Verkäuferin ist ganz rot im Gesicht geworden und hat mit einem Lächeln erwidert: »Okay, ich versuch's.« War ihr bestimmt peinlich gewesen, wie doof sich der Sebastian aufgeführt hat. Kann ich verstehen. War wirklich voll peinlich!

Sie ist weggegangen, und dann, nach ein paar Minuten, mit einem großen Stapel an Klamotten wieder zu uns zurückgekommen.

»Ja, genau so etwas«, hat der Sebastian zufrieden gemurmelt.

»Nein, auf keinen Fall!«, hab ich trotzig erwidert.

»Doch, auf jeden Fall.«

»Kommt nicht infrage!«

»Doch, Alter, verlass dich drauf.«

Irgendwann hat die Verkäuferin leise gekichert und zum Sebastian gemeint: »Das ist aber ein schwieriges Projekt, das du dir ausgesucht hast.«

Der Sebastian hat ihr Lächeln erwidert. »Na ja, ich *liebe* schwierige Projekte. Das macht den Sieg nur umso süßer, findest du nicht auch?«

Da ist sie wieder rot geworden.

Kein Wunder, echt, so 'ne peinliche Antwort!

Nach einer Stunde (oder so) sind wir ENDLICH fertig gewesen. Ich hab mich im Spiegel angeschaut und fand, dass ich total bescheuert aussehe.

»Ich seh total bescheuert aus«, hab ich dem Sebastian gesagt (er hat übrigens NICHT versucht, bei mir in die Umkleidekabine zu spicken, da hat er noch mal Glück gehabt).

»Unsinn, du siehst super aus«, hat er erwidert und mir auf die Schulter geklopft. »Endlich mal ein richtiger Mensch. Tu mir bitte einen Gefallen, und verbrenn die Klamotten, die du bisher getragen hast. Die gehen gar nicht, Alter! Die kannst du höchstens zu deiner Beerdigung anziehen, und selbst dann würden sich die Totengräber weigern, dich damit zu verbuddeln.«

Die Verkäuferin hat schon wieder gekichert. Ich wette, die wollte nur höflich sein.

Tja, und dann hat der Sebastian die obermegapeinlichste Aktion gebracht, die man sich nur vorstellen kann. Er hat zu der Kichererbse gemeint: »Du gefällst mir. Lass uns mal treffen und was zusammen unternehmen.« Und die Verkäuferin hat erwidert: »Ja, gerne. Ich geb dir meine Telefonnummer, einverstanden?«

Was für eine blödsinnige Idee! Was will er denn mit der Nummer von so 'ner Verkäuferin? Ich wette, er hängt jetzt die ganze Zeit am Handy und fragt sie über Klamotten aus.

Mein Gott, der Typ ist so was von schwul!!!

Aber damit war's immer noch nicht genug, Tagebuch, es ging noch weiter. Nachdem wir bezahlt und den Laden verlassen haben, hat der Sebastian zu mir gemeint: »Komm, Alter, lass uns noch einen Kaffee trinken gehen. Es ist so geiles Wetter heute, das dürfen wir uns nicht entgehen lassen.«

Ich wollte ihm eigentlich antworten, dass ich aus Prinzip keinen Kaffee trinke, weil der nämlich ungesund ist und die Haare ausfallen lässt (das sagt zumindest meine Mutti), aber da hat sich der Sebastian schon eines von diesen Cafés ausgesucht gehabt und sich im Außenbereich in die Sonne gesetzt. Anschließend hat er sich eine Zigarette angezündet.

»Auch eine?«, hat er gefragt und mir die Packung hingehalten.

»Nein«, hab ich erwidert. »Zigaretten sind schlecht für den Körper, sagt meine Mutti. Kaffee übrigens auch. Und deshalb will ich nichts davon haben, sondern nur einen Kakao.«

Er hat mich etwas verwundert angesehen und ein paar Sekunden geschwiegen. Verdammt, warum tun das die Leute in letzter Zeit so häufig? Oder bilde ich mir das nur ein? Manchmal hab ich den Eindruck, dass die Menschen einfach zu blöde sind, um zu verstehen, was ich ihnen sage.

Aber jetzt kommt der größte Knaller des Tages! Halt dich fest und pass auf, das wirst du mir nicht glauben: Nachdem wir unsere Bestellung gekriegt haben – der Sebastian seinen komischen Kaffee und ich meinen Kakao –, da hat er plötzlich zu mir gemeint: »Sag mal, Alter, wie steht's bei dir mit den Frauen? Ich vermute mal, die rennen dir nicht gerade die Tür ein, oder?«

KANNST DU DIR DAS VORSTELLEN???

Dieser ... dieser ... aufgedonnerte ... sich vor Verkäuferinnen blamierende ... andere Leute an der Schulter angrapschende ... komische ... Typ!!! Was bildet der sich ein??? Von der Oma im Supermarkt blöde angequatscht zu werden, war schon ätzend genug gewesen, aber jetzt kommt auch noch DER!!!

Das hab ich natürlich nicht auf mir sitzenlassen. Ich hab mich ganz cool hingesetzt, mit dem Daumen unter dem Kinn und dem Zeigefinger an der Wange (so wie mein Therapeut immer) und hab ganz lässig geantwortet: »Oh doch, und ob die mir die Tür einrennen, du hast ja keine Ahnung!« Und dann hab ich ihm von der Jenny erzählt (Herrgott, wann ruft die endlich an???) und von meinem Video auf YouTube und von ... äh ... von ... na ja, an der Stelle hab ich mir noch ein paar weitere Geschichten einfallen lassen, von Frauen, die rund um die Uhr bei mir anrufen und mich treffen wollen. Weißt du, Tagebuch, du hättest an meiner Stelle auch so reagiert. Ich konnte mich doch vor diesem Typen nicht blamieren, oder?

Er schien jedenfalls beeindruckt gewesen zu sein. Zumindest denke ich, dass das Bewunderung war, weil, genau genommen hat er mich einfach nur angesehen und geschwiegen. Das kam mir ein bisschen komisch vor, aber erstens ist der Sebastian sowieso ein komischer Kerl (das weißt du ja), und zweitens hat's ihm bestimmt die Sprache verschlagen. Tja, da kann er halt nicht mithalten, mit seinen blöden Klamotten und seinen Haaren und seinen vier Dutzend Schwestern!

Nach ungefähr zwei Minuten, in denen er nur dagesessen ist, hat er sich ein Stück zu mir nach vorne gelehnt und dann gemeint, er hätte da ein sehr gutes Buch für mich, das sollte ich mir unbedingt durchlesen. Es könnte mir bei meinem ›Problem‹ helfen.

Bei meinem PROBLEM!
STELL DIR DAS MAL VOR, TAGEBUCH!
Bei meinem PROBLEM, hat er gesagt!!!

Was bildet sich dieser dämliche Fatzke ein??? Ich hätte gute Lust gehabt, ihm kräftig die Meinung zu geigen, und ich war auch schon am Luftholen gewesen, aber blöderweise ist GENAU in diesem Moment diese dumme Nuss von Bedienung an unseren Tisch gekommen und hat abkassieren wollen, weil ihre Schicht zu Ende gewesen ist.

Und, hey, du wirst es nicht glauben, Tagebuch, aber der Sebastian hat diese hochnotpeinliche Aktion aus dem C&A bei ihr wiederholt! Ja, ganz im Ernst, er hat die Rechnung bezahlt und dann zu ihr gemeint:

»Sie bedienen sehr nett. Hat Sie schon mal ein Kunde als Dankeschön zu einem Kaffee eingeladen?«

Und die Nudel von Kellnerin hat mit einem Lächeln erwidert: »Nein, bisher noch nicht.«

»Soll's ein Kunde mal machen?«

»Ja, sehr gerne.«

Daraufhin hat sie ihm ihre Handynummer gegeben.

Ist das zu fassen? Was will er denn mit der Nummer von so 'ner Cafébedienung? Bestimmt stundenlang über Kaffeesorten reden. Der Typ ist hundertvierundfünfzigprozentig schwul!!!

Na ja, wie auch immer, auf jeden Fall bin ich durch diese dumme Nuss nicht dazu gekommen, dem Sebastian meine Meinung zu geigen und ihm zu sagen, dass ich überhaupt kein Problem mit Frauen habe, sondern ein total erfolgreicher Flirtexperte bin. Das wär natürlich gelogen gewesen, aber das muss ich ja DIESEM Typen nicht auf die Nase binden, oder?

Als wir nach 'ner halben Stunde aufgestanden sind und das Café verlassen haben – ich hab ihn während dieser Zeit ignoriert und kein Wort mehr mit ihm gesprochen –, da hat er zu mir gemeint, dass er mir das Buch geben würde, sobald wir wieder zuhause sind. Und ich Idiot hab mit »Okay« geantwortet.

Na super!

Das Ding heißt übrigens ›Das große Aufreißer-Einmaleins‹. Ich hab keine Ahnung, worum's in dem Ding geht, ich hab noch nicht reingeschaut. Aber schräg finde ich es schon. Ich dachte, dass er mir ein Buch über Frauen geben wollte, und nicht über Reißverschlüsse und Mathematik.

Na ja, was soll's, ist sowieso nicht so wichtig, ich hab nicht vor, den Quatsch zu lesen. Ich werde es ein paar Tage behalten und ihm dann zurückgeben und behaupten, dass ich es ganz toll gefunden hätte. Dann lässt er mich hoffentlich damit in Ruhe! Und diese blöden Klamotten, die wir heute gekauft haben, zeig ich gleich meiner Mutti. Dann kann sie mit eigenen Augen sehen, was für ein Idiot der Sebastian ist und wie wenig Ahnung er hat. Ich werde ihr auch die Geschichte mit der Verkäuferin im C&A und mit der Bedienung in dem Café erzählen, dann sieht sie noch mehr, wie doof der Sebastian ist. Die wird sich bestimmt totlachen.

Okay, so viel für heute, Tagebuch. Ich werde mich gleich an den PC setzen und noch mal versuchen, mit der Jenny Kontakt aufzunehmen. Das MUSS doch irgendwann klappen, Herrgott!!! Und anschließend muss ich Opa Friedhelm seinen dämlichen Köter zurückbringen.

Dieses Mistvieh hat schon wieder in eine Vase gekackt ...

... ICH KRIEG DIE KRISE!!!

In Liebe, dein Jürgen.

– Tag 8 –

Liebes Tagebuch,

Ich blick nicht mehr durch!

Gestern Abend hab ich Mutti die Sachen gezeigt, die ich mit dem Sebastian gekauft hab. Und ich war mir sicher gewesen, dass sie sich kaputtlachen und mir sagen würde, dass die voll doof aussehen und der Sebastian überhaupt keine Ahnung davon hat, was einem echten Mann wie mir steht – was auch kein Wunder ist, weil er ja schwul ist und die ganze Zeit nur mit seinen Schwestern abhängt.

Aber weißt du, was passiert ist? Sie hat das Zeug – und ich zitiere – ›echt toll‹ gefunden!

Kannst du dir DAS vorstellen???

›Echt toll‹, hat sie gesagt!

Ich fasse es nicht!!!

Ich würde darin total schick aussehen, fast wie ein neuer Mensch und viel, viel sympathischer als vorher.

Kannst du dir DAS vorstellen???

Ich hab schon den Verdacht, dass sie mit dem Sebastian unter einer Decke steckt, um mich zu ärgern, ich weiß nur nicht, warum. Vielleicht wegen der Sache mit Opa Friedhelms Pudel? Gestern Abend haben wir nämlich festgestellt, dass Tinki nicht nur in die schönen, großen Blumentöpfe gekackt hat (und in die kleinen schlanken Vasen), sondern auch in die Suppentöpfe in der Küche. Das ist erst aufgefallen, als Mutti das Abendessen kochen wollte, und sie war nicht begeistert gewesen. Vielleicht will sie sich jetzt dafür rächen. Aber ich kann doch nichts dafür, wenn der blöde Köter überall hin kackt! Was hätte ich denn machen sollen? Dem Vieh einen Korken in den Hintern stecken?

Wobei ... vielleicht wär das tatsächlich eine Möglichkeit ...?

Ach nee, das ist eklig!

Jedenfalls hab ich beschlossen, die Klamotten vorerst anzulassen, allerdings nur, weil ich keine Lust hab, mit Mutti zu streiten. Das ist voll doof, weißt du, sie hat immer so gute Argumente, bei denen ich nicht weiß, was ich erwidern soll. Und das ärgert mich dann.

Aber dieses Buch vom Sebastian werde ich trotzdem NICHT lesen! Hab's extra ganz weit nach hinten in mein Bücherregal geschoben, hinter die ›Hanni & Nanni‹-Bücher, die mir Tante Elsbeth geschenkt hat. Und da bleibt's auch.

Von der Jenny hab ich immer noch nichts gehört. Ich wollte eigentlich noch mal mit ihr Kontakt aufnehmen und ihr klarmachen, dass sie sich schon bei mir melden muss, wenn sie sich die Chance auf ein Date nicht versauen will. Aber weißt du was? Auf dieser Seite, auf der ich letzte Woche ihr Foto gefunden hab, waren plötzlich keine Fotos mehr! Stattdessen war da 'ne riesengroße Werbung für irgendwelche Pillen, die dicken Menschen helfen sollen, größer zu werden. Zumindest stand da irgendwas von: ›Let your dick grow‹. Die Jenny war nirgendwo zu finden gewesen. Echt schräg!

Auf einer anderen Seite gab's eine ›Chantal (19)‹, die auch ganz nett anzusehen gewesen ist und angeblich auch in Stuttgart wohnt, aber die hat sich auf ihrem Foto so komisch zwischen die Beine gegriffen, und das hat mich an die Tussi aus dem Video erinnert – diese eine mit der roten Couch und dem Juckreiz. Da hab ich Angst gekriegt, dass die vielleicht dasselbe Problem haben könnte. Deswegen hab ich mich ganz schnell weggeklickt.

Du merkst also, Tagebuch, im Moment bin ich echt gefrustet! Irgendwie läuft nichts nach Plan, irgendwie ist alles doof und nervig und anstrengend und ätzend! Ich kapier einfach nicht, woran das liegt.

Na ja, schauen wir mal, wie's die nächsten Tage wird.

Ich muss jetzt los, meine Therapie fängt gleich an. Bin mal gespannt, was der Herr Doktor zu allem sagt. Vielleicht hat er ja noch einen guten Tipp oder eine Idee für mich, was ich tun könnte, um mein Ziel zu erreichen. Weil, ich hab festgestellt, dass sechs Monate nicht sooo furchtbar lange sind. Die gehen ganz schön schnell vorbei. Und ich will es doch unbedingt schaffen:

IN SECHS MONATEN WILL ICH EINE FREUNDIN HABEN!!!

Wir werden sehen, ob das klappt.

In Liebe, dein Jürgen.

– **Tag 9** –

Liebes Tagebuch,

Am Mittwoch war ich wieder bei meinem Therapeuten (hab ich dir ja erzählt). Und weißt du, was der Herr Doktor zu mir gesagt hat, als ich in sein Sprechzimmer gekommen bin? Er hat riesengroße Augen gekriegt und zu mir gemeint: »Na so was, Sie haben sich ja neu eingekleidet. Das steht Ihnen ganz hervorragend! Haben Sie das selbst ausgesucht?«

»Ja, das hab ich komplett alleine gemacht!«, hab ich ihm stolz berichtet. Ich weiß, dass das gelogen war, aber was hätt ich denn machen sollen? Etwa erzählen, dass ich dafür den Sebastian gebraucht hab, den komischen, schwulen Kerl, weil ich mich alleine nicht getraut hab? Nee, auf keinen Fall! Soweit kommt's noch. Da würde er nur seine gute Meinung von mir verlieren, und das will ich nicht. Wir verstehen uns doch so prima.

Ich hab ihm stattdessen erzählt, dass ich zufällig meinem schwulen Nachbarn Sebastian begegnet bin, und dass der total neidisch gewesen ist, weil ich so coole Klamotten anhatte. Gleich darauf hätte der mich gefragt, ob ich ihm vielleicht beim Einkaufen helfen könnte, weil er immer nur in langweiligen Läden shoppen geht, die voll das doofe und langweilige Zeug haben. Natürlich hab ich Ja gesagt, ist doch klar. Bei der Gelegenheit hab ich mir außerdem die Telefonnummer von der Verkäuferin geholt und dem Sebastian gegeben, damit er mit ihr über sein ›Problem‹ reden kann. Und, ach ja, die Jenny ist schon total verliebt in mich und ruft mich pausenlos an und will sich ständig mit mir treffen.

An dieser Stelle hab ich mich in den Patientensessel plumpsen lassen, die Hände in die Hosentaschen gesteckt (was im Sitzen gar nicht so einfach ist und total beknackt aussieht), und dann hab ich zufrieden gegrinst. Wie ein echter Kerl eben!

Ich glaub, der Herr Doktor war ziemlich beeindruckt gewesen, weil, er hat mich ein paar Sekunden lang schweigend angeguckt, dann hat er sein kleines Büchlein herausgeholt und sich gaaanz viele Sachen aufgeschrieben. Bestimmt Notizen darüber, wie ich das alles gemacht hab, damit er es selber ausprobieren kann. Cool, oder?

Nur das Augenverdrehen kann ich mir nicht erklären. Er macht das ständig, vor allem, wenn ich ihm was erzähle. Keine Ahnung, was das soll. Na ja, muss er selber mit klarkommen.

Ein bisschen später sind wir noch mal auf die Sache mit den Frauen zu sprechen gekommen und er hat mich über den Rand seiner Brille angeguckt und gefragt: »Mit der Partnersuche geht's also voran?«

»Klar«, hab ich erwidert. »Alles bestens.«

»Tatsächlich?«

»Ja, alles super!«

»Im Ernst?«

»Ja, alles prima! Könnte gar nicht besser laufen.«

Er hat seine Brille abgenommen, tief durchgeatmet und mich gefragt: »Haben Sie schon mal über eine Partneragentur nachgedacht?«

»Nee!«, hab ich entrüstet gerufen und den Kopf geschüttelt. »Das ist doch nur 'ne Abzocke für ganz frustrierte Deppen!«

»Eben!«, hat der Herr Doktor leise gemurmelt, wobei ich nicht weiß, was er damit gemeint hat. Aber dann ist er schnell wieder aufs Thema zurückgekommen und hat in normaler Lautstärke zu mir gemeint: »Wieso denken Sie das?«

»Bei so was treffen sich nur die ganzen Versager, die im echten Leben keine Frau abkriegen, weil sie so doof und hässlich sind. Und da lernen die auch nur irgendwelche frustrierten, fetten, alten Weiber kennen, die keiner mehr haben will, weil die so frustriert und fett und alt sind.«

Der Herr Doktor hat noch mal tief durchgeatmet und dann erwidert: »Mein Lieber, eine Partneragentur hat schon vielen Menschen zu ihrem Traumpartner verholfen. Sie sollten sich diese Option nicht verbauen, nur weil Sie gewisse Vorurteile dagegen haben. Dafür sind Sie doch viel zu ... äh ... intelligent.«

Das war allerdings ein Argument!

Und weißt du, was das Beste an diesem Vorschlag ist, Tagebuch? Ich hab meinen Therapeuten nicht selber danach fragen müssen, er hat's mir von sich aus gesagt! Das heißt, falls es in die Hose geht, dann bin nicht ich daran schuld, sondern er! Ich wollte sowieso noch ein paar Tipps in Sachen Frauen und Dates von ihm haben, von daher kam das wie bestellt.

Jetzt hab ich nur noch herausfinden müssen, wo man so eine Partneragentur finden kann und wie das bei denen mit dem Daten und dem Kennenlernen abläuft. Ich wollte vor meinem Therapeuten nicht zugeben, dass ich das nicht weiß, also hab ich was Cleveres gemacht: Ich bin nach der Sitzung zum nächsten Kiosk gelatscht und hab den Typen dort gefragt: »Haben Sie irgendwas von 'ner Agentur, wo man so Frauen kennenlernen kann?«

Der Verkäufer hat mich angegrinst (war bestimmt beeindruckt gewesen, wie mutig ich bin) und hat mir eine Zeitschrift in die Hand gedrückt. Auf der war vorne eine Frau abgebildet, die sich gesonnt hat oder so was, weil, sie hat nur ihr Höschen angehabt.

Ich dachte mir: *Wow, der kennt sich ja aus, eine ganze ZEITSCHRIFT zum Thema Partnersuche!*

»Macht fünf Euro«, hat der Typ zu mir gemeint. »Viel Spaß damit.«

Als ich wieder zuhause angekommen bin, hab ich mich sofort in mein Zimmer verzogen und dann die Partnervermittlungszeitschrift in Ruhe durchgeblättert. Und soll ich dir was sagen? Die war echt cool, ganz im Ernst! Die haben total viele Bilder von Frauen da drin gehabt, und neben den Bildern war immer ein kleiner Kasten gewesen, in dem aufgelistet war, was die Frauen mögen und was nicht. Die ›Jaqueline‹ zum Beispiel hat erzählt, dass sie Ehrlichkeit, Reisen und Abenteuer mag, aber Unehrlichkeit und Lästern doof findet. Total praktisch! Schade nur, dass nirgends eine Adresse oder Telefonnummer zu finden war, unter der man die Frauen hätte erreichen können. Erst ganz zum Schluss lag der Zeitschrift eine Karte bei, auf der draufstand:

Die schönsten Frauen der Welt
direkt zu Ihnen nach Hause!
12 x im Jahr.

Ich dachte mir nur: *Hey, wie cool ist das denn? Die ganzen sexy Frauen kommen ZU MIR NACH HAUSE! Das ist ja voll praktisch!*

Also hab ich die Karte ausgefüllt und sofort abgeschickt, ist ja klar! So eine Chance lass ich mir doch nicht entgehen.

Du kannst dir gar nicht vorstellen, wie STOLZ ich auf mich bin, Tagebuch. Der Herr Doktor schlägt mir diese Partneragentursache vor, und SCHWUPP, schon hab ich's gemacht! Nicht lange fackeln oder labern, nee, einfach direkt umsetzen! Der wird vielleicht Augen machen, wenn ich ihm das nächste Mal davon erzähle. Ich bin eben ein echter Kerl und keine Memme!

Gleich darauf hab ich beschlossen, auch meiner Mutti zu zeigen, wie erfolgreich und cool ich bin. Die ist mit ihren Freundinnen aus der Kirchengemeinde im Wohnzimmer gesessen und hat getratscht. Also bin ich dort reingestürmt, hab stolz die Zeitschrift hochgehalten und dann laut gerufen: »Schaut mal, was ich hier habe! Ratet mal, was ich damit mache!«

Den Omas ist sofort das Grinsen aus den Gesichtern gefallen, die waren total beeindruckt gewesen (und neidisch). Die haben ihre Augen aufgerissen und dann zu tuscheln angefangen. Und meine Mutti ist wie ein geölter Blitz vom Sofa aufgesprungen und hat mich rückwärts in den Flur geschoben. Dort hat sie mir die Zeitschrift weggenommen und dann gesagt, dass ich auf mein Zimmer gehen soll und wir heute Abend dringend mal miteinander reden müssen. Sie will mich bestimmt dafür loben, wie toll ich das gemacht hab und mir sagen, wie stolz sie auf mich ist. Bin schon gespannt! Und bestimmt hat sie die Zeitschrift mit ihren Freundinnen durchgelesen und vor ihnen geprahlt.

Ach Tagebuch, ich sag dir, es ist schon eine tolle Zeit! Mir geht's richtig gut! Die letzten Tage waren nicht so berauschend gewesen, aber jetzt ist alles wieder im Lot. Jetzt läuft alles super bei mir. Da schreib ich gerade den neunten Tag in dich rein und hab schon die Jenny, das YouTube-Video und die sexy Frauen von der Partneragentur, die zwölfmal im Jahr zu mir nach Hause kommen. Ich glaub, ich werde noch ein richtiger Frauenheld, so wie dieser Caba... Casa... Casablona (oder wie der hieß).

Wobei ich mich gerade frage, wie der Typ das damals hingekriegt hat, so ganz ohne Zeitschriften und Internet? Hm, keine Ahnung.

Aber ist auch egal. Ich sitz jetzt erst mal in meinem Zimmer und warte darauf, dass Mutti reinkommt und mich lobt. Und bis dahin surf ich noch ein bisschen im Internet und such nach der Jenny. Die MUSS doch irgendwo sein!!!

In Liebe, dein Jürgen.

– Tag 10 –

Liebes Tagebuch,

In den letzten Tagen ist richtig viel passiert – und ich meine RICHTIG viel! Deswegen bin ich auch nicht dazu gekommen, in dich reinzuschreiben. Ich hoffe, du bist mir nicht böse. Ich mach's auch wieder gut und kauf dir einen neuen Einband oder so.

Also pass auf, ich erzähl dir, was los war. Es ging schon mal damit los, dass meine Mutti in mein Zimmer gekommen ist und mich über den grünen Klee gelobt hat, weil ich doch so mutig gewesen bin, mich bei dieser Partnerschaftsagentur anzumelden. Ihre Freundinnen, diese alten Schachteln, haben sie deswegen beneidet und ihr gesagt, dass sie sich auch so einen coolen Sohn wie mich wünschen würden. So hab ich das zumindest verstanden. Sie hat es natürlich nicht so formuliert, Mutti kann das nämlich nicht. Sie hat mich erst eine Weile angeschwiegen und angestarrt, dann hat sie losgeschrien und gesagt, dass ich eine Woche lang Stubenarrest hätte und ich niemals wieder ins Wohnzimmer kommen dürfte, wenn sie mit ihren Freundinnen drin sitzt. Ich hab sofort verstanden, was sie damit gemeint hat, weil, ich hab mal einen Bericht über Subkommut... äh ...kommuk... ähm ...komm-u-ni-ka-tion (ja, das war's) im Fernsehen gesehen, und in dem hieß es, dass man immer ›zwischen den Zeilen‹ lesen muss. Das hab ich erst nicht geschnallt, weil, wenn ich bei 'nem Buch zwischen den Zeilen gelesen hab, dann war da einfach nur leeres Papier. Aber irgendwann hab ich kapiert, was die meinen. Bei so Sachen wie Muttis Lob geht es nicht darum, was jemand sagt, sondern was er damit meint. Genau diesen Trick hab ich letzten Freitag ausprobiert und ›zwischen‹ Muttis Zeilen gelesen. Und da hab ich verstanden, wie stolz sie auf mich ist.

Nur das mit dem Stubenarrest kapier ich subkommuzitativ nicht. Aber egal, wichtig ist nur, dass sie mich toll findet. Und die Karte von der Partneragentur hab ich ja abgeschickt, bevor sie mir die Zeitschrift weggenommen hat, also ist alles in trockenen Tüchern!

Der Stubenarrest hat übrigens noch einen anderen Vorteil, nämlich, dass ich gaaanz viel Zeit hatte, um im Internet nach der Jenny zu suchen. Gleich nachdem sich Mutti wieder verzogen hat, bin ich zu meinem PC gegangen und hab bis Samstagmittag (oder so) nach Jenny Ausschau gehalten. Nur einmal musste ich meine Suche unterbrechen, weil mein Bücherregal von der Wand gekracht und das dämliche Buch vom Sebastian direkt auf meinen Kopf gefallen ist. Ey, dafür hab ich diesen Trottel so gehasst, ganz im Ernst! Ich hätte gute Lust gehabt, rüberzugehen und ihm das blöde Ding vor die Füße zu werfen, aber das ging ja wegen des Stubenarrestes nicht. Also hab ich's stattdessen auf mein Fenstersims gelegt, direkt unter meine Topfpflanze. Jetzt les ich das Ding erst recht nicht!

Aber sei's drum, viel wichtiger ist: ICH HAB DIE JENNY GEFUNDEN!

Ja, du liest richtig, Tagebuch, ich hab sie wirklich gefunden!

Da war so 'ne Seite von einem Tierfreundeverein (oder so was in der Art), und dort hat es ganz viele Bilder von Frauen gegeben, die mit ihren Hunden und Pferden gespielt haben. Das war voll süß. Die sind halb nackig herumgerannt – also, die Frauen, meine ich, nicht die Tiere – und haben die gestreichelt und geküsst und solche Sachen. Ganz oben war wieder so 'ne Bilderleiste mit drei Fotos gewesen. Und eines davon zeigte: DIE JENNY!!!

Seltsam fand ich nur, dass die Jenny zwar immer noch ausgesehen hat wie die Jenny, und es war sogar dasselbe Foto von der Jenny, aber darunter stand diesmal ›Monika (19)‹. Außerdem wurde behauptet, dass sie in Schwäbisch-Gmünd wohnt und nicht mehr in Stuttgart. Ey, da haben diese Volldeppen vom Tierfreundeverein so richtig Mist gebaut, oder? Das hab ich natürlich sofort der Jenny ... also der Monika ... also der EIGENTLICHEN Jenny gepetzt. Ich hab mich auf dieser Seite angemeldet und hab ihr (wie beim letzten Mal) im Namensfeld eine Nachricht hinterlassen, dass diese Tierfreunde sowohl ihren Namen als auch ihr Alter und ihren Wohnort falsch geschrieben haben. Da wird sie mir bestimmt dankbar sein!

Anschließend bin ich zu Mutti gegangen und hab ihr gesagt, dass ich eine Überraschung für sie hätte. Sie hat ja die Jenny noch nie gesehen, weil ich ihr noch nie von ihr erzählt hab. Eigentlich wollte ich noch abwarten und sie damit überraschen, indem ich irgendwann mit der Jenny reinkomme – sie total verliebt und untergehakt bei mir und ich voll cool und lächelnd – und dann zu Mutti sage: »Darf ich dir meine supersexy Freundin Jenny vorstellen?« Aber offensichtlich dauert es noch ein bisschen, bis es zu diesem Unterhaken und Lächeln kommt, weil, die Jenny hat ja noch nicht mit mir telefoniert. Und bis wir nicht wenigstens einmal miteinander telefoniert haben, darf sie sich auch nicht bei mir einhaken, ist ja logisch. Sonst könnt ja jede kommen!

Also bin ich zu Mutti hin und hab sie gefragt: »Willst du mal sehen, in wen ich mich verliebt hab?«

Sie hat mich wieder skeptisch angeguckt, aber ich hab einfach nur gegrinst und zu ihr gemeint, dass sie in mein Zimmer mitkommen soll, weil, ich müsste ihr dort was Tolles zeigen.

»Hier!«, hab ich fröhlich gerufen und dabei hinter mich auf den PC-Monitor gezeigt. »In die da hab ich mich verliebt.«

Du kannst dir gar nicht vorstellen, wie STOLZ meine Mutti in diesem Augenblick gewesen ist, Tagebuch! Die hat richtige Tränen in den Augen gekriegt und ist heulend herausgerannt! Dabei hab ich erst hinterher gemerkt, dass ich gar nicht auf das Bild von der Jenny gezeigt hab, sondern auf eines, wo so 'ne Dogge auf einer nackigen Frau gelegen ist. Na ja, was soll's, dann zeig ich ihr das richtige Bild eben ein andermal. Vorausgesetzt natürlich, ich schaff es, wieder ins Internet zu kommen. Seit gestern ist der Anschluss tot. Ich hab mitgehört, dass Mutti nach ihrer Heulerei mit der T-Online-Hotline telefoniert hat. Ich muss sie mal fragen, ob das was damit zu tun hat.

Apropos, eine weitere Sache ist mir in den letzten Tagen passiert, und die hat auch mit meiner Mutti zu tun gehabt. Sie ist heute Morgen in mein Zimmer gekommen und hat mir ein Prospekt in die Hand gedrückt, das ein bisschen wie diese bunten Flyer war, die immer in unserem Briefkasten liegen und für Kleidersammlungen oder Lieferservices werben. Nur dass es dabei nicht um Kleidersammlungen oder Lieferservices ging, sondern um eine Veranstaltung in Muttis Kirchengemeinde. In ganz großen Buchstaben stand da:

IHR TRAUMPARTNER VOR GOTTES ANGESICHT!

Auf dem Cover waren ein total cool aussehender Mann und eine supersexy Frau abgebildet, die sich verliebt angeguckt haben, und darunter stand:

Speeddating in der katholischen Kirchengemeinde Kruzifizius.
Am Freitag, den 24. Juli, ab 16:30 Uhr.
(Für junge Christinnen und Christen bis 35 Jahre).

Ich bin zwar kein Christ, aber meine Mutti schon, und deshalb hab ich mir das Heftchen komplett durchgelesen. Die haben da erzählt, dass es bei ihnen so ähnlich abläuft wie bei der Reise nach Jerusalem: Man läuft immer im Kreis und wechselt den Sitzplatz. Der Unterschied ist nur, dass nicht ein Stuhl zu wenig dasteht und einer deshalb der Trottel ist, sondern dass exakt so viele Stühle da sind, wie auch Leute. Man hat insgesamt fünf Minuten Zeit, um mit der Frau, die einem am Tisch gegenübersitzt, zu labern. Wenn diese fünf Minuten rum sind, muss man zum nächsten Tisch wechseln und mit der nächsten Frau labern. Und so weiter halt. Bis man alle durchhat.

Ich fand das richtig klasse, weil, wenn da wirklich solche Frauen anwesend sind wie auf dem Cover, dann will ich unbedingt da hin! Ich meine, die werden sich sofort in mich verlieben und auf mich abfahren, ist ja klar! Außerdem wär das 'ne tolle Möglichkeit, um Muttis Freundinnen, diese alten Schachteln, noch ein bisschen mehr neidisch zu machen. Also hab ich da angerufen und mich für das Dingsbums angemeldet.

»Sie sind doch der Sohn von Schwester Anneliese, nicht wahr?«, hat eine brummige Männerstimme am anderen Ende gefragt. »Ich hoffe, Ihnen ist klar, dass dies eine seriöse Veranstaltung ist, oder?«

»Natürlich!«, hab ich erwidert und dabei ein bisschen empört geklungen. In Wirklichkeit hab ich den Typen verstehen können, der muss bestimmt den ganzen Tag irgendwelche Verlierer abwimmeln, die sich vor den Frauen blamieren würden.

»Na schön«, hat er gemeint. »Dann melde ich Sie an. Aber denken Sie daran, weder Ihre Hände noch Ihre Gedanken zu beschmutzen. Dies ist ein heiliger Ort! Haben Sie mich verstanden?«

Ich hab dem Heini versichert, dass ich mir alles gründlich waschen werde, bevor ich dorthin komme, und er soll sich deshalb keine Sorgen machen. Dann hab ich aufgelegt. So ein komischer Kerl, echt! Was interessiert den, wie oft ich mich wasche? Hoffentlich sind die nicht alle so schräg drauf, sonst stören die mich nur beim Flirten mit den sexy Frauen.

Okay, und jetzt noch zu einer vierten Sache, die mir passiert ist. Halt dich fest, Tagebuch, weil, das ist jetzt der Kracher! Bist du bereit?

ES HAT SICH JEMAND AUF MEIN VIDEO GEMELDET!!!

Jawohl, ganz im Ernst, ich mach keinen Spaß!

Gestern, kurz bevor das Internet weg war, hab ich eine Mail von einer Svetlana in meinem Postkasten gehabt. Die hat mir erzählt, dass sie mein Video gesehen und es so toll gefunden hat, dass sie sich unbedingt mit mir treffen will.

Okay, zugegeben, EXAKT so hat sie's nicht formuliert, weil, die Svetlana kommt nicht aus Deutschland (sondern aus Russland, glaub ich). Deswegen kann sie unsere Sprache nicht so gut. Sie hat mir Folgendes geschrieben:

suche liebesvoles man in die deutsland
hast du wollenmih kenen lernen bald shreiben du mail
dan ih komen und treefen dich!!!

Voll süß, oder?

Wobei ... ich weiß, was du jetzt denkst, Tagebuch. Du fragst dich, wieso ich mir sicher bin, dass die Svetlana mein Video gesehen hat, obwohl sie's nirgendwo in ihrer Nachricht erwähnt. Stimmt's? Tjaahaa, das ist ganz einfach. Bei YouTube muss man sich mit einer E-Mail-Adresse anmelden, bevor man ein Video hochladen kann. Ich hab damals eine neue angelegt, um nicht die Übersicht zu verlieren, wenn die ganzen Nachrichten von den sexy Frauen eintrudeln. So, und die Mail von der Svetlana lag in GENAU DIESEM Postkasten!

Na, kapiert?

Ich sag's ja: Ist total logisch, wenn man's weiß.

Leider konnte ich ihr nicht mehr zurückschreiben, weil dann das Internet weg war. Aber sobald ich wieder 'ne Verbindung hab, werde ich das natürlich tun. Und dann werde ich mich mit ihr treffen! Und bis dahin hab ich ja noch die Jenny (oder Monika, oder wie auch immer) und die Partnerschaftsagentur und das Video und das christliche Dingsbums am Freitag. Voll der Hammer, oder? Es wird immer mehr und mehr! Du siehst, mein Ziel rückt näher.

IN SECHS MONATEN WILL ICH EINE FREUNDIN HABEN!!!

Und mittlerweile bin ich mir sicher, dass ich das schaffen werde.

Okay, so viel dazu. Sobald es Neuigkeiten gibt, schreib ich dir. Jetzt muss ich erst mal einen Besen holen und die ganze Erde zusammenkehren, die auf meinem Zimmerboden herumliegt. Meine Topfpflanze ist gerade von Sebastians Buch runtergefallen! Ich muss dieses dämliche Ding unbedingt loswerden. Oder irgendwo verstauen, wo's mich nicht mehr nerven kann.

Also bis die Tage.

In Liebe, dein Jürgen.

– **Tag 11** –

Liebes Tagebuch,

Das war vielleicht 'ne doofe Woche!!!
   Du hast dich bestimmt gewundert, wo ich abgeblieben bin und warum ich mich so lange nicht gemeldet hab, stimmt's? Tja, ich war im Krankenhaus gewesen. Ja, du liest richtig, Tagebuch, im Krankenhaus! Und schuld daran war nur dieses doofe Kirchendingsbums von Mutti! Du weißt schon, dieses eine, bei dem man von Tisch zu Tisch latschen muss, um mit ganz vielen Frauen zu reden. Das hab ich auch gemacht! Und jetzt hab ich eine dicke Lippe und ein blaues Auge und mein Kopf tut richtig weh, weil mir die dicke Frau Humboldt, die das Dingsbums geleitet hat, ständig mit ihrem Gehstock draufgehauen hat.
   Aber eins nach dem anderen. Ich fang von vorne an.
   Am letzten Freitag bin ich in meinem Zimmer gesessen und hab mir überlegt, wie ich mich am besten auf das Dingsbums vorbereiten könnte. Nicht, dass ich's nötig gehabt hätte, immerhin bin ich ein echter Kerl und keine Memme. Aber andererseits hab ich mir gedacht, dass es ja auch nicht schaden kann, sich noch ein bisschen Profiwissen zu holen und die Frauen damit noch schneller aus den Socken zu hauen.
   Blöd war nur: Ich hab immer noch kein Internet gehabt (das hat sich bis heute nicht geändert). Ich hab Mutti danach gefragt, aber die ist nur kopfschüttelnd und flennend aus dem Zimmer gegangen und hat mir keine Antwort gegeben. Komische Sache, echt! Also hab ich mir was anderes überlegen müssen.
   Zuerst hab ich mit dem Gedanken gespielt, den Sebastian zu fragen, ob der vielleicht solche Veranstaltungen kennt und mir ein paar gute Tipps geben könnte. Aber dann hab ich mir gedacht: *Nee, den Gefallen tu ich dem nicht! Ich bin doch nicht doof!* Ich hab nämlich gestern aus Langeweile in sein komisches Buch reingeguckt (nur ganz kurz, Ehrenwort!), und da stand irgendwas von ›Hundeblick bei Frauen‹ und ›Drei-Sekunden-Regel‹ drin. Ist das zu fassen? Da leiht der mir ein Buch über Rechenaufgaben mit Reißverschlüssen, und dann steht da was von Tiergrimassen und Eierkochen drin. Der Typ ist doch nicht ganz

dicht, der ist doch bekloppt! Kein Wunder, dass der nur von seinen Schwestern Besuch bekommt und nicht von sexy Frauen, so wie ich.

Wobei mir gerade einfällt: Rate mal, wen ich heute Morgen aus Sebastians Wohnung hab kommen sehen, Tagebuch! Diese Verkäuferin aus dem C&A! Ja, kein Witz, die ist da rausgekommen, die beiden haben sich verabschiedet, dann ist sie verschwunden. Haben sich bestimmt über Klamotten unterhalten. Also, wenn der Typ nicht schwul ist, dann weiß ich auch nicht weiter.

Na ja, wie auch immer, ich bin jedenfalls in meinem Zimmer gesessen und hab über das Dingsbums nachgedacht, als mir plötzlich eine Idee gekommen ist, und zwar 'ne richtig gute! Ich hab mir überlegt, dass ich mir ein paar Sprüche zurechtlegen könnte, um die bei dem Dingsbums zu benutzen und dadurch noch schneller an die Dates mit den sexy Frauen zu kommen. In einer Reportage im Fernsehen hab ich mal gesehen, dass es Frauen mögen, wenn Männer total cool und lässig reden, so wie dieser Ham... Hamf... Hamfrie Bockart (oder wie man den schreibt). Also hab ich beschlossen, genau das zu tun.

Die Frage war nur: Wie?

Internet gab's ja keins! Und irgendwelche komischen Bücher aus der Bücherei wollte ich mir auch nicht ausleihen, das wär voll peinlich gewesen. Ich meine, stell dir das mal vor, Tagebuch: Ich geh in eine Bücherei, und dann steht da so 'ne runzelige, alte Schachtel und fragt mich: »Kann ich Ihnen helfen?« Und ich sag zu ihr: »Haben Sie Bücher, wo man nachlesen kann, wie man cool und lässig mit Frauen spricht?« Da würden sich die ganzen Leute um mich herum totlachen und mich für ein Weichei halten, das noch nicht mal cool und lässig mit Frauen sprechen kann. Nee, das wollte ich auf keinen Fall! Ich bin kein Weichei, sondern ein echter Kerl! Deshalb ist mir was viel Besseres eingefallen, nämlich, ich bin einfach in die nächste Videothek gelatscht! Das war gar nicht so leicht gewesen, in unserem Ort gibt's nur noch eine einzige, und da geht eigentlich keine Sau mehr hin. Aber genau das war ja der Trick bei der Sache gewesen: Das Risiko, jemandem über den Weg zu laufen, den ich kenne, war praktisch null. Ganz schön clever, oder?

Die Tussi am Tresen hat mich gefragt: »Was suchen Sie denn?«

»Einen Film mit Frauen«, hab ich ihr geantwortet. »Wo die so verführt werden. Mit lässigen und coolen Sprüchen von ganz coolen und lässigen Männern. Echte Kerle halt.«

Da hat sie mich angegrinst und erwidert, dass ich dazu in die nächste Abteilung gehen müsste, gleich hinter dem roten Vorhang. Die hätten da Filme für ›spezielle Vorlieben‹. Keine Ahnung, was sie damit gemeint hat. Ich bin jedenfalls da hin, und eine zweite Bedienung hat mir irgendwelche Filme herausgesucht, bei denen sie sicher war, dass die zu mir passen würden. Die hat mich auch so komisch angegrinst. Keine Ahnung, was das sollte, vielleicht müssen die das so machen. War trotzdem nervig!

Der erste Film hieß ›Der Rosettenkönig‹. Den hab ich mir nicht angeguckt, das klang irgendwie nach Märchen oder Historienfilm, und ich will ja keine Burgfrauen verführen, sondern echte Frauen von heute. Den zweiten hab ich auch nicht angeschaut, der hieß ›Bukkake Dreams‹, und ich mag keine japanischen Kung-Fu-Filme. Ich hab beide Mutti gegeben, die findet so was toll. Sie meinte, sie würde sich die mit ihren Freundinnen von der Kirchengemeinde anschauen. Soll sie ruhig.

Den dritten aber, den fand ich gut, den hab ich mir angeguckt. Er hieß ›Heiße Frauen wollen immer‹. Ich hab nicht ganz kapiert, WAS genau diese heißen Frauen IMMER wollen, das kam nicht so richtig rüber, aber ich glaub, es waren neue Klamotten. Die sind da die ganze Zeit nackig herumgelaufen oder haben sich die Sachen ausgezogen, und dann haben sie sich gestreichelt und geküsst. Vielleicht sollte ich den Film dem Sebastian und seiner Verkäuferin ausleihen, das würde die bestimmt interessieren. Andererseits werde ich dem komischen Kerl bestimmt nicht dabei helfen, ein cooler Typ zu werden. Soll er doch selber schauen, wo er bleibt!

Wie auch immer, ich hab mir den Film angeguckt und ganz viele Sprüche aufgeschrieben, die die Männer zu den Frauen gesagt haben. Die hab ich dann auswendig gelernt und bin anschließend zu dem Dingsbums gefahren.

Jetzt kann echt nichts mehr schiefgehen, hab ich gedacht.

Tja, FALSCH GEDACHT!!!

Es ging schon mal damit los, dass ich beim Hereinkommen von so einem pickligen, jungen Heini mit Nickelbrille (Marke: Verlierertyp!)

gefragt worden bin, wie ich denn heiße. Er hat ein Klemmbrett in der Hand gehalten, auf der die Namen aller Teilnehmer gestanden haben. Natürlich wusste ich seit dem Echte-Männer-Film, dass es total uncool kommt, auf so 'ne Frage nur mit »Jürgen« zu antworten (oder wie man eben heißt). So was macht man als echter Kerl nicht. Also hab ich ganz lässig und stolz erwidert: »Ich bin Mr. Bigdick, der geile Jürgen, ich kann immer!«

Da ist dem Typ sein dämliches Grinsen aus dem Gesicht gefallen, und zwar schneller, als 'ne Pistolenkugel fliegen kann, und er hat mich angeguckt, als ob er gleich in Ohnmacht fallen würde. War bestimmt beeindruckt gewesen!

Blöderweise hat er mir das nicht sagen können, weil, genau in diesem Moment ist ein anderer Heini um die Ecke gekommen und hat zu mir gemeint: »Ach, schau an, wen haben wir denn da? Der Sohn von Schwester Anneliese, richtig? Ich habe Ihnen doch am Telefon gesagt, dass Sie diese heiligen Hallen mit dem nötigen Respekt betreten sollen!« Dann hat er den Zeigefinger nach oben gereckt und in einem ganz dramatischen Ton hinzugefügt: »Gott hört und sieht alles! Denken Sie da immer dran!«

Ich hab ihm erklärt, dass er sich um mich keine Sorgen machen müsste, weil ich meine Hände und überhaupt alles vorher gewaschen hätte, ganz so, wie ich's versprochen hab. Außerdem wär ich ein Flirtprofi und würde nur darauf warten, endlich mit den sexy Frauen reden zu können. Und sein Gott könnte gerne dabei zugucken, wenn er noch was lernen will.

»WIE BITTE???«, hat der Mann gekrächzt.

»Na, ist Ihnen nie aufgefallen, dass Gott keine Frau hat? Überlegen Sie mal, warum das so ist!« Mit diesem Satz hab ich ihn stehen lassen und bin reingegangen. Voll nervig, der Typ, echt!

So, und jetzt kommt der krasseste Teil der Geschichte! Weißt du, am Anfang von diesem Brimborium mussten wir Männer uns blöde in der Gegend aufstellen und darauf warten, dass die sexy Frauen reinkommen und sich an die Tische setzen. Ich hab die Zeit dafür genutzt, um mich mal umzusehen und mir die anderen Kerle anzuschauen. Und soll ich dir was sagen? Das waren VOLL die Spastis und Weicheier gewesen! Die eine Hälfte war fett und hat geschwitzt, die andere war mager und hat geschwitzt. Okay, ich hab auch ein bisschen geschwitzt, aber das hat man zum Glück nicht sehen können, weil ich meinen dunkelgrauen Anzug angehabt hab – diesen einen, den ich auch zur Beerdigung von Opa Wilfried getragen hab, der macht halt RICHTIG was her.

So, und dann kamen die Frauen herein.

Oder ... zumindest ... so was Ähnliches!

Ganz im Ernst, Tagebuch, ich hab kurz überlegt, ob mich diese Typen von dem Dingsbums veräppeln wollen! Die haben tatsächlich in letzter Minute die ganzen sexy Frauen ausgeladen und stattdessen irgendwelche total hässlichen Schabracken eingeladen! Die eine Hälfte war fett und hat geschwitzt, die andere Hälfte war mager und hat zwar nicht geschwitzt, aber die waren so hässlich gewesen, dass ich Angst gekriegt hab, die könnten aus 'nem Horrorfilm abgehauen sein. Echt gruselig!

Blöderweise war's in dem Moment schon zu spät gewesen, ich konnte keinen Rückzieher mehr machen. Also hab ich beschlossen, einfach die Zähne zusammenzubeißen und auf dem Dingsbums das Flirten zu üben. Immerhin hab ich mir diese ganzen Sprüche aus den Filmen aufgeschrieben, und ich wollte nicht, dass die Mühe für die Katz gewesen ist. Also bin ich geblieben.

Nachdem die hässlichen Schachteln Platz genommen hatten, kam die dicke Frau Humboldt reingepoltert. Die ist mit ihrem Spazierstock in die Mitte des Raumes gegangen und hat dabei lauter geschnauft als eine Dampflokomotive.

»So, meine lieben Herren der Schöpfung«, hat sie gesagt, nachdem sie wieder Luft gekriegt hat. »Die Damen befinden sich an ihren Plätzen, dann würde ich sagen: Es kann losgehen! Wenn Sie diese Glocke klingeln hören ...« Sie hat so 'ne komische Bimmel hochgehalten und damit herumgewedelt. »... dann heißt es, dass Ihre Zeit leider um ist und Sie zum nächsten Tisch wechseln müssen. Am Ende können Sie die Namen der jeweiligen Damen, die Sie wiedersehen möchten, auf einen Zettel schreiben und in die Kiste hier vorne werfen. Die Damen tun bitte dasselbe mit den Männern. Wenn sich daraus ein Treffer ergibt, dann schauen wir, wie es weitergeht. Also dann, los geht's!«

Klingeling, klingeling.

Die Männer haben sich alle an einen Tisch gesetzt. Ich auch.

Tja, und wie ich so dagesessen bin und mir die abartig fette Kuh angeguckt hab, die mich angegrinst hat wie ein völlig durchgeknallter Killerclown, da wollte ich eigentlich aufstehen und weglaufen. Aber stattdessen hab ich mir gedacht: *Egal, jetzt bist du schon mal hier.*

»Hallo«, hat mir der Elefant zugeflötet. Ihre Stimme hat überhaupt nicht zu ihrem Körper gepasst, die war hoch und piepsig, wie bei einem Vogel. »Ich bin die Birgit«, hat sie gezwitschert. »Voll schön, dich kennenzulernen! Wie heißt du?«

Ich hab mich zum Nachbartisch gedreht. Die haben sich gerade über irgendwelche langweiligen Reisen in die Karibik unterhalten, und ich hab mir gedacht: *Jetzt sollen die mal sehen, wie das ein echter Mann macht!*

Also hab ich zu dem Fleischberg gesagt: »Hey! Was haben wir denn hier? Wie heißt du, Süße?«

»Äh ... Birgit. Das hab ich dir doch schon –«

»Birgit, aha, schön. Wie alt bist du, Birgit?«

»Ähm ... 34, aber –«

»34? So jung? Ich wette, du kannst saugen wie ein Profi, stimmt's?« Den Spruch fand ich besonders gut, weil ich halt total auf Frauen stehe, die gut putzen können. So wie meine Mutti.

Der Birgit sind sofort die Augen aus dem Kopf gefallen und sie wollte gerade etwas erwidern, aber ich hab einfach weitergemacht und zu ihr gemeint: »Okay, Birgit, dann zieh mal dein Oberteil aus. Aber mach's langsam, okay? Papi will zugucken!«

In diesem Moment ist die dicke Frau Humboldt um die Ecke gekommen und hat mir zum ersten Mal ihren Spazierstock über die Rübe gezogen. VERDAMMT, hat das wehgetan!!! Die war bestimmt eifersüchtig, diese blöde, fette Kuh! Und die Birgit ist gleich darauf von ihrem Platz aufgesprungen und kreischend aus dem Saal gerannt. Kein Wunder, echt! Hätt ich an ihrer Stelle auch gemacht, nach so 'ner peinlichen Aktion wie die von der Frau Humboldt. Zu allem Überfluss ist auch noch dieser ›Gott sieht alles‹-Typ dazugekommen und hat irgendwas von sündigem Mundwerk gefaselt. Ich wollte ihm gerade eine fiese Antwort geben, aber genau in diesem Moment hat dieses blöde Glöckchen gebimmelt und ich hab mich an den nächsten Tisch setzen müssen. War rückblickend betrachtet nicht sooo furchtbar schlimm, die Birgit war ja weg. Nur mein Nachfolger hat etwas hilflos aus der Wäsche geguckt, der saß ja jetzt an einem leeren Tisch.

Wie auch immer, die nächste Tussi war auch nicht besser gewesen. Sie war eine von den Mageren, aber trotzdem VOLL hässlich! Kein Vergleich zu der Jenny ... äh, ich meine, zu der Monika. Ich hab trotzdem einen Versuch gestartet und mir ein paar Filmsprüche bereitgelegt.

»Naaaaa?«, hab ich in einem total verführerischen Ton gebrummt (fast so, wie bei meinem Videodreh, nur ohne das ›*Rrrroaaarrr*‹).

»Äh ... ja«, hat die Hässliche erwidert. »Ich bin die –«

»Ich will nicht deinen Namen wissen«, hab ich sie unterbrochen. »Ich will, dass du auf die Knie gehst und genau das mit deinem Mund tust, wofür Gott ihn dir gegeben hat!« Ich fand den Spruch deshalb so gut, weil er total zu diesem Kirchendingsbums gepasst hat.

Aber die hässliche Dürre hat das offenbar nicht so gesehen. Sie ist aufgesprungen, hat mir mördermäßig eine gescheuert und ist dann wie die Birgit rausgelaufen. Und gleich darauf ist auch wieder die blöde Frau Humboldt aufgetaucht und hat mir zum zweiten Mal ihren Spazierstock über den Kopf gehauen.

Klingeling, das Glöckchen hat geklingelt und ich bin zu Tisch Nummer drei gegangen. Oder eher: Gewankt! Mir war mittlerweile ziemlich schwindelig gewesen. Aber cool geblieben bin ich trotzdem, schließlich bin ich ein echter Kerl.

»Hallo, wie heißt du?«, hat mich die Schnepfe auf der anderen Tischseite gefragt – fett, schwitzend, und ein Gesicht wie ein zwanzig Jahre alter Fußabtreter.

»Jürgen«, hab ich kurz und knapp erwidert und mir den Kopf gerieben. Irgendwie hab ich keine Lust mehr auf Filmsprüche gehabt.

»Wie bitte?«, hat die Dicke gefragt und sich die Hand ans Ohr gehalten. Ich hab da erst gemerkt, dass sie ein Hörgerät getragen hat.

»JÜRGEN!«, hab ich lauter wiederholt.

»Waaaaas???«

»JÜÜÜÜÜRRRRR-GEEEEEEN!«

»Ah, okay. Jürgen. Und wie weiter?«

»Händel.«

»Wie???«

»Hän-del.«

»Äh ... *Hindel*? Was ist denn das für ein komischer Name?«

»Nein, nicht *Hindel*, HÄÄÄNDEL!«

»Wiiieee?«

»Ach du meine Fresse ... HÄÄÄÄÄÄÄÄÄNNN-DEEEEEEEEEEL, DU TAUBE, HÄSSLICHE SCHNEPFE!!!«

In diesem Augenblick ist Frau Humboldts Stock zum dritten Mal auf meiner Rübe gelandet! Scheinbar hat sie direkt hinter mir gestanden. Und ... na ja ... ab diesem Moment sind meine Erinnerungen sehr neblig und verschwommen. Ich weiß nur noch, dass dieser nervige Mist den ganzen Nachmittag weitergegangen ist. Irgendwann bin ich im Krankenhaus aufgewacht, und die Ärzte haben mir gesagt, dass ich 'ne Gehirnerschütterung hätte und außerdem noch den Abdruck von einem Kruzifix auf der Stirn. Wo der allerdings hergekommen ist, konnte mir keiner erklären.

O Mann, das war ein totaler Flop, Tagebuch! NIE, NIE, NIE wieder so ein Kirchendingsbums, ganz im Ernst! Hätte ich bloß nicht auf meine Mutti gehört und wär zuhause geblieben.

Ich muss zusehen, dass ich das Internet wieder zum Laufen bekomme, sonst kann ich gar nicht mit der Jenn... äh, mit der Monika schreiben und mich auch nicht bei der Svetlana melden. Bestimmt quillt mein Postfach schon über vor lauter Anfragen und Liebesnachrichten. Vielleicht geh ich heute Abend zum Telekom-Shop im Nachbardorf und klär das mit denen.

Okay, so viel dazu. Sobald es was Neues gibt, schreib ich dir wieder. Jetzt hol ich mir eine Schmerztablette und einen Kühlakku, mein Kopf dröhnt immer noch wie ein Presslufthammer.

Doofe, fette Frau Humboldt!

In Liebe, dein Jürgen.

– Tag 12 –

Liebes Tagebuch,

Ich hab mein Internet wieder!!!
    Jawohl, du liest richtig! Deswegen halt ich mich auch kurz, weil, ich hab gaaanz viele E-Mails bekommen, die ich beantworten muss. Aber damit du mir nicht mehr böse bist – vor allem wegen der Woche, in der ich im Krankenhaus gelegen bin –, melde ich mich trotzdem bei dir, um dir zu berichten, wie's mir geht. Übrigens wollte ich Mutti damals bitten, mir dich vorbeizubringen, weil, dann hätt ich im Krankenhaus in dich reinschreiben können. Aber komischerweise hat sie mich dort nie besucht. War bestimmt zu beschäftigt gewesen, weil sie die ganzen Frauen abwimmeln musste, die an unserer Tür geklingelt haben und mich sehen wollten. Cool, oder?
    Na ja, wie auch immer, ich war jedenfalls gestern im Telekom-Shop gewesen und hab die Pfeifen so richtig zur Sau gemacht! Das war vielleicht nervig, kann ich dir sagen. Der Typ, der mich bedient hat, wollte mir die ganze Zeit irgendwelche globalgalaktischen Tarife andrehen, mit denen ich unter der Dusche und auf 'm Klo und sogar beim Weltuntergang telefonieren könnte. Ich hab ihm erklärt, dass ich beim Duschen nie telefoniere, weil ich das nur zweimal pro Monat mache, und auf 'm Klo würde ich das auch nicht tun, sondern meine Comics lesen, und beim Weltuntergang schon mal gar nicht, weil ich viel zu sehr mit Sterben beschäftigt wär. Er hat trotzdem immer weitergelabert. Irgendwann ist mir das zu blöde geworden, ich hab ausgeholt und mit der flachen Hand auf den Tresen gehauen. Und dann hab ich so laut gerufen, wie ich nur konnte: »Geben Sie mir mein Internet wieder, damit ich an die sexy Frauen rankomme!!!«
    Die Leute um mich herum sind schlagartig still geworden und haben sich zu mir umgedreht. Ein paar von denen haben sogar gegrinst. Tja, die waren bestimmt beeindruckt gewesen! Ich hab mich deshalb ganz stolz vor dem Telekom-Heini aufgebaut und hinzugefügt: »Ich hab sogar ein Video von mir im Internet. Ein richtig tolles, das von ganz vielen Frauen gesehen wird!«

Der Telekom-Typ hat mir keine Angebote mehr gemacht. Er hat nur noch auf seinen Monitor geglotzt und irgendwas in seinen Computer eingegeben. »Warum krieg ich immer die Verrückten?«, hat er leise gemurmelt.

Ein anderer Kunde hinter mir hat mich gefragt, ob der Nachname meiner Freundin zufällig ›Tschejpeg‹ wär. Keine Ahnung, wen er damit gemeint hat. Ich hab ihm jedenfalls geantwortet, dass ich niemanden mit diesem Namen kennen würde, nur eine Monika und eine Svetlana, aber wenn er mir die Frau vorstellen möchte – natürlich nur unter der Bedingung, dass sie sexy ist –, dann kann er das gerne tun. Ich hätte noch ein paar Termine in meinem Kalender frei.

Da war auch er sprachlos gewesen.

»Hier haben wir's ja«, hat der Telekom-Heini zu mir gemeint. »Ihr Internetanschluss wurde vor einer Woche gesperrt. Bei mir steht: ›Kündigung steht aus, Kunde bittet um sofortige Sperrung‹.«

Ich hab dieser Vollpfeife erklärt, dass das totaler Quatsch ist, weil ich absolut gar nichts gekündigt hätte, und meine Mutti auch nicht. Die hätte gerade erst meine Freundin im Internet gesehen und wär voll stolz auf mich gewesen (an dieser Stelle hat der Typ hinter mir wieder was von seiner ›Tschejpeg‹ gefaselt). Außerdem hab ich noch zu ihm gesagt, dass jede Menge Frauen darauf warten würden, von mir zu hören, und deswegen bräuchte ich jetzt und sofort und auf der Stelle meinen Internetanschluss wieder!

Irgendjemand in dem Laden hat laut gerufen: »Schau dir lieber 'ne Aufreißer-Doku im Fernsehen an! Ich glaube, das wär was für dich.« Die anderen haben gelacht.

Ich hab mich zu dem Dummschwätzer umgedreht und ihm gesagt, dass ich schon ein Buch zu dem Thema hätte, und zwar von dem allerbesten Experten, den es dazu gibt, nämlich meinen coolen Nachbarn Sebastian. Das ist natürlich Quatsch, aber ich wollte den Typen halt mundtot machen. »Außerdem«, hab ich hinzugefügt, »brauch ich keine Reißverschlüsse, sondern meinen Internetanschluss. Damit ich den sexy Frauen schreiben kann.«

Da haben die Leute noch mehr gelacht.

»Ja, ja, okay, ich mach's wieder rückgängig, du lieber Himmel!«, hat der Telekom-Fuzzi gestöhnt und auf seiner Tastatur herumgetippt.

Er hat die Augen verdreht und den Kopf geschüttelt, so wie mein Therapeut. War bestimmt von dem Sprücheklopfer hinter mir genervt gewesen. Kann ich gut verstehen. Der Typ war ECHT ätzend!

Tja, und so hab ich meinen Internetanschluss wiederbekommen. Jetzt kann ich endlich den Frauen zurückschreiben, die sich bei mir gemeldet haben. Zumindest ... mehr oder weniger. Weil, ich muss ihre Nachrichten überhaupt erst mal finden! Ich hab hier eine FLUT von Werbemails bekommen, Tagebuch, das glaubst du kaum. Das müssen TAUSENDE sein. Echt krank!

Mutti hab ich übrigens noch nichts davon erzählt, dass wir wieder Internet haben. In letzter Zeit ist die ziemlich schräg drauf, wenn ich in ihrer Nähe bin. Die geht mir aus dem Weg und schlägt mir die Tür vor der Nase zu und solche Sachen. Keine Ahnung, was das soll. Bestimmt haben sie ihre Freundinnen, diese alten Schachteln, gegen mich aufgewiegelt. Sollen die mir doch den Buckel runterrutschen!

Und dem Sebastian bin ich auch wieder begegnet. Der ist mit dieser Café-Kellnerin aus seiner Wohnung gekommen und hat mich bei der Gelegenheit gefragt: »Na, Alter, was macht die Literatur? Hast du dir mein Buch angeschaut?«

Ich hab ihm erwidert, dass ich es gelesen und supertoll gefunden hätte, richtig klasse, und am Wochenende würd ich es ihm zurückgeben.

»Nur keine Eile«, hat er gemeint. »Lass dir ruhig Zeit, ich brauche es im Moment nicht. Du kannst es behalten, solange du willst, ich würde mich freuen, wenn es dir hilft. Und solltest du Fragen haben, dann komm gerne auf mich zu.«

So ein Mist!!! Jetzt erwartet er, dass ich ihm irgendwelche Fragen zu dem blöden Ding stelle. Und wenn ich keine hab, dann wird er sofort schnallen, dass ich es nicht gelesen hab, und ich werde wie ein Depp dastehen. Na super! Dieser doofe Kerl! Dann muss ich eben doch reingucken. Das mach ich irgendwann in den nächsten Tagen. Ich werde ein bisschen darin blättern und mir irgendwelche Fragen überlegen, dann gibt er hoffentlich Ruhe und lässt mich damit in Frieden!

So, jetzt muss ich wieder zurück an den PC und die E-Mails von den sexy Frauen suchen. Also bis bald, Tagebuch, ich melde mich wieder.

In Liebe, dein Jürgen.

– Tag 13 –

Liebes Tagebuch,

Ich weiß echt nicht, was ich noch denken soll, ich bin total neben der Spur! Momentan läuft nichts nach Plan.
    Aber eins nach dem anderen. Ich erzähl dir, was passiert ist. Alles fing damit an, dass ich am letzten Mittwoch zur Therapie gegangen bin. Der Herr Doktor war die ganze letzte Woche im Urlaub gewesen, deswegen hat er noch nichts davon gewusst, dass ich bei diesem Dingsbums gewesen bin oder die Monika wiedergefunden hab oder die Svetlana kennengelernt. Ich hab ihm also RICHTIG viel zu erzählen gehabt. Und ich war mir sicher gewesen, dass er total staunen und mich bewundern wird. Außerdem wollte ich ihm erzählen, dass ich fleißig in dich reinschreibe und mein Ich-Idol erschaffe. Das wär natürlich gelogen gewesen, weil ich dich ja in letzter Zeit sehr vernachlässigt hab, aber du verpetzt mich doch nicht, oder? Ich meine, wir kennen uns jetzt ziemlich gut, und … na ja … ich dachte halt, dass wir Freunde sind. Also, Tagebuch, du hältst dicht, oder?
    Während ich also bei ihm auf dem Bekloppten-Sofa gesessen bin (ich sitz da nur, weil sonst kein Platz mehr frei ist) und gerade anfangen wollte, von meinen Erfolgen zu erzählen, da hat er zu mir gemeint: »Ihre Mutter hat kürzlich bei mir angerufen. Sie meinte, dass es ein paar Probleme gegeben hat. Ist das korrekt?«
    Ich hab ihn perplex angeguckt und erwidert, dass das überhaupt nicht sein kann, weil ich gar keine Probleme hätte. Ganz im Gegenteil, ich würde nonstop mit sexy Frauen ausgehen und irrsinnig viel Spaß haben, und überhaupt, sei ich mir sicher, dass er da was falsch verstanden haben musste. Meine Mutti würde so was nie sagen. Die sei total stolz auf mich. Die würde eher so was sagen wie: »Der Jürgen ist voll beliebt, und ich bin total stolz auf ihn.« Erst letztens hätte ich ihr nämlich ein Foto von meiner Freundin im Internet gezeigt, und …
    An dieser Stelle hat er mich unterbrochen und zu mir gemeint: »Die Sodomiebilder, nicht wahr?«

Ich hab, um ehrlich zu sein, keine Ahnung gehabt, was er damit gemeint hat, aber das wollte ich nicht zugeben. Sonst hätte er mich für einen kompletten Vollidioten gehalten, der noch nicht mal weiß, was Sodomie ist, obwohl das doch jedes Kleinkind kennt. Also hab ich mich auf dem Sofa aufgerichtet und stolz geantwortet: »Ja, genau, DIESE Bilder! Wissen Sie: Mit Sodomie kenn ich mich aus! Damit hab ich schon zu tun gehabt, da war ich noch ein Kleinkind. Schon im Kindergarten hab ich gewusst, was Sodomie ist, und zwar vor allen anderen Kindern. Und heute bin ich ein Experte darin. Sogar mein Freund, der Dieter, kommt manchmal zu mir und fragt mich um Rat, wenn er was über Sodomie wissen will, weil –«

An dieser Stelle hat mich der Herr Doktor zum zweiten Mal unterbrochen, diesmal allerdings mit einem genervten »Ja, ja, schon gut, Sie sind der Tollste, ich hab's kapiert!« Die nächste Minute hat er damit verbracht, sich sehr viele Notizen zu machen. Als er damit fertig war, hat er seine Brille abgenommen und mich ganz lange und nachdenklich angesehen. »Darf ich offen zu Ihnen sein?«, hat er gefragt.

»Natürlich«, hab ich geantwortet. »Ich bin schließlich ein echter Mann und keine Memme, Sie können so offen zu mir sein, wie Sie wollen. Ich fang schon nicht an zu heulen.«

Tja, und dann ist's passiert, Tagebuch!

Der Herr Doktor ist knallrot im Gesicht geworden, dann ist er von seinem Stuhl aufgesprungen, hat seinen Block mit Schmackes in die Ecke gepfeffert und hat mich angeschrien. Ich sei ein Versager, eine totale Lusche, so etwas wie mich hätte er noch nicht erlebt. Ich würde meine Umgebung mit meinen völlig verrückten Ekspa... Espa... Eskapadaden (oder so ähnlich) terrorisieren. Und überhaupt, in puncto Flirten und Verführung sei ich eine Niete, ein reiner Möchtegern. Da gäbe es überhaupt keine Frauen, die auf mich stehen würden, das wär alles nur ausgemachter Blödsinn und reine Fantasie, ich solle endlich der Wahrheit ins Auge sehen und akzeptieren, dass ich ein völlig frustrierter Dummschwätzer bin!

Dann hat er sich hingesetzt und sich den Schweiß von der Stirn gewischt. Anschließend hat er zu mir gemeint, dass er die Therapie als gescheitert ansieht und ich nicht wiederkommen brauche, das hätte einfach keinen Wert mehr.

Also bin ich aufgestanden und gegangen.

Okay, das stimmt noch nicht ganz, weil, vorher hab ich noch ein bisschen geweint. Aber wirklich nur ein GANZ kleines Bisschen!

Na gut, es war mehr als ein bisschen.

Ach, verdammt, ist doch egal: Ja, ich hab geflennt wie ein Baby! Jetzt zufrieden?

Irgendwann hat mich der Herr Doktor rausgeschmissen und zu mir gemeint, dass ich ja nicht wiederkommen soll, für so einen Spinner wie mich wär ihm seine Zeit zu schade. Ich solle mir lieber jemanden suchen, der mir mit meinem Problem helfen kann. Einen Leichenbestatter zum Beispiel! Den hab ich nicht kapiert. Bevor ich ihn allerdings fragen konnte, hat er mir die Praxistür vor der Nase zugeschlagen.

Also dachte ich mir, ich hol mir woanders Rat. Ich war mir zu dem Zeitpunkt nicht sicher gewesen, ob der Herr Doktor nur Quatsch erzählt hat, oder ob es stimmte, was er mir an den Kopf gedonnert hat.

Also bin ich zum Dieter hin.

Ich hab gar nicht erst versucht, bei ihm anzurufen, weil, er geht ja schon seit Ewigkeiten nicht mehr ran, wenn ich das tue. Deswegen bin ich einfach zu ihm hin und hab an seiner Tür geklingelt.

»Was willst DU denn hier?«, hat er gebrummt, als er aufgemacht hat. Tja, der Dieter halt. Immer für einen Spaß zu haben!

»Ich brauch eine Meinung von dir, so von Mann zu Mann«, hab ich ihm geantwortet.

»Okay, und wo ist der zweite Mann bei der Sache?«, hat er gefragt. Den hab ich nicht kapiert. Aber in dem Moment war mir das egal gewesen, ich bin einfach reingegangen und hab mich bei ihm ins Wohnzimmer gesetzt.

»Sag mal«, hab ich angefangen. »Wie findest du mich eigentlich? Ich meine, so als Mensch?«

Der Dieter hat tief Luft geholt und mich eine Zeit lang schweigend angesehen. »Kann ich offen zu dir sein?«, hat er gefragt.

»Klar kannst du das, ich bin schließlich ein echter Mann und keine Memme, du kannst so offen zu mir sein, wie du willst. Ich fang schon nicht an zu heulen.«

Tja, und dann ist's passiert, Tagebuch!

Der Dieter ist knallrot im Gesicht geworden, dann ist er vom Sofa aufgesprungen, hat seine Bierdose mit Schmackes in die Ecke gepfeffert und hat mich angeschrien. Ich sei ein Versager, eine totale Lusche, so etwas wie mich hätte er noch nicht erlebt. Ich würde meine Umgebung mit meinen völlig verrückten Espagadasen terrorisieren. Und überhaupt, in puncto Flirten und Verführung wär ich eine Niete, ein reiner Möchtegern. Es gäbe überhaupt keine Frauen, die auf mich stehen würden, das wär alles nur ausgemachter Blödsinn und reine Fantasie, und ich solle endlich der Wahrheit ins Auge sehen und akzeptieren, dass ich ein völlig frustrierter Dummschwätzer bin!

Dann hat er sich hingesetzt und sich den Schweiß von der Stirn gewischt. Anschließend hat er zu mir gemeint, dass ich nicht mehr bei ihm vorbeikommen soll, das hätte keinen Wert mehr.

Also bin ich aufgestanden und gegangen.

Na ja, okay, auch bei ihm hab ich erst noch ein bisschen geflennt, und ja, es ist auch diesmal mehr gewesen als nur ein bisschen! Und ja, auch der Dieter hat mich am Ende rausgeschmissen, genauso wie's der Herr Doktor gemacht hat.

Also dachte ich mir, ich hole mir von dem überhaupt einzigsten Menschen auf der Welt eine Meinung, der dazu in der Lage ist, nämlich von meiner Mutti! Das war gar nicht so einfach gewesen, weil, die ist jedes Mal davongelaufen, wenn ich sie was fragen wollte, und hat sich dabei die Ohren zugehalten und irgendwelche Kirchenlieder gesummt.

Irgendwann hab ich es doch geschafft, dass sie mal die Klappe hält und mir zuhört. Ich hab sie also angeguckt und gefragt: »Sag mal, wie findest du mich eigentlich? Ich meine, so als Mensch?«

Da hat meine Mutti tief Luft geholt und mich lange angesehen. Dann hat sie zurückgefragt: »Kann ich offen zu dir sein?« Und ich hab geantwortet: »Na klar kannst du das, ich bin schließlich ein echter Mann und keine Memme, du kannst so offen zu mir sein, wie du willst. Ich fang schon nicht an zu heulen.«

Tja, und dann ist's passiert, Tagebuch!

Meine Mutti hat mich in den Arm genommen und angelächelt, und dann hat sie zu mir gemeint: »Jürgen, ich hab dich wirklich lieb, schließlich bin ich deine Mutter. Aber manchmal ist es ganz schön schwer mit dir! Du solltest anfangen, ehrlich zu dir zu sein und dir einzugestehen, dass du Hilfe brauchst.«

»Denkst du, dass ich ein Versager bin? Eine Lusche?«

»Nein«, hat sie erwidert und mir durchs Haar gestreichelt. »Ich denke, dass du ein ganz wunderbarer Mensch bist!«

Da hab ich auch flennen müssen, sogar Rotz und Wasser! Aber weißt du was, Tagebuch? Das war mir überhaupt nicht peinlich gewesen, ganz im Gegenteil. Das war ein gutes Flennen gewesen. So eines, das auch echte Männer flennen dürfen, ohne gleich Memmen zu sein.

Hinterher bin ich in mein Zimmer gegangen, hab mich auf mein Bett gesetzt und lange darüber nachgedacht, ob der Herr Doktor und der Dieter und meine Mutti vielleicht recht haben und ich wirklich Hilfe brauche, wenn's um Frauen geht.

Ich wollte doch in sechs Monaten eine Freundin haben. Was wird denn damit?

Dieser Moment war richtig deprimierend gewesen, das kann ich dir sagen! Ich hab mich unter meine Bettdecke verkrochen und gleich noch mal geheult.

Als ich damit fertig war, hab ich beschlossen, die nächsten Tage im Internet nachzugucken, ob's vielleicht noch mehr Männer wie mich gibt, die zwar echte Kerle sind, aber manchmal auch ... na ja ... Memmen. Eigentlich hab ich Sebastians Buch lesen wollen, aber das muss jetzt warten. Jetzt hab ich erst mal andere Sorgen.

Apropos, ich hab sogar kurz darüber nachgedacht, den Sebastian um Rat zu fragen, aber das hab ich mir schnell wieder aus dem Kopf geschlagen! Ich meine, so tief will ich dann doch nicht sinken, Memme hin oder her! Was könnte mir der komische Typ mit seinem Schwulsein und seinen Schwestern überhaupt für Tipps geben? Nee, darauf hab ich keinen Bock, das muss echt nicht sein.

Ich muss ihm trotzdem bei Gelegenheit sagen, dass er mit seinen Schwestern etwas leiser sein soll, weil, als ich gestern Abend an seiner Wohnungstür vorbeigekommen bin, da hab ich ein lautes Lachen und Kichern gehört, und die Frau, die bei ihm war, hat immer was von einem ›Hengst‹ geschrien. Die haben sich bestimmt 'ne Tiersendung im Fernsehen angeguckt. Die mag ich auch voll gerne.

Na ja, wie auch immer, ich melde mich wieder bei dir, sobald ich Neuigkeiten hab. Also bis dann.

In Liebe, dein Jürgen.

– Tag 14 –

Liebes Tagebuch,

Ich hab die letzten Tage damit verbracht, im Internet nach Männern zu suchen, die echte Kerle sind, aber manchmal auch Memmen sein können. Und soll ich dir was sagen? Ich hab tatsächlich was gefunden! Aber das erzähl ich dir gleich. Ansonsten hab ich noch die Kommentare unter meinem YouTube-Video gelesen (die sind immer noch doof) und meine Mails nach Nachrichten von sexy Frauen durchsucht. Das war ganz schön anstrengend gewesen, weil, ich hab nix finden können. Echt seltsam, da war nur ein riesiger Berg an Werbequatsch und Müll, aber keine einzige ernst gemeinte Nachricht. Manche von denen hab ich noch nicht mal verstehen können, die waren in 'ner Sprache geschrieben, bei der ich mir nicht sicher bin, ob das überhaupt 'ne Sprache war.

So was zum Beispiel:

ATTENTION ...!!!
Zb??buz? U? F VIRUS RZFDd?fz???igVBv JGF tfvlTFzvHK???
IUb EXE FC zJ!!! NOW!!!

Ich meine, jetzt mal im Ernst: Wo spricht man so was? Gibt's echt ein Land, bei dem man in 'ne Bäckerei oder in den Supermarkt kommt und dann zur Verkäuferin sagt: »Ulnz ?zjuG tu??KTOg KAUFEN HLG UO???zg oGZOZlkzk BRÖTCHEN«? Kann ich mir nicht vorstellen.

Aber was soll's. Viel wichtiger ist, dass ich was gefunden hab, das mir helfen kann, ein echter Kerl zu werden. Also ... ich meine natürlich, ein RICHTIG echter Kerl, weil, ein halber bin ich ja schon (mindestens!). Und das Internet weiß schließlich alles. Deswegen fand ich die Idee, dort zu suchen, richtig super, nur meine Mutti hat natürlich wieder was daran auszusetzen gehabt. Als ich zu ihr gegangen bin und gesagt hab: »Du brauchst dir keine Sorgen mehr zu machen, ich suche jetzt nicht mehr nach Frauen im Internet«, da hat sie mich überglücklich angestrahlt. Aber als ich dann hinzugefügt hab: »Ich such jetzt nach Männern«, da ist sie wieder heulend rausgerannt. Ich weiß echt nicht mehr, was das zu bedeuten hat. Egal, was ich mache, irgendwie scheint's immer falsch zu sein. Kapier ich nicht.

Mittlerweile bin ich übrigens ein Profi darin, im Internet nach etwas zu suchen! Ich bin auf die Seite von Google gegangen und hab dort ›*Brauche echte Männer*‹ eingegeben. Und soll ich dir was sagen? Fast wie bei der Frauensuche von damals hab ich auch hier TONNEN von Treffern gehabt! Du kannst dir gar nicht vorstellen, wie viele das waren, ich hätt echt nicht gedacht, dass es SO VIELE Memmen auf der Welt gibt, die echte Kerle werden wollen. Das fand ich schon sehr cool, weil, das heißt, dass ich mit meinem Problem nicht alleine bin.

Komisch war nur: Die meisten dieser Seiten haben alle irgendwie gleich ausgesehen, und mit ›gleich‹ meine ich, dass die auch nicht viel anders waren als die Seiten mit den Frauen. Da gab's Bilder und Videos, die man sich angucken konnte, und die Leute darauf waren alle nackig und haben sich gestreichelt oder miteinander gekuschelt oder irgendwas in der Art. Das fand ich schon sehr seltsam! Der einzige Unterschied bestand darin, dass es diesmal eben Männer waren, die das getan haben, sonst war alles gleich. Manche von diesen Typen haben sich sogar *geküsst*! Kannst du dir das vorstellen, Tagebuch? So richtig auf den Mund! Ich meine ... IGITT!!! Das fand ich doch sehr übertrieben, weil, ich hätt nicht gedacht, dass man, um ein echter Kerl zu werden, andere Männer streicheln und mit ihnen kuscheln und sie auf den Mund küssen muss. Ich schätze, das waren irgendwelche Selbsthilfegruppen, bei denen man seine ›Gefühle ausleben‹ muss, um ›loszulassen‹ und ›sich selbst zu finden‹. Das hab ich mal in 'ner Reportage im Fernsehen gesehen. Da sind die auch alle grinsend durch die Gegend gerannt und haben sich umarmt und geheult und sich erzählt, wie toll sie sich finden.

Am Anfang wollte ich mich von diesen Seiten wegklicken und 'ne neue Suche starten, weil, das war mir dann doch ein bisschen zu viel Memme und ein bisschen zu wenig echter Kerl. Aber dann hat meine innere Stimme mit mir geredet und zu mir gesagt: »Jürgen! Essen ist fertig.« An dieser Stelle hab ich gemerkt, dass das nicht meine innere Stimme war, sondern Mutti, die an meiner Zimmertür gestanden ist und mich zum Essen holen wollte. Die hat auf meinen Bildschirm gestarrt, die Fotos und Videos von den Selbsthilfemännern gesehen und den Kopf geschüttelt. Kann ich gut verstehen. Das war echt peinlich, was die da abgezogen haben. Jedenfalls hab ich ihr gesagt, dass ich gleich komme, und dann hat WIRKLICH meine innere Stimme zu mir geredet. Die hat gesagt: »Jürgen, du willst doch ein echter Mann werden und keine flennende Memme bleiben, oder? Dann musst du in den sauren Apfel beißen und tun, was echte Männer halt so tun!«

Das klang logisch. Es hat sich zwar immer noch schräg angefühlt, dass ich nackig herumlaufen und Männer küssen muss, um ein echter Kerl zu werden, aber andererseits hab ich keine andere Wahl gehabt. Ich meine, so wie bisher kann es nicht weitergehen! Es MUSS sich was ändern! Ich hab schon viel zu viel Zeit verloren und bin meinem Ziel (also der Freundin) noch keinen Schritt näher gekommen.

Deshalb bin ich auf der Selbsthilfeseite geblieben und hab solange gesucht, bis ich ein Anmeldeformular für eines dieser Gruppentreffen gefunden hab. ›Mann + Mann‹ hieß der Bereich, was ein echt komischer Name war, fand ich, weil, ich hab erst nicht kapiert, was der bedeuten soll. Dann aber hab ich's geschnallt: Die Typen in dieser Gruppe sind so cool, dass sie aus einem einzelnen Memmen-Mann einen so lässigen Typen machen, dass der fast schon für zwei Männer durchgeht. Das fand ich natürlich super, genau so was wollte ich haben!

In diesem Anmeldeformular konnte man ganz viele Sachen über sich selbst eingeben: Wie alt man ist und wie groß, welche Haarfarbe man hat und wie schwer man ist. Und dann waren da noch ganz viele Fragen, bei denen man angeben konnte, wie man sich seinen ›Traummann‹ wünscht. Da hab ich auch erst überlegen müssen, was das bedeuten soll, aber dann hab ich kapiert, dass man da angeben konnte, wie man sein möchte, wenn man sich zu einem echten Kerl entwickelt hat. Sozusagen als Wunschliste.

Und WAS man da alles angeben konnte, Tagebuch! Das hat mich echt umgehauen. Ich konnte mir aussuchen, wie lang meine Haare sein sollen, welche Hautfarbe ich haben will, ob ich viel oder wenig Muskeln haben möchte, und sogar noch, wie groß mein ... äh ... also ... mein ... na, du weißt schon ... werden soll. Echt unglaublich! Ich hab keine Ahnung, wie die das machen wollen, aber ich schätze mal, die werden schon wissen, wovon sie reden.

Ich hab natürlich von allem das Beste ausgewählt, ist ja klar! Wenn ich schon ein echter Kerl werde, dann aber auch ein richtiger!

Ich freu mich schon auf das doofe Gesicht vom Sebastian, diesem komischen Kerl, wenn ich ihm begegne und dann total lange Haare hab und braun gebrannt und muskulös bin und einen riesig großen ... äh ... na, du weißt schon ... hab. Da wird der so RICHTIG neidisch sein! Da kann er nicht mehr mithalten, mit seinen komischen Frisuren und Klamotten und seinen Verkäuferinnen!

Da fällt mir ein: Der Sebastian hat mich SCHON WIEDER auf das dämliche Buch angesprochen! Langsam nervt der Typ. Aber okay, dann lass ich mich zuerst zu einem coolen Mann machen, und wenn ich dann noch ein bisschen Zeit übrig hab, schau ich mir das blöde Ding an. Hoffentlich gibt er dann Ruhe.

Die Selbsthilfegruppe für echte Kerle findet übrigens am nächsten Donnerstag statt. Um 22:00 Uhr. Nachdem ich das Anmeldeformular ausgefüllt und abgeschickt hab, ist kurz danach eine Nachricht in meiner Mailbox gewesen, in der drinstand, dass mich ein ›*Helmut (37)*‹ an der Autobahnraststätte Helmsheim-Großbüttelsbach treffen will. Das fand ich schon ziemlich schräg, weil, ich hätte nicht gedacht, dass sich diese Heinis an so einem abgelegenen Ort treffen, und dann auch noch zu so einer späten Uhrzeit. Ich hab immer gedacht, dass Selbsthilfegruppen in gemütlichen Sälen sitzen, mit Heizung und Häppchen und allem Drum und Dran. Aber eine Autobahnraststätte?

Wahrscheinlich gehört das zum Training, um ein echter Kerl zu werden, hab ich mir gedacht. *Bevor man da aufgenommen wird, muss man beweisen, dass man keine verweichlichte Softeistüte ist, sondern ein cooler Draufgänger, der keine Angst hat, nachts zu einem dunklen, komischen Ort zu fahren und sich mit völlig Fremden zu treffen.*

Ich bin also zu Mutti gegangen und hab sie gefragt, ob sie mich am nächsten Donnerstag zu dieser Raststätte fahren könnte (ich selber hab ja kein Auto). Sie hat mich verwundert angeguckt und mich gefragt, was ich denn da wollen würde, und ich hab ihr erzählt, dass ich einen Mann namens Helmut treffen will, der mich zu einem echten Kerl machen soll.

Da ist sie wieder heulend aus dem Raum gerannt!

O MANN, EY!!! Langsam geht mir das auf den Keks! Was hat sie denn ständig? Erst soll ich keine Frauen im Internet suchen, weil das angeblich doof ist, aber wenn ich stattdessen echte Kerle suche, um mich selber zu einem machen zu lassen, dann ist das auch nicht in Ordnung. So was Blödes, echt!

Ich hab mir also wohl oder übel jemand anderen suchen müssen, der mich da hinfährt. Der Dieter kam nicht infrage, der wollte ja nichts mehr mit mir zu tun haben, und ansonsten ist mir niemand eingefallen, den ich hätte fragen können.

Außer einem natürlich ...!

Ja, Tagebuch, du denkst richtig: Es war wieder mal der Sebastian!

Ich bin zu ihm rüber, hab an seiner Wohnung geklingelt und gleich darauf tiiief Luft geholt (und angehalten), um wie ein echter Kerl zu wirken. Total stark und protzig eben.

Als er mir die Tür aufgemacht hat, da hat er mich zuerst mit einem verwunderten Blick gemustert, dann gegrinst und zu mir gemeint: »Hallo Nachbar. Was ist denn los mit dir? Du guckst so komisch. Als ob du ganz dringend aufs Klo müsstest.« Dann hat er gelacht.

Ich hab ihm – nach dem Ausatmen natürlich – erklärt, dass ich kein Bisschen komisch gucken würde, sondern voll cool und lässig, und dass ich auch nicht hier wäre, weil ich aufs Klo müsste, sondern ich bräuchte jemanden, der mich am nächsten Donnerstag, um 22:00 Uhr zu einem Treffen fährt.

»Aber gerne«, hat er erwidert. »Wo soll's denn hingehen?«

»Das ist ein Geheimnis«, hab ich geantwortet. »So viel kann ich dir aber verraten: Ich werde dort einen supertollen Menschen treffen und mit ihm eine richtig coole Zeit verbringen.«

Da hat der Sebastian über's ganze Gesicht gestrahlt. »Na holla, ein Date? Wie geil ist das denn? Klar, Alter, kein Thema, ich fahr dich gerne dahin. Ist doch Ehrensache!«

Ein Date ... pfff ... wenn der wüsste!

Okay, Tagebuch, ich muss jetzt los und ein paar coole Klamotten für mein Treffen raussuchen (was nicht so schwer ist, weil, ich nehm einfach das Zeug, was ich mit dem Sebastian gekauft hab). Die Typen von der Selbsthilfegruppe sollen sofort sehen, dass ich nur zu einem winzig kleinen Teil eine Memme bin, und ansonsten ein echter Kerl.

Also bis bald.

In Liebe, dein Jürgen.

– **Tag 15** –

Liebes Tagebuch,

Also ... ich muss ehrlich sagen, ein cooler Typ zu werden ist deutlich komplizierter, als ich gedacht hätte. Ganz im Ernst!

Gestern war das Treffen mit Helmut von der Selbsthilfegruppe für Luschen-Männer, an der Raststätte Helmsheim-Großbüttelsbach, um 22:00 Uhr. Du erinnerst dich bestimmt.

Na, jedenfalls war das eine echt schräge Geschichte!

Der Abend fing schon mal damit an, dass der Sebastian, dieser komische Kerl, nicht erst um 21:30 Uhr oder um 21:45 Uhr bei mir geklingelt hat, sondern schon um 21:15 Uhr. Ich hab gar nicht damit gerechnet, dass er so früh bei mir auf der Matte stehen würde. Deshalb bin ich in meinem Zimmer gesessen und wollte eigentlich in seinem Buch blättern, um mir die Zeit zu vertreiben, aber GENAU in diesem Moment hat der Heini an unserer Tür geklingelt.

»Na? Bist du abflugbereit?«, hat er mich gefragt. »Zu einem Date muss man immer pünktlich kommen.«

Ich hab kurz überlegt, ob ich ihm sagen soll, dass ich zu keinem doofen Date gehe, sondern zu einer supertollen Gruppe, bei der man von einer Lusche zu einem echten Kerl gemacht wird, und dass ich dann ein muskelbepackter Draufgänger sein werde, mit einem riesengroßen ... na, du weißt schon. Aber dann hab ich mir gedacht: *Nee, das heb ich mir für später auf. Der soll mich lieber direkt sehen, wenn ich ein cooler Typ geworden bin!* Also hab ich nix erwidert, sondern nur meine Jacke geholt, und fünf Minuten später sind wir bei ihm im Auto gesessen und losgefahren.

»Okay«, hat er gemeint. »Wo soll's denn hingehen?«

»Zur Autobahnraststätte Helmsheim-Großbüttelsbach«, hab ich erwidert.

Da hat er mich überrascht angeguckt. »Ernsthaft? Da habt ihr euch aber einen sehr komischen Treffpunkt ausgesucht, du und deine Liebste. Du weißt schon, dass sich da die ganzen ... äh ... Sister-Sledge-Fans treffen, oder?«

Ich hab keinen blassen Schimmer gehabt, wen oder was er damit gemeint hat, wahrscheinlich irgendwelche Musikliebhaber. Das hab ich schon mal als gutes Zeichen gewertet, weil, offenbar benutzen noch andere Männergruppen diese Raststätte für ihre Treffs.

Dem Sebastian hab ich geantwortet, dass ich das natürlich wissen würde, ich sei schließlich kein Idiot, und er solle sich keine Gedanken machen, sondern mich einfach da hinfahren. Ich wüsste, was ich tue.

»Okay«, hat er gemeint und mit den Schultern gezuckt. »Kein Problem. Ich wollte es nur gesagt haben.«

Den Rest der Fahrt haben wir geschwiegen.

Als wir auf dem Parkplatz der Raststätte angekommen sind, da hab ich überall verstreute Männergrüppchen gesehen. Die sind da herumgestanden und haben sich unterhalten. Mal waren sie zu zweit gewesen, mal zu dritt, mal zu viert, und so weiter halt. Ich war mir sicher gewesen, dass die alle zu einer Selbsthilfegruppe gehören müssen.

Der Sebastian hat angehalten und sich umgesehen. »Okay, wir sind da. Und was jetzt?«

Ich hab ihm erklärt, dass ich aussteigen werde und er wieder nach Hause fahren soll, ich bräuchte ihn nicht mehr. Ich muss zwar zugeben, dass ich ein bisschen Angst gehabt hab, weil es dort ziemlich dunkel und gruselig gewesen ist, aber andererseits wollte ich um jeden Preis verhindern, dass er die Typen von der Selbsthilfegruppe bemerkt, den Braten riecht und sich am Ende auch dort anmeldet. Das hätt mir gerade noch gefehlt: Der Sebastian und ich in derselben Echte-Männer-Gruppe! Stell dir das mal vor, Tagebuch!

»In Ordnung«, hat er gemeint. »Dann wünsch ich dir einen schönen Abend und viel Spaß bei deinem Date. Ruf mich an, falls du doch einen Fahrdienst brauchst. Ich meine, irgendwie musst du nach Hause kommen, oder?«

Stimmt!, ist mir in dem Moment durch den Kopf gegangen. *Daran hab ich noch gar nicht gedacht.*

Trotzdem hab ich ihm nur mit einem kurzen »Mhm« geantwortet und bin dann ausgestiegen. Der Sebastian hat zum Abschied zweimal gehupt, dann ist er auch schon wieder auf der Autobahn verschwunden und ich bin alleine auf diesem schummrigen Parkplatz zurückgeblieben.

Okay, Jürgen, hab ich mir nach einer Weile gedacht. *Lass dir jetzt bloß nicht anmerken, dass du neu bist! Zeig den ganzen Typen, dass du im Inneren ein echter Kerl bist, der nur ein ganz kleines Bisschen Hilfe braucht, um ein cooler Mann zu werden. Sonst lachen die dich aus und halten dich für einen Riesenwaschlappen!* Also hab ich meine Hände in die Hosentaschen gesteckt und bin total lässig und Kaugummi kauend zu einem dieser Grüppchen hingelaufen (ich hatte eigentlich gar keinen Kaugummi im Mund, aber ich hab halt so getan, als ob). Dort hab ich mich direkt neben die Kerle gestellt und ganz locker gefragt: »Na, was geht ab, Jungs?«

Die Typen haben sich zu mir umgedreht und mich von oben bis unten gemustert. Der Eine von ihnen – so ein Junger, etwas pummeliger, mit ganz vielen Bartstoppeln im Gesicht – hat mich angegrinst und gefragt: »Bist du neu hier?«

Verdammt!!! Wie hat der das so schnell gemerkt?

»Äääh ... ja«, hab ich gestottert.

So ein Mist, echt!!! Ich hab keine Ahnung, wie der Typ das so schnell gepeilt hat, dass ich ein Neuling bin, und mir ist natürlich nur diese lahme und völlig uncoole Antwort eingefallen. Da hab ich mich am meisten darüber geärgert. Ich hätt viel lieber so was geantwortet, wie: »Hey, jetzt hör mal zu, du Klugscheißer: Ich war schon auf solchen Raststättentreffs, da hast du noch in die Windeln gemacht, okay?« Aber nein, ich hab's TOTAL versaut. Bei meinem allerersten Besuch dort. Toll, Jürgen, echt toll!

Der Typ mit den Bartstoppeln hat gezwinkert. »Keine Sorge, Junge. Jeder fängt mal klein an.« Dann hat er sich zu seinen Kumpels gedreht und das Wörtchen ›klein‹ noch mal ganz betont und lustig wiederholt, worauf sich die anderen schlapp gelacht haben.

Da hat's mir gereicht!

Ich hab mich vor dem blöden Heini aufgebaut, hab die Fäuste in die Hüften gestemmt und ganz laut gerufen: »Ich fang nicht KLEIN an, okay? Ich fang GROSS an!«

Tjaahaa, Tagebuch, da hättest du mal sein Gesicht sehen sollen! Der Typ war schlagartig ruhig gewesen, hat die Augenbrauen staunend hochgezogen und mich gefragt: »Echt jetzt?«

»Jawohl!«, hab ich trotzig erwidert.

»So richtig groß?«, hat er gefragt.

»So RICHTIG, RICHTIG groß!«, hab ich geantwortet. »Ich bin schließlich ein echter Mann und keine Memme!«

Ab diesem Moment haben mich ALLE in der Gruppe staunend angeguckt, und KEINER hat mehr gelacht. Ich sag dir, Tagebuch, das war ein supertolles Gefühl gewesen! Ich bin mir vorgekommen wie dieser Typ, der vorne auf der Titanic gestanden und ganz laut geschrien hat – und dann abgesoffen ist. Das war der erste Moment an dem Abend gewesen, an dem ich mir gewünscht hätte, dass der Sebastian noch ein bisschen dageblieben wär. Weil, dann hätt er mit eigenen Augen sehen können, wie toll ich bei den Leuten angekommen bin. Aber na ja, egal.

Der Typ mit den Bartstoppeln hat jedenfalls zu mir gemeint: »Dann komm mal mit, Bübchen, ich kenne einen kuscheligen Ort, da können wir es uns gemütlich machen.«

»Von mir aus«, hab ich geantwortet.

Er ist mit mir zu einem dieser Tische auf dem Grünstreifen gegangen, an dem man tagsüber sitzen und was essen kann. Um diese Uhrzeit war's dort total düster und gruselig gewesen, man hat kaum die Hand vor Augen gesehen. Und ich hab mich noch gefragt: *Was, zum Geier, will er denn HIER? Wahrscheinlich will er dich ausfragen und von dir wissen, wie er auch so ein cooler Mann werden kann, und zwar ganz heimlich und im Dunkeln, damit seine Kumpels nichts davon mitbekommen. Ist ihm bestimmt peinlich.* Das war der zweite Moment an dem Abend gewesen, an dem ich mir gewünscht hätte, der Sebastian wär noch ein kleines Bisschen dageblieben. Aber na ja, egal.

Wir haben uns auf die Bank neben dem Tisch gesetzt, und ich hab darauf gewartet, dass mich der Typ irgendwas fragt. Aber der hat nur meine Schulter gestreichelt. Die ganze Zeit! Ohne ein Wort zu sagen. Das fand ich irgendwie schräg! Andererseits war das genau dieser komische Kram gewesen, den sie im Internet gezeigt haben, also hab ich mir gedacht, dass das schon seine Richtigkeit haben wird.

Nach fünf oder sechs Minuten ist mir das trotzdem zu blöde geworden. Der Typ hat die Klappe nicht aufgekriegt, er hat die ganze Zeit nur massiert und massiert und massiert, wie so 'n Vollspasti. Ich hab mich deshalb zu ihm umgedreht und ihn gefragt: »Willst du nicht langsam mal loslegen?«

Er hat gelacht. »Du gehst aber ran, Bübchen!«

»Ich bin ja auch ein echter Mann und keine Memme. Außerdem will ich zur Gruppe zurück. Also fang an!«

Das war auch die reine Wahrheit gewesen, ich wollte wirklich wieder zur Gruppe zurück und nicht meinen ganzen Abend mit diesem armseligen Weichei abhängen. Ich wollte die echten Kerle kennenlernen und von denen bewundert werden.

»Weißt du, ich brauch's echt dringend«, hat er zu mir gemeint.

»Ich bin für dich da«, hab ich verständnisvoll geantwortet, aber in Wirklichkeit hab ich mir gedacht: *Meine Fresse, sag es endlich, du Verlierer! Langsam gehst du mir ECHT auf die Nerven.*

»Ich will's mit dem Mund«, hat er genuschelt.

Und mir ist sofort durch den Kopf gegangen: *Ja, womit denn sonst? Willst du versuchen, mit deinen Füßen zu sprechen, oder was? So ein Bekloppter!* Aber natürlich hab ich mir nichts anmerken lassen und hab lieb und freundlich geantwortet: »Klar, nur zu. Womit du willst.«

Tja, und dann ist was sehr Komisches passiert.

Ich hab ein leises *Ziiiiippp*-Geräusch gehört – als ob jemand einen Reißverschluss öffnen würde. Dann war da ein Rascheln gewesen, und im Anschluss meinte der Typ zu mir: »Okay, gib's mir!«

»Was?«, hab ich ihn gefragt.

»Komm schon, blas mir einen.«

»Tut mir leid, ich spiel kein Instrument.«

Da hat der Typ schallend losgelacht. »Du bist ein witziges Bübchen, ganz im Ernst.« Er hat nach meiner Hand gegriffen, sie vorsichtig zu sich rübergezogen und dann auf etwas draufgelegt, was ziemlich lang und hart und warm war. Ich hab mir in dem Moment gedacht, dass ich das Gefühl von irgendwoher kenne, aber ich bin nicht draufgekommen, von woher.

Der Typ hat angefangen, meine Hand an diesem langen, harten, warmen Dingsbums hoch und runter zu bewegen, und zwar immer und immer wieder.

UND DA IST'S MIR SCHLAGARTIG KLAR GEWORDEN!!!

Ey, Tagebuch, ich hab mich noch nie so doof gefühlt wie in diesem Augenblick, das kann ich dir sagen!

Das war gar keine Selbsthilfegruppe für Memmen-Männer!

Das war eine Selbsthilfegruppe für Männer mit Juckreiz, die sich nicht selber kratzen können!!!

DASS ICH DA NICHT SOFORT DRAUFGEKOMMEN BIN!!!

Ich bin von der Bank aufgesprungen, hab meine Hand ruckartig weggezogen und dem Typen an den Kopf gedonnert: »Tut mir leid, aber so was mach ich nicht! Da musst du selber schauen, wie du das hinkriegst!« Dann bin ich ganz schnell zum Parkplatz zurück. Ich hoffe nur, der Spinner hatte nichts Ansteckendes. Sonst lande ich auch noch in so 'ner Weicheigruppe, bei der mich andere Leute kratzen müssen, weil ich das selber nicht mehr hinkriege. IGITT!!!

Na ja, wie auch immer, nachdem ich mir die Hand ganz kräftig an meiner Hose abgewischt hab (nur zur Sicherheit), bin ich ein bisschen herumgelaufen und hab nach dem Helmut Ausschau gehalten. Ich wusste ja, dass er hier irgendwo sein musste, immerhin waren wir verabredet gewesen. Blöderweise hab ich mir keine Beschreibung von ihm geben lassen, deswegen hätt es theoretisch jeder von diesen Typen sein können. Ich bin also von Grüppchen zu Grüppchen gegangen und hab einen nach dem anderen gefragt: »Ist einer von euch der Helmut aus dem Internet?«

Alle bis auf einen haben mit »Nein« geantwortet. Dieser eine war dann tatsächlich der Helmut gewesen. Aber als der mich gesehen hat, da hat er mich sehr verwundert angeguckt. »DU bist Jürgen?«, hat er gefragt. »Um ehrlich zu sein, hab ich mir dich ein bisschen anders vorgestellt. Du hast doch in deinem Profil geschrieben, dass du lange Haare hast und braun gebrannt und muskulös bist. Aber, na ja ...« Er hat mit so einer schwingenden Handbewegung auf mich gezeigt. »... das hier ist ... wie soll ich sagen?«

»Cooler?«, hab ich gefragt.

»Nee.«

»Ein echter Mann?«, hab ich gefragt.

Da hat der Helmut laut losgelacht und mir einen Klaps auf den Oberarm gegeben. »Schätzchen, du bist bestimmt vieles, aber ein echter Kerl bist du definitiv nicht! Da fehlt's dir an mehr als nur einer Stelle.«

In diesem Moment hab ich wieder diesen Kloß im Hals gespürt, genau wie nach dem Gespräch mit dem Herrn Doktor und dem Dieter, und ganz besonders wie nach dem Gespräch mit meiner Mutti. Aber bevor ich was antworten konnte, hat der Helmut zu mir gemeint: »Na ja, egal, jetzt bist du schon mal hier. Also, worauf stehst du denn so? Oral, anal, Handjob?«

Da hab ausnahmsweise ICH überrascht geguckt, weil, so Wörter wie ›oral‹ und ›anal‹ hab ich bisher nur bei Ärzten gehört. Oder eben in Fernsehserien, in denen es um Ärzte gegangen ist. Deswegen hab ich ihn gefragt, wie er das meinen würde.

Und der Helmut hat schmunzelnd erwidert: »Du bist gar nicht schwul, kann das sein?«

Da bin ich endgültig ausgerastet!

Ich hab diesen Dummschwätzer (und auch seinen ganzen doofen Kumpels) direkt dort, auf dem Parkplatz angeschrien und ihnen gesagt, dass ich nicht hier wäre, um mich beleidigen zu lassen, sondern um ein echter Kerl zu werden. Und außerdem seien sie doch alle Luschen und Versager, sie könnten sich ja noch nicht mal selber kratzen, wenn es sie irgendwo juckten würde.

Drei Minuten später hab ich mich in der Toilette der Raststätte versteckt, nachdem mich sieben oder acht von denen mit Pfiffen und Buhrufen über den Parkplatz gejagt und mir angedroht haben, mich zu verhauen. Von dort aus hab ich dann den Sebastian angerufen und ihn gebeten, mich ganz schnell wieder abzuholen. Mutti wollte ich nicht fragen, weil, das wär echt peinlich geworden. Und ich hätt auch nicht gewusst, wie ich ihr das hätte erklären sollen.

Das war übrigens der dritte Moment an dem Abend gewesen, an dem ich mir gewünscht hätte, der Sebastian wär noch ein klein wenig länger dageblieben. Aber zum Glück ist er ganz schnell gefahren, deswegen ist es nicht ganz so schlimm gewesen.

Und weißt du was, Tagebuch? Vielleicht hab ich ihm doch unrecht getan. Vielleicht ist er gar kein so übler Kerl, wie ich immer gedacht hab. Weil, als ich ihm auf der Rückfahrt von meinen Erlebnissen erzählt hab und was mir passiert ist, da hat er mich nicht ausgelacht oder blöde angemacht. Ganz im Gegenteil, er hat mir geduldig zugehört, und als wir zuhause angekommen sind, hat er mich noch auf eine Tasse Tee zu sich eingeladen. Wir sind dann bei ihm im Wohnzimmer gesessen und haben bis spät in die Nacht miteinander geredet.

Er hat mir bei der Gelegenheit ein paar Sachen erklärt, von denen er meinte, dass ich sie im Umgang mit Menschen (vor allem mit Frauen) falsch mache. Frauen würden ganz anders ticken als wir Männer, hat er gesagt, das sei ein häufiges Problem beim Flirten und Daten. Aber falls ich Interesse hätte, könnte er mir gerne dabei helfen, meine Angst abzubauen und meine Denkfehler zu korrigieren. Ich müsste mir nur helfen LASSEN, das wär die Grundbedingung.

Ich hab ihm erwidert, dass ich mir sehr gerne von ihm helfen lassen würde. Daraufhin hat er gelächelt und zu mir gemeint: »Super! Ich freu mich schon! Dann überleg ich mir mal ein Training für dich.«

Gegen zwei Uhr morgens haben wir uns schließlich verabschiedet.

»Lies bis nächste Woche das Buch, das ich dir ausgeliehen hab, okay?«, hat er an der Wohnungstür gesagt. »Dann sehen wir weiter.«

Ich hab's ihm ganz fest versprochen.

So, liebes Tagebuch, und jetzt sitz ich wieder in meinem Zimmer und denke über das nach, was mir der Sebastian erklärt hat, und darüber, ob ich wirklich so ein schräger Kerl bin. Baue ich wirklich so viel Mist in meinem Leben? Bin ich echt so verkorkst? Ich weiß es nicht! Das ist alles sehr verwirrend.

Bin mal gespannt, was mir der Sebastian beibringen wird. Ab nächster Woche werden wir mit seinem ›Training‹ beginnen, hat er gesagt. Ich hab keine Ahnung, was er damit meint, aber gespannt bin ich trotzdem. Vielleicht hab ich damit mehr Erfolg als mit meinen bisherigen Versuchen, wer weiß. Ich lass mich jedenfalls überraschen.

So, und jetzt geh ich mein Versprechen einlösen und das Buch vom Sebastian lesen. Das ganze Wochenende lang! Ich bin vielleicht eine Memme, aber ich halte mein Wort.

Also bis Montag.

In Liebe, dein Jürgen.

– Tag 16 –

Liebes Tagebuch,

Soll ich dir was verraten? In dem Buch vom Sebastian geht's gar nicht um Mathematik oder Reißverschlüsse. Ich hab's mehrmals überprüft, nur um sicherzugehen, aber es ist dabei geblieben: Weit und breit keine Mathematik und keine Reißverschlüsse!

Stattdessen ging's darum, wie sich Männer verhalten müssen, damit Frauen sie attraktiv und cool und sexy finden und sich in sie verlieben. Das fand ich klasse, weil, genau das hat mich ja immer interessiert, genau hier weiß ich nicht, was ich eigentlich falsch mache. Und die Beschreibungen in dem Buch waren auch viel besser gewesen als in den Texten, die ich mir im Internet angeschaut hab – und VIEL, VIEL besser als diese schräge Selbsthilfegruppe vom Donnerstag!

In den ersten Kapiteln wurde erzählt, dass Männer häufig schon deshalb Memmen sind und beim Flirten abblitzen, weil sie völlig falsch reagieren, wenn sie eine Frau beeindrucken wollen. Sie rufen ständig bei ihr an (wie so irre Stalker, die kein Leben haben) oder überschütten sie mit teuren Geschenken und Blumen, oder sie machen ihnen andauernd nur Komplimente und hoffen, dass die Frau darauf anspringt und sich in sie verliebt. Aber das ist wohl Quatsch.

In dem Buch stand:

Eine Frau sucht sich einen Mann nicht nach der Anzahl an Geschenken aus, die sie von ihm bekommen hat – außer, der Mann ist russischer Öl-Milliardär, oder die Frau arbeitet bei einem Escortservice (kleiner Scherz). Normale Frauen des Alltags sind keine Prostituierten, sie lassen sich nicht mit ›Zeug‹ oder ›Geld‹ kaufen, und auch nicht mit überbordend vielen Schmeicheleien. Das wirkt unglaubwürdig.

Zudem würden Männer die Signale, die eine Frau aussendet, häufig falsch interpretieren und einordnen und dann sauer reagieren, wenn sich die Frau nicht so verhält, wie sie das gerne hätten.

Bis dahin fand ich das Buch richtig klasse, weil, ich war mir sicher, dass das überhaupt nicht auf mich zutrifft. Ich rufe niemals bei Frauen an, weil ich gar keine Nummern von denen hab. Blumen schenk ich denen auch nicht, sondern nur meiner Mutti. Die ist zwar auch eine Frau, aber das zählt nicht, glaub ich. Und Komplimente mach ich denen schon mal gar nicht, weil ich mich das nicht trauen würde. Also alles im grünen Bereich!

Dann aber hat das Buch davon erzählt, wie man auf Frauen zugehen sollte, um sie kennenzulernen, und da stand ganz fett und in großen Buchstaben:

KEIN INTERNET! MACH'S IM REALEN LEBEN! Das kann gar nicht oft genug betont werden: Schalte deinen PC und das verdammte Handy aus, geh raus auf die Straße oder in den Club oder Verein – egal, wohin, Hauptsache, du bist unter Menschen. Sprich echte Frauen im echten Leben an!

Das fand ich krass!

Ich meine: Im richtig echten Leben eine Frau ansprechen? Wie soll DAS denn funktionieren? Was soll ich der sagen? »Hallo, ich bin der Jürgen, ich finde dich sympathisch und will dich kennenlernen«? Nee, das kann nicht stimmen, das klingt total unsinnig. Das muss so eine ausgeflippte, neue Idee sein, die keiner bisher ausprobiert hat. Ich muss mal den Sebastian darauf ansprechen und ihn fragen, was er davon hält.

Der zweite Punkt, der da stand, war auch nicht ohne, weil, da hieß es, dass Flirten und Verführung immer etwas mit erotischen Gefühlen zu tun haben. Männer würden das entweder komplett ausblenden und einen auf Superromantiker machen (was falsch ist) oder der Erotik viel zu viel Aufmerksamkeit schenken (was ebenso falsch ist).

Manche Kerle versuchen, irgendwelche Schnulzen aus den Disney-Studios nachzuspielen und dabei möglichst so zu tun, als ob sie da unten, zwischen ihren Beinen, nichts außer heißer Luft hätten. Flirten hat immer etwas mit Sex und Erotik zu tun, das solltest du dir bewusst machen. Schöne Grüße an die Evolution, die das so eingerichtet hat.

Hollywoodfilme bilden nicht die Realität ab, sie sind keine Tatsachenberichte, sondern kitschige Hochglanzmärchen, die sich familienfreundlich verkaufen lassen. Andere Kerle wiederum machen den Fehler, sich beim Flirten wie brunftige Hirsche auf die Frauenwelt zu stürzen und dabei alle Hirnregionen außer dem Lustzentrum abzuschalten. Das Ergebnis (von beidem) sind frustrierte, genervte und verletzte Frauen, die einem bestenfalls nur einen Korb geben, schlimmstenfalls eine Anzeige wegen sexueller Belästigung verpassen.

Diesen Teil hab ich nicht wirklich kapiert. Ich meine, wie kann man denn als Mann so tun, als ob da unten nix in der Hose wär? Und was passiert dann, wenn ein solcher Mann mal Pipi muss? Das geht doch gar nicht ohne den ... äh ... na ja... ›Lulu‹ (so nennt das meine Mutti immer). Das muss irgendwie anders gemeint sein, nur kapier ich nicht, wie genau. Das muss ich auch den Sebastian fragen.

Die restlichen Kapitel und Texte hab ich dann mehr oder weniger übersprungen, weil, irgendwann ist das Buch echt schräg geworden. Die haben pausenlos darüber gelabert, was in den Gehirnen von Männern und Frauen abgeht, wenn die miteinander flirten. Das ist mir echt zu hoch gewesen. Das hat sich fast wie 'n Schulbuch gelesen. Also hab ich stattdessen nach dem Zufallsprinzip mal hier und mal da reingeblättert und versucht, den Kram zu verstehen, aber das hat auch nicht besser geklappt.

Am Ende war ich einfach nur noch verwirrt gewesen, mein Schädel hat gebrummt, ich hab überall Gehirne gesehen und hatte immer noch keinen blassen Schimmer, ob ich denn jetzt ein cooler Typ bin, der nur noch einen Steinwurf von seiner Traumfrau entfernt ist, oder eher ein Weichei, das nichts auf die Reihe kriegt. Ich schätze mal, dass es auf die Memme hinausläuft, aber sicher bin ich mir da nicht. Nach diesem Gespräch mit dem Sebastian am Donnerstag und nach allem, was mir bisher passiert ist, glaub ich einfach, dass ich noch ziemlich weit von meinem Ziel entfernt bin.

So ein Mist, echt!

Das hat mich ganz schön runtergezogen, Tagebuch, das kann ich dir sagen! Weil, als ich vor ein paar Wochen mit meinem Freundin-Projekt angefangen hab, da war ich mir sicher gewesen, dass das ein Spaziergang werden würde. Aber Pustekuchen! Jetzt sitz ich hier und blättere in dem Buch vom Sebastian und merk, dass ich von diesem ganzen Flirtzeug keine Ahnung hab. Wirklich kein Bisschen! Das ist ganz schön deprimierend!

Übrigens hat der Sebastian vorhin bei mir angerufen und mir gesagt, dass er sich ab morgen ganz viel Zeit für mich nehmen wird. Wir werden in die City fahren und ein paar ›*praktische Übungen*‹ machen (so hat er es genannt), die sollen mir dabei helfen, auf Frauen lockerer zuzugehen und besser bei ihnen anzukommen. Ich hab zwar keine Ahnung, wie das funktionieren soll und was er damit meint, aber ich lass mich einfach überraschen. Wer weiß, vielleicht wird ja doch noch was aus meinem Projekt, und vielleicht werd ich ja doch zu einem richtigen Mann.

Zumindest ... irgendwann mal.
Wir werden sehen.

In Liebe, dein Jürgen.

– Tag 17 –

Liebes Tagebuch,

Ich bin gerade aus der City zurück, da bin ich mit dem Sebastian gewesen, um die ›Übungen‹ zu machen, die er sich für mich überlegt hat. Und soll ich dir was sagen? Das war ein ECHT schräger Tag!

Eigentlich hab ich ja gehofft, dass mir der Sebastian so Sachen beibringt, wie man total cool und lässig mit Frauen spricht, so mit breiten Schultern und festen Muskeln und immer grinsend und alles. Aber Pustekuchen!

Zuerst sind wir einfach nur durch die Fußgängerzone gelatscht und haben uns über Alltagskram unterhalten. Ich meine, okay, es war voll schönes Wetter heute, deswegen hat's mir Spaß gemacht. Wenn's so schönes Wetter ist, dann fahr ich mit Mutti auch immer hierher und wir setzen uns in unser Lieblingscafé ›Seniorius‹ und bestellen uns einen Kamillentee. Das hat der Sebastian nicht mit mir gemacht. Stattdessen ist er in so ein ausgeflipptes Junge-Leute-Café gegangen, wo die Wände ganz bunt und grell waren und irgendeine komische Musik aus den Lautsprechern gedudelt hat. Normalerweise geh ich nicht in solche Läden, weil Mutti immer meint, dass die alle Drogen nehmen. Aber ich hatte keine Wahl. Der Sebastian ist direkt da reingegangen und hat sich natürlich sofort wieder seinen Kaffee bestellt (ich hab trotzdem meinen Kamillentee gehabt).

Dann, nach einer Weile, hat er zu mir gemeint: »Jürgen, ich hab ein paar Fragen an dich. Ein paar sehr persönliche.«

Na super, hab ich mir gedacht. *Das fängt ja toll an. Jetzt fragt er MICH aus, anstatt mir MEINE Fragen zu beantworten!* Aber das hab ich ihm nicht gesagt. Stattdessen hab ich nur genickt und ihm geantwortet: »Frag nur.«

Tja, und jetzt rat mal, was der mich allen Ernstes gefragt hat, Tagebuch! Er hat mich doch tatsächlich gefragt, mit wie vielen Frauen ich schon ... äh ... also ... du weißt schon ... das S-Wort gemacht hab.

ICH HAB GEDACHT, ICH FALL GLEICH VOM STUHL!!!

Ich hab mich so erschrocken, dass ich mich an meinem Kamillentee verschluckt und nur noch wie ein Bekloppter gehustet hab. Das war so dolle gewesen, dass ich ganz rot im Gesicht geworden bin und der Sebastian schon Angst gekriegt hat, dass ich ihm gleich sterbe oder so. Er hat mir jedenfalls kräftig auf den Rücken gehauen, bis ich wieder halbwegs Luft gekriegt hab.

»Das ist auch eine Antwort«, hat er zu mir gemeint.

»Was ist eine Antwort?«, hab ich gefragt und mir dabei den ausgehusteten Kamillentee vom Mund abgewischt.

Er hat sich zu mir vorgebeugt und geflüstert: »Mal ehrlich, Jürgen: Du hast noch nie was mit einer Frau gehabt, oder?«

Da bin ich wieder knallrot im Gesicht geworden, diesmal allerdings nicht wegen eines Kamillentees in meiner Luftröhre, sondern weil mir das so WAHNSINNIG peinlich gewesen ist. Ich wär am liebsten im Boden versunken! Da sitz ich mit dem Sebastian in einem bunt bemalten Café mit lauter Drogendealer-Jugendlichen, will ein echter Mann werden, und dann fragt mich der Kerl allen Ernstes, ob ich schon mal mit einer Frau ... na, du weißt schon. Das war echt SUPERPEINLICH gewesen.

Aber das Verrückte daran war: Ich wollte gerade wieder von der Monika und der Svetlana erzählen, und davon, wie sich diese ganzen Frauen mit mir getroffen und sich in mich verliebt haben und mich jetzt total super finden würden, als mir ... na ja ... als mir genau in diesem Moment klar geworden ist, dass ich mich die ganze Zeit selber veräppelt hab!

Ich hab plötzlich eingesehen, dass meine ganzen Erfolge und Frauengeschichten, die ich mir eingebildet hab, totaler Quatsch gewesen sind. Ich meine, die Monika (oder wie auch immer sie heißt) weiß wahrscheinlich bis heute nicht, dass es mich gibt, und die Svetlana hat sich auch nie wieder bei mir gemeldet. Und eigentlich war doch ALLES, was ich in den letzten Wochen versucht hab, total für die Tonne gewesen und hat mich meinem Ziel keinen Schritt nähergebracht! Dabei war ich mir so sicher gewesen, dass ich die Sache total gut im Griff hab.

Von wegen!

Ich hab an der Stelle wieder ein bisschen heulen müssen. Ich konnte es einfach nicht zurückhalten, weißt du, und irgendwie wollte ich es auch nicht. Das hat gutgetan.

Der Sebastian ist mit seinem Stuhl näher zu mir hingerückt, hat mir die Hand auf die Schulter gelegt und mir sogar noch ein Taschentuch gereicht. Das fand ich voll nett von ihm. Dann hat er einfach abgewartet, bis ich mich wieder beruhigt hatte.

»Ich lieg mit meiner Vermutung richtig, stimmt's?«, hat er gefragt. »Du hattest noch nie was mit einer Frau.«

Ich hab mir schniefend die Tränen abgewischt und dabei genickt.

»Hast du Angst vor Frauen?«

»Na ja, irgendwie schon. Ich weiß halt nicht, was in denen so vor sich geht und was ich sie fragen oder was ich tun soll, damit die mich mögen und mich toll finden.«

Der Sebastian hat gelächelt und zu mir gemeint: »Mit diesem Problem stehst du nicht alleine da, glaub mir! Wie dir, geht es vielen Männern. Die haben keine Ahnung davon, wie man sich Frauen gegenüber verhalten muss, die stolpern wie Dick und Doof von einem Fettnäpfchen ins nächste, labern einen totalen Stuss zusammen und benehmen sich wie die Vollpfosten.«

Da hab ich die Augen weit aufgerissen und »Eeeecht?« gerufen. Weil, ich bin eigentlich davon ausgegangen, dass die meisten Männer voll die coolen Draufgänger wären und Erfolg bei Frauen hätten, während ich der Verlierer bin, der nichts auf die Reihe kriegt – von den Typen bei diesem Kirchendingsbums mal abgesehen, das waren alles Luschen!

»Ich geb dir mein Wort!«, hat der Sebastian erwidert.

Und dann hat er mir endlich erklärt, was es mit diesem komischen Buch auf sich hat. Es gäbe da, hat er gemeint, eine weltweite Gruppe von Leuten, die sich ausschließlich mit der Frage beschäftigen würden, wie man auf Frauen zugeht, wie man mit ihnen flirtet und wie man sie für sich begeistern kann. Und er selbst – also der Sebastian – wär auch einer von denen.

»Aber du hast doch gar keinen Erfolg bei Frauen!«, hab ich an der Stelle protestiert. »Du hast doch nur deine Schwestern, die ständig bei dir übernachten!«

»Meine ... was?«, hat der Sebastian gefragt und mich dabei angeguckt, als ob er nicht verstehen würde, was ich meine. Aber dann ist der Groschen bei ihm gefallen. Er hat laut losgelacht und schließlich erwidert: »Ich hab überhaupt keine Schwestern, Jürgen! Ich hab nur einen Bruder, und der wohnt in Frankfurt.«

»Aber ... die ganzen Frauen, die bei dir waren, wer sind –«

An dieser Stelle hab ich ganz schnell die Klappe gehalten. Weil: Ich hab's kapiert!

Wie kann man nur so DOOF sein, Tagebuch??? Ich meine, es lag doch auf der Hand, dass das NICHT seine Schwestern waren, oder? Es war doch irgendwie klar, dass das seine Freundinnen gewesen sind, mit denen er ... na, du weißt schon ... gemacht hat, und trotzdem bin ich nicht von selber draufgekommen. Bis jetzt jedenfalls.

Den Sebastian hat das sichtlich amüsiert.

»Wie bist du nur auf diese blödsinnige Idee gekommen?«, hat er mich gefragt und den Kopf geschüttelt. »Echt wahr, Jürgen, du bist ein schräger Vogel. Aber auch ein sympathischer.«

»Danke«, hab ich erwidert und zurückgelächelt. Weil, ich wusste, dass er das ernst gemeint hat.

Im Anschluss hat er mir noch ein paar Sachen mehr über diese Männergruppe erzählt, zu der er gehört. Die wären über die ganze Welt verteilt, hat er gemeint, und sie würden sich schon seit Jahren damit beschäftigen, was in den Köpfen von Männern und Frauen vor sich geht und was dazu führt, dass ein Mensch einen anderen Menschen attraktiv und sympathisch findet.

»Das ist einfach Evolution, weißt du. Genau darum geht's hier. Bei uns Menschen läuft es nicht viel anders ab als im Tierreich, wir sind von unserem Stammhirn her immer noch dieselben Primaten wie vor einer Million Jahren. Du kennst doch diese Sendungen im Fernsehen, bei denen sie zeigen, wie irgendwelche Vögel oder Tiger um ihre Weibchen buhlen und Paarungstänze aufführen.«

»Ja, klar«, hab ich erwidert. Die kannte ich tatsächlich.

»Bei uns Menschen läuft das ähnlich ab. Geh mal mit offenen Augen durchs Leben und beobachte einen Mann, der mit einer Frau flirtet: Es ist dasselbe Spiel! Es wird geprahlt und kokettiert, der Mann plustert sich auf und zeigt sich von seiner besten Seite, und die Frau ist die Kühle und Distanzierte, sie bleibt auf Abstand, beobachtet, checkt die Lage. Ein Paarungstanz eben!« Er hat geschmunzelt. »Der Grund liegt in unserem Stammhirn, da sind wir immer noch Tiere. Wenn es um Lust und Liebe geht, um Sympathie und Attraktivität, dann spielt sich das alles genau dort ab.«

Ich fand das megainteressant, was er mir erzählt hat, deswegen hab ich ihm sehr genau zugehört. Gleichzeitig war aber die Vorstellung, dass wir Menschen genauso sein sollen wie irgendwelche Viecher, ziemlich … na ja … schräg für mich! Ich meine, wir sind doch Menschen! Das kann doch nicht dasselbe sein, oder?

Genau das hab ich den Sebastian gefragt, und er hat daraufhin den Kopf geschüttelt und erwidert: »Natürlich kannst du das nicht in einen Topf werfen und eins zu eins übertragen, immerhin haben wir uns über Jahrtausende hinweg weiterentwickelt und uns Verhaltensweisen an- oder abtrainiert, je nachdem, was für uns nützlich war. Aber im Kern unseres Wesens – ganz tief in unserer Persönlichkeit – sind wir unseren tierischen Vorfahren immer noch sehr ähnlich.«

»Und diese Leute in der Männergruppe …?«, hab ich gefragt.

»Die versuchen diese Urinstinkte und Denkweisen zu entschlüsseln und zu verstehen, um damit sozusagen den ›Geheimcode der Natur‹ zu knacken.«

Das hab ich erst mal sacken lassen.

Eine geschlagene Minute bin ich nur dagesessen und hab zu verstehen versucht, was mir der Sebastian erklärt hat. Und es hat sich alles total logisch angehört, keine Frage, aber gleichzeitig ist mir wieder bewusst geworden, wie weit ich davon entfernt bin, dieses Spiel mit Flirten und Frauen wirklich zu beherrschen. Deswegen hab ich ihn ganz vorsichtig gefragt: »Sag mal, denkst du, dass ich auch zu so einem … na ja … zu so einem Frauenprofi werden kann? Also zu einem Mann, auf den die Frauen abfahren?«

Da hat mich der Sebastian angelächelt und mir kumpelhaft auf den Oberarm geschlagen. »Verlass dich drauf, Alter! Genau deswegen sitzen wir hier zusammen. Es wird ein verdammt hartes Stück Arbeit werden, da brauchst du dir keine Illusionen machen. Aber wenn du wirklich bereit bist, dein bisheriges Leben umzukrempeln und zu ändern, dann wirst du es schaffen. Hundertprozentig! Da gebe ich dir mein Wort drauf. Die Frage ist nur: Willst du das? Willst du den Kampf aufnehmen, mit allen Konsequenzen, die das mit sich bringt?«

Als er das so dramatisch gesagt hat, da hab ich dann doch ein bisschen Angst gekriegt, weil, ganz im Ernst, Tagebuch: Vor dem PC zu sitzen und von dort aus die Frauen zu suchen, ist um Längen bequemer, als mit dem Sebastian irgendwelche Lebens-Umkrempelaktionen zu starten. Beim Internetsurfen muss ich mir keine Gedanken über Stammhirne oder Geheimcodes machen. Da klickt man ein bisschen hierhin und ein bisschen dahin, und schon hat man jemanden gefunden. Und was noch viel wichtiger ist: Es kann einem keiner dabei zusehen! Also kann man sich auch nicht blamieren.

Andererseits ... was hat es mir bisher gebracht? Ich bin immer noch derselbe Frauenlose wie vor ein paar Wochen, ich hab immer noch niemanden gefunden. Die Zeit im Internet war völlig für die Katz gewesen! Und nachdem ich jetzt begriffen hab, dass die Frauen, die den Sebastian besucht haben, gar nicht seine Schwestern gewesen sind, sondern seine Freundinnen, da hab ich mir gedacht, dass es nicht schaden kann, ihm zu vertrauen und mich einfach mal auf die Sache einzulassen. Ich meine, was hab ich denn zu verlieren? Absolut gar nix!

Also hab ich ihm geantwortet: »Okay, ich will das machen.«

»Super!«, hat er fröhlich gerufen und in die Hände geklatscht. »Ich hab total Bock darauf, dein Flirtcoach zu werden, ganz im Ernst. Und ich verspreche dir, dass du es *nicht* bereuen wirst!«

Das war voll schön gesagt. Und irgendwie hab ich mich auch darauf gefreut, dass der Sebastian mein Flirtcoach wird – auch wenn ich noch keinen blassen Schimmer hatte, was das eigentlich bedeutet.

Eine halbe Stunde später hab ich einen ersten Vorgeschmack bekommen! Weil, der Sebastian hat in dem Junge-Leute-Café bezahlt und ist dann mit mir in so 'nen Drogeriemarkt gegangen, wo man Shampoos und Parfüms und Billigschmuck kaufen konnte.

»Pass auf«, hat er zu mir gesagt. »Wir machen heute nur eine einzige praktische Übung.«

»Welche denn?«, hab ich gefragt.

Er hat auf eine Verkäuferin gezeigt, die ein paar Meter weiter an einem Verkaufstresen gestanden hat – eine total hübsche, junge Asiatin mit ganz langen Beinen und einer supertollen Figur.

»Schau mal, das Mädel da! Ich möchte, dass du zu ihr hingehst und sie irgendwas über Männerkosmetik fragst. Völlig egal, was. Verwickle sie in ein kurzes Gespräch, und dann, wenn ihr damit fertig seid, mach ihr ganz beiläufig ein Kompliment. Sag ihr so etwas wie: ›*Ihr Parfüm riecht übrigens sehr gut*‹, oder: ›*Ihre Haare gefallen mir*‹, was auch immer dir einfällt. Alles klar?«

Ich hab überlegt und dann geantwortet: »Nein!«

»Nein ... was? Nicht verstanden?«

»Doch, alles verstanden. Aber bei der da will ich das nicht.«

»Wieso denn nicht? Was stimmt denn nicht mit ihr?« Er hat zwischen mir und der Asiatin verwirrt hin und her geguckt.

»Na ja ... weil ... weil ... weil ich mich halt nicht traue.«

Da hat der Sebastian kapiert. »Ah sooo«, hat er gemeint. »Na, von mir aus. Dann suchen wir dir eben eine, die nicht ganz so hübsch ist. Einverstanden?«

Um ehrlich zu sein, fand ich die Idee mindestens genauso doof wie die erste, weil ich wollte mir doch nicht von ihm beibringen lassen, wie man hässliche Frauen anspricht. Außerdem haben mir schon allein bei dem Gedanken, 'ner wildfremden Frau ein Kompliment zu machen, die Knie gezittert. Da war es vollkommen egal, ob das 'ne Hübsche oder 'ne Hässliche ist.

Aber ich hab ja in dem Junge-Leute-Café meine Schnauze nicht halten können und ihm versprochen, dass ich mein Leben umkrempeln will und er mir dabei helfen soll, also ist mir nix anderes übrig geblieben, ich hab keinen Rückzieher mehr machen können. Sonst wär ich wie die totale Obernete dagestanden. Und das wollte ich nicht.

Also hab ich ein mürrisches »Okay, von mir aus« gebrummelt, und dann sind wir auch schon durch den Drogeriemarkt gelatscht und haben ein neues ›Opfer‹ für meine Komplimentattacke gesucht. Irgendwann hat sich der Sebastian zu mir umgedreht und auf so 'ne kleine Pummelige mit langen blonden Haaren gezeigt, die ein Schmuckregal eingeräumt hat.

»Hier, nimm die da! Und jetzt los, keine Ausreden mehr!«

Er hat mir einen Schubs in ihre Richtung gegeben, und ich bin mit schlotternden Knien und schwitzenden Händen zu ihr hin getorkelt. Als ich sie erreicht hab, da hab ich mich direkt hinter sie gestellt und ein ganz leises »Ääääähhhh« gekrächzt.

Die Pummelige hat nicht darauf reagiert.

»Ääääääähhhhhhhhh«, hab ich wiederholt, aber sie hat sich nicht gerührt, sondern weiter ihren Schmuck einsortiert.

Ab da hat die Verzweiflung eingesetzt. Ich hab mich zum Sebastian umgedreht und hilflos mit den Schultern gezuckt. Er hat seine Hände an den Mund gehalten, so als ob er schreien würde, und wollte mir damit sagen, dass ich gefälligst lauter reden soll.

Also hab ich das gemacht.

Ich hab mich wieder zu der Pummeligen gedreht, meine Fäuste in die Hüften gestemmt, tief Luft geholt und dann so laut gerufen wie ich nur konnte: »ENTSCHULDIGEN SIE BITTE!!!«

Da sind der Pummeligen fast die Schmuckstücke aus der Hand gefallen! Sie hat sich mit einem lauten »Huuuuhhh!« zu mir umgedreht, an die Brust gefasst und keuchend hinzugefügt: »O mein Gott, haben Sie mich erschreckt! Was ... was kann ich denn für Sie tun?«

»Ja, also ... ich ... äh ...«

Ich hab mich noch mal zum Sebastian umgedreht, und er hat mir angedeutet, dass ich weitermachen soll.

»Äh ... ich brauche ... also ... ich brauche ... Männerkosmetik!«

»Oh, das tut mir leid, da sind Sie bei mir falsch. Ich bin nur für die Schmuckabteilung zuständig. Aber meine Kollegin da hinten hilft Ihnen gerne weiter.«

Sie hat auf die hübsche Asiatin gezeigt.

SO EIN MIST!!!

Ich hab mich zum dritten Mal zum Sebastian umgedreht, und er hat erneut angedeutet, dass ich weitermachen soll. Also hab ich meinen ganzen Mut zusammengenommen und stotternd und schwitzend herausgepresst: »Ich mag Ihre ... Ihre ... Haare. Ja, genau, Ihre Haare! Die sind total ... ach, was weiß ich ... schön eben!«

(Ich hab kaum glauben können, dass ich das hingekriegt hab.)

Und weißt du was, Tagebuch?

In diesem Moment ist was GIGANTISCHES passiert!

Die Pummelige hat mich angestrahlt wie so 'ne Figur auf 'ner Weihnachtsmarktbude und ist mindestens genauso rot geworden wie ich.

»Das ist ja nett!«, hat sie geflötet. »Vielen Dank!«

»Gern geschehen. Und jetzt tschüss!«, hab ich geantwortet und bin schnurstracks zum Sebastian zurück. Die Pummelige hat mich völlig verdutzt angeguckt.

»Alter, was, zum Teufel, war DAS denn für 'ne schräge Aktion?«, hat mich der Sebastian gefragt und dabei den Kopf geschüttelt. Er hat auf die Pummelige gezeigt. »Warum hast du dich denn nicht weiter mit ihr unterhalten?«

»Hä? Wieso das denn? Ich sollte ihr ein Kompliment machen, und das hab ich getan.«

»Ja, schon, aber ... die war doch total *attracted* von dir!«

»Sie war was?«

»Schon gut, vergiss es. Immerhin hast du dich überwunden und sie angesprochen, das war ein wichtiger Schritt. Warte mal einen Moment, ich bin gleich wieder bei dir.«

Er ist zu der Pummeligen hingegangen und hat sich mit ihr unterhalten. Nach ein paar Sätzen hat sie plötzlich wieder zu strahlen angefangen und ist wieder rot im Gesicht geworden, dann ist sie kurz verschwunden und mit einem Zettel in der Hand zurückgekommen. Den hat sie dem Sebastian in die Hand gedrückt. Er hat sich lächelnd von ihr verabschiedet und ist zu mir gegangen.

»Hier«, hat er gemeint und mir den Zettel hingehalten. »Ihre Nummer. Sie will dich kennenlernen. Ruf sie in den nächsten Tagen an.«

Ich hab ihn völlig baff angestarrt, als wär das kleine, weiße Ding direkt aus dem Weltall gefallen. »Wie ... was ... wie hast du DAS denn hingekriegt?«, hab ich gekrächzt.

»Ich hab ihr erzählt, dass du mein Kumpel bist und sie sympathisch findest. Leider bist du aber auch sehr schüchtern und hast dich deshalb nicht getraut, sie selber nach der Nummer zu fragen. *Et voilà*!«

»Und DAS hat funktioniert???«

»In diesem Fall schon. Frauen wie sie, die eher normal aussehen, fahren voll auf Komplimente ab, die kriegen sie nämlich nicht so oft. Zumindest im Vergleich zu extrem hübschen Frauen. Deswegen zieht das bei ihnen so gut.«

Ehrlich gesagt war ich so platt und überrascht gewesen, dass ich kein einziges Wort von dem verstanden hab, was er mir erzählt hat. Aber das war auch nicht weiter wichtig, weil: Ich hab meine allererste

Nummer von einer ECHTEN Frau gekriegt! Und auch, wenn ich sie nicht wirklich selber gekriegt hab, sondern der Sebastian, war ich sprachlos gewesen. Und sehr, sehr glücklich!

Wir sind dann aus dem Drogeriemarkt wieder raus und nach Hause gefahren.

Vor der Wohnungstür hat der Sebastian zu mir gemeint: »Ich hab mir die nächsten Tage für dich freigenommen. In dieser Zeit werden wir so richtig Gas geben und an deinen Ängsten arbeiten. Nimm dir bis Dienstag nichts vor, okay? Du wirst ein volles Programm haben.«

»Wie jetzt?«, hab ich gefragt. »Nicht mal fernsehen?«

»Nein.«

»Kann ich wenigstens an meinem Tagebuch weiterschreiben?«

Er hat mich etwas verdutzt angeguckt und dann erwidert: »Das musst du selber wissen. Wir werden frühmorgens loslegen und bis in den späten Abend hinein *powern*. Ich hab mir schon ein paar sehr schöne Aufgaben für dich überlegt. Also bis morgen, man sieht sich!«

Dann ist er in seiner Wohnung verschwunden.

Und ich bin ziemlich ratlos zurückgeblieben.

Tja, liebes Tagebuch, so wie's aussieht, werden wir uns die nächste Zeit nicht allzu oft sehen! Ich muss schließlich mein Versprechen halten und mich vom Sebastian zum Frauenprofi machen lassen. Und, mal ganz unter uns: Wie er die Sache mit der Pummeligen im Drogeriemarkt hingekriegt hat, das war schon echt … na ja … COOL! Es war genauso, wie ich mir das mit Frauen immer gewünscht habe: Hinlatschen, ein bisschen quatschen, und schon hat man ihre Nummer. Deswegen werd ich mir richtig Mühe geben und ganz fleißig mitmachen, wenn er mir seine Aufgaben stellt. Bin schon gespannt, was das ist.

Also bis bald, Tagebuch. Ich denk an dich und melde mich wieder, sobald ich Zeit hab!

In Liebe, dein Jürgen.

– **Tag 18** –

Liebes Tagebuch,

ENDLICH hab ich wieder Zeit für dich!!!

Du wirst nicht glauben, was mir in den letzten Wochen passiert ist, das war DER HAMMER! Voll die Achterbahnfahrt mit Hochs und Tiefs und allem Drum und Dran.

Aber pass auf, ich erzähl's dir der Reihe nach. Fangen wir mit einem von den Hochs an.

Ich bin mit dem Sebastian jeden Tag in die City gefahren, und er hat sein Programm ABER SO WAS VON durchgezogen, das kannst du dir nicht vorstellen! Der Kerl ist eine Maschine! Am Ende von jedem Tag bin ich einfach nur platt und fix und fertig in mein Bett gefallen und eingeschlafen. Aber gleichzeitig hat es mir riesig Spaß gemacht, weil, der Sebastian versteht wirklich was von Frauen, das muss man ihm echt lassen!

Am ersten Tag hat er mir erklärt, dass es bei uns Menschen, genauso wie bei Tieren, eine ›Rangordnung‹ in Gruppen gibt. Bei den Affen ist immer einer der King, der Chef von seinem Clan, und die anderen sind die Untertanen, die den King-Affen respektieren. Der Chef bekommt auch die ganzen Mädels ab, weil die halt auf die Kings abfahren, und nicht auf die King-Untertanen oder die Weicheier und Verlierer. Das fand ich total einleuchtend. Das hat echt Sinn gemacht. Auch wenn es in meinen Ohren irgendwie komisch geklungen hat, wenn der Sebastian die King-Chef-Affen ›Alphatiere‹ genannt hat, weil, das hört sich total bescheuert an! ›King-Chef-Affe‹ wär ein viel coolerer Begriff. Aber egal, muss er ja wissen.

Jedenfalls hat der Sebastian zu mir gemeint, dass ich auch so ein ›Alphatier‹ werden muss, wenn es mit dem Flirten und den Mädels klappen soll.

»Wie soll das funktionieren?«, hab ich ihn gefragt. »Soll ich mir auf die Brust hauen und Bananen fressen wie King Kong?«

»Nein, nein«, hat er geantwortet. »Das ist metaphorisch gemeint, also nur im übertragenen Sinn. Alphatiere haben ein paar Eigenschaften, die sie für Frauen attraktiv machen, und um die geht es hier.«

»Welche denn?«

»Zum einen musst du mit dir selbst im Reinen sein.«

Da hab ich ihn böse angeguckt und zu ihm gemeint, dass ich mit mir schon längst im Reinen wär, ich hätt nämlich erst heute Morgen geduscht und sogar frische Unterwäsche angezogen (nur zur Sicherheit). Außerdem hab ich ihn gefragt, warum es überhaupt eine Rolle spielt, wie oft ich duschen gehe, wenn sich doch die ganzen Alphatier-King-Chef-Affen in ihrem eigenen Dreck wälzen und trotzdem die Mädels abbekommen.

»Das ist doch nur eine Redewendung, Jürgen! ›Mit sich im Reinen sein‹ bedeutet, dass du ein stabiles und gesundes Selbstbewusstsein hast und zu dir und deinen Wünschen, Trieben und Meinungen stehst.«

»Kapier ich nicht«, hab ich erwidert.

»Pass auf, ich erklär's dir an einem Beispiel. Du findest doch, dass du ein cooler Typ bist, oder?«

»Na ja, geht so. Bis vor Kurzem hab ich das gedacht. Aber nach den letzten Wochen bin ich mir da nicht mehr so sicher.«

»Dann frag ich dich anders: Ist dir im Großen und Ganzen egal, was andere über dich denken?«

»Hm, ja, doch. Wobei ...« Ich hab kurz überlegt. »Eigentlich will ich, dass mich andere mögen und toll finden, aber das passiert meistens nicht. Eigentlich sogar nie.«

»Woran könnte das liegen?«

»Weiß ich auch nicht. Das ist schon immer so gewesen, weißt du, schon seit meiner Schulzeit. Da haben mich die anderen Kinder auch doof gefunden, obwohl ich ein richtig netter Kerl bin. Ich weiß nicht, woran das liegt. Manchmal hab ich den Eindruck, dass die Menschen einfach zu blöde sind, um mich zu verstehen oder zu mögen, deswegen hab ich irgendwann damit angefangen, mich nicht mehr mit denen zu unterhalten und mich auch nicht mehr für ihre Meinung zu interessieren. Aber gut fühlt sich das nicht an. Ich meine, ich würd schon ganz gerne mal gemocht werden.«

»Als Einzelkämpfer ist es ätzend, nicht wahr?«, hat er gefragt.

»Ja.«

»Und du siehst die Schuld für diese Ablehnung bei den anderen, nicht bei dir, korrekt?«

»Ja, klar,« hab ich erwidert. »Wo denn sonst?«

»Und mit deinem eigenen Verhalten bist du zufrieden?«

»Äääähmmm … also …«

»Ja oder nein?«

»Na ja, eigentlich schon, aber … andererseits denke ich mir, dass mich die Leute doch mögen müssten, wenn mein Verhalten wirklich so toll wär. Tun sie aber nicht! Gleichzeitig denke ich mir, dass die mich vielleicht deshalb nicht mögen, weil sie zu doof für mich sind, und dann wär's nicht mehr meine Schuld.« Ich hab mit den Schultern gezuckt. »Keine Ahnung, was richtig ist.«

»Okay, dann fassen wir mal zusammen: Du erfährst von anderen Menschen regelmäßig Ablehnung, was dich verletzt und verunsichert. Deswegen begegnest du ihnen mit Distanz, Angst und Vorsicht, du stellst dich über sie und drückst ihnen den Stempel der Dummheit auf, damit du mit der Einsamkeit besser zurechtkommst. Stimmt das so?«

Ich hab traurig auf den Boden geguckt und ein leises »Kann sein« gemurmelt.

»Tja, genau deshalb bist du mit dir nicht im Reinen.«

»Hä?«, hab ich gefragt. »Weil ich nicht denke, dass ich supertoll bin, obwohl mich keiner mag?«

»Na ja, so ähnlich. Du zweifelst an dir. Dein Selbstwertgefühl ist im Keller und die Ängste in deinem Inneren fressen dich auf. Du hältst dich für ungewollt und ungeliebt.«

»Aber das bin ich doch! Ich meine, was soll ich denn tun? Soll ich weitermachen wie bisher und anschließend behaupten, dass es mir nichts ausmacht, wenn mich Frauen beleidigen und wegschicken und auslachen? Bin ich dann ›im Reinen‹ mit mir? Bin ich dann ein cooler Typ?«

»Nein«, hat er geantwortet. »Dann wärst du genau derselbe Mensch wie vorher. Das hat mit innerem Frieden nichts zu tun.«

»Worum geht's dann?«

»Sagen wir's mal so: Dein Wunschziel ist ja nicht, dass in deinem Leben alles beim Alten bleibt und du lernst, mit der Ablehnung anderer

Menschen besser umgehen zu können. Du möchtest anerkannt werden und echte Freundschaften schließen.«

»Ja, genau. Und wie mach ich das?«

»Indem du dir eine weitere Eigenschaft von Alphatieren bewusst machst: Sie lieben es, unter Menschen zu sein, mit ihnen zu reden, Kontakte aufzubauen und Freundschaften zu schließen. Ein Alphatier begegnet seinen Mitmenschen nicht mit Misstrauen und Ablehnung, sondern mit Respekt und echtem Interesse.«

»Hä? Das tu ich doch auch.«

Da musste der Sebastian lachen. »Jürgen, bei aller Liebe, aber das tust du definitiv *nicht*! Ich wohne seit fast fünf Jahren direkt neben euch, und wie oft hast du mich gegrüßt, wenn wir uns begegnet sind, wie oft haben wir mal geplaudert?«

»Ääääääääääh …«, hab ich gestottert. Ich wusste natürlich, dass er recht hatte, aber das wollte ich nicht zugeben, weil, dann hätt ich ihm auch erzählen müssen, dass ich ihn für total komisch gehalten hab. Und das wollte ich nicht. Immerhin war er jetzt mein Flirtcoach, und irgendwie auch mein Freund, da macht man so was nicht. Glaube ich zumindest. Ich hatte noch nicht so viele Freunde.

Zum Glück hat er an der Stelle einfach weitererzählt: »Ein echtes Alphatier sucht von sich aus Kontakt zu anderen Menschen, er freut sich über neue Bekanntschaften.«

»Aha«, hab ich erwidert. »Und was heißt das jetzt? Muss ich auch so werden? Muss ich jetzt mit allen möglichen Leuten quatschen, nur um ein King-Chef-Affe zu sein? Die meisten Menschen sind doch total doof, mit denen will ich gar nicht reden!«

»Wieso denkst du das?«

»Wieso denke ich was?«

»Wieso denkst du, dass die meisten Menschen doof sind?«

»Weil's halt stimmt.«

»Jürgen, die Menschen sind gar nicht so doof, wie du vielleicht denkst, du bist einfach verletzt und hast Angst davor, wieder verletzt zu werden. Das ist alles. Du hast Angst davor, dich zu blamieren und ausgelacht zu werden! Frag dich mal selbst: Wie kommst du zu der Überzeugung, dass deine Mitmenschen doof sind?«

»Hmmm … keine Ahnung. Das merkt man halt.«

»Hältst du mich für doof?«

»Nein, nein!«, hab ich hastig erwidert und mit den Händen in der Luft herumgewedelt. »Dich nicht!«

»Aber das war nicht immer so, stimmt's?«

Da bin ich rot geworden und hab ein ganz leises »Äääääh … vielleicht« gemurmelt. Mir war das in dem Moment so irrsinnig peinlich gewesen, dass ich ihm nicht in die Augen gucken konnte.

Dem Sebastian hat das komischerweise gar nichts ausgemacht. Er hat mich angelächelt und dann total freundlich erwidert: »Keine Panik, Jürgen, ich kann mir schon denken, was du von mir gehalten hast. Das macht mir nichts aus, das geht total klar für mich. Aber sag mal: Findest du mich immer noch doof?«

»Nein, nein!«, hab ich wiederholt. »Kein bisschen mehr! Ehrlich!«

»Okay. Und wieso nicht?«

»Na ... weil ... weil ...«

»Weil du mich jetzt besser kennst und gemerkt hast, dass ich sehr nett bin?«

»Äh ... ja, ich glaub schon.«

Das hat wirklich Sinn ergeben, was er mir erzählt hat. Ich meine, ich hab den Sebastian nur deshalb komisch gefunden, weil ich ihn gar nicht gekannt hab. Aber wenn ich jemanden nicht kenne, dann kann ich doch gar nicht wissen, ob der wirklich komisch ist, weil, dazu müsste ich ihn erst kennenlernen. Und seit ich den Sebastian kennengelernt hab, weiß ich, dass er voll der nette Typ ist und ein echter Freund. Cool! So hab ich das noch nie gesehen.

Ich hab ihm von meiner Überlegung erzählt, und er hat sich riesig darüber gefreut.

»Super!«, hat er gerufen. »Genau das ist die Einstellung, um die es geht! Mit genau dieser Einstellung solltest du auf Menschen zugehen. Probier's einfach mal aus: Geh auf jemanden zu und gib ihm einen Vertrauensvorschuss, lerne ihn kennen, ohne ihn schon vorher in eine Schublade zu stecken.«

»Okay, das mach ich«, hab ich erwidert und ihn angelächelt. Weil, mich hat in diesem Augenblick so 'ne total hammermäßige Energie durchströmt, wie bei 'nem Blitzschlag, das war voll schräg gewesen. Ich hab mich so frei und stark gefühlt, als ob ich alles erreichen könnte, was ich will. Echt verrückt! Deshalb hab ich dem Sebastian versprochen, dass ich das mit dem Vertrauensvorschuss ausprobieren werde.

»Na schön«, hat er gesagt. »Dann hab ich eine Aufgabe für dich.«

»Welche denn?«

Innerlich hab ich schon voll die coolen Szenen vor mir gesehen, wie mir der Sebastian ein paar Tipps gibt und ich dann loslaufe und irgendeine sexy Frau anquatsche und die sich sofort in mich verliebt. Und die ganzen Leute stehen um uns herum und starren mich an und bewundern mich, weil ich so mutig bin. Und auch der Sebastian ist voll beeindruckt und sagt mir, dass das Flirtcoaching ein voller Erfolg ist und ich bereits das Ziel erreicht hab.

Aber weißt du was? Es kam ganz anders!

»Ich möchte, dass du hier in der Fußgängerzone auf mindestens zwanzig Menschen zugehst und sie nach der Uhrzeit fragst«, hat er zu mir gemeint.

Ich hab ihn völlig verdutzt angestarrt. »Hä?«

»Du hast mich schon verstanden.«

»Ich soll zwanzig Leute nach der *Uhrzeit* fragen?«

»Ja. Genau das.«

»Alle gleichzeitig oder was?«

»Nein, natürlich nicht gleichzeitig. Immer eine Person nach der anderen. Wir laufen die Fußgängerzone entlang, du hältst jemanden an und fragst ihn oder sie nach der Uhrzeit. Dann gehen wir weiter und du fragst die nächste Person.«

»Nach der Uhrzeit«, hab ich wiederholt.

»Genau. Nach der Uhrzeit.«

Ich fand das eine total idiotische Idee! Ich fand sogar, dass das die idiotischste Idee war, von der ich je gehört hab, weil, was hatte das mit Flirten oder Daten zu tun? Was hatte das damit zu tun, dass ich ein cooler Typ und King-Chef-Affe werden will?

Aber der Sebastian hat nicht lockergelassen. Er hat darauf bestanden, dass ich das mache, also bin ich irgendwann notgedrungen losgelaufen und hab mir die Leute gesucht, die ich fragen kann.

Als Erstes hab ich einen Opa angehalten und ihn nach der Uhrzeit gefragt. Er hat »10:32 Uhr« geantwortet.

Dann hab ich einen Typen in einem Anzug angehalten. Ich hab ihn nach der Uhrzeit gefragt, und er hat »10:32 Uhr« geantwortet.

Dann ist so eine Gruppe von nervigen Teenagern auf mich zugekommen, die sich ganz laut miteinander unterhalten haben. Ich hab sie angehalten und nach der Uhrzeit gefragt, und sie haben – kaum zu glauben! – »10:32 Uhr« gesagt.

Ab da bin ich mir schon ziemlich blöde vorgekommen.

Anschließend hab ich wieder einen Typ im Anzug angesprochen, diesmal allerdings mit einem Köfferchen in der Hand. Ich hab ihn nach der Uhrzeit gefragt, und er hat zur Abwechslung »10:33 Uhr« gesagt.

In diesem Moment ist kein Passant mehr auf mich zugekommen, sondern der Sebastian. Der hat mir gesagt, dass ich auch mal Frauen anquatschen soll und nicht nur Männer, schließlich will ich ein *Frauenheld* werden, und kein *Männerheld*. Also hab ich meine Strategie geändert und Frauen nach der Uhrzeit gefragt.

Als Erstes kam eine junge Türkin – oder was auch immer – auf mich zu. Ich hab sie nach der Uhrzeit gefragt, und sie hat »10:33 Uhr« geantwortet.

Dann kam eine pummelige Brünette mit einem ›Jesus lebt‹-T-Shirt auf mich zu. Ich hab sie angehalten und nach der Uhrzeit gefragt, und sie hat komischerweise »10:42 Uhr« geantwortet. Ich vermute mal, dass bei frommen Menschen die Uhren irgendwie anders ticken als bei ... na ja ... normalen Menschen halt. Keine Ahnung.

Alle vierzehn Frauen, die mir danach begegnet sind, haben zum Glück fast dasselbe geantwortet: Mal »10:33 Uhr«, dann »10:34 Uhr«, dann »10:35 Uhr«, noch etwas später »10:36 Uhr«. Am Ende bin ich der Typ mit dem genauesten Uhrzeitwissen auf der ganzen weiten Welt gewesen! Wenn jetzt noch von irgendwo her der Satz gekommen wär: »Beim nächsten Ton ist es ...«, dann hätt ich mir die Mühe auch sparen und einfach bei der Telefonansage anrufen können. Das Ergebnis wär exakt dasselbe gewesen.

Der Sebastian schien trotzdem zufrieden zu sein. Er ist auf mich zugekommen, hat breit gelächelt und mir die Hand zu einem High Five hingehalten. Ich hab eingeschlagen. Dann hat er zu mir gemeint: »Super, Jürgen, das war richtig gut! Wir können das jetzt abbrechen, für heute reicht es.«

»Äh, war das wirklich gut?«, hab ich ihn zögernd gefragt.

»Ja, das war toll, absolut einwandfrei! Wie fandest du denn die Leute, mit denen du dich unterhalten hast?«

»Die waren eigentlich ganz nett. Besonders eines von den Mädels – die Vorvorvorletzte – war richtig süß gewesen, fand ich. Die hat sogar gelächelt, als ich sie nach der Uhrzeit gefragt hab.«

»Ja, hab ich gesehen. Genau das meinte ich vorhin: Wenn du nett und freundlich auf Menschen zugehst, dann bekommst du das in der Regel auch zurück.«

Da musste ich ihm recht geben.

Damit war der erste Tag unseres Coachings vorbei gewesen und wir sind nach Hause gefahren.

An den folgenden Tagen ging's ähnlich weiter. Mal musste ich Leute nach der Uhrzeit fragen und im Anschluss ein kurzes Gespräch übers Wetter führen (das fand ich komisch). Dann musste ich nach dem Weg zum nächsten Kaufhaus fragen und ein kurzes Gespräch über Klamotten führen, die ich da angeblich kaufen will (das fand ich noch komischer). Und schließlich musste ich mir von den Leuten eine Meinung zu irgendwelchen Sachen einholen, beispielsweise zu meinen Hosen oder zu meinen Haaren (das fand ich am allerkomischsten). Aber ich hab alles brav gemacht.

Und dann ist es plötzlich passiert, Tagebuch!!!

Weißt du, nach all diesem Gelaber über Uhrzeiten und Kaufhäuser und Klamotten und Meinungen, wollte ich 'ne kurze Pause einlegen, um den Kopf freizukriegen, und deshalb bin ich in 'ne Bäckerei gegangen, um mir ein belegtes Brötchen zu kaufen. Bei so 'ner ganz hübschen und jungen Verkäuferin. Und weißt du was? Anstatt das Brötchen einfach zu bezahlen und dann abzuhauen, hab ich tatsächlich angefangen, mich mit ihr zu unterhalten. Und zwar – jetzt halt dich fest! – über Plundergebäck! Ja, du liest richtig, Tagebuch! Ich hab mich allen Ernstes mit ihr über dieses völlig bescheuerte Thema unterhalten, und zwar satte drei Minuten lang! Ohne, dass es langweilig geworden wär. Wir hatten beide richtig Spaß dabei. Kannst du dir das vorstellen??? Man, war ich vielleicht platt, als ich das gemerkt hab! Es ist einfach so passiert, fast wie von selbst, ich hab es selber nicht mitbekommen.

Als ich wieder auf der Fußgängerzone war, ist mir der Sebastian entgegengekommen, hat übers ganze Gesicht gestrahlt und mir auf die Schulter geklopft. »WOW, Alter, das war RICHTIG geil!«

»Findest du?«, hab ich ihn unsicher gefragt.

»Logisch, das hast du klasse gemacht! Ich bin stolz auf dich!«

Da musste auch ich lächeln. Weil, so ein schönes Kompliment hat mir noch keiner gemacht. Das war ein supertolles Gefühl gewesen!

Die nächsten Tage ging's dann immer so weiter. Der Sebastian hat sich irgendwelche Aufgaben für mich überlegt, und ich bin dann losgezogen und hab die gemacht. Aus den kurzen Gesprächen übers Wetter und über Klamotten sind immer längere geworden, aus den idiotischen und sinnlosen Themen immer interessantere und bessere. Und weißt du was, Tagebuch? Es hat mir riesig Spaß gemacht! Irgendwie ist es ein cooles Gefühl, wenn man sich mit wildfremden Menschen unterhält, weil man dabei echt viele trifft, die nett sind. Zugegeben, ein paar Komische waren auch dabei, die hatten einfach keine Lust, sich mit mir zu unterhalten, aber das ist schon okay. Der allergrößte Teil war jedenfalls nett und freundlich und total offen gewesen. Und nach dem Erlebnis in der Bäckerei war ich doppelt so motiviert, die Aufgaben vom Sebastian zu machen. Am Ende meinte er zu mir, dass ich mich enorm gesteigert hätte und deswegen bereit wär für die ›nächste Schwierigkeitsstufe‹ (so hat er es genannt). Und ich war fest davon überzeugt gewesen, noch einen winzigen Schritt von den supersexy Frauen entfernt zu sein, und davon, ein cooler Frauenprofi zu werden.

Am nächsten Tag hat sich gezeigt, dass das leider Quatsch war.

Und zwar so RICHTIG!!!

Pass auf, ich erzähl dir, was passiert ist. Der Sebastian hat mir gesagt, dass wir etwas Anspruchsvolleres ausprobieren wollen, und zwar sollte ich mir eine Frau heraussuchen, die mir richtig gut gefällt. Also eine total Hübsche und Tolle. Die sollte ich dann ansprechen und ein bisschen mit ihr reden – wieder mal dieser belanglose Alltagskram –, und dann, am Ende, sollte ich sie fragen, ob sie Lust hätte, mit mir einen Kaffee trinken zu gehen. Wichtig wäre dabei, dass ich ein bisschen ›dranbleibe‹ und nicht gleich aufgebe, falls sie Nein sagen sollte.

»Durchhaltevermögen ist das Zauberwort! Lass dich nicht gleich abwimmeln oder sei nicht gleich enttäuscht, wenn eine Frau deine

Einladung ablehnt. Das tun Frauen nämlich meistens. Sie wollen erst die Lage checken und sich absichern, weil sie dich nicht kennen. Also kämpfe ein bisschen für dein Ziel, okay?«

»Alles klar«, hab ich erwidert. Dann bin ich losgezogen.

Ein paar Minuten später hat sich gezeigt, dass gar nix ›klar‹ war. Da ist mir nämlich die Nicole über den Weg gelaufen. Also ... zu diesem Zeitpunkt wusste ich natürlich noch nicht, dass sie Nicole heißt, weil, das hab ich erst später erfahren. Jedenfalls ist sie mir in der Fußgängerzone entgegengekommen, und ich hab sie angehalten und dann versucht, mit ihr ein Gespräch zu führen. Ganz genauso, wie ich's die letzten Tage immer wieder gemacht hab.

Tja, und jetzt kommt's! Weil ich halt gewusst hab, dass es dieses Mal nicht nur um ein harmloses Gelaber geht, sondern dass ich die Frau am Ende zu einem Kaffee einladen muss, bin ich so IRRSINNIG nervös und zappelig geworden, dass nur Quatsch und Müll aus meinem Mund gekommen ist. Unser Gespräch hat sich angehört wie 'ne echt schräge und kaputte Talkshow (Mutti guckt das immer). Ich versuch's dir mal im Original wiederzugeben:

Ich: »Bleib stehen!«
Nicole (bleibt stehen und guckt total irritiert).
Ich: »Wie heißt du?«
Nicole: »Wie bitte?«
Ich: »Wie heißt du?«
Nicole (skeptisch): »Warum willst du das wissen?«
Ich: »Sag ich dir gleich.«
Nicole: »Okay ... ich bin die Nicole.«
Ich: »Nicole, ich muss dringend mit dir sprechen.«
Nicole (guckt noch skeptischer): »Worüber denn?«
Ich: »Du kennst doch bestimmt ein paar gute Uhrengeschäfte, oder? Nee, Moment, ich meine natürlich: Du kennst bestimmt ein paar gute Klamottengeschäfte. Ich brauch mal deine Meinung. Also ... 'ne weibliche Meinung.«
Nicole: »Ähm, was genau suchst du denn? Willst du was für dich kaufen oder für jemand anderen?«
Ich: »Für mich.«

Nicole: »Na, dann probier doch mal den C&A da hinten, die haben eigentlich ganz nette Sachen. Und am Bahnhof gibt's auch noch einen Laden auf der rechten Seite, der könnte dir gefallen.«

Ich: »Das hast du prima gesagt, Nicole. Wir hatten ein super Gespräch. Jetzt lass uns einen Kaffee trinken gehen.«

Nicole: »Äh, nee. Kein Interesse.«

Ich (denke mir: *Aha, der erste Widerstand, also dranbleiben*): »Lass uns jetzt sofort einen Kaffee trinken gehen!«

Nicole (schüttelt kräftig den Kopf und läuft einfach weiter): »Nein, kein Interesse!«

Ich (denke mir: *Durchhalten!*, und schreie): »Doch! Wir zwei gehen jetzt einen Kaffee trinken! Sofort! Das muss sein!!!«

Nicole (geht zügig weiter): »Vergiss es!«

Ich (renne ihr nach und schreie die ganze Zeit): »Halt! Kaffee! Halt! Kaffee! Halt! Kaffee!«

Nicole (schweigt und läuft immer schneller).

Nach gut vier Minuten, in denen ich ihr bis zum Hauptbahnhof hinterhergelaufen bin und immer wieder »Halt! Kaffee!« gebrüllt hab, hat sie sich zu mir umgedreht und geschrien: »HAU ENDLICH AB, DU SPINNER, LASS MICH IN RUHE!!!«

Aber ich Idiot bin ihr trotzdem weiter nachgelaufen und hab die ganze Zeit nur »Halt! Kaffee! Halt! Kaffee! Halt! Kaffee!« gerufen.

Tja, und irgendwann ist die Nicole zu zwei Streifenpolizisten geflüchtet, die mich prompt aufgehalten und nach meinen Ausweis gefragt haben. Die wollten von mir wissen, was ich da tue, und ich hab ihnen erklärt, dass die Nicole mit mir einen Kaffee trinken gehen muss, weil das doch meine Aufgabe wär, für die ich kämpfen muss, um ein cooler Frauenprofi zu werden. Die haben mich ziemlich irritiert angeguckt und dann die Nicole gefragt, ob sie mich kennen würde.

»NEIN!«, hat sie energisch gerufen. »Ich kenne diesen Spinner überhaupt nicht! Der verfolgt mich die ganze Zeit!«

Ich habe den Polizisten erklärt, dass mich die Nicole natürlich noch nicht kennt, weil sie ja noch nicht mit mir Kaffee trinken war.

Eine halbe Stunde später waren wir dann auf dem Polizeirevier, wo sich so 'n Seelendoktor mit mir unterhalten und mich gefragt hat, was das alles sollte. Ich hab versucht, auch ihm zu erklären, dass der Kaffee mit der Nicole voll wichtig wär, damit ich mein Ziel erreichen und ein King-Chef-Affe werden kann. Weil, dann könnte ich das tun, was in meinem Stammhirn drinsteht. Er hat mich skeptisch angesehen und sich Notizen gemacht, und noch eine weitere halbe Stunde später bin ich dann in die geschlossene psychiatrische Abteilung vom Herrmann-Plötz-Krankenhaus eingeliefert worden.

DAS war vielleicht peinlich, Tagebuch!!! Ganz besonders, als meine Mutti vorbeigekommen ist, um denen zu versichern, dass ich kein Verrückter bin und sie mich deshalb nach Hause entlassen können. Der haben sie nämlich erzählt, dass ich nicht alle Tassen im Schrank hätte und 'ne Frau in der Stuttgarter Fußgängerzone belästigt hab. Da hat mich Mutti entsetzt angeguckt und war wieder kurz davor gewesen, loszuheulen.

Ich hab darüber nachgedacht, ob ich ihr die Sache mit dem Sebastian und dem Kaffee und der Nicole erklären soll, damit die das versteht, aber andererseits hab ich das Gefühl gehabt, dass sie es sowieso nicht kapieren würde. Also hab ich auf dem Nachhauseweg lieber die Klappe gehalten und bin dann ohne ein weiteres Wort in mein Zimmer gegangen.

Eine Stunde später hat der Sebastian bei uns geklingelt.

»Alter, was sollte DAS denn???«, hat er gerufen. »Du solltest die Frau zu einem Kaffee einladen, aber nicht wie ein irrer Stalker verfolgen, Herrgott noch mal!!!«

»DUUU hast doch gesagt, dass ich für mein Ziel kämpfen soll!«, hab ich zurückgeschrien. »DUUU hast doch gesagt, dass ich unbedingt ›dranbleiben‹ soll, wenn sie nicht will! Ich hab nur das getan, was DUUU mir geraten hast! Und überhaupt: Wo warst du eigentlich???«

»Ich hab euch irgendwann aus den Augen verloren. Ihr seid ja wie die Berserker losgerannt.«

»Na toll!«, hab ich gefaucht.

»Du solltest das Mädel nur ein bisschen nachhaltiger um ein Date bitten, aber sie nicht quer durch die Stadt verfolgen.«

»Und woher hätt ich das wissen sollen, hm?«

Der Sebastian hat die Arme in die Luft geworfen. »Du lieber Himmel, Jürgen, das sagt einem doch der gesunde Menschenverstand!«

Da hab ich ihn böse angeguckt und erwidert: »Soll das heißen, dass ich keinen Verstand hab?«

»Äh ... nein, so hab ich das nicht gemeint, ich –«

Da war's mir zu doof gewesen. Ich bin stinksauer in die Wohnung zurück und hab die Tür mit Schmackes zugepfeffert. DAS hat vielleicht geknallt; ich glaub, das hat man im ganzen Haus hören können! Und danach hab ich mich eine Woche lang geweigert, mit dem Sebastian zu sprechen. Ich war halt echt sauer gewesen, weißt du, niemand darf mich dumm nennen! Ich bin mir sicher, du hättest genauso reagiert, Tagebuch. Schließlich hab ich alles genauso gemacht, wie er's mir gesagt hat. Woher hätt ich denn wissen sollen, wann ich bei der Nicole aufhören muss? Mich dann als dumm zu bezeichnen und zu behaupten, ich hätt nichts im Kopf, geht GAR NICHT! Dazu brauch ich keinen Sebastian, das haben mir schon genügend andere Leute gesagt, und es hat jedes Mal wehgetan.

Also hab ich meine Zeit wieder vor dem PC verbracht und mich über den blöden Sebastian aufgeregt. Und über die blöden Polizisten und die blöde Nicole und einfach über die ganze blöde Frauenwelt! Verdammt, warum müssen die so kompliziert sein???

Wahrscheinlich wär ich für immer in meinem Zimmer geblieben und hätt mich bis in alle Ewigkeit darüber geärgert, wenn es dem Sebastian (mithilfe von meiner Mutti, stell dir das mal vor!!!) nicht doch gelungen wär, in die Wohnung zu kommen. Der ist plötzlich an meiner Zimmertür gestanden und hat mich gefragt: »Können wir reden?«

»Was willst du?«, hab ich gegrummelt, ohne von meinem PC aufzusehen.

»Hör zu, was ich vor ein paar Tagen zu dir gesagt habe, war falsch und es tut mir leid! Ich hätte dich nicht beleidigen dürfen. Du hast dich so super geschlagen und so großartige Fortschritte gemacht, das hast du wirklich nicht verdient. Deswegen ist mir klar geworden, dass nicht du versagt hast, sondern ich als dein Coach! Kannst du mir meine idiotische Reaktion noch mal verzeihen?«

Eigentlich hab ich ihm noch ein bisschen böse sein wollen, schon allein aus Prinzip, aber als er so dagestanden ist und sich so lieb und nett entschuldigt hat, da konnte ich es einfach nicht. Also hab ich ganz leise erwidert: »Einverstanden.«

Er ist zu mir hin und wir haben uns umarmt – NUR SO, WIE ES KUMPEL TUN, OKAY??? NICHTS ANDERES!!! –, und dann hab ich ihn gefragt, ob er mich denn noch weiter trainieren würde?

»Möchtest du das denn?«

»Ja, sehr gerne sogar.«

»Okay, dann gönn dir noch ein bisschen Erholung und Auszeit, ich überlege mir in der Zwischenzeit ein paar neue Aufgaben für dich. Und in den nächsten Tagen machen wir dann weiter. Einverstanden?«

»Ja, einverstanden.«

Tja, liebes Tagebuch, du siehst also: Die letzten Wochen waren ganz schön aufregend für mich gewesen! Auf der einen Seite bin ich immer noch stinksauer, dass ich die Sache mit der Nicole so unglaublich versaut hab. Mutti ist immer noch nicht gut auf mich zu sprechen, aber das legt sich wieder (muss es ja, schließlich ist sie meine Mutti). Andererseits hab ich durch das Flirtcoaching vom Sebastian sehr viel gelernt und bin jetzt viel lockerer und offener geworden, und in der Zeit, in der ich nicht mehr in der City war, hab ich diese Gespräche in der Fußgängerzone richtig vermisst! Verrückt, oder? Dabei hab ich das noch vor ein paar Wochen GEHASST, wenn ich mich mit fremden Menschen unterhalten musste.

Na ja, mal sehen, was sich der Sebastian an neuen Aufgaben ausdenken wird. Ich bin echt gespannt darauf. Und, wer weiß, vielleicht schaff ich es ja doch, mein Ziel zu erreichen.

IN SECHS MONATEN WILL ICH EINE FREUNDIN HABEN!!!

Schauen wir mal, ob das klappt.

In Liebe, dein Jürgen.

– Tag 19 –

Liebes Tagebuch,

Gestern hat sich der Sebastian wieder bei mir gemeldet. ENDLICH!!! Der hat so lange nichts von sich hören lassen, dass ich schon befürchtet hab, der wär gestorben und liegt jetzt tot und verrottend und total stinkend in seiner Wohnung. Ich wollte schon die Polizei anrufen und fragen, ob die mal bei ihm nachschauen könnten, aber dann hat er bei mir geklingelt und war ganz offensichtlich sehr lebendig. Das hat mich beruhigt.

Na, jedenfalls hat er mir erklärt, dass er sich die letzten Tage viele Gedanken gemacht hat, wie wir mit dem Coaching weitermachen könnten, und zwar möglichst so, dass es mir was bringt und ich nicht wieder in 'ner Klapsmühle lande. Das fand ich voll nett von ihm. Macht sich richtig Sorgen um mich!

»Komm, lass uns in die City fahren«, hat er anschließend zu mir gemeint.

»Soll ich wieder Leute anquatschen?«

Er hat mir grinsend zugezwinkert. »Bloß nicht!«

Als wir dort angekommen sind, dachte ich erst, dass er mir wieder irgendwelche Tipps geben wird, wie man Frauen anspricht und wie man sie dazu bekommt, sich am Ende in mich zu verlieben. Aber weißt du was? Das hat er NICHT gemacht! Wir sind stattdessen wieder in ein Café gegangen, der Sebastian hat sich einen Cappuccino bestellt und ich eine heiße Schokolade (diesmal mit einem Schuss Amaretto, HA!), und wie wir da so gesessen sind, hat er plötzlich zu mir gemeint: »Weißt du, Jürgen, bei allen Aufgaben, die ich dir letzte Woche gegeben habe, hast du dich solange gut geschlagen, wie die Gespräche mit den Frauen unverbindlich und harmlos waren. Du warst total in deinem Element und hast richtig Spaß dabei gehabt. Aber als es ernst geworden ist, da sind dir die Sicherungen durchgebrannt. Und da ist mir was klar geworden.«

»Was denn?«, hab ich ihn gefragt.

»Du hast nicht pauschal Angst vor Frauen. Du hast nur dann Angst vor ihnen, wenn es ernst wird, wenn es also ums Flirten geht.«

»Kann sein«, hab ich erwidert und mit den Schultern gezuckt. »Und was soll ich dagegen machen?«

»Na ja, da müssen wir die Ursache an der Wurzel packen. Ich vermute mal, dass du Angst davor hast, eine Frau könnte deine Gefühle verletzen, wenn du ihr dein Interesse zeigst. Das hat man an diesem schicksalhaften Tag mit der Nicole sehr schön beobachten können. Alle belanglosen Gespräche hast du prima gemeistert, aber in dem Moment, in dem du einer Frau dein Interesse zeigen solltest, ist die Sache mit Karacho den Bach runtergegangen. Ich schätze, du wolltest alles ganz besonders gut und richtigmachen, stimmt's?«

Ich hab kurz darüber nachgedacht, ob ich dem Sebastian sagen soll, dass das nicht stimmen würde und ich nur müde gewesen bin und einfach keine Lust mehr hatte und das Wetter auch nicht mitgespielt hat, weil, die Sache mit der Nicole ist mir immer noch MEGAPEINLICH gewesen! Aber auf der anderen Seite wusste ich, dass er das sofort als lahme Ausrede durchschauen würde, immerhin ist er ja live dabei gewesen. Also warum hätt ich ihn anschwindeln sollen?

Ich hab stattdessen genickt und »Ja, kann sein« geantwortet. Und dann hab ich nachgeschoben: »Weißt du, ich wollte auch dich ein bisschen beeindrucken.«

Er hat mich verdutzt angeguckt. »Mich? Wieso mich?«

»Keine Ahnung. Ich wollte halt, dass du stolz auf mich bist.«

Er hat ein paar Sekunden geschwiegen und mich nur angesehen. Dann hat er gefragt: »Tust du häufiger Dinge, um andere Menschen zu beeindrucken?«

»Na ja ... schon. Ist das nicht normal?«

»Weißt du, Jürgen, die Sache mit der Anerkennung ist schon verrückt. Wenn man krampfhaft versucht, welche zu kriegen, dann geht das meistens in die Hose. Sobald man aber aufhört, gezielt nach Anerkennung zu suchen, dann kommt sie fast wie von alleine.«

»Nee!«, hab ich widersprochen. »Das kann gar nicht stimmen, weil, meine Mutti sagt immer, dass man sich im Leben anstrengen muss, wenn man etwas haben will.«

»Das ist prinzipiell auch richtig, aber bei Anerkennung verhält es sich anders.«

»Meine Mutti meint aber, dass es bei allem so ist.«

Der Sebastian hat tief durchgeatmet. »Jürgen, tust du mir einen Gefallen? Hör bitte auf, ständig deine Mutter zu zitieren! Das geht einem *echt* auf den Keks! Alle naselang erzählst du, was deine Mutter hierzu und was deine Mutter dazu erzählt hat. Fang bitte an, dir eigene Gedanken zu machen, du klingst schon wie Forrest Gump.«

»Aber warum sollte mir meine Mutti etwas beibringen, was nicht stimmt?«, hab ich ihn gefragt.

»Weil deine Mutti auch nicht Enzyklopädien scheißen tut! Ich bin mir sicher, dass sie es gut meint, aber das bedeutet noch lange nicht, dass sie mit allem recht hat! Du hast mich gebeten, deine Persönlichkeit zu pushen und aus dir einen … na, vielleicht keinen Superverführer zu machen, aber zumindest einen Typen, der bei Frauen gut ankommt. Also hör auf mich und vertrau mir, wenn ich dir sage, dass deine Mutter ganz schön viel Mist verzapft, wenn der Tag lang ist! Außerdem gibt es für Frauen kaum eine Sache, die so abturnend ist, wie ein Mann, der ständig von seiner Mami erzählt.«

Das fand ich ganz schön krass, muss ich sagen, weil, bisher bin ich davon ausgegangen, dass meine Mutti mit ALLEM recht hat, was sie sagt (außer natürlich mit diesem Bibelkram, aber das ist ein anderes Thema). Sie kann mir auch alles so erklären, dass ich es verstehe, und …

… äh …

MOMENT MAL!!! Ich klinge TATSÄCHLICH wie Forrest Gump, Tagebuch, so ein Mist!!! Jetzt merk ich das erst. Dabei hab ich mich immer schlappgelacht, wenn dieser Spasti im Fernsehen war, weil ich gedacht hab: *Boah, zum Glück bin ich nicht so wie der!* Und jetzt merk ich, dass ich GENAUSO bin wie der!

Das ist ja VOLL deprimierend, Tagebuch!

»Wir machen jetzt eine Übung«, hat der Sebastian zu mir gemeint. »Und diesmal geht's darum, dein Selbstvertrauen zu stärken.«

»Äh, haben wir das nicht schon? Die Sache mit den Gesprächen und so?«

»Nein. Das waren nur Übungen, um dich lockerer zu machen und deine Kommunikationsbereitschaft zu steigern. Jetzt geht's darum, etwas für dein Selbstvertrauen zu tun. Du bist ein Anerkennungsjunkie, Alter, und das müssen wir dir austreiben.«

»Okay. Was soll ich machen?«

Der Sebastian hat bezahlt und ist dann mit mir in die Fußgängerzone gegangen (mal wieder), nicht weit von der Stelle entfernt, an der ich die Nicole angesprochen hab. Ich hab echt Bammel davor gehabt, dass ich ihr wieder begegnen könnte, DAS wär peinlich geworden! Aber zum Glück war sie gerade nicht in der Stadt. Oder vielleicht geht sie auch niemals wieder in die Stadt, weil ich sie vergrault hab. Wer weiß.

Jedenfalls hat mich der Sebastian gefragt: »Kannst du singen?«

»Nee. Kein bisschen.«

»Super! Dann stell dich da vorne vor den Pavillon und sing den Leuten was vor.«

Ich hab ihn völlig verdutzt angeguckt. Im ersten Moment dachte ich, dass er Spaß macht. Aber als er todernst stehen geblieben ist und mich grinsend angeschaut hat, da ist mir klar geworden, dass das KEIN Spaß sein sollte!

»Wieso DAS denn?«, hab ich gerufen.

»Weil's peinlich ist.«

»Und ... und ... wieso soll das peinlich sein? Ich meine, das ist doch doof, ich will keine peinlichen Sachen machen, ich will Sachen machen, die cool sind!«

»Immer eins nach dem anderen, Jürgen. Du denkst zu viel darüber nach, wie du Menschen beeindrucken kannst, deswegen machst du jetzt zur Abwechslung was total Peinliches und Idiotisches.«

»Aber ... WIESO???«

»Lass dich überraschen. Geh da hin und blamier dich bis auf die Knochen. Und genieße es! Ich meine, was kann dir passieren? Schlimmer als mit der Nicole kann's doch nicht werden, oder?«

Da hatte er allerdings recht. Trotzdem hat sich das bescheuert angefühlt, ich fand die Idee megablöde! Aber ich hatte keine Wahl – wieder mal nicht! Ich hab es ihm ja versprochen gehabt. Und ich wollte ihm zeigen, dass ich ihm vertraue. Also bin ich zu dem blöden Pavillon hingelatscht und hab mich direkt davorgestellt. Allein bei dem Anblick der ganzen Leute hab ich kalten Angstschweiß bekommen. *Die werden sich alle über mich kaputtlachen!*, hab ich mir gedacht.

Und so war es dann auch!

Ich hab angefangen, ›Alle meine Entchen‹ zu singen (das ist halt das einzige Lied, das ich kenne). Und schon nach ein paar Sekunden sind haufenweise Leute stehen geblieben, haben mich angegrinst und auf mich gezeigt, haben den Kopf geschüttelt und mich angeglotzt wie so 'nen total durchgeknallten Irren. Viele von denen haben gelacht.

O Mann, WAR DAS PEINLICH gewesen!!! Ich wär am liebsten im Boden versunken, Tagebuch, das kannst du mir glauben! Deswegen bin ich, nachdem ich mit dem Singsang fertig war, sofort wieder zum Sebastian zurückgelaufen und hab ihn böse angeguckt.

»Das war voll doof!«, hab ich mich beschwert. »Wieso hab ich eine so dämliche Aufgabe machen müssen? Ich will ein cooler Typ werden, auf den die Frauen abfahren, und nicht ein Volltrottel, der sich auf offener Straße blamiert!«

Der Sebastian hat zufrieden gegrinst. »Du bist also der Meinung, dass diese Aufgabe der falsche Weg ist, um vor Menschen cool zu wirken?«

»Absolut! Damit kann man sich nur zum Deppen machen, und sonst nix!«

»Ist das so? Na, dann pass mal auf.«

Der Sebastian ist zu derselben Stelle gegangen, an der ich vorhin gestanden war, hat tief Luft geholt und ›Alle meine Entchen‹ zu singen begonnen. Das hat sich bei ihm genauso schlecht und schief angehört wie bei mir, und auch bei ihm sind Leute stehen geblieben und haben ihn angestarrt und angegrinst.

Aber weißt du was, Tagebuch? Dem Sebastian hat das überhaupt nichts ausgemacht! Er hat sich nicht aus der Ruhe bringen lassen, sondern hat sein Lied einfach weitergeträllert und ist dann mit einem breiten, freundlichen Lächeln auf die Leute zugegangen, hat ihnen die Hand geschüttelt oder ihnen zugewinkt. Als er fertig war, hat er sie gefragt, wie sie seine Darbietung gefunden hätten und ob er damit Karriere machen könnte, er hat Witze gerissen, hat gelacht und war total gut drauf gewesen.

Und die Zuschauer haben SUPER auf ihn reagiert!

Echt wahr, Tagebuch, da war KEINER, der ihn ausgelacht hätte! Ganz im Gegenteil, die Leute haben richtig Spaß mit ihm gehabt, sie haben geredet und gelacht und waren voll nett. Am Ende haben sie ihm sogar applaudiert, als er sich wie so 'n Künstler auf der Bühne verneigt und ihnen gedankt hat.

Anschließend ist er wieder zu mir zurückgekommen.

»Na, was sagst du nun?«, hat er mich gefragt.

Ich hab gar nix mehr gesagt. Ich war total platt!

»Lass dir das durch den Kopf gehen, Jürgen. Wir haben beide exakt dasselbe getan, wir haben ein Lied in der Fußgängerzone gesungen, aber mit völlig unterschiedlichem Ergebnis. Denk mal darüber nach, was der Unterschied zwischen deiner und meiner Performance war.«

Ich hab wortlos und staunend genickt.

»Wir werden in den nächsten Tagen ein paar solcher Übungen machen. Geh da mit der richtigen Einstellung dran, dann wird dich das enorm voranbringen. Einverstanden?«

»Ja, okay«, hab ich erwidert.

Dann sind wir nach Hause gefahren.

Tja, liebes Tagebuch, und jetzt sitz ich hier und tue genau das, was mir der Sebastian gesagt hat, nämlich darüber nachdenken, was heute passiert ist. Ich kann's immer noch nicht glauben, wie er es hingekriegt hat, eine so megapeinliche Sache wie diesen Singsang so ... so ... na ja ... COOL rüberzubringen! Es hat ihm überhaupt nichts ausgemacht, vor diesen Leuten zu stehen und sich zum Deppen zu machen. Er hat es sogar geschafft, sich NICHT zum Deppen zu machen, sondern von ihnen bewundert zu werden, obwohl die Aktion total idiotisch war.

Wieso kann er das und ich nicht?

Oder ... kann ich es vielleicht doch?

Wir werden sehen!

In Liebe, dein Jürgen.

– **Tag 20** –

Liebes Tagebuch,

Der Sebastian hat mir heute den Trick mit dem Singen erklärt. Das hat mich total bekloppt gemacht, ich hab einfach nicht kapiert, wie er es geschafft hat, diesen Quatsch so viel besser rüberzubringen als ich. Das war total frustrierend gewesen.

»Der Grund ist ganz einfach«, hat er mir erklärt. »Ich bin mit einer völlig anderen Einstellung an die Sache rangegangen, nämlich positiv. Du hast dich von Anfang an unwohl gefühlt, dir war die Sache peinlich und unangenehm, wohingegen es mir Spaß gemacht hat. Dementsprechend war ich gut gelaunt und hab die Leute mit meiner guten Laune angesteckt. Für dich war es ein Kampf, für mich ein Abenteuer. Du hast die Menschen als Bedrohung angesehen, ich hingegen hab sie in meine lustige, kleine Welt hineingezogen. Verstehst du?«

»Äh, noch nicht so ganz.«

»Ich habe den Menschen keinen Grund dazu gegeben, mich auszulachen. Ich habe ihnen gezeigt, dass ich vielleicht 'ne Macke habe, weil ich mitten in der Fußgängerzone stehe und ›Alle meine Entchen‹ singe, aber gleichzeitig auch, dass ich ein netter Typ bin, mit dem man richtig Spaß haben kann. Jetzt kapiert?«

»Hm, ja, ich glaub schon.« Das ergab tatsächlich einen Sinn. Ich hätte mir trotzdem nicht zugetraut, das so hinzubekommen wie er, weil, dazu war mir die Sache einfach viel zu peinlich gewesen. Schlimmer hätte es kaum kommen können. Außer vielleicht, wenn ich noch an Ort und Stelle, mitten in der Fußgängerzone meine Hosen verloren hätte. Ein ALBTRAUM!

»Was denkst du«, hat mich der Sebastian gefragt, »wie hab ich es geschafft, so fröhlich und locker auf die Menschen zuzugehen, obwohl der Singsang-Quatsch völlig uncool gewesen ist?« Er hat gelacht. »Ich meine, ganz ehrlich, Jürgen: Ich kann überhaupt nicht singen! Meine Stimme hört sich an wie 'ne rostige Kettensäge. Also wie hab ich das geschafft?«

Ich hab mit den Schultern gezuckt. »Keine Ahnung. Ich schätze mal, dass du das einfach kannst. Du bist ein cooler Typ.«

»Und du bist keiner?«

»Nein«, hab ich traurig erwidert und den Kopf hängenlassen. »Bis vor Kurzem hab ich das gedacht, aber mittlerweile nicht mehr. Ich glaub, ich bin ein ziemlicher Versager.«

»Du bist kein Versager, Jürgen. Du bist nur an deine Grenzen gestoßen, aber genau das war ja auch der Sinn der Sache. Ich wollte dich aus deiner Komfortzone herausholen und dafür sorgen, dass du nicht mehr so sehr nach Anerkennung suchst. Erinnerst du dich? Die Lektion von dem Singsang gestern war: Hör auf, Menschen in eine Schublade zu stecken, noch bevor du sie kennst! Hör auf, Menschen als Bedrohung anzusehen, obwohl sie dir nichts getan haben. Begegne ihnen mit Freundlichkeit und Respekt.«

Ich hab genickt.

»Das ist verdammt wichtig, Jürgen, das musst du unbedingt in deinen Schädel bekommen! Gib den anderen eine faire Chance, dich kennenzulernen, spring ins kalte Wasser, auch wenn du Angst davor hast, sei nett zu anderen, dann sind sie auch nett zu dir. Wenn du zu einem coolen Typen werden willst, dann beginnt die Veränderung bei dir, in deinem Kopf.« Er hat mir gegen die Stirn getippt. »Es ist so, wie Michael Jackson gesungen hat: Wenn du die Welt verändern willst, dann musst du mit dem Typen anfangen, der dich im Spiegel anguckt.«

»Ja, ich glaub, ich kapier das«, hab ich erwidert.

»Prima. Dann üben wir das gleich mal bei einer neuen Aufgabe.«

»Muss ich wieder irgendwelche Lieder singen?«, hab ich ihn skeptisch gefragt. Weil, das wär mein Horror gewesen – zumindest einer von vielen. Letzte Nacht hab ich nicht schlafen können und musste die ganze Zeit darüber nachdenken, was für doofe und peinliche Aufgaben mir der Sebastian geben könnte, damit ich ein echter Kerl werde. Nackig herumlaufen zum Beispiel. Deshalb bin ich total unruhig gewesen, hab mich hin und her gewälzt und immer wieder laut aufgestöhnt. Meine Mutti hat das irgendwann gehört und ist zu mir ins Zimmer gekommen, um zu fragen, ob alles in Ordnung ist. Da hab ich ihr erklärt, dass ich gerade an den Sebastian denke, und daran, dass ich nackig herumlaufen muss, wenn wir uns das nächste Mal sehen.

Da ist sie wieder heulend rausgerannt.

Ganz im Ernst, Tagebuch, langsam denk ich, dass der Sebastian recht hat, meine Mutti ist wirklich total komisch drauf! Das ist mir früher nie aufgefallen. Vielleicht sollte sie auch mal in die Fußgängerzone gehen und ganz viele Leute nach der Uhrzeit fragen, das würde ihr bestimmt helfen.

Na, jedenfalls hat der Sebastian den Kopf geschüttelt und zu mir gemeint, dass ich heute kein Lied singen müsste. Das fand ich gut, das hat mich schon mal beruhigt. Aber dann hat er mit einem fiesen Grinsen hinzugefügt: »Ich hab noch was viel Schlimmeres mit dir vor.«

Da ist mir flau geworden!

»Was denn?«, hab ich ihn vorsichtig gefragt. »Soll ich herumlaufen und gackern wie ein Huhn?« (Meine zweitschlimmste Vorstellung).

»Nein«, hat er geantwortet.

»Soll ich mir 'nen Schlüpfer über den Kopf ziehen und dann gackern wie ein Huhn?« (Meine drittschlimmste Vorstellung).

»Auch das nicht.«

»Soll ich 'nen Handstand machen und dann gackern wie ein Huhn?« (Meine viertschlimmste Vorstellung, vor allem deshalb, weil ich überhaupt keinen Handstand kann).

»Sag mal, Alter, was hast du denn mit deinen komischen Hühnern? Nee, nichts von alledem.«

»Was ist es dann?«, hab ich ihn ratlos gefragt. Irgendwie ist Panik in mir aufgestiegen.

»Pass auf«, hat er erwidert. »Ich hab mir Folgendes überlegt. Deine größte Angst ist es, bei Frauen abzublitzen, die dir gefallen, stimmt's? Du willst vermeiden, dass du einen Korb kriegst.«

»Ja, genau.«

»Aus diesem Grund will ich, dass du heute folgendes tust: Such dir in der Fußgängerzone eine Frau aus, die dir richtig gut gefällt, eine, die genau deinem Geschmack entspricht. Dann geh zu ihr hin, sprich sie an und rede ein bisschen mit ihr. Zeig ihr dabei ganz deutlich, dass du an ihr interessiert bist, okay? Sie soll sofort wissen, dass du nicht nur mit ihr über Belanglosigkeiten plaudern möchtest, sondern mit ihr flirten.«

»Hä? Das hab ich doch schon gemacht! Das ist doch genau dieselbe Aufgabe wie damals bei der Nicole. Ich dachte, das soll ich nicht mehr machen, um nicht in der Klapse zu landen. Und jetzt soll ich das doch wieder tun?«

»Nein«, hat der Sebastian geantwortet und den Kopf geschüttelt. »Du sollst nicht dasselbe tun. Diesmal geht's um etwas völlig anderes. Du sollst ganz offen und von der ersten Sekunde an mit der Frau flirten, nicht erst nach einer Plauderei, du sollst ihr ganz direkt zeigen, dass du an ihr interessiert bist. Und dann ... na ja ... dann sollst du dir einen Korb von ihr holen, und zwar mit voller Absicht.«

Ich hab ihn so ungläubig angeguckt, als wär ihm gerade ein zweiter Kopf gewachsen. »Ich soll ... WAS??? Ich soll machen, dass mich eine Frau DOOF findet? Ernsthaft jetzt?«

»Ja, ganz im Ernst.«

»Aber ... wieso DAS denn? Das ist eine total bescheuerte Idee!!!«

»Vertrau mir einfach.«

»Nee!!!«, hab ich protestiert. »Das mach ich nicht! Das ist voll die blöde Aufgabe! Ich will doch nicht, dass du mir hilfst, von Frauen Körbe zu kriegen, das schaff ich auch alleine. Ich will, dass du mir hilfst, ein Flirtprofi zu werden. Ich hab ja verstanden, dass ich früher viel Mist gebaut hab und ein Vollpfosten war, und dass ich nett auf andere Menschen zugehen soll, damit die nett zu mir sind. Aber jetzt soll ich auf Frauen zugehen und mich absichtlich von denen abwimmeln lassen? Das ist doch mies!«

Der Sebastian hat mir tief in die Augen geschaut. »Der Witz an dieser Aufgabe ist, dass du dich nicht auf den Erfolg konzentrieren sollst. Normalerweise sprichst du eine hübsche Frau an und willst, dass sie dich mag. Jetzt drehen wir das Prinzip einfach mal um und nehmen dir im Vorfeld die Ungewissheit, wie das Gespräch ausgehen wird. Jetzt legen wir das Ergebnis im Voraus fest. Es geht nicht mehr darum, bei einer Frau zu landen oder von ihr gemocht zu werden, sondern um das genaue Gegenteil davon. Du sollst gezielt scheitern.«

»Aber ... warum denn? Was soll das bringen?« Ich war echt verzweifelt gewesen, und ratlos. »Das tue ich schon die ganze Zeit, sonst wär ich ja nicht hier! Ich will nicht mehr bei Frauen versagen!«

»Ich sag's noch mal: Vertrau mir einfach, okay? Probier's aus und sieh, was passiert.«

Tja, Tagebuch, da ist mir wieder nicht viel übrig geblieben. Ich fand die Aufgabe total behämmert, aber auf der anderen Seite wollte ich dem Sebastian schon irgendwie vertrauen – er ist nämlich ein total Netter. Und mittlerweile auch ein richtig guter Kumpel. Außerdem war ich mir sicher, dass es nicht sooo schwer werden würde, diese Aufgabe zu erfüllen, weil, mal ehrlich: Wenn ich überhaupt etwas kann, dann ist es, bei Frauen abzublitzen! Ich hab es sogar geschafft, dass mir die Nicole die Polizei und den Klapsdoktor auf den Hals gehetzt hat. Ich meine, wie viel mehr ›Abblitzen‹ geht denn noch?

Also hab ich meinen ganzen Mut zusammengenommen und zum Sebastian gesagt: »Na schön, okay. Ich probier's.«

»Prima. Dann los.«

Wir sind die Fußgängerzone entlanggelaufen (mal wieder), und nach nur ein paar Minuten ist uns eine total süße und hübsche Frau entgegengekommen. Die hatte ganz lange braune Haare, die ihr bis zum Popo gegangen sind, und ganz lange Beine, die ihr auch bis zum Popo gegangen sind, und ganz tolle Augen. Die waren allerdings nicht bei ihrem Popo, sondern in ihrem Gesicht. Jedenfalls hab ich auf sie gezeigt und zum Sebastian gemeint: »Die da gefällt mir.«

»Perfekt! Dann sprich sie an.«

»Um mir eine Abfuhr zu holen«, hab ich wiederholt – in so einem brummigen Tonfall, weil ich die Idee immer noch blöde fand.

»Ja, ganz genau, um dir eine Abfuhr zu holen. Eine Bedingung hab ich allerdings: Keine Beleidigungen! Sprich ganz normal mit ihr.«

»Um mir eine Abfuhr zu holen«, hab ich zum zweiten Mal gesagt.

Da hat mich der Sebastian angegrinst. »Als Papagei wärst du Weltklasse. Und jetzt los, hau rein!«

Er hat mir einen leichten Schubs in ihre Richtung gegeben und ist dann ein paar Meter zurückgeblieben, damit man nicht merkt, dass wir zusammengehören. Und ich bin direkt auf die Frau mit den langen Popohaaren zugesteuert.

Auf dem Weg dorthin hab ich mir krampfhaft überlegt, was ich sagen und wie ich das am besten anstellen kann, von ihr einen Korb zu kriegen. Beleidigen oder so durfte ich sie ja nicht, das hat der Sebastian ausdrücklich gesagt. Also war meine erste Idee, ihr einfach ein Lied zu singen, so wie gestern vor dem Pavillon. Aber darauf hab ich keinen

Bock gehabt, weil, dann hätten wieder ganz viele Leute zugesehen und mich ausgelacht. Also hab ich mir überlegt, ein paar Sprüche von dem Kirchendingsbums zu bringen, die haben schließlich astrein funktioniert, wenn's darum ging, Frauen zu vergraulen. Aber irgendwie hat mich dabei das komische Gefühl gepackt, dass die dicke Frau Humboldt um die Ecke kommen und mir ihren Stock über die Rübe ziehen würde. Darauf hab ich noch weniger Bock gehabt.

Ich wollte mir gerade noch eine dritte Möglichkeit überlegen, aber da bin ich blöderweise schon direkt vor der Frau gestanden. Sie hat mich erst in allerletzter Sekunde bemerkt und sich total erschrocken, weil sie auf ihr Handy geguckt hat.

»Oh, mein Gott!«, hat sie laut gerufen. »Ich hab dich gar nicht gesehen, tut mir leid.«

Tja, in diesem Moment ist mir klar geworden, dass ich keine Idee hatte, wie ich die Aufgabe lösen sollte, und dass ich auch keine mehr finden würde. Mein Kopf war komplett leer. Da hättest du 'n Echo hören können, wenn du reingebrüllt hättest, Tagebuch! Also hab ich einfach durchgeatmet und mir gedacht: *Egal, dann sag halt irgendwas. Jetzt ist eh alles zu spät.*

Und das hab ich auch gemacht.

Mein erster Satz an die hübsche Frau war – und jetzt halt dich fest, Tagebuch: »Hallo.«

»Äh ... hallo«, hat sie geantwortet. »Kennen wir uns?«

»Nein, noch nicht. Aber ich würd dich gerne kennenlernen. Weil, weißt du, ich hab dich hier langlaufen sehen, und ... äh ... du hast mir sehr gefallen. Du bist total hübsch. Deswegen wollte ich wissen, ob du vielleicht Lust hättest ... na ja ... ob du vielleicht mal ... äh ... einen Kaffee mit mir trinken gehen würdest.«

Genau an dieser Stelle hat sich mein Kopf wieder eingeschaltet und ich war mir sicher gewesen, dass ich nach dieser ultralahmen Anmache bestimmt gleich die mördermäßige Abfuhr bekommen würde. Ich war mir sicher, dass sie sagen wird: »Nee, nie im Leben! So ein fantasieloser Spruch, so total unsexy! Du bist eine komplette Memme, hau bloß ab, du Verlierer, mit dir will ich nichts zu tun haben! Ich will einen supercoolen Typen, aber doch nicht so eine Niete wie dich!«

Aber weißt du was, Tagebuch? Es ist etwas ganz anderes passiert!

Die Frau hat über ihr ganzes Gesicht gestrahlt und dann zu mir gemeint: »Oh, *das* ist ja süß, vielen Dank! Wie heißt du denn?«

»Ääääääääähhhhhhhhh ...«, hab ich gekrächzt und mir krampfhaft überlegt, wie, zum Teufel, mein Name war. »Jürgen ... glaub ich«, hab ich geantwortet.

Da hat sie gekichert. »Du *glaubst*, dass du Jürgen heißt?«

»Nee, ich bin mir sicher. Also ... ja, definitiv. Ich heiße Jürgen!«

»Okay. Dann hallo, definitiver Jürgen, ich heiße Anna.« Sie hat mir ihre Hand hingehalten und ich hab sie geschüttelt (schön warm und weich).

»Was ist denn jetzt mit unserem Kaffee?«, hab ich sie gefragt. Ich wollte die Sache endlich hinter mich bringen.

»Nicht so eilig, definitiver Jürgen«, hat sie erwidert. »Ich kenne dich doch gar nicht. Du scheinst aber ein netter Typ zu sein. Bist du hier aus Stuttgart?«

Meine Fresse, gib mir doch endlich meine Abfuhr, hab ich mir gedacht. *Damit ich zum Sebastian zurückgehen kann. Der lacht sich bestimmt schon schlapp, weil ich mich wieder so doof anstelle.*

»Ja ... also ... ich meine ... nein, ich wohne nicht hier, ich wohne in einem Kaff außerhalb. Was ist denn jetzt mit unserem Kaffee?«

Sie hat kurz überlegt und dann gelächelt. »Ich kann heute leider nicht, ich hab noch einen wichtigen Termin. Aber weißt du was? Ich geb dir meine Handynummer, dann kannst du mich anrufen und wir machen mal ein Treffen aus. Einverstanden?«

Die Anna hat einen Stift und einen Zettel aus ihrer Handtasche gepult und tatsächlich ihre Nummer aufgeschrieben. Anschließend hat sie mir den Zettel hingehalten.

»Hier, bitte«, hat sie gemeint.

»Nee, Mensch, die will ich doch nicht!« Das war die Wahrheit gewesen, ich wollte die wirklich nicht. Ich wollte endlich meine Abfuhr haben.

»Tut mir leid, Jürgen, aber ich kann heute *wirklich* nicht, okay? Ruf mich an und wir machen was aus.«

Ich wollte gerade ansetzen und ihr klarmachen, dass sie sich ihre doofe Nummer gefälligst sonst wo hinstecken soll, weil ich keine Nummer bräuchte, sondern eine Abfuhr, aber genau in diesem Moment hat mich eine Hand von hinten an der Schulter gepackt und so fest zugedrückt, dass es richtig wehgetan hat. Gleich darauf ist der Sebastian neben mir gestanden. Er hat mich mit einem total übertriebenen, total überraschten Gesichtsausdruck angeguckt und zu mir gemeint: »Jürgen? Das ist ja ein Zufall, dich hier zu treffen! Wie geht's dir?«

Ich hab ihn komplett verwirrt angestarrt und »Hä?« gestammelt.

Aber da hat sich der Sebastian auch schon zur Anna gedreht, ihr die Hand geschüttelt und gefragt: »Wer ist denn deine wunderschöne Begleitung?«

Die Anna hat übers ganze Gesicht gestrahlt und ist ein bisschen rot geworden. »Wir kennen uns gar nicht«, hat sie erwidert. »Dein Freund hat mich gerade angesprochen zu einem Kaffee eingeladen. Kannst du dir das vorstellen?« Sie hat mir zugezwinkert.

Da hat der Sebastian seinen Blick wieder auf mich gerichtet und hat noch überraschter getan. »*Der Jürgen?* Echt jetzt? Wow, also darauf kannst du dir was einbilden. Wir kennen uns schon sehr lange, schon seit Jahren, aber ich hab es noch nie erlebt, dass er auf offener Straße eine Frau angesprochen und zu einem Date eingeladen hätte. Ganz im Ernst, noch nie! Du musst was Besonderes sein.«

Da ist die Anna noch röter geworden und hat fröhlich gegluckst.

Ab diesem Punkt hab ich gar nichts mehr kapiert. Ich bin einfach nur noch dagestanden wie ein hirntoter Zombie und hab die beiden beobachtet. Irgendwie ist mir das wie ein Film vorgekommen, den ich zwar sehe, den ich aber nicht glauben kann, weil er zu abgedreht ist. Ich muss dabei ziemlich behämmert ausgesehen haben. Mir ist erst später aufgefallen, dass ich die ganze Zeit den Mund offenstehen hatte.

Jedenfalls hat mir die Anna wieder den Zettel hingehalten und zu mir gemeint: »Ich muss jetzt wirklich los, tut mir leid. Hier, ruf mich an, okay?«

Ich hab keine Ahnung gehabt, was ich darauf erwidern sollte. Also hab ich zugegriffen und ein leises »Okay« gemurmelt.

Und dann ist die Anna auch schon wieder losgelaufen. Sie hat sich mit einem zuckersüßen »Tschüss. Und bis bald« von mir verabschiedet, und ein paar Sekunden später ist sie in der Menschenmenge der Fußgängerzone verschwunden.

Ich bin dagestanden wie angewurzelt und hab ihr nachgestarrt. Und der Sebastian ist wortlos neben mir geblieben und hat offenbar darauf gewartet, dass die Anna weit genug weg war, um uns nicht mehr hören oder sehen zu können.

Gerade, als ich etwas sagen wollte, hat er sich zu mir gedreht und dann gemeint: »Alter, was war denn *das* für 'ne schräge Aktion?«

»Hey, ich kann wirklich nichts dafür! Das war nicht meine Schuld! Ich hab alles versucht, um von der Anna einen Korb zu kriegen, aber sie hat mir ständig nur ihre doofe Nummer unter die Nase gehalten und von unserem Treffen gefaselt. Was hätt ich denn machen sollen? Ich hab mich genau an deine Anweisungen gehalten.«

Da hat mir der Sebastian tief in die Augen geguckt und mit so einer langsamen und eindringlichen Stimme erwidert: »Manchmal glaub ich echt, dass dir was Schweres auf den Kopf gefallen sein muss. Ist dir *wirklich* nicht klar, was gerade passiert ist?«

»Doch!«, hab ich trotzig gerufen. »Ich sollte mir 'ne Abfuhr von der Anna holen, aber die hat mir nur ihre doofe –«

»Jürgen«, hat mich der Sebastian unterbrochen. »Atme bitte tief durch, okay? Denk in Ruhe darüber nach, was gerade passiert ist! Was ist passiert, als du diese hammergeile, superhübsche, supersexy Frau angesprochen und nach einem Treffen gefragt hast?«

»Na ja, äh ... sie hat ...«

»Ja? Was hat sie?«

»Sie hat mir ihre Nummer gegeben.«

»Korrekt. Und weiter?«

»Also ... sie hat ...«

»Ja? Was?«

Verdammt, was will er von mir?, hab ich mir überlegt. *Soll ich jetzt zugeben, dass ich ein Oberversager bin, weil ich es nicht geschafft hab, 'ne lächerliche Abfuhr zu bekommen?* Das wollte ich nicht, ich konnte doch nix dafür! Ich hab alles versucht, um die Anna dazu zu bringen, mir einen Korb zu geben, aber das hat sie nicht gemacht. Stattdessen war sie voll nett gewesen und ... hat ... mir ...

In dem Moment ist es mir klar geworden!!!

Hey, Tagebuch: ICH HAB MEINE ALLERERSTE TELEFONNUMMER VON EINER FRAU GEKRIEGT!!!

Und dann praktischerweise auch noch von einer ECHTEN Frau, nicht einer aus dem Internet, die gar nicht existiert! Ich konnte es kaum glauben! Und ich hab das auch noch ganz alleine geschafft, ohne die Hilfe vom Sebastian. Na ja, okay, so ganz stimmt das nicht, weil, wenn er vorhin nicht eingegriffen hätte, dann wär das kolossal in die Hose gegangen. Aber trotzdem hat sich's so angefühlt, als ob ich das ganz alleine geschafft hätte. Und das war ein GROSSARTIGES Gefühl!!! Ich hätt am liebsten laut losgejubelt.

»Jetzt hast du's geschnallt, was?«, hat der Sebastian zu mir gemeint und mich angestrahlt. »Komm, lass dich drücken! Das war DER HAMMER, Alter, absolut GEIL! Ich bin megastolz auf dich.«

Ich hab gelächelt und ganz bescheiden geantwortet: »Oooooooh, das war doch nichts Besonderes.« Aber mir war natürlich klar gewesen, dass es sehr wohl etwas Besonderes war. Ich hab meine erste Telefonnummer bekommen! Eigentlich hab ich eine Abfuhr gewollt, stattdessen hab ich eine Telefonnummer gekriegt. Total irre, oder?

Der Sebastian hat zu mir gemeint: »Wir gehen jetzt feiern! Ich lade dich auf ein Bier ein. Oder einen Kakao. Oder einen Kamillentee, oder was auch immer du trinkst. Das hast du dir verdient!«

Da hab ich mich noch toller gefühlt. Für einen kurzen Augenblick hab ich einen dicken, fetten Kloß im Hals gekriegt, weil, normalerweise lobt mich niemand so sehr wie der Sebastian. Außer natürlich meine Mutti, aber die muss das tun, das ist schließlich ihr Job.

»Sag mal«, hab ich ihn gefragt. »Was soll ich jetzt machen? Soll ich echt bei der Anna anrufen?«

»Was ist das denn für eine bescheuerte Frage? *Natürlich* sollst du bei ihr anrufen! Ich meine, die Frau war heißer als die Sonne, willst du dir das entgehen lassen?«

»Ich soll echt bei ihr anrufen?«

»Na klar! Aber nicht mehr heute. Immer schön einen Schritt nach dem anderen. Lass sie ruhig einen Tag darauf warten, das macht dich für sie noch interessanter.«

»Aber … äh … wenn ich mit ihr telefoniere, könntest du dann … na ja … also … könntest du vielleicht … mit dabei sein?«

»Möchtest du das?«, hat er mich gefragt.

»Ja, ehrlich gesagt, schon.«

Da hat er mich ganz lieb angelächelt. »Das mach ich sehr gerne, Jürgen.«

Tja, und dann sind wir was Trinken gegangen und anschließend wieder nach Hause gefahren.

Und jetzt sitz ich in meinem Zimmer und denk über die Anna nach. Ich kann's immer noch nicht glauben, dass das alles passiert ist, und ich bin meganervös! Nicht nur wegen des Anrufs – davor hab ich die meiste Angst, klar, weil ich überhaupt nicht weiß, was auf mich zukommt –, sondern auch, weil ich die Sache nicht vergeigen will. Weißt du, ich hab jetzt voll das hohe Ansehen beim Sebastian, der lobt mich und findet mich toll, und das ist ein sehr schönes Gefühl. Und die Anna mag mich auch und will sich mit mir treffen, das ist auch ein sehr schönes Gefühl. Und das will ich nicht verlieren. Verstehst du?

Hoffentlich geht alles gut!

Der Sebastian hat mir übrigens versprochen, dass er morgen nach dem Mittagessen zu mir kommt und mir dann mit dem Anruf hilft. Bestimmt kann ich heute Nacht wieder nicht schlafen und muss mich hin und her wälzen und stöhnen. Ich hoffe nur, dass Mutti diesmal nicht reinkommt und wieder so blöde flennt, weil, das würde mich noch nervöser machen, das kann ich im Augenblick überhaupt nicht gebrauchen.

Also, drück mir die Daumen, Tagebuch!

In Liebe, dein (aufgeregter) Jürgen.

– Tag 21 –

Liebes Tagebuch,

Heute war der TOLLSTE Tag aller Zeiten!!!

Wobei ... am Anfang war's ein total komischer und schräger Tag – und ich weiß, wovon ich rede, weil ich schon viele schräge Tage erlebt hab, seit ich mit dem Sebastian unterwegs bin. Aber dieser war noch um LÄNGEN schräger, glaub mir, einfach komplett verrückt.

Die Sache hat schon mal damit angefangen, dass ich heute Morgen darüber nachgedacht hab, wie ich mich auf das Gespräch mit der Anna vorbereiten könnte. Ich wollte da nicht wie Hein Blöd reinstolpern und nur Mist labern und am Ende sogar riskieren, dass sie die Lust an unserem Treffen verliert. Das wär total schade. Die Anna ist 'ne richtig Nette, die ich unbedingt kennenlernen will. Deswegen wollte ich mir was überlegen, wie ich das Telefonat möglichst cool und perfekt über die Bühne bringen kann.

Außerdem ... na ja ... war's mir auch wichtig, den Sebastian nicht zu enttäuschen. Der war gestern so megastolz auf mich gewesen, das hat mir gutgetan. Ich wollte ihm unbedingt zeigen, dass ich das Gespräch lässig hinkriegen kann – zumindest lässiger als das erste Gespräch mit der Anna in der Fußgängerzone. Weil, dann wär er noch stolzer auf mich, und das würde mir dann guttun.

Also hab ich mich in mein Zimmer verzogen, auf mein Bett gesetzt und gegrübelt und gegrübelt und gegrübelt. Und nachdem ich über eine Stunde lang gegrübelt hab, ist mir was Wichtiges klar geworden, nämlich, dass ich dringend aufs Klo muss. Also hab ich das gemacht. Anschließend bin ich in die Küche und hab was gegessen, dann hab ich drei Gläser Wasser getrunken, weil ich Durst hatte, dann bin ich noch mal aufs Klo, weil die drei Gläser Wasser auch wieder raus wollten. ABER DANN ist mir eine super Idee gekommen!

Ich hab mir so überlegt, dass ich das Telefonieren auf dieselbe Weise üben könnte, wie das Gequatsche in der City – also einfach mal ganz viele Frauen anrufen und mit denen reden, weil, wenn ich dann mit der Anna telefonieren würde, hätt ich voll die Routine. Cool, oder?

Der Haken an der Sache war nur: Außer von der Anna hatte ich von keiner einzigen Frau die Nummer! Im Internet wollte ich nicht schon wieder suchen, weil ich ja kapiert hab, dass das Verarsche ist. Und auf die Schnelle in die City fahren und dort auf eigene Faust ein paar Frauen anquatschen, um ihre Nummern zu bekommen, das wollte ich auch nicht, weil, das hab ich mich nicht getraut.

Also blieb nur noch eine Möglichkeit übrig, nämlich Muttis Notizbüchlein! Das bewahrt sie immer in ihrer Handtasche auf, und da stehen ganz viele Nummern von Frauen drin (was logisch ist, sie ist ja selber eine). Das sind zwar hauptsächlich diese alten Schachteln aus ihrer Kirchengemeinde, aber ich dachte mir halt, dass das keine so große Rolle spielt, weil's zum Üben reicht. Man nimmt, was man kriegt.

Ich bin also, als sie gerade in der Küche war und das Mittagessen gekocht hat, leise in den Flur geschlichen, hab das Büchlein aus ihrer Tasche stibitzt und bin anschließend wieder in mein Zimmer gegangen. Dort hab ich ganz zufällig eine der Seiten aufgeschlagen, mit geschlossenen Augen irgendwo hin getippt und dann nachgeschaut, wen ich anrufen soll. Ich fand das ziemlich cool, weil, das fühlte sich voll wie Schicksal an.

Blöderweise hab ich das Spiel ein paarmal wiederholen müssen, weil mein Finger nur auf irgendwelche weißen, leeren Flächen gezeigt hat. Aber beim fünften Mal hat's funktioniert. Ich hab auf eine wirklich echte Nummer gezeigt. Also hab ich da angerufen.

Das Telefon hat getutet. Nach ein paar Sekunden hat sich eine ziemlich tiefe Frauenstimme am anderen Ende gemeldet, bei der ich irgendwie an Katy Karrenbauer aus dem Fernsehen denken musste.

»Hallo?«, hat sie gebrummt.

»Ja ... äh ... hallo«, hab ich erwidert.

In diesem Moment ist mir bewusst geworden, dass ich überhaupt keine Ahnung hatte, was man bei einem solchen Telefonat überhaupt sagen muss. Hätt ich mir vielleicht vorher überlegen sollen. So ein Mist!!! Aber da war's schon zu spät gewesen, ich hatte ja die Frau an der Strippe, also musste ich mir auf die Schnelle was einfallen lassen.

Ich hab zu ihr gesagt: »Hier ist der Jürgen.«

»Jürgen? Welcher Jürgen?«, hat sie mich gefragt.

»Na, der Jürgen von gestern, aus der Fußgängerzone in Stuttgart. Weißt du noch? Ich hab dich da angesprochen und dich auf einen Kaffee eingeladen, dann hast du mir deine Telefonnummer gegeben, damit wir uns treffen können. Erinnerst du dich?«

Mir war natürlich klar gewesen, dass die Frau keinen Schimmer haben konnte, wovon ich da rede, weil, sie war ja nicht die Anna, und deswegen hab ich sie auch nie wirklich angesprochen. Aber ich dachte mir halt, dass es die beste Übung wäre, den Text für die Anna schon mal mit dieser Frau auszuprobieren. Ich meine, Frau ist schließlich Frau, oder? Da kann es nicht sooo viele Unterschiede geben. Oder?

»Ich weiß wirklich nicht, wovon Sie reden«, hat sie geantwortet. »Kann es sein, dass Sie sich verwählt haben?«

In diesem Augenblick ist mir der Sebastian eingefallen, der mir gesagt hat, dass ich bei Gesprächen mit Frauen ›dranbleiben‹ und ›für mein Ziel kämpfen‹ soll. Also hab ich mich entschieden, genau das zu machen, schon allein deshalb, weil sonst das Telefongespräch zu Ende gewesen wär.

»Nein!«, hab ich gerufen, mit ganz energischer Stimme. »Gestern hab ich dich in der Fußgängerzone in Stuttgart angesprochen und dir gesagt, dass du voll die schöne Frau bist und ich gerne was mit dir machen will. Du hast mir deine Nummer gegeben, weil du mich auch so toll gefunden hast, und jetzt will ich dich zu einem Kaffee einladen.«

Die Frau am anderen Ende hat kurz geschwiegen.

»Und Sie sind sich sicher, dass Sie *diese* Nummer bekommen haben?«, hat sie gefragt.

»Na logo, Mensch! Sonst würd ich doch nicht hier anrufen, oder? Das würde doch gar keinen Sinn ergeben!«

»Gestern in der Stadt …?«, hat sie wiederholt.

»Jaaa-haaa!«, hab ich erwidert und mir gleichzeitig gedacht: *Die ist aber schwer von Begriff! Hoffentlich ist die Anna nicht auch so drauf, wenn ich sie gleich anrufe.*

Da hat sich die Frau vom Telefon weggedreht und ein ganz lautes und wütendes »Brigitte!!! Komm mal bitte *sofort* her!« gerufen.

Da ist mir klar geworden, dass die Frau am anderen Ende überhaupt keine Frau war – sondern ein Mann.

Und dieser Mann hat einen richtig heftigen Streit mit seiner Frau (also der *richtigen* Frau) angefangen. Er hat ihr vorgeworfen, dass sie ihn betrügen würde, weil da so ein komischer Typ am Telefon wär (also ich), der behaupten würde, dass sie ihm gestern ihre Nummer gegeben hätte. Und jetzt würde dieser komische Typ (also ich) die Unverschämtheit besitzen, hier anzurufen und sie sprechen zu wollen. Daraufhin hat die Frau (also die richtige) ihrerseits zu schreien angefangen und dem Mann an den Kopf geknallt, dass er doch froh sein könnte, sie überhaupt noch zu haben, weil, er würde sich sowieso nur mit seinem doofen Fußball beschäftigen. Und ihre Mutter – Gott habe sie selig! – hätte ihr schon vor der Hochzeit gesagt, dass sie einen viel besseren Kerl verdient hätte. Außerdem wär er eine totale Niete im …

An dieser Stelle hab ich aufgelegt. Dieses doofe Geschreie wollte ich mir wirklich nicht anhören.

Ich hab Muttis Büchlein ein zweites Mal aufgeschlagen und eine andere Nummer herausgesucht. Wieder hat es getutet, dann hat sich am anderen Ende eine Stimme gemeldet, die definitiv wie eine Frau geklungen hat. Trotzdem wollte ich auf Nummer sicher gehen und hab sie gefragt: »Hallo. Bist du ein Junge oder ein Mädchen?«

»Äh, ein Mädchen. Wieso? Wer ist denn da?«

Prima, hab ich mir gedacht. *Schon mal kein Mann!*

»Hier ist der Jürgen, weißt du. Ich will mich mit dir treffen, zu einem total romantischen Date, bei dem wir kuscheln und uns küssen können, nur wir zwei.«

Die Frau hat mit einem langen »Äääääähhh« geantwortet und dann gefragt: »Wie meinst du das? Wo treffen? Warum treffen?«

»Na, du weißt schon«, hab ich in einem total sexy Tonfall erwidert, wie es echte Flirtprofis machen. »Zu einem romantischen Date eben, wo wir uns näher kennenlernen können.«

Da hat die Frau keine Antwort mehr gegeben, sondern den Hörer vom Ohr weggenommen und ganz laut gerufen: »Paaaapaaaaaa!!! Da ist ein Perverser am Telefon. Der sagt, dass er sich mit mir treffen will.«

DA HAB ICH GANZ SCHNELL AUFGELEGT!!!

Vielleicht hätt ich doch besser auf den Sebastian warten sollen, ist mir in diesem Moment durch den Kopf gegangen. Diese Telefonsache schien um einiges komplizierter zu sein, als ich gedacht hätte. Trotzdem wollte ich noch einen allerletzten Versuch starten und hab Muttis Büchlein erneut aufgeschlagen. Wieder dasselbe Spiel: Augen zu, Finger drauf, Augen auf, nachgucken.

Mein Finger lag auf der Nummer vom Pizzaservice.

Ich hab kurz überlegt, ob da vielleicht irgendwelche hübschen Frauen arbeiten, mit denen ich telefonieren könnte. Aber erstens heißt der Pizzaservice ›Da Mario‹, was so gar nicht nach Frau klingt, und zweitens machen die superleckere Pizzen, deswegen will ich es mir mit denen nicht verscherzen. Ich hab lieber eine andere Nummer herausgesucht. Diesmal stand da ›Barbara‹ davor, das klang schon mal sehr nach Frau und gar nicht nach Lieferservice, Mann oder Kind. Deswegen hab ich da angerufen.

Es hat 'ne halbe Ewigkeit gedauert, bis endlich mal jemand rangegangen ist. Und die ersten Sekunden hat man nur so ein lautes Schnaufen und Keuchen gehört. Ich hab die Ohren gespitzt und versucht, irgendwie herauszuhören, ob das jetzt ein Frauenschnaufen war oder eher ein ... na ja ... Schnaufen von irgendwas anderem halt. Aber keine Chance! Das Ganze hat sich angehört wie ein kaputter Staubsauger, der versucht hat, einen Dackel aufzusaugen.

Irgendwann hat sich das Keuchen mit einem Geräusch vermischt, das sich ein bisschen wie »Baaahhrbahrrraaaa« angehört hat.

»Hä?«, hab ich erwidert. »Wer ist da?«

»Baaabaaarrrraaaaaahhhhh«, hat die Stimme wiederholt.

Ich hab in diesem Moment das komische Gefühl gehabt, als ob mir die Stimme von irgendwoher bekannt vorkommt. Aber ich wusste echt nicht, woher.

Also hab ich noch mal gefragt: »Äh, wer ist da?«

»Hiiiierrr«, Schnaufen, »ist«, noch mehr Schnaufen, »die«, noch sehr viel mehr Schnaufen, »Baarrbaarraa!!!«

Oh, prima, hab ich mir gedacht. *Dann hab ich ja die Richtige an der Strippe.*

»Hier ist der Jürgen«, hab ich ihr geantwortet. »Wir haben uns letztens kennengelernt, und ich will unbedingt mit dir ausgehen. Du bist so eine tolle Frau, ich hab mich voll in dich verliebt! Lass uns ein heißes Date mit allem Drum und Dran machen, du weißt schon, so richtig romantisch, damit wir uns kennenlernen können.«

Ich war sooo stolz auf mich gewesen, als ich das ausgesprochen hab, das kannst du dir gar nicht vorstellen! Noch bis vor ein paar Wochen hätt ich mich nicht getraut, so was zu einer Frau zu sagen, aber jetzt, nach dem Flirtcoaching vom Sebastian, ist mir das total leicht über die Lippen gekommen. Wie ein echter Kerl eben.

Blöderweise hab ich mich nicht allzu lange darüber freuen können, weil, genau in diesem Moment hat mich die ›Baarrbaarraa‹ so ganz streng gefragt: »Ist da etwa der Sohn von Schwester Anneliese???«

Da ist mir schlagartig klar geworden, woher ich die Stimme kannte!

DAS WAR DIE DICKE FRAU HUMBOLDT!!!

SO EIN MIST!!!

»Nee, der bin ich nicht, ich bin jemand anders!«, hab ich panisch geschrien und dann schnell aufgelegt.

SO EIN MIST, DAS DARF DOCH NICHT WAHR SEIN!!!

Das konnte doch keiner ahnen, dass die doofe Frau Humboldt mit Vornamen ›Barbara‹ heißt!!! Und woher hätt ich wissen sollen, dass Mutti die Nummer von diesem Walross in ihrem Büchlein stehen hat? Ich hoffe echt, die kommt nicht auf die Idee, bei uns zurückzurufen. Das wär oberpeinlich, nach allem, was ich ihr am Telefon gesagt hab!

Jedenfalls hab ich an dieser Stelle beschlossen, keine weiteren Frauen anzurufen, sondern lieber auf den Sebastian zu warten. Der ist eine knappe Stunde später bei mir vor der Tür gestanden.

»Na, alles fit?«, hat er gefragt. »Bereit für deinen großen Anruf?«

Ich hab kurz überlegt, ob ich ihm die Geschichte von Muttis Büchlein und meinen Übungen erzählen soll, aber irgendwie war ich mir sicher, dass ich das lieber nicht tun sollte. Deswegen hab ich nur mit »Ja« geantwortet und sonst die Klappe gehalten.

»Kann's also losgehen?«

»Na ja, um ehrlich zu sein, ich weiß nicht so recht. Kannst du mir ein paar Tipps geben, wie ich das machen soll? Ich meine, ich hab voll Schiss davor, dass ich die Sache vergeige.«

»Nur keine Panik, Jürgen, mach dir bloß nicht zu viele Gedanken. Du kriegst das schon hin. Bei einem Telefonat mit einer Frau geht es vor allem darum, Spaß zu haben und ihr ein gutes Gefühl zu geben.«

»Prima. Und wie mach ich das?«

»Merk dir folgendes: Wenn du ein Mädel an der Strippe hast, dann erzähl ihr ein bisschen was von deinem Tag. Also was du gerade machst, wie's dir dabei geht, solche Sachen eben. Sei locker und unverkrampft, es ist nur ein Telefonat. Wichtig ist, dass du alles, was du sagst, mit viel Gefühl rüberbringst, Frauen sind Gefühlswesen, sie erleben ihre Umwelt sehr emotional. Also langweile sie nicht mit trockenen Fakten oder Details, verpack die Sache lieber in spannende und lustige Anekdoten. Erzähl ihr, wie viel Spaß du hast.«

»Wobei hab ich Spaß?«, hab ich ihn gefragt.

»Keine Ahnung. Bei was auch immer. Bei dem, was du halt so machst.«

»Und ... was genau mache ich?«

Der Sebastian hat tief durchgeatmet. »Sei mal ein bisschen kreativ, Jürgen. Erzähl ihr beispielsweise, dass du am Kochen bist.«

»Am *Kochen*?«, hab ich wiederholt. »Wieso denn am Kochen?«

»Weil es Frauen toll finden, wenn ein Mann kochen kann, das können nämlich nur die wenigsten. Außerdem kannst du das Thema mit unendlich vielen Gefühlen ausschmücken. Du kannst ihr erzählen, wie herrlich das Essen duftet, welche Gewürze du reintust, wie toll es dann schmeckt. So was eben.«

Ich hab es, um ehrlich zu sein, immer noch nicht kapiert, weil, ich war der festen Überzeugung gewesen, dass mir der Sebastian voll die coolen Themen vorschlagen würde, mit denen ich der Anna zeigen kann, dass ich ein echter Kerl bin. Aber KOCHEN??? Ich meine, da kann ich ihr genauso gut erzählen, dass ich gerade am Staubsaugen bin oder mir meine Zehennägel schneide! Wie uncool ist das denn?

Das hab ich ihm auch gesagt.

»Das ist total uncool!«, hab ich gesagt.

»Nein, ist es nicht. Das ist ein sehr geiles Thema, vertrau mir.«

»Und ... was genau bin ich am Kochen?«

»Ich hab keine Ahnung, Jürgen. Weiß der Teufel! Denk dir halt was aus!«

Ich hab einen kurzen Augenblick darüber nachgedacht und dann zu ihm gemeint: »Wie wär's mit Cornflakes? Die ess ich voll gerne.«

»Nein, das ist Kacke. Cornflakes kocht man nicht, da kippt man nur Milch drüber, bis 'ne matschige Pampe entstanden ist. Damit kannst du keine Frau beeindrucken. Es muss schon was Anspruchsvolleres sein.«

Ich hab noch mal nachgedacht. »Nudeln mit Ketchup?«

»Nein, das ist auch Kacke. Jeder Vollidiot mit dem IQ von ranziger Schlagsahne kann das kochen. Es muss exotischer sein.«

»Ich kann aber nur diese zwei Sachen.«

Da hat der Sebastian wieder tief durchgeatmet und sich die Schläfen gerieben. »Okay, von mir aus«, hat er gesagt. »Dann machen wir es eben anders: *Du* telefonierst, und *ich* flüster dir die Sachen zu, die du sagen sollst. Einverstanden?«

Diese Idee fand ich super!

Also hab ich mein Handy geholt, den Zettel von der Anna aus der Hosentasche gefummelt und ihre Nummer eingetippt.

Also ... langsam eingetippt.

SEHR langsam eingetippt!

SEHR, SEHR langsam!!!

Irgendwann hat mich der Sebastian irritiert angeguckt und zu mir gemeint: »Jürgen, alles klar bei dir? Was machst du denn da? Du tippst lahmarschiger als 'ne fußkranke Weinbergschnecke.«

»Äh ... na ja ...«, hab ich erwidert.

Weißt du, Tagebuch, obwohl ich die Anna kannte und mich echt gut mit ihr verstanden hab, und obwohl ich wusste, dass es nur um einen Telefonanruf ging, und sonst nix, hat sich urplötzlich mein Magen verknotet. Meine Hände sind eiskalt geworden und meine Knie haben gezittert, und irgendwie hab ich mich gefühlt, als hätt sich mein Kopf gerade in einen von Muttis Rührkuchen verwandelt (wobei die echt lecker sind). Ich hab VOLL die Panik geschoben! Mit jeder Zahl ihrer Nummer, die ich gewählt hab, ist es schlimmer geworden.

Das hab ich auch dem Sebastian gebeichtet, und der hat mir seine Hand beruhigend auf die Schulter gelegt und zu mir gemeint: »Nur keine Panik, Jürgen. Ich bin direkt an deiner Seite und helfe dir, okay? Verlass dich drauf.«

»Okay«, hab ich leise erwidert.

Dann hab ich die Nummer fertig gewählt.

Das Telefon hat getutet. Und getutet. Und getutet.

Ich hab den Sebastian verzweifelt angeguckt und hätt am liebsten wieder aufgelegt und das Handy weggeworfen und wär ganz weit weggelaufen. Aber er hat mich nur angelächelt und mir aufmunternd zugenickt.

Das Telefon hat zum x-ten Mal getutet.

Irgendwie hab ich mir schon gewünscht, dass die Anna gar nicht rangehen kann, weil sie gerade beschäftigt ist, und dann hätt ich ...

In diesem Moment hat's in der Leitung ›Klick‹ gemacht!

»Hallo?«, hat sich eine wunderschöne und süße Stimme gemeldet.

»Ääääääääääähhhhhhhhhhh ...«, hab ich leise gekrächzt.

»Hallo? Wer ist denn da?«

Der Sebastian hat sich zu mir vorgebeugt und mir ins Ohr geflüstert: »Hallo, hier ist der Jürgen von gestern.«

»Hallo, hier ... hier ... ist der Jürgen von ... äh ... gestern.«

»Du erinnerst dich bestimmt«, hat er weitergeflüstert. »Du hast mich gestern in der Stadt angesprochen und mir deine Telefonnummer aufgedrängt.«

Ich hab ihn völlig entsetzt angeguckt, weil, das war doch kein Satz, den ich der Anna sagen konnte. Aber der Sebastian hat einfach nur genickt und mir angedeutet, dass ich genau das sagen soll. Also hab ich's gemacht.

»Du ... äh ... erinnerst dich bestimmt, du hast gestern deine Nummer angesprochen ... nee, Moment, ich meine natürlich: Du hast gestern MICH angesprochen. Also ... in der Stadt, meine ich ... und dann hast du mir deine Nummer ... äh ... aufgedrängt.«

Ich sag dir, Tagebuch, mir ist in diesem Moment so flau im Magen gewesen, dass ich schon befürchtet hab, ins Koma zu fallen. Ich war mir hundertprozentig sicher gewesen, dass die Anna gleich auflegen und total sauer sein würde, weil ich ihr so einen Quatsch erzählt hab.

Aber du wirst es nicht glauben: Das hat sie NICHT getan! Sie hat stattdessen voll süß gelacht (so wie gestern), und dann hat sie mir geantwortet: »Hey, wer hat hier wen angesprochen, hm? Das warst doch wohl *du*, der *mich* angesprochen hat, nicht umgekehrt!«

»Okay«, hat der Sebastian geflüstert. »Du hast recht. *Ich* bin der Stalker und *du* bist mein Opfer. Ich würde dich gerne noch ein bisschen mehr stalken, wenn du Lust hast. Meine Mission ist noch nicht erfüllt.«

Ich hab ihn wieder entsetzt angeguckt, und er hat mir wieder zugenickt. Also hab ich auch das der Anna gesagt.

»Einverstanden, du Stalker«, hat sie lachend erwidert.

»Was machst du denn gerade?«, hat der Sebastian vorgegeben. Ich hab's laut wiederholt.

»Oh, nichts Besonderes. Ich sitz in meinem Zimmer und schaue fern. Und was machst du so?«

Da hat der Sebastian eine kreisende Bewegung mit seiner Hand gemacht, als ob er was umrühren würde, und ich hab natürlich sofort verstanden, was er damit meint, nämlich, dass ich erzählen soll, wie ich gerade am Kochen bin.

Tja, das wollte ich auch tun. Genauso, wie er's mir vorgeschlagen hat. Ich wollte ihr erzählen, wie toll das Zeug duftet, wie lecker es schmeckt, wie klasse ich das alles kann, weil ich doch so cool und lässig bin ...

... aber dann ist's passiert!!!

Weißt du, Tagebuch, ich kann dir nicht so genau sagen, warum, aber irgendwie hab ich noch die Worte vom Sebastian im Ohr gehabt, wie er vorhin alle meine Vorschläge doof gefunden hat, und ... na ja ... irgendwie hab ich das Eine mit dem Anderen vermischt, und ... da hab ich ... also ... da hab ich der Anna allen Ernstes erzählt ... ich wollte ihr eigentlich sagen, dass ich am KOCHEN bin, aber ...

... stattdessen hab ich ihr gesagt, dass ich ...

... am KACKEN bin!

Dem Sebastian sind fast die Augen aus dem Kopf gefallen, so weit hat er sie aufgerissen. Er hat sich die Hände vor den Mund gepresst, ist mit einem Satz aus dem Zimmer gesprungen und hat sich im Wohnungsflur vor Lachen kaum noch einkriegen können.

Und weißt du, was das Schlimmste war, Tagebuch? Ich hab gar nicht gepeilt, was ich gerade gesagt hab. Noch nicht einmal, als mich die Anna ungläubig gefragt hat: »Äh, wie bitte?«

»Du weißt schon«, hab ich ihr geantwortet. »So total lecker und duftend, mit allem Drum und Dran.«

Da hat's den Sebastian endgültig zerrissen vor Lachen. Ich glaub, er hat sich regelrecht auf dem Boden gekringelt.

ERST DA ist mir klar geworden, was ich gerade gesagt hab!!!

Ich wär am liebsten IM BODEN versunken vor Scham!!! Das war das PEINLICHSTE, was mir jemals hätte passieren können, und dann passiert es mir ausgerechnet beim Telefonieren mit der Anna! Selbst die Sache mit der Nicole und der Klapsmühle war nicht so schlimm gewesen!

Zum Glück hat die Anna immer noch nicht glauben wollen, was sie gerade gehört hat, weil, sie hat zu mir gemeint: »Hast du ... hast du gerade gesagt, dass du am *Kacken* bist?«

Okay, hab ich mir gedacht. *Das war's! Jetzt ist alles vorbei.*

Aber weißt du was? Aus irgendeinem Grund – vielleicht war's das Coaching vom Sebastian, vielleicht war's auch ein Instinkt – hab ich in diesem Moment ein Riesenglück gehabt und genau richtig reagiert. Ich hab laut losgelacht und zu ihr gemeint: »Neeeein, Mensch, wie kommst du denn auf so was? Ich hab gesagt, dass ich am KOCHEN bin!«

»Ach sooo!«, hat sie laut gerufen. Anschließend haben wir uns beide vor Lachen nicht mehr einkriegen können (sie hat übrigens voll die schöne Lache, ganz im Ernst).

Und ab da lief das Gespräch wie von selbst. Wir haben uns über alle möglichen Sachen unterhalten, und am Ende hat die Anna zu mir gemeint, dass wir uns übermorgen, am Samstag, treffen und etwas zusammen unternehmen könnten.

Der Sebastian, der irgendwann wieder reingekommen ist, hat über das ganze Gesicht gestrahlt und mehrmals seinen Daumen gehoben, um mir zu zeigen, wie super ich das mache.

»Sehr gerne«, hab ich ihr geantwortet. »Das fände ich toll.«

»Sag ihr, dass ihr euch an genau derselben Stelle trefft, an der ihr euch das erste Mal begegnet seid«, hat mir der Sebastian zugeflüstert.

Das hab ich der Anna vorgeschlagen, und sie war einverstanden. Dabei hat sie wieder so süß gegluckst und gekichert.

»Schön, dass du angerufen hast, Jürgen. Ich freu mich wirklich sehr auf unser Treffen.«

»Ich mich auch«, hab ich erwidert.

Dann haben wir uns verabschiedet und aufgelegt.

Und das Gespräch, vor dem ich so viel Angst gehabt hab, war vorbei gewesen. Einfach so!

Ich schwör dir, Tagebuch: Ich wusste mindestens zwei oder drei Minuten lang nicht, was ich sagen sollte. Ich bin sprachlos mit dem Handy in der Hand dagestanden, meine Knie haben gezittert und ich war erschöpft wie nach 'nem Marathonlauf. Total irre! Aber gleichzeitig war ich auch unbeschreiblich glücklich.

Der Sebastian ist regelrecht AUSGEFLIPPT vor Freude. Der konnte sich gar nicht mehr einkriegen und hat mir mindestens zweihundertmal auf die Schulter geklopft und mir gesagt, wie toll ich das hinbekommen hätte, obwohl es am Anfang fast in die Hose gegangen wär. Aber wie ich das gerettet hätte, wär einem Profi würdig gewesen, darauf könnte ich zurecht stolz sein, und jetzt hätte ich verdientermaßen mein erstes Date mit einer Frau.

Mein allererstes Date!
Mit einer echten Frau!
Die sich mit mir treffen will, und zwar ganz freiwillig!

»Ich hab's geschafft«, hab ich ungläubig gemurmelt.

»Das hast du!«, hat der Sebastian bestätigt.

»Ich meine ... ich hab's *wirklich* geschafft! Ich hab mein allererstes Date mit einer Frau! Ich kann es kaum glauben.«

»Ein geiles Gefühl, stimmt's?«

Ich hab ihn angesehen und einfach nur »Ja« geantwortet. Weil, genau das war es auch. Es war das großartigste Gefühl meines Lebens. Ich war so unbeschreiblich glücklich, dass ich nicht wusste, was ich noch sagen sollte. Ich hab einfach nur gelächelt, und der Sebastian hat zurückgelächelt. So sind wir noch eine ganze Weile dagestanden und haben uns gefreut. Ganz besonders ich natürlich.

»Du, sag mal«, hab ich ihn schließlich gefragt. »Warum sollte ich der Anna vorschlagen, dass wir uns an derselben Stelle treffen, an der wir uns das erste Mal begegnet sind?«

»Ganz einfach«, hat er erwidert. »Weil du damit an das schöne Gefühl von gestern anknüpfst. Als du die Anna angesprochen hast, da hat sie sich großartig gefühlt. Ihr hattet Spaß, du hast ihr Komplimente gemacht, sie war geschmeichelt und hat viel gelacht. Sie stand im Mittelpunkt und war sozusagen die Prinzessin auf dem Ball, die Königin in diesem Märchen. Frauen *lieben* dieses Gefühl! Wenn du dich wieder an derselben Stelle mit ihr triffst, dann erinnerst du sie instinktiv an diesen Augenblick und sie kommt wieder in dieselbe schöne Stimmung wie gestern. Kapiert?«

»Ja, ich glaub schon.«

»Prima, dann genieß jetzt deinen Erfolg und ruh dich aus. Ich muss langsam los, die Pflicht ruft.«

»Machen wir morgen mit unserem Coaching weiter?«

»Na logisch, wir müssen dich doch für dein Date fitmachen.« An dieser Stelle hat er mir einen kumpelhaften Knuff auf den Oberarm gegeben.

»Und ... äh ... kann ich denn irgendwas tun, um mich alleine ein bisschen vorzubereiten? Ich will nicht bis morgen nur doof rumsitzen und wieder Panik schieben, weißt du. Ich würd total gerne was machen. Aber so ganz alleine, ohne dich, trau ich mich das nicht.«

Da hat der Sebastian kurz überlegt. »Na ja, du könntest dich im Internet ein bisschen schlaumachen.«

»Nee!!!«, hab ich laut gerufen. »Bloß kein Internet mehr! Davon hab ich die Nase gestrichen voll.«

»Nur keine Sorge, ich mein ja auch nicht diesen Scheiß, mit dem du dich bisher abgegeben hast. Es gibt ein paar sehr gute Seiten, auf denen sich hauptsächlich so Leute wie ich tummeln. Da könntest du dir etwas Grundlagenwissen anlesen, wenn du magst.«

»Zum Beispiel, wie man ein Date macht?«

»Ja, zum Beispiel. Und noch ein paar Sachen mehr.«

Eigentlich fand ich die Idee total komisch, weil, mit dem Internet hab ich damals angefangen, aber mittlerweile weiß ich ja, dass das eine Vollkatastrophe war und überhaupt nicht funktioniert hat. Und jetzt schlägt mir der Sebastian vor, dass ich mich ausgerechnet da umsehen und schlaumachen soll, wenn's um das Date mit der Anna geht? Das hab ich echt nicht kapiert.

Andererseits wusste ich, dass er mir bisher keinen Blödsinn erzählt und von Frauen echt Ahnung hat. Immerhin war ja alles, was er mir beigebracht hat, richtig gut gewesen – sogar diese komische Ansage am Telefon. Ich hätt wirklich schwören können, dass die Anna sauer sein und auflegen würde. Aber was ist stattdessen passiert? Sie hat sich gefreut und darüber gelacht!

»Okay«, hab ich geantwortet. »Einverstanden.«

Der Sebastian hat mir die Adresse von so einer Seite gegeben und zu mir gemeint, dass ich mich da anmelden und mir den ›Erste Dates‹-Bereich durchlesen soll. Und wenn ich noch irgendwelche Fragen hätte – die bestimmt kommen würden, da war er sich sicher gewesen –, dann würde er mir die morgen gerne beantworten.

Anschließend ist er gegangen.

Tja, liebes Tagebuch, und jetzt weißt du auch, warum heute der tollste Tag der Welt war, und gleichzeitig auch der schrägste! Ich kann immer noch nicht glauben, dass ich mich am Samstag mit der Anna treffen werde, aber es ist so! Was für ein krasses Gefühl!!!

Ich werd mich jetzt an meinen PC setzen und mir die Seite vom Sebastian anschauen. Ich hoffe echt, dass die nicht wieder so ein Reinfall ist wie die Seiten, auf denen ich mich damals rumgetrieben hab. Und ich hoffe, dass das Date mit der Anna richtig toll werden wird. Weil … na ja … wenn ich ehrlich bin, dann finde ich sie sehr nett und mag sie schon total gerne. Es wär schade, wenn das in die Hose geht und ich dann wieder alleine bin.

Na ja, hoffen wir das Beste.

In Liebe, dein Jürgen.

– **Tag 22** –

Liebes Tagebuch,

Entschuldige, dass ich mich heute so spät bei dir melde – es ist nämlich schon nach 22:00 Uhr, aber das kannst du natürlich nicht wissen, weil, du hast ja keine Uhr.

Ich hab die halbe Nacht damit verbracht, die Internetseite vom Sebastian zu lesen. DAS ist vielleicht schräges Zeug! Aber dazu komm ich gleich. Am Anfang musste ich mich erst mal dort anmelden, um Zugang zu bekommen, so mit Benutzernamen und Passwort und allem. Richtig professionell.

Blöd war nur, dass mir die erste Stunde überhaupt kein guter Name für mich eingefallen ist. Die anderen Typen, die sich da getummelt haben, hatten voll die coolen gehabt, so wie ›Mr_Superman‹ oder ›SexMachine‹ oder ›King_of_69‹ (wobei ich den nicht kapiert hab). Und da war mir natürlich klargewesen, dass ich auch so einen haben will. Allein schon deshalb, um nicht zu riskieren, dass mich die ganzen Flirtprofis auslachen und sofort durchschauen, dass ich keine Ahnung von Frauen hab. Das wollte ich auf jeden Fall verhindern.

Also hab ich gegrübelt und gegrübelt und gegrübelt. Aber mir ist einfach nichts Gutes eingefallen.

Einen kurzen Moment hab ich sogar überlegt, ob ich Mutti um Rat fragen soll, weil, die ist in so kreativen Dingen echt fit. Aber erstens ist die immer noch nicht gut auf mich zu sprechen, zweitens würde die sowieso nur wieder mit heulen anfangen (warum auch immer), und drittens scheint sie gerade andere Probleme zu haben. Heute Morgen, als ich am Wohnzimmer vorbeigelaufen bin, hab ich zufällig mitgehört, wie sie mit einer ihrer Kirchenfreundinnen telefoniert hat. Ihr Büchlein hab ich übrigens gestern wieder in ihre Handtasche gelegt, hat sie zum Glück nicht gemerkt. Na, jedenfalls hat sie der Freundin erzählt, dass sich irgendeine Brigitte und irgendein Helmut scheiden lassen, weil die Brigitte irgendeinen komischen Schnösel in der City kennengelernt hat. Und der hätte auch noch die Unverschämtheit besessen, bei denen anzurufen, um sich mit ihr zu verabreden. Außerdem hat sie berichtet, dass die zwölfjährige Tochter von irgend so einer Familie Pöttenheimer am Telefon von einem Perversen belästigt worden ist.

Ich bin ganz leise weitergeschlichen und hab insgeheim gehofft, dass Mutti nicht auch was von der fetten Frau Humboldt erzählt. Zum Glück ist da nichts weiter gekommen. Puh!

Jedenfalls, so oder so musste ich mein Namensproblem für die Coole-Männer-Seite selber lösen. Meine erste Idee war: ›Jürgen, der megacoole und superhübsche und total erfolgreiche Frauenprofi‹, aber das konnte ich nicht eingeben, weil, die Benutzernamen auf der Seite durften nicht länger als fünfzehn Buchstaben sein. Echt doof! Also hab ich stattdessen versucht, die Anfangsbuchstaben der einzelnen Wörter zu nehmen und daraus 'ne Abkürzung zu bilden. Aber ... na ja ... ›JdmusuteF‹ hört sich jetzt nicht sooo hammermäßig cool an. Und bei ›Professioneller und supercooler sexy Jürgen‹ war es auch nicht besser – eigentlich sogar noch schlimmer.

Dann ist aber was Komisches passiert. Während ich dagesessen bin und auf die Eingabemaske auf meinem Bildschirm gestarrt hab, ist mir plötzlich – und ich weiß auch nicht, warum – dieses Kirchendingsbums wieder eingefallen. Ich hab an diese schwerhörige Schachtel denken müssen, die meinen Nachnamen nicht verstanden und mich deshalb ›Hindel‹ genannt hat. Das hat mich nicht mehr losgelassen. Und dann, nach einer halben Ewigkeit, in der mir absolut keine bessere Idee gekommen ist, hab ich *Ach, was soll's!* gedacht und genau dieses ›Hindel‹ in das Namensfeld eingegeben.

Ein paar Sekunden später stand auf meinem Bildschirm:

Hallo HINDEL.
Willkommen in deinem neuen Leben!

Das fühlte sich total cool an! Weil, jetzt war ich ganz offiziell in derselben Flirtprofigruppe, in der sich auch der Sebastian rumtreibt. Und mein Benutzername hört sich auch nur ein bisschen bescheuert an.

Ab da war es beschlossene Sache: Mein neuer Name in meinem neuen Leben als Flirtprofi war: HINDEL!

Als das geklärt war, bin ich in den ›Erste Dates‹-Bereich gegangen, so wie's mir der Sebastian gesagt hat. Da waren ganz viele Texte von irgendwelchen Typen, die alle erzählt haben, wie erfolgreich sie bei Frauen sind, was sie alles gemacht haben, um so erfolgreich zu werden, und was man alles tun muss, um auch so erfolgreich zu sein. Stellenweise hat sich das wie 'ne IKEA-Bauanleitung gelesen. Da geht's ja auch darum, welche Schrauben man wohin stecken muss, damit das blöde Regal nicht zusammenkracht. Der Unterschied war nur, dass es in den Texten nicht um Regale gegangen ist, sondern um Frauen, aber der ganze Rest war irgendwie gleich. Die Typen haben seitenlang davon erzählt, dass man dieses oder jenes tun muss, damit das mit dem Flirten klappt und die Frau nicht gleich wieder zusammenkracht … also … ich meine natürlich, damit sie nicht davonläuft! Und an manchen Stellen haben die auch darüber gesprochen, wo man etwas ›hinstecken‹ soll, aber da ging's nicht um Schrauben, sondern um … äh … na ja … andere Sachen halt. Ist jetzt egal.

Einen Punkt haben die besonders oft betont, nämlich, dass man eine Frau bei einem Date unbedingt zum Lachen bringen soll. Das hat mir der Sebastian ja auch schon beigebracht, bei ihm ist's aber nur ums Telefonieren gegangen. Jedenfalls haben die Typen gemeint, dass sich die Frau dadurch wohlfühlen würde, und je besser die Stimmung bei solchen Treffen wär, umso schneller würde sich die Frau in den Mann verlieben und ihn toll finden. Das war ein super Tipp, fand ich! Weil, ich lache schließlich auch gerne, und die Anna ja auch, und wenn die mich zu mögen beginnt, weil ich sie zum Lachen bringe, dann ist das doch perfekt! Also hab ich mir fest vorgenommen, sie bei unserem Date so oft wie möglich zum Lachen zu bringen.

Das Problem war nur: Ich wusste nicht, wie!

Ich meine, wie bringt man denn eine Frau zum Lachen? Erzählt man ihr irgendwelche Witze oder so? Das fand ich am logischsten, weil, jeder mag doch Witze, oder? Die sind schließlich dazu da, um Menschen zum Lachen zu bringen. Also hab ich mir fest vorgenommen, der Anna bei unserem Treffen so viele Witze wie möglich zu erzählen. Dann würde sie in gute Stimmung kommen und sich sofort in mich verlieben.

Das nächste Problem war aber: Ich kenne keine Witze!

Zumindest keine, die gut sind. Meine Mutti hat immer gesagt, die meisten Witze wären Schweinkram, vor allem die von meinem Onkel Heribert. Der hat die immer auf unseren Familienfesten erzählt. Mutti hat das regelmäßig zur Weißglut getrieben. Und die paar wenigen, die sie sich mit ihren Freundinnen aus der Kirchengemeinde erzählt, die sind … na ja … nicht wirklich lustig, finde ich.

Dieser hier zum Beispiel:

So eine Kirche bekommt ein neues Taufbecken. Und der Pastor, der vorne an der Kanzel steht, sagt zu den Leuten, dass sie ein Dankeschön an den lieben Gott schicken sollen, weil das Becken so toll ist. Eigentlich ist das völlig sinnlos, weil sie's doch selber gekauft haben, aber egal. So ein Opa kniet sich jedenfalls hin und sagt: »Vielen Dank, Gott, für das tolle Taufbecken, weil, das alte konnte das Wasser nicht mehr halten.«

Keine Ahnung, was daran lustig sein soll. Meine Mutti und ihre Freundinnen haben sich immer gekringelt, wenn sie den gehört haben.

Oder der hier, den fand ich auch behämmert:

So ein Mann schläft in seinem Bett, und seine Frau kommt rein und sagt zu ihm: »Hey, Mann, aufstehen! Es ist Sonntag, wir müssen in die Kirche.« Der Mann antwortet: »Nee, keine Lust, ich will nicht.« Und die Frau sagt: »Du musst aber.« Und der Typ fragt: »Wieso?« Und sie antwortet: »Du bist der Pastor.«

Gähn hoch drei!

Jedenfalls war ich mir sicher, dass die Anna den Taufbeckenwitz und den Schlafmannwitz auch nicht lustig finden würde, deswegen hab ich mir überlegt, wo ich ein paar bessere herbekommen könnte. Und da ist mir sofort die Coole-Männer-Seite eingefallen! Ich meine, immerhin sind das Profis, die müssen doch wissen, welche Witze bei Frauen gut ankommen und welche nicht, oder? Irgendwie logisch!

Ich hab mich also eine Weile umgesehen und tatsächlich einen Bereich gefunden, wo die eine Witzsammlung hatten.

Und soll ich dir was sagen, Tagebuch? Da waren TAUSENDE von Witzen! Ich hätt niemals gedacht, dass es so viele Witze gibt, mit denen man eine Frau zum Lachen und zum Verlieben bringen kann. Vor allem hätt ich nicht gedacht, dass man Frauen mit SOLCHEN Witzen zum Lachen und Verlieben bringen kann, weil, die meisten davon haben sich angehört, als ob die mein Onkel Heribert erzählen würde.

Der hier zum Beispiel, der war schon echt schräg:

Da sagt ein Mann zu seiner Frau: »Schatz, gib mir mal 20 Euro, ich will mir einen Kasten Bier kaufen.« Die Frau sagt zu ihm: »Das geht nicht, Schatz, ich brauch das Geld für Schminke, damit ich total schön für dich sein kann.« Da erwidert der Mann: »Schatz, genau dafür ist doch der Bierkasten gedacht.«

Den kapier ich nicht.

Oder der hier:

Eine Frau sagt zu ihrem Mann: »Sag mir mal was Schmutziges.« Da antwortet der Typ: »Küche, Wohnzimmer, Bad.«

Keine Ahnung, was daran lustig sein soll. Die beiden haben also 'ne versiffte Wohnung. Na und?

Andererseits waren das Witze von den Frauenprofis, also mussten die einfach gut sein. Ich meine, die müssen sich doch damit auskennen, oder? Deswegen hab ich beschlossen, ganz viele davon auswendig zu lernen und der Anna bei unserem Date zu erzählen. Ich wette, die wird sich kaputtlachen. Das wird super!

Dieser Punkt war also abgehakt.

Eine weitere Sache, die in den Texten drinstand, war, dass man sich auf jeden Fall locker und entspannt geben soll, selbst wenn man das nicht ist. Weil, wenn man nervös und aufgeregt herumzappelt, dann macht das die Frau irgendwann bekloppt und sie wird sich nicht mehr wohlfühlen. Außerdem soll man sich über ganz viele schöne Dinge mit ihr unterhalten, zum Beispiel über Länder, die man besucht, oder Reisen, die man gemacht hat, über Träume, die man hat, oder Abenteuer, die man erleben will. Auf keinen Fall darf es was Ekliges sein, so wie die Hühneraugen an Muttis Füßen zum Beispiel.

Da bin ich wieder ins Grübeln gekommen. Mutti und ich sind bisher nur zu Tante Hedwig nach Wuppertal in den Urlaub gefahren, da haben wir uns ihre Familienfotos angeschaut und eine Woche lang Kanaster gespielt. Ich kann mir echt nicht vorstellen, dass das die Anna interessieren würde. Und sonst gibt es halt keine besonderen oder superspannenden Geschichten in meinem Leben. Außer natürlich die Sache mit dem Sebastian und dem Flirtcoaching, aber ich kann ihr ja schlecht sagen: »Weißt du, mein Leben ist stinklangweilig, nur die Ausflüge mit meinem Nachbarn in die City, die sind super, da frag ich ganz viele Leute nach der Uhrzeit und mach Frauen Komplimente.« Das klingt nicht locker und entspannt, das klingt eher nach schräg und verrückt – sogar in meinen Ohren.

Daher hab ich beschlossen, den Sebastian um Rat zu fragen. Der kennt bestimmt ein paar gute Themen, die ich benutzen kann und die besser sind als meine. Hoffe ich zumindest! Weil, sonst hab ich ein echtes Problem!

Eine dritte Sache, die in diesen Texten stand, war, dass man immer ein bisschen Körperkontakt mit der Frau halten soll. Also ihr eine Hand auf den Oberarm legen oder die Schulter streicheln, sie anstupsen oder kumpelhaft umarmen, solche Sachen eben. Das wär voll wichtig, haben die gemeint, weil sich die Frau dadurch an die Berührungen des Mannes gewöhnen kann. Außerdem würde man ihr zeigen, dass man keine Angst vor Berührungen hat und ein cooler Typ ist. Allerdings dürfte man das erst machen, wenn sich die Frau wohlfühlt. Auf keinen Fall vorher! Sonst gibt's 'ne Anzeige oder Ohrfeige!

Das hab ich verstanden. Allerdings liegt mein Problem eher darin, dass ich kein cooler Typ BIN und mir deshalb auch nicht vorstellen kann, die Anna auf unserem ersten Date anzufassen, egal, wo und wie und wann. Die Sache mit den Witzen krieg ich noch hin, da bin ich mir sicher, aber anfassen? Keine Chance! Schon jetzt bin ich so nervös, dass ich Hitzewallungen krieg.

Ab diesem Moment hab ich Panik gekriegt. Und zwar so richtig! Ich hab zwar versucht, mir die wichtigsten Punkte aus diesen Profitexten auf Zettelchen zu schreiben (quasi als Gedankenstütze), um die dann zum Date mitzunehmen und mir durchzulesen, falls mal was schiefläuft, aber dadurch ist es noch schlimmer geworden. Am Ende war mein Schreibtisch so vollgepackt mit Zetteln und Notizen, dass ich die Tischplatte gar nicht mehr sehen konnte. Um diesen Riesenstapel zu irgendeinem Date mitzunehmen, würde ich 'nen Kipplaster brauchen. Oder Tante Karolines Schwangerschaftshosen.

Ich war total fertig.

Warum muss das mit den Frauen auch so kompliziert sein?, hab ich mich gefragt. *Geht das nicht einfacher? Hab ich überhaupt eine Chance, das Date mit der Anna hinzukriegen? Ich meine, diese ganzen Regeln und Tipps und Vorschriften und Dinge, die man unbedingt tun muss oder auf gar keinen Fall tun darf, die kann sich doch kein Schwein merken! Da platzt einem ja der Kopf!*

Am Ende hab ich allen Ernstes darüber nachgedacht, ob ich mir nicht vielleicht ein leichteres Projekt für die nächsten Monate suche. Einen Mondflug zum Beispiel, oder den Weltfrieden. Aber zum Glück hat genau in diesem Moment der Sebastian bei mir geklingelt.

»Alles fit bei dir?«, hat er mich begrüßt.

»Na ja, geht so.«

Er hat mich besorgt angeguckt. »Was ist denn los? Du siehst total fertig aus. Beschäftigt dich irgendwas?«

Ich hab genickt. »Na ja, ich hab mir diese Seite im Internet durchgelesen, die du mir empfohlen hast. Und ... um ehrlich zu sein, hat das nicht geholfen. Ganz im Gegenteil! Ich kapier jetzt noch weniger als vorher und hab eine Riesenangst vor Samstag.«

»Um Himmels willen, Jürgen!«, hat der Sebastian gerufen. »Mach dich doch deswegen nicht bekloppt. Es geht nur um ein Date, nicht um das Ende der Welt. Stell dir das bitte nicht so kompliziert vor. Frauen sind auch nur Menschen, die fressen dich schon nicht auf.«

»Ja, mag sein, aber ...«

Ich wusste einfach nicht, wie ich's ihm sagen sollte. Mir sind unendlich viele Dinge durch den Kopf gegangen, und schlagartig hab ich einen Kloß im Hals gehabt und hab nicht weitersprechen können. Ein paar Tränen sind über meine Wangen gelaufen.

»Hey, was ist denn los?«, hat der Sebastian gefragt. Er hat mir seine Hand auf die Schulter gelegt und dabei wirklich besorgt ausgesehen. »Was macht dir denn so große Angst?«

Das war eine gute Frage! Ich wusste es selber nicht, ich hatte einfach Angst. Riesige Angst sogar! Sobald ich mir vorgestellt hab, wie ich mit der Anna bei unserem Date sitze und sie mich mit ihren wunderschönen Augen anguckt und so süß lächelt, da hat sich mein Magen verknotet und ich hab Panik gekriegt. Beinahe so, als ob ich aus 'nem Flugzeug fallen und dabei merken würde, dass ich blöderweise meinen Fallschirm vergessen hab.

»Ich weiß auch nicht«, hab ich ihm erwidert. »Ich stell mir halt vor, wie ich das Date mit der Anna in den Sand setze und sie dann enttäuscht aufsteht und mich auslacht und wegrennt und ich sie nie wiedersehe.

Und das tut richtig weh, weißt du. Weil ... dann wär ich wieder ganz alleine.«

Der Sebastian hat mich eine ganze Weile schweigend angeguckt, so als ob er sich das, was ich gerade gesagt hab, in Ruhe durch den Kopf gehen lassen wollte.

Weißt du, Tagebuch, früher – also noch bevor ich den Sebastian kennengelernt hab – da war ich mir sicher gewesen, dass die Sache mit den Frauen und dem Flirten total einfach wär. Ich hab gedacht, dass die sich halt irgendwie in einen verlieben und der ganze Rest passiert dann von selbst. So hat's mir zumindest meine Mutti immer erklärt. Aber nach dem Lesen dieser Frauenprofiltexte und nach dem Coaching vom Sebastian hab ich eher den Eindruck, dass man ein Studium an so 'ner Spezialuniversität machen müsste, um alles zu lernen, was man dafür braucht. Das ist doch totaler Irrsinn, das schaff ich nie im Leben!

»Ich sag das Treffen mit der Anna lieber ab«, hab ich leise vor mich hin gemurmelt, als der Sebastian nach mehreren Sekunden immer noch nichts geantwortet hat. Und ich war mir sicher gewesen, dass er es wahrscheinlich schon bereut, seine Zeit mit mir verschwendet zu haben.

Aber weißt du was? Es kam etwas völlig anderes.

»Sag mal, Jürgen«, hat er zu mir gemeint, »fühlst du dich manchmal einsam?«

»Na ja ... irgendwie schon. Ich meine, ich hab nicht sooo viele Freunde, weißt du. Um genau zu sein, hab ich sogar nur einen, nämlich dich, seitdem der Dieter nicht mehr mit mir spricht. Und eine Freundin hab ich auch nicht, außer meine Mutti, aber das ist was anderes.«

»Was ist eigentlich mit deinem Vater?«

»Was soll mit ihm sein?«

»Du erzählst immer nur von deiner Mutter, ich hab dich noch nie über deinen Vater reden hören.«

»Der hat sich von Mutti scheiden lassen, da war ich noch ganz klein. Und seitdem hab ich keinen Kontakt mehr zu ihm.«

»Wie war das in deiner Schulzeit oder als du ein Teenager warst? Hattest du einen guten Freund oder Kumpel, irgendeine Bezugsperson, mit der du dich verstanden hast?«

Ich hab mit den Schultern gezuckt. »Nö. Ich war kein besonders beliebtes Kind, weißt du. Ich hab zwar versucht, mich mit irgendwem anzufreunden, aber das hat meistens nicht geklappt. Die Kinder waren immer nur fies zu mir und haben mich gehänselt und ausgelacht. Und in Muttis Kirchengemeinde sind nur alte Opas und Omas und irgendwelche langweiligen Pärchen mit ihren nervigen, kleinen Kindern. Mit denen will ich nicht befreundet sein, die reden den ganzen Tag nur über Bibelzeugs. Da hab ich keinen Bock drauf.«

»Was ist mit deinen Arbeitskollegen? Gibt es da vielleicht jemanden, mit dem du dich gut verstehst?«

»Ich geh nicht arbeiten«, hab ich erwidert.

Dem Sebastian ist in diesem Moment alles aus dem Gesicht gefallen. »Wie bitte?«, hat er laut gerufen. »Du gehst nicht arbeiten? Verarschst du mich?«

»Nein«, hab ich erwidert. »Ich geh wirklich nicht arbeiten.«

Er hat versucht, irgendwas zu antworten, aber in den ersten Sekunden ist nur so ein unverständliches Krächzen aus seinem Mund gekommen. Er hat mich völlig entsetzt angesehen und dann zu mir gemeint: »Herr im Himmel, wieso *das* denn???«

»Na ja, nach der Schule hab ich keinen richtigen Plan gehabt, was ich machen soll, also hab ich mich für ein paar Praktika angemeldet. Das hat mir aber nicht gefallen, das war total öde und stumpf gewesen, also hab ich's wieder hingeschmissen und bin anschließend für ein paar Monate in einen Laden für orthopädische Schuhe gegangen. Als Aushilfe, weißt du. Das mochte ich irgendwann auch nicht mehr, da sind nur alte Leute reingekommen und haben stundenlang über ihre Wehwehchen gelabert. Außerdem hat's da komisch gerochen. Und dann hab ich einfach keine Lust mehr gehabt, mir was Neues zu suchen, und bin zuhause geblieben.«

»Und deine Mutter?«, hat der Sebastian gestöhnt. »Hat die gar nichts dazu gesagt?«

»Doch, klar hat sie das. Sie hat zu mir gemeint, dass ich mir keine Sorgen machen muss, weil mir der liebe Herrgott schon die richtige Arbeitsstelle zeigen wird, wenn es soweit ist. Bis dahin könnte ich bei ihr bleiben, sie würde mich versorgen und auf mich aufpassen. Und natürlich für mich beten.«

»Ich *fasse* es nicht!« Er hat sichtlich um Fassung gerungen. »Wie alt bist du, Jürgen? Achtundzwanzig?«

»Neunundzwanzig«, hab ich ihn korrigiert.

»Das darf doch nicht wahr sein! Herrgott, Alter, du gehst steil auf die Dreißig zu und wohnst immer noch zuhause bei Mutti und hast keinen Job? Das geht *gar nicht*!«

Ich war total überrascht von seiner Reaktion, muss ich sagen. Weil, ich hab überhaupt nicht kapiert, warum er sich so darüber aufgeregt hat. Ich fand das total nett von meiner Mutti, dass sie sich so um mich kümmert. Ich meine, ist das nicht normal? Müssen das Mütter nicht so machen? Außerdem ist es doch nicht schlimm, wenn jemand ein bisschen länger braucht, um seinen Traumjob zu finden, oder? Das ist doch nicht gleich das Ende der Welt. Oder?

Aber der Sebastian hat das anders gesehen. Er hat den Kopf geschüttelt und zu mir gemeint: »Ich seh schon, wir haben noch viel Arbeit vor uns. Wir müssen dein Leben schnellstmöglich in geordnete Bahnen bekommen, so viel steht fest. Sonst seh ich schwarz für dich.«

»Okay. Und was heißt das?«

»Such dir einen Job, um Himmels willen! Am besten schon vorgestern! Such dir schnellstmöglich was, wo du ein bisschen Geld verdienen kannst. Völlig egal, was es ist. Hauptsache, du kommst hier raus und unter Menschen.«

»Aber ... was genau soll ich denn machen?«

»Was weiß ich? Verkauf Fritten beim McDonald's, wenn es sein muss! Ist doch völlig wurscht. Wichtig ist nur, dass du eine Arbeit hast. Versprichst du mir das?«

»Ja, okay.«

Der Sebastian hat genickt. »Gut. Dann lass uns über diese Angst sprechen, von der du mir erzählt hast. Welche Erfahrungen hast du eigentlich mit Frauen gemacht? Ich meine, so ganz allgemein?«

Ich hab ihn verwundert angeguckt. »Äh ... überhaupt keine! Sonst wär ich doch nicht hier, um mich von dir coachen zu lassen.«

»Nein, das meine ich nicht. Ich spreche nicht von sexuellen Erfahrungen, sondern von ganz allgemeinen, und die hast du definitiv gemacht. Haben dich Frauen in der Vergangenheit eher gut oder schlecht behandelt? Hast du positive oder negative Erfahrungen mit ihnen gemacht?«

Ich hab nicht lange nachdenken müssen. »Eher negative«, hab ich geantwortet.

»Okay. Und wie sehr negativ?«

»Schon ziemlich.«

»Bist du von Frauen verletzt worden? Ich meine, emotional?«

Als mich der Sebastian das gefragt hat, da ist der Kloß in meinem Hals wieder da gewesen und so groß geworden wie 'ne Wassermelone. Ich hatte mir eigentlich vorgenommen, nicht mehr vor ihm zu flennen, weil das voll memmenhaft ist, aber ich konnte es nicht zurückhalten.

»Ja«, hab ich leise geantwortet, und schon wieder sind mir Tränen übers Gesicht gelaufen.

»Mehr als nur einmal, stimmt's?«

Ich hab genickt.

»Und jetzt hast du Angst davor, wieder verletzt zu werden, aber gleichzeitig fühlst du dich einsam und sehnst dich nach weiblicher Nähe und Anerkennung. Richtig?«

Ich hab erneut genickt und noch mehr geweint.

Der Sebastian hat mir liebevoll den Arm über die Schultern gelegt und mich dann gefragt: »Jürgen, Hand aufs Herz: Empfindest du Frauen gegenüber Hassgefühle?«

Da konnte ich nicht mehr an mich halten. Ich hab laut losgebrüllt und minutenlang einfach nur vor mich hin geflennt. Irgendwie hat der Sebastian einen Punkt bei mir getroffen, bei dem es aus mir herausgebrochen ist wie aus 'nem geplatzten Abwasserrohr (das hatten wir mal vor ein paar Jahren bei unserem Klo ... war nicht schön gewesen). Jedenfalls hab ich einfach nur noch geweint.

»Jürgen«, hat der Sebastian zu mir gemeint, »Du bist nicht der einzige Mann mit diesem Problem, glaub mir. Du hast schlechte Erfahrungen mit Frauen gemacht, und jetzt pendelst du zwischen zwei extremen Gefühlswelten hin und her. Einerseits sehnst du dich nach einer Frau und würdest alles dafür geben, um von ihr gemocht zu werden, aber andererseits hast du panische Angst vor neuen Verletzungen. Genau das schürt die Wut und die Enttäuschung in deinem Inneren. Es ist ein verdammter Teufelskreis! Je größer die Sehnsucht wird, umso größer wird auch deine Angst, und je größer deine Angst ist, desto geringer sind deine Chancen, bei einer Frau Erfolg zu haben.« Er hat seinen Zeigefinger hochgehalten und eine kreisende Bewegung gemacht. »Das ist wie ein Sog, okay? Wie bei einem Wasserstrudel. Er reißt dich immer weiter ins Verderben. Deine Gefühle bestehen nur noch aus zwei Seiten, nämlich der riesigen Sehnsucht nach Liebe und Bestätigung auf der einen und dem abgrundtiefen Hass auf der anderen. Die eine Seite sorgt dafür, dass du Frauen als Göttinnen ansiehst, die dir ein vollkommenes Lebensglück schenken können, das andere Gefühl lässt dich in das entgegengesetzte Extrem fallen, bei dem du Frauen hasst und verachtest. Dafür gibt es sogar einen Fachbegriff, man nennt das ›*Madonna-Hure-Komplex*‹.«

»Madonna ... was?«, hab ich ihn gefragt und mir schniefend die Nase abgewischt.

»Madonna-Hure-Komplex«, hat er wiederholt. »Du siehst Frauen als heilige Wesen und Erlöserinnen an, aber gleichzeitig auch als verdorbene, böse und unehrliche Menschen, die dir nur Leid und Demütigungen gebracht haben. Ein verbranntes Kind fürchtet das Feuer, und in deinem Fall ist dieses Feuer eben jede schöne Frau, die dir begegnet.«

»Und ... was soll ich dagegen tun?«

»Als Erstes musst du dir bewusst machen, dass es nicht schlimm ist, dass du so fühlst. Verstehst du mich? *Es ist nicht schlimm, dass du so empfindest!* Hast du das verstanden?«

Ich hab ihn verdutzt angesehen. »Wie meinst du das?«

»So, wie ich es sage. Es ist nicht schlimm, dass du so empfindest.«

»Aber ... was ist es dann?«

»Es ist nachvollziehbar! Du bist von Frauen verletzt worden, das ist eine Tatsache, und es ist völlig normal, dass du deswegen sauer bist.«

»Es kann doch nicht okay sein, wenn ich Frauen doof finde und hasse! Das ist doch nicht in Ordnung!«

»Nein, ist es auch nicht. Deswegen habe ich auch nicht gesagt, dass es ›okay‹ ist, ich habe gesagt, dass es ›nachvollziehbar‹ ist. Das ist ein großer Unterschied! Außerdem bedeutet es nicht, dass es so bleiben muss, wie es jetzt ist, ganz im Gegenteil. Wir müssen dich so schnell wie möglich aus diesem Teufelskreis der Gefühle rausholen.«

»Und wie soll das gehen?«

»Ganz einfach: Schlechte Erfahrungen kann man mit positiven ausgleichen, das ist ja das Tolle an unserer Gefühlswelt! Je mehr gute Erfahrungen du machst, umso mehr werden die schlechten verblassen und in Vergessenheit geraten.«

»Das versuch ich schon die ganze Zeit!«, hab ich erwidert. »Ich meine, ich bin mit dir in die City gegangen und hab fremde Leute angequatscht, ich hab mir neue Klamotten gekauft, ich hab mich mit der Anna verabredet –«

»Eben!«, hat mich der Sebastian unterbrochen. »Genau deshalb ist es auch so wichtig, dass du zu dem Date mit der Anna gehst. Verstehst du mich? Du darfst es auf keinen Fall sausenlassen! Wenn du immer nur davonläufst, sobald es mit einer Frau ernster wird, dann wirst du deine Angst niemals loswerden und für immer in diesem Gefühlschaos festhängen. Gib dir eine faire Chance, etwas Neues und Schönes zu erleben.«

»Normalerweise laufen doch die Frauen vor mir weg, und nicht ich vor ihnen«, hab ich ihm zu bedenken gegeben und musste dabei grinsen, weil das wirklich lustig war.

Der Sebastian hat zurückgelächelt. »Kein Wunder, Jürgen, du hast es auch falschgemacht.«

»Was denn?«

»Alles! Wann immer du mit einer Frau zu tun hattest, bist du zu diesem nervigen, arroganten und unverschämten Kobold geworden, der auf sie herabgesehen und sie wie Menschen zweiter Klasse behandelt hat. Du bist ein überheblicher und selbstverliebter Arsch gewesen, der sich nur mit sich selbst beschäftigt hat – und dafür auch noch Applaus haben wollte! Aber eine Frau ist nicht dazu da, um dir dein kaputtes Leben zu kitten. Sie ist nicht deine Psychotherapeutin, sie ist deine *Partnerin*! Sie ist nicht dazu da, dein verkorkstes Leben auszumisten wie so 'ne verschissene Messywohnung, sie soll dein Leben *ergänzen*! Das ist der große Unterschied bei der Sache, und den musst du in die Birne bekommen.«

»Ich weiß nicht, ob ich das kann«, hab ich erwidert.

»Doch, das kannst du! Ganz sicher sogar. Jürgen, du hast dich in den letzten Wochen beinahe um hundertachtzig Grad gedreht. Du bist viel netter und freundlicher geworden, viel aufgeschlossener. Du gehst viel unvoreingenommener auf Menschen zu und akzeptierst auch mal eine andere Meinung. Das wäre bis vor Kurzem undenkbar gewesen.«

Ich hab ihn vorsichtig angesehen und mir die letzten Tränen aus den Augen gewischt. »Du meinst also, dass ich das Date mit der Anna schaffen kann?«

Da hat er übers ganze Gesicht gestrahlt. »Ohne jeden Zweifel! Hab einfach Vertrauen. Ich werde dir schon alles beibringen, was du wissen musst, um das hinzubekommen. Und dann lass den Dingen einfach ihren Lauf. Glaub an dich selbst und gib dir eine Chance. So ein Date ist viel einfacher, als du denkst.«

»Okay«, hab ich erwidert und dann auch gelächelt.

Wir haben uns im Anschluss auf mein Bett gesetzt und das Date mit der Anna gaaanz oft durchgespielt – so quasi als Probe und Übung. Und der Sebastian hat mir dabei ganz viele Tipps gegeben, auf was ich achten soll, wenn wir zusammen sind, und welche Fehler ich unbedingt vermeiden muss. Zum Beispiel hat er mir gezeigt, wie ich mich in ihrer Nähe verhalten soll, um nicht komisch oder schräg zu wirken, er hat mir Themen vorgeschlagen, über die wir uns unterhalten können, er hat mir sogar gezeigt, wie ich richtig sitzen, gehen und sprechen soll. Das war am Anfang total anstrengend gewesen, richtig krass. Aber irgendwann hat es angefangen, Spaß zu machen. Als er dann kurz vor dem Abendessen in seine Wohnung zurückgegangen ist, da hab ich mich schon viel, viel besser gefühlt und mich sogar auf das Date mit der Anna gefreut. Die Panik war wie weggeblasen.

Morgen ist es übrigens soweit, Tagebuch!!!

Und ich hab eine Überraschung für dich. Weißt du, damit du nicht immer so lange warten musst, bis du die neuesten Neuigkeiten von mir erfährst, werde ich dich zu dem Date mitnehmen. Jawohl, du liest richtig: Ich nehm dich zu dem Date mit! Dann kann ich dir ganz aktuell berichten, was gerade passiert und wie es bei uns läuft. Cool, oder? Du und ich, Tagebuch, auf unserem ersten gemeinsamen Date mit einer Frau! Das wird der Hammer!

Also, bis morgen. Ich freu mich schon darauf.

In Liebe, dein Jürgen.

– Tag 23 –

Liebes Tagebuch,

Ich bin VOLL aufgeregt!!!

Heute ist der große Tag, heute treff ich mich mit der Anna! Und zwar so richtig in echt! Gestern, nach dem Gespräch mit dem Sebastian, bin ich noch ganz ruhig gewesen und hab mich sogar darauf gefreut, aber heute dreht sich wieder alles in meinem Kopf. Heute hab ich wieder Schiss. Hoffentlich kannst du das Gekrakel hier überhaupt lesen. Sieht aus wie von 'nem Kleinkind geschrieben, wenn das versucht, seinen Namen unter ein Bild zu setzen, auf dem nur ein Strichmännchen und 'ne debil grinsende Sonne ist. Tut mir echt leid, aber heute kann ich das nicht anders. Ich bin einfach zu nervös.

Ich hab übrigens noch eine weitere Überraschung für dich. Ich hab dir ja gestern versprochen, dass ich dich zu dem Date mitnehme und dir ganz aktuell erzähle, wie's bei mir läuft. Das Versprechen halte ich natürlich, ist ja klar! Aber ich hab mir überlegt, dass ich damit nicht erst heute Abend anfange, sondern schon jetzt. Also ... quasi sofort! Weil, irgendwann mal in der Zukunft, wenn ich erfolgreich geworden bin, kann ich dich wieder aufschlagen und hier reingucken und mich erinnern, wie aufregend das alles war. Verstehst du? So als Andenken. Und vielleicht können's auch noch andere Leute lesen und dann von mir lernen. Das wär doch mal was, oder? Stell dir das mal vor: Mein Tagebuch als richtiges Buch! Das wär echt cool. Ich muss unbedingt gucken, ob ich das irgendwie hinkriege.

Aber jetzt ist erst das Date mit der Anna dran!

Also los, fangen wir an ...

8:27 Uhr.

Sitze gerade an meinem Schreibtisch und schreibe in mein Tagebuch. Erzähle meinem Tagebuch, dass ich ihm alles erzählen werde, was es heute zu erzählen gibt, zum Beispiel, dass es gerade 8:27 Uhr ist und ich an meinem Schreibtisch sitze und in mein Tagebuch schreibe und beschlossen habe, ihm alles zu erzählen, was ... äh ...

Nee, Moment. So klappt das nicht, so peilt das am Ende kein Schwein mehr. Am allerwenigsten du, Tagebuch! Ich glaub, wir machen es anders: Ich erzähle dir alles, was heute passiert, ABGESEHEN von Sachen, bei denen du selber vorkommst. Einverstanden? Sonst wird das total verwirrend.

Okay, also neuer Versuch ...

8:51 Uhr.

Habe mit dem Sebastian telefoniert. Er will noch mal mit mir in die City fahren und Klamotten shoppen gehen. Damit ich heute Abend richtig super aussehe. Natürlich war ich einverstanden. Um 10:00 Uhr holt er mich ab. Bin echt gespannt, in was für Läden er mich diesmal mitnimmt, weil, mittlerweile weiß ich ja, dass er einen richtig guten Geschmack hat. Hoffentlich mag auch die Anna meine neuen Sachen.

10:34 Uhr.

Sitze in einer Umkleidekabine vom ›New Yorker‹. Riecht irgendwie komisch hier. Muss dich beim Schreiben andauernd an die Wand drücken, weil's überhaupt keine Ablagen oder Sitzbänke gibt. Voll doof! Aber was soll's, irgendwie krieg ich das schon hin.

Der Sebastian hat übrigens eine Freundin mitgebracht, eine superhübsche Russin, die Tatjana heißt. VOLL die Hammerfrau!!! Mich hat's fast umgehauen, als ich die gesehen hab. Der Sebastian hat mir erklärt, dass sie uns beim Einkaufen helfen soll, und außerdem soll sie mit mir ein bisschen für das Date ›üben‹. Ich hab ihn sofort gefragt, was er damit meint – weil, ich hab schon die Befürchtung gehabt, dass ich mit ihr rumknutschen soll oder so. Das hätt ich mich niemals getraut. Aber zum Glück hat er nur gemeint, dass sie sich mit mir unterhalten soll, damit ich etwas lockerer werde und Erfahrung beim Reden sammle. Prima Idee! Hat nur leider nicht sooo dolle geklappt, zumindest bisher. Ich hab mich einfach nicht getraut! Außerdem sind wir, nachdem wir in der City angekommen sind, sofort in den nächsten Laden gelatscht, und die beiden haben mir einen riesengroßen Stapel an Klamotten in die Hand gedrückt, die ich anprobieren soll. Hab also noch keine weitere

Gelegenheit gehabt, um mit der Tatjana zu sprechen. Na ja, mal gucken, wie sich das weiterentwickelt.

Muss jetzt auch aufhören, Tagebuch. Der Sebastian fragt mich schon, was ich denn so lange in der Umkleidekabine mache. Hab ihm gesagt, dass ich gleich rauskomme.

Also bis bald, ich melde mich wieder bei dir!

13:09 Uhr.

Haben insgesamt fünf Läden abgeklappert und so richtig coole und fesche Klamotten gekauft. Ich seh super darin aus! Also das Date kann definitiv kommen!!!

Die Tatjana ist übrigens voll nett, das muss ich dem Sebastian lassen. Habe mich am Anfang nicht getraut, mit ihr zu sprechen, weil die doch so hübsch ist. Verrückt, oder? Die Sache mit dieser Frauenangst ist echt schräg. Ich meine, die sind doch tatsächlich nur Menschen, so wie's mir der Sebastian gesagt hat, und die sind tatsächlich sehr nett, wenn man sich normal und freundlich mit denen unterhält. Trotzdem fühlt sich das für mich komisch an, wenn mir eine hübsche Frau gegenübersitzt und mich die ganze Zeit ansieht. So, als ob die gleich was ganz Schlimmes mit mir machen würde.

Na, jedenfalls hab ich am Anfang nur blöde herumgestottert und wie ein Bekloppter auf meine Füße gestarrt – VOLL peinlich, kann ich dir sagen! Dann bin ich, ganz ohne es zu merken, wieder in mein altes Verhalten gerutscht und hab versucht, der Tatjana gegenüber so zu tun, als ob ich voll der coole Typ wär, der total erfolgreich bei Frauen ist. Da hat mir der Sebastian eine Kopfnuss verpasst (nur so eine leichte) und hat zu mir gesagt: »Jürgen, worauf haben wir uns geeinigt?«

»Keine Angeberei«, hab ich erwidert.

»Ganz genau! Also lass den Scheiß.«

Ich hab seinen Rat befolgt, und danach lief es viel, viel besser.

Am Ende war ich wirklich überrascht, wie nett die Tatjana war. Ich meine, obwohl ich echt viel Mist gelabert und viel verbockt hab, hat sie mich kein einziges Mal ausgelacht oder beleidigt. Das fand ich toll! Irgendwann hab ich gemerkt, wie ich immer lockerer und lockerer geworden bin. Gute Gesprächsthemen sind mir zwar immer noch keine eingefallen, aber das hat ihr nichts ausgemacht, sie hat einfach von sich aus was erzählt. Beispielsweise, dass sie eine Reise nach ›Bali‹ machen will. Ich hab keinen blassen Schimmer, wo das sein soll, aber ich hab einfach trotzdem fleißig genickt und so getan, als ob ich voll bei der Sache wär und voll die Ahnung hätte. Am Ende war's echt schön. Hätte gar nicht gedacht, dass es so viel Spaß machen kann, sich mit einer Frau zu unterhalten.

Wir sitzen jetzt übrigens im ›Grand Café Planie‹ und essen zu Mittag und trinken Kaffee (ich Tee). Hab mich auf die Toilette verzogen, um dir kurz zu schreiben. Melde mich wieder, sobald es Neuigkeiten gibt.

14:46 Uhr.

Bin wieder zuhause. Mutti scheint bei ihren Freundinnen zu sein, zumindest ist sie nicht hier. Ist mir auch ganz recht, wenn ich ehrlich bin, weil, wenn die mich mit den neuen Klamotten sehen würde, dann würde sie sofort wissen wollen, was ich damit vorhabe. Meine Mutti merkt ALLES! Der kann man NICHTS vormachen! Und sie lässt auch nicht locker, wenn sie neugierig ist und was wissen will! Dann müsste ich ihr von der Anna erzählen und von unserem Date heute Abend, und dann würde sie noch mehr wissen wollen und am Ende darauf bestehen, dass ich sie mit nach Hause bringe. Und dann würde das voll peinlich werden, weil, meine Mutti würde sie mit ihrem Bibelzeug volltexten. Das kann ich im Moment ECHT nicht brauchen!

Treffe mich übrigens um 18:30 Uhr mit ihr. Also ... mit der Anna, meine ich, nicht mit meiner Mutti. Der Sebastian hat angekündigt, dass er mich um 17:00 Uhr abholt und dann in die City bringt. Ist echt total nett von ihm! Jetzt muss ich nur noch was finden, womit ich die Zeit bis dahin totschlagen kann. Hab wieder feuchte Hände und auch ein bisschen Panik. Hoffentlich kann ich mich beruhigen. Ich glaub, ich hol mir aus der Küche ein Glas warme Milch. Das hilft immer.

14:49 Uhr.

Mutti hat keine Milch gekauft. So ein Mist!!! Hab den ganzen Kühlschrank durchsucht und auch den Vorratskeller, da war gar nix mehr! Nur so 'ne komische Flasche von Onkel Heinz, die wir vor Ewigkeiten von ihm geschenkt bekommen haben. Keine Ahnung, was da drin ist, ich kann das Etikett nicht mehr lesen. Irgendwas mit ›Nerventrank‹ oder so. Onkel Heinz schreibt da immer mit seinem Füllfederhalter drauf, und das blöde daran ist, dass die Tinte ziemlich schnell verblasst. Wird wahrscheinlich irgendein Kräuterzeugs sein. Mutti hat mir mal erzählt, dass er das selber herstellt. Ich brauch jetzt definitiv was zur Beruhigung. Werde diesen ›Nerventrank‹ probieren. Vielleicht hilft er ja.

14:58 Uhr.
Der Kräuterkram schmeckt komisch!
Hab zwei kräftige Schluck davon genommen, da hat's mir fast die Schuhe ausgezogen. Bäh!!! Aber weißt du was? Lustigerweise scheint er zu funktionieren! Ich fühl mich irgendwie ... na ja ... leichter und lockerer. Total entspannt! Ich glaub, ich nehm gleich noch mal ein paar Schluck davon, kann ja nicht schaden.

15:27 Uhr.
Hm, hihi ... also dieses ... Kräufferseugs... dings... bums... gefällt mir im... im... immer besser. Hihihi! Fühl mich SUUUUUPER!!! Verstehste, Tagebuch? SUUUUUPER!!! Nich' nur so lala, auch nich' so na ja ... nee, sondern SUUUUUPER!!! Muss Mutti unbedingt sagen, dass sie noch mehr von dem Krrrreusersssseugs besorgen soll ... weil, viel is' nich' mehr übrich. Alter Falter, is' mir waaaarm! Ist das die Heizung, oder bin ich das? Hihihihihi!!!

17:03 Uhr.
GOTT, IST MIR SCHLEEEEEECHT!!!
Muss mich die ganze Zeit übergeben ... der Sebastian steht vor der Klotür und ruft irgendwas ... kann nicht zuhören, muss kotzen ... glaube, ich muss sterben ... leb wohl, Tagebuch!
O Gott, ICH STERBE!!!

17:31 Uhr.
Bin mit Kotzen fertig! Mein Kopf fühlt sich an wie dreimal überfahren und ist komplett matschig. Würde mich am liebsten ins Bett legen und pennen. Der Sebastian sagt aber, dass das nicht in die Tüte

kommt. Außerdem hat er gemeint, dass das Kräuterzeugs vom Onkel Heinz mit Alkohol war.

SO EIN MIST!!!

Ich kann heute NIE IM LEBEN zu dem Date mit der Anna, das KANN überhaupt nicht klappen! Der Sebastian hat mich ins Bad geschickt und mir gesagt, ich soll kaltes Wasser über meinen Schädel laufenlassen. Damit ich wieder etwas klarer werde.

NIE WIEDER ALKOHOL!!!

17:42 Uhr.

Sind unterwegs! Das schaffen wir NIE im Leben, sind viel zu spät dran. Der Sebastian rast wie 'n Geisteskranker über die Autobahn und fragt mich gerade, was ich da schreibe. Hab ihm gesagt, dass es nix Wichtiges ist. Kann dieser Tag überhaupt NOCH schlimmer werden???

18:39 Uhr.

Sind da!!! Kann erst mal nix mehr schreiben, muss mich jetzt beeilen und zum Treffpunkt mit der Anna rennen. Melde mich, wenn das Date vorbei ist. Bis nachher.

* * *

So, Tagebuch, da bin ich wieder!

Mittlerweile ist es kurz nach 01:00 Uhr morgens, und ich sitz auf meinem Bett. Hab mich vorhin ganz leise in die Wohnung geschlichen, damit Mutti das nicht merkt und davon aufwacht. Die schläft nämlich schon. Glaub ich zumindest.

DAS war vielleicht ein Stress, das kannst du dir gar nicht vorstellen! Ich hab mir fast die Lungen ausgehustet, so schnell bin ich zu dem Treffpunkt gelaufen, und trotzdem war ich ganze zweiundzwanzig Minuten zu spät. Die Anna hat mich böse angeguckt, als ich endlich angekommen bin, aber zum Glück hat mir der Sebastian im Auto einen richtig guten Tipp gegeben. Er hat gemeint, ich soll mich freundlich und lieb bei ihr entschuldigen und ihr sagen, dass wir im Stau gesteckt haben. Das hab ich dann auch gemacht. Und kurz darauf war's wieder okay für sie gewesen und sie hat mich angelächelt.

Puuuuh ... Schwein gehabt!

Das Date war übrigens SUUUUPER!!! Ganz im Ernst, Tagebuch, es war der HAMMER!!! Es ist besser gelaufen, als ich es mir gewünscht hab. Wir haben richtig viel Spaß gehabt, sie und ich, und der Abend ist so schnell rumgegangen, dass es mir viel zu kurz vorgekommen ist.

Und weißt du was? Am Ende hat mich die Anna sogar ... hihi ... sie hat mich ...

... aber eins nach dem anderen. Ich erzähl dir die Geschichte von Anfang an.

Wir sind, nachdem wir uns begrüßt haben, zum Hauptbahnhof gelaufen und sind da auf den großen Turm rauf. Das war auch so ein Tipp vom Sebastian gewesen. Er hat gesagt, dass man von da oben eine supertolle Aussicht auf die Stadt und auf die Fußgängerzone hat – vor allem abends, da wär's voll romantisch.

Und er hatte recht!

Die Anna hat erst mal überrascht geguckt, als wir vor dem Aufzug gestanden sind, der einen nach oben bringt. »Was willst du denn hier?«, hat sie mich gefragt.

Ich hab ganz cool geantwortet: »Das wirst du gleich sehen. Es wird dir gefallen, verlass dich drauf.«

»Na, dann bin ich mal gespannt.« Sie hat wieder so süß gelächelt. Sie kann voll schön lächeln!

Das hat sich RICHTIG gelohnt, Tagebuch, ganz im Ernst, der Tipp vom Sebastian war MEGACOOL! Ich steh normalerweise nicht so auf Romantikzeug, weil ich immer gedacht hab, dass das nur Luschen und Weicheier machen. Aber der Ausflug nach da oben war SUPER. Als wir auf der Aussichtsplattform gestanden sind, die Anna und ich, da war der Ausblick so unvorstellbar schön, dass es uns beiden die Sprache verschlagen hat. Man hat überall die Lichter der Stadt gesehen und die Menschen in der Fußgängerzone und die Autos und den Mond und die Sterne ... einfach alles! Das war der Wahnsinn!!!

Die Anna hat mehrmals laut »Wow!« gerufen.

»Gefällt es dir?«, hab ich sie gefragt.

»Ja, sehr sogar. Ich war schon ein paarmal hier oben, muss ich zugeben, aber noch nie um diese Uhrzeit. Der Ausblick ist *unglaublich*!«

Ja, das stimmte, das war er wirklich. Deswegen sind wir eine ganze Stunde da oben geblieben und haben die Aussicht genossen.

Als wir irgendwann wieder unten waren, hab ich sie ins ›*California Bounge*‹ eingeladen, das ist so 'ne Junge-Leute-Cocktailbar ganz in der Nähe vom Bahnhof. Die hat mir natürlich auch der Sebastian empfohlen, ich geh ja nicht in so was rein. Erst wollte ich nicht, weil, ich trink doch keinen Alkohol! Aber der Sebastian hat zu mir gemeint: »Dann trink halt einen gottverdammten Orangensaft! Der Laden ist jedenfalls wie geschaffen für ein Date. Man kann abhängen und chillen, die Musik ist gut, die Atmosphäre ist entspannt und romantisch, es ist perfekt. Ich war schon unzählige Male da. Also glaub mir einfach, dass es deine Anna lieben wird.«

Und weißt du was, Tagebuch? Auch damit hatte er recht!

Schon der Spaziergang dorthin war klasse gewesen. Die Anna hat sich bei mir untergehakt – wie bei so 'nem Gentleman, der gerade über den roten Teppich läuft –, und als wir angekommen sind, da haben wir uns einen dieser coolen Zweiertische auf der Balkonterrasse im ersten Stock genommen. Da gab es sogar Kerzenlicht, echt voll schön! Ich hab mir eine Apfelsaftschorle bestellt und die Anna einen Kirsch-Banane-Saft – sie wollte nämlich auch nix Alkoholisches. Das fand ich voll klasse von ihr. Und anschließend hat sie mir gaaanz viel von sich und ihrem Leben erzählt.

Sie studiert Sprachwissenschaften, hat sie gemeint, und ihr Traum wäre es, irgendwann in ganz viele Länder zu reisen und fremde Kulturen und Menschen kennenzulernen. Außerdem hat sie zwei Katzen zuhause und ein Pferd – das gehört aber nicht ihr selber, und es ist auch nicht bei ihr zuhause. Sie mag vegetarisches Essen, fährt viel mit dem Fahrrad, hört gerne Musik der Achtzigerjahre, spielt Badminton, hat einen jüngeren Bruder, und ihre Eltern wohnen in irgendeinem kleinen Kaff in der Nähe vom Bodensee.

Und ... ja, ich weiß, was du jetzt denkst, Tagebuch: Das ist VOLL das öde Zeug! Das hätt ich mir früher niemals freiwillig angehört. Nicht mal, wenn man mich dazu gezwungen hätte. Ich meine, wen interessiert es schon, welche Viecher jemand zuhause hat oder welches Essen er mag? Das wär so, als ob ich jemandem erzählen würde, wie oft ich am Tag pinkeln gehe oder welches Toilettenpapier ich benutze. Das juckt keine Sau!

Aber weißt du was? Bei der Anna hat mich das nicht gestört! Ganz im Ernst! Ich fand's sogar spannend und hab ihr zugehört, als ob sie mir gerade die hammermäßigste Actionkracher-Geschichte erzählen würde, die es gibt. Dabei war's nur popeliger Alltagskram über ihr Leben und ihre Familie. Verrückt, oder? Es hat mir richtig Spaß gemacht, ihr zuzuhören. Sie hat das alles so toll und lebendig erzählt und dabei so wahnsinnig leuchtende Augen gehabt, dass ich – ungelogen! – nach ein paar Minuten vergessen hab, dass wir in einer Cocktailbar sitzen und haufenweise fremde Menschen um uns herum sind. Das ist mir echt noch NIE passiert! Meine Panik war weg, meine feuchten Hände waren weg, ich hab kein Drehen mehr im Kopf gehabt. Ich wollte ihr einfach nur zuhören. Das war echt schön.

Aber dann ist es passiert!

Nachdem die Anna eine ganze Stunde nur von sich erzählt hat, da hat sie plötzlich auf mich gezeigt und zu mir gemeint: »Was ist denn mit dir, Jürgen? Was sind deine Träume und Wünsche im Leben? Was gibt es über dich Spannendes zu erzählen?«

Ich hab die Augen weit aufgerissen und ein hilfloses »Ääääääääh« als Antwort gemurmelt. Weil, das Problem war ja (nach wie vor), dass es schlicht und ergreifend NICHTS in meinem Leben gibt, was sich zu erzählen lohnen würde. Mein Leben besteht (nach wie vor) darin, dass ich bei meiner Mutti wohne und in meinem Zimmer sitze und im Internet surfe. Und natürlich aus dem Sebastian, meinem Kumpel und Nachbarn, der mein Flirtcoach ist. Und aus dir, Tagebuch. Tja, und das war's! Mehr ist da nicht.

Ich hätt ihr vielleicht sagen können, dass ich die letzten Tage ganz viele Frauen in der Fußgängerzone angequatscht hab, um ein Flirtprofi zu werden, aber das wär irgendwie falsch gewesen, glaub ich. Bei einem Date erzählt man so was nicht. Andererseits wollte ich die Anna nicht belügen und ihr irgendwelche idiotischen Geschichten auftischen, die ich erfunden hab, so wie früher. Ich hab halt gemerkt, dass ich sie richtig gern hab – und Menschen, die man gern hat, belügt man nicht, sagt meine Mutti immer. In diesem Punkt hat sie recht, denke ich. Also hab ich gaaanz tief Luft geholt, meine Angst heruntergeschluckt, und dann hab ich etwas gemacht, was ich nicht für möglich gehalten hätte.

Halt dich fest, Tagebuch!

ICH HAB IHR DIE WAHRHEIT GESAGT!!!

Ja, du liest richtig!

Okay, natürlich nicht die KOMPLETTE Wahrheit. Das mit dem Sebastian und dem Flirtcoaching hab ich weggelassen. Und auch das mit meiner Mutti und den komischen Seiten im Internet und dem Echte-Männer-Treff und meinem Therapeuten und dem Kirchendingsbums und der Nicole und der Klapsmühle und dem Dieter und dem Video auf YouTube. Aber DEN GANZEN REST, den hab ich ihr erzählt!

Das hat sich ungefähr so angehört: »Also ... äh ... mein größter Wunsch wäre, eine total liebe und hübsche Freundin zu finden und ... na ja ... dann einfach ... glücklich zu sein. Verstehst du? So ganz ohne Schnickschnack und Einschränkungen. Irgendwie ist das doch das Wichtigste im Leben: Einen Menschen zu haben, den man liebt und der einen auch liebt. Und zwar genauso, wie man ist. Findest du das nicht auch?«

Im ersten Moment hab ich gedacht, dass die Anna gleich loslachen und mir in einem richtig fiesen Ton sagen wird, dass das ja wohl die blödeste Fantasie ist, von der sie je gehört hat. Und dass ich der totale Verlierer bin und überhaupt nicht der Mann, den sie sich wünscht. Ein oder zwei Sekunden lang hat sie auch tatsächlich geschwiegen und mich nur angeguckt.

Okay, hab ich mir gedacht. *Das war's! Du hast es verbockt!*

Aber weißt du was, Tagebuch? Sie hat mich NICHT ausgelacht!!! Sie hat auf einmal übers ganze Gesicht gestrahlt, und dann hat sie zu mir gemeint: »Oh, *das* ist ja süß!«

»Echt jetzt?«, hab ich sie völlig verdattert gefragt. »Findest du das wirklich?«

»Ja klar! Es gibt nicht mehr viele Männer, die so romantisch denken und fühlen wie du. Das ist schon 'ne echte Seltenheit. Aber, äh, Jürgen, darf ich dich mal was fragen?«

»Klar doch«, hab ich geantwortet. »Frag nur.«

»Wie viele Freundinnen hattest du schon in deinem Leben?«

Da bin ich schlagartig blass geworden.

Ey Tagebuch, ich kann dir sagen: Darauf war ich so GAR NICHT vorbereitet gewesen! Der Sebastian hat mich zwar vorgewarnt, dass mir Mädels diese Frage stellen könnten, aber ich hab immer gehofft, dass ich um das Thema herumkomme, und falls doch nicht, dass es zumindest nur bei Mädels passiert, die voll hässlich und langweilig sind. Aber jetzt war's ausgerechnet die Anna gewesen, die mir diese Frage gestellt hat. Und das war ein Problem, weil, sie ist ja weder hässlich noch langweilig. Ich hatte also keine andere Wahl, ich MUSSTE ihr irgendwas sagen. Mein Magen hat sich verknotet wie ein Teller Spaghetti und ich hab wieder diesen dicken, fetten Kloß im Hals gespürt. Ich konnte ihr einfach nicht die Wahrheit sagen, ich konnte es nicht! Muttis Lebensweisheiten hin oder her, aber ich hab mich in diesem Augenblick so sehr dafür geschämt, noch nie eine Freundin gehabt zu haben, dass ich nur ein verzweifeltes »Ähhhh ... zwei« rausgepresst hab. Gleich darauf hab ich mich dafür gehasst! Aber da war's schon zu spät gewesen. Ich hab sie voll angelogen! An unserem ersten Date!

»Hmm«, hat sie nachdenklich erwidert. »Und was war der Grund dafür, dass ihr euch getrennt habt? Ich meine, du bist ein netter Kerl, wie kommt es denn, dass du Single bist?« Sie hat urplötzlich die Augen zusammengekniffen und mich streng angesehen. »O Gott, du bist doch aktuell Single, oder? Bitte sag mir jetzt bloß nicht, dass du in irgendeiner Beziehung feststeckst, oder so einen Mist!«

»Nein, nein, nein!«, hab ich laut gerufen und wie ein Bekloppter mit den Händen herumgewedelt. »Ich bin Single! Ich bin total Single! Ich bin so was von Single, das glaubst du gar nicht! Da ist niemand, wirklich, überhaupt niemand!«

»Okay«, hat sie erwidert. »Und was war der Grund, dass es mit dir und den beiden Mädels nicht geklappt hat?«

»Ich, ääääh ...«

Das war eine echt gute Frage gewesen! Besonders deshalb, weil ich keinen blassen Schimmer hatte, was man darauf antworten muss, wenn jemand fragt, warum es mit mir und diesen zwei komplett frei erfundenen Frauen in unserer nie stattgefundenen Beziehung nicht geklappt hat. Was sagt man denn in so einer Situation? Ich wollte die Anna nicht schon wieder belügen und ihr irgendeinen Quatsch auftischen, das wär echt mein Untergang gewesen. Aber andererseits konnte ich ihr ja schlecht gestehen, dass es diese beiden Freundinnen gar nicht gegeben hat – und damit zugeben, dass ich sie angelogen hab. Ich meine, da sitzen wir bei unserem allerersten Date, die Anna erzählt mir eine Stunde lang von sich selbst und ihrem Leben, und was mach ich? Ich lüge sie an! Gleich mit der ersten Sache, die ich ihr von mir sage. Super, oder? So ein Mist!!!

In diesem Moment hab ich mir nichts sehnlicher gewünscht, als dass der Sebastian um die Ecke kommt, mir einen Klaps auf die Schulter gibt und einen richtig guten Tipp zuflüstert. Aber das ist logischerweise nicht passiert. Der war irgendwo in der Stuttgarter City unterwegs und hat darauf gewartet, dass ich ihn anrufe und ihm sage, dass wir wieder nach Hause fahren können. Also hab ich mir selber was überlegen müssen.

Blöderweise hat sich genau in diesem Moment mein Kopf in den Panikmodus verabschiedet. Er war schlagartig komplett leer! So leer, wie er überhaupt nur sein konnte. Als ob einer das Licht ausgemacht hätte: Klick, schwusch, alles dunkel, Feierabend! Mir ist NICHTS eingefallen! Absolut GAR NICHTS! Noch nicht einmal, wie ich eigentlich heiße oder warum ich an diesem Tisch mit der Kerze sitze und kalten Schweiß auf der Stirn hab. Ich hab so einen derben Panikschub bekommen, dass ich einfach nur noch aufgesprungen bin und zur Anna gemeint hab: »Äh ... tut mir leid, ich muss mal dringend aufs Klo!« Dann bin ich zu den Toiletten gerannt.

Tja, und da bin ich erst mal geblieben. Satte zwanzig Minuten lang!

Ich hab mich in einer der Kabinen versteckt und mein Gesicht in den Händen vergraben. Das ganze Date war drauf und dran, mit großem Knall in die Hose zu gehen, und ich konnte rein gar nichts dagegen tun. Egal, wie sehr ich mich angestrengt hab, egal, wie sehr ich freundlich, lieb und nett gewesen bin, irgendwas ging immer schief. So wie jetzt auch. Ich mach irgendeinen dämlichen Fehler, und die Sache geht den Bach runter. Ich hätt am liebsten wieder losgeheult. Aber auf dem Klo wollte ich das nicht, da liefen ständig irgendwelche Leute herum.

Was jetzt?, hab ich mich gefragt. *Wie soll's jetzt weitergehen?* Ich hab kurz überlegt, ob ich einfach den Sebastian anrufen und ihm sage, dass er mich abholen kann. Dann wär ich aus dem Klofenster abgehauen und hätt gehofft, dass die Anna und ich uns nie wieder über den Weg laufen. Aber irgendwie dachte ich mir, wenn der Abend schon in die Hose geht, dann sollte ich mich wenigstens anständig von der Anna verabschieden. Weil, sie ist die ganze Zeit nett zu mir gewesen, das hätte sie echt nicht verdient! Das wär voll unfair gewesen.

Andererseits war ich mir sicher, dass sie mich jetzt für einen komplett durchgeknallten Spinner hält. Ich hab schon vermutet, dass sie mittlerweile aufgestanden und einfach gegangen war, total enttäuscht und sauer. Also würde ich nach diesem Abend keine Anna mehr haben, so oder so. Ich würde wieder mit dem Sebastian auf die Straße gehen und neue Frauen anquatschen müssen. Vielleicht wär das ja nicht so schlimm. Vielleicht wär ja wieder eine Nette dabei.

Nur ... es wär halt nicht die Anna!

Und das wär sehr schade.

Aber ich hatte keine Wahl.

Also bin ich aufgestanden, hab die Klokabine verlassen und bin zum Waschbecken gegangen, um mich ein bisschen frisch zu machen. Ich wollte nicht so fertig und kaputt aussehen, wenn ich an den Tisch zurückkomme. Hat übrigens nicht geklappt. Ich hab ausgesehen wie 'ne Wasserleiche. Aber das war jetzt auch vollends egal gewesen.

Aber weißt du was, Tagebuch?

Etwas ganz Erstaunliches ist passiert!!!

Als ich zu dem Tisch zurückgekommen bin, da ist die Anna immer noch dagesessen. Und als sie mich gesehen hat, da hat sie freundlich und verständnisvoll gelächelt und zu mir gemeint: »Hör zu, Jürgen: Es tut mir leid, wenn ich gerade ein Thema angesprochen habe, das dir unangenehm ist. Ich wollte dir nicht zu nahetreten. Entschuldige bitte! Ich weiß selber, wie weh es tun kann, wenn Beziehungen in die Brüche gehen, und ich glaube, dass dich das ziemlich mitgenommen hat. Kann das sein?«

»Äääääähhhhh ...«

»Du musst nichts sagen, ist schon okay. Ich verstehe das. Lass uns einfach das Thema wechseln und über etwas anderes sprechen. Und was diese Sache angeht: Du kannst es mir ja irgendwann erzählen, wenn du bereit dazu bist. Einverstanden?«

»Okay«, hab ich völlig baff erwidert und mich auf meinen Platz plumpsen lassen. Ich war so platt gewesen, dass ich beim besten Willen nicht gewusst hab, was ich noch sagen soll. Also hab ich einfach die Klappe gehalten.

Und das war auch gut so, glaub mir. Weil, der restliche Abend lief dann wie am Schnürchen! Wir haben uns über ganz viele schöne Sachen unterhalten, und ich hab der Anna sogar ein kleines bisschen was über mich und mein Leben erzählt, ohne dabei zu sehr ins Detail zu gehen (oder zu schwindeln oder irgendwelche peinlichen Sachen zu erwähnen).

Um kurz nach 23:00 Uhr sind wir dann aufgestanden, haben bezahlt, und sind dann zum Bahnhof gelaufen, damit die Anna ihre S-Bahn erwischen konnte.

»Das war ein sehr schöner Abend, vielen Dank dafür«, hat sie mir kurz vor dem Einsteigen gesagt. »Ich hatte richtig viel Spaß!«

»Das hatte ich auch«, hab ich erwidert und bin dabei rot geworden wie 'ne Verkehrsampel.

Und DANN, Tagebuch, DANN ist es passiert!!!

Die Anna ist einen Schritt auf mich zugekommen und hat mir einen gaaanz zarten Kuss auf die Wange gegeben.

WOOOOOOOOOOOOOWWWWWWWWWWWW!!!

KANNST DU DIR DAS VORSTELLEN, TAGEBUCH???

MEIN ALLERERSTER KUSS VON EINER FRAU!!!

Ich wusste überhaupt nicht, was ich sagen soll. Ich bin einfach nur dagestanden und hab bis über beide Ohren gegrinst. Ich glaub, ich hab die Anna in diesem Moment angeglotzt, als ob ihr gerade rosa Einhörner um den Kopf geflogen wären. Ich muss ausgesehen haben wie ein völlig zugedröhnter Drogenfreak!

Die Anna hat gelächelt und mir ein »Tschüss. Vielleicht bis bald?« zugehaucht. Und ich hab mit einem »Sehr gerne!« geantwortet. Dann ist sie in die S-Bahn eingestiegen, die Türen haben sich geschlossen, und nur ein paar Sekunden später sind die rot-weißen Waggons ratternd aus dem Bahnhof gefahren und in der Nacht verschwunden.

Ich bin noch lange so stehen geblieben und hab ihr nachgeschaut, bis ich die Rücklichter nicht mehr sehen konnte. Dann hab ich mich umgedreht und auf den Weg zur Fußgängerzone gemacht – allerdings ganz langsam und entspannt, ohne Eile. Und sehr, sehr glücklich!

Normalerweise mag ich es nicht, an öffentlichen Orten mit vielen Menschen rumzulatschen, weißt du. Aber an diesem Abend war alles anders, an diesem Abend bin ich noch durch den Bahnhof geschlendert, hab mir die Läden und die Reisenden mit ihren Koffern angeguckt und mich gefragt, wo die wohl alle hinfahren wollen. Erst gegen halb zwölf hab ich den Sebastian angerufen, damit er mich abholt.

Tja, und jetzt sitz ich hier und schreibe all das in dich hinein, Tagebuch. Was für ein verrückter und wunderschöner Abend! Ich kann's immer noch nicht ganz glauben.

Der Sebastian hat sich auf dem Nachhauseweg natürlich riesig für mich gefreut, der war richtig aus dem Häuschen gewesen. Außerdem hat er mir den Tipp gegeben, der Anna vor dem Schlafengehen eine WhatsApp-Nachricht zu schicken, in der ich mich für den tollen Abend bedanke und ihr eine gute Nacht wünsche. Genau das werd ich jetzt tun. Und dann geh ich ins Bett, schlafen. Ich bin TODMÜDE! Aber auch total glücklich!

Also bis morgen dann, und gute Nacht.

In Liebe, dein Jürgen.

– **Tag 24** –

Liebes Tagebuch,

Ist es nicht verrückt, wie sich das Leben anders anfühlt, wenn man verknallt ist? Ich meine, noch vor ein paar Tagen hab ich die meisten Menschen einfach nur ätzend und nervig gefunden, ich wollte nichts mit denen zu tun haben und mich erst recht nicht mit denen unterhalten oder irgendwelche Freundschaften schließen. Und bei Frauen – vor allem den hübschen und tollen – hab ich mich wie ein Vollidiot verhalten und sie so sehr verschreckt, dass sie schreiend davongelaufen sind.

Und heute? Und jetzt?

Ist alles irgendwie anders! Obwohl ich immer noch derselbe Typ bin, derselbe Jürgen. Ich hab mich ja nicht plötzlich in einen neuen Menschen verwandelt.

Oder ... hab ich's doch?

Heute Morgen zum Beispiel, da bin ich vor meinem Zimmerfenster gestanden, hab nach draußen geschaut, den blauen Himmel gesehen, und war ... glücklich! Einfach so. Ohne Grund. Es hat überhaupt keinen Sinn gemacht, im Ernst, es war einfach nur ein stinknormaler Himmel. Das ist nicht gerade das Loch-Ness-Monster, wenn du verstehst, was ich meine, so was hab ich schon x-mal gesehen. Und trotzdem war's diesmal anders. Diesmal bin ich dagestanden und hab mich so sehr darüber gefreut, als ob's da Zuckerwatte regnen würde.

Irre, oder?

Und es wird noch schräger. Beim Mittagessen hat mir Mutti wieder mal von dem Gottesdienst erzählt, in dem sie gewesen ist, und von der Predigt, die sie gehört hat (irgendwas mit ›Soda und Camorra‹ oder so – keine Ahnung, was das sein soll). Normalerweise interessiert mich das noch weniger als Opa Friedhelms Geschichten aus dem Altersheim, und die sind schon ECHT öde. Aber heute hab ich mich allen Ernstes mit ihr darüber unterhalten, und ich hatte SPASS dabei. Ja, kein Witz! Ich hab sie gefragt, was ihr an der Predigt am besten gefallen hätte (»Der Teil mit der *Salzsäure*« – hä?), welche von ihren Freundinnen auch da gewesen waren (Spoiler: Natürlich alle), und ob der Pfarrer den

Messwein wieder ganz alleine ausgetrunken hat und deswegen über die Blumenkränze neben der Kanzel gestolpert ist (Antwort: ja und nein). Da war ich richtig platt gewesen, als ich das gemerkt hab, und meine Mutti natürlich auch. Die hat schon gemeint, dass mir der Heilige Geist begegnet ist oder so was in der Art, aber ich hab mich einfach nur gerne mit ihr unterhalten. Verrückt, oder? Irgendwie war heute Morgen alles total schön und interessant und bunt und lustig.

Natürlich hat mich Mutti gefragt, was denn der Grund für meine gute Laune ist, aber ich wollte ihr nicht die Wahrheit sagen. Ich wollte ihr noch nicht von der Anna erzählen. Ich weiß auch nicht genau, warum, ich wollte es einfach nicht. Verstehst du das, Tagebuch? Irgendwie gehört diese Geschichte im Moment mir ganz alleine, wie ein kostbarer Schatz, den ich nicht hergeben will. Im Augenblick ist mein Leben perfekt, einfach hammermäßig, und ich will auf jeden Fall verhindern, dass irgendjemand was sagt oder tut, was dieses Glück wieder kaputtmachen könnte. Natürlich ist es bekloppt, so etwas zu denken, weil, meine Mutti würde sich riesig darüber freuen, wenn sie wüsste, dass ich eine Frau kennengelernt hab. Ganz besonders, wenn sie wüsste, dass es eine RICHTIGE Frau ist, die mich weder verklagen noch in die Klapsmühle einliefern lassen will. Aber trotzdem ... ich hab's ihr nicht erzählt! Ich hab stattdessen behauptet, dass ich gut geschlafen hätte und deshalb so gut gelaunt wär. Hat sie mir natürlich nicht abgekauft. Aber andererseits hat sie auch nicht weiter nachgefragt. Ich weiß auch nicht, warum. Normalerweise ist sie neugieriger. Vielleicht hat sie ja Angst, wieder was zu hören, was sie zum Heulen bringt, wer weiß.

Irgendwann werd ich ihr von der Anna erzählen müssen, das ist klar. Aber noch nicht heute. Noch nicht jetzt.

Ach ja, apropos Anna: Du erinnerst dich an die WhatsApp-Nachricht, die ich ihr vor dem Schlafengehen geschickt hab? Stell dir vor, Tagebuch, sie hat mir darauf geantwortet, und zwar nur SIEBEN Minuten später! Ist das nicht cool??? Damit hätt ich gar nicht gerechnet, weil, es ist schon voll spät gewesen. Ich hab über eine Stunde gebraucht, bis mir endlich ein halbwegs guter Text eingefallen ist – oder zumindest einer, der sich nicht komplett idiotisch angehört hat, was 'ne echt große Herausforderung gewesen ist. Schreiben liegt mir definitiv nicht im Blut, so viel steht fest.

Das ist er übrigens:

Hallo Anna, hier ist der Jürgen ... also, der von vorhin, von dem Date! Vielen Dank für den superschönen Abend, ich hab riesig viel Spaß gehabt, und ich hoffe, du hast auch viel Spaß gehabt, weil, dann hätten wir beide viel Spaß gehabt.
P.S.: Du hast voll schöne Augen!

Nicht schlecht, oder? Klingt zwar nicht nach einem selbstsicheren Flirtprofi, sondern eher nach ... na ja ... *mir* eben, aber ich fand das in Ordnung. Der Sebastian hat mir beigebracht, dass ich nicht mehr versuchen soll, den coolen Typen rauszuhängen, also hab ich die Nachricht genauso geschrieben, wie's mir durch den Kopf gegangen ist. Ohne Angeberei. Und es hat sich gelohnt! Die Anna hat mir kurz darauf folgende Antwort geschickt:

Hallo Jürgen, hier ist die Anna von dem Date von vorhin ;-).
Mir hat es auch sehr viel Spaß gemacht, vielen Dank noch mal!
Ich hoffe, wir sehen uns bald wieder. Und das nächste Mal bist du mit dem Küssen dran. Ich hoffe, das ist dir klar ;-).

Als ich das gelesen hab, da hätt ich am liebsten laut losgejubelt. Dafür war's aber schon zu spät gewesen, ich wollte Mutti nicht aufwecken. Die wär glatt vor Schreck aus dem Bett gefallen, wenn ich urplötzlich, mitten in der Nacht, wie so 'n Geisteskranker losgeschrien hätte. Das konnte ich ihr nicht antun. Andererseits ist das Jubelgefühl ganz schnell wieder vergangen, als mir klar geworden ist, WAS die Anna da als letzten Satz geschrieben hat.

Sie will von mir GEKÜSST werden!

Und zwar schon BEIM NÄCHSTEN MAL!!!

In diesem Moment ist mir so was von heiß geworden, dass ich gedacht hab, ich sitz direkt auf der Sonne. In meinem Kopf hat sich alles zu drehen begonnen – wie vor dem Date. Oder wie auf so 'nem Kinderkarussell, da hätt nur noch diese ätzende Dudelmusik gefehlt, dann wär's komplett gewesen. Jedenfalls bin ich minutenlang nur dagesessen, hab mein Handy angestarrt und wusste nicht, was ich denken oder machen sollte.

Das Problem ist nämlich: Ich hab keine Ahnung, wie das geht! Das Küssen, meine ich. Ich hab so was noch nie gemacht, zumindest nicht auf die Art und Weise, wie es Verliebte tun. Wenn mal irgendwelche komischen Verwandten bei uns zu Besuch waren, dann hab ich denen einen Kuss auf die Wange geben müssen (Mutti wollte das so), aber ich glaub nicht, dass die Anna das mit ihrer Nachricht gemeint hat. Ich glaub eher, sie will von mir so geküsst werden, wie es Mamis und Papis tun, wenn sie sich ganz arg lieb haben. Und davon hab ich NULL Ahnung!!!

Ich hab kurz überlegt, ob ich beim Sebastian anklingeln und ihn um Rat fragen soll. Aber irgendwie war ich mir sicher gewesen, dass er sich nicht sooo furchtbar dolle darüber gefreut hätte, um drei Uhr in der Frühe aus dem Bett geklingelt zu werden, nur weil ich 'ne Frage zum Küssen hab.

Also hab ich was anderes ausprobiert. Ich bin auf diese Seite im Internet gegangen, auf der sich die ganzen Frauenprofis tummeln, hab mich dort mit meinem HINDEL-Benutzernamen angemeldet und dann solange herumgesucht, bis ich einen Bereich gefunden hab, in dem es um's Küssen ging – zumindest ... unter anderem. Der hieß ›Streicheln, Küssen, und der ganze Rest‹, das klang schon mal gut. Auch, wenn ich nicht ganz kapiert hab, was dieser ›ganze Rest‹ sein soll. Dort hab ich jedenfalls einen neuen Beitrag erstellt und folgendes reingeschrieben:

Hallo zusammen, hier ist der Jür... äh ... ich meine, der HINDEL! Ich bin neu hier und bräuchte Eure Hilfe. Ich hab da eine total tolle Frau kennengelernt, wir haben uns heute zu unserem ersten Date getroffen, und sie hat mich zum Abschied auf die Wange geküsst. Jetzt will sie, dass ich sie bei unserem nächsten Treffen auch küsse. Habt Ihr 'ne Idee, was ich machen soll?

Das war schon ein ziemlich cooles Gefühl, als ich auf den ›Senden‹-Knopf geklickt hab, weißt du. Weil, ab diesem Augenblick war es offiziell, ich hab meinen allerersten Text auf der Frauenprofiseite veröffentlicht! In den letzten Tagen hab ich so viele Sachen zum ersten Mal gemacht, zum Beispiel hab ich zum ersten Mal eine Frau um ein Date gefragt, ich hab zum ersten Mal ein Date mit einer Frau *gehabt*, ich bin zum ersten Mal geküsst worden (von einer Frau!), und jetzt hab ich auch noch meinen allerersten Text als angehender Frauenprofi geschrieben! Das war schon ein sehr cooles Gefühl, ich war richtig stolz auf mich.

Zwölf Minuten später hat jemand auf meine Frage geantwortet, ein Typ namens ›Long_John_Silver‹. Dem seinen Rat fand ich allerdings nicht sooo megahilfreich, wenn ich ehrlich bin, weil, er hat nur zu mir gemeint:

Wie wär's mit: Einfach machen?

Na, super!, hab ich mir gedacht und meinen Computerbildschirm böse angeguckt. Das konnte dieser John-Heini natürlich nicht sehen, der war ja irgendwo ganz weit weg und hatte auch einen ganz anderen Bildschirm vor sich. Aber irgendwie hätt ich es doof gefunden, NICHT böse zu gucken, wenn jemand so was Blödes schreibt. Ich meine, dann ist doch irgendwie der Witz weg, oder?

Jedenfalls hab ich ihm zurückgeschrieben:

Spaßvogel! Ich weiß nicht, wie das geht.
Wie genau macht man denn ›küssen‹?

Ein paar Minuten später war die nächste Nachricht von ihm da:

Veräppelst du mich?
Du weißt nicht, wie KÜSSEN geht?

Ganz im Ernst, Tagebuch: Dafür, dass diese Heinis behaupten, Flirtprofis zu sein und sich voll gut mit Menschen auszukennen, sind die aber SEHR schwer von Begriff! Ich meine, gibt's denn an meiner Frage etwas nicht zu verstehen? Die kapiert jeder Vollidiot! Der Sebastian hat mich jedenfalls nie blöde angemacht und mich immer verstanden, wenn ich ihn etwas gefragt hab, also kann's nicht an mir liegen.

Ich hab dem John-Typen zurückgeschrieben:

Sag mir einfach, wie küssen geht, Mensch.

Ab da ist was Seltsames passiert!

Zuerst ist noch ein weiterer von diesen Möchtegern-Profis auf der Bildfläche erschienen. ›WizardOfLove‹ hieß der. Und er hat mir folgende Nachricht geschrieben:

> *Was soll denn dieser Küssen-Quatsch? Das Mädel will von dir rangenommen werden, das ist doch offensichtlich! Also nicht lange quatschen, zeig ihr lieber, dass du ein echter Mann bist und besorg's ihr!*

Da hab ich den Bildschirm zur Abwechslung nicht böse, sondern ratlos angeguckt, weil, ich hatte keine Ahnung, was der Typ damit meint. Was genau soll ich der Anna *besorgen*? Ich weiß doch gar nicht, ob sie irgendwas *braucht*. Und falls sie das tut, dann weiß ich nicht, ob ich ihr das überhaupt besorgen *kann*. Ich meine, was wär denn, wenn sie zum Beispiel eine neue Niere braucht? Oder eine Zeitmaschine? Oder einen Profikiller, der Leute für sie umbringt (okay, das ist ziemlich weit hergeholt, sie ist ja eine Liebe und Nette, aber man weiß schließlich nie). Und vor allem: Was hat das mit meinem Kussproblem zu tun???

Warum müssen diese Typen alles so kompliziert machen?, hab ich mich gefragt. Ich wollte einfach nur eine Antwort auf meine Frage haben, kurz und knapp. Ich wollte einfach nur wissen, wie ich die Anna beim nächsten Mal küssen muss, damit es richtig gut ist und sie mich weiterhin mag. Sonst nichts! Das kann doch nicht sooo schwer sein, oder? Ich war in dem Moment richtig sauer und genervt gewesen. Keiner von diesen ›Experten‹ hat mir irgendwie geholfen, alle haben nur rätselhaftes Zeug von sich gegeben, und dabei hab ich die Hilfe doch so dringend gebraucht, um mich ein bisschen zu beruhigen und dann endlich ins Bett gehen zu können.

»Doofe Frauenprofis!«, hab ich gegrummelt – und dann folgendes zurückgeschrieben:

> *Soll ich jetzt für sie einkaufen gehen, oder was genau meinst du? Gib mir mal bitte 'nen vernünftigen Rat!*

Tja ... und ab da ging dann RICHTIG die Post ab!!!

Plötzlich sind immer mehr Frauenprofis aufgetaucht und haben Antworten zu meinem Beitrag geschrieben. Aber die waren nicht an mich, sondern an diese beiden John- und Wizard-Heinis gerichtet gewesen. Keiner von denen hat versucht, mir meine Frage zu beantworten, stattdessen haben die sich wie bekloppt zu streiten angefangen. Die eine Hälfte hat gesagt, dass meine Frage okay wär, weil ich doch ein Anfänger bin und deswegen auch doofe Fragen stellen darf. Die andere Hälfte hat erwidert, dass sie das komplett anders sieht, weil kein normaler Mensch so einen Quark wie meine Kussfrage ernst nehmen könnte. Wer das täte, haben die gesagt, der hätte nicht mehr alle Tassen im Schrank. Das wiederum hat dazu geführt, dass die erste Gruppe so richtig sauer geworden ist und die zweite Gruppe als ›Stümper‹, ›Egoisten‹ und ›Möchtegern-Verführer‹ beschimpft hat. Und die zweite Gruppe hat daraufhin zurückgeschrieben, dass die erste Gruppe nur aus ›verträumten Spinnern‹ besteht und gefälligst aus ihrem ›rosa Einhorn-Land‹ rauskommen soll. Das ging hin und her, hin und her, hin und her. Ohne Pause!

Meine Frage hat keiner mehr beantwortet.

Gegen fünf Uhr morgens ist mir das zu blöde geworden. Ich hab mich abgemeldet und bin schlafen gegangen – ich hatte echt keine Lust, mir diesen Streitmist durchzulesen. Und das Einschlafen hat trotzdem super geklappt, weil ich einfach todmüde gewesen bin.

Am nächsten Morgen (also quasi *heute*) bin ich nach dem Aufstehen in die Küche gegangen, hab mich an den Frühstückstisch gesetzt, meine Cornflakes gefuttert und mir dabei überlegt, was ich noch machen könnte, um mein Problem zu lösen. Mutti war in der Kirche gewesen, deswegen hat sie mich nicht dabei stören oder ablenken können, das war schon mal gut.

Das nächste Date mit der Anna würde bestimmt bald kommen, da war ich mir sicher, jedenfalls hat der Sebastian am Vorabend zu mir gemeint: »Lass ruhig zwei, drei oder auch vier Tage vergehen, aber spätestens dann musst du dich wieder mit ihr treffen. Sonst kühlt die Sache ab und sie wird denken, dass du kein Interesse mehr hast.« Also war mir klar, dass ich so schnell wie möglich eine Lösung bräuchte, sonst würde das beim nächsten Mal RICHTIG in die Hose gehen. Und das wär's dann gewesen mit der Anna und mir.

Meine erste Idee war, mir einfach von einer anderen Frau erklären zu lassen, wie das mit dem Küssen funktioniert. So viele Unterschiede wird's da nicht geben, schätze ich. Das funktioniert doch bei allen irgendwie gleich, oder?

Die Frage war nur: Welche Frau soll das sein?

Spontan ist mir die Tatjana vom Sebastian eingefallen, die war voll nett zu mir gewesen und hat mir immerhin auch beigebracht, wie ich mich mit der Anna unterhalten kann. Die wär ideal gewesen. Blöderweise kann ich den Sebastian nicht fragen, der ist den ganzen Sonntag bei Verwandten zu Besuch und deswegen nicht erreichbar. Das hat er mir heute Morgen geschrieben. Also musste ich mir zwangsläufig was anderes überlegen, ich wollte nicht bis Montag warten. Ich wollte heute schon mit dem Kusstraining anfangen.

Ich hab kurz darüber nachgedacht, ob ich es vielleicht mit einer von Muttis Freundinnen ausprobieren soll, aber mir ist ziemlich schnell klar geworden, dass ich lieber 'nen Bienenstock küssen würde (mit einem Topf voll Honig auf dem Kopf) als diese alten Schachteln. Bäh! Niemals! Soweit kommt's noch!!!

Also hab ich was anderes gemacht. Ich hab den Dieter angerufen! Und lustigerweise ist der auch tatsächlich rangegangen.

»Was willst *du* denn?«, hat er mich gefragt.

»Hör mal«, hab ich erwidert. »Ich bräuchte deine Hilfe.«

»Bei was denn?«

»Ich würde mir gerne deine Freundin ausleihen.«

Da hat der Dieter kurz gestockt und dann gefragt: »Bitte ... *was*?«

»Keine Sorge, du kriegst sie auch ganz schnell wieder. Ich will mir nur von ihr beibringen lassen, wie man richtig küsst. So als Paar, meine ich, wenn man mehr als nur befreundet ist.«

Da ist der Dieter am Telefon richtig ausgeflippt. »Sag mal, hast du sie noch alle, du kranker Perversling? Such dir endlich Hilfe, das ist doch nicht mehr normal, das ist ja gemeingefährlich!« Dann hat er wütend aufgelegt.

Okay, hab ich mir gedacht, *dann eben ohne den Dieter*.

Nur ... sonst war keiner mehr übrig, den ich hätte fragen können!

Aber in dem Moment ist mir eine geniale Idee gekommen. Ich hab mal in einer Fernsehsendung gesehen, dass die in China oder Japan (oder wo auch immer) so Puppen gebaut haben, die man richtig küssen konnte und die dann auch zurückgeküsst haben. Und wenn man das gutgemacht hat, dann haben die einen sogar gelobt. Natürlich hat sich das nicht wie eine echte Frau angehört. Eher wie ein Kaugummiautomat, der Sprechen gelernt hat, oder wie eines dieser Bestelldinger beim McDonald's vor dem Drive-in. Aber cool war es schon ... irgendwie. *Und eine Lösung für mein Problem wär das auch*, hab ich mir überlegt.

Natürlich wollte ich mir keine *echte* Puppe aus China oder Japan (oder woher auch immer) holen, das wär schön blöd gewesen. Das würde viel zu lange dauern und auch viel zu viel Geld kosten, da müsste ich Mutti danach fragen. Und ich kann mir beim besten Willen nicht vorstellen, dass die mir mal so eben schlappe tausend Euro für eine asiatische Kusspuppe gibt – so teuer waren die nämlich. Die weigert sich ja schon, sonntags mehr als fünf Euro in die Kollekte zu schmeißen. Früher hat sie sogar noch weniger gegeben, aber dann hat ihre Kirche die Stoffbeutel durch Netzbeutel ausgetauscht, und da hat sie keine Wahl mehr gehabt, da konnte sie keine Münzen mehr reinschmeißen. Also nimmt sie ab jetzt immer den kleinsten Schein, den sie finden kann.

Ich könnte mir eine solche Puppe selber bauen, ist mir in den Sinn gekommen. Das fand ich irgendwie logisch, weil, das würde viel schneller gehen und auch viel billiger sein. Und davon abgesehen: So schwer konnte das doch nicht sein, oder? Ich meine, es ist ja nur 'ne stinknormale Puppe, kein Atomreaktor. Die müsste weder sprechen noch zurückküssen noch irgendwelche Burger-Bestellungen aufnehmen können. Hauptsache, ich kann mit ihr üben.

Damit war's beschlossene Sache!

Ich bin in den Keller runter und hab mich mal in den Schränken umgesehen, in denen Mutti immer ihr ganzes Zeugs lagert, das sie eigentlich nicht mehr braucht, aber komischerweise auch nicht wegschmeißt. Dabei hab ich zwei Sachen gelernt. Erstens: Alles da drin riecht total komisch. Und zweitens: Ich bin ein echter Glückspilz! Weil, stell dir mal vor, Tagebuch: Da unten waren noch jede Menge Kisten von Opa Gottfried! Der ist eigentlich schon vor drei Jahren gestorben, und die Männer, die damals seine Wohnung ausgeräumt haben, die haben einfach alles, was sie nicht verkaufen oder weiterverwenden konnten, zusammengepackt und Mutti gegeben. Scheinbar hat sie noch nie da reingeschaut, weil, unter dem ganzen nutzlosen Trödel – uralte Töpfe mit ekligem, braunem Rand, muffige Klamotten von sonst wann und Schwarz-Weiß-Fotos von hässlichen Babys – war, und jetzt halt dich fest: EINE KUSSPUPPE!!!

Ja, kein Witz! Opa Gottfried hatte eine Kusspuppe!!! Natürlich keine, die so schick und modern war wie die Dinger aus dem Fernsehen, das gab es damals noch nicht. Es war eine ganz einfache aus Gummi, zum Aufblasen, wie so 'ne Luftmatratze. Die hat schon ein paar Dellen und Macken gehabt und an manchen Stellen auch ein paar ganz komische Flecken, und ihr Gesicht hat ziemlich schräg ausgesehen mit diesem übergroßen O-Mund und den Glupschaugen, aber ansonsten war sie noch einwandfrei. Ich hätt gar nicht gedacht, dass Opa Gottfried auch mal das Küssen geübt hat! Ist ja 'n Ding, oder? Muss ich unbedingt Mutti zeigen, wenn ich mal ein Frauenprofi geworden und fest mit der Anna zusammen bin.

Jedenfalls hab ich die Puppe mit auf mein Zimmer genommen und dort aufgeblasen. DAS war vielleicht eine Schweinearbeit! Ich hab so feste gepustet, dass mir zwischendurch schwarz vor Augen geworden ist. Dann musste ich mich auf mein Bett setzen und ein bisschen ausruhen. Blöderweise ist mir erst kurz vor Schluss eingefallen, dass wir doch eine Fahrradpumpe in der Garage haben, und nachdem ich die geholt hab, ist alles ratzfatz gegangen. Am Ende lag Opa Gottfrieds Puppe bei mir auf dem Boden, wieder komplett aufgeblasen, und irgendwie fand ich die sogar noch schöner als die Dinger aus dem Fernsehen. Weil, die hat so total verliebt die Arme ausgebreitet, als ob die gerade auf ihren Liebsten zurennen würde. Voll romantisch! Da haben sich die Hersteller echt was dabei gedacht. Das ist alte Qualität, so was gibt's heutzutage gar nicht mehr.

Nur eine Sache fand ich doof: Die Puppe hatte nix an! Und Haare auf dem Kopf hatte sie auch keine. Das musste ich unbedingt ändern, weil, sonst hätt sich das beim Küssen irgendwie falsch angefühlt und definitiv nicht wie die Anna. Die hat nämlich immer was an, und Haare auf dem Kopf hat sie auch (voll schöne übrigens). Also bin ich in Muttis Schlafzimmer gegangen und hab dort eines ihrer Kleider stibitzt.

Anschließend hab ich noch die alte, braune Perücke aus dem Keller geholt, die ich als Kind getragen hab. Muttis Kirchengemeinde hat damals ein total nerviges Theaterstück aufgeführt, bei dem musste ich einen der vier Jünger spielen. Das Ding hat völlig behämmert ausgesehen und gejuckt wie die Hölle, und ich hab kaum was sehen können, weil mir ständig irgendwelche Locken ins Gesicht gefallen sind. Einmal wär ich deswegen fast gegen den Heiland geknallt, als der gerade versucht hat, übers Wasser zu laufen. Zum Glück hat er sich noch an Petrus und Johannes festhalten können, sonst wär's ganz schnell vorbei gewesen mit dem coolen Wunder. Er wär direkt ins Wasser gefallen (na ja, nicht wirklich ins Wasser, weil, das war nur blaue Folie gewesen).

Jedenfalls hab ich Opa Gottfrieds Puppe das Kleid angezogen und die Perücke aufgesetzt, und schon hat das viel, viel besser ausgesehen. Fast wie die echte Anna! Also hab ich mir gedacht, dass ich schon mal mit dem Training anfangen und einen ersten Test machen könnte. Immerhin wollte ich keine Zeit verlieren. Bei unserem nächsten Date wollte ich so unglaublich gut küssen können, dass es die Anna richtig umhaut, ich wollte der Beste sein, der sie je geküsst hat! Also hab ich mir cool und selbstsicher die Puppe geschnappt (so wie ich die Anna schnappen würde), hab sie eng an mich gedrückt, ihr ganz tief in die Glupschaugen geguckt, dann hab ich meine eigenen Augen zugemacht, meine Lippen gespitzt, hab meinen Kopf gaaanz langsam zu ihr hinbewegt, und dann … ganz plötzlich …

… ist ihr diese dämliche Perücke runtergerutscht!

O Mann, ey!!!

Ich hab nur ein leises ›Fffffftttt‹ gehört, und als ich meine Augen wieder aufgemacht hab, da hat die Anna-Puppe ausgesehen wie so 'n Strahlenopfer nach 'nem Nuklearunfall. Das war ziemlich gruselig gewesen, das kann ich dir sagen! Ich hab mich richtig erschrocken.

Ich hab ihr das blöde Ding wieder auf den Kopf gesetzt, ein bisschen zurechtgerückt und den Spaß noch mal von vorne probiert. Aber jedes Mal, wenn ich gerade zu meinem superromantischen Kuss ansetzen wollte, hat's wieder ›Fffffftttt‹ gemacht, und aus der süßen, lockigen, wunderschönen Anna-Puppe ist die radioaktiv verseuchte Endzeit-Zombiepuppe mit Glatze geworden. Also … ich hoffe echt, dass das bei der richtigen Anna NICHT passiert. Weil, das wär irgendwie verstörend. Stell dir das mal vor, Tagebuch: Ich küsse die Anna und sie küsst mich, ich mache die Augen wieder auf, und schwupp ... liegen ihre Haare auf dem Boden wie so 'n überfahrener Igel. DAS wär mal schräg!

Aber wie auch immer, ich hab mir jedenfalls aus der Küche eine Rolle Klebeband geholt, drei große Streifen abgezogen, zu Röllchen zusammengedreht und dann der Anna-Puppe direkt auf den Kopf gepappt. Das sah noch behämmerter aus als vorher, aber der Trick war ja: Ich hab die Perücke auf die Kleberöllchen gelegt und dann gaaanz festgedrückt.

Das müsste halten, hab ich mir gedacht.

Zehn Sekunden später wusste ich: Falsch gedacht!

Annas Haare sind wieder auf dem Boden gelandet, diesmal aber mit einem schmatzenden ›Schrrrrapp‹ vor dem ›Ffffffttttt‹, und anschließend war das blöde Ding auch noch total verdreht und verklebt. Das Problem war nämlich, dass die Klebestreifen überhaupt keine Wirkung auf Annas Kopf hatten, wohl aber auf die ganzen blöden Löckchen an der Perücke. Die sind da festgepappt wie Fliegen an 'nem Fliegenfänger. Das ganze Zeug wieder loszubekommen, war echt 'ne Riesensauerei, das kann ich dir sagen! Am Ende lag nicht nur die Anna-Puppe mit ihrem Glatzkopf bei mir auf dem Boden, sondern auch noch jede Menge Perückenhaar, das ich beim Knibbeln und Ziehen herausgerissen hab. Das hat ausgesehen wie nach 'nem richtig kranken Horrorfilm.

Ab da hab ich eigentlich schon keine Lust mehr gehabt. Aber andererseits wollte ich es trotzdem noch mal probieren – allein schon, um nicht wieder der Versager zu sein, der aufgibt, wenn etwas in die Hose geht, sondern endlich HINDEL, der tapfere Verführungskünstler, der sich durchkämpft. Also bin ich wieder in die Küche und hab solange in Muttis Werkzeugschublade gekramt, bis ich eine Flasche *Klebefix*-Holzleim gefunden hab – extrastark! Damit kann man sogar 'nen Elefanten an 'ne Zimmerdecke pappen, sagen die in der Werbung. Keine Ahnung, warum man das tun sollte, aber ist ja auch egal.

Ich bin jedenfalls zurück in mein Zimmer, hab den Deckel von der Tube abgeschraubt, die Anna-Puppe direkt vor mich gestellt und dann versucht, ihr das komisch riechende Zeug auf den Kopf zu spritzen. Nur, irgendwie ging das nicht! Ich hab wie ein Bekloppter gedrückt und gedrückt, aber aus dem Mistding ist einfach nichts rausgekommen, wirklich kein einziger Tropfen. Da erst hab ich gemerkt, dass Mutti beim letzten Mal den Deckel nicht richtig draufgeschraubt hat und deswegen an der Stelle, an der normalerweise das Zeug rauskommt, ein dicker, fetter Pfropfen aus getrocknetem Leim war. Der hat ausgesehen wie ein Schneemann-Popel. Und er hat sich weder wegkratzen noch wegziehen lassen. Ich hab mir fast die Fingernägel dabei abgebrochen, als ich das versucht hab. Das hat ganz schön wehgetan.

Am Ende lag die Anna-Puppe wieder auf dem Boden, neben ihr die ganzen Haarbüschel, die mittlerweile total verfilzte Perücke und ein Meer aus kleinen, weißen Bröckchen, die ich von dem Klebe-Popel abgeknibbelt hab. Und immer noch kam rein gar nichts aus dieser bescheuerten Tube raus.

Da bin ich mal so richtig sauer geworden!!! Ich hab mir die blöde Anna geschnappt, hab sie mit der linken Hand an der Gurgel gepackt und so vor mich hingehalten, dass ich mit der rechten Hand die Tube über ihrem Kopf schweben lassen konnte. Und dann hab ich sooo fest zugedrückt, wie es überhaupt nur ging.

In diesem Moment sind zwei Sachen passiert – und zwar ziemlich gleichzeitig. Erstens: Ich hab blöderweise nicht nur die Tube mit voller Kraft zugedrückt, sondern auch Annas Hals. Und das hat der nicht lange mitgemacht. Ich hab ein leises ›Plopp‹ gehört, meine Finger haben sich durch das Gummi gebohrt, und die Anna hat schlagartig Luft verloren. Ihr Kopf ist wie ein nasser Sack nach hinten weggekippt. Und genau in diesem Moment – das war die zweite Sache – hat sich dieser dämliche Popel endlich gelöst, und der Leim ist der Anna voll ins Gesicht gespritzt: auf ihre Stirn, ihre Augen, ihre Wangen, auf den Mund, einfach überallhin.

Nur nicht auf den Kopf! Der war immer noch so sauber und glatt wie der Hintern von 'nem Baby.

Da hab ich den ganzen Mist wütend auf den Boden gepfeffert und bin mir erst mal die Hände waschen gegangen. Übrigens, wusstest du, dass *Klebefix*-Leim schon nach zehn Sekunden fest wird, Tagebuch? Also, ich nicht! Das hab ich erst im Badezimmer gemerkt, als ich versucht hab, das Zeug von meinen Fingern abzubekommen. Dabei hab ich auch noch gelernt, dass er wasserfest ist.

So ein Mist!!!

Nach einer halben Stunde war ich endlich fertig. Auf die Puppe hatte ich erst mal keinen Bock mehr. Deswegen hab ich die Anna (oder zumindest das, was von ihr noch übrig war) in meinen Schrank geschmissen, die blöde Perücke hinterher, und dann hab ich mich vor den PC gesetzt, um noch mal auf der Frauenprofiseite vorbeizuschauen. Irgendwie hab ich gehofft, dass sich diese Typen langsam mal eingekriegt haben und mir jemand auf meine Kussfrage geantwortet hat.

Aber weißt du was? Fehlanzeige!

Seit heute Nacht hat mein Beitrag 247 Antworten bekommen, von 29 Frauenprofis, aber KEINE EINZIGE davon war irgendwie hilfreich oder hatte überhaupt irgendwas mit dem Küssen zu tun. Stattdessen haben sich diese Heinis immer noch darüber gestritten, ob ich ein Spinner bin oder ob das mit dem Küssen wirklich ernst gemeint war. Ein paar von denen haben mich sogar einen ›Troll‹ genannt. Ich weiß zwar nicht, was das heißt, aber besonders nett klingt es nicht. Das war schon echt enttäuschend, kann ich dir sagen.

Trotzdem wollte ich noch nicht aufgeben. Ich wollte es noch mal probieren. Deswegen hab ich folgenden Text geschrieben und dann an diese Heinis gesendet:

Hallo, hier ist der HINDEL. Ich meine es WIRKLICH
ernst mit meiner Frage, ich will WIRKLICH wissen, wie man
eine Frau küsst!!! Ich hab schon den Dieter, meinen Kumpel,
gefragt, ob er mir seine Freundin ausleihen könnte, aber der will
nicht. Und bei meiner Kusspuppe ist heute fast der Kopf abgefallen,
weil ich sie zu sehr gewürgt hab. Deswegen brauch ich
WIRKLICH Eure Hilfe!!!

Das sollte auf jeden Fall reichen, denke ich! Bin mal gespannt, ob es diese bekloppten Typen raffen, dass ich es ernst meine. Ich hab kurz überlegt, ob ich auch noch ein Foto von der Anna-Puppe anhängen soll, so als Beweis, aber genau in diesem Moment ist Mutti nach Hause gekommen, und ich hab beschlossen, den PC auszuschalten und mich lieber mit ihr zu unterhalten (hier sind wir übrigens wieder am Anfang der Geschichte, hast du's gemerkt, Tagebuch?). Ich werd nachher noch mal auf der Seite vorbeischauen. Und wenn das alles nichts gebracht hat, dann warte ich halt bis morgen und frag den Sebastian um Rat. Der gibt mir wenigstens vernünftige Antworten.

Also, schauen wir einfach mal, was passiert.

In Liebe, dein Jürgen.

– Tag 25 –

Liebes Tagebuch,

Diese Frauenprofis sind doof!
Niemand von denen nimmt meine Frage ernst, und ich hab keinen blassen Schimmer, woran das liegt. Ich hab seit gestern 491 Antworten bekommen, aber davon sind 491 komplett sinnlos und behämmert und für die Tonne. Die machen sich nur über mich lustig. Einer von denen hat zum Beispiel geschrieben:

Das Problem mit den Kusspuppen-Köpfen kenn ich, bei meiner fällt der auch immer ab! Du hast bestimmt das Modell ›Flotte Tina‹, die haben alle einen Fabrikationsfehler, die sogenannte ›Schlabber-Schlabb-Kopf-ab‹-Macke. Ich hab schon mit dem Hersteller telefoniert und mindestens zwanzig Ersatzköpfe nachbestellt. Das nervt echt! Hab darüber nachgedacht, es mit 'ner echten Frau zu probieren, aber das will ich nicht. Wenn DER mal der Kopf abfällt, dann wird das RICHTIG teuer!

Das klingt nicht so, als ob der das ernst meinen würde, oder? Das klingt eher so, als ob der mich veräppeln will. Der Typ kann doch gar nicht wissen, welche Kusspuppe ich habe, also woher will er wissen, dass sie die gleiche Macke hat wie seine? Macht doch gar keinen Sinn!!!
Ein anderer von denen hat vorgeschlagen, einen ›HINDEL-Fanclub‹ zu gründen, was er dann eine Stunde später auch getan hat. Jetzt gibt es einen eigenen Bereich auf der Seite, der so heißt wie ich, und da hat dieser Typ alle möglichen Sachen reingeschrieben, die ich angeblich mit Frauen erlebt habe – lustige Geschichten halt, die er sich ausgedacht hat. Hält sich wohl für einen Komiker, dieser komische Typ! Das ist bestimmt so ein hässlicher und langweiliger Verlierer, der keine Freundin hat, die ganze Zeit vor seinem PC abhängt und voll angestrengt versucht, sich irgendwelche witzigen Sachen einfallen zu lassen. Voll peinlich!

Jedenfalls bin ich heute Morgen zum Sebastian rübergegangen und hab ihn gefragt, ob wir uns nachher sehen könnten, weil ich ein paar Fragen an ihn hätte. Er wollte gerade zur Arbeit fahren und stand schon halb im Hausflur.

»Klar«, hat er geantwortet und hektisch auf seine Uhr geguckt. »Können wir gerne machen. Komm einfach gegen 19:00 Uhr bei mir vorbei, ich lade dich zum Abendessen ein. Was hältst du davon?«

»Wo fahren wir denn hin?«, hab ich gefragt.

»Nirgendwohin, ich lade dich *bei mir* zum Essen ein. Wir kochen nämlich zusammen.«

»Äh, ich kann aber gar nicht kochen.«

»Deswegen ja«, hat er mit einem Grinsen geantwortet und sich dann ziemlich schnell verabschiedet. »Tut mir leid, ich muss jetzt los, Jürgen. Ich bin schon spät dran. Lass uns nachher reden, okay? Passt dir die Uhrzeit?«

»Ähm, ja, ist in Ordnung.«

»Prima, dann bis heute Abend!«

Und schon war er weg gewesen.

Ich hab kurz überlegt, ob ich bis dahin die Kusspuppe von Opa Gottfried reparieren und noch mal mit ihr üben soll, aber erstens war ich mir nicht sicher, wie man das überhaupt macht (ist das wie bei 'nem Fahrradschlauch, also einfach Flicken aufkleben, und fertig?), und zweitens hatte ich keinen Bock mehr darauf. Irgendwie war da die Luft raus.

Also ... vor allem bei der Puppe!

Verstehste, Tagebuch? *Luft raus*! Bei der Puppe! Weil die doch ... ach, ist egal, vergiss es.

Ich hab stattdessen was anderes gemacht. Ich bin zu unserem Busbahnhof gelatscht, hab mir dort eine Fahrkarte gekauft und bin dann ganz alleine in die Stuttgarter City gefahren. Das hat EWIG gedauert, dieser dämliche Bus hat bei jeder popeligen Haltestelle in jedem noch so popeligen Kuhkaff angehalten, um irgendwelche alten Leute aufzunehmen oder wieder auszuspucken. Mit dem Auto vom Sebastian wär das tausendmal schneller gegangen. Aber den konnte ich ja nicht fragen. Also hab ich mir zwei Stunden lang irgendwelche Kühe angeguckt und mindestens vierzig Omis und Opis, die so lange zum Ein-

und Aussteigen gebraucht haben, dass ich echt Schiss hatte, dass die wegsterben, noch bevor wir in Stuttgart angekommen sind.

Hat aber am Ende alles geklappt (zum Glück!). Ich bin dann vom Bahnhof aus die Fußgängerzone hochgelaufen und bin in alle möglichen Läden reingelatscht, um die Leute zu fragen, ob sie 'nen Job für mich hätten.

»Was können Sie denn?«, haben die mich meistens gefragt.

»Nix«, hab ich immer wieder geantwortet. »Aber ich brauch halt einen Job, damit mich meine Freundin für einen echten Kerl hält, und nicht für einen Versager, der bei seiner Mutti rumsitzt.«

Komischerweise haben daraufhin alle abgewinkt und zu mir gemeint, dass im Moment leider nix frei wäre und ich später wiederkommen soll. Aber ich wollte doch HEUTE einen Job finden, nicht erst morgen oder in einem Monat! Deswegen bin ich solange weitergelaufen, bis ich irgendwann in einem kleinen Kabuff gelandet bin, bei dem ganz viele handgemalte Bilder an den Wänden gehangen haben. Dort hat es irgendwie seltsam gerochen, so nach Seife und Gummi, ganz komisch. Ich kannte das jedenfalls nicht. Und in einem Hinterzimmer war die ganze Zeit ein Summen zu hören gewesen, wie von 'nem Bohrer beim Zahnarzt, nur nicht ganz so laut. Ich hab mich schon gefragt, ob ich vielleicht in einer geheimen Mafiapraxis gelandet bin, wo die nur fiese Typen behandeln, die sich vor der Polizei verstecken müssen. Keine Ahnung, ob es so was wirklich gibt, aber ... irgendwo müssen die doch hingehen, wenn sie Zahnweh haben, oder?

Na, jedenfalls hab ich laut »Hallo?« gerufen, weil ich niemanden sehen konnte. Gleich darauf hat eine Mädchenstimme von hinten geantwortet: »Komme gleich, einen Moment, bitte!«

Ein paar Sekunden später ist die tatsächlich aus dem Hinterzimmer gehuscht – die war mindestens fünf Jahre jünger als ich und ganz klein und zierlich. Ich hab mich trotzdem erschrocken, als ich die gesehen hab, weil, die hatte gaaanz viele Ohrringe und Stecker (und was weiß ich, was nicht noch alles) im Gesicht, und ihre Arme waren komplett tätowiert, und ihr Hals auch, und hinterm Ohr hatte sie auch so 'n Ding. Und ihre Haare waren zu dicken, braunen Schnüren zusammengeknotet, wie das die Menschen in Afrika machen.

»Hi«, hat sie ganz freundlich gesagt. »Wie kann ich dir helfen?«

»Ich, äääh ...«, hab ich gestottert und mir überlegt, was ich jetzt machen soll. Am liebsten hätt ich so was gesagt wie: »Tut mir leid, aber für die Mafia arbeite ich nicht!«, um mich dann schnell umzudrehen und abzuhauen. Mutti sagt nämlich immer, dass man mit tätowierten Leuten nicht reden soll, die tun ganz komische Sachen. Zum Beispiel den Teufel anbeten.

Aber andererseits hat das Mädel mit den Schnüren auf dem Kopf gar nicht so gewirkt, als ob die böse wär oder den Teufel anbeten würde. Im Gegenteil, die war voll freundlich und höflich gewesen und hat mich supernett angelächelt. Also hab ich mir 'nen Ruck gegeben, mich an den Sebastian und sein Coaching erinnert und deshalb zu ihr gemeint: »Also, ich suche einen Job, weißt du. Habt Ihr was für mich?«

Sie hat kurz überlegt. »Schwebt dir was Bestimmtes vor, oder einfach irgendwas, bei dem man Geld verdienen kann?«

»Nee«, hab ich erwidert. »Völlig egal, was. Hauptsache, ich muss keine Leichen zerstückeln und dann verschwinden lassen.«

Das hab ich völlig ernst gemeint! Weil, ich war mir immer noch nicht sicher gewesen, ob das Mädel nicht doch zur Mafia gehört, deswegen wollte ich das klarstellen. Aber die hat nur laut gelacht und dann zu mir gemeint: »Keine Sorge, so was machen wir hier nicht. Warte mal kurz, ich hol den Chef.« Dann ist sie wieder in dem Hinterzimmer mit den Summgeräuschen verschwunden.

Gleich darauf ist es still geworden. Das Mädel hat sich mit irgendeinem Typen unterhalten, und der Typ hat zu ihr gemeint: »Ja, okay, ich komme.« Das hat er auch gemacht. Beide sind nach vorne gelatscht, und der Typ – so 'n großer, schlanker mit blonden Haaren und einem Ziegenbärtchen, der auch gaaanz viele Tätowierungen hatte und um einiges älter war als das Mädel – hat mir die Hand gegeben.

»Hi, ich bin der Jochen. Wie heißt du?«, hat er mich gefragt.

»Jürgen«, hab ich erwidert.

»Du suchst einen Job, Jürgen?«

»Ja, genau. Irgendwas halt, muss nix Spezielles sein.«

Er hat sich sein Bärtchen gestreichelt und nachgedacht, dann hat er zu mir gemeint: »Ich bräuchte jemanden, der die Tätowierplätze putzt, wenn ich mit einem Kunden fertig bin. Das ist keine allzu anspruchsvolle Arbeit, sie muss aber gründlich gemacht werden. Wär das was für dich? Dann könnte sich Nadine um den Papierkram kümmern und müsste nicht ständig zu mir nach hinten kommen.«

Ich hab mit den Schultern gezuckt. »Ja, kann ich machen.«

»Super. Dann warte hier, ich mach kurz meinen Kunden fertig, dann können wir einen Vertrag aufsetzen. Wären acht Euro die Stunde okay für dich?«

»Klar«, hab ich ihm geantwortet.

Und nur eine halbe Stunde später bin ich aus dem Kabuff wieder raus und hab meinen allerersten Arbeitsvertrag in der Hand gehabt! Ist das nicht cool, Tagebuch? *Der Sebastian wird megastolz auf mich sein*, hab ich mir gedacht und mich voll gefreut, während ich wieder zum Bahnhof zurückgelaufen bin. Mein erster Arbeitstag ist übrigens Montag in zwei Wochen.

Apropos Sebastian: Das Abendessen mit ihm war der HAMMER!!! Noch viel besser, als ich es erwartet hätte, weil, ich hab eigentlich gedacht, dass er mich alle möglichen Sachen kochen lassen wird, damit ich das lerne, und er selber wird nur danebensitzen und sich alles ansehen und mir dann Tipps und Ratschläge geben. So wie immer halt.

Aber weißt du was? Es lief ganz anders!

Der Sebastian hat mir zwar Sachen beigebracht, die ich zum Kochen brauche, aber er hat selber dabei mitgemacht. Wir sind in seiner Küche gestanden (die übrigens sehr schön ist) und haben die Zutaten klein geschnitten und das Fleisch vorbereitet und den Salat gewaschen und die Avorako ... oder Akowaro ... oder Avokrado ... oder wie auch immer dieses Zeug heißt, zermatscht. Das hat voll Spaß gemacht! Und geschmeckt hat es SUPER!!! Richtig lecker. Ich hätte gar nicht gedacht, dass man aus so einfachen Sachen so was Tolles machen kann. Echt cool!

Jedenfalls sind wir danach noch in seinem Wohnzimmer gesessen und haben ein bisschen miteinander geredet, und während wir das gemacht haben, ist mir plötzlich eine Frage eingefallen, die ich ihm unbedingt stellen wollte. Nein, nicht die Sache mit der Kusspuppe, das hab ich an dem Abend nicht mehr erwähnt (hätte irgendwie nicht dazu gepasst). Etwas völlig anderes.

»Sag mal«, hab ich zu ihm gemeint. »Wie bist du überhaupt zu diesem Frauenprofi-Ding gekommen? Ich meine, das muss doch einen Grund gehabt haben, oder? Das macht man doch nicht einfach so.«

Er hat mich angelächelt – aber zum ersten Mal war's nicht dieses typisch coole Lächeln von ihm, sondern eher so ein nachdenkliches.

»Ja, natürlich hatte das einen Grund«, hat er geantwortet. »Ich hab damals in einer ziemlich tiefen Lebenskrise gesteckt. Irgendwie wollte nichts funktionieren. Nichts von allem, was ich mir vorgenommen hab, wollte hinhauen. Alles ist immer in die Hose gegangen. Vor allem, wenn es um Frauen ging.«

»Häää?«, hab ich laut gerufen und ihn total überrascht angeguckt. »Du hast Probleme mit Frauen gehabt? Ernsthaft? *Du???*«

»Keiner von uns wird als Frauenprofi geboren, Jürgen. Wir haben alle unsere Vergangenheit; unsere Prägungen, Ängste, Verletzungen und Schwächen. Und die nehmen wir natürlich auch mit in unsere Beziehungen und in den Umgang mit anderen Menschen. Das ist es ja gerade, was das Leben so herausfordernd macht. Wir sind alle das Produkt unserer Erfahrungen – positiver wie negativer.«

»Und ... wie bist du dann auf dieses Verführer-Dings gestoßen?«

»Durch einen großen Zufall! Es war ein Samstagnachmittag, das erinnere ich mich noch, ein wunderschöner, warmer Sommertag im Juni. An dem hätte man eigentlich schon wegen des geilen Wetters gute Laune haben müssen. Aber bei mir war's nicht der Fall, ganz im Gegenteil. Ich war total geknickt und angepisst und völlig am Arsch. Ein Mädchen, das mir sehr gefallen hat und um das ich mich monatelang bemüht habe, ist plötzlich mit einem anderen Typen aufgetaucht und hat mir gesteckt, dass sie kein Interesse an mir hätte. Das hat mir den Boden unter den Füßen weggezogen. Vor allem, weil sie auch noch diesen ätzenden Standardspruch nachgeschoben hat. Du weißt schon: ›*Wir können doch Freunde bleiben*‹, diesen Mist eben.« Er hat mit der flachen Hand auf den Wohnzimmertisch gehauen, und zwar so fest, dass ich richtig erschrocken bin. »*Nein*, verdammt!«, hat er laut gerufen. »Können wir *nicht*! Du hast diesen Typen gerade mal zwei Tage vorher kennengelernt und springst mit ihm schon in die Kiste. Aber *ich* kämpfe wie ein Verrückter und kriege dann nur so einen lahmen Spruch um die

Ohren geknallt?« Er hat mich angesehen. »Na? Kommt dir das irgendwie bekannt vor?«

Ich hab genickt. Ich wusste genau, was er meinte.

»In genau dieser Verfassung bin ich damals gewesen. Und es war nicht das erste Mal, dass mich eine Frau auf diese Weise hat abblitzen lassen. Ich meine, ich war neunzehn Jahre alt und habe mir nichts sehnlicher gewünscht, als eine Freundin. Und ich rede nicht nur von Sex, ich meine auch das Küssen und Kuscheln, sich Liebesbriefe schreiben, Blumen schenken, solche Dinge eben. Ich habe nach einer Seelenverwandten gesucht.«

»Ist das nicht normal?«, hab ich ihn gefragt.

»Ja und nein. Erinnerst du dich noch an diese Sache, die ich dir über den Madonna-Hure-Komplex erzählt habe?«

Ich hab wieder genickt, obwohl ich's, wenn ich ehrlich bin, nur noch so halb im Kopf hatte. Aber ich wollte den Sebastian nicht unterbrechen oder noch mal nachfragen, weil, der war voll im Erzählen drin gewesen. Also hab ich die Klappe gehalten und weiter zugehört.

»Mein eigentliches Problem waren damals nicht die Frauen. Das musste ich erst begreifen. Mein Problem war, dass ich Bestätigung gesucht habe! Aufmerksamkeit, Lob, Anerkennung, so was eben. Ich hatte kein Selbstvertrauen, keine Selbstliebe, und deswegen wollte ich von anderen Menschen einen Wert zugesprochen bekommen. Von den Mädels hab ich das nicht gekriegt, und deswegen ist meine Laune immer weiter in den Keller gesackt, ich habe mich immer schlechter und unzufriedener gefühlt und hab irgendwann damit angefangen, den Frauen die Schuld dafür zu geben. Sie verantwortlich zu machen. Dabei konnten sie doch gar nichts dafür.«

»Aber«, hab ich eingeworfen, »die konnten doch sehr wohl was dafür, oder? Ich meine, die haben dich doch verletzt!«

Der Sebastian hat den Kopf geschüttelt. »Nein, sie haben einfach eine Wahl getroffen, und das ist ihr gutes Recht. Wir leben in einem freien Land mit freien Menschen, jeder von uns kann nach Belieben entscheiden, mit wem er zusammen sein will und mit wem nicht. Wir haben kein ›Eigentumsrecht‹ an Anderen. Deswegen war es völlig okay, dass sich diese Frauen gegen mich entschieden haben. Nur habe ich das damals nicht so gesehen. Ich habe mich damals in die verrückte Idee hineingesteigert, dass diese Frauen mir etwas schuldig wären, nämlich ihre Liebe, ihr Lob, ihre Anerkennung. Damit mein kaputtes Innenleben wieder in Gang kommt, verstehst du? Aber das ist nicht ihr Job! Darüber haben wir schon mal gesprochen: Frauen sind nicht dazu da, um irgendjemandes Leben zusammenzuflicken oder auszumisten, sie sind nicht die Müllabfuhr unserer männlichen Seelen. Erinnerst du dich?«

»Ja«, hab ich erwidert. Ich hab mich tatsächlich daran erinnert, dass er das erzählt hat, und es machte Sinn.

»Jedenfalls«, hat er weitergeredet, »habe ich mich damals so sehr in diese Wut hineingesteigert, dass ich angefangen habe, Frauen zu hassen – genau wie du! Ich habe mich so sehr über die Ablehnungen und Körbe aufgeregt, dass sich mein Verstand total verfinstert hat und ich in Frauen nur noch fiese, lügende, gemeine Wesen gesehen habe, die mich erst mit ihren Reizen anlocken, dann aber auf meinen Gefühlen herumtrampeln. Das war keine schöne Zeit gewesen, das kann ich dir sagen! Ich war in meiner eigenen, kleinen, sehr dunklen und sehr wütenden Welt gefangen.«

»Und dann?«, hab ich gefragt.

Der Sebastian hat sich auf seinem Sofa zurückgelehnt, die Arme vor der Brust verschränkt und tiiief durchgeatmet. »Dann«, hat er gemeint, »ist dieser Junitag gekommen, und der hat alles verändert.« Er hat wieder gelächelt, diesmal war's aber ein schönes, glückliches Lächeln gewesen, als ob er sich an eine richtig coole Zeit zurückerinnern würde.

»Was ist denn passiert?«

»Na ja, ich bin in die City gegangen und hab mich dort in mein Lieblingscafé gesetzt. Das hab ich auch damals schon gerne gemacht, das ist so 'ne Leidenschaft von mir, weißt du. Jedenfalls lag da ein großer Stapel Zeitschriften, aus denen man sich eine heraussuchen konnte, wenn man etwas lesen wollte. Und genau das habe ich gemacht. Ich kann dir nicht mehr sagen, welche Zeitschrift es gewesen ist, aber ich erinnere mich noch daran, dass ich beim Durchblättern auf einen Artikel über einen angeblichen Superverführer gestoßen bin. Der Typ hieß Linus Tressa, ein amerikanischer Journalist mit finnischen Wurzeln, der ein Buch über Verführungstechniken geschrieben hat.«

»Aha«, hab ich gemeint. »Und da hat es bei dir ›Klick‹ gemacht, stimmt's?«

Der Sebastian hat den Kopf geschüttelt und gelacht. »Ach was, nein! Noch lange nicht! Ich hab mir den Artikel zwar durchgelesen – dieser Typ hat darin erzählt, wie er von einem Niemand zu einem echten Frauenprofi geworden ist –, aber mein erster Gedanke war: *So ein Quatsch! Das kann doch niemals funktionieren.* Es war einfach zu schön, um wahr zu sein; es hat sich gelesen, als ob dieser Tressa den Heiligen Gral der Verführung gefunden hätte, mit dem man jede Frau um den Finger wickeln und für sich begeistern kann. Und bei so was bin ich grundsätzlich sehr skeptisch. Ich habe es einfach nicht geglaubt.«

»Aber dann hast du herausgefunden, dass es doch stimmt?«

Wieder ein Kopfschütteln. »Nein, am Anfang habe ich dem Artikel keine weitere Beachtung geschenkt und ihn schlicht vergessen. Das ging mehrere Wochen so. Aber irgendwie hat mich das Thema nicht mehr losgelassen, irgendwas in meinem Unterbewusstsein hat mich immer wieder dazu angestachelt, mich daran zu erinnern, und eine Stimme in meinem Kopf hat mich gefragt: *Bist du dir sicher, dass das Unsinn ist? Was wäre, wenn es doch funktioniert?* Das hat mir keine Ruhe gelassen. Die Vorstellung war einfach zu verlockend: Da gibt es eine Technik, die mir helfen kann, die magischen ›Knöpfe‹ bei einer Frau zu drücken, um endlich Erfolg zu haben. Wer kann da schon widerstehen?« Er hat gegrinst.

»Ja«, hab ich gemeint. »Das wär schon ziemlich cool.«

»Ziemlich cool?«, hat der Sebastian wiederholt. »Das wäre für alle Männer dieser Welt die größte Entdeckung seit Internet-Pornos!« Er hat laut gelacht und mir zugezwinkert. »Für die Meisten sind ja Frauen total rätselhafte und sehr geheimnisvolle Wesen, die sie überhaupt nicht verstehen. Erinnerst du dich? Auch darüber haben wir gesprochen.«

»Ja, das weiß ich noch. Und deswegen bauen die ganz viel Mist.«

»Exakt! Die meisten Männer haben keine Ahnung, wie Frauen denken und fühlen, und deswegen wissen sie auch nicht, wie sie mit denen umgehen oder wie sie ihre Reaktionen deuten müssen. Genau das ist der Grund, weshalb es zu so vielen Missverständnissen und am Ende zu so vielen Verletzungen, zu so viel Wut und Hass kommt.«

»Aber ... was war denn jetzt mit diesem ... äh ... *Fressa*?«

»Tressa!«, hat mich der Sebastian korrigiert. »Linus Tressa.«

»Ja, genau. Was war denn jetzt mit seinem Buch? Hast du's am Ende gelesen?«

»Klar! Ich hab's mir nach langem Überlegen gekauft und dann regelrecht verschlungen. Normalerweise bin ich kein besonders guter oder schneller Leser, aber diesen Schmöker hab ich nach nur drei Tagen durchgehabt, das war ein echter Rekord für mich. Immerhin hatte das Ding fast fünfhundert Seiten.«

»Und dann?«

»Na ja, ich hab, um ehrlich zu sein, lange darüber nachgedacht, was ich mit diesem neuen Wissen machen soll. Tressas Buch ist kein Flirtleitfaden im eigentlichen Sinn. Es ist eher ein Roman, in dem er von seinem Werdegang als Flirtprofi erzählt. Trotzdem war's unvorstellbar spannend. Er hat von den häufigsten Fehlern erzählt, die Männer im Umgang mit Frauen machen – und da habe ich vieles von mir selber entdeckt –, er hat von den richtigen Denkmustern erzählt, die man beim Flirten haben sollte, und von der Art und Weise, wie Flirten überhaupt funktioniert. An manchen Stellen hat sich das wie eine lustige Geschichte gelesen, an manch anderen wirkte es wie ein Handbuch für Psychologiestudenten oder wie eine Abhandlung über die menschliche Evolution. Es war ein bunter Mischmasch aus nichts und allem, aber irgendwie ergab es einen Sinn, und ich wollte unbedingt herausfinden, ob das funktioniert. Also hab ich angefangen, ein paar seiner Techniken auszuprobieren.«

»Und?«, hab ich neugierig gefragt. »Hat es geklappt?«

Der Sebastian hat genickt. »Oh ja! Ich hab zwar noch keine Telefonnummern oder Dates abgestaubt, das kam erst später, aber ähnlich wie du, habe ich auf einmal tolle Gespräche mit Frauen geführt, die komplett anders gelaufen sind als meine bisherigen. Viel lebendiger und lustiger, einfach aufregender. Das war eine völlig neue Erfahrung für mich. Und deswegen habe ich angefangen, mich immer intensiver mit diesem Thema zu beschäftigen, was am Ende dazu geführt hat, dass ich auf dieses Flirtforum im Internet gestoßen bin.«

An dieser Stelle hab ich kurz überlegt, ob ich dem Sebastian von meiner Kussfrage erzählen soll, und auch davon, wie doof sich diese Frauenprofitypen mir gegenüber verhalten haben. Aber noch bevor ich irgendwas sagen konnte, hat er einfach weitererzählt – und das war mir, um ehrlich zu sein, auch ganz recht so.

»Jedenfalls«, hat er gemeint, »hab ich mich immer mehr in diese neue, spannende Welt vertieft. Ich hab Unmengen an Büchern gelesen, das halbe Internet auswendig gelernt, an Flirtworkshops und Seminaren teilgenommen, mein Verhalten optimiert, meine Körpersprache und meine Art zu reden, ich hab mir neue Klamotten gekauft, einen neuen Haarschnitt verpassen lassen, bin ins Solarium gegangen ... kurz gesagt: Ich hab mein Leben komplett auf Links gedreht und aus mir einen neuen Menschen gemacht. Und das hat Früchte getragen! Nach und nach bin ich immer erfolgreicher und beliebter geworden. Immer mehr Frauen haben sich plötzlich für mich interessiert, ich hab ihre Telefonnummern gekriegt, bin mit ihnen ausgegangen oder im Bett gelandet. Das war eine erstaunliche Erfahrung für mich gewesen.«

»Ab da bist du also ein Frauenprofi gewesen?«

»Nein«, hat er gesagt. »Ab da war ich nur ein hirnloser Roboter, der irgendwelche Flirttricks heruntergeleiert hat. Mit einem echten Verständnis für Frauen und für ihre Gefühle, ihre Gedanken, Hoffnungen und Sehnsüchte hat das rein gar nichts zu tun gehabt. Es fühlte sich zwar nicht so an, aber in meinem Inneren war ich immer noch der gleiche, alte Mensch wie immer gewesen, derselbe traurige, verletzte Idiot, der sich von Frauen das universelle Lebensglück erhofft hat. Das konnte auf Dauer nicht gut gehen.«

Ich hab ihn neugierig angesehen. »Was ist dann passiert?«

»Das, was passieren musste: Ich bin auf einer riesigen Welle des Größenwahns geschwommen, ich hab mich für unbesiegbar gehalten und war der festen Überzeugung gewesen, dass ich Frauen nach Belieben um den Finger wickeln kann. Das hat dazu geführt, dass ich mich irgendwann wie ein Pascha verhalten und die Gefühle von Frauen verletzt habe. Nicht nur ein bisschen, sondern sehr! Ich habe mich von einem kleinen, frustrierten Arschloch ohne Erfolg zu einem kleinen, frustrierten Arschloch mit sehr viel Erfolg verändert. Und das war noch schlimmer gewesen.«

An dieser Stelle hat der Sebastian ein paar Sekunden lang nichts mehr gesagt und nur nachdenklich in den Raum geguckt. Und ich hab die Zeit genutzt, um mir die Sachen, die er gerade erzählt hat, in Ruhe durch den Kopf gehen zu lassen. Ich meine, das war schon ein Knaller! Der Sebastian ist der allernetteste und allercoolste und allerliebste Mensch, dem ich je begegnet bin, ein richtig toller Kumpel. Und ausgerechnet der sagt von sich, dass er mal ein Arsch gewesen ist? So ein richtig fieser und doofer Typ? Das hab ich mir nicht vorstellen können, das hat überhaupt nicht zu ihm gepasst. Aber andererseits, warum hätte er mir Quatsch erzählen sollen?

»Weißt du«, hat er plötzlich weitergeredet. »In dieser Phase ist mir klar geworden, dass nicht die Frauen das Problem waren, sondern ich. Meine Einstellung zu mir selbst und dem Leben – *meinem* Leben – hat mich so unglücklich gemacht, nicht die Körbe, die ich irgendwann gekriegt habe. Die waren nur ein Vorwand. Ich habe damals eingesehen, dass mir noch so viele Telefonnummern und Dates, Affären und Sexabenteuer nicht weiterhelfen werden, wenn ich hier, ganz tief in mir drin, unglücklich und unzufrieden bin.« Er hat sich mit dem Finger gegen die Brust getippt. »Hier beginnt das eigentliche Problem. Hier entsteht der Hass und die Traurigkeit, der ganze Frust.«

»Deswegen hast du mir diese Sachen beigebracht, dass ich auf Menschen zugehen soll, ohne sie sofort doof zu finden, stimmt's?«

Der Sebastian hat stolz geschmunzelt. »Genau, Jürgen, so ist es! *Das* ist das große Geheimnis echter Verführungskunst, *das* macht einen wahren Frauenprofi aus! Ein Flirt darf niemals Mittel zum Zweck sein, um irgendeine innere Leere zu füllen oder seinen Frust loszuwerden. Ein Flirt mit einer Frau muss …« Er hat kurz überlegt. »Er muss wie ein Tanz sein! Gleichberechtigt und auf Augenhöhe. Verstehst du?«

»Ja, ich glaub schon«, hab ich erwidert.

»Ganz egal, wie die Sache zwischen dir und deiner Anna ausgeht: Wenn du diese Regel beherzigst, und zwar bei allem, was du tust, dann wird dich das weiterbringen. Du wirst an dieser Erfahrung wachsen.«

»Meinst du denn, dass das klappt?«

»Was genau?«

»Na, das zwischen der Anna und mir … du weißt schon. Glaubst du, dass das hinhauen wird?«

»Eine Garantie kann dir niemand geben, Jürgen, aber ich kann dir zumindest sagen, dass es sehr gut aussieht. Das Mädel mag dich, das ist die beste Ausgangslage, die du dir wünschen kannst. Also hab Vertrauen und denk an die Regel, von der ich dir erzählt habe. Versuche, diese Sache nicht als Wettrennen zu sehen, bei dem es um Gewinnen oder Verlieren geht, sondern um einen wunderbaren Moment, den du mit jemandem teilen kannst.«

Ich hab gelächelt und erwidert: »Okay, ich versuch's. Und danke, dass du mir so viel von dir erzählt hast. Das finde ich voll nett von dir.«

»Du vertraust mir, und ich vertraue dir, so funktioniert nun mal Freundschaft, weißt du. Ich bin auch nur ein Mensch, und es ist wichtig, dass du das weißt. Ich bin nicht perfekt. Ich habe meine Fehler und Macken, meine Vergangenheit, aber genau das macht uns zu dem, was wir sind.«

Wir haben anschließend noch ein bisschen weiter über sein Leben geplaudert – nix Besonderes eigentlich, nur so Alltagssachen –, und um kurz vor ein Uhr nachts haben wir uns dann verabschiedet.

»Sehen wir uns morgen?«, hab ich den Sebastian gefragt, als ich an seiner Wohnungstür gestanden bin. »Weil, weißt du, ich hab irgendwie Schiss vor dem nächsten Date mit der Anna. Und da wär's toll, wenn du mir noch ein bisschen helfen könntest.«

»Klar«, hat er erwidert. »Ich melde mich bei dir, sobald ich von der Arbeit zurück bin. Einverstanden?«

»Ja, das ist prima! Und ... übrigens«, ist mir in diesem Moment eingefallen, »ich wollte dir noch erzählen, dass ich einen Job gefunden hab.«

Der Sebastian hat mich total überrascht angeschaut und dann über das ganze Gesicht gestrahlt. »Echt jetzt?«

»Ja, ganz im Ernst«

»Jürgen, das ist ja *super*! Was für eine geile Nachricht, ich freu mich *riesig* für dich, Alter! Das musst du mir unbedingt morgen in allen Details erzählen, das ist ja der *Hammer*! Coole Sache!!!«

Ich hab leise »Danke« gesagt und gelächelt, dann haben wir uns zum Abschied umarmt, und ich bin in meine Wohnung gegangen.

Du siehst also, Tagebuch: Das war ein RICHTIG toller Abend gewesen! Aber jetzt muss ich ins Bett, ich bin echt müde.

Schlaf gut, und träum schön!

In Liebe, dein Jürgen.

– Tag 26 –

Liebes Tagebuch,

Heute ist mir was total Verrücktes passiert, das wirst du mir nicht glauben. Aber es ist echt wahr!

Also, pass auf, mein Tag hat damit angefangen, dass ich in meinem Zimmer gesessen bin und versucht hab, diese dämliche Kusspuppe von Opa Gottfried zusammenzuflicken. Das war gar nicht so einfach gewesen, kann ich dir sagen, weil das Loch am Hals an einer so bescheuerten Stelle ist, dass man da machen kann, was man will, irgendwie hält nichts. Ich hab das über eine Stunde lang probiert. Am Ende war ich so sauer und genervt gewesen, dass ich mir das fette, braune Klebeband von Mutti geholt hab (mit dem sie immer ihre Caritas-Päckchen fertigmacht), und hab es ihr um den Hals gewickelt. Also ... der Puppe natürlich, nicht meiner Mutti! Hat zwar total bescheuert ausgesehen, aber zumindest hat es einigermaßen gehalten und ich hab das Ding wieder aufpumpen können.

Blöd war nur: Sobald ich die Anna umarmt und an mich gedrückt hab, hat's wieder irgendwo leise ›puff‹ gemacht, sie hat Luft verloren und nach ein paar Sekunden so ausgesehen, als ob ihr gerade ein ziemlich großer Laster über den Kopf gefahren wär. Das hat die ganze Romantik kaputtgemacht! Dabei hab ich's mir mit ihr so richtig schön gemütlich machen wollen – mit Kerzenschein und Musik und allem Drum und Dran. Damit sich's anfühlt wie ein echtes Date mit der Anna. Und dann passiert so was! Voll doof, ehrlich!

Und das ist noch nicht alles, es geht noch weiter. Ich hab heute nämlich gesehen, dass die Idee mit dem extrastarken Kleber für ihre Perücke ... na ja ... die war auch nicht sooo der Hit gewesen. Das Zeug ist mittlerweile trocken und steinhart und verteilt sich über ihr ganzes Gesicht, sie hat da jetzt haufenweise glibberige, weiße Flecken, vor allem auf den Wangen und um den Mund herum. Das sieht voll doof aus! Und als Krönung ist diese blöde Perücke auch noch, als ich das Zeug vorgestern in meinen Schrank geschmissen hab, direkt auf den Kleber über ihrem Mund gefallen. Da haben sich ganz feine Haarfetzen gelöst und haften da jetzt dran. Jetzt sieht es so aus, als ob die Puppe 'nen Schnurrbart hätte. So ein Mist, echt!!! Der pikst voll beim Küssen!

Na, jedenfalls hab ich versucht, irgendwie das Beste daraus zu machen und mir vorzustellen, wie superromantisch das alles ist und wie ich die Anna gerade in meinen Armen halte und sie darauf wartet, von mir geküsst zu werden. Aber GENAU in dem Moment, als ich das tun wollte, hat plötzlich mein Handy geklingelt. Ich hab mich voll erschrocken und total gewundert, weil, normalerweise ruft niemand bei mir an. Deshalb hab ich auch kurz überlegt, ob ich's einfach klingeln lasse, um meine Freundin nicht zu enttäuschen. Aber dann ist mir eingefallen, dass das ja gar nicht meine Freundin IST, sondern nur ein ziemlich schlaffer Haufen Gummi. Also hab ich die Puppe auf den Boden geschmissen, die Musik ausgeschaltet, das Licht wieder angemacht und auf mein Handy geguckt.

Und ich sag dir, Tagebuch: In dem Moment, als ich gesehen hab, was da auf dem Display stand, hat's mir fast den Atem verschlagen! Da stand nämlich:

Anna (Mobil)

Die Anna hat mich auf meinem Handy angerufen, kannst du dir das vorstellen??? Ich wusste gar nicht, was ich machen sollte, ich wollte es am Anfang nicht mal glauben. Aber ich kenn ja sonst keine Anna, die meine Nummer hätte – oder überhaupt irgendjemanden –, also war es klar, dass das nur *meine* Anna sein konnte. *Die* Anna! Also ... DIE Anna, die ich erst in ein paar Tagen anrufen wollte, so wie's mir der Sebastian beigebracht hat, um sie cool und selbstsicher nach einem zweiten Date zu fragen und dann von ihr bewundert und gemocht zu werden. Aber jetzt hat die einfach alles umgedreht und bei MIR angerufen! Das geht doch nicht, oder? Ich meine, das darf man als Frau nicht machen, oder? Die müssen sich doch auch an irgendwelche Regeln für Dates halten – sonst kommen wir Männer total durcheinander und wissen gar nicht mehr, was wir machen sollen!

Blöderweise hab ich einen Moment zu lange über diesen ganzen Kram nachgedacht, weil, als ich endlich auf die grüne Taste gedrückt hab, um ranzugehen, hab ich am anderen Ende nur noch hören können, wie die Anna aufgelegt hat.

MIST!!!

Ich hab sofort und wie ein Bekloppter auf meinem Handy herumgedrückt, um ihre Nummer aus dem Telefonspeicher zu holen und sie zurückzurufen. Aber natürlich war ich so nervös gewesen, dass ich alle möglichen Tasten gedrückt hab, nur nicht die richtigen. Am Ende ist mir das blöde Ding auch noch aus den Händen gerutscht, wie ein Gummiball von der Matratze auf meinem Bett abgeprallt und schön hinters Kopfende gefallen – da, wo's am allerengsten ist.

Zwei Sekunden später hat's wieder zu klingeln angefangen.

Ey, Tagebuch, du kannst mir glauben: Die Wörter, die ich in diesem Moment gesagt hab, darf ich hier nicht wiederholen! Die waren ganz weit weg von dem, was mir Mutti erlaubt hat. Zum Glück war sie im Keller gewesen und hat es nicht mitbekommen, sonst hätt ich RICHTIG Ärger gekriegt.

Auf jeden Fall hab ich mich aufs Bett geschmissen und meinen Arm so fest in den winzigen Spalt gedrückt, bis ich irgendwie – und ich kann dir echt nicht sagen, wie das funktioniert hat, dafür hätt ich eigentlich Gummiarme haben müssen – an das blöde Ding herangekommen bin. Ich hab's herausgezogen, den Flusenschnodder abgewischt und gleich darauf die Annehmen-Taste gedrückt.

»JA? WAS? HALLO? BITTE NICHT AUFLEGEN!!!«, hab ich gerufen und nach Luft geschnappt.

»*Huch*«, hab ich die Anna am anderen Ende sagen hören. Sie hat gekichert. »Hallo Jürgen. Alles klar bei dir? Hier ist Anna.«

»Ja, ja, ich weiß, ich … äh … bei mir ist alles super, ich … also … nein, alles prima … ich meine … schön, dass du anrufst!«

»Störe ich gerade?«

»Nee, auf keinen Fall«, hab ich geantwortet und auf die schlaffe Puppe und die Kerzen und die Stereoanlage mit der Romantikgedudel-CD gestarrt und mich dabei erleichtert gefühlt, dass die Anna keinen Videochat gestartet hat.

»Du, hör mal«, hat sie zu mir gemeint. »Ich wollte dich fragen, ob du vielleicht Lust hast, dich mit mir um 15:00 Uhr in der City zu treffen und einen Kaffee trinken zu gehen? Ich hätte heute eigentlich zwei

Vorlesungsstunden an der Uni gehabt, aber die sind ausgefallen, weil unser Professor krank ist. Und, na ja, da hab ich ...« Sie hat wieder so süß gekichert. »Da hab ich an dich gedacht und mir überlegt, dass wir die freie Zeit doch miteinander verbringen könnten. Was hältst du davon?«

»Ähmmmm ...«, hab ich hilflos gekrächzt und mir dabei den Kopf darüber zerbrochen, was, um alles in der Welt, ich ihr darauf antworten sollte. Weil, das ist mir alles viel zu schnell gegangen! Ich hab weder mit dem Sebastian reden, noch das Küssen üben können, noch hab ich überhaupt ein Auto gehabt, mit dem ich in die City hätte fahren können. Aber andererseits wollte ich ihr auch nicht absagen, das wär voll doof gekommen und hätte sie bestimmt enttäuscht. Das wollte ich nicht.

Die Anna hat mein Zögern natürlich bemerkt und zu mir gemeint: »Natürlich nur, wenn es dir gerade passt. Ich dachte halt, dass wir das schöne Wetter genießen und ein bisschen plaudern könnten.«

»Ja, doch, Wetter, prima, Kaffe, City, super, Treffen, toll! Ich meine ... äh ... ja, ich hab Zeit, wir können uns gerne treffen, ist doch klar.«

»Prima«, hat sie gerufen und dann mit so 'nem verführerischen Unterton hinzugefügt: »Wieder an derselben Stelle wie beim letzten Mal?«

Unfassbar!, hab ich mir gedacht. *Diese komische Gefühlsduselei mit dem Treffpunkt funktioniert wirklich! Der Sebastian ist ein Genie!*

»Ja, gerne«, hab ich geantwortet.

»Super, ich freu mich.«

Dann hat sie sich auch schon verabschiedet und aufgelegt.

Und ich bin erst mal minutenlang ratlos in meinem Zimmer gestanden, hab wie blöde in eine Ecke geglotzt und das Handy in der Hand gehalten.

Die Anna hat einfach die Date-Regeln geändert!

Das fand ich schon krass. Aber noch schlimmer war, dass ich nicht den leisesten Schimmer hatte, wie ich das Treffen hinbekommen sollte. Ich meine, bis 15:00 Uhr waren es noch zwei Stunden gewesen, und mir war klar, dass ich es niemals schaffen würde, mich in der Zeit fertigzumachen und umzuziehen und mit dem Bus nach Stuttgart reinzufahren. Aber es gab kein Zurück mehr! Ich konnte ja schlecht bei ihr anrufen und sagen: »Hallo, hör mal, ich hab in den letzten Minuten nachgedacht, und ich kann doch nicht zu dir kommen, weil, eigentlich hab ich's noch nie gekonnt, aber ich war nur zu blöde, dir das zu sagen. Also, tschüss, bis zum nächsten Mal! Und danke für den Anruf.« Das wär megapeinlich geworden, das hätt ich nicht bringen können.

Also bin ich losgerannt wie so 'n aufgescheuchtes Huhn und hab den ganzen Krempel, der in meinem Zimmer herumgelegen hat, eingesammelt und in meinen Schrank geschmissen. Dabei bin ich natürlich direkt auf diese dämliche Kusspuppe gelatscht, die gerade noch genügend Luft in ihrem Schädel hatte, um ihren Hals endgültig platzen zu lassen. Und bei der Stereoanlage war das mit dem Schmeißen und dem Schrank auch keine sooo tolle Idee gewesen, hab ich festgestellt, weil, die ist mit einem Riesenknall auf den Boden gefallen und in tausend Stücke zerbrochen. Blöderweise hätt ich mir das komplett sparen können, es war nämlich meine eigene! Aber da war's schon zu spät gewesen. Also hab ich den ganzen Rest einfach hinterher geschmissen, die Schranktüren zugedrückt und bin dann ins Bad, um mich fertigzumachen.

Siebzehn Minuten und dreiundvierzig Sekunden später war ich geduscht und gekämmt. Und mit meinen coolen Klamotten, die ich letzte Woche mit dem Sebastian und der Tatjana gekauft hab, wär das VOLL der Hit gewesen. Die lagen aber alle noch in meinem Kleiderschrank ... und zwar UNTER dem ganzen Krempel, den ich gerade reingeschmissen hab. Mist!!! Ich hab sogar vergessen, mir eine frische Unterhose mitzunehmen. Aber anstatt mir einfach die alte überzuziehen und damit in mein Zimmer zu gehen, hab ich die Badtür aufgerissen und bin so, wie ich war, raus und einmal quer durch den Flur, dabei natürlich Mutti begegnet, die gerade aus dem Keller zurückgekommen ist und mich ziemlich verstört angeguckt hat, als ich nackig an ihr vorbeigerannt bin und geschrien hab: »ICH MUSS IN DIE CITY, ICH MUSS IN DIE CITY!!!«

War das peinlich gewesen!

Aber irgendwann hab ich's dann geschafft und war angezogen und bereit für mein Date. Zumindest ... was die Klamotten anging. Wie ich da hinkommen sollte, war nämlich immer noch nicht geklärt. Den Sebastian konnte ich nicht fragen, der war arbeiten und hatte sein Handy ausgeschaltet. Deswegen ist mir nur noch eine Lösung eingefallen, aber die hätte ich echt lieber vermieden, das kannst du mir glauben! Ich hätte ALLES andere lieber gemacht, als das!

Ich bin nämlich ins Wohnzimmer zu Mutti gegangen und hab sie gaaanz vorsichtig gefragt: »Du … ähm … sag mal: Könntest du mich vielleicht in die Stuttgarter City fahren?«

Sie hat mich einen Moment lang nachdenklich angeguckt. »In die City?«, hat sie gefragt.

»Ja«, hab ich geantwortet und ganz fest die Luft angehalten. Weil, ich war mir hundertprozentig sicher gewesen, dass sie gleich losprudeln und mich darüber ausfragen würde, was ich denn da will und warum ich da hin will und mit wem und weshalb, und dann hätte ich ihr von der Anna erzählen müssen, und sie hätte mir bestimmt geantwortet, dass das Mädel nichts für mich sein kann, wenn sie sich einfach so von Männern in der Fußgängerzone anquatschen lässt, und dann hätte sie darauf bestanden, zu dem Date mitzukommen, damit sie die Anna kennenlernen kann …

… und spätestens an dieser Stelle hätte ich über Selbstmord nachgedacht!

Aber weißt du was? Sie hat kurz überlegt, dann genickt und zu mir gemeint: »Wann musst du dort sein?«

»Ääääh … um 15:00 Uhr«, hab ich überrascht geantwortet.

Sie hat auf ihre Uhr geguckt – es war kurz vor zwei gewesen. »Dann sollten wir sofort losfahren, meinst du nicht? Ich hole meine Autoschlüssel.«

Ich hab nur noch ein leises »Okay« herausgepresst. Und ein paar Minuten später sind wir tatsächlich auf dem Weg nach Stuttgart gewesen – ganz ohne Palaver, ganz ohne Fragen.

Ich hab schon befürchtet, dass ich das vielleicht nur träume und gleich aufwache, oder (was noch schlimmer gewesen wär) dass außerirdische Aliens meine Mutti entführt und durch irgendeinen Roboter-Klon ersetzt haben. Aber beides konnte nicht stimmen. Ich hab mich im Auto einmal kräftig gezwickt, um sicher zu sein, dass ich wach bin (war ich!). Und außerdem hat meine Mutti etwas gemacht, was diese Roboter-Klone bestimmt noch nicht können, sie hat sich nämlich nach ein paar Minuten auf der Autobahn ein bisschen zu mir gedreht, hat mir durchs Haar gestreichelt und dann zu mir gemeint: »Ich freue mich für dich.«

Ich hab sie VÖLLIG baff angeguckt. »Hä???«

»Ich freue mich für dich«, hat sie wiederholt.

Ich kann dir sagen, Tagebuch, in diesem Moment hat sich bei mir im Kopf ALLES gedreht. Mal wieder! Ich hab meine Mutti angestarrt, als ob sie sich in einen rosa Elefanten verwandelt und auf Chinesisch mit mir geredet hätte. *Weiß sie etwa von der Anna?*, hab ich mich gefragt. *Hat ihr der Sebastian davon erzählt?* Das konnte ich mir nicht vorstellen, dafür war er viel zu sehr ein guter Kumpel, und er wusste auch, dass ich das nicht wollte. Das würde er nicht machen, ohne mich vorher zu fragen.

Aber meine Mutti hat allen Ernstes noch einen draufgesetzt und mich gefragt: »Wie heißt sie denn?«

»Äh ... wer?«, hab ich gestottert. Ich wär am liebsten in Panik ausgebrochen und aus dem Auto gesprungen.

»Na, das Mädchen, das du kennengelernt hast.«

»Welches ... ich meine ... äh ...«

Sie hat mich angelächelt. »Ich bin deine Mutter, Jürgen. Und auch, wenn ich nicht mehr die Jüngste bin, so bin ich trotzdem nicht blind. Du bist seit letzter Woche auffallend gut gelaunt, du lachst sehr viel mehr, du ziehst dich schick an, du redest deutlich mehr mit mir als vorher – sogar über die Kirche und den Gottesdienst. Ich weiß genau, wie wenig dich das interessiert, und trotzdem hast du's gemacht. Außerdem warst du letzten Samstag sehr lange in der City und bist erst frühmorgens zurückgekommen, ich habe das mitbekommen. Ich konnte nicht schlafen, bevor du zuhause warst, das ist eben so ein Mutterding, weißt du. Und jetzt fährst du wieder in die City und bist wieder schick angezogen und total nervös. Da braucht es nicht viel, um zwei und zwei zusammenzuzählen. Also? Wie heißt sie?«

»Anna«, hab ich perplex erwidert und ganz tief in mir drin gehofft, dass ich damit keinen Fehler gemacht hab. Hoffentlich würde sie jetzt nicht mit irgendeiner Predigt anfangen, was ich alles machen darf, oder noch eher, was ich NICHT machen darf, weil's aus irgendeinem komischen Grund, den nur sie kennt, 'ne Sünde ist.

Aber weißt du was? Sie hat mich wieder überrascht! Sie hat einfach nur genickt und gelächelt und dann voll lieb zu mir gemeint: »*Anna*. Ein wunderschöner Name! Das freut mich sehr. Habe ich nicht schon immer gesagt, dass Gott dir eine Frau schenken wird, wenn die Zeit dafür reif ist?«

»Na ja«, hab ich gebrummelt. »Der hat nicht wirklich viel damit zu tun gehabt, das hab ich alleine geschafft.«

»Das Eine schließt das Andere nicht aus, Jürgen. Gottes Wege sind unergründlich. Für mich ist es jedenfalls ein Wunder, und ich freue mich sehr für dich und werde dem Heiland dafür danken.«

Da bin ich dann doch ein bisschen nachdenklich geworden.

Irgendwie hat sie ja recht gehabt, irgendwie ist das tatsächlich ein großes Wunder, was mir in den letzten Wochen passiert ist. Ich meine, wer hätte schon gedacht, dass ich mich in so kurzer Zeit so sehr verändern werde? Das ist zwar hauptsächlich dem Sebastian und seinem Coaching zu verdanken, aber ... na ja ... vielleicht ist der ja auch so eine Art Geschenk des Himmels. Wer weiß.

Ich hab mir in diesem Moment jedenfalls vorgenommen, mich nicht mehr ganz so viel über ihren Glauben lustig zu machen.

Als wir in Stuttgart angekommen sind, da hat sie zu mir gemeint: »Ruf mich an, sobald du abgeholt werden willst. Und viel Spaß!« Dann ist sie wieder losgefahren. Einfach so! Ganz ohne Theater, ganz ohne Moralpredigt. Ich war echt platt.

Aber das war noch nicht die letzte Überraschung an dem Tag.

Als ich an unserem Treffpunkt angekommen bin (und zwar PÜNKTLICH auf die Minute, ist das nicht cool?), da hat die Anna schon auf mich gewartet. Die hat total gestrahlt, als sie mich gesehen hat, anschließend hat sie mich mit einem zuckersüßen »Hallo« begrüßt und mir einen Kuss auf die Wange gedrückt. Ich hab ganz automatisch dasselbe gemacht. Also ... bei ihr natürlich, nicht bei mir selber.

»Schön, dass es geklappt hat«, hat sie zu mir gemeint.

»Ja, ich freu mich auch«, hab ich erwidert und versucht, mir meine Aufregung nicht anmerken zu lassen. Ich hatte ÜBERHAUPT keinen Plan, was ich tun sollte; keine Vorbereitung, keine Kusspuppe zum Üben, keinen Sebastian, der mir Tipps geben konnte, einfach gar nichts! Ich war völlig allein in der City, bei meinem zweiten Date mit der Anna und ohne auch nur den geringsten Schimmer, was ich machen muss, um es genauso toll werden zu lassen wie das erste.

Hoffentlich vergeige ich das nicht, ist mir immer wieder durch den Kopf gegangen. Ich war so nervös, dass mir kalter Schweiß den Rücken runtergelaufen ist. VOLL das eklige Gefühl, kann ich dir sagen! Aber ich hab trotzdem weiter so getan, als ob alles in Ordnung wär.

Wir sind ins *Grand Café Planie* gegangen. Du erinnerst dich bestimmt, da bin ich mit dem Sebastian und der Tatjana gewesen. Ich hab ihr das vorgeschlagen, weil mir das irgendwie ein bisschen Sicherheit gegeben hat. Außerdem sind die Kuchen und die Getränke dort voll lecker, also konnte ich damit nix falsch machen.

Der Anna hat es auch sehr gut gefallen.

»Schön hier«, hat sie gemeint, als wir reingekommen sind. Sie hat sich den ganzen Dekokram und die Bilder und das ganze restliche Zeug, was da so rumstand, angesehen und mich dann gefragt: »Kommst du öfters hierher?«

»Äh, ja, ständig«, hab ich gelogen. »Das ist mein Lieblingscafé.«

»Echt? Warum genau? Was magst du daran?«

Ich hab sie hilflos angeguckt und war eine Sekunde lang sprachlos. Die ehrliche Antwort darauf war: *Keine Ahnung, ich bin nur einmal hier gewesen und fand's halt nett*, aber das konnte ich ihr nicht sagen. Also hab ich gleich noch mal gelogen: »Dieser ... äh ... Deko-Klimbim ist voll ... schön ... finde ich.«

»Ja, das finde ich auch«, hat sie erwidert. »Da hast du recht.«

»Warst du noch nie hier?«

Sie hat den Kopf geschüttelt. »Nein, mit meinem mickrigen Studentengehalt kann ich mir so schicke Läden nicht leisten, weißt du.« Sie hat mich angelächelt und mir zugezwinkert. »Aber ich glaube, das könnte irgendwann auch mein Lieblingscafé werden.«

Wir haben uns dann einen Tisch ganz weit hinten ausgesucht. Na ja, eigentlich haben wir uns überhaupt nix ausgesucht, es war einfach kein anderer Tisch mehr frei gewesen, also haben wir uns diesen einen genommen. Die Anna hat sich einen Cappuccino, einen Orangensaft und ein Stück Erdbeerkuchen bestellt, ich einen Kakao mit Sahne und einen Apfelkuchen.

Nachdem das Zeug ein paar Minuten später gebracht worden war, haben wir ziemlich schweigend darin herumgestochert, an unseren Getränken genippt und uns erzählt, wie toll alles schmeckt und wie lecker das alles ist. Dann haben wir versucht, über Alltagskram zu plaudern. Das hat nicht wirklich funktioniert. Ich hab richtig merken können, wie sich die Anna immer unwohler zu fühlen begonnen hat und immer ratloser geworden ist. Und das Traurige daran war: Mir ist es auch nicht anders ergangen! Ich wusste einfach nicht, worüber ich mit ihr reden sollte, mein Kopf war wie leer geblasen! Diese coole Energie, die ich bei unserem ersten Date gehabt habe, war weg gewesen, einfach komplett verschwunden. Also bin ich nur auf meinem Platz gesessen, hab meinen Kuchen angestarrt und darauf gewartet, dass der Boden sich öffnet und mich verschluckt.

Zum Glück ist das nicht passiert (das hätte bestimmt wehgetan). Und noch viel toller war, dass die Anna plötzlich zu mir gemeint hat: »Weißt du was? Lass uns ein Spiel spielen! Hast du Lust?«

»Ein *Spiel*?«, hab ich sie überrascht gefragt. »Was denn für ein Spiel? Meinst du so ein Brett-Dingens wie ›Mensch, ärgere dich nicht‹, oder was? Da bin ich voll schlecht drin!«

»Nein, etwas anderes. Ich meine einen Persönlichkeitstest.«

»Wie beim Irrenarzt?«

Da musste sie laut loslachen (und ich hab ihre Lache echt gern, weißt du, die ist voll schön!). »Nein«, hat sie geantwortet. »Keinen Idiotentest. Ich meine so ein Frage-Antwort-Spiel, bei dem man die Persönlichkeit des anderen kennenlernen kann; seine Gedanken, seine Gefühle, seine Wünsche und Träume, so was eben. Kennst du diese Dinger?«

»Ja«, hab ich erwidert (in Wirklichkeit hatte ich keine Ahnung).

»Prima, dann lass uns das spielen. Ich kenne ein ganz tolles Gedankenspiel, das mir mal ein Ex-Freund beigebracht hat.«

Bei dem Wörtchen ›Ex-Freund‹ hat's mir schlagartig den Magen zusammengezogen. Als ob da einer reingeboxt hätte. Weil, allein die Vorstellung, dass ein anderer Kerl die Anna in den Arm genommen und geküsst hat, die hat sich supermies angefühlt. Aber ich hab mir nix anmerken lassen, ein ziemlich schiefes Grinsen aufgesetzt und zu ihr gemeint: »Einverstanden.«

Die Anna hat daraufhin ihren Teller beiseitegeschoben, tief durchgeatmet und mir in die Augen geschaut. »Okay, pass auf, der Test geht folgendermaßen: Ich erzähle dir eine kurze Geschichte, und du musst versuchen, dir alle Details so genau wie möglich vorzustellen. Dann werde ich dir ein paar Fragen stellen, und du musst darauf antworten. Das ist eigentlich schon alles. Total einfach und superlustig. Also, sollen wir loslegen?«

Ich hab genickt, und die Anna hat angefangen: »Stell dir vor, du gehst durch einen wunderschönen, großen Wald spazieren. Es ist ein toller Tag! Die Vögel zwitschern in den Ästen, die Blätter rascheln im Wind, feine Sonnenstrahlen schlängeln sich durch die Lücken hindurch, unter deinen Schuhen hörst du Steinchen knirschen und kleine Äste knacken. Du gehst immer weiter –«

»Ganz alleine?«, hab ich sie unterbrochen.

Sie hat mich fragend angesehen. »Was?«

»Geh ich da ganz alleine durch den Wald?«

»Ja. Warum?«

»Na ja, ich kapier nicht, was ich in dem Wald mache. Wieso latsche ich da ganz alleine herum? Bin ich ein Serienkiller oder so was?«

Die Anna hat wieder so süß losgekichert. »Du gehst einfach spazieren«, hat sie gemeint. »Nur so zum Spaß, ohne einen bestimmten Grund. Und nein, du bist *kein* Serienkiller!«

»Okay, kein Serienkiller. Hab ich kapiert.«

»Also weiter im Text. Du läufst durch den Wald –«

»Ganz alleine«, hab ich wiederholt.

»Ja, ganz alleine. Du läufst durch den Wald und kommst irgendwann zu einem Zaun. Hinter diesem ist ein Erdbeerfeld; so ein richtig schönes und großes, mit saftigen und leckeren Früchten soweit das Auge reicht –«

»Seit wann gibt es denn in einem Wald ein Erdbeerfeld?«, hab ich sie verwundert gefragt. Irgendwie hat ihre Geschichte überhaupt keinen Sinn ergeben. »Ich dachte immer, die müssen direkt unter freiem Himmel sein, damit die genügend Sonne abkriegen. Das hat zumindest meine Mutt... äh, ich meine, das hat zumindest ein Kumpel von mir behauptet.«

Die Anna hat gekichert und gegluckst und ihr Gesicht in ihren Händen vergraben. »Mach's mir doch nicht so schwer, Jürgen«, hat sie gesagt und mich anschließend mit einem Blick angesehen, der so süß war, dass ich am liebsten zerflossen wär.« »Versuch dir einfach vorzustellen, dass es in *diesem* Wald ein Erdbeerfeld gibt, okay?«

»Na gut«, hab ich erwidert und zurückgelächelt.

»Kann ich weitermachen?«

»Klar.«

»Du stehst also vor diesem Zaun, hinter dem sich dieses außergewöhnliche, da deutschlandweit vollkommen einmalige Wald-Erdbeerfeld befindet.« An dieser Stelle mussten wir beide lachen, da die Anna das so wahnsinnig lustig erzählt hat. Ihre Geschichte hat mir immer mehr Spaß gemacht. »Jetzt möchtest du über den Zaun drübersteigen.«

»Hä? Warum das denn?«

»Na, um an die Erdbeeren ranzukommen.«

»Ich mag aber keine Erdbeeren.«

Da hat die Anna regelrecht losgeprustet vor Lachen, die konnte sich gar nicht mehr einkriegen. Das war so ansteckend gewesen, dass ich mich auch nicht mehr zurückhalten konnte und wir am Ende beide halb auf dem Tisch gelegen sind vor Lachen. Ein paar von den Leuten um uns herum haben uns ganz komisch angeguckt, aber das hat uns nicht gestört.

»Was magst du denn stattdessen?«, hat sie mich gefragt.

»Keine Ahnung. Vielleicht Smarties?«

Wir haben uns noch mal kaputtgelacht.

»Okay«, hat die Anna erwidert und sich die Augen abgewischt, weil, die waren schon ganz feucht gewesen. »Dann stehst du eben in diesem Wald vor einem Zaun, hinter dem sich das absolut einmalige und revolutionäre Smarties-Feld befindet.«

»Die gelben mag ich am liebsten«, hab ich ihr verraten, worauf die Anna fast vom Stuhl gefallen wär vor Lachen – und ich auch.

»O Gott«, hat sie erwidert und nach Luft geschnappt. »So viel Spaß hatte ich schon lange nicht mehr. Du bist ein echt schräger Typ, das muss man dir lassen.«

»Also ... süß schräg, oder? Nicht das komische, verdrehte Schräg«, hab ich sie gefragt.

Sie hat mich angestrahlt. »Total süß.«

Da bin ich knallrot im Gesicht geworden und hab mich riesig darüber gefreut. Irgendwie war das Eis ab diesem Moment gebrochen gewesen, die Anna hat es tatsächlich geschafft! Von dem komischen Gefühl von vorhin war nichts mehr übrig gewesen. Wir sind an dem Tisch gesessen und haben uns beide über ihre völlig bekloppte und sinnlose Geschichte kaputtgelacht, und das war echt toll gewesen.

»Also«, hat sie versucht, weiterzumachen, »du willst über den Zaun steigen, um an die Smarties heranzukommen. Meine erste Frage an dich ist: Wie hoch ist dieser Zaun?«

»Hä?«

»Wie hoch der Zaun ist.«

Ich hab sie ratlos angeguckt und mit den Schultern gezuckt. »Woher soll *ich* das wissen? Das ist doch deine Geschichte.«

Der nächste Lachflash.

»Nein!«, hat sie gerufen. »Du musst mir sagen, wie hoch er *in deiner Fantasie* ist. Das ist ein Persönlichkeitstest, keine Erzählstunde, verstehst du? Du musst dir die Geschichte in deinem Kopf vorstellen und mir dann sagen, wie hoch der Zaun ist, den du vor deinem geistigen Auge siehst.«

»Ach so, okay. Hab ich kapiert.«

»Und? Wie hoch ist er?«

»Moment, ich fantasiere noch ...« Ich hab meine Augen zusammengekniffen und ganz angestrengt darüber nachgedacht. Nach ein paar Sekunden ist mir tatsächlich eine Antwort eingefallen, es war die erste Zahl, die mir in den Sinn gekommen ist, warum auch immer. Und sie lautete: »Sieben Meter!«

Die Anna hat mich überrascht angeguckt und ihre Augenbrauen hochgezogen – was echt lustig war, weil, meine Mutti hat das früher auch immer gemacht, wenn ich ihr was erzählt hab. Jedenfalls hat sie wiederholt: »*Sieben* Meter? Echt jetzt?«

»Jupp.«

»Wow! Das ist ja fast schon Donald Trumps Grenzzaun.« Wir haben beide gelacht. »Aber okay, dann ist er eben sieben Meter hoch. Du steigst jetzt über diesen Zaun drüber und bist auf dem Feld mit den leckeren Smarties. Wie viele davon isst du?«

»Ich darf die *essen*?«, hab ich laut gerufen. Das fand ich toll.

»Natürlich!«, hat sie kichernd erwidert. »Wobei ... ›dürfen‹ ist vielleicht das falsche Wort, es hat dir keiner ausdrücklich erlaubt, das zu tun. Aber du bist doch gerade über diesen sieben Meter hohen amerikanisch-mexikanischen Grenzzaun geklettert, das machst du doch nicht zum Spaß, das machst du doch, um an die Smarties heranzukommen, oder?«

Ich hab genickt. »Klingt vernünftig.«

»Also? Wie viele davon verputzt du?«

Ich hab wieder überlegt und dann, nach ein paar Sekunden, zu ihr gemeint: »Alle!«

Die Anna hat ihre Augenbrauen zum zweiten Mal hochgezogen. »*Alle?* Du isst echt komplett *alle*? Das ganze Feld?«

»Ja logo, Mensch, sonst wär's doch totaler Quatsch, über diesen Riesenzaun zu klettern! Außerdem ist das Feld in meiner Fantasie voll von den gelben Smarties, und die –«

»Die isst du am liebsten«, hat sie ergänzt und gelächelt.

»Ja, genau.«

»Okay, dein Zaun ist also sieben Meter hoch und du isst, nachdem du rüber geklettert bist, das komplette Smartiesfeld leer. Jetzt kommt der Bauer, dem das Feld gehört, um die Ecke und fängt an, dich zu beschimpfen. Er fragt dich, was du da machst. Was antwortest du ihm?«

»Oha! Ist der Bauer meine Mutti?«

»Nein«, hat sie erwidert. »Wieso?«

»Weil's dann nicht so schlimm ist, weißt du. Wenn das nämlich meine Mutti wär, dann würde ich RICHTIG Ärger kriegen. Aber wenn das nur so ein stinknormaler Typ ist ...«

Die Anna hat sich vor Lachen kaum noch einkriegen können. »Da geb ich dir recht. Mütter sind schlimmer als jeder Tropensturm, wenn sie sauer sind, stimmt's?«

»Ja«, hab ich geantwortet. Irgendwie war das voll schön, mit ihr zu blödeln und Spaß zu haben. Und es war genauso schön, zu wissen, dass ich nicht der Einzige bin, der vor seiner Mutti Respekt hat.

»Also noch mal«, hat sie angefangen. »Der Bauer, der *nicht* deine Mama ist, beschimpft dich. Wie reagierst du? Was sagst du zu ihm?«

»Hm, gute Frage.« Ich hab mich mit den Ellenbogen auf der Tischplatte abgestützt und meinen Kopf in meine Hände gelegt – du weißt schon, so ganz nachdenklich. Dann hab ich mir überlegt, was ich dem Typen antworten könnte. Irgendwie hab ich in meiner Fantasie so einen komplett durchgeknallten Spinner gesehen, der mit strubbligen Haaren und 'ner Heugabel in der Hand und mit zerrissenen, dreckigen Latzhosen um die Ecke kommt und mich ganz laut mit Wörtern beschimpft, die keine Sau verstehen kann, weil sie auf bayerisch sind. Genau wie mein Onkel Josef halt, der macht das auch. Meiner Mutti ist das jedes Mal sterbenspeinlich.

Deswegen hab ich geantwortet: »Ich glaub, ich würde ihm sagen, dass er gefälligst seine Medizin nehmen soll, weil wir ihn sonst ins Heim bringen müssen.« (Bei Onkel Josef hat das immer funktioniert.)

»Whoa!«, hat die Anna gerufen. »Das ist ja mal krass! Hättest du denn keine Angst, dass er dich verhaut?«

Ich hab mit den Schultern gezuckt. »Das hat Onkel Jos... äh, ich meine, das hat der Bauer noch nie gemacht. Ich kenn den nämlich, weißt du. Der flippt zwar ein bisschen rum, wenn er sauer ist, aber ansonsten ist das ein total netter und harmloser Kerl.«

»Du *kennst* den?«, hat die Anna wiederholt und sich gekringelt vor Lachen. »Das nenn ich mal 'ne coole Antwort! Okay, einverstanden. Der Bauer haut also wieder ab. Du kletterst zurück über den Zaun –«

»Haben die da keine Tür?«

»Eine Tür?«

»Ja klar, 'ne Tür halt! Ich meine, der Bauer hat mich doch gerade blöde angemacht und ist dann wieder weggegangen. Wie ist er denn da reingekommen? Ist er auch über diesen Zaun geklettert, oder was? Die müssen doch irgendwo 'ne Tür haben, durch die man gehen kann, oder klettern die alle wie die Deppen über den Zaun, wenn die auf das Feld wollen?«

Das hat zum nächsten Lachflash geführt.

Ich kann dir sagen, liebes Tagebuch, mir hat langsam aber sicher der Bauch angefangen, wehzutun, so viel haben die Anna und ich gelacht. Bei ihr war's auch nicht anders. Dabei hab ich gar nicht versucht, irgendwie cool oder witzig zu sein, ich hab einfach nur die Sachen gesagt, die mir durch den Kopf gegangen sind. Ganz ohne Filter. ›Jürgen im Original‹. Und das scheint ihr richtig gut gefallen zu haben. Sie hat sich einmal mehr die Tränen aus den Augen gewischt und dann gemeint: »Du bist echt verschärft, Jürgen, ganz ehrlich! Ja, die haben eine Tür, und die steht jetzt offen, du kletterst nicht mehr über den Zaun drüber, sondern du gehst da durch.«

»Okay, alles klar.«

»Du läufst anschließend den Weg zurück, den du gekommen bist. Und dabei fällt dir der Geschmack der Smarties wieder ein, die du gerade gegessen hast. Wie fühlst du dich dabei?«

»Glücklich«, hab ich sofort erwidert und sie angelächelt.

Die Anna hat das verstanden. Sie hat ein wunderschönes Glänzen in den Augen gekriegt, das heller war als alle Sterne am Nachthimmel.

»Du wärst glücklich?«, hat sie mich gefragt.

»Ich *bin* glücklich«, hab ich geantwortet.

Die nächste Minute haben wir nichts mehr miteinander geredet, wir haben uns einfach nur angesehen und gelächelt und waren beide gemeinsam glücklich. Das war der schönste Moment meines Lebens! Ich hab mich noch nie so gut und so zufrieden gefühlt, wie auf diesem Platz in diesem Café an diesem Tag mit dieser Anna. Als ob die ganze Welt plötzlich stehen geblieben und perfekt geworden wär.

»Und?«, hat sie schließlich gefragt. »Willst du das Ergebnis des Tests wissen?«

»Sind wir schon durch?«

»Ja, das waren alle Fragen.«

»Okay, schieß los.«

»Also, pass auf: Die Erdbeeren sind ein Symbol für Liebe, Lust und Leidenschaft, und zwar weltweit.« Sie musste wieder losprusten und hat die Hände seitlich weggestreckt. »Ich hab keine Ahnung, wofür Smarties im globalen Kontext stehen, aber legen wir einfach mal fest, dass sie die gleiche Bedeutung haben. Einverstanden?«

»Und sie machen glücklich!«, hab ich sie erinnert.

»Ja, genau«, hat die Anna bestätigt. »Sie machen sehr, sehr glücklich.« Ich hab in diesem Moment irgendwie den Eindruck gehabt, als ob sie damit gar nicht mehr die Smarties gemeint hat, sondern uns beide, aber bevor ich sie fragen konnte, hat sie schon weitererzählt: »Der Zaun um das Smartiesfeld ist ein Symbol für die Ängste, die man hat, wenn es darum geht, sich auf andere Menschen einzulassen und echte Nähe, Liebe, Lust und Leidenschaft zu spüren. Es ist die Mauer um das eigene Herz, die man überwinden muss.«

Das hat mich nachdenklich gemacht.

»Die ist bei mir ziemlich hoch, oder?«, hab ich sie gefragt.

Sie hat genickt. »In diesem Test schon. Die Schlussfolgerung daraus wäre, dass du dich mit Gefühlen oder mit engen Beziehungen schwertust.«

»Hm«, hab ich gemurmelt und auf die Tischplatte gestarrt. Ich wusste nicht, was ich ihr darauf antworten sollte, weil, das Thema hat sich total komisch angefühlt. Überhaupt nicht schön! Ganz tief in mir drin hab ich gespürt, dass sie recht hatte, aber … das wollte ich nicht zugeben. Umso erleichterter war ich, als die Anna einfach weitergeredet hat. Ich glaube, sie hat gemerkt, dass ich darüber nicht sprechen wollte. Das fand ich sehr nett von ihr!

»Die Menge an Smarties, die du auf dem Feld verputzt«, hat sie mir erklärt, »steht für die Sehnsucht nach Liebe in dir. Je mehr du davon isst, umso größer ist dieser Wunsch.«

Ich bin wieder rot geworden und hab leise erwidert: »Ich hab sie alle gegessen.«

»Ja, das hast du.«

»Und was bedeutet das? Brauch ich ganz viel Liebe?«

»Ich erzähle dir nur, was der Test über dich aussagt, Jürgen. Ob etwas davon stimmt, musst du selbst entscheiden.« Sie hat ganz lieb und süß gelächelt. »Aber davon abgesehen: Sich viel Liebe zu wünschen, ist doch nichts Schlimmes, oder?«

»Nein, wahrscheinlich nicht … ich meine … keine Ahnung … also … ich weiß nicht.«

Die Anna hat wieder nicht auf meine Antwort gewartet, sondern einfach weitergesprochen: »Der Bauer, der plötzlich auftaucht und dich beschimpft, steht für die Einflüsse von außen, die versuchen, dir ein schlechtes Gewissen einzureden. Das können gesellschaftliche Normen oder religiöse Überzeugungen sein, die elterliche Erziehung oder die Verhaltensregeln in einer Gruppe. Aber auch eigene Ängste, emotionale Blockaden und negative Erfahrungen in der Vergangenheit. Eben alles, was deine Entscheidungen beeinflusst und infrage stellt. Verstehst du, was ich meine?«

»Ja, ich glaub schon«, hab ich geantwortet und dabei sofort an meine Mutti gedacht, die mir – so sehr sie mich auch lieb hat – immer wieder mit ihrer Bibel gekommen ist und mir erzählt hat, was ich angeblich tun darf und was nicht, was gut ist und was böse und wie ich mein Leben zu leben habe. Das hat mir schon viele schöne Dinge vermiest. Ich meine, okay, ich weiß mittlerweile, dass sie das nicht böse gemeint hat, aber trotzdem fand ich's doof. Ich hab mich dabei echt nicht wohlgefühlt. Ich weiß bis heute nicht, warum sie mit manchen Sachen so ein großes Problem hat, das hat sie mir nie gesagt, aber trotzdem hat's mich beschäftigt und mir keine Ruhe gelassen. Verrückt, oder?

»Diese Einflüsse«, hat die Anna weitererzählt, »haben nichts mit deinem wahren Ich zu tun, also mit dem, was du wirklich willst, denkst oder fühlst. Das zeigt sich erst im letzten Teil der Geschichte: bei der Erinnerung an den Smartiesgeschmack in deinem Mund. Hier spricht dein Unterbewusstsein zu dir. Es sagt dir, was du wirklich über deine Entscheidung denkst, über den Zaun zu klettern und die Smarties zu essen.«

»Hä? Das versteh ich nicht.«

»Es zeigt dir, was du wirklich willst.«

»Und ... was will ich?«

Sie hat mir gaaanz tief in die Augen gesehen, und zwar so tief, dass sie fast schon auf mein Hirn gucken konnte. Und dann hat sie nur dieses eine Wort zu mir gesagt.

»Liebe.«

In diesem Augenblick ist's dann passiert! Irgendwas ganz tief in mir drin ist zusammengebrochen – wie so 'ne hohe Mauer, über die ich nie drübergucken konnte und die mich an einem Ort gefangen gehalten hat, an dem ich nie sein wollte. Ich hab mich schlagartig so gefühlt, als ob die Sonne aufgegangen wär und mir direkt ins Gesicht scheinen würde; total warm und schön und hell.

»Ich möchte dich so gerne küssen«, hab ich der Anna gesagt.

»Dann tu's doch«, hat sie erwidert und mich dabei angelächelt.

Und das hab ich dann auch gemacht!

Wir haben uns genau dort, in diesem Café, geküsst – ganz lange, ganz romantisch, und komplett ohne den Sebastian oder die Kusspuppe oder die Frauenprofis aus dem Internet. Einfach so. Und nur für uns.

Und soll ich dir was sagen? Es ist gar nicht so kompliziert gewesen. Eigentlich sogar total leicht.

Anschließend sind wir noch ein bisschen durch den Schlosspark spazieren gegangen. Das Wetter war richtig super gewesen, und die Anna hat mir noch ein bisschen mehr von ihrer Familie erzählt. Sie ist übrigens auch ein Scheidungskind, genauso wie ich! Ist das nicht der Wahnsinn? Nur mit dem Unterschied, dass sie noch zu ihrem Papi Kontakt hat, ich aber nicht mehr. Ansonsten haben wir ganz viel gelacht und geredet, uns die Tauben und Enten angeguckt, die da rumgesessen oder im Wasser geschwommen sind, haben Händchen gehalten, uns umarmt und immer wieder geküsst. Das war so wunderschön gewesen, Tagebuch, ich hätt pausenlos jubeln können. Ganz im Ernst.

Um kurz vor 22:00 Uhr haben wir uns dann verabschiedet. Wieder am Bahnhof, wieder vor der S-Bahn. Wieder ist sie weggefahren, und ich hab ihr wieder solange nachgeschaut, bis der letzte Wagen in der Dunkelheit verschwunden war.

An diesem Abend wollte ich mit keinem mehr sprechen; weder mit meiner Mutti, noch mit dem Sebastian. Meine Mutti hat mich zwar abgeholt und wieder nach Hause gebracht, aber sie hat mir während der ganzen Fahrt keine einzige Frage gestellt. Nur am Anfang, nachdem ich eingestiegen bin, hat sie zu mir gemeint: »Hast du Spaß gehabt?« Und ich hab ihr geantwortet: »Ja, sehr.« Das war's! Mehr haben wir nicht miteinander geredet. Ich glaube, sie hat kapiert, dass ich glücklich bin, aber noch ein bisschen Zeit für mich brauche, um das alles zu verstehen, was mir passiert ist. Fand ich toll von ihr!

Der Sebastian hat sich dann per WhatsApp bei mir gemeldet – eigentlich schon um 19:17 Uhr, als er von der Arbeit zurückgekommen ist, aber da bin ich ja noch in der City gewesen. Er hat sich erkundigt, ob ich heute zu ihm rüberkommen möchte, weil ich doch 'ne Frage an ihn hätte. Ich hab ihm nur zurückgeschrieben:

Hat sich erledigt.

Tja, Tagebuch, das war er also, mein völlig verrückter Tag! Im Augenblick liege ich auf meinem Bett und schreibe in dich rein, und während ich das tue, denke ich viel über die Anna nach und über mein

Leben und über diesen Test, den sie mit mir gemacht hat (und über gelbe Smarties, aber das ist ein anderes Thema). Mir ist schon klar, dass das nur ein Spiel gewesen ist, aber irgendwie hatte sie damit recht. Ich steh wirklich vor einem großen Zaun, ich hab wirklich Angst davor, Gefühle zuzulassen. Das hat mir der Sebastian auch schon gesagt. Und dieses ganze Zeugs, das ich früher gemacht hab, diese ganzen Versuche, cool und selbstsicher rüberzukommen und allen zu zeigen, wie toll ich bin, waren doch nur … na ja … Angst halt.

Jetzt liege ich hier, und alles ist irgendwie anders. Ich kann dir nicht mal sagen, was genau, aber irgendwas hat sich verändert. Die Welt fühlt sich anders an. Das Leben fühlt sich anders an. Wirklich alles fühlt sich anders an! Du bist immer noch dasselbe Tagebuch, aber sogar du fühlst dich anders an. Als ob in mir ein neuer Mensch entstanden wär. Ist das nicht verrückt?

Na ja, wie auch immer, ich geh jetzt schlafen. Vielleicht hab ich ja morgen ein bisschen mehr davon kapiert. Und falls nicht, dann kann ich immer noch den Sebastian fragen.

Also, schlaf gut, liebes Tagebuch, man sieht sich!

In Liebe, dein (veränderter) Jürgen.

– Tag 27 –

Liebes Tagebuch,

Das Leben ist schön!
    Und das Verrückte daran ist: Ich bin eigentlich todmüde und kann kaum noch die Augen offenhalten. Beim Abendessen mit Mutti wär ich fast nach vorne gekippt und mit dem Gesicht in den Spaghetti gelandet, aber zum Glück hat sie mich noch festhalten können. Wär echt schade drum gewesen, die haben voll lecker geschmeckt. Ganz abgesehen davon, dass ich mir das Zeug aus der Nase hätte pulen müssen, und das macht keinen Spaß, glaub mir, das hab ich schon als Kind machen müssen. Da hat mich dieser blöde Karl-Eugen in der Schule ... ach, ist egal, vergiss es. Darum geht's hier nicht.
    Jedenfalls ist der Grund für meine Müdigkeit, dass ich gestern doch nicht sofort ins Bett gegangen bin, wie ich's gesagt hab, ich wollte der Anna erst noch eine Gute-Nacht-Nachricht schreiben, um ihr zu sagen, wie toll mir der Tag gefallen hat und wie sehr ich sie schon jetzt vermisse – also wie beim letzten Mal auch. Und sie hat mir natürlich sofort zurückgeschrieben – auch wie beim letzten Mal – und mir gesagt, dass es ihr genauso geht. Der Unterschied war nur, dass wir's diesmal nicht dabei belassen haben. Wir haben uns immer mehr und mehr Nachrichten geschickt, mit immer längeren und längeren Texten, bis es irgendwann ganz spät in der Nacht gewesen ist und die Anna zu mir gemeint hat:

> *Hey, ich muss jetzt ECHT ins Bett gehen, morgen ist wieder Uni. Das wird 'ne kurze Nacht, so viel steht fest ;-). Aber das ist es mir wert gewesen, es hat riesig Spaß gemacht, mit dir noch ein bisschen zu schreiben. Hab dich SEHR lieb & küsse dich!!!*

    Ich hab mich also von ihr verabschiedet (und sie von mir), dann hab ich mein Handy ausgeschaltet, gaaanz fest gegen meine Brust gedrückt und verträumt an meine Zimmerwand geglotzt. Das war voll schön gewesen, weißt du! Ich hab nämlich alle Lichter ausgeschaltet und die Jalousien oben gelassen, damit das Mondlicht bei mir reinscheinen konnte. Normalerweise mach ich das nicht, weil mich das beim Schlafen nervt, aber gestern war das voll okay gewesen. Irgendwie hab ich das gebraucht. Ich hab mir vorgestellt, dass die vielen Lichtstreifen an der Wand von ganz vielen Kerzen kommen würden, die überall verstreut sind, während die Anna und ich unser drittes, voll romantisches Date haben und eng aneinander gekuschelt dasitzen und glücklich sind. So bin ich dann irgendwann eingeschlafen. Und natürlich direkt vom Stuhl gefallen! DAS hat vielleicht wehgetan, kann ich dir sagen. Das war der Moment gewesen, an dem ich beschlossen hab, doch langsam ins Bett zu gehen.

Heute Morgen bin ich dann um 08:45 Uhr aufgestanden. Eigentlich war das total bekloppt gewesen, weil, ich hab gerade mal fünf Stunden geschlafen. Aber ich konnte einfach nicht mehr liegen bleiben, weißt du. Ich wollte unbedingt was tun, irgendwas erleben, irgendwie raus aus der Wohnung und an die frische Luft. Also hab ich mir ein bisschen Geld aus Muttis Kaffeekasse genommen und bin dann zu unserem Bäcker um die Ecke gegangen, um Brötchen zu holen. DIE haben vielleicht lecker geduftet, Tagebuch, das kannst du dir gar nicht vorstellen! Am liebsten hätt ich die an Ort und Stelle verputzt. Aber dafür waren die nicht gedacht gewesen, dafür hab ich sie nicht geholt. Ich bin stattdessen wieder zurück, hab das schöne Brotkörbchen mit dem Blumenmuster rausgeholt (Mutti mag das voll gerne; das hat sie von irgendeiner Tante geerbt, die schon tausend Jahre tot ist), hab die Brötchen da reingetan, Kaffee gekocht und dann alles zusammen mit Wurst und Käse bei uns auf den Esstisch gestellt. Anschließend hab ich einen Zettel geschrieben und dazugelegt, auf dem draufstand:

Hallo liebe Mutti, guten Appetit.
Lass es dir schmecken!
Dein Jürgen.

Die hat sich WIE BOLLE darüber gefreut, als sie das gesehen hat, ist ja klar! Das hat sie mir allerdings erst später sagen können, weil, ich bin gleich darauf eine Runde spazieren gegangen. Ja, du liest richtig, Tagebuch, ich bin ganz in echt und ohne Witz spazieren gegangen! So mit Füßen und laufen und allem Drum und Dran, wie man das halt so macht. Ich hab einfach Lust dazu gehabt. Total verrückt, oder? Dabei HASSE ich Spazieren gehen, und noch sehr viel mehr hasse ich schlechtes Wetter beim Spazieren gehen – so wie heute. Als ich losgelaufen bin, da hat's nur ein paar Minuten gedauert, bis es zu schütten angefangen hat. Aber weißt du was? Auch das war mir egal gewesen! Ich hab's genossen. Ich bin zur Dorfmitte gelatscht, immer schön an der Straße entlang, und hab mir dabei die Autos angeguckt, die durch Pfützen gefahren sind, und die Leute, die das Wasser von diesen Pfützen abgekriegt und sich tierisch darüber geärgert haben. Und irgendwie war das ... na ja ... schön gewesen.

Als ich zurückgekommen bin, da hat mich Mutti angeguckt, als ob ich völlig den Verstand verloren hätte, und hat mich gefragt: »Wo, um alles in der Welt, bist du gewesen?«

»Draußen«, hab ich ihr geantwortet. Ich fand's lustig, dass sie mich das fragt, weil, irgendwie war's doch offensichtlich, wo ich gerade hergekommen bin, immerhin hab ich den ganzen Boden vollgetropft.

Sie hat aus dem Fenster geguckt und gerufen: »Bei *diesem* Wetter?« Es hat immer noch geschüttet wie aus Kübeln.

»Ja«, hab ich erwidert.

»Aber ... warum?«

»Weil ich halt Lust dazu hatte. Einfach so.«

»Und wo genau warst du?«

»Ich bin ein bisschen rumgelaufen.«

Da hat sie, glaub ich, verstanden. Sie hat mich angelächelt, ist zu mir gekommen und hat mich gaaanz fest in ihre Arme genommen (und das, obwohl ich so nass war). Dann hat sie zu mir gemeint: »Ich freu mich wirklich sehr für dich.«

»Ich weiß«, hab ich erwidert.

Anschließend hab ich mich umgezogen und wir sind zusammen zum Frühstückstisch gegangen und haben die Brötchen gegessen.

Den restlichen Tag hab ich damit verbracht, einen ganzen Haufen Liebesgedichte für die Anna zu schreiben. Ich hab gedichtet und gedichtet und gedichtet, eine Seite nach der anderen vollgeschrieben und erst damit aufgehört, als ich gemerkt hab, dass ich überhaupt nicht dichten KANN. Das ganze Zeug hat sich gelesen, als ob ein geisteskranker

Vogel über 'n Tintenfass gestolpert und anschließend quer über mein Papier gelatscht wär. Meine beste Arbeit war das hier:

Liebe Anna, du bist so toll,
ich mag dich voll,
ich fühl mich mit dir wo'l.

Also ... falls du dich wunderst, Tagebuch: Das Wort am Ende soll eigentlich ›wohl‹ heißen, aber das reimt sich nun mal nicht auf ›toll‹ und ›voll‹. Und ja, das hört sich kacke an, ich weiß! Deswegen hab ich's auch zusammengeknüllt und zu den restlichen achtundvierzig Gedichten in meinen Papierkorb geschmissen. Eines steht schon mal fest: Wenn die Anna 'ne Gedichteliebhaberin wär, dann würde das zwischen uns beiden NIE IM LEBEN klappen! Da hab ich ja noch mal Glück gehabt.

Irgendwann gegen 17:00 Uhr hat dann plötzlich mein Handy geklingelt. Ich hab mich schon wahnsinnig gefreut, weil ich gedacht hab, dass das wieder die Anna wär. Ich bin wie ein Irrer hingerannt und hab, ohne auf die Anzeige zu gucken, die grüne Taste gedrückt und dann laut gerufen: »Na endlich rufst du an! Hey, ich hab dich voll vermisst, weißt du das? Und ich hab heute Nacht von dir geträumt. Das war voll romantisch gewesen.«

Der Sebastian am anderen Ende hat geantwortet: »Ich hab dich auch vermisst, Schätzchen.« Dann hat er laut gelacht. »Hallo Jürgen! Ich vermute mal, dass die Ansage nicht für mich bestimmt war, oder?«

»Nee«, hab ich geantwortet. »Die war eigentlich für die Anna.«

»Dachte ich mir. Kleiner Tipp: Immer erst aufs Display gucken, bevor du Liebesschwüre von dir gibst. Sonst ist schlimmstenfalls die falsche Frau dran, und dann hast du ein richtig großes Problem.« Er hat noch mal gelacht.

»Oder überhaupt keine Frau«, hab ich ergänzt.

»Bingo! Aber deswegen rufe ich nicht an. Ich wollte dich fragen, ob bei dir alles in Ordnung ist. Ich hab gestern bei euch angeklingelt, aber es ist niemand zuhause gewesen, und auf deinem Handy hab ich dich auch nicht erreichen können. Alles okay bei dir? Oder muss ich mir Sorgen machen?«

»Nee, alles super!«, hab ich geantwortet. »Ich hab mich gestern mit der Anna getroffen, weißt du. Wir haben unser zweites Date gehabt.« Den letzten Satz hab ich ganz besonders betont und dabei stolz die Brust rausgedrückt. Das konnte der Sebastian natürlich nicht sehen, aber ich hab's trotzdem gemacht, weil, irgendwie hat sich das richtig und passend angefühlt.

»Na, schau mal einer an«, hat der Sebastian erwidert und durch die Zähne gepfiffen. »Unser Jürgen wird flügge! Das ist ja 'n Ding.«

»Hä?«

»Du wirst selbstständig, will ich damit sagen. Das ist ja großartig! Ich bin echt platt! Willst du nicht rüberkommen und mir davon erzählen? Ich bin jetzt zuhause, ich hab mir heute etwas früher freigenommen.«

Ich hab kurz darüber nachgedacht, aber dann hab ich zu ihm gemeint: »Nein. Ich hab 'ne bessere Idee: Lass uns was essen gehen, und diesmal lad ich dich ein. Was hältst du davon?«

»Du lädst mich ein?«, hat er überrascht gefragt.

»Jupp!«

Ich hab ihm von diesem Restaurant erzählt, das ich schon oft gesehen hab, wenn ich mit Mutti zum Wochenmarkt gefahren bin, weil, das ist nur ein paar Schritte von unserer Wohnung entfernt. Aber ich bin noch nie drin gewesen. Scheint irgendwas Italienisches zu sein. Jedenfalls bin ich heute, als ich spazieren war, direkt daran vorbeigelaufen und hab durch die Fenster reingeguckt. Und weißt du was, Tagebuch? Das ist voll schön da drin! So mit Fischernetzen an den Wänden, in dem Muscheln und Seesterne hängen (sind aber nicht echt, sonst würde das ja stinken wie Sau). Und Kerzen auf den Tischen haben die auch. Und voll leckeres Essen auf den Tellern.

Das hab ich dem Sebastian vorgeschlagen.

»Gibt's dafür einen bestimmten Anlass?«, hat er mich gefragt.

»Ja, ich will mich bei dir bedanken. Weißt du, dein Coaching und die vielen Gespräche mit dir haben mir so wahnsinnig viel geholfen, dass die tollen Sachen, die ich jetzt habe, nie passiert wären, wenn du mir nicht geholfen hättest. Und … na ja … ich hab halt gemerkt, dass ich dir noch kein einziges Mal ›Danke‹ gesagt hab.«

Da war der Sebastian total gerührt gewesen. »Das ist doch eine Selbstverständlichkeit, Jürgen«, hat er gesagt. »Das habe ich liebend gerne gemacht, dafür brauchst du mir nichts geben! Wenn es dir in deinem Leben hilft und du dein Glück findest, dann ist das schon Dank genug für mich. Du brauchst mich nicht zum Essen einzuladen oder so was.«

»Ich will aber«, hab ich trotzig erwidert.

Und irgendwann hat er »Okay« gesagt.

Eine halbe Stunde später sind wir in dem Restaurant gesessen. Der Sebastian hat sich eine Lasagne bestellt und ich ein Schnitzel mit Pommes und Ketchup. Beides war superlecker!!! Der Kellner – so ein lustiger, alter Typ mit kurzen Haaren auf dem Kopf, der ›Luigi‹ hieß – hat uns das Essen serviert und uns dann gefragt, ob wir zum ersten Mal hier wären, weil er uns noch nie vorher gesehen hat. Ich hab ihm stolz erzählt: »Ja, wir sind zum ersten Mal hier! Ich will heute meinen Freund Sebastian zum Essen einladen, weil ich gestern voll das schöne Date gehabt hab.«

Da hat der Typ irgendwas mit »*Aaaah, amore!*« gefaselt (keine Ahnung, was er damit gemeint hat), und gleich darauf hat er die Kerze auf unserem Tisch angezündet, ein Blümchen dazugestellt und mir zugezwinkert. Komischer Kauz, echt! Aber andererseits auch nett.

Der Sebastian hat geschmunzelt und gemeint: »Ich glaube, unser sympathischer Italiener hat das ein bisschen anders verstanden, als du es gemeint hast.«

»Hä? Wieso?« Ich hab's echt nicht kapiert.

»Ach, vergiss es.« Er hat abgewinkt und noch mehr gegrinst. »Du bist einfach ein Unikat, Jürgen, da führt kein Weg daran vorbei. Dich gibt's echt nur einmal. Aber kommen wir zu was anderem, erzähl mir lieber von deinem Date mit der Anna! Wie ist's gelaufen? Was habt ihr gemacht? Wo seid ihr gewesen?«

Ich hab mir eine Gabel voll Pommes in den Mund gestopft und zu ihm gemeint: »Mfir mfwaren imf Pflanie gefpfesen.«

»Ich versteh kein Wort.«

»Wir waren im Planie gewesen«, hab ich wiederholt, nachdem ich die Pommes runtergeschluckt hab.

»Ach was, echt? Im Café Planie in Stuttgart?«

»Japp.«

»Wie seid ihr denn darauf gekommen, da hinzugehen?«

Ich hab mit den Schultern gezuckt. »Na ja, mir hat das damals so gut gefallen, als wir nach dem Shoppen mit der Tatjana Kuchenessen waren. Weißt du noch? Und ich hab mir halt gedacht, dass das der Anna auch gefallen könnte.«

»Und? Hat es das?«

»Ja, es hat ihr voll gut gefallen.« Ich hab mir die nächste Portion Pommes reingeschaufelt.

Der Sebastian hat mich ein paar Sekunden lang angeguckt, dann hat er zu mir gemeint: »Komm schon, Jürgen, lass mich nicht doof sterben, erzähl mir mehr! Was ist passiert? Wie ist das Date gelaufen?«

»Am Anfang war's ganz komisch, um ehrlich zu sein. Wir haben uns an einen freien Tisch gesetzt und etwas zu essen und zu trinken bestellt, und dann haben wir versucht, irgendwas miteinander zu reden. So wie beim ersten Date halt. Aber irgendwie ist uns nix eingefallen! Wir haben die ganze Zeit nur so belangloses Zeug gelabert. Das war voll ätzend gewesen. Aber dann hat die Anna ein Spiel mit mir gespielt, und danach war's total super.«

»Ein Spiel? Was denn für ein Spiel?«

»Na ja, da ging's irgendwie um ein Smartiesfeld und um Zäune, war alles ein bisschen komisch. Hat aber Spaß gemacht.«

»Ein *Smartiesfeld*? Ich versteh kein Wort.«

»Nee, warte, das stimmt so nicht. Eigentlich ging's um ein Erdbeerfeld, aber ich mag ja keine Erdbeeren. Das hab ich auch der Anna gesagt. Die hat mich dann gefragt, was ich stattdessen mag, und ich hab halt ›Smarties‹ gesagt. Weil ich die doch so gerne esse. Und sie hat dann gemeint, dass es ein Smartiesfeld wär. Und um dieses Feld ist so 'n komischer Zaun gebaut, über den man drüberklettern muss, um an die Smarties ranzukommen und die aufzuessen. Und dann kommt plötzlich so 'n Bauer um die Ecke, der zu schimpfen beginnt, und –«

»Warte, einen Moment mal!«, hat der Sebastian laut gerufen und mich damit unterbrochen. Er hat total überrascht geguckt. »Die Anna hat mit dir die ›Erdbeerwiese‹ gespielt?«

»Nee«, hab ich erwidert. »Das ›Smartiesfeld‹! Ich mag doch keine Erdbeeren.«

»Ja ... aber eigentlich war's das Spiel mit den Erdbeeren, oder?«

»Stimmt. Aber ich mag keine Erdbeeren, und deshalb –«

»Die Anna hat ernsthaft die Erdbeerwiese mit dir gespielt?« Er hat so breit gegrinst, dass ich gedacht hab, ihm fallen gleich die Zähne raus. Er war total aufgekratzt und fröhlich, und ich hab mich gefragt, was er denn mit seinen komischen Erdbeeren hat.

»Neee-heeein!«, hab ich gerufen. »Das *Smartiesfeld*. Ich mag keine Erdbeeren!«

»Von mir aus, dann eben das Smartiesfeld. Aber es ging bei diesem Spiel um einen Zaun, über den du klettern musst, und darum, dass du die Smarties auf dem Feld aufessen sollst, richtig? Und um einen Bauern, der um die Ecke kommt und wütend ist.«

»Japp. Das war voll lustig.«

In dem Moment hat der Sebastian was Seltsames gemacht. Er hat schallend losgelacht, mit den Fingern gegen die Tischkante gehauen und zu mir gemeint: »Dieses raffinierte Luder! Ich fasse es nicht. Da spielt die ernsthaft die Erdbeerwiese mit dir. Wie geil ist das denn?«

»Sag mal, wie oft denn noch? Es war keine Erdbeerwiese!«

»Ja, ich weiß, es war ein Smartiesfeld.« Er hat sich zu mir vorgelehnt und mir gaaanz tief in die Augen geschaut. »Jürgen, das Erdbeerwiesen-Spiel ist ein Klassiker beim Flirten! Ich habe es schon mit unzähligen Frauen gespielt, man kann dadurch sehr viel über ihre Persönlichkeit erfahren – also wie mutig sie sind, wovor sie Angst haben, wie sie auf diese Angst reagieren, so etwas eben. Und ... na ja ...« Das Grinsen ist noch breiter geworden. »Das Spiel hat eigentlich einen sexuellen Hintergrund.«

Mir sind fast die Pommes aus dem Mund gefallen. »Was???«, hab ich gekrächzt und ihn völlig entsetzt angesehen.

»Erdbeeren haben kulturell eine erotische Bedeutung. Somit ist die Erdbeerwiese ein Symbol für Sexualität. Der Zaun um diese ist der innere Widerstand, den jemand hat, wenn es darum geht, sich auf ein sexuelles Abenteuer einzulassen. Er zeigt, wie positiv oder ablehnend, interessiert oder zurückhaltend diese Person auf das Thema reagiert. Je höher der Zaun ist, umso mehr Angst hat sie davor oder umso vorsichtiger und zurückhaltender ist sie. Und der Bauer ist ein Symbol für das schlechte Gewissen, das sie möglicherweise plagt, wenn sie sich auf ein solches Abenteuer einlässt. Je nachdem, wie sie auf den Typen reagiert – entweder cool und überlegen oder schüchtern und verunsichert – zeigt dir, ob sie eine offene und positive Einstellung zu ihrer Sexualität hat, oder eben nicht.«

Ich hab's immer noch nicht glauben können. Ich war total neben der Spur gewesen. »Die Anna hat ein *Sexspiel* mit mir gespielt???«

»Nein, kein Sexspiel, es ist ein Persönlichkeitstest mit einem ganz feinen und unterschwelligen sexuellen Einschlag.«

»Aber ... ich ... äh ... wieso ...?«

»Hey, das ist doch nichts Schlimmes, Jürgen, das ist im Gegenteil etwas total Großartiges! Ich meine, das Mädel hat dich über deine Sexualität ausgefragt. Was willst du denn mehr?«

»Ja, aber ... was heißt das denn?«

»Na, was soll es schon heißen? Sie überlegt sich, Sex mit dir zu haben. Sie checkt dich ab.«

»ABER ICH WOLLTE DOCH GAR KEINE SEX-ERDBEEREN HABEN, ICH WOLLTE NUR DIE SMARTIES ESSEN!!!«, hab ich panisch gerufen.

Da hat der lustige Kellner wieder zu uns rübergeguckt, diesmal allerdings mit 'nem ziemlich komischen Gesichtsausdruck. Bestimmt hat er sich darüber gewundert, wie der Sebastian auf seine Geschichte mit den Erdbeeren gekommen ist. Ich meine, ich hab doch nur die Smarties essen wollen (und auch nur die gelben)! Seit wann haben die was mit Sex zu tun???

»Keine Panik, Jürgen, beruhig dich«, hat der Sebastian zu mir gemeint. »Das ist der normale Ablauf bei Dates. Ich meine, ihr seid zwei erwachsene Menschen, die bald ihr drittes Date haben, da ist es nur noch eine Frage der Zeit, bis das Thema auf den Tisch kommt.«

»Wie? Was? Welcher Tisch, welches Thema?«

»Na, Sex eben.«

»Du ... du meinst, dass ... die Anna und ich ... also ... wir zwei?« Ich sag dir, liebes Tagebuch: Allein bei dem Gedanken daran hat sich mein Kopf in Wackelpudding verwandelt. Ich hab den Sebastian angestarrt wie so 'n Alien und wusste nicht, was ich sagen sollte.

»Na klar!«, hat er erwidert. »Ist das wirklich so überraschend für dich? Was hast du denn gedacht, was am Ende bei der Sache rauskommt?«

»Na ja, ich ... äh ... keine Ahnung! Ich dachte halt, dass wir ein Paar werden und dann ... ich weiß nicht ... zusammen sind, und ...«

Der Sebastian hat mich ein paar Sekunden angesehen, dann hat er gefragt: »Sag mal, Jürgen, Hand aufs Herz: Hat dich deine Mutter eigentlich aufgeklärt?«

»Über was?«, hab ich gefragt.

»Na ja, darüber, wie das zwischen Männlein und Weiblein so läuft, wenn die ... « Er hat seine Hände hochgehalten und seine Finger ineinandergeschoben, als ob er beten wollte. »Du weißt schon: Wenn die Sex miteinander haben.«

»Also, meine Mutti hat mir immer aus der Bibel vorgelesen, da ging's um Adam und Eva und wie die ihre Kinder gekriegt haben. Und dann hat sie zu mir gemeint, dass das alles total einfach wär und man nicht darüber reden muss, weil einem der liebe Herrgott schon zeigen wird, wie das funktioniert.«

»Adam und Eva?«, hat der Sebastian wiederholt.

»Ja, die beiden Typen im Paradies. Die mit dem Apfel und dem Baum.«

»Ich weiß, wer Adam und Eva waren. Aber was hat das denn mit Sex zu tun?«

»Na ja, die kriegen halt ihre Kinder, und ... dann ... keine Ahnung! Ich hab nie wirklich darüber nachgedacht, weil mir meine Mutti ständig solche Sachen erzählt hat.«

»Du hast also keinen Schimmer, wie Sex funktioniert?«

»Nee, nicht wirklich.«

»Hast du dir schon mal einen Porno reingezogen?«

»Einen was?«, hab ich gefragt.

»Den Playboy gelesen?«

»Wen?«

»Hast du dich schon mal selbst befriedigt?«

»Hä?«

»Das glaub ich ja nicht.« Der Sebastian hat sich nach hinten fallenlassen, bis sein Rücken die Stuhllehne berührt hat. »Hast du schon mal an deinem besten Freund da unten herumgespielt und einen Orgasmus gehabt?«

Als er das gefragt hat, da bin ich so rot im Gesicht geworden, dass 'ne mutierte Riesentomate nichts gegen mich gewesen wär. »Nee«, hab ich gestottert und dabei geschwitzt wie ein Affe. »Also … ich meine, ich … äh … ich hab … na ja … ich hab vielleicht mal …«

»Heißt das, ja?«

Ich hab genickt und dabei auf mein Schnitzel gestarrt, als ob das irgendwie helfen würde, mit dem Sebastian über diese Sache zu reden, ohne im Boden zu versinken.

»Na ja, immerhin«, hat er gemurmelt. »Dann weißt du wenigstens, wie's prinzipiell funktioniert. Jetzt müssen wir dir nur noch den Unterschied zwischen deiner Fünf-Finger-Freundin und einer echten Frau beibringen, dann haben wir die halbe Strecke zum Ziel schon hinter uns.«

»Hilfst du mir dabei?«, hab ich ihn vorsichtig gefragt.

»Na klar, das weißt du doch. Ich muss mir nur überlegen, wie, um alles in der Welt, ich das am besten anstelle.« Er hat tief durchgeatmet. »Das wird ein riesiges Stück Arbeit werden.«

»Aber du hilfst mir, ja? Du bringst mir bei, wie Sex geht, ja?«

Der Sebastian hat sich zu dem Kellner gedreht, der genau in diesem Moment an unseren Tisch gekommen ist und irgendwas fragen wollte. Aber irgendwie ist nichts aus seinem Mund herausgekommen, er hat uns einfach nur schräg angeglotzt.

»Glauben Sie mir«, hat der Sebastian zu ihm gemeint, »es ist völlig anders, als es sich anhört, aber trotzdem würde es Stunden dauern, Ihnen das zu erklären. Versuchen Sie erst gar nicht, es zu verstehen.«

Der Typ hat nur den Kopf geschüttelt und ist wieder gegangen.

Dann hat sich der Sebastian wieder zu mir vorgelehnt. »Mit dem Sex«, hat er gesagt, »ist es so ähnlich wie mit menschlichem Umgang im Allgemeinen: Je mehr du dich auf dein Gegenüber einlässt, je mehr du auf die Bedürfnisse deines Gegenübers achtest, umso mehr bekommst du auch wieder zurück. Viele Männer verstehen den Sex mit einer Frau als Egotrip oder Leistungssport, sie wollen sich nur ihre Befriedigung holen und vergessen dabei völlig, dass sie es mit einem lebenden, atmenden, fühlenden Wesen zu tun haben, und nicht mit einer Gummipuppe.« Er hat mit den Schultern gezuckt. »Man kann sich darüber streiten, woher diese idiotische Einstellung kommt, aber ich glaube, es hat viel damit zu tun, wie Männer heutzutage aufwachsen. Die wenigsten werden vernünftig aufgeklärt, viele leben in Familien, in denen über Sexualität entweder gar nicht oder nur hinter vorgehaltener Hand gesprochen wird. Also holen sie sich ihr ›Wissen‹ aus Pornofilmen, in denen die Frau immer nur ein Sexobjekt ist und ihre Gefühle und ihre Befriedigung überhaupt keine Rolle spielen.«

»Aber ... bei mir ist das nicht so, oder?«, hab ich gefragt. »Ich hab mir diese komischen Promofilme nie angeguckt.«

»Pornofilme«, hat mich der Sebastian korrigiert. »Die Dinger heißen Pornos. Aber jetzt mal ernsthaft, Jürgen.« Er hat mich mit so 'nem Blick angesehen, als ob er nicht glauben könnte, was ich ihm erzähle. »Du hast wirklich noch nie in deinem Leben einen Sexfilm geguckt? Kein einziges Mal?«

»Weiß ich nicht«, hab ich erwidert. »Was passiert denn in denen?«

Er hat's mir kurz erklärt und ein paar Beispiele genannt, und als er damit fertig war, da ist mir schlagartig eine Sache klar geworden: Diese Filmchen im Internet, die ich damals bei meiner Frauensuche gefunden hab, und auch die Dinger, die ich mir in der Videothek ausgeliehen hab, um mich auf das Kirchendingsbums vorzubereiten, waren gar keine ... na ja ... normalen Filmchen gewesen. Und die Männer und Frauen da drin haben auch nicht miteinander geflirtet oder sich bei irgendwelchen Juckreizproblemen geholfen. Die haben ...

... auweia!!!

Mir ist in diesem Moment siedend heiß eingefallen, dass ich ein paar dieser Filme Mutti gegeben hab, damit sie sich die mit ihren Freundinnen angucken kann. Ich hoffe echt, dass sie das noch nicht gemacht hat, sonst ... oh, Mist!!! SO EIN MIST!!! SO EINE KACKE!!!

»Alles klar mit dir?«, hat der Sebastian gefragt. »Du bist so blass um die Nase geworden.«

»Nee, alles super, alles okay, alles prima!«, hab ich gestammelt und ganz schnell mein Schnitzel weitergegessen. Und ich hab mir fest vorgenommen, Mutti sofort nach den Filmen zu fragen, sobald ich wieder zuhause bin. SO EIN MIST!!!

»Jedenfalls«, hat der Sebastian weitererzählt, »bilden diese Filme nicht die Realität ab, sondern nur ein Zerrbild, eine Fantasie. Dennoch glauben viele Männer, dass genauso Sex funktioniert, weil sie letztlich niemanden haben, der ihnen die Wahrheit sagt. Sie haben keine echten Vorbilder mehr.«

»Und ich?«, hab ich gefragt.

»Du bist eine andere Art von ›Spezialfall‹. Du bist als Einzelkind in einer Scheidungsfamilie aufgewachsen, mit einer streng religiösen Mutter, die dich nie aufgeklärt hat. Du hattest nie irgendwelche Freunde, mit denen du über dieses Thema hättest reden können, und auch noch nie eine Freundin. Du weißt *viel zu wenig* für dein Alter.« Er hat geschmunzelt. »Irgendwie erinnerst du mich an Arnold Schwarzenegger in dem Film ›Twins‹, weißt du. Er hat da in irgendeiner abgeschiedenen Pampa bei einem alten Wissenschaftler gelebt und hat noch nie etwas mit Sexualität zu tun gehabt. Ungefähr so kommst du mir vor.«

»Und was hat der Typ gemacht?«

»Wer? Schwarzenegger?«

»Ja. Du hast doch gesagt, dass er das gleiche Problem hatte wie ich.«

»Du kannst das nicht miteinander vergleichen, Jürgen. ›Twins‹ ist nur ein Hollywood-Film, und eine Familienkomödie noch dazu. Die bietet dir keine Lösungen an, sondern nur ein bisschen seichte Unterhaltung mit harmlosen Witzen und jugendfreien Zoten. Du bewegst dich aber im wahren Leben.«

»Okay. Was soll ich dann machen? Soll ich mir ein paar von diesen Prolofilmen angucken?«

»*Pornos!*«, hat er mit Nachdruck gesagt. »Nein, das ist mir bei dir zu gefährlich. Am Ende versuchst du noch, mit deiner Anna den großen Anal-Bukkake-Gangbang nachzuspielen, weil du meinst, dass man das so machen muss. Und ich hab echt keine Lust, dass das arme Mädel damit verschreckt wird.«

»Hä?«

»Ah, vergiss es, nicht so wichtig. Jedenfalls müssen wir die Sache bei dir von zwei Seiten angehen. Der einfachere Teil wird sein, dir die wichtigsten Details der weiblichen Anatomie beizubringen.«

»Oh, das weiß ich schon, da kenn ich mich aus!«, hab ich stolz gerufen, weil, ich wollte ihm zeigen, dass ich nicht komplett trottelig bin und nicht komplett hinterm Mond lebe.« »Jungs haben da unten ihr Zipfelchen und Mädchen einen Schlitz.«

Der Sebastian hat mich schweigend angeguckt. Dann hat er sich wieder zu mir vorgelehnt und ganz ernsthaft gemeint: »Tu mir bitte einen Gefallen, Jürgen: Nenn es nie wieder ›Zipfelchen‹ und ›Schlitz‹, nenn es ›Penis‹ und ›Scheide‹. Wir sind hier nicht im Kindergarten, Herrgott. Wenn du der Anna bei eurem ersten Mal mit solchen Begriffen um die Ecke kommst, dann wirst du gar nicht so schnell gucken können, wie ihre Lust in den Keller sackt.«

»Penis und Scheide?«, hab ich wiederholt.

»Ja.«

»Okay. Penis und Scheide, Penis und Scheide, Penis und Scheide.«

»Jetzt hast du's«, hat der Sebastian gemeint und gegrinst.

»PENIS UND SCHEIDE!!!«, hab ich stolz gerufen. Ich fand es so toll, dass ich das wie ein echter Kerl aussprechen konnte.

Der lustige, alte Kellner war mittlerweile gar nicht mehr lustig, sondern hat uns im Vorbeigehen nur noch irritiert angeguckt und den Kopf geschüttelt. »*Mamma mia!*«, hat er gemurmelt.

»Ich glaube, die schmeißen uns hier bald raus«, hat der Sebastian gemeint. Irgendwie hat er das witzig gefunden, das hat man gemerkt. »Wie auch immer, die Sache mit der weiblichen Anatomie ist der einfachere Teil.«

»Penis und Scheide«, hab ich leise wiederholt.

»Ja, genau. Und das Eine kommt beim Sex in das Andere. Rein technisch gesehen ist es das schon. Es gibt zwar noch verschiedene Variationen und Spielarten, du kannst zum Beispiel deine Finger benutzen oder deine Zunge, aber der Sexualakt an sich ist häufig nicht das Problem. Der braucht ein bisschen Überwindung und Übung, aber das ist schnell gelernt. Sehr viel interessanter – und komplizierter – ist die Sache mit den Gefühlen.«

»Du meinst Liebe? Die hab ich für die Anna schon.«

Er hat den Kopf geschüttelt. »Nein, ich meine nicht Liebe, und nein, du liebst die Anna noch nicht, du bist in sie *verliebt*. Das ist ein riesengroßer Unterschied! Aber über den reden wir ein andermal. Ich meine damit, was sich in deinem Kopf abspielen muss, damit du sowohl dir selbst, als auch der Frau eine wunderschöne und erfüllende Zeit schenken kannst. Wenn das *Mindset* da oben nicht stimmt, dann wird jeder Sex zu einem Fiasko, und mindestens einer von beiden – häufig ist das leider die Frau – wird emotional verletzt und geht enttäuscht und frustriert nach Hause.«

»Das will ich nicht!«, hab ich energisch gerufen. »Ich will, dass sich die Anna superwohl bei mir fühlt und total glücklich ist!«

»Das ist die richtige Einstellung. Jetzt geht's nur noch darum, zu verstehen, wie du das erreichen kannst. Die Sache ist folgendermaßen: Frauen wollen für einen Menschen, mit dem sie Sex haben, etwas Besonderes sein. Sie wollen von ihm mit Achtung und Respekt behandelt werden. Sie wollen sich fallenlassen können.«

»Hä? Fallenlassen? Tut das nicht weh?«

»Nein, nicht im wörtlichen Sinn, sie wollen sich emotional fallenlassen, verstehst du? Ich hab dir ja erzählt, dass Frauen ihr Leben und ihre Umwelt sehr viel intensiver wahrnehmen als wir Männer, sie sind Gefühlswesen. Wenn sie also mit jemandem Sex haben, dann ist das für sie eine sehr weitreichende und emotionale Erfahrung. Es berührt ihre Seele. Deswegen wollen sie sich geborgen und verstanden, respektiert und wertgeschätzt fühlen.«

Ich hab mir das in Ruhe durch den Kopf gehenlassen, und ich glaub, ich hab kapiert, was mir der Sebastian sagen wollte. Ganz am Anfang hat er mir ja beigebracht, dass ich mich auf Menschen einlassen und ihnen mit Respekt begegnen soll, und diese Sexsache scheint irgendwie ähnlich zu laufen. Beim Sex scheint es darum zu gehen, dass sich beide wohlfühlen, nicht nur einer.

Das hab ich auch dem Sebastian gesagt. Und er hat daraufhin fröhlich den Daumen gehoben und zu mir gemeint: »So ist es, Jürgen! Genau das ist das Geheimnis hinter richtig gutem Sex.«

»Aber«, hab ich ihn gefragt, weil mir in diesem Moment ein Gedanke in den Sinn gekommen ist, »wie ist das eigentlich bei dir und deinen ganzen Mädels? Das kapier ich noch nicht, weil, du hast gesagt, dass eine Frau nicht das Gefühl haben will, nur so ein Sex-Dingsbums zu sein, sondern ein Mensch mit Gefühlen und allem Drum und Dran. Aber du lädst doch auch ständig irgendwelche Mädels zu dir ein und hast Sex mit ihnen. Ist das denen gegenüber nicht unfair?«

Er hat mich verblüfft angeguckt. »Donnerwetter! Ich bin wirklich beeindruckt! Das ist eine ganz hervorragende und sehr wichtige Frage. Und die Antwort darauf lautet: Ich mache den Frauen, mit denen ich Sex habe, nie etwas vor! Ich spiele immer mit offenen Karten. Ich lasse sie im Vorfeld wissen, dass ich nicht an einer festen Beziehung interessiert bin, und sie haben dann die freie Wahl, sich für oder gegen mich zu entscheiden. Niemand wird zu etwas gezwungen, niemandem wird etwas vorgemacht. Auch das ist eine mögliche Spielart, weißt du. Beim Sex geht es nicht zwingend um ewige Liebe oder monogame Treue. Wichtig ist nur, dass man offen und ehrlich zueinander ist, und zwar von Anfang an, und dass jeder sich freiwillig und mit gutem Gefühl darauf einlässt.«

»Haben denn schon mal Mädels nein zu dir gesagt?«, hab ich ihn gefragt. Weil, so vom Gefühl her konnte ich mir das nicht vorstellen. Ich hab gedacht, dass der Sebastian jede abkriegt, die er haben will.

Aber er hat nur gelacht und erwidert: »Na klar! Eine Menge sogar! Es ist ja nicht so, als ob ich mit jeder Frau, von der ich die Telefonnummer bekomme, automatisch im Bett lande. Mit manchen passiert das, aber ich habe auch viele platonische Freundschaften geschlossen, die mir sehr am Herzen liegen. Und mit manchen habe ich überhaupt keinen Kontakt mehr, weil es einfach nicht gepasst hat. So ist das eben. Und das ist auch völlig in Ordnung. Ich bin jedenfalls dankbar für jede einzelne Frau, die ich in meinem Leben kennenlernen durfte.«

Auch das hab ich mir durch den Kopf gehenlassen, dann hab ich ihn gefragt: »Aber … ist das nicht irgendwann sehr einsam, wenn du immer nur neue Mädels kennenlernst und mit keiner so 'ne richtig enge Beziehung hast? Ich meine, so bleibt das doch sehr oberflächlich, oder? Hast du Schiss davor, jemanden auch mal zu lieben?«

Da war der Sebastian für ein paar Sekunden sprachlos gewesen. Er hat mich völlig verdutzt angeguckt und wusste nicht, was er antworten sollte, das hab ich gemerkt. Ich glaub, ich hab da was angesprochen, was ihm irgendwie unangenehm war und über das er eigentlich nicht reden wollte. Keine Ahnung, warum das so ist. Vielleicht wird er's mir ja irgendwann verraten.

Jedenfalls hat er nach einer Weile zu mir gemeint: »Das ist im Moment einfach nicht mein Ding, weißt du. Ich möchte mich noch nicht binden, ich möchte noch etwas frei sein.«

Das hat sich ziemlich lahm angehört, fand ich. Ich hab trotzdem nicht weiter nachgefragt. Stattdessen hab ich genickt und erwidert: »Wenn also die Anna und ich Sex haben, dann muss ich darauf gucken, dass sie so richtig hinfallen kann.«

»Sich fallenlassen kann«, hat mich der Sebastian verbessert. »Ja, genau, das ist das Entscheidende.«

»Und wie mach ich das?«

»Genau das ist der spannende Teil der Geschichte, Jürgen, die Frage kann ich dir mit ein paar wenigen Sätzen nicht beantworten. Da steckt etwas mehr dahinter. Beispielsweise geht's um so Themen wie Körpersprache und Vertrauen, Führung und geführt werden. Ich muss mir überlegen, wie ich dir das in der Kürze der Zeit am besten beibringen kann. Ich habe zwar schon ein paar Ideen, aber noch nichts Konkretes. Lass mich eine Nacht darüber schlafen, okay? Dann können wir morgen damit loslegen.«

»Cool!«, hab ich laut gerufen. »Ich kann's kaum erwarten, ein echter Sex-Führer zu werden!«

Der Kellner ist in diesem Moment zum dritten Mal an unserem Tisch vorbeigelaufen und hat noch komischer gestarrt.

»Ich sagte Ihnen doch: Nicht darüber nachdenken!«, hat ihm der Sebastian zugeflüstert.

»*Le porto il conto*«, hat der Typ nur gemeint und ist dann zum Tresen abgehauen.

»Was hat er gesagt?«, hab ich den Sebastian gefragt.

»Dass er uns die Rechnung bringt.«

»Äh, wir sind doch noch gar nicht fertig.«

»Doch, jetzt schon.« Er hat geschmunzelt. »Ich glaube, wir sind dem werten Herrn nicht ganz geheuer. Komm, lass uns zu mir nach Hause gehen, dann schauen wir, ob ich noch ein paar gute Bücher und Ratgeber zum Thema Sex für dich habe. Die kannst du dir bis morgen durchblättern. Quasi als Einstieg.«

Ich hab also bezahlt und wir sind aus dem Restaurant raus und wieder nach Hause gelaufen. Der seltsame Kellner hat uns noch ein

»Bitte nix mehr wiederkommen!« hinterhergerufen. Ich sag ja: Echt komischer Typ! Aber was soll's, dann gehen wir halt woanders hin, wenn wir das nächste Mal was essen wollen.

In seiner Wohnung hat der Sebastian sein Bücherregal durchsucht (der hat so ein richtig großes, weißt du) und hat mir einen Stapel von vier Büchern in die Hand gedrückt.

»Hier«, hat er gemeint. »Das reicht für den Anfang.«

»Muss ich die echt alle lesen?«, hab ich ihn erschrocken gefragt, weil, ich les halt immer noch nicht gerne Bücher.

»Nein, das ist nur als Einstieg gedacht. Blätter dir die Teile einfach mal durch und hol dir ein bisschen Grundlagenwissen. Ich werde mir bis morgen überlegen, wie wir das Thema am besten angehen können. Hast du denn mit der Anna schon ausgemacht, wann ihr euch das nächste Mal treffen wollt?«

»Nee, noch nicht.«

»Gut, dann stell sicher, dass es nicht vor dem Wochenende passiert, okay? So viel Zeit brauchen wir auf jeden Fall.«

»Und ... äh ... wenn sie mich fragt, ob wir uns doch früher sehen können?«

»Dann sagst du Nein und erfindest irgendeine Geschichte dazu. Lass dir irgendwas einfallen. Sag ihr, dass du zu viel zu tun hast, mach aber gleichzeitig ein Treffen fürs Wochenende aus. Dann denkt sie nicht, dass du das Interesse verloren hast.«

»Okay. Und wenn sie mir Nachrichten schreibt?«

»Was für Nachrichten?«

»Na, so WhatsApp-Nachrichten halt.«

Der Sebastian hat gelacht. »Das ist kein Problem, darauf kannst du ihr gerne antworten. Ich meine, wenn du Glück hast, dann bekommst du noch 'ne Gratislektion in Sachen Sexting, das wär doch was.«

»Hä?«

»Ach, schon gut, nicht so wichtig. Darüber sprechen wir ein andermal. Immer schön einen Schritt nach dem anderen.«

Wir haben uns anschließend für eine halbe Stunde in sein Wohnzimmer gesetzt und noch ein bisschen geplaudert, dann bin ich wieder zurück in meine Wohnung gegangen.

Beim Rausgehen und Verabschieden hat mir der Sebastian allerdings noch erzählt, dass ich unbedingt auf die Frauenprofi-Seite im Internet gehen sollte. Da hätte nämlich einer mit dem Schreiben von so lustigen Geschichten angefangen, in denen es um einen Typen geht, der total verrückte Sachen erlebt und in jedes Fettnäpfchen tritt.

»Er hat das ›*Hindels Abenteuer*‹ genannt. Ganz im Ernst, Jürgen, du *musst* dir das reinziehen! Ich hab mich fast bepisst vor Lachen. Das könntest glatt du sein, weißt du. Wie du früher mal warst.«

Ich hab nur ein »Ja, ja, mach ich« gemurmelt und bin dann ganz schnell gegangen. Ich erzähl dem Sebastian lieber nicht, wo dieser Typ seine Ideen herhat.

Tja, und jetzt bin ich wieder hier in meinem Zimmer, mit einem riesigen Stapel Bücher neben mir auf dem Bett, und weiß nicht so recht, wo ich anfangen oder was ich denken soll. Mir gehen die Sachen, die mir der Sebastian erklärt hat, immer wieder durch den Kopf. Die Anna und ich ... wir beide zusammen ... wir machen also ... Sex? Das haut mich echt um! Darüber hab ich noch gar nicht nachgedacht, als wir bei unseren Dates waren. Ich meine, das muss einem ja auch mal gesagt werden, oder? Das weiß man doch nicht einfach so, wenn man sich mit einer Frau trifft. Oder? Jedenfalls hab ich Schiss davor! Sogar noch mehr als vor dem ersten Date.

Obwohl, komischerweise freu ich mich auch darauf. Ich hab keine Ahnung, wieso, weil, ich hab das noch nie gemacht. Vielleicht ist es total ätzend und eklig, vielleicht mag ich es gar nicht und will es auch nie wieder tun!

Aber ... vielleicht ist es auch total schön, wer weiß.

Na ja, wie auch immer, ich geh jetzt die Bücher vom Sebastian durchblättern. Mal gucken, wie lange ich das durchhalte, bevor ich einschlafe, ich kann mich kaum noch wachhalten. Vielleicht schreib ich der Anna vorher noch 'ne Nachricht. Mal schauen.

Also bis dann, Tagebuch.

In Liebe, dein Jürgen.

– Tag 28 –

Liebes Tagebuch,

Die Bücher vom Sebastian sind der HAMMER, das muss ich ihm echt lassen! Ich hab's zwar gestern nicht geschafft, irgendwas davon zu lesen, weil ich einfach zu müde gewesen bin, aber heute Morgen, gleich nach dem Aufstehen, hab ich sie mir geschnappt und damit angefangen.

Wobei ... das stimmt noch nicht so ganz. Erst mal bin ich zu Mutti gegangen und hab mir die Filme zurückgeholt, die ich ihr damals ausgeliehen hab. Du weißt schon, diese Dinger aus der Videothek. Zum Glück hat sie die noch nicht mit ihren Freundinnen angeguckt, weil, ich bin mir ziemlich sicher, dass sie dann nicht mehr so gut gelaunt gewesen wär. Das war knapp! Gut, dass ich mich mit dem Sebastian gestern über solche Sachen unterhalten hab.

Jedenfalls, in den Büchern geht's darum, wie Sex eigentlich funktioniert, wie man das also macht und was alles bei einem Mann und einer Frau passiert, wenn man es macht. War megainteressant, kann ich dir sagen! Obwohl ich beim Lesen gemerkt hab, dass ich NULL Ahnung davon hab, und ich meine wirklich: KEIN BISSCHEN! Das hat mich überrascht. Mir war zwar klar, dass ich jetzt nicht sooo der allwissende Superprofi bin (woher auch?), aber dass ich so extrem derbe danebenliege mit meinen Vorstellungen, das hat mich dann doch umgehauen.

Ich geb dir mal ein Beispiel. Vor ein paar Jahren hab ich mir 'nen Film im Fernsehen angesehen, bei dem sich ein Pärchen ganz dolle lieb gehabt hat. Die haben sich geküsst und gestreichelt und umarmt und alles. Normalerweise hab ich mir so was nicht angucken dürfen, weil Mutti immer gemeint hat, dass das Schweinkram wär und wir deshalb auf den Bibelkanal umgeschaltet haben (der war voll langweilig). Aber an diesem Abend ist sie auf dem Sofa eingeschlafen und hat nicht mitbekommen, was da gelaufen ist. Also hab ich's mir angeguckt.

Das Pärchen hat irgendwann angefangen, sich nackig auszuziehen. Das hat man natürlich nicht sehen können, der Mann hat der Frau nur ihr Oberteil ausgezogen und die Frau dem Mann sein T-Shirt. Und dann sind beide im Bett gelegen, der eine auf dem anderen und mit der Bettdecke bis ganz zum Hals, und haben irgendwelche komischen Verrenkungen gemacht. Der Mann ist mit seinem Körper immer vor und zurück, vor und zurück, vor und zurück, so als ob er mit seinem Schädel ein Loch in die Wand hauen wollte. Und die Frau hat dabei mit ihren Händen wild um sich gegriffen und »Ooooh!« oder »Aaaah!« oder »Uuuuh!« gemacht. Keine Ahnung, was das sollte. Ich glaube, der Typ hat ihr irgendwas eingequetscht oder so. Das wär zumindest kein Wunder gewesen, so elefantenmäßig, wie der auf ihr draufgelegen ist.

Na, jedenfalls ist das immer schneller und schneller gegangen. Und dann, ganz plötzlich, hat die Frau »O Gott!!!« geschrien und der Mann hat sich aufgebäumt und »Ööörrrggghhh« (oder so ähnlich) gemacht, und dann … na ja … ist er nur noch wie so 'n nasser Sack von ihr runter gerollt, hat sich neben sie gelegt und zu ihr gemeint: »Das war der *beste* Sex meines Lebens!« Und die Frau hat geantwortet: »Ja, das war der Wahnsinn.« Und er so: »Das hab ich voll gebraucht.« Und sie so: »Ja, ich auch.«

Und ich hab mir gedacht: *Okay, DAS ist also Sex. Man zieht sich obenrum aus, deckt sich bis zum Hals zu und macht dann schräge Turnübungen, bis irgendeiner zum lieben Gott schreit.* Warum das mit dem Schreien unbedingt sein musste, hab ich mir damals nicht erklären können, aber ich hab mir gedacht, dass das vielleicht so 'ne Art Zeichen oder Codewort für den anderen ist, dass man keinen Bock mehr hat und aufhören will. Damals, im Schulsport, hab ich das auch immer machen müssen, wenn mich die anderen Kinder mit Bällen beworfen haben und ich wollte, dass die damit aufhören. Mein Lehrer hat immer zu mir gesagt: »Jürgen, stell dich nicht so an und sei mal ein Mann!« Aber gleich darauf hat er zu mir gemeint: »Dann heb halt die Hand, wenn du nicht mehr kannst.« Das hab ich dann auch gemacht. Allerdings hat das nicht viel geholfen, weil, die anderen Kinder haben trotzdem weitergemacht. Aber davon abgesehen, war ich mir sicher, dass es beim Sex genauso abläuft: Man schreit rum, damit der andere weiß, wann Ende ist. Das klang irgendwie logisch, fand ich, weil, immerhin hat das ziemlich anstrengend ausgesehen, was die beiden da gemacht haben. Das hält keiner für ewig durch.

Leider hab ich den Film nicht weitergucken können. Mutti ist aufgewacht und hat sofort umgeschaltet. Das hab ich noch weniger kapiert, wenn ich ehrlich bin, weil, das hätte voll ihr Ding sein müssen, wegen dem lieben Gott und allem. Aber stattdessen haben wir uns 'ne zweistündige Reportage über irgendwelche vegetarischen Missionare im Amazonasgebiet angeguckt. Dabei bin ICH dann eingeschlafen.

Wie auch immer, nach diesem Film hab ich fest daran geglaubt, dass Sex genauso funktioniert. Ich hab zwar nicht kapiert, was daran so toll sein soll, und noch viel weniger, warum man das überhaupt machen sollte, aber ich hab ja niemanden gehabt, den ich hätte fragen können. Ganz im Gegenteil, über dieses Thema hat keiner mit mir reden wollen, am allerwenigsten meine Mutti. Also hab ich meine Fragen für mich behalten und es so hingenommen, wie es war.

In den Büchern vom Sebastian steht jetzt aber drin, dass Sex etwas total Großartiges und Supertolles ist und megaviel Spaß macht! Die erklären einem die Dinge ganz genau. Und soll ich dir was sagen, Tagebuch? Das haut mich echt um!!! Es ist nämlich so, dass man sich nicht nur mit nackigem Oberkörper auf den anderen legt und dann komische Turnübungen macht, sondern man muss sich KOMPLETT ausziehen. Dann berührt die Frau den Zipf... äh, ich meine, den Penis des Mannes und der Mann die Scheide der Frau, und dadurch löst das irgendwelche Hormon-Dinger im Gehirn aus, die dafür sorgen, dass dem Mann sein Penis dick und hart wird und nach oben guckt. Und bei der Frau fängt die Scheide an, nass und glitschig zu sein. So, und jetzt kommt der Knüller, pass auf: Anschließend muss der Mann seinen Penis in die Scheide der Frau stecken! Ja, ganz im Ernst, du liest richtig!!! Das funktioniert so, dass man ihn an den Eingang legt und dann gaaanz langsam drückt, bis er reingleitet. Und weil der so hart ist und die Scheide von der Frau so feucht, klappt das auch ganz prima, schreiben die Typen in den Büchern.

Ich weiß genau, was du jetzt denkst, Tagebuch: Wie kann man denn einen Penis in eine Scheide stecken? Das geht doch gar nicht, da ist doch gar kein Platz. Tja, weit gefehlt! Das ist nämlich der nächste Knüller an der Sache: Die Frauen haben da unten so einen Tunnel! Der geht ganz weit nach oben und sieht ein bisschen aus wie ein faltiger, zerdrückter Gartenschlauch, ganz wellig und holperig. Dieser Tunnel ist groß genug, damit ein Penis reinpasst, und wenn sich der Mann anschließend vor- und zurückbewegt, dann reibt der Tunnel an dem Penis und sorgt dafür, dass sich der Mann richtig toll fühlt und die Frau auch. Irgendwann geht's dann den beiden so super, dass ihnen fast die Gehirne wegfliegen vor lauter Hormonen. In den Büchern steht, dass sich das ein bisschen wie Achterbahnfahren anfühlt, nur noch besser und viel, viel schöner. Das ist 'n Ding, was? Jetzt versteh ich auch, was der Sebastian mit seiner ›Fünf-Finger-Freundin‹ und dem Unterschied zwischen meiner Hand und einer echten Frau gemeint hat. Wenn man sich nämlich als Mann selbst berührt, dann benutzt man dafür seine Hand, ist ja klar. Aber beim richtigen Sex braucht man die nicht mehr, weil der Tunnel von der Frau das für einen macht. Also ... ihre Scheide meine ich. Echt cool! Und auch voll praktisch. So hat man beide Hände frei und kann damit andere Sachen machen. Telefonieren oder so, keine Ahnung.

Jedenfalls, wenn das wirklich so schön und toll ist, dann kapier ich noch weniger, warum Mutti ein solches Theater drum macht. Ich meine, wieso darf ich mir so was nicht im Fernsehen angucken oder mit ihr darüber reden? Popcorn essen macht zum Beispiel auch Spaß, aber ich hab noch nie erlebt, dass Mutti das Programm wechselt, wenn da 'ne Werbung für Popcorn läuft. Warum also tut sie's bei diesem Thema? Was ist denn so schlimm daran, wenn ich mache, dass sich eine Frau gut mit mir fühlt, oder eine Frau bei mir, dass ich mich gut mit ihr fühle? Das ergibt doch gar keinen Sinn.

Übrigens stand in den Büchern auch drin, dass Frauen am Anfang von ihrem Tunnel, direkt über dem Eingang, so einen kleinen Knubbel haben. Der sieht voll witzig aus und man erkennt ihn, wenn man die Scheide ein bisschen aufdrückt. Diesen Knubbel kann man beim Sex vorsichtig berühren oder streicheln oder mit seinem Finger massieren, und wenn man das richtig macht, dann ist das für die Frau wie so 'n megatolles Feuerwerk an Silvester. Das fühlt sich besser an als jede Menge Eiscreme mit Schokoladensoße. Angeblich gibt es bei der Frau mehrere solche Punkte an ihrem Körper, und dieser Knubbel ist der tollste von allen. Bei dem genießt sie es ganz besonders viel, wenn ein Mann sie da berührt. Das fand ich super! Das hab ich mir sofort auf einen Zettel geschrieben, mit so 'ner Art Frauenkörper-Landkarte, auf der ich die wichtigsten Stellen angekreuzt hab, damit ich die beim nächsten Date mit der Anna finden und mit ihr ausprobieren kann. Weil, wenn wir wirklich Sex machen sollten, dann werd ich den Zettel rausholen und genau diese Stellen bei ihr berühren, und zwar eine nach der anderen, damit sie sich bei mir so toll fühlt wie noch nie zuvor in ihrem Leben. Bin echt gespannt, ob das funktioniert.

Eine andere Sache, die ich aus den Büchern gelernt hab, war, dass es mehr als nur eine Art gibt, Sex zu machen. Ich dachte immer, man muss genauso aufeinanderliegen wie dieses Pärchen in dem Film (obwohl ich nicht kapiert hab, warum eigentlich). Aber das ist nur eine Möglichkeit unter gaaanz vielen anderen. Und die haben alle voll die lustigen Namen, weißt du. Wenn zum Beispiel ein Mann auf einer Frau liegt wie in diesem Film, dann heißt das *Missionarsstellung*! Schräg, oder? Ich meine, ich hab immer gedacht, dass Missionare diese Typen sind, die sich 'ne Bibel unter den Arm klemmen und dann zu irgendwelchen abgelegenen Stämmen in irgendeiner Urwald-Pampa gehen, um ihnen vom lieben Gott zu erzählen. So hat's mir zumindest meine Mutti immer erklärt, und auch der Pfarrer von ihrer Kirche, als ich ein paarmal da gewesen bin. Aber jetzt haben die auf einmal was mit Penissen und Scheiden zu tun? Das hab ich nicht kapiert! Aber vielleicht kann's mir der Sebastian erklären. Ich muss ihn unbedingt danach fragen.

Ach ja, apropos Sebastian: Der ist heute hier gewesen. Also ... in unserer Wohnung, meine ich. Und er hat auch eine richtig schöne Überraschung mitgebracht, nämlich die Tatjana. Die beiden haben nachmittags an unserer Tür geklingelt, und Mutti hat ihnen aufgemacht. Ich hab an meiner Zimmertür gelauscht, um zu hören, was sie miteinander geredet haben.

»Hallo Sebastian«, hat ihn Mutti begrüßt. »Schön, dich zu sehen.«

»Gleichfalls, Frau Händel, gleichfalls. Immer eine Freude«, hat er geantwortet. »Sagen Sie, ist Jürgen da?«

»Der ist in seinem Zimmer, du kannst gerne hereinkommen.« Dann hat sie offenbar die Tatjana bemerkt und ihn gefragt: »Nanu? Wer ist denn diese wunderschöne junge Dame an deiner Seite? Die kenne ich ja noch gar nicht. Ist das etwa deine Verlobte? Höre ich schon die Hochzeitsglocken bei euch läuten?«

Ich hab nur den Kopf geschüttelt und total genervt (aber leise) ausgeatmet. Weißt du, Tagebuch, Mutti labert immer übers Heiraten, wenn sie irgendwo ein Pärchen sieht, das finde ich total peinlich. Sie scheint sich überhaupt nicht vorstellen zu können, dass ein Mann und eine Frau zusammenleben, ohne gleich eine Hochzeit zu planen. Echt schräg! Aber so ist sie halt.

Der Sebastian hat freundlich gelacht und zu ihr gemeint: »Nein, nein, das ist nur eine gute Freundin von mir.«

»Ach was!«, hat Mutti widersprochen. »Papperlapapp! Ihr zwei seid so ein schönes Paar, da wär's doch eine Schande, wenn ihr nicht heiraten würdet. Denkt an meine Worte, ihr beiden: Die schönste Zeit im Leben eines Menschen ist die Ehezeit! Dort sind die Segnungen des Allmächtigen am größten.« Dann ist sie wieder in die Küche gegangen, um weiterzuputzen, und der Sebastian und die Tatjana sind zu mir ins Zimmer gekommen.

»Sag mal«, hat er zu mir gemeint, nachdem wir uns alle begrüßt haben. »Deine Mutter ist schon ein seltsamer Vogel. Sie selber ist geschieden aber erzählt uns irgendwas von den Glückseligkeiten der Ehe. Ist das nicht ein bisschen widersprüchlich?«

»Na ja, eigentlich schon«, hab ich geantwortet. »Aber für sie war's tatsächlich die schönste Zeit ihres Lebens, glaub ich. Jedenfalls hab ich sie nie wieder so glücklich gesehen, wie damals, als mein Papi noch bei uns gewohnt hat.«

»Warum haben sich deine Eltern eigentlich scheiden lassen? Ich meine, was war der Grund dafür?«

Ich hab mit den Schultern gezuckt. »Keine Ahnung. Mutti hat mir nie viel darüber erzählt. Mein Opa Friedhelm hat mal zu mir gemeint, dass mein Papi eine neue Mutti gefunden und sich deshalb getrennt hätte. Und Mutti und Papi haben sich früher ganz viel gestritten, das erinnere ich noch. Ich glaub, er hat mit diesem Kirchendingsbums auch nicht so viel anfangen können, genau wie ich, und Mutti hat ihm deshalb die Hölle heißgemacht.«

»Sie hat ihre Ehe für ihren Glauben geopfert?«

»Weiß ich nicht. Er ist jedenfalls bei uns ausgezogen, und dann hab ich nicht mehr viel von ihm gehört.«

Der Sebastian hat nachdenklich die Stirn gerunzelt und dann den Kopf geschüttelt. »Seltsame Frau. Aber okay, das muss jeder für sich selbst entscheiden. Hat sie denn danach noch mal einen Partner oder eine Beziehung gehabt?«

»Nö. Sie hat immer zu mir gemeint, dass der liebe Gott für jeden Menschen nur einen Partner vorgesehen hat, und außerdem, dass ich ihr jetzt viel wichtiger wäre als alles andere.«

»Sie hat *dir* die Verantwortung dafür gegeben, dass sie alleine geblieben ist?«, hat mich der Sebastian gefragt. Er hat ziemlich verblüfft ausgesehen, fast schon wütend.

»Und dem lieben Gott«, hab ich ergänzt.

»Na, super!«

»Ist das denn so schlimm?«

»Ja, das ist schlimm! Weil der liebe Gott überhaupt nichts damit zu tun hat, und erst recht nicht du! Sie ist alleine geblieben, weil sie alleine bleiben *wollte*! Ich finde es zum Kotzen, wenn Menschen nach einer Trennung alleine bleiben und dann ihren Kindern die Verantwortung dafür geben. So ein Quatsch!!! Als ob es für ein Kind etwas Schlechtes wäre, wenn ein neuer Partner in das Leben der Mutter tritt.«

Ich hab noch mal mit den Schultern gezuckt. »Davon versteh ich nichts. Es ist halt, wie es ist.«

»Da hast du natürlich recht, keine Frage. Aber aufregen könnte ich mich trotzdem darüber. Ich finde so etwas einfach engstirnig und unfair!« Er hat einen Moment in sich hinein gebrummelt und dabei nachgedacht.

Ich hab den Moment genutzt, um den Sebastian anzugucken und anschließend auch die Tatjana, die direkt neben ihm gestanden ist. Und dann hab ich zu den beiden gesagt: »In einem Punkt hat meine Mutti aber recht, finde ich: Ihr beiden seid wirklich ein sehr schönes Paar und passt gut zusammen.«

Da waren beide total platt! Der Sebastian hat sich zu mir gedreht und mich angeglotzt, als hätte ich gerade etwas total Komisches gesagt. Die Tatjana hat im selben Augenblick ein superglückliches Lächeln bekommen und dabei den Sebastian angeschaut, der aber nicht wusste, was er sagen sollte (hab ich den Eindruck gehabt).

»Ich, äh ... was? Ich meine ... ja, vielleicht, kann sein.«

»Ich könnte mir vorstellen, dass ihr irgendwann heiratet«, hab ich hinzugefügt.

Doch der Sebastian hat ganz schnell das Thema gewechselt und zu mir gemeint: »Lass uns lieber über dein Date mit Anna sprechen. Ich hab etwas Verstärkung mitgebracht, um dich dafür fitzumachen.«

Da ist das glückliche Lächeln aus Tatjanas Gesicht ganz schnell wieder verschwunden. Ich glaub, sie war in diesem Moment richtig enttäuscht gewesen – das hat man voll gemerkt.

»Okay«, hab ich nur erwidert.

»Weißt du, ich habe lange darüber nachgedacht, wie ich dir die Sache mit dem Sex am besten beibringen könnte. Und da ist mir was Wichtiges klar geworden.«

»Was denn?«, hab ich gefragt.

»Dass dir das eine Frau viel besser erklären kann als ich.«

»Hä???« Ich hab die Tatjana total verwirrt angeglotzt. »Heißt das etwa ... wir beide sollen jetzt ... äh ...«

Da mussten beide lachen.

»Nein, natürlich nicht«, hat der Sebastian grinsend erwidert. »Ich bin doch kein Zuhälter, Mensch! Ich hab die Tatjana mitgebracht, damit sie sich mit dir *unterhalten* kann und dir alles beibringt, was du wissen musst. Aus der Sicht einer Frau eben.«

»Ach sooo«, hab ich erwidert und war irgendwie erleichtert gewesen. Ich meine, es ist ja nicht so, als ob die Tatjana nicht hübsch wär (die ist sogar MEGAHÜBSCH!!!). Aber sie ist halt nicht die Anna. Und irgendwie hätte ich es doof gefunden, zuerst mit der Tatjana Sex zu machen, damit ich dann weiß, wie das geht, um anschließend mit der Anna Sex zu machen. Dann wär es nichts Besonderes mehr gewesen, weißt du. Und ich will auf jeden Fall, dass der Sex mit der Anna etwas Besonderes wird.

»Pass auf«, hat der Sebastian gemeint. »Wir machen das als Rollenspiel, okay? Die Tatjana tut so, als ob sie die Anna wär, und du probierst einfach mal bei ihr zu landen. Sie sagt dir dann, was gut war und was nicht. Klar soweit?«

»Äääh, nö«, hab ich erwidert. Ich war echt verwirrt. »Die Tatjana ist jetzt die Anna?«

»Genau.«

»Und wer spielt dann solange die Tatjana?«

»Niemand. Im Augenblick gibt es nur die Anna und dich.«

»Und … wer bist du?«

»Na, ich selbst eben.«

»Ich bin also bei meinem Date mit der Anna«, hab ich gemeint und auf die Tatjana gezeigt, die jetzt die Anna war. »Und du bist auch da? Ich meine, was machst du denn bei unserem Date?«

Die Tatjana hat lustig gekichert, und der Sebastian hat einmal tief Luft geholt. »Das ist nur ein Spiel, Jürgen! Wir tun so, als ob du mit deiner Anna bei einem Date wärst. Und ich beobachte das Ganze und gebe dir Tipps. Verstehst du jetzt?«

»Nur so halb.«

»Egal, fangen wir trotzdem an.«

Die Tatjana … äh, ich meine, die Anna und ich haben uns auf die Kante von meinem Bett gesetzt, so als ob wir an irgendeinem Tisch in einem Restaurant sitzen würden. Dann hat der Sebastian zu mir gemeint: »Stell dir vor, dass du mit der Anna an einem coolen und chilligen Ort sitzt. Ihr habt ein wunderschönes Date, die Kerzen flackern, romantische Musik spielt im Hintergrund, ihr versteht euch einfach blendend und fühlt euch pudelwohl. Deine Aufgabe ist jetzt, zu versuchen, bei deiner Freundin zu landen. Wie würdest du das tun?«

»Landen?«, hab ich gefragt. »Wo fliegen wir denn hin?«

Die Tatjana hat wieder gekichert. »Weißt du was?«, hat sie in diesem Moment gesagt und den Sebastian total cool und keck angeguckt. »Überlass das lieber mir. Ihr Männer seid so sensibel und feinfühlig wie eine Horde Nashörner. ›Bei ihr landen‹, mein Gott, warum sagst du nicht gleich, dass er sie knallen oder durchvögeln soll? Du lieber Himmel!«

Da war der Sebastian zum zweiten Mal sprachlos gewesen. Er ist einfach nur dagestanden und hat sie angestarrt wie ein Auto. Und die Anna (also die Tatjana) hat sofort weitergeredet und nicht darauf gewartet, dass er ihr antwortet. Sie hat mich angeguckt, gezwinkert und dann gemeint: »Männer, echt! Total furchtbar mit denen.«

Da musste auch ich ein kleines bisschen grinsen.

»Also«, hat sie erklärt. »Pass auf, beim Sex geht es vor allem um Vertrauen, das ist der wichtigste Teil. Darum dreht sich *alles*, und damit steht und fällt auch alles. Eine Frau will sich auf dich verlassen können, sie will sich bei dir wohlfühlen. Wenn ihr bei eurem Date seid, du und Anna, dann müsst ihr den Punkt erreichen, an dem es nur noch um euch beide geht und sonst niemanden mehr. Lass sie alles um sich herum vergessen und nur noch an dich denken.«

»Und wie mach ich das?«

»Indem du dich nicht auf den Sex konzentrierst oder auf das Date oder auf sonst irgendwas, sondern nur auf sie als Mensch, verstehst du? Das ist das Einzige, was zählt! Es geht nicht um Leistungen oder Erfolge, es geht nicht darum, irgendwas besonders gut zu machen, sondern einfach nur um sie und dich. Jede Frau – egal, wie cool und selbstsicher, emanzipiert oder draufgängerisch sie ist – möchte einen Mann haben, der ihr auf Augenhöhe begegnet und ihr zeigt, dass er in ihr nicht nur einen Körper sieht.«

»Ja, aber –«, wollte der Sebastian einwerfen, doch die Tatjana hat ihn überhaupt nicht ausreden lassen, sondern hat sofort weitergemacht: »Diese ganzen Möchtegern-Verführer werden dir erzählen, dass eine Frau keinen Softie sucht, der sie nur mit Rosen überschüttet und sie zu 'ner keuschen Heiligen macht. Und damit haben sie recht! Auch wir Frauen haben eine Sexualität und wollen sie ausleben. Aber trotzdem sind wir dabei anders als ihr Männer.« Sie hat dem Sebastian einen bitterbösen Blick zugeworfen, und mir ist in diesem Moment klar geworden, dass sie wegen dieser Heiratsgeschichte von vorhin echt sauer auf ihn war. Jedenfalls hat sich der Sebastian schweigend in eine Ecke verzogen, gegen die Wand gelehnt und dann einfach nur noch zugehört. Ich glaube, er hat ein bisschen geschmollt.

»Überleg dir folgendes«, hat Tatjana weiter erklärt. »Wie würdest du dich fühlen, wenn du irgendwann erfährst, dass dich die Anna nie wirklich gemocht hat? Dass sie nur so getan hat, als ob. Dass sie dir etwas vorgespielt hat und ihre Gefühle für dich nie echt gewesen sind. Wie würde sich das anfühlen?«

»Voll mies«, hab ich geantwortet.

»Und warum?«

»Na ja, weil ... äh ... « Ich hab kurz überlegen müssen. »Weil es bedeuten würde, dass ich ihr schon immer egal gewesen bin und für sie nie eine Rolle gespielt hab.«

»Genau. Bei Beziehungen geht es darum, von dem Anderen wertgeschätzt zu werden, ohne Bedingungen und Kompromisse, ohne Leistungen und Erfolge, und auch ohne Einschränkungen. Wir wollen für das geliebt werden, was wir sind. Wir wollen für den Anderen etwas Besonderes und Einzigartiges sein. Das sind Instinkte, die bis in unsere früheste Kindheit zurückreichen.«

»Du meinst, wie ein Papi und eine Mutti, die ihr Kind lieben?«, hab ich sie gefragt.

»Ja, so ähnlich. Man kann das nicht uneingeschränkt vergleichen, die Liebe von Eltern zu ihrem Kind ist noch viel, viel stärker und bedingungsloser, aber die Grundinstinkte sind dieselben. Wir wünschen uns in unserem Erwachsenenalter eine Liebe, die auch so ehrlich und aufrichtig ist wie die unserer Eltern. So sind wir nun mal. Das trifft auf Männer wie auf Frauen zu, aber bei uns Frauen ist dieser Wunsch noch viel stärker ausgeprägt.« Sie hat gelächelt, aber in ihrem Lächeln war irgendwas Trauriges gewesen. »Männer können mit einer Frau regelmäßig Sex haben, ohne sich für sie als Mensch zu interessieren. Da schaltet sich das Gehirn aus und der Penis ein, und dann wollen sie nur noch das Eine, koste es, was es wolle. Genau hier beginnt das Problem.«

»Welches Problem denn?«

»Dass Männer den Frauen alles Mögliche erzählen und vorlügen, nur um sie ins Bett zu bekommen. Das machen sie manchmal bewusst und manchmal auch ganz unbewusst. Das Ergebnis ist dasselbe: Die Frauen merken am Ende, dass sie überhaupt keine Rolle spielen und es immer nur um ihren Körper gegangen ist.«

Da hab ich genickt. »Ganz schön fies«, hab ich zu ihr gesagt.

»Ja, das ist es. Genau deswegen hab ich dich auch gefragt, wie du dich fühlen würdest, wenn dir so etwas mit der Anna passieren würde. Es ist ein mieses, verletzendes, gemeines Gefühl. Genau das wollen wir Frauen *nicht*! Und genau davor wollen wir uns schützen.«

»Ja, das kapier ich.«

»Wenn du also mit der Anna Sex haben willst, dann geht es darum, dieses Vertrauen aufzubauen, welches nötig ist, damit sie sich bei dir geborgen und wertgeschätzt fühlt.«

»Und wie mach ich das?«

»Indem du sie liebevoll führst aber zu nichts zwingst. Indem du ihr zeigst, was du gerne von ihr haben möchtest, ihr aber trotzdem die Zeit und den Freiraum lässt, den sie braucht. Es ist vollkommen in Ordnung, dass du Sex mit ihr haben willst, das ist ein normaler Trieb, aber dränge sie zu nichts. Sie wird die Botschaft verstehen. Und glaub mir: Wenn sie dich wirklich mag und sich weiterhin mit dir auf Dates trifft, dann will sie früher oder später auch Sex mit dir haben wollen. Das ist ganz normal. Du brauchst dich nicht zu beeilen und auch nichts zu erzwingen, das kommt von ganz alleine.«

»Einen Moment, das ist –«, hat der Sebastian eingeworfen, aber die Tatjana hat ihn wieder nicht ausreden lassen. »Es ist wichtig«, hat sie gesagt, ohne auf ihn zu achten, »dass du ihr dein Interesse und deinen Wunsch nach Sex klar signalisierst. Wenn du das nicht tust, dann wirst du zu einem guten, platonischen Freund für sie werden, und mit guten, platonischen Freunden schlafen wir Frauen nun mal nicht. Wir erzählen ihnen unser Leid, unseren Liebeskummer, unsere Probleme, aber wir stürzen uns nicht mit ihnen ins Bett.«

»Okay. Und wie geht das?«, hab ich sie gefragt.

Da hat sie auf den Sebastian gezeigt und erwidert: »Das kann dir unser Superverführer hier erklären. Das ist nämlich sein Ding. Von mir hast du gelernt, was sich im Kopf und im Herzen einer Frau abspielt, und er zeigt dir, wie du dich verhalten musst, um die richtigen Botschaften zu senden.« Dann ist sie aufgestanden und wollte gehen.

»Äh, wo willst du denn hin?«, hat sie der Sebastian gefragt. Er hat dabei ziemlich verdattert ausgesehen.

»Ich muss noch etwas erledigen. Mein Teil hier ist getan, den Rest schafft ihr Jungs bestimmt alleine.« Dann war sie weg.

»O Mann«, hat der Sebastian leise gegrummelt. »Weiber.«

»Was ist denn los mit euch? Ist die Tatjana sauer auf dich?«

»Ach, weißt du, das ist ... wie soll ich sagen? Irgendwie ist es im Moment sehr anstrengend mit ihr. Ich glaube, sie will einfach mehr, und ich weiß nicht, ob ich ihr das geben kann.«

»Von was denn mehr?«

»Na, in unserer Beziehung, meine ich. Sie will etwas Festes haben, aber ich bin nun mal nicht der Typ dafür. Das habe ich ihr von Anfang an gesagt, aber ... na ja ... ich weiß auch nicht. Mal sehen.«

Ich hab kurz darüber nachgedacht, und dann hab ich zu ihm gemeint: »Kann es sein, dass du auch so ein Typ bist, der nur den Körper einer Frau haben will?«

»Wie bitte?«, hat er total überrascht erwidert.

»Na ja, die Tatjana hat doch vorhin erzählt, dass Frauen nicht nur als Körper gesehen werden wollen, das verletzt sie. Aber irgendwie hab ich den Eindruck, dass du genau das mit ihr machst. Und auch mit allen anderen Mädels, mit denen du dich triffst. Ich meine, wenn du keine Beziehung mit ihnen haben willst, was willst du dann?«

Da war der Sebastian zum dritten Mal sprachlos gewesen. Er hat zwar den Mund bewegt, aber irgendwie ist nix rausgekommen.

Irgendwann hat er sich soweit eingekriegt, dass er zu mir gemeint hat: »Ach, lassen wir das Thema lieber. Ich bin schließlich hier, um dich für dein Date fitzumachen, und nicht, um mit dir über meine Probleme zu quatschen.«

Ich hab wieder nur »Okay« geantwortet.

Anschließend hat mir der Sebastian ein paar Sachen erklärt. Nämlich, wie ich der Anna zeigen kann, dass wir nicht nur Kumpel und beste Freunde sind, sondern ein echtes Paar, das auch Sex macht. Dabei kommt es auf viele Kleinigkeiten an, hat er gemeint. Ich soll zum Beispiel mit der Anna Hand in Hand herumlaufen, sie immer wieder an der Schulter, am Oberarm oder am Rücken berühren, sie umarmen, an mich drücken, ihre Haare streicheln oder sie küssen.

»Das Küssen ist ganz besonders wichtig! Nimm dir dafür viel Zeit, fang liebevoll und zärtlich an und lass es dann über den Abend verteilt immer intensiver werden.«

»Wie macht man das?«, hab ich ihn gefragt.

»Du küsst sie nicht nur auf die Lippen, sondern benutzt dabei auch deine Zunge. Einfach ein bisschen nach vorne strecken, ist ganz einfach. Du wirst schnell merken, ob sie darauf anspringt, wenn sie ihre eigene Zunge ins Spiel bringt. Oder wenn sie's eben nicht tut.«

»Hä? Ich soll die Anna *ablecken*?«

»Nein, nicht ablecken, nur ein bisschen mit ihrer Zungenspitze herumspielen. Das ist sehr erotisch, wenn sich beide darauf einlassen und der Mann es nicht zu stürmisch angeht.«

»Und was heißt das?«

»Du sollst ihr deinen Schlabberlatz nicht bis in den Hals stecken oder an ihr herumsabbern wie ein Hund an einem Kotelett. Mach es zärtlich und liebevoll. Wenn ihr euch eine Weile geküsst habt, dann streck deine Zunge vorsichtig nach vorne und schau einfach mal, ob sie darauf reagiert. Wenn sie es tut, dann spiel ein wenig mit ihrer Zunge herum, allerdings ohne wildes Knutschen oder sonst was in der Art.«

»Ganz liebevoll«, hab ich wiederholt.

»Ja, genau. Immer schön vorsichtig und behutsam. Du musst bei allem, was du tust, auf ihre Körpersprache achten. Wie reagiert sie auf dich? Zieht sie dich näher an sich heran oder stößt sie dich weg? Wirkt sie gelöst und entspannt oder eher verkrampft und steif? Hat sie Spaß bei dem, was ihr tut, oder fühlt sie sich unwohl? Stell es dir ein bisschen wie Klavierspielen vor: Du drückst die Tasten und lauschst darauf, ob die Töne gut oder schlecht, harmonisch oder schief klingen. Ihr müsst ›in Einklang‹ zueinander kommen. Wie ein Orchester. Bei dem muss jeder auf jeden hören, damit es am Ende ein geiles Musikerlebnis wird.«

»Glaubst du denn, dass ich das überhaupt hinkriege? Das klingt ganz schön kompliziert.«

Der Sebastian hat den Kopf geschüttelt. »Es ist einfacher, als du denkst. Natürlich braucht man ein bisschen Übung, aber wenn du die Anna genau im Auge behältst, dann wirst du schnell merken, wann sie sich wohlfühlt und wann nicht.«

»Hm, okay.«

»Es gibt da allerdings noch eine weitere Sache, über die du nachdenken solltest, bevor es mit dem Sex losgeht.«

»Was denn?«, hab ich gefragt.

»Wo willst du mit ihr hingehen, wenn es soweit ist? Ich meine, du hast dein Zimmer hier, aber das solltest du unbedingt ein bisschen … na ja … männlicher gestalten. Im Augenblick sieht es aus wie das Zimmer eines Zwölfjährigen. Und deine Mutter da draußen« – er hat auf die Tür gezeigt – »sollte an dem Abend auch nicht zuhause sein. Sonst kannst du dir das mit dem Vögeln knicken.«

»Hä? Vögel? Welche Vögel?«

»Mit dem Sex, meine ich.«

Da hat er allerdings recht gehabt, darüber hab ich noch gar nicht nachgedacht. Wenn ich mit der Anna Sex machen will, dann muss ich ja irgendwo mit ihr hingehen, wo wir uns nackig ausziehen und ins Bett legen können. Aber wenn ich das zuhause tue, dann würde sich Mutti sofort auf sie stürzen, sie ins Wohnzimmer mitnehmen und stundenlang übers Heiraten ausfragen (so wie beim Sebastian und der Tatjana). Dann wäre der Abend gelaufen. Und Mutti würde es auch niemals erlauben, dass wir in mein Zimmer gehen und da Sex machen. Ich würde das auch nicht wollen, wenn ich ehrlich bin, weil, irgendwie wär mir das peinlich. Ich weiß auch nicht, warum, aber ich will nicht, dass meine Mutti im Zimmer nebenan sitzt, während ich mit der Anna nackig im Bett liege. Am Ende kommt die noch rein und bringt uns Kekse oder fragt uns, wie's läuft. Nee, da hab ich echt keinen Bock drauf.

»Ihr könnt theoretisch auch zu ihr gehen«, hat der Sebastian gesagt. »Aber das wäre nur eine Übergangslösung. Frauen fühlen sich prinzipiell wohler, wenn sie beim ersten Sex mit einem Mann zu ihm und nicht zu ihr gehen. Dann können sie sich im Zweifelsfall in ihr Zuhause zurückziehen, wenn's schlecht gelaufen ist, ohne dass der Mann weiß, wo sie wohnen. Verstehst du?«

»Ja, hab ich kapiert. Ich sollte also mit der Anna hierherkommen.«

»Genauso sieht's aus. Wenn ihr nicht in der Umgebung wohnen würdet, dann könntet ihr euch theoretisch auch ein Hotelzimmer nehmen, aber in eurem Fall hätte das einen ziemlich schrägen Beigeschmack. Ein bisschen wie Prostituierte und Freier. Deswegen solltest du unbedingt schauen, dass du mit ihr hierherkommen kannst.«

»Puh. Da muss ich mir was überlegen. Mutti ist manchmal in der Kirche oder beim Bibeltreff oder eben bei ihren Freundinnen, aber ansonsten ist sie zuhause. Ich hab keine Ahnung, wie ich sie hier rausbekommen soll, wenn die Anna herkommt.«

»Tja«, hat der Sebastian erwidert und mit den Schultern gezuckt. »Da kann ich dir leider nicht helfen. Ich bin ein Experte fürs Flirten, nicht fürs Mütter beseitigen.« Er hat gelacht. »Da musst du dir selber was einfallen lassen. Und an deiner Stelle würde ich das schnell tun, weil ich mir ziemlich sicher bin, dass es bei dir und der Anna nicht mehr lange dauern wird. Der große Moment rückt näher.«

»Meinst du echt?«, hab ich ihn unsicher gefragt.

»Ja. Spätestens seitdem sie die Erdbeerwiese mit dir gespielt hat.«

Ich hab genickt.

Die letzte halbe Stunde haben sich der Sebastian und ich noch über die Bücher unterhalten, die er mir ausgeliehen hat, und ich hab ihm ein paar Fragen dazu gestellt. Zum Beispiel wollte ich wissen, warum dieses Sex-Ding, bei dem man verkehrt herum auf dem anderen liegt, 'ne Nummer als Namen hat, und warum ausgerechnet DIESE Nummer und keine andere. Da hat er mir erklärt, dass ich mir die Zahlen als Menschen vorstellen müsste, mit einem Kopf bei der Wölbung der Zahl und einem Penis oder einer Scheide bei dem Rest.

Da hab ich's dann kapiert.

Außerdem hat er mir noch eine andere Sache gesagt.

»Du musst unbedingt sicherstellen, dass du Kondome im Haus hast, wenn die Anna vorbeikommt! Verhütung ist das A und O, nicht nur wegen einer möglichen Schwangerschaft, sondern vor allem auch wegen ansteckender Krankheiten. Damit ist *nicht* zu spaßen!«

»Ähm, wo soll ich die denn herkriegen? Ich kann die ja schlecht bei Mutti auf die Einkaufsliste setzen, oder?«

Der Sebastian hat gegrinst. »Nein, die musst du dir schon selber besorgen. Es gibt zwar Eltern, die locker genug sind, um ihren Kindern so was zu kaufen, aber ich bin mir ziemlich sicher, dass deine Mutter nicht dazugehört.«

»Und wo krieg ich die her?«

»Die gibt's überall. In jedem Supermarkt, in jeder Drogerie und an jeder Tankstelle. Das ist definitiv die kleinste Herausforderung beim Thema Sex.«

»Und ... äh ... wie genau macht man das? Ich meine, muss ich da irgendein Codewort sagen oder so?«

Der Sebastian hat mich einen Moment lang schweigend angeguckt, dann hat er sich zu mir vorgelehnt und mit so 'ner Fingerbewegung angedeutet, dass ich mit meinem Ohr gaaanz nah an seinen Mund herankommen soll. Als ob er mir ein supergeheimes Geheimnis sagen will. Anschließend hat er »Pssst!« gemacht und dann geflüstert: »Es gibt tatsächlich ein Codewort. Das darfst du aber unter keinen Umständen jemandem weitererzählen, okay?«

»Keine Sorge«, hab ich zurückgeflüstert. »Du kannst dich auf mich verlassen. Ehrenwort!«

»Okay, dann pass auf: Du musst in einem Laden auf einen Verkäufer oder eine Verkäuferin zugehen, dich direkt davorstellen und dann mit den Fingern deiner Hand folgendes Zeichen machen.« Er hat eine Faust geballt und anschließend den Zeige- und Mittelfinger abgespreizt. »Das ist das geheime Zeichen der Bruderschaft der Kondomkäufer. Damit gibst du dich zu erkennen. Anschließend musst du den entscheidenden Satz sagen, der seit Urzeiten von Kondomkäufer zu Kondomkäufer weitergegeben wird.«

»Cool! Wie geht der?«

»Du musst Folgendes sagen: ›Guten Tag, ich bräuchte bitte zwei Packungen Kondome. Können Sie mir sagen, wo ich die finde?‹.«

Ich hab ihn überrascht angeguckt. »*Das* ist der geheime Satz?«

»Ja, das ist er«, hat er erwidert und dabei gegrinst.

»Der klingt aber gar nicht geheim.«

»Ach, echt?«

In dem Moment hab ich's geschnallt, der Sebastian hat mich nur veräppelt. Ich hab ihn schmollend angeguckt (allerdings nur so ein bisschen, weil ich gar nicht richtig sauer auf ihn war) und hab zu ihm gemeint: »Hey, das ist gemein! Ich hab das noch nie gemacht, woher soll ich wissen, wie das geht?«

Er hat mir kumpelhaft auf den Oberarm gehauen. »War doch nur ein Scherz, Alter. Nein, beim Kondomkauf gibt es keine geheimen Codewörter, Tricks oder Handzeichen. Du gehst einfach in einen Laden und holst dir eine Packung deiner Wahl. Das Einzige, was du beachten musst, ist …« Er hat auf meine Hose gezeigt. »… wie groß dein bester Freund da unten ist, sowohl von der Länge als auch von der Breite her. Bei Kondomen gibt es unterschiedliche Größen. Du solltest dir welche kaufen, die bei dir passen.«

»Und welche sind das?«

Der Sebastian hat gelacht. »Da hab ich keine Ahnung, Jürgen, das musst du schon selber herausfinden. Nimm im Zweifelsfall ein Maßband und miss dein bestes Stück aus. Du musst nur daran denken, dass du das im steifen Zustand machen solltest und nicht im schlaffen, schließlich soll dich das Kondom beim Sex schützen. Und da hat man in der Regel keinen schlaffen Penis.«

Das hat einleuchtend geklungen.

Der Sebastian ist danach gegangen. Ich hab ihn noch bis zur Wohnungstür begleitet und beim Rausgehen gefragt: »Du, sag mal, mit dir und der Tatjana, wird das wieder gut werden?«

»Ja, sicher, mach dir keine Gedanken. Die wird sich schon wieder einkriegen. Alles halb so wild.«

»Das wäre gut«, hab ich erwidert. »Weil, ich hab euch beide echt gern.«

Er hat mich angesehen, aber nichts mehr gesagt. Dann hat er sich umgedreht und ist in seine Wohnung gegangen. Ich glaub, ihn hat das mehr beschäftigt, als er zugeben wollte. Ich hoffe wirklich, dass er da keinen Mist baut und die Sache mit der Tatjana wieder hinbekommt. Weil, ob's der Sebastian wahrhaben will oder nicht, die beiden passen perfekt zusammen. Ich hab ihn schon mit vielen Mädels gesehen, aber keine von denen war wie die Tatjana gewesen. Zwischen den beiden ist es fast so, wie bei mir und der Anna.

Na ja, mal schauen.

Ich werd mir jetzt die Bücher vom Sebastian holen und noch ein bisschen darin weiterlesen. Und ich muss unbedingt daran denken, morgen in die City zu fahren und Kondome zu kaufen.

Dabei fällt mir ein: Wo krieg ich denn jetzt auf die Schnelle ein Maßband her? Ich werd Mutti danach fragen, vielleicht hat sie so was. Hoffentlich will sie nicht von mir wissen, wofür ich das brauche, sonst muss ich sie anschwindeln. Oder wär das okay, wenn ich's ihr sage? Hm, keine Ahnung. Ich glaub, ich sag's ihr lieber nicht. Irgendwie fühlt sich das richtiger an.

Also bis bald, Tagebuch, ich melde mich wieder bei dir.

In Liebe, dein Jürgen.

– Tag 29 –

Liebes Tagebuch,

Ich war heute in der City, Kondome kaufen. Und soll ich dir was sagen: Von wegen, das ist total leicht! Da hat mir der Sebastian ziemlichen Quatsch erzählt.

Pass auf, als Erstes hab ich von zuhause aus gegoogelt, wo man die allerbesten Kondome der ganzen Welt kaufen kann. Ich will für den Sex mit der Anna schließlich nicht irgendwelche haben, sondern nur die tollsten, die man kriegen kann. Die Anna soll sehen, dass ich mir voll Mühe gegeben hab und ein echter Sex-Kondom-Profi bin, der sich mit so was auskennt.

Das Problem war nur: Als ich ›Supertoller Sex mit supertollen Kondomen‹ in die Suche eingegeben hab, da hab ich zwar ganz viele Treffer bekommen, aber die haben irgendwie nix mit Supermärkten, Drogerien oder Tankstellen zu tun gehabt. Stattdessen waren da ganz viele Seiten gewesen, die so ähnlich ausgesehen haben wie die, auf denen ich mich bei meiner Frauensuche herumgetrieben hab. Auf fast allen gab's Videos, in denen Pärchen Sex gemacht haben, und bei manchen waren's sogar nur Männer. Die haben auch Sex gemacht. Die hatten zwar Kondome an, von daher hätte die Suche eigentlich gepasst, aber ich wollte ja wissen, wo man die Dinger KAUFEN kann, und nicht, wie andere Leute damit Sex machen. Wobei ... eine gute Seite hatte das Ganze dann doch: Ich hab endlich gesehen, wie man so ein Kondom anzieht. Und ich hab auch kapiert, warum mir der Sebastian gestern gesagt hat, dass ich meinen Penis ausmessen muss, wenn der dick und groß ist. Anders würde das nämlich gar keinen Sinn ergeben.

Na, jedenfalls hab ich noch ein paar andere Suchen probiert, zum Beispiel ›Die supertollsten Kondome der Welt‹ oder ›Kondome für echte Kerle‹, aber das war auch nix. Da kam immer nur Quatsch heraus (oder eben noch mehr Sexvideos). Am Ende hab ich beschlossen, dass ich das Problem anders lösen muss. Das Internet ist einfach zu doof, wenn's um so was geht. Da braucht man echte Profis, echte Menschen, die sich damit auskennen.

Also hab ich bei der Telefonauskunft angerufen.

»Hallo, guten Tag, mein Name ist Helga Pöllenhoff. Wie kann ich Ihnen helfen?«, hat mich die Stimme am anderen Ende begrüßt.

»Hier ist der Jürgen«, hab ich geantwortet. »Ich hab ein Problem: Ich will Sex machen.«

»Äh, wie bitte?«

»Ich hab gesagt: Ich will Sex machen!«

Die Frau am anderen Ende hat sich kurz geräuspert und dann geantwortet: »Also, da kann ich Ihnen nicht weiterhelfen. Für derartige ›Anliegen‹ müssen Sie sich an andere Nummern wenden. Hier ist nur die Telefonauskunft, wir machen so was nicht.«

Ich hab sie gefragt, ob sie mir diese Spezialnummern geben könnte, und sie hat Ja gesagt. Die haben alle mit 0-9-0-0 angefangen. Das hat schon mal professionell ausgesehen, weil, solche Nummern gibt's auch beim Homeshopping-Sender. Also muss das seriös sein.

Ich hab mir eine davon rausgepickt und dann dort angerufen. Zuerst kam eine Stimme vom Band, die mir irgendwas Ödes über irgendwelche Kosten erzählt hat, die angeblich entstehen würden. Das hat mich nicht gejuckt. Ich wollte ja nix bei denen kaufen, ich wollte nur 'ne Auskunft haben. Also hab ich das Handy neben mich auf den Tisch gelegt und solange gewartet, bis das Gequatsche zu Ende war. Dann hat's Klick gemacht, und eine Frauenstimme hat sich gemeldet.

»Hallo. Hier ist die heiße Helga. Und wer bist du, Schätzchen?«

»Äh, ja, hallo. Hier ist der Jürgen, und ich –«

»Hallo Jürgen, schön, dass du anrufst.«

»Ja, okay, danke. Also, ich bräuchte –«

»Oh, sag mir, was du brauchst! Ich mach alles für dich. Weißt du, ich bin ganz alleine zuhause und total einsam.«

»Hm, ja, echt toll. Aber ich brauche –«

»Was brauchst du denn, Schätzchen? Ich bin für dich da.«

Meine Fresse, lass mich doch mal ausreden, hab ich mir gedacht. Diese Tussi von der Kondomauskunft war echt nervig gewesen, die hat gar nicht mehr aufgehört zu sabbeln.

Irgendwann hab ich's dann doch geschafft, ihr zu sagen: »Ich will Kondome haben.«

»Du willst es mit Kondom? Na klar, kein Problem, mein Süßer. Besorg's mir so richtig!«

»Hä? Wieso dir? *Ich* will doch was haben!« Ich hab echt nicht gepeilt, was mir diese komische Auskunftsfrau sagen wollte. Irgendwie hat die nur dummes Zeug gelabert. Warum sollte ICH ihr jetzt Kondome besorgen? Die hat, glaub ich, nicht ganz kapiert, was ich von ihr wollte. Deswegen hab ich noch mal ganz langsam und deutlich zu ihr gesagt: »Ich will, dass man das MIR besorgt, okay?«

»Ach, so einer bist du. Klar, kein Problem, Schätzchen, wir können auch gerne die Rollen tauschen und ich besorg's *dir*. Wie möchtest du's denn haben? Irgendwelche Sonderwünsche?«

»Na, so schnell wie möglich wär toll«, hab ich ihr geantwortet. Was für 'ne dämliche Frage!

»Alles klar, dann mach's dir gemütlich.«

Ich hab mich zurückgelehnt und dann abgewartet. *Wahrscheinlich braucht die jetzt 'ne Weile, um die Adressen der Kondomläden zu finden*, hab ich mir gedacht. Das wiederum fand ich cool, das hat nämlich gezeigt, dass die Profis sind und alles noch von Hand machen. So was gibt's heutzutage gar nicht mehr. Echt toll!

Dachte ich zumindest.

Weil, nach zehn oder fünfzehn Minuten war die Tussi IMMER noch nicht fertig gewesen. Ich hab gewartet und gewartet und gewartet, aber am anderen Ende hab ich nur so ein Keuchen und Stöhnen gehört und sonst nix weiter. Zwischendurch hab ich gedacht, dass sie die blöden Adressen endlich gefunden hat, weil, sie hat so Sachen gesagt wie: »Ja, oh ja, super«, oder: »So ist's richtig«, aber das war's dann auch.

Irgendwann ist mir die Sache zu blöde geworden. Ich hab ganz laut ins Handy gerufen: »Menschenskind, hast du's bald??? Mir tut langsam der Hintern weh!!!« Das stimmte auch, der hat wirklich wehgetan, vom vielen Sitzen! Ich muss mir unbedingt einen neuen Stuhl besorgen, der alte ist nicht mehr gut. Dabei hab ich den schon seit der Grundschule. Na ja, was soll's.

Die Tussi am anderen Ende hat zu mir gemeint: »Oh, tut mir leid, mein Süßer. War ich zu heftig? Soll ich langsamer machen?«

»Nee!!!«, hab ich geschrien. »Bloß nicht *noch* langsamer!!! Mach gefälligst schneller, du lahme Schnepfe!!!«

Da ist die Tussi richtig sauer geworden und hat mich als Blödmann und als ... äh ... Popoausgang bezeichnet (sie hat's anders genannt, aber das will ich hier nicht wiederholen). Anschließend hat sie noch gesagt, dass ich mir gefälligst irgendwas von irgendwoher selber ›runterholen‹ soll – keine Ahnung, was sie damit gemeint hat –, und dann hat sie einfach aufgelegt.

So ein Flop, echt! Da denkt man, dass man Profis in der Leitung hat, und dann so was. Echt lahm!

Na ja, wie auch immer, ich hab danach beschlossen, nicht weiter im Internet zu suchen oder irgendwelche Nummern anzurufen, sondern direkt in die City zu fahren und mich einfach durchzufragen. Ich meine, ich kann schließlich nicht der Einzige sein, der sich Profikondome kaufen will, oder? Da gibt's bestimmt noch mehr Leute, die das tun. Also hab ich den Bus genommen und bin einfach hingefahren.

In der Fußgängerzone bin ich dann auf alle möglichen Leute zugegangen (so wie's mir der Sebastian beigebracht hat) und hab sie angehalten und gefragt, ob sie mir vielleicht helfen könnten, ich bräuchte nämlich einen Einkaufstipp von ihnen. Die meisten von denen waren Frauen gewesen. Das fand ich am logischsten, weil ich ja Profikondome haben wollte, die ich beim Sex mit der Anna benutzen konnte. Und ich hab halt null Ahnung, ob es da irgendwelche Unterschiede zu Männersex-Kondomen gibt. Ich meine, bestimmt gibt es die! Oder? Hmm, keine Ahnung. Jedenfalls wollte ich auf Nummer sicher gehen und verhindern, dass ich am Ende die falschen kaufe und mich beim Sex mit der Anna blamiere. Stell dir das mal vor, Tagebuch, ich hole die Dinger raus, die Anna lacht sich kaputt und meint dann zu mir: »Hey, das sind ja Männerkondome! Wie peinlich ist das denn? Das ist ja voll wie ein Verlierer, mit dir will ich keinen Sex machen, du kannst ja nicht mal Frauenkondome kaufen!« Das fänd ich voll schlimm, wenn das passieren würde.

Jedenfalls, genau aus diesem Grund hab ich die Frauen in der Fußgängerzone angequatscht. Darin bin ich ja mittlerweile richtig gut. Allerdings war's heute nicht ganz so toll gewesen wie sonst immer. Eigentlich lief's sogar richtig mies! Ich weiß auch nicht, woran das lag. Ich hab zum Beispiel ein Mädel angequatscht, die sah mir so aus, als ob sie sich voll gut damit auskennen müsste. Die hatte nämlich gefärbte Haare gehabt. Und Mutti hat immer zu mir gesagt, dass Mädchen, die gefärbte Haare haben, ›Unzucht‹ treiben. Früher hab ich nicht gewusst, was sie damit meint, aber nachdem ich die Bücher vom Sebastian gelesen hab, blick ich da voll durch und bin auf dem Laufenden. Unzucht ist nämlich ein anderes Wort für Sex! Ich weiß auch nicht, warum sie's nicht einfach Sex nennt, wenn sie Sex meint, aber wahrscheinlich aus demselben Grund, aus dem sie bei Filmen mit knutschenden Pärchen umschaltet.

Na, jedenfalls hab ich zu diesem Mädel gesagt: »Hallo. Kannst du mir vielleicht weiterhelfen?«

»Was gibt's denn?«, hat sie gefragt.

»Ich bräuchte einen Einkaufstipp.«

»Okay. Und für was genau?«

»Für Kondome«, hab ich gesagt. »Du siehst nämlich wie eine Frau aus, die sich voll gut damit auskennt, weil sie schon mit ganz vielen Männern Sex gemacht hat.«

Da hat sie mir eine schallende Ohrfeige verpasst und ist einfach weitergegangen. Aua, die hat ganz schön wehgetan! Ich kapier gar nicht, was das sollte. Ich hab der doch ein Kompliment gemacht – und dann haut die mich? Echt komisch.

Die anderen Frauen haben auch nicht besser reagiert. Irgendwie wollte sich keine mit mir über Kondome unterhalten. Die haben alle nur den Kopf geschüttelt oder sind weitergegangen oder haben mir Sachen zugerufen wie: »Hau ab, du Perverser!«

Echt komisch!

Irgendwann hab ich keinen Bock mehr gehabt und hab stattdessen Männer gefragt. Von denen kamen zwar auch ein paar ziemlich schräge Antworten (einer meinte zum Beispiel: »Schnuckelchen, bei mir zuhause auf dem Nachttisch liegen welche, du kannst gerne mitkommen«), aber der Rest hat mir coole Tipps gegeben. Vor allem der Letzte, den ich gefragt hab, der war klasse. Er hat zum Ende der Fußgängerzone gezeigt und zu mir gemeint: »Geh mal bis da hinten und bieg dann nach rechts in die Seitenstraße ein. Bei dem großen, blauen Schild musst du rein.«

»Und da kann ich Profikondome kaufen?«, hab ich ihn gefragt.

»Da kannst du *alles* kaufen«, hat er geantwortet.

Also bin ich da hin.

An der Stelle, zu der dieser Typ gezeigt hat, war wirklich ein blaues Schild gewesen, so wie er's gesagt hat. Auf dem stand ›*EroShop*‹ (oder so ähnlich), das klang schon mal gut, auch wenn ich nicht wusste, was das bedeuten sollte. Am Anfang hab ich mich gewundert und überlegt, ob ich nicht doch falsch bin, weil, bei denen im Schaufenster waren ganz komische Klamotten ausgestellt gewesen. Die haben ausgesehen wie von der Feuerwehr. So mit Gasmasken und Anzügen aus Gummi und allem. Aber als ich reingegangen bin, da ist mir ein total gut gelaunter und flippiger Heini mit knallbunten Haaren entgegengekommen und hat mich gefragt: »Hallöchen. Was kann ich für dich tun?«

»Ich brauche supertolle Kondome für den Sex mit meiner Freundin, der Anna«, hab ich geantwortet. »Die kommt mich nämlich am Wochenende besuchen, und ich will ihr zeigen, dass ich nur die allerbesten ausgesucht hab.«

Der Typ hat übers ganze Gesicht gestrahlt und zu mir gemeint: »Da bist du bei uns genau richtig. Wir haben alle möglichen Spielzeuge für Damen und Herren mit ganz, nun ja, speziellen Vorlieben. Was hast du dir denn vorgestellt? Mit Noppen oder ohne? Gefühlsecht oder normal? In einer bestimmten Geschmacksrichtung oder neutral?«

»Ich will die Dinger nicht essen«, hab ich ihm gesagt. »Ich will sie über meinen Penis ziehen und dann supertollen Sex mit der Anna machen.«

Der Typ hat gelacht. Das hat sich fast ein bisschen wie der Sebastian angehört, nur etwas lauter und noch viel quietschiger. Wie so 'ne Badeente, auf die man draufgelatscht ist.

»Du bist ja ein Lustiger«, hat er gemeint. »Okay, also ohne Geschmack. Darf's vom Aussehen her ein bisschen ausgefallener sein? Vielleicht mit einem bestimmten Muster oder in einer bestimmten Farbe? Welche Farbe mag denn deine Freundin am liebsten?«

»Äh, rot.« Das hat sie mir bei unserem ersten Date erzählt.

Der Typ hat mich zu einem großen Regal im hinteren Teil des Ladens geführt, in dem ungefähr achthundert Trillionen Schachteln mit ganz komischen Motiven waren. Die haben alle ein bisschen ausgesehen wie Kinderspielzeuge, nur noch schräger – und viel, viel bunter.

»Hier haben wir etwas Schönes«, hat er gesagt und mir eine der Schachteln gezeigt. Auf der Vorderseite war das Bild von so 'nem dicken

Regenwurm gewesen, in Knallrot, und der hat wie 'ne Comicfigur ausgesehen und gegrinst und zwei Teufelshörner auf dem Kopf gehabt.

»Das ist der letzte Schrei aus China. Das sind unsere *Horny-Devil-Kondome* mit lustigem Motiv. Die Hörner dienen als zusätzliche Stimulatoren, und seitlich sind noch Noppen in verschiedenen Größen angebracht. Wirklich toll, ein super Erlebnis, ich hab die auch schon ausprobiert.«

»Aha, okay«, hab ich gesagt und voll wie ein Kenner und Profi genickt. In Wirklichkeit hab ich kein einziges Wort von dem verstanden, was er da erzählt hat. Ich glaub, das hat irgendwas mit dem lustigen Knubbel zu tun, den Frauen an ihrem Tunneleingang haben. Jedenfalls hab ich erwidert: »Klingt gut, die nehme ich.«

»Wir haben noch eine Menge mehr in unserem Sortiment. Möchtest du die auch sehen?«

Hm, hab ich mir gedacht. *Warum eigentlich nicht? Bestimmt wär es cool, wenn die Anna zu mir nach Hause kommt und dann sieht, dass ich nicht nur EINE EINZIGE Packung an Profikondomen habe, sondern GANZ VIELE davon! Dann würde sie bestimmt denken, dass ich voll der erfahrene Mann bin, der sich mit Sex richtig gut auskennt.*

»Ja, will ich«, hab ich deshalb dem Typen gesagt. »Ich will alle coolen Kondome haben, die es gibt!«

Da hat er leuchtende Augen gekriegt und mich gefragt: »Ähm, wirklich alle?«

Ich hab nur erwidert: »Ja, alle!«

»Sehr gerne. Das sind aber schon ein paar. Das ist dir bewusst, oder?«

»Klaro. Und ich will sie alle.«

»Okay, ganz wie du möchtest. Ich hole einen Einkaufskorb, nur einen Moment, bitte.«

Zwei Minuten später ist der Typ mit zwei randvollen Körben durch den Laden getorkelt und hat die an der Kasse abgestellt. Dann hat er sich zu mir gedreht und gefragt: »Darf ich dir noch etwas anderes zeigen? Wir haben eine große Auswahl an Spielzeugen und Utensilien für das lustvolle Liebesspiel. Deine Freundin wird *begeistert* sein!«

»Echt jetzt? Begeistert?«, hab ich gefragt.

»Oh ja, verlass dich darauf! Du wirst einen Sex erleben, den du niemals wieder vergisst.«

»Na, dann her damit!«, hab ich laut gerufen. Weil, wenn das wirklich stimmte, dass das Zeug den Sex mit der Anna unvergesslich machen kann, dann wollte ich es natürlich haben, ist ja klar!

Der Typ ist losgelaufen und hat zu mir gemeint: »Wunderbar, ganz wunderbar, du wirst es nicht bereuen, mein Freund. Komm, ich zeige dir unsere Auswahl.«

Das hat er auch getan.

Aber ... soll ich dir was sagen, Tagebuch? Irgendwie war das ziemlich schräges Zeug, was er mir vor die Nase gehalten hat. Da war zum Beispiel ein rabenschwarzer Anzug aus irgendeinem glänzenden Material, den man sich angeblich komplett über den Körper ziehen kann. Vorne dran, genau an der Stelle, an der wir Männer unseren Penis haben, hing ein gelber Plastikstiel herunter. Der hat ausgesehen wie von 'nem Wischmopp geklaut.

»Das hier ist das Modell ›*Female Domination*‹, wirklich sehr beliebt bei den Damen. Der Anzug besteht zu hundert Prozent aus hochwertigem Latex und besitzt einen Dildo, mit dem die Dame ihren Liebsten von hinten verwöhnen kann.«

Ich hab versucht, mir vorzustellen, was er damit meint, und bin zu dem Schluss gekommen, dass man wahrscheinlich an das komische Ding vorne einen Besen dranmachen kann, damit die Frau, während man Sex mit ihr macht, rumrennen und damit putzen kann. Das war zumindest die einzige Erklärung, die mir eingefallen ist, auch wenn ich nicht kapiert hab, wie das funktionieren soll und was das dann mit ›verwöhnen‹ zu tun hat. Aber vielleicht muss sich der Mann dabei umdrehen, um dann ganz glücklich zu staunen und sich zu freuen, wie sauber es ist, wenn die Frau mit dem Putzen fertig ist. Keine Ahnung.

Ich hab mir natürlich nichts anmerken lassen und ganz cool zu dem Typen gemeint: »Ich liebe es, verwöhnt zu werden. Frauen machen das ständig bei mir.«

»Ach, schau an, ein Liebhaber der weiblichen Dominanz. Sehr schön, sehr schön. Dann habe ich noch etwas für dich. Das wird dich begeistern, glaub mir. Hier ist das Modell ›*Big Rocket*‹. Ein echter Hingucker! Allerdings nur für den, nun ja, etwas fortgeschrittenen

Mann.« Er hat so ein ganz komisches, oranges Dingsbums hochgehalten, das wie ein Abwasserrohr ausgesehen hat – und auch mindestens so dick war. Ich hab das mal bei uns zuhause gesehen, als das Klo verstopft gewesen ist und der Klempner zu uns rauskommen musste, um es wieder freizumachen. Jedenfalls hat dieses Teil die exakt gleiche Größe und Form gehabt, nur mit dem Unterschied, dass es untenrum zu war und oben noch so 'ne komische Wölbung hatte, die wie 'ne Faust ausgesehen hat.

Der Typ hat mir das Ding in die Hand gedrückt und total fröhlich gemeint: »Ist das nicht ein Prachtstück?«

»Äh, okay«, hab ich gemurmelt und es von allen Seiten gemustert. Ich hab keine Ahnung gehabt, was man damit machen soll. Vielleicht war es ja wirklich zum Reparieren von Toiletten gedacht.

»Na? Was sagst du?«, hat mich der Typ gefragt.

»Na ja, äh … ich weiß nicht …«

»Ich kann dein Zögern gut verstehen, glaub mir. Die ›Big Rocket‹ flößt so manchem unerfahrenem Mann Ehrfurcht ein, dafür brauchst du dich nicht zu schämen. Nicht jeder ist bereit für dieses kolossale Gerät.«

»Hey!«, hab ich gerufen und ihn böse angeguckt. »Ich bin nicht unerfahren, klar? Ich hab solche Dinger schon gekannt, da hast du noch im Kindergarten gespielt! Ich bin total cool, okay?«

»Aber natürlich, bitte entschuldige. Ich wusste nicht, dass ich es mit einem lebenserfahrenen Profi zu tun habe. Du möchtest die ›Big Rocket‹ also kaufen?«

»Na, klar!«, hab ich erwidert und mir gleichzeitig gedacht: *Dem hast du's aber gezeigt! Ich und unerfahren … ha, von wegen! Der wird sich noch wundern!*

»Wunderbar, ganz wunderbar«, hat er frohlockt. »Du wirst es nicht bereuen.«

Anschließend hat mir der Typ noch jede Menge anderen Plunder gezeigt: Handschellen mit komischem rosa Plüsch drum rum (vielleicht für Einbrecher mit empfindlicher Haut), irgendwelche Stöpsel, die ein bisschen wie Tannenzapfen ausgesehen haben und die man mit Saugnäpfen auf einer Tischplatte befestigen konnte (keine Ahnung, wofür), und noch irgendwelche schrägen Unterhosen, die ganz aus Gummi waren (wahrscheinlich für Leute, die ins Bett machen). Eigentlich wollte ich das alles gar nicht haben, aber ... du wirst es nicht glauben, Tagebuch: Der Typ hat mich so vollgelabert, dass ich am Ende mit sechs großen Einkaufstüten aus dem Laden rausgekommen bin, in denen irgendwie ... na ja ... ALLES drin war. Unter anderem auch die Kondome, die ich haben wollte. Von daher war's ein voller Erfolg! Ich muss mir nur eine gute Ausrede für Mutti einfallen lassen, warum der *EroShop* in Stuttgart 697,80 Euro von ihrem Konto abbuchen wird, weil, ich hab mit ihrer Karte gezahlt.

Ach ja, apropos Mutti: Auf dem Weg nach Hause hab ich mir überlegt, wie ich Mutti am besten aus der Wohnung kriegen kann, wenn mich die Anna am Wochenende besuchen kommt. Das ist gar nicht so einfach, weißt du, sie hat überhaupt kein Leben. Außer natürlich ihr Kirchenzeugs und ihre Freundinnen. Mit denen verbringt sie aber nur die Nachmittage, am Abend ist sie immer zuhause.

Meine erste Idee war, bei ihrem Pfarrer anzurufen und ihn zu fragen, ob er vielleicht so 'nen Predigtmarathon machen könnte, von Samstagmorgen bis, sagen wir, Sonntagabend. Da könnte er einmal die ganze Bibel vorlesen oder was weiß ich. Das müsste von der Zeit her reichen, um mit der Anna Sex zu machen ... denke ich zumindest, ich hab keine Ahnung, wie lange das normalerweise dauert. Aber erstens glaube ich nicht, dass er mir den Gefallen tun würde, nachdem ich schon seit Jahren nicht mehr bei ihm im Gottesdienst gewesen bin, und zweitens müsste er das in den nächsten vier Tagen vorbereiten und Mutti dazu einladen. Und das wird er nicht tun, weil's ein bisschen knapp wär. Also hab ich mir was anderes überlegen müssen.

Und soll ich dir was sagen, Tagebuch? Als ich schon fast zuhause angekommen bin, da ist mir schlagartig was Supertolles eingefallen! Der Sebastian hat mich doch gestern gefragt, ob meine Mutti nach ihrer Scheidung wieder einen Papi kennengelernt hat, und ich hab ihm erzählt, dass sie bis heute alleine geblieben ist. War auch so gewesen, sie hat keinen mehr gefunden. Aber während ich im Bus gesessen bin und versucht hab, die komische Oma neben mir zu ignorieren, die mich wegen der Einkaufstüten mit dem ganzen Plunder angestarrt hat wie so 'nen Psychokiller, da hab ich mir gedacht, dass ich doch schauen könnte, ob ich meiner Mutti nicht vielleicht ein Date besorgen könnte! Super Idee, oder? Wenn das nämlich klappen würde, dann hätten wir beide ein

Date an dem Abend, ich mit der Anna und sie mit ... na ja ... mit ... keine Ahnung ... dem Typen halt, den ich für sie ausgesucht hab. Außerdem würde es ihr bestimmt guttun, endlich mal wieder einen Papi zu haben.

Ja, die Idee fand ich toll!

Die Frage war nur: Wo kriegt man denn auf die Schnelle einen Papi her? Kann man den irgendwo bestellen? Oder findet man den genauso, wie ich die Anna gefunden hab, also auf der Straße?

Ich hab kurz überlegt. *Nee, um mit Mutti in die City zu gehen und sie Leute anquatschen zu lassen, hab ich keine Zeit mehr. Außerdem bin ich mir sicher, dass sie das nicht machen würde, sie redet ja eh nur mit ihren Kirchenleuten. Und mit mir natürlich, aber das ist was anderes.* Ich hab mir also gedacht, dass ich das irgendwie anders hinkriegen muss, und zwar, indem ICH einen Papi für sie finde, der dann zu IHR kommt! Oder noch besser: Ich finde einen Papi für sie, der irgendwo hinkommt und sich dann dort mit Mutti trifft, und zwar ohne, dass sie irgendwas davon weiß. So wär's perfekt!!! Mutti wär aus der Wohnung raus, hätte ein Date mit einem neuen Papi (den ich ihr ausgesucht hab und der deshalb super ist), und ich könnte ganz in Ruhe mit der Anna Sex machen, ohne von jemandem dabei gestört zu werden.

Ich fand die Idee so supertoll, dass ich noch im Bus ganz laut gelacht und in die Hände geklatscht hab, und dann hab ich die Oma neben mir angeguckt und fröhlich zu ihr gemeint: »Hey, ich krieg bald einen neuen Papi! Dann kann ich Sex machen, so viel ich will!« Komischerweise hat sie mich daraufhin noch schräger angeguckt, ist aufgestanden und hat sich ganz weit weg von mir wieder hingesetzt. Keine Ahnung, was das sollte! Die Alte war eh bekloppt.

Zuhause hab ich mich sofort an den PC gesetzt und mit der Suche angefangen. Wobei ... zuerst hab ich die Tüten mit dem Plunder in meinen Kleiderschrank geschmissen, damit Mutti die nicht sieht. Ich muss unbedingt mal da drin aufräumen, hab ich festgestellt, langsam ist der so voll, dass ich die Türen kaum noch zukriege. Mit ganz viel Drücken hat's dann funktioniert.

Ich hab kurz überlegt, ob ich wirklich im Internet nach einem neuen Papi suchen soll, weil, die Suche nach einer Freundin hat ja damals nicht sooo dolle geklappt. Aber andererseits hab ich keinen Schimmer gehabt, wo ich denn sonst hätte gucken sollen. Also hab ich einfach ›Mutti sucht Papi zum Liebhaben‹ eingegeben und mir die Trefferliste angeguckt. Die war deutlich kürzer als bei meiner Frauensuche, das fand ich ein gutes Zeichen. Und auf einer der Seiten hab ich tatsächlich ein paar Texte gefunden, in denen einsame Papis nach Muttis gesucht haben. Das hat sich zum Beispiel so gelesen:

*Älterer, gepflegter Herr in den besten Jahren (68),
mit Vorliebe für ›professionelle Blaskonzerte‹,
sucht aufgeschlossene Sie (40+) zwecks Freizeitgestaltung
bei Tag und besonders bei Nacht.*

Super, oder? Ich meine, der Typ ist fast genauso alt wie Mutti (die ist ja auch nicht mehr die Frischeste), er mag dasselbe dudelige Musikzeugs mit Trompeten und Flöten wie in Muttis Kirche, und er will sich mit ihr abends oder nachts treffen. Das ist doch PERFEKT!!! Besser kann's gar nicht sein! Wenn sie sich in den nicht verliebt, dann kann ich ihr auch nicht helfen.

Ich hab den Typen natürlich sofort angeschrieben und ihn gefragt, ob er am Samstag und Sonntag schon was vorhätte, weil, ich würde mich mit ihm treffen wollen. Also ... natürlich nicht ICH SELBER, sondern Mutti, aber ich hab das in ihrem Namen und von ihrer Mailadresse aus geschrieben. Anschließend hab ich noch ein total cooles und schönes Foto von ihr herausgesucht und an die Nachricht angehängt. Auf dem liegt sie ganz locker und fesch im Badeanzug am Strand. Wobei das, um ehrlich zu sein, nicht wirklich ein Foto von Mutti war, sondern eins aus dem Internet, auf dem die Frau zumindest so ähnlich ausgesehen hat. Weißt du, das Problem mit Fotos von meiner Mutti ist nämlich folgendes: Auf den echten sieht sie total alt und langweilig aus! Da trägt sie immer nur diese komischen Oma-Kleider und hat eine dicke Bibel unterm Arm. Das konnte ich dem Typen nicht schicken, das ging gar nicht! Am Ende hätte der sich das angesehen und gedacht: *Nee, die will ich nicht haben, die ist voll alt und langweilig!* Das konnte ich nicht riskieren. Also hab ich ein schöneres aus dem Internet herausgesucht. Ich glaub, das ist okay, das ist nicht schlimm, weil, wenn er Mutti erst mal kennengelernt hat (und sie ihn), dann werden die sich sowieso ineinander verlieben, und dann ist das Aussehen gar nicht mehr wichtig.

Das hat mir zumindest der Sebastian erklärt, damals, als wir in der City waren und er mich gecoacht hat.

Damit war der erste Teil geschafft. Sehr viel schwieriger war allerdings die Frage, wie ich MUTTI dazu kriegen konnte, sich mit dem Typen überhaupt zu treffen, und zwar ohne zu viele Fragen zu stellen und ohne sofort wieder nach Hause zu fahren (zumindest nicht vor Sonntagnachmittag). Da hab ich ganz lange überlegen müssen, bis mir eine Idee gekommen ist. Wobei, das stimmt auch nicht so ganz, weil, eingefallen ist mir jede Menge, aber ich glaub, diese Ideen wären nicht so toll gewesen. Zumindest hab ich mal gelesen, dass es nicht erlaubt ist, Menschen 'ne Kapuze über den Kopf zu ziehen und sie dann zu entführen und irgendwo festzuhalten. Angeblich wär das eine Straftat, hieß es da. Echt doof! Ich hätt das nämlich voll romantisch gefunden, wenn Mutti von zwei Typen entführt und an irgendeinem Treffpunkt im Wald (ganz weit weg von zuhause natürlich) abgesetzt worden wär, wo dann der dritte Typ – also der aus dem Internet – auf sie gewartet hätte. So mit Blumen und allem. Aber okay, wenn's nicht erlaubt ist, dann ist's halt nicht erlaubt. Ganz abgesehen davon, dass ich auch nicht gewusst hätte, wo ich die zwei anderen Typen hätte herkriegen sollen. Oder einen Treffpunkt im Wald. Oder einen Blumenstrauß.

Deshalb ist mir eine andere Idee gekommen. Nämlich, Mutti den Typen als Missionar oder irgendwas anderes in dieser Richtung zu verkaufen und dann zu behaupten, dass er sich mit ihr über Glaubenskram unterhalten will. Das Problem war nur, dass Mutti in diesem Thema echt fit ist und SOFORT merken würde, wenn der sich nicht mindestens genauso gut darin auskennt wie sie. Stell dir das mal vor, Tagebuch, die beiden sitzen bei ihrem Date, und Mutti fragt ihn ganz plötzlich: »Na? Wie sieht's denn so aus in Tullawullaland?« (Keine Ahnung, ob's das wirklich gibt, aber wenn, dann brauchen die da bestimmt Missionare). Und der Typ würde nur komisch gucken und keine Ahnung haben, wovon sie redet, und das würde Mutti natürlich sofort merken und aufstehen und zu ihm sagen: »Hey, Sie wissen gar nicht, wo Tullawulla liegt, mit Ihnen will ich kein Date machen.« Und dann würde sie nach Hause fahren und mich und die Anna beim Sexmachen erwischen. Nee, das darf nicht passieren!!! Mir war klar, dass ich mir unbedingt was überlegen musste, damit Mutti das nicht sofort durchschaut.

Das hat auch ganz gut geklappt, weil, der Typ hat mir nach einer Stunde zurückgeschrieben und in seiner Antwort gemeint, dass er an den beiden Tagen Zeit hätte und sich freuen würde, mich (also Mutti) kennenzulernen. Da hab ich ihn gefragt, ob er vielleicht 'nen Menschen spielen könnte, der zwar voll interessiert ist am Glauben, aber selber noch nicht so viel Ahnung davon hat. Mutti nennt das immer die ›verlorenen Schafe‹ – warum auch immer.

Ich hab zu ihm gemeint:

> *Hallo, du. Sag mal, kannst du bei unserem Date so tun, als ob du ein Schaf bist? Also ... ein verlorenes halt?*

Da hat er zurückgeschrieben:

> *Ich bin mir nicht sicher, ob ich verstehe, was du meinst. Denkst du an Rollenspiele?*

Und ich hab geantwortet:

> *Ja, genau! Kannst du so tun, als ob du voll scharf auf Kirchenkram bist, aber noch nicht so viel Ahnung davon hast?*

Er hat daraufhin gemeint:

> *Aber sicher, das klingt verlockend! Komm schon, du leckere Ministrantin, rette meine arme, sündige, lüsterne Seele!*

Ich hab nicht kapiert, was er damit gemeint hat, aber es war mir auch egal. Wichtig war nur, dass er Ja gesagt hat. Also hab ich ein Treffen mit ihm vereinbart. Eigentlich hätt ich mir dafür einen Wald gewünscht – so wie bei dieser Entführungssache –, die sind schön weit weg, aber diese Dinger haben blöderweise keine Adresse, zu der man jemanden schicken kann. Außerdem wär's ziemlich kompliziert gewesen, Mutti zu erklären, warum sich dieser Schafmensch ausgerechnet in einem Wald mit ihr treffen will. Ich meine, wohnt der da, oder was? Das würde überhaupt keinen Sinn ergeben! Also hab ich nach einer Kirche gegoogelt, die ganz weit weg ist und in irgendeinem komischen Kuhkaff liegt, wo Mutti mindestens drei oder vier Stunden hinfahren müsste. Dann hab ich zu dem Typen gemeint, dass er da hinkommen soll. Er war einverstanden.

Super, das klappt ja schon mal wie am Schnürchen, hab ich mir gedacht. Ich hab's also geschafft, die Kondome zu kaufen (so wie's der Sebastian gesagt hat), und ich hab Mutti ein Date besorgt, damit die aus der Wohnung raus ist (so wie's der Sebastian gesagt hat). Jetzt musste ich ihr nur noch die Sache mit dem Schaftypen verklickern und mein Zimmer cooler einrichten und mit der Anna ein Treffen vereinbaren und die Bücher vom Sebastian zu Ende lesen und ... äh ... ja, ich glaub, das war's. Aber DANN wär alles fertig! Cool, oder? Ich hab mich in dem Moment gefühlt wie diese Typen, die stundenlang auf irgendwelche Berge rauflatschen und dann superstolz sind, wenn sie oben angekommen sind. Das hab ich mal im Fernsehen gesehen. Ging mir genauso.

Die Sache mit Mutti hab ich beim Abendessen geregelt. Sie hat heute Gemüsesuppe gekocht (igitt!) und Fleischbällchen (lecker!). Ich bin totaaaal cool und lässig und superunauffällig am Tisch gesessen, hab mir das Essen reingeschaufelt, und als sie mich gefragt hat, ob ich noch eine Portion haben will, da hab ich ihr geantwortet: »Aber klar doch, ich hab heute mehr Hunger als so 'n ausgehungertes Schaf!« Super, oder? Total clever von mir, dieses Thema so anzufangen.

Mutti hat mich überrascht angeguckt und zu mir gemeint: »Ein Schaf? Sagt man nicht eher: wie ein hungriger Wolf?«

»Nee!«, hab ich gerufen. »Hier geht's nicht um Wölfe, sondern um Schafe.« Mit Wölfen hätt meine Geschichte überhaupt keinen Sinn gemacht, weißt du. Ich kann ihr ja schlecht sagen: »Du musst dich am Wochenende mit so 'nem Heini treffen, der ist 'n verlorener Wolf und will mit dir über Glaubenskram reden.« Das wär totaler Quatsch! Also hab ich stattdessen gesagt: »Wenn Schafe verloren gehen, dann laufen die wie blöde in der Gegend herum und sind anschließend total hungrig. Verstehst du?«

»Ah«, hat sie geantwortet. »Da hast du recht. Das ist wie das Gleichnis in der Bibel mit dem verlorenen Sohn.«

Hä? Sohn? Wieso Sohn? Wo kommt denn jetzt ein Sohn her?, hab ich mich gefragt. Ich hab echt nicht kapiert, wie sie von dem Schaf zuerst auf einen Wolf und dann auf einen Sohn gekommen ist. Das war mir zu hoch. Andererseits war sie aber so schön in dem Thema drin gewesen, dass ich zu ihr gemeint hab: »Apropos, weil du gerade davon sprichst: Ich kenn da so einen Typen, der ist auch ein verlorener Wolf ... äh, nee, Moment, ich meine natürlich, der ist ein verlorenes Schaf! Der hat's nämlich nicht so mit Kirche und Bibel. Aber er will ganz viel davon erfahren, weil's ihn total interessiert.«

»Tatsächlich?«, hat sie gefragt. Ihre Augen haben so ein leichtes Glänzen bekommen, wie immer halt, wenn sie 'ne Gelegenheit wittert, jemandem ihren Glaubenskram zu erzählen. »Wen meinst du denn? Etwa den Sebastian? Das wäre eine Freude, der junge Mann braucht dringend feste Wurzeln im Glauben.«

»Nein, nein«, hab ich erwidert. »Nicht der Sebastian, der hat gar nix damit zu tun. Es geht um einen ... äh ... einen ...«

In diesem Moment ist mir klar geworden, dass ich mir noch gar keine Geschichte überlegt hab, woher ich den Schaftypen überhaupt kenne. Mist!!! Der einzige Fehler in meinem sonst so perfekten Plan!

Zum Glück hat mich Mutti gerettet (ausgerechnet!), weil, sie hat mich gefragt: »Ist es ein Freund vom Sebastian?«

»Ähm, ja, genau! So 'n Kumpel von ihm. Also ... kein besonders guter, meine ich, die haben sich nur selten gesehen. Eigentlich fast nie. Also ... äh ... ich meine, praktisch gar nicht. Aber der Sebastian hat mir von dem erzählt, und ich dachte halt ... na ja ... ich hab überlegt ... ob du dich vielleicht mit ihm treffen und mit ihm reden könntest? Du kennst dich doch so gut mit diesem Kirchenkram aus.«

»*Im Glauben*!«, hat sie mich verbessert und ganz streng ihren Zeigefinger hochgehalten. »Sag nicht immer ›Kram‹ dazu!«

»Tschuldigung. Ich meine natürlich, du kennst dich so gut *im Glauben* aus. Kannst du nicht mal mit ihm reden? Der würde sich bestimmt freuen.«

»Natürlich«, hat sie gemeint. »Das ist schließlich meine Pflicht als gute Christin. Lad ihn doch zu einem unserer Gottesdienste ein. Da kann er dann auch Pfarrer Vanderlip kennenlernen.«

»Äh, nee, er will nur mit dir alleine reden.«

Sie hat mich verwundert und auch etwas misstrauisch anguckt. »Wieso das denn?«

»Ich, äh, keine Ahnung. Ich glaube, er hat einfach zu viel Angst vor Kirchen. Oder so. Jedenfalls will er sich nur mit dir alleine treffen, und zwar schon am Samstagnachmittag in Perskopheide.«

»Bitte, wo?«

»Perskopheide«, hab ich wiederholt. »Um 17:00 Uhr.«

»Diesen Samstag?«

»Japp.«

»Und wo genau ist dieses Perkos… Persop…«

»Perskopheide«, hab ich zum dritten Mal gesagt. »Das ist ganz in der Nähe. Irgendwo bei Leipzig.«

Da hat Mutti große Augen bekommen und gerufen: »Bei *Leipzig*? Um Himmels willen, Jürgen, da bin ich ja über vier Stunden unterwegs!«

Na, eben!, hab ich mir gedacht. Aber das hab ich ihr natürlich nicht gesagt. Stattdessen hab ich mein allerliebstes Gesicht aufgesetzt und zu ihr gemeint: »Ich hab's dem Typen aber versprochen. Er hat gesagt, dass er sich total darauf freut, dich kennenzulernen, und er will total viel von dem Kirchenzeu… äh … ich meine, über den Glauben erfahren und dann so ein Gottesdienstbesucher wie du werden. Aber das macht er nur, wenn du da hinkommst und dich mit ihm unterhältst.«

Sie hat eine Weile nachgedacht. »Na schön«, hat sie schließlich gemeint. »Ich mache es. Unser Herr hat die Rufe der Bedürftigen ja auch nicht überhört, sondern ist zu ihnen gekommen, egal, wo sie waren. Ich werde also hinfahren. Wie heißt denn dieser Freund?«

Ähm, gute Frage!

»Willi«, hab ich gestammelt. Das war der erste Name, der mir auf die Schnelle eingefallen ist.

»Und wie weiter?«

Mist!!!

»Schafmann«, hab ich gesagt.

»Wie bitte? Schafmann?«

»Äh, ja.«

»Willi Schafmann«, hat Mutti wiederholt. »Seltsamer Name.«

»So heißt der halt, ich kann auch nix dafür.« Ich hoffe echt, dass es fürs Lügen keine Strafe vom Schicksal gibt, oder so. Weil, alleine für den Quatsch, den ich ihr heute aufgetischt hab, hätt ich eine MEGASTRAFE verdient.

»In Ordnung«, hat sie gemeint. »Ich schreib es mir in den Kalender. Samstag, 17:00 Uhr in Perskopheide, Willi Schafmann.«

»Prima! Super! Fahr aber pünktlich los, okay? Ich muss unbedingt noch mein Zimmer aufräumen.«

Sie hat mich plötzlich mit so 'nem zweifelnden Blick angeguckt, wie 'n Polizist, der beim Verhör merkt, dass der andere ihm Mist erzählt. »Dein Zimmer?«, hat sie gefragt. »Wieso dein Zimmer? Was hat dein Zimmer damit zu tun?«

»Äh, nee, Quatsch, ich meinte natürlich: Es gibt bestimmt viel Stau auf der Straße! Da darfst du nicht zu spät kommen. Sonst ist der Harry total enttäuscht und haut ab, noch bevor er ein Kirchenmann geworden ist.«

»Hieß der nicht gerade eben noch Willi?« Sie hat mich noch misstrauischer angeguckt.

»Willi, ja klar, logo, den meine ich! Willi Schafmann, nicht Harry Schafmann, Willi Schafmann! Der will mit dir sprechen: Der Willi Schafmann, nicht der Harry Schafmann!«

»Jürgen, ist irgendwas mit dir? Du wirkst so nervös.« Mutti hat mittlerweile ein Gesicht aufgezogen wie eine Löwin, die irgendeine Beute riecht. Ich hab dir ja erzählt, sie merkt sofort, wenn ich sie anschwindele, egal, wie gut ich das mache. Da ist sie besser als jeder Kommissar aus 'm Fernsehen.

»Nee, alles gut, alles prima, alles super, ganz im Ernst.«

Ein paar Sekunden hat sie mich noch so verhörmäßig angeguckt, dann aber hat sie genickt und zu mir gemeint: »Na schön«, und hat weitergegessen.

Puuuh, das war knapp! Aber jetzt ist die Sache mit ihrem Date geritzt. Juhuuu!!! Der Samstag kann kommen!!! Als Nächstes werd ich mein Zimmer aufmotzen und so richtig cool und männlich einrichten, damit die Anna sieht, wie locker ich bin. Muss mir nur noch überlegen, wie genau ich das mache, weil, ich hab überhaupt keine Ahnung, wie ein männliches Zimmer aussieht. Ich werd gleich mal zum Sebastian rübergehen und ihn fragen, der ist gerade nach Hause gekommen. Ich hab gehört, wie er seine Wohnungstür aufgeschlossen hat. Und die Anna muss ich auch noch anschreiben und ein Date für Samstag mit ihr ausmachen. Die hat mir heute schon vier Nachrichten geschickt. Ich muss ihr langsam mal antworten. Sonst macht die sich noch Sorgen.

Okay, liebes Tagebuch, den Rest erzähl ich dir beim nächsten Mal. Ich mach mich jetzt an die Arbeit. Es gibt noch viel zu tun, und es sind nur noch drei Tage (und der Rest von heute) bis Samstag.

Also bis bald. Ich meld mich wieder.

In Liebe, dein Jürgen.

– Tag 30 –

Liebes Tagebuch,

Tut mir leid, ich hab mein Versprechen nicht gehalten! Du hast dich bestimmt gefragt, wo ich die ganze Zeit abgeblieben bin, weil ich dir seit Dienstag nicht mehr geschrieben hab. Aber das hat einen richtig guten Grund gehabt, ehrlich! Ich hoffe, du bist mir nicht böse.

Weißt du, die Sache ist nämlich die: Ich hab mit dem Sebastian mein Zimmer neu eingerichtet. Und soll ich dir was verraten? Es sieht jetzt SUPER aus!!! Total männlich und cool und viel, viel schöner, als ich es je gedacht hätte. Wir sind vorgestern zum IKEA gefahren und haben jede Menge neuer Sachen und Möbel für mich gekauft, unter anderem eine coole, kleine Couch in so 'ner lässigen roten Farbe. Das ist die Lieblingsfarbe von der Anna, erinnerst du dich? Genau deshalb hab ich die auch haben wollen. Der Sebastian wollte mir die zuerst ausreden, aber ich hab darauf bestanden.

»Eine *rote* Couch?«, hat er gefragt. »Das sieht doch aus wie in 'nem billigen Stundenhotel! Nimm lieber eine schwarze oder graue, das ist viel schöner.«

Aber ich hab nur den Kopf geschüttelt und zu ihm gemeint, dass ich DIESE Couch haben will, genau DIESE und sonst keine. Weil, ich bin mir nämlich sicher, dass die Anna die Farbe auch mögen wird. Außerdem war die Couch vom Preis heruntergesetzt.

»Überleg dir mal, warum das so ist«, hat der Sebastian gemurmelt. »Den Mist will doch keiner kaufen.«

»Doch«, hab ich erwidert. »*Ich* will das kaufen!«

»Das macht es nicht besser.«

Irgendwann hat er dann doch nachgegeben und zu mir gemeint: »Na schön, von mir aus, dann kauf dir das Ding halt. Aber ich sag dir jetzt schon, dass dich die Anna ziemlich komisch dafür angucken wird.«

Lustigerweise hat er mir das an diesem Tag noch zu vielen anderen Dingen gesagt. Zum Beispiel hab ich eine todschicke Statue im Krimskramsbereich vom IKEA gefunden, die wollte ich unbedingt haben. Ich fand die einfach super, weil sie voll männlich und stark ausgesehen hat. Da ist so ein Typ mit nacktem Oberkörper (und mit nur so einem Handtuch um die Hüften) auf einem Sockel gestanden und hat einen Speer hochgehalten. Total cool und gefährlich! Wie ein Krieger halt. Und ich hab mir so überlegt, dass sich das bestimmt gut machen würde, wenn ich mir die in mein Zimmer stelle. Die alten Römer haben das schließlich auch gemacht, und die waren schon sehr cool drauf.

Aber der Sebastian hat nur den Kopf geschüttelt. »Auf gar keinen Fall!«, hat er gesagt.

»Und wieso nicht? Im Café Planie haben die doch auch so Zeugs rumstehen, und das hat der Anna sehr gut gefallen.«

»Jürgen«, hat er zu mir gemeint. »Es kommt nicht von ungefähr, dass das Planie so eine Innendekoration hat. Ist dir nicht aufgefallen, wie viele männliche Paare da rumsitzen?«

»Hä? Paare? Was für Paare?«

»Na, Liebespaare eben. Das Planie ist ein beliebter Treffpunkt für schwule Männer.«

Da hab ich die Augen weit aufgerissen. »Äh, was? Echt jetzt?«

»Na klar! Das kannst du in jedem schwulen Reiseführer der Stadt nachlesen. Und davon abgesehen: Kein heterosexueller Mann stellt sich 'ne Statue von 'nem halb nackten Kerl in seine Wohnung.«

»Aber, äh … ich meine … ich dachte … dass das halt irgendwie cool und männlich rüberkommt, wenn ich die da stehen hab.«

»Cool und männlich wirkt das nur, wenn du auf Schwänze stehst.«

»Hä?«

»Wenn du schwul bist, meine ich.«

»Nee, das bin ich nicht. Ich mag Frauen. Die Anna ist schließlich eine Frau.«

»Na, eben!«

»Aber«, hab ich ihn gefragt, »in deinen Büchern steht drin, dass Frauen manchmal auch Männer mögen, die so ein bisschen schwul rüberkommen.«

Er hat genickt. »Ja, das kommt tatsächlich vor, weil schwule Männer keine Bedrohung für Frauen darstellen. Oder anders gesagt: Sie fühlen sich in der Gegenwart schwuler Männer wohl, weil sie nicht davon ausgehen müssen, von denen angebaggert zu werden. Daraus darfst du aber nicht ableiten, dass du dich jetzt als Homo geben musst, nur um bei deiner Anna landen zu können. Der Schuss kann nämlich böse nach hinten losgehen, wenn sie am Ende denkt, dass du *wirklich* schwul bist.«

»Wieso? Ist Schwulsein was Schlechtes?«

»Um Gottes willen, nein, das ist etwas völlig Normales. Aber du bist nun mal ein Hetero, oder? Und du willst eine Frau zu dir nach Hause einladen, um Sex zu haben, und keinen Mann, oder?«

Ich hab ganz eifrig genickt. »Ja, genau. Nämlich die Anna.«

»Na also«, hat er geantwortet. »Und deswegen gilt: keine Statue!«

Das hab ich eingesehen.

Anschließend hat er noch zu mir gemeint: »Du brauchst unbedingt ein neues und größeres Bett.«

»Was stimmt denn mit meinem alten nicht?«, hab ich ihn überrascht gefragt. Ich fand mein Bett nämlich ganz okay. Das hab ich damals zusammen mit dem Schreibtisch geschenkt bekommen, das war kurz vor der zweiten Klasse gewesen, und es ist immer noch fast wie neu (sagt meine Mutti).

»Erstens mal«, hat er geantwortet, »ist es viel zu klein für zwei Personen. Wenn die Anna bei dir übernachten soll, dann muss sie irgendwo liegen können, und den Platz hat sie im Moment nicht. Und zweitens ist das ein gottverdammtes *Kinderbett*! Ich meine, da kleben lustige, kleine Schlümpfe dran! Noch mehr kannst du eine Frau gar nicht abturnen als mit so was.«

Auch das hab ich eingesehen. Also haben wir ein schickes, neues Bett gekauft, das breit genug ist, damit die Anna und ich darin liegen können und auf dem keine Schlümpfe kleben.

Am Ende hat mein Zimmer total verändert ausgesehen. Der Sebastian und ich haben den Mittwoch- und Donnerstagabend damit verbracht, das alte Zeug in den Keller zu schaffen – Mutti will das der Wohlfahrt schenken – und das neue aufzubauen. O Mann, war das anstrengend, kann ich dir sagen! Ich hab mir mindestens dreimal mit dem Hammer auf die Finger gehauen, und diese komischen Bauanleitungen treiben einen in den Wahnsinn. Man kapiert nie, wo man eigentlich was genau festmachen oder festschrauben muss, weil da nur so schräge Comicbilder drin sind, die von Menschen gemacht wurden, die alles können, nur nicht Comics zeichnen. Aber am Ende haben wir's geschafft, und das Ergebnis kann sich sehenlassen. Die Anna wird BEGEISTERT sein, da bin ich mir sicher.

Und stell dir mal vor, Tagebuch: Als Belohnung dafür, dass ich in den letzten Wochen so fleißig war und so sehr an mir selber gearbeitet hab, hat mir der Sebastian noch einen schicken, kleinen Fernseher mit eingebautem DVD-Player geschenkt, den er nicht mehr braucht. Das fand ich supernett von ihm! Wir haben das Ding so hingestellt, dass man von der Couch aus (von der roten!) draufgucken kann. Voll genial! Mein Zimmer sieht jetzt richtig erwachsen und professionell aus.

Der Sebastian hat mir anschließend noch ein paar seiner DVDs in die Hand gedrückt.

»Hier«, hat er zu mir gemeint. »Zieht euch die zusammen rein, man kann dabei super kuscheln und schmusen. Frauen fahren voll darauf ab.«

Ich hab mir die Cover angeguckt. Das waren alles Live-Aufnahmen von irgendwelchen komischen Konzerten, bei denen ein Typ namens *Robbie Williams* aufgetreten ist. Von dem hab ich, um ehrlich zu sein, noch nie was gehört. Ich schätze mal, das ist irgend so ein Partysänger. Mein Cousin Frank macht das auch öfters, der tritt in Altersheimen auf, da schnallt er sich sein Akkordeon um und singt Lieder von den Wildecker Herzbuben. Die ganzen Omas und Opas sind davon total begeistert (zumindest die, die noch was hören können). Aber ... na ja ... ich fand's ein bisschen seltsam, dass mir der Sebastian ausgerechnet so was für mein Date mit der Anna gibt. Ich meine, ich kann mir beim besten Willen nicht vorstellen, dass die Anna auf so eine schräge Musik abfährt. Da könnte ich mir genauso gut 'ne Kochshow oder Shopping Queen mit ihr angucken und dann dabei rumschmusen. Kommt irgendwie komisch, oder?

Genau das hab ich auch den Sebastian gefragt. Aber der hat nur gegrinst und zu mir gemeint: »Vertrau mir einfach. Die Dinger verfehlen ihr Ziel *nie*! Du wirst es schon merken.«

»Na gut«, hab ich erwidert und die DVDs neben dem Fernseher abgelegt. So richtig überzeugt war ich nicht, aber wenn der Sebastian sagt, dass die funktionieren, dann muss da was dran sein. Ich lass mich einfach mal überraschen.

Wir haben uns danach auf meine Couch gesetzt (die rote!) und haben ein bisschen miteinander geredet.

»Hast du noch Fragen an mich?«, hat sich der Sebastian erkundigt. »Zu den Büchern beispielsweise oder zu deinem Date? Kann ich dir noch mit irgendwas helfen oder dir einen Rat geben?«

»Na ja«, hab ich erwidert. »Wenn ich ehrlich bin, dann hab ich am meisten Bammel davor, wie das mit dem Sex laufen wird. Die Theorie hab ich ja jetzt im Kopf, und ich hab mir gaaanz viele Notizen gemacht, auf die ich draufschauen kann, falls ich doch mal was vergesse. Aber … trotzdem …«

»Trotzdem ist die Praxis etwas anderes als die Theorie, stimmt's?«, hat der Sebastian meinen Satz beendet.

Ich hab genickt.

Der Sebastian hat mir kumpelhaft die Hand auf die Schulter gelegt. »Jürgen, ich hab dir schon ein paarmal gesagt: Mach dir nicht so viele Gedanken darüber! Ich weiß genau, wie schwer es ist, wenn man vor dem allerersten Mal steht und wie viel einem durch den Kopf geht. Das ist ganz natürlich. Du wirst dich allerdings wundern, wie unnötig das war, wenn du es erst hinter dir hast. Sex ist eine vollkommen normale Sache, an der nichts Außergewöhnliches dran ist.«

»Hast du vor deinem ersten Mal auch Angst gehabt?«

»Und ob!«, hat er erwidert und dabei gelacht. »Mehr, als du dir vorstellen kannst. Ich hab mir fast in die Hose gemacht vor Angst.«

»Und … war's tatsächlich so schlimm?«

»Nein, ganz im Gegenteil, es war sehr schön gewesen. Ich meine, es war nicht der Hammer oder so, dazu waren wir beide zu unerfahren und zu nervös gewesen, sowohl ich als auch das Mädel. Das ist übrigens keine Seltenheit, vor allem bei uns Männern, da ist man gottfroh, wenn man es irgendwie hinter sich gebracht hat. Trotzdem ist mir im Nachhinein klar geworden, dass ich mir völlig umsonst einen Kopf gemacht habe. Und soll ich dir was sagen? Als mir dieser Stein vom Herzen gefallen ist, da lief's auf einmal ganz wie von selbst.«

»Hm«, hab ich gemurmelt und etwas nachgedacht. »Ist das so ähnlich wie bei der Sache mit dem Flirten? Wenn man dabei unbedingt Erfolg haben will, dann klappt das nicht, weil man sich selber im Weg steht, wenn man sich aber darauf einlässt und nicht nachdenkt, dann wird das total prima?«

»Ganz genau!«, hat der Sebastian fröhlich erwidert. »Super, dass du dir das gemerkt hast. So ist es! Lass es auf dich zukommen und grübele nicht zu viel nach, das ist der Schlüssel zum Erfolg.«

»Okay, aber: Ich weiß immer noch nicht, wie ich es hinbekommen soll, dass die Anna zu mir nach Hause kommt und ich sie dann zum Sexmachen kriege. Ich meine, fragt man den anderen einfach: ›Hey, du, willst du Sex mit mir machen?‹, oder wie geht das?«

»Wenn du unbedingt einen Plan oder eine Checkliste haben willst, dann geb ich dir folgenden Rat: Macht euch einen schönen Abend in der City. Geht was trinken und ein bisschen spazieren, plaudert über euer Leben, habt eine schöne Zeit miteinander. So wie bei den letzten Dates. Und dann, wenn es langsam Abend wird, frag sie, ob sie mit zu dir nach Hause kommen will, du hättest ein paar tolle DVDs, die ihr euch zusammen anschauen könnt. Verrate ihr aber nicht, um welche DVDs es geht, das ist ganz wichtig! Frauen *lieben* Geheimnisse.«

»Okay, und … äh … um welche geht es?«

Da hat mich der Sebastian schmunzelnd angeguckt. »Um die Dinger, die ich dir gerade ausgeliehen habe.«

»Ach so, jetzt kapier ich. Und die soll ich mit der Anna angucken?«

»Ja.«

»Und was machen wir, wenn wir mit denen fertig sind?«

»Dazu wird es nicht kommen«, hat er geantwortet und mir zugezwinkert. »Sieh zu, dass es beim Anschauen schön gemütlich wird, dass ihr euch romantisch zusammenkuschelt und euch immer wieder küsst. Dann garantiere ich dir, dass es nicht sehr lange dauern wird, bis die Sache ins Rollen kommt.«

»Hä? Welche Sache?«

»Na, der Sex, du Genie! Was denn sonst?«

»Du meinst, die Anna wird mit mir Sex machen wollen, nur weil ich mit ihr ein paar Musik-DVDs angucke?«

»Ich sag's noch mal: Lass dich einfach überraschen! Und sollte das wider Erwarten doch nicht den gewünschten Effekt haben, dann schlag ihr eine Massage vor.«

»Eine Massage?«

»Ja, genau. Erzähl ihr, dass du ein paar supertolle, neue Handgriffe gelernt hast, um Verspannungen zu lösen, und frag sie, ob sie Interesse daran hat, es mal auszuprobieren.«

»Und wenn sie Ja sagt?«

»Dann soll sie sich obenrum freimachen und auf dein Bett legen und du massierst sie. Kapiert?«

»Nee, ehrlich gesagt, nicht. Was soll das bringen? Ich meine, erst gucken wir uns irgendwelche Musik-DVDs an, und anschließend soll ich ihr Verspannungen aus dem Rücken wegmachen? Was hat das denn mit Sex zu tun?«

»O Mann, Jürgen«, hat der Sebastian gestöhnt und ganz tief durchgeatmet. »Manchmal bist du wirklich schwer von Begriff. Überleg doch mal: Ihr schmust miteinander und küsst euch, dann zieht sich die Anna halb nackt aus und lässt sich von dir massieren. Wie viel näher an den Sex willst du noch herankommen?«

Da hab ich's verstanden.

»Du meinst also, dass man durch das Gucken und durch das Massieren eine Stimmung macht, bei der man Lust auf Sex bekommt?«

»So sieht's aus«, hat er geantwortet.

»Ich kann aber gar nicht massieren! Ich hab höchstens mal Muttis Füße massiert, und das hat bei mir überhaupt keine Lust auf Sex gemacht. Ganz im Gegenteil. Wenn ich ehrlich bin, das war voll eklig gewesen. Und sonst kenn ich keine Griffe oder Tricks.«

»Das ist gar nicht so schwer. Lies dir einfach ein paar Seiten im Internet zu dem Thema durch, da gibt es haufenweise gutes Material. Du musst keine professionelle Supermassage abliefern. Ein bisschen den Nacken reiben und den Rücken streicheln reicht vollkommen aus. Das ist ein Vorspiel zum Sex, keine medizinische Tiefenbehandlung.«

»Okay.«

Er hat den Zeigefinger gehoben. »Einen Tipp hab ich allerdings noch für dich: Hol dir unbedingt Massageöl!«

»Was für Zeug?«

»Massageöl«, hat er wiederholt.

»Was soll das sein?«

»Na, ein Öl eben, zum Massieren. Das kriegst du in jeder Drogerie. Kauf irgendwas, das gut riecht, so wie Lavendel oder Rosenblüten. Und bevor du mit der Massage anfängst, tu dir ein bisschen was davon auf die Hände. Für Frauen ist das der Megaknaller schlechthin, vertrau mir!«

Das hab ich mir sofort auf meinen Merkzettel geschrieben.

»Wann ist denn dein Date mit der Anna? Habt ihr schon was ausgemacht?«

»Ja«, hab ich erwidert. »Übermorgen, am Samstag.«

»Und deine Mutter?«

»Da hab ich mir was einfallen lassen. Die wird nicht zuhause sein. Und außerdem krieg ich einen neuen Papi.«

»Bitte? Was?«

»Ach, nicht so wichtig«, hab ich gesagt. »Sie ist jedenfalls weg, wir haben die Wohnung ganz für uns allein.«

»Prima. Sehr schön. Dann kann ja nichts mehr schiefgehen.«

Wir haben anschließend noch ein bisschen mit dem Fernseher herumgespielt und ein paar Sender eingestellt, dann hat sich der Sebastian verabschiedet und ist zu sich in die Wohnung gegangen. Und ich hab mir fest vorgenommen, morgen noch einmal in die City zu fahren und dieses komische Öl zu kaufen. Hoffentlich finde ich das auch. Wenn es wirklich so ein Knaller ist, wie er behauptet, dann will ich das unbedingt haben. Ich überleg mir gerade, ob ich im Supermarkt 'ne Flasche Olivenöl oder so kaufe, nur zur Sicherheit, falls ich das andere Zeug nicht finden kann. Mal schauen.

Der Tag rückt immer näher, Tagebuch! Und ich bin meganervös!!! Hoffentlich klappt alles mit der Anna, hoffentlich klappt alles mit dem Date, hoffentlich klappt alles mit dem Sex. Und hoffentlich ist Mutti wirklich bis Sonntag bei meinem neuen Papi und verliebt sich in den. Das wär schon echt super! Weil, überleg mal: Dann könnten ich und die Anna und Mutti und mein neuer Papi zusammen glücklich werden. Wär das nicht cool?

Und weißt du was, Tagebuch? Wir machen's am Samstag wieder genauso wie bei meinem ersten Date mit der Anna: Ich nehm dich mit und erzähl dir ganz aktuell, was passiert ist und wie's läuft. Ich hoffe nur, dass es am Anfang nicht wieder so katastrophal wird! Von dem Kräuterzeugs von Onkel Heinz lass ich jedenfalls die Finger, da kannst du dir sicher sein!

Okay, dann bis morgen, Tagebuch. Ich geh jetzt noch ein bisschen mit der Anna schreiben und mir ein paar Internetseiten zum Massieren durchlesen.

In Liebe, dein Jürgen.

– **Tag 31** –

Liebes Tagebuch,

HEUTE IST ES SOWEIT!!!
 Heute ist das dritte Date!
 Ich bin schon ganz aufgeregt. Ich lauf den ganzen Morgen wie ein Bekloppter durch mein (neues und sehr cooles) Zimmer und hab ungefähr achttausendmal auf mein Handy geguckt, um sicherzugehen, dass das Date mit der Anna noch stattfindet und nicht in allerletzter Minute abgesagt wurde. Zum Glück ist bisher nichts gekommen, das ist ein gutes Zeichen. Aber das bedeutet auch, dass es heute passieren wird: Heute werd ich das allererste Mal in meinem Leben Sex machen!!!
 IST DAS NICHT DER HAMMER???
 Ich meine, es ist gerade ein paar Wochen her, dass ich bei meinem Therapeuten gesessen bin und er mir dieses komische Zeug von dem Ich-Idol erzählt hat. Genauso lange ist es her, dass ich dich, Tagebuch, gekauft und meine Suche nach einer Freundin gestartet hab. Erinnerst du dich noch? Voll der Wahnsinn, oder? Weil, jetzt hab ich es fast geschafft, jetzt renn ich durch mein Zimmer und zähl die Stunden runter, bis das Date mit der Anna losgeht (übrigens: um 18:00 Uhr). Dann werd ich kein Frauenloser mehr sein! Dann werd ich die Fußgängerzone in der City nicht mehr stundenlang ablaufen und die Leute nach Uhrzeiten oder Shoppingtipps fragen müssen – auch wenn das irgendwie lustig gewesen ist. Ich werd ganz offiziell eine Freundin haben, mit der ich alles machen kann, was man mit einer Freundin halt so macht. Ich werd nicht mehr der komische Außenseiter sein, der zuhause vor dem PC hockt und im Internet surft und nur seine Mutti zum Reden hat. Ich kann's echt nicht glauben! Das fühlt sich so ... so ... seltsam an. Als ob's nur ein Traum wär. Und gleichzeitig ist es absolut großartig, fantastisch und supertoll! Ganz ehrlich: Wenn das nur ein Traum sein sollte, dann möchte ich auf GAR KEINEN FALL wieder aufwachen, weil, mein Leben ist schön! Genauso hab ich's mir immer gewünscht.
 Weißt du, in der Zeit, als ich noch alleine gewesen bin, da hab ich mich oft gefragt, wie das sein wird, wenn ich mein Ziel erreicht hab. Und

soll ich dir was sagen? Es ist ganz anders, als ich gedacht hätte! Früher hab ich mir immer vorgestellt, dass die Sache mit der Freundin einfach passieren wird, so aus heiterem Himmel und ohne Vorwarnung. Plötzlich wird sie vor mir stehen, wir verlieben uns ineinander und dann war's das auch schon. Wie in diesen Filmen eben: Ein Mann kommt irgendwo hin, eine Frau kommt da auch hin, beide gucken sich an, und bumm, sind sie ein Paar! Ohne langes Tamtam und Trara. Aber jetzt hab ich vom Sebastian gelernt, dass man sich für eine Freundin richtig anstrengen muss, die fällt einem nicht in den Schoß, sondern es kostet viel harte Arbeit. Und weißt du was? Genau diese harte Arbeit macht es noch viel cooler und toller für mich! Ich kann mir jetzt sagen: Nicht irgendein Zufall (oder Muttis Gebetskreis) hat dafür gesorgt, dass ich die Anna kennengelernt hab, sondern das verdanke ich dem Sebastian und seinem Coaching und den vielen, vielen Stunden, die ich mit ihm in der City verbracht hab. ICH SELBER hab das hingekriegt! Ja, okay, mit seiner Hilfe natürlich, aber trotzdem ist es ein megatolles Gefühl, das ich kaum in Worte fassen kann. Es ist fast wie Fliegen oder Fallschirmspringen. Hab ich zwar beides noch nicht gemacht, aber ich bin mir sicher, dass es sich ungefähr so anfühlen müsste.

Trotzdem hat die Sache einen Haken, und zwar einen ziemlich großen: Ich hab nicht die leiseste Ahnung, was auf mich zukommt! Ich freu mich zwar auf unser Date und auf mein neues Leben als echter Kerl, aber gleichzeitig hab ich keine Garantie dafür, dass heute wirklich alles so klappt wie geplant. Ich meine, theoretisch könnte es total super laufen, aber theoretisch könnte es auch mördermäßig in die Hose gehen. Theoretisch könnte der Abend mit der Anna wunderschön werden, aber theoretisch auch so furchtbar, dass sie abhaut und mich nie wiedersehen will. Und das macht mich irre! Ich bin komplett auf mich alleine gestellt, hier kann mir kein Sebastian mehr helfen und keine Bücher und kein Internet und kein Frauenprofi-Forum.

Ach ja, apropos Forum: Ich hab heute mal da reingeguckt, nur so aus Neugier. Und stell dir vor: Dieser komische Spaßvogel, der die Geschichten über mich schreibt, hat tatsächlich eine Serie daraus gemacht und hat jetzt haufenweise Fans, die ihn loben und ihm sagen, dass er unbedingt weitermachen soll. Ich hätt echt gute Lust, dem Typen die Meinung zu geigen und ihm zu sagen, dass sein Geschreibsel absolut

NULL witzig ist. Wobei ... das würde nicht ganz stimmen, ich hab mir ein paar seiner ›Hindel‹-Folgen durchgelesen, und die sind tatsächlich sehr lustig. Ich hab richtig lachen müssen. Aber davon abgesehen find ich's unter aller Sau, dass der mich so veräppelt! Was für ein Idiot, echt! Ich werd mich nach meinem Date mit der Anna definitiv mit dem Typen in Verbindung setzen, und dann kann er was erleben, das versprech ich dir, Tagebuch!

Na ja, wie auch immer, zurück zu heute. Ich hab beim Frühstück noch mal mit Mutti gesprochen. Sie fährt um 13:00 Uhr hier los, hat sie gesagt, um sich mit dem Schafmann zu treffen und ihn ›in die Herde zu führen‹. Was auch immer das heißen soll. Jedenfalls braucht man dafür offenbar sehr viel Krempel, sie hat eine große Tasche gepackt und ihre Bibel und ein Kruzifix und etwa vier Dutzend Prospekte über ihre Kirche und über irgendwelche Gebetskreise reingetan. Ich hab kurz überlegt, ihr zu sagen, dass sie auch Kondome reintun soll, weil, sollte das mit dem Schafmann so hinhauen, wie ich mir das gedacht hab, dann kann es durchaus sein, dass die beiden auch zusammen DVDs gucken und sich massieren und anschließend Sex machen. Wobei ... das ist 'ne ziemlich komische Vorstellung, merk ich gerade. Meine Mutti und ein Mann so ... zusammen? Igitt!!! Irgendwie mag ich mir das nicht vorstellen. Aus diesem Grund hab ich sie nicht nach den Kondomen gefragt. Ich meine, sie ist alt genug, da muss sie selber dafür sorgen, dass sie alles dabeihat, was sie für ein Date braucht. Ich kann mich nicht um alles kümmern.

Dabei fällt mir ein: Ich muss unbedingt MEINE Kondome aus dem Kleiderschrank holen! Die liegen da immer noch drin, in den Tüten mit dem ganzen Krimskrams. Weißt du, dadurch, dass der Sebastian und ich in den letzten Tagen so viel umgebaut haben, bin ich einfach nicht dazu gekommen, sie rauszuholen, und hab auch nicht mehr an sie gedacht. Das darf ich auf keinen Fall vergessen! Das muss ich unbedingt machen, bevor die Anna hier aufkreuzt.

Aber eine andere Sache hab ich tatsächlich schon erledigt, und zwar das Massageöl gekauft, von dem mir der Sebastian vorgeschwärmt hat. Das gab's in der Drogerie im Nachbardorf. Ich hab einfach fünf verschiedene Flaschen mit fünf verschiedenen Düften mitgenommen, nur so zur Sicherheit, weil ich halt keine Ahnung hab, was die Anna mag und was nicht. Ich will auf jeden Fall verhindern, dass wir romantisch kuschelnd auf meiner Couch sitzen und uns diesen Musikheini vom Sebastian angucken, und dann sag ich zu ihr: »Hey, magst du dich nackig machen und ich massier dich?«, und sie sagt so: »Ja, klaro«, und ich hol daraufhin die Flasche mit dem Massageöl raus und mach die auf und sie schreit: »Igitt, was ist das denn??? Das stinkt ja voll!!! Nee, damit will ich mich nicht massieren lassen!« Weil, dann hätt ich überhaupt keinen Plan B mehr, was ich tun könnte, um mit ihr den Sex anzufangen. Außer natürlich, das Olivenöl zu nehmen. Das hab ich vorsichtshalber auch gekauft. Aber ich kann mir nicht vorstellen, dass die Anna das mögen würde. Sie ist ja keine Fritte.

Eine andere Sache, bei der ich voll Panik hab, ist – und jetzt darfst du nicht lachen, Tagebuch –, dass ich ... also ... wenn die Anna und ich beim Sexmachen sind, dass ich dann ... na ja ... dass mein Penis ... äh ... dass der nicht so will, wie ich will. Verstehst du? Dass der nicht das macht, was ich eigentlich machen möchte. Dass er ... äh ... schlaff bleibt, obwohl er hart sein müsste. Ich hab nämlich in einem von Sebastians Büchern gelesen, dass das passieren kann, wenn man als Mann sehr nervös ist (und das bin ich ja). Seitdem mach ich mir VOLL den Kopf deswegen. Ich meine, das wär für mich das OBERPEINLICHSTE auf der ganzen Welt!!! Stell dir das mal vor, Tagebuch: Die Anna und ich sind beim Sex, ich will meinen Penis bei ihr reinstecken, aber der hängt nur runter wie 'ne schlaffe, gammelige Möhre. Hoffentlich passiert mir das nicht! Ich glaub, ich könnte der Anna niemals wieder ins Gesicht gucken. Noch schlimmer: Ich würd mich in meinem Zimmer verkriechen und nie wieder da rauskommen – höchstens, wenn ich tot bin, aber auch dann nur vielleicht.

Diese Panik macht mich fertig! Ich muss unbedingt was finden, womit ich mich bis zum Date ablenken kann, sonst dreh ich hier durch. Am liebsten würd ich doch noch was von dem Kräuterzeugs von Onkel Heinz trinken, weil, das hat mich damals echt gut beruhigt. Zumindest bis zu dem Moment, an dem mir schlecht geworden ist und ich mir die Seele aus dem Leib gekotzt hab. Warum muss Alkohol eigentlich so doof sein? Warum kann der einen nicht lustig und cool machen, ohne dass man sich wie ein Depp aufführt und hinterher einen dicken Kopf hat? Da sollte mal echt einer was erfinden. Ich wette, da hat noch keiner dran gedacht.

Na ja, wie auch immer, wir haben eh nichts mehr von dem Gesöff übrig. Und ich will auch nicht wieder über der Kloschüssel hängen, wenn der Sebastian vorbeikommt, um mich abzuholen und zum Date zu fahren. Das war schon beim ersten Mal peinlich und wär fast ins Auge gegangen. Heute kann ich mir das auf keinen Fall leisten. Heute muss alles absolut perfekt sein!

ICH BIN SOOO NERVÖS!!!

Ich werd gleich mal einen Spaziergang machen oder so.

Mutti ruft mir übrigens gerade zu, dass sie sich auf den Weg macht. Ist denn schon 13:00 Uhr? Oh, Mist, tatsächlich! Kaum zu glauben, wie schnell die Zeit vergeht, was? Ich sag ihr kurz Tschüss, und dann mach ich meinen Spaziergang. Oder ich räum mein Zimmer auf (das wär dann das achtzehnte Mal heute). Hauptsache, ich bin abgelenkt und denk nicht an die schlaffe Möhre.

Und, ach ja, wegen meines Versprechens von gestern, dich zu dem Date mitzunehmen, Tagebuch: Natürlich halte ich mein Wort! Ich werd jetzt gleich damit anfangen und dir immer ganz aktuell erzählen, was passiert ist und wie's bei mir und der Anna so läuft. Heute musst du mir ganz besonders fest die Daumen drücken, okay? Sonst schaff ich das nicht! Sonst werd ich nervös und verpatze alles.

Also, ich melde mich wieder bei dir.

Ist das aufregend! IST DAS AUFREGEND!!!

13:07 Uhr.

Mutti ist losgefahren. Fast pünktlich auf die Minute. Ab jetzt hab ich die Wohnung ganz für mich allein, das ist schon mal gut.

Weniger toll ist, dass ich mir meinen Spaziergang knicken kann, weil ich gerade gemerkt hab, dass ich auch noch die ANDEREN Zimmer aufräumen muss. Mutti hat da überall ihr Zeug rumliegen lassen. Also ihren Kirchenkram und ihre Stricksachen und ihre Frauenzeitschriften und ihre Unterwäsche. Die Unterwäsche hat sie zwar nur in ihrem Schlafzimmer, aber trotzdem muss das alles weg, ich hab der Anna bei unserem ersten Date nämlich erzählt, dass ich ... äh ... na ja ... dass ich alleine wohne. Das ist mir einfach so rausgerutscht. Und jetzt kann ich ja schlecht 'ne Wohnung präsentieren, in der alle möglichen Frauensachen rumliegen, oder? Das geht nicht. Ich frag mich nur, wo ich das ganze

Zeug hintun soll. Am besten in meinen Kleiderschrank, da ist zwar kaum noch Platz, aber zumindest ist der Krempel sicher verstaut.

14:12 Uhr.
Die Wohnung ist aufgeräumt, aber mein blöder Schrank geht nicht mehr zu. SO EIN MIST!!! Der ist so derbe vollgestopft, dass an allen Ecken und Enden irgendwas herausquillt wie aus so 'nem überfahrenen Eichhörnchen. Ich muss mir dringend was einfallen lassen, wie ich das Problem lösen kann. Etwas total Cleveres.

14:14 Uhr.
Problem gelöst! Wenn man nur lange genug gegen die Türen haut, dann klappt das irgendwann und sie gehen zu. Super, oder? Jetzt darf da bloß keiner mehr rangehen (oder auch nur daran denken), weil ich mir ziemlich sicher bin, dass es dann 'ne riesengroße Explosion geben würde und aus allen Türen und Fenstern der Wohnung plötzlich Muttis Sachen rausfliegen würden. Das wär bestimmt lustig für die Feuerwehr und unsere Nachbarn, aber richtig blöde für mich und mein Date.

14:22 Uhr.
Die Anna hat mir gerade 'ne Nachricht geschickt, um mir zu sagen, dass sie sich auf unser Date heute Abend freut. Boah, ich sag dir, Tagebuch: Als mein Handy gesummt und gebrummt hat, da hab ich fast 'nen Herzinfarkt bekommen! Ich hab schon gedacht: *Okay, das war's, jetzt hat sie abgesagt, jetzt ist alles vorbei.* Stell dir mal vor, was das für 'ne Katastrophe gewesen wär: Alles, was ich vorbereitet hab, wär umsonst gewesen, sogar das Treffen mit Mutti und dem Schafmann. Ich hätte sie anrufen und ihr sagen müssen, dass sie sofort umdrehen und zurückkommen soll, immerhin bräuchte ich ja jemanden, der mir heute Abend was zu essen kocht, wenn ich schon nix in der City krieg. Das darf die Anna nicht noch mal mit mir machen. Sonst bin ich tot, noch bevor ich meinen ersten Sex hatte. Ich hab ihr deshalb nur zurückgeschrieben, dass ich mich auch auf unser Date freue und ich sie vermisse. Hoffentlich antwortet sie nicht darauf. Sonst brummt mein Handy noch mal, und … na ja … wie gesagt, Herzinfarkt und Tod und so.

14:23 Uhr.

Mein Handy hat noch mal gebrummt. War ja klar! Die Anna hat mir geschrieben, dass sie mich auch vermisst. Also, wenn sie nicht damit aufhört, mir ständig Nachrichten zu schicken, dann kann sie mich an meinem Grab weitervermissen, ganz im Ernst! Ich muss mir UNBEDINGT was einfallen lassen, wie ich mich bis heute Abend ablenken kann. Das halt ich sonst nicht mehr aus. Der Sebastian ist leider nicht zuhause, der muss heute irgendwelche Sachen erledigen und kommt erst gegen 15:30 Uhr wieder zurück (hat er mir heute Morgen erzählt). Sonst wär ich zu ihm rübergegangen und hätt ein bisschen mit ihm geplaudert. Wenn der ganze Tag so abläuft, na dann prost, Mahlzeit.

14:39 Uhr.

Ich hab was gefunden, womit ich mich ablenken kann. Genau genommen sind's sogar zwei Sachen.

Zum einen bin ich runter in den Keller und hab dort unsere Wäsche in die Waschmaschine geschmissen. Klingt verrückt, aber Mutti macht das auch immer und erzählt mir dann, dass das total beruhigend und entspannend wär. Na ja, wenn ich ehrlich bin, kann ich das nicht nachvollziehen, ich find's total anstrengend und nervig. Erst hab ich rausfinden müssen, welche von den fünf Waschmaschinen da unten überhaupt unsere ist (das war noch leicht, es ist nämlich die mit dem Kirchenaufkleber an der Seite ... denke ich). Dann hab ich den riesigen Wäschekorb aus dem Bad fünf Stockwerke nach unten geschleppt, was deutlich komplizierter gewesen ist. Ich hätt echt nicht gedacht, dass Wäsche so schwer sein kann, da braucht man richtig Muckis für. Zum Glück macht das normalerweise Mutti, die hat schon Übung darin. Ich hätt keine Lust, mir das jede Woche zweimal anzutun. Und am Ende hab ich noch das Waschmittel reingekippt. Das war von allen Sachen die schwierigste, weil, ich hab überhaupt keine Ahnung gehabt, wo das Zeug reingehört – oder wie viel davon. Aber ich bin ja nicht aus Dummsdorf, weißt du, ich bin da mit Köpfchen und Intelligenz rangegangen und hab einfach genauso viel Waschmittel in die Trommel gekippt, wie Wäsche in der Maschine war. Das macht total Sinn, oder? Mutti sagt schließlich auch immer, dass man beim Backen gleiche Teile von irgendwelchen Zutaten braucht, damit das Zeug lecker schmeckt. Warum sollte das beim Wäschewaschen anders sein? Ich hab also anderthalb Packungen reingeschüttet (ich musste noch eine halbe Packung von unseren Nachbarn stibitzen, aber das merken die bestimmt nicht), und dann war's geschafft. Anschließend bin ich wieder hochgegangen und hab mich vor meinen PC gesetzt.

Ab da kam dann Ablenkung Nummer zwei ins Spiel. Ich hab mir ein paar Internetseiten herausgesucht, auf denen man nachlesen konnte, wie das mit dem Massieren funktioniert und wie man das am besten macht. War echt interessant, muss ich sagen, zumindest nachdem ich es geschafft hab, mich durch die dreitausendvierhundert Seiten zu wühlen, auf denen SCHON WIEDER irgendwelche Sexfilmchen gewesen sind. Das kapier ich nicht, ganz im Ernst! Wieso findet man bei ALLEM, was man im Internet sucht, erst mal diese komischen Seiten? Gehört das zum Konzept von Google oder so? Mittlerweile glaub ich, dass ich sogar nach Omas Häkelsocken oder nach gebrauchten Taschentüchern suchen könnte und erst mal Sexfilme finden würde. Total schräg! Und eklig!

Na ja, wie auch immer, die restlichen zehn Seiten, die am Ende übrig geblieben sind, waren dann klasse. Die haben ausführlich darüber berichtet, wie man sich ein bisschen was von dem Massageöl auf die Handflächen träufelt, es anschließend verreibt und dann über den Rücken des anderen verteilt. Das geht nämlich so, dass man gaaanz langsam mit den Händen über die Haut fährt und dabei drückt und streichelt und zieht und wischt und knetet und ... ja, den ganzen Rest eben. Angeblich soll das voll schön sein und den anderen beruhigen. Das mag vielleicht stimmen, aber mir ist in diesem Moment was ganz anderes durch den Kopf gegangen, nämlich, dass ölige Finger total eklig sind. Und unpraktisch noch dazu! Ich meine, mal angenommen, ich massier die Anna mit diesem Lavendelzeug, wie soll ich anschließend die Glibberpampe von meinen Fingern wieder runterbekommen, ohne die halbe Wohnung damit zu versauen? Und wenn ich die Anna umarmen will, um sie zu küssen, dann verschmier ich das Zeug auch noch auf ihren Klamotten und in ihren Haaren (oder wo auch immer ich sie anfasse). Nee, das ist doof, da muss ich mir was einfallen lassen.

Außerdem haben die Typen auf den Seiten gemeint, dass man einen Raum, in dem jemand massiert wird, gemütlich und warm machen soll, damit sich die Person wohlfühlt und nicht friert. Das darf natürlich nicht passieren. Die Anna soll sich so wohlfühlen wie nur irgendwie möglich. Deswegen hab ich auch schon eine Idee. Lass dich einfach mal überraschen, Tagebuch, das wird der Knaller! Wenn die Anna dabei nicht vor Begeisterung ausflippt, dann kann ich ihr echt nicht helfen.

Ich muss übrigens kurz zum Baumarkt fahren und einkaufen.

Bin gleich wieder da!

16:46 Uhr.
SO EIN MIST!!!

Sorry, Tagebuch, aber hier ging's gerade drunter und drüber! Ich bin im Baumarkt gewesen und hab alles gekauft, was ich für das Massageding brauche, und war gerade am Aufbauen und Vorbereiten gewesen, als die komische Oma aus dem ersten Stock bei uns Sturm geklingelt hat. Die ist total sauer vor der Tür gestanden und hat mich angeschnauzt: »Sag'n se mal, junger Mann, hab'n se vorhin Wäsche in Ihre Maschine gepackt?«

»Ja«, hab ich erwidert und mich gefragt, was, zur Hölle, es die alte Schachtel überhaupt angeht, wann ich meine Wäsche wasche.

Aber sie hat nur gemeint: »Komm'n se mal mit. Ich muss Ihn'n mal watt zeig'n.«

Also bin ich mit ihr in den Keller gegangen. Wobei ... ganz in den Keller sind wir gar nicht mehr gekommen, weil uns schon im Erdgeschoß ein riesiger Schaumberg entgegengequollen ist. Der hat ausgesehen wie Zuckerwatte auf 'm Jahrmarkt.

»Dat kann ja wohl nich' Ihr Ernst sein, oder?«, hat die Alte geschimpft. »Die Sauerei mach *ich* nich' weg, datt sach ich Ihnen aber!«

Ich hab nur ein »Äääähm« rausgepresst und bin dann, während die Oma noch weitergelabert und mir erzählt hat, dass es so was früher nicht gegeben hätte, ganz schnell nach oben gerannt, um Muttis Mopp und Wischeimer und ganz, ganz viele Küchentücher zu holen.

Übrigens, Tagebuch, kleiner Tipp an dich, falls du mal einen Keller mit Schaum fluten solltest: Folgende drei Sachen werden dir dabei überhaupt nicht helfen, nämlich ein Mopp, ein Wischeimer und ganz, ganz viele Küchentücher! Das macht die Sauerei nur noch schlimmer.

Während ich versucht hab, mich mit dem Mopp durch diesen Mist durchzuwühlen, hat die Oma immer weitergeschimpft, und das weiße

Blubberzeugs ist immer weiter aus dem Keller hochgequollen. Je mehr ich mit dem Mopp rumgefuchtelt hab, umso mehr hat sich das Zeug über den Rest des Treppenhauses verteilt – und irgendwann auch über die motzende Oma. Die konnte gar nicht so viel schimpfen, wie sie gewollt hätte.

»Sag'n se mal, ham se noch alle Latten am Zaun, junger Mann?«, hat sie geschrien und mit ihren Schrumpelärmchen herumgewedelt. »Datt geht doch nich', watt mach'n se denn da?«

Irgendwann hab ich keinen Bock mehr gehabt und hab zurückgeschnauzt: »Wie wär's denn mit helfen, anstatt nur blöde dazustehen und mir die Ohren vollzuquatschen?«

Da war's dann endgültig vorbei gewesen mit der Ruhe im Haus! Die Oma hat so laut zu schimpfen begonnen, dass irgendwann auch die anderen Nachbarn aus ihren Wohnungen gekommen sind, um zu gucken, ob gerade jemand umgebracht wird. Und die waren auch nicht gerade begeistert gewesen, als sie den Schaumberg im Treppenhaus gesehen haben, das kann ich dir sagen! Jedenfalls hab ich schon befürchtet, dass ich in der weißen Pampe wegtauchen muss, wenn ich von denen nicht gelyncht werden will. Aber genau in diesem Moment ist der Sebastian durch die Tür gekommen. Er hat rechts und links zwei Einkaufstüten in der Hand gehabt und hat den Trubel im Treppenhaus (ganz besonders mich) angeguckt, als wär ihm gerade 'n Außerirdischer über den Weg gelaufen.

»Was, zur Hölle, ist denn *hier* los?«, hat er gefragt.

»Datt fragen se besser mal Ihren komischen Freund«, hat die Schimpf-Oma geantwortet und auf mich gezeigt. »Der hat den ganzen Keller mit sein'm Schaum vollgemacht.«

Ich bin einfach nur dagestanden, hab den Sebastian angeguckt und mit den Schultern gezuckt. »Ich wollte Wäsche waschen.«

»Ja, das seh ich«, hat er geantwortet und geschmunzelt. »Gib mir zwei Minuten. Ich bring meine Sachen nach oben, dann helf ich dir.«

»Datt is' 'ne Sauerei, datt geht so nich'!«, hat die Oma weiter gezetert, aber der Sebastian hat sie gar nicht mehr beachtet, sondern ist kichernd zu seiner Wohnung gegangen und ist dann kurz danach mit einem großen Stapel Tischdecken wieder nach unten gekommen.

»Hier«, hat er gemeint und mir ein Ende von so 'ner Decke in die Hand gedrückt. »Wir benutzen das wie ein Segel und schieben die Schaumscheiße zurück in den Keller.«

Das haben wir dann auch gemacht. Über eine Stunde lang! Und anschließend haben wir das gesamte Erdgeschoß und die Treppen und den Waschraum gewischt und sauber gemacht, bis fast nichts mehr zu sehen war. DAS war vielleicht 'ne Plackerei gewesen!

Ich hab heute übrigens vier Sachen gelernt. Erstens: Unsere Waschmaschine ist NICHT die mit dem Kirchenaufkleber, die gehört der Schimpf-Oma. Unsere steht direkt daneben und hat keine Aufkleber, das hat mir der Sebastian verraten. Zweitens: Das Waschmittel gehört in die kleine Schublade auf der linken Seite und nicht in die Trommel. Drittens: Man kippt nur einen kleinen Becher voll rein, und nicht den ganzen Karton. Viertens: Man sollte farbige und weiße Wäsche nicht zusammen waschen. Ich wollte heute Abend mein cooles weißes Hemd anziehen, das ich mit dem Sebastian und der Tatjana gekauft hab, aber dank Muttis rosa Schlüpfer ist das jetzt nicht mehr ... na ja ... weiß. Und meine weiße Unterwäsche kann ich auch vergessen. Das wird echt schwer zu erklären sein, wenn Mutti morgen nach Hause kommt. Ich kann nur hoffen, dass sie sich mit dem Schafmann so super versteht, dass ihr das mit der Wäsche und dem Keller egal sein wird.

So, jetzt muss ich auf die Schnelle duschen und mich umziehen, dann geht's mit dem Sebastian in die City.

So ein Mist, echt!!!

Jetzt bin ich noch viel nervöser als vorher. Und ich rieche überall nach Waschmittel.

Das Date fängt ja toll an.

17:19 Uhr.

Sind unterwegs nach Stuttgart – natürlich wieder zu spät, und natürlich rast der Sebastian wieder über die Autobahn, um die verlorene Zeit aufzuholen. Hab der Anna eine Nachricht geschickt, dass ich ein paar Minuten später komme (hat mir der Sebastian geraten), und sie hat darauf geantwortet, dass das schon okay wäre und sie sich auf mich freut. Immerhin mal eine Sache, die klappt.

18:49 Uhr.
Das Date mit der Anna hat begonnen!!!
JETZT WIRD'S SPANNEND!!!

Ich bin so aufgeregt, ich kann dich kaum festhalten und in dich reinschreiben, Tagebuch, so sehr zittern meine Hände! Ich sitz übrigens auf dem Klo vom *Besitos*, das ist so 'ne Tapas-Bar am Rotebühlplatz. Voll nett und hübsch eingerichtet, nur ein bisschen laut. Die Anna hat sich gewünscht, dass wir heute Abend hier essen gehen, also hab ich natürlich zugesagt, obwohl ich lieber noch mal ins Planie gegangen wär. Aber nachdem mir der Sebastian erklärt hat, was es damit auf sich hat und dass die Anna denken könnte, dass ich auf Männer und nicht auf Frauen stehe, fand ich ihren Vorschlag deutlich besser. Hier stehen zumindest keine nackten Statuen herum, und ich seh auch keine kuschelnden Männer. Okay, zugegeben, in einer Ecke sitzen zwei kuschelnde Frauen, aber ich glaub, das ist okay, ich glaub, das führt nicht dazu, dass mich die Anna für schwul hält. Hoffe ich zumindest. Muss ich unbedingt den Sebastian fragen, ob das einen Unterschied macht, wenn man sich als Mann kuschelnde Frauen anguckt. Ist man dann trotzdem schwul? Hmm, keine Ahnung. Jetzt kann ich's eh nicht mehr ändern, jetzt sind wir sowieso schon hier.

Der Sebastian ist übrigens ein Teufelskerl, das muss man ihm lassen! Er hat es tatsächlich geschafft, dass ich nur sechs mickrige Minuten zu spät gekommen bin. Kannst du dir das vorstellen? Voll der Hammer, oder? Das hätt ich im Leben nicht gedacht. Deswegen war die Anna auch kein bisschen böse auf mich. Langsam glaub ich, dass sich die Sache mit unserem Date doch noch richtig gut entwickeln könnte. Hoffentlich bleibt das auch so. Nach dem stressigen Mist im Treppenhaus hab ich die Nase gestrichen voll, das kannst du mir glauben. Hoffentlich wird der Rest besser laufen, dann können wir so schnell wie möglich zu mir nach Hause fahren und den Sex machen.

Dabei fällt mir ein: Ich hab noch gar keine Idee, wie ich die Anna danach fragen soll. Ich meine, ich kann ja nicht einfach zu ihr sagen: »Hey, du, komm, wir fahren zu mir nach Hause und machen Sex.« Das wär irgendwie komisch, finde ich. Und sie einfach zu packen und mitzunehmen wie so 'n Koffer am Bahnhof, das kann ich mir auch nicht vorstellen. Ich hab zwar vor langer Zeit einen Film im Fernsehen gesehen, in dem die Männer genau das gemacht haben – die haben den Frauen eine Keule über den Schädel gezogen und sie dann hinter sich in 'ne Höhle geschleift –, aber da ging's um die Steinzeit. Ich glaub nicht, dass man das heute immer noch so macht. Oder doch? Nee, kann ich mir nicht vorstellen. Ganz abgesehen davon, dass ich keinen Bock hätte, der Anna 'ne Keule über den Schädel zu braten, das tut nämlich weh. Und ich will ihr nicht wehtun! Schließlich mag ich sie.

Na ja, wie auch immer, ich werd ja sehen, wie sich die Sache weiterentwickelt. Jetzt geh ich erst mal zu unserem Tisch zurück und bestell mein Essen, ich hab nämlich voll Hunger. Blöderweise hab ich gerade erst gemerkt, dass ich keine Ahnung hab, was ›Tapas‹ überhaupt sind. Hätt ich die Anna vielleicht vorher fragen sollen. Hoffentlich sind das nicht irgendwelche kruden, ekligen Urwaldsachen, bei denen man Würmer oder Krabbelviecher essen muss. Das könnte ich nicht, da würde ich passen und lieber nichts essen, Date hin oder her. Andererseits muss ich was im Magen haben, wenn ich mit der Anna Sex machen will. Das scheint ziemlich anstrengend zu sein. Und ich kann ja schlecht mittendrin aufhören und zu ihr sagen: »Hör mal, ich komm gleich wieder, ich muss mir nur kurz 'ne Stulle machen, und dann geht's weiter.« Das würde sie bestimmt nicht toll finden. Und ich auch nicht.

Schauen wir einfach mal, was passiert.

20:43 Uhr.

Donnerwetter, die Tapas waren VOLL lecker, Tagebuch!!! Das hätt ich gar nicht gedacht. Das sind so kleine Portionen von ganz normalen Sachen – Hähnchen oder Fisch zum Beispiel. Das war kein bisschen eklig, sondern total gut. Der Unterschied ist nur, dass man das auf winzig kleinen Tellern serviert bekommt. Ich hab mich erst gewundert und gedacht, dass mich die Kellnerin veräppeln will, als die so Mikrodinger vor mich hingestellt hat.

»Ist das alles?«, hab ich sie gefragt. Weil, ich hab mir sage und schreibe ZEHN Sachen von der Karte bestellt und war fest davon überzeugt gewesen, dass da gleich ein riesiger Berg an Leckereien vor mir stehen würde. Und dann kommt die mit diesem Vogelfutter um die Ecke. Da war ich erst mal richtig sauer gewesen.

»Möchten Sie noch etwas bestellen?«, hat sie erwidert und mich treudoof angeguckt.

»Ja, das ganze Zeug bitte als Erwachsenenportion.«

Da musste die Anna lachen. Ich sag dir, Tagebuch, ich krieg echt nicht genug von ihrer Lache, da könnt ich jedes Mal tanzen vor Glück. Echt verrückt! Normalerweise hab ich das doof gefunden, wenn Frauen über mich gelacht haben, aber bei der Anna ist das kein bisschen so. Ganz im Gegenteil, ich LIEBE es! Bei der Anna weiß ich nämlich, dass sie es nicht böse meint und mich nicht auslacht. Bei den anderen Frauen war das nicht so.

Na, jedenfalls hat sie zu mir gemeint: »Das ist schon okay, Jürgen, Tapas *sind* kleine Portionen. Das Wort kommt aus dem Spanischen und heißt ›Deckel‹ oder ›Abdeckung‹. Es sind kleine Appetithäppchen.«

»Appetit brauch ich keinen, den hab ich schon. Ich würd lieber was bekommen, was mich satt macht.«

Da musste sie noch mal lachen. »Du kannst das natürlich auch als große Portion haben«, hat sie erwidert. »Nur sind es dann keine Tapas mehr.«

»Nee, lass mal, ich bestell mir einfach noch zehn oder zwanzig von diesen Vogelfutter-Tellerchen, das müsste dann reichen.«

Ab da war das Eis zwischen uns gebrochen – mal wieder. So wie bei unserem ersten und zweiten Date. Allerdings ist es diesmal viel, viel schneller gegangen, weißt du, fast schon mit Lichtgeschwindigkeit! Echt erstaunlich, wie leicht mir das mittlerweile fällt. Ich meine, bei unserem ersten Date ging das so mittelschnell, beim zweiten war's schleppend und zäh, bis die Anna ihr komisches Smartiesspiel mit mir gespielt hat. Aber heute war's beinahe so, als ob wir uns schon Ewigkeiten kennen würden. Zuerst haben wir uns gesehen und umarmt, dann geküsst, anschließend sind wir in das Vogelfutter-Restaurant gegangen, haben einen Tisch ausgesucht, ich bin aufs Klo und hab in dich reingeschrieben, danach hab ich mir die Hände gewaschen, bin zurück zur Anna, bin noch mal aufs Klo, weil ich vergessen hab, zu pinkeln, bin dann wieder zurück, wir haben das Essen bestellt, die Kellnerin hat es uns gebracht, ich hab gemotzt, die Anna hat gelacht, UND SCHON war das Eis gebrochen! Krass, oder? Wenn das so weitergeht, dann werden wir beim vierten Date nur noch zwanzig Minuten brauchen und keine dreißig oder vierzig mehr. Dann werden wir miteinander plaudern können, noch bevor wir das Restaurant überhaupt betreten haben (oder was auch immer wir dann machen werden).

Ach ja, apropos plaudern: Ich hab der Anna heute von meinem Job im Tattoostudio erzählt. Sie wusste das noch gar nicht. Und soll ich dir was sagen? Das hat sie umgehauen! Sie war voll beeindruckt gewesen, richtig aus dem Häuschen. Natürlich hab ich ihr nicht gesagt, dass ich da erst nächste Woche anfange, weil, das muss sie ja nicht unbedingt wissen, um mich zu bewundern.

»Echt jetzt?«, hat sie gerufen. »In einem Tattoostudio? Wow, Jürgen, das hätte ich dir gar nicht zugetraut! Was ist denn deine Aufgabe dort? Jetzt sag bloß nicht, dass du tätowieren kannst.« An dieser Stelle hat sie wieder so süß gegluckst, aber irgendwie war's anders gewesen als sonst, irgendwie schien sie wirklich zu glauben, dass ich tätowieren kann. Davon hab ich natürlich keinen Schimmer. Und ich wollte sie nicht noch mehr anschwindeln, als ich es ohnehin schon getan hab, deswegen hab ich ganz ehrlich geantwortet: »Ich mach da die Stühle und dieses Zeugs sauber, das der Chef braucht, um seine Bilder zu malen.«

»Cool. Und gefällt's dir da?«

»Ich find's okay. Mein Chef ist voll nett, und das Mädel, das vorne am Empfang sitzt, auch.«

»Wie bist du denn an diesen Job gekommen?«

»Na ja, ich bin einfach in den Laden reingegangen und hab gefragt, ob sie Hilfe brauchen. Das war's auch schon. Die haben mir sofort 'nen Arbeitsvertrag gegeben, den hab ich unterschrieben, und schon war ich eingestellt.«

»Donnerwetter! Da erfahre ich immer neue Geheimnisse von dir, ich bin beeindruckt. Damit hätte ich nicht gerechnet. Ich hätte vieles vermutet, aber definitiv nicht, dass du in einem Tattoostudio arbeitest. Interessierst du dich denn selber auch dafür? Ich meine, hast du selber Tätowierungen?«

»Nee, so was hab ich nicht.«

Die Anna hat sich ein bisschen zu mir vorgelehnt und grinsend gemeint: »Soll ich dir was verraten? *Ich* hab ein Tattoo. Ich sag dir aber nicht, an welcher Stelle. Das musst du selber herausfinden.«

»Oh, cool, ich liebe Rätsel!«, hab ich fröhlich gerufen. »Gib mir einen Tipp, nur einen gaaanz kleinen, okay? Bitte! Bitte! Bitte!«

»Nein, das musst du einfach herausfinden«, hat sie erwidert und mir so ganz deutlich und übertrieben zugezwinkert.

Ich hab sie ratlos angeguckt. »Hä? Das versuche ich doch gerade. Aber du musst mir schon 'nen Tipp geben, sonst komm ich da nicht drauf. Meine Mutt… ähm, ich meine, die Kumpels von mir sagen immer, dass ich total gut darin bin, Rätsel zu lösen. Aber ohne einen Anhaltspunkt kann ich das nicht.«

Da hat mich die Anna mindestens genauso komisch angeguckt wie ich sie. »Also, im Rätsellösen magst du vielleicht ein Ass sein, aber im Verstehen von Anspielungen definitiv *nicht*.«

Ich hab kurz überlegt, was sie damit meinen könnte und ob ich sie noch mal fragen soll, aber ich hab lieber das Thema gewechselt und mich mit ihr über ihr Studium unterhalten. Ich wollte halt nix falsch machen, weißt du. Und mit diesem Thema bin ich definitiv auf der sicheren Seite. War auch ganz lustig gewesen, nur hat die Anna trotzdem ein bisschen enttäuscht aus der Wäsche geguckt, so als ob sie gehofft hätte, dass ich irgendwas anderes sage oder tue. Keine Ahnung, was. Vielleicht ist das so ein Frauending, das wir Männer sowieso nicht verstehen können. Bei meiner Mutti passiert mir das auch andauernd.

Jedenfalls haben wir uns eine gute Stunde über andere Sachen unterhalten, dann haben wir bezahlt und beschlossen, erneut im Schlosspark bummeln zu gehen. Das finde ich super, weil, ich hab immer noch keine Idee, wie ich die Sache mit dem Sex ansprechen soll. Auf der Hinfahrt hat mir der Sebastian geraten, nach dem ›richtigen Moment‹ Ausschau zu halten. Das ist natürlich ein toller Plan, nur hab ich blöderweise keinen Schimmer, wie dieser ›richtige Moment‹ überhaupt aussieht. Sagt die Anna irgendein Codewort oder so? Winkt sie mir zu? Schickt sie mir 'ne Nachricht, in der drinsteht: »Frag mich nach Sex«? Ich schätze mal, nein.

Na ja, ich lass mich einfach überraschen. Aber irgendwas muss mir einfallen, ES MUSS!!! Wir haben fast neun Uhr abends, und ich muss es unbedingt schaffen, sie bis spätestens elf Uhr zu mir nach Hause zu bringen. Ich weiß ja nicht, bis wann Mutti und der Schafmann noch ihr Date haben. Vielleicht klappt das gar nicht mit denen, vielleicht mögen die sich nicht oder Mutti durchschaut meinen Trick und fährt viel früher nach Hause. Dann wär mein Sexmachen dahin, noch bevor es überhaupt angefangen hat. Und das wär eine KATASTROPHE!!!

Also, Tagebuch, drück mir die Daumen!

Ach, übrigens: Ich sitz schon wieder auf 'm Klo vom Besitos. Hab der Anna gesagt, dass ich noch mal dahin müsste, bevor wir aufbrechen, weil, ich hätt sonst nicht gewusst, wo ich in Ruhe in dich reinschreiben kann. Sie hat mich gefragt, ob ich 'ne Blasenentzündung hätte, aber ich hab ihr nur mit »Nein« geantwortet. Hoffentlich reicht das und sie fragt nicht weiter.

Kann übrigens sein, dass es ein bisschen dauert, bis ich dir den nächsten Teil von unserem Date erzählen kann, Tagebuch. Ich schätze mal, im Schlosspark wird's nicht allzu viele Toiletten geben, und selbst wenn, dann wär's ein bisschen sehr auffällig, schon wieder pinkeln zu gehen. Außerdem sind die bestimmt eklig.

Na ja, irgendwas wird mir schon einfallen (hoffe ich).

22:28 Uhr.
JACKPOT!!! JACKPOT!!! JACKPOT!!!

Ich hab's geschafft, Tagebuch, ich hab's wirklich geschafft! Ich hab die Anna gefragt, ob sie zu mir nach Hause mitkommen will, und sie hat »Ja« gesagt. IST DAS NICHT DER HAMMER??? Ich bin total aufgeregt, ich weiß gar nicht, wohin mit mir. Irgendwie überschlägt sich alles in meinem Kopf. Mein Plan funktioniert wirklich, ich werde heute mit der Anna die DVDs gucken und sie dann massieren und dann Sex mit ihr machen. Mein Herz pocht so stark, ich hab Angst, dass es gleich aus mir herausplatzt. Das würde bestimmt lustig aussehen. Ich meine, stell dir das mal vor: Die Anna steht vor mir, es macht ›Peng‹, und dann hab ich 'n Loch in der Brust und mein Herz liegt in meinen Händen und ich sag so zu ihr: »Hier, das gehört ab sofort dir.« Vielleicht wär das sogar romantisch, aber ich glaub eher, sie würde kreischend davonlaufen und ich tot umfallen, noch bevor wir den Sex gemacht haben. Also gaaanz ruhig, Jürgen, gaaanz ruhig!!!

Das mit dem Nachfragen hab ich übrigens so hingekriegt: Die Anna und ich sind durch den Schlosspark spaziert (ich muss ihr übrigens recht geben, es ist tatsächlich sehr schön da, wenn man abends die Lichter sieht und die vielen Menschen und den ganzen Rest), und die Anna hat sich bei mir eingehakt wie bei unserem ersten Date und hat mir von ihren Eltern und ihrer Kindheit erzählt.

»Mein Vater hat sehr viel gearbeitet«, hat sie zu mir gemeint. »Er war ständig unterwegs, immer in der Firma, und ich hab als Kind nie viel von ihm gehabt, weißt du. Das war der Normalzustand bei uns: ich und meine Mama zuhause, und mein Papa weg. Ich kannte es gar nicht anders.«

»Fast wie bei mir«, hab ich ergänzt.

»Ja, nur mit dem Unterschied, dass ich ihn hin und wieder – wenn auch nur sehr selten – doch zu Gesicht bekommen habe. Das hast du ja bei deinem Papa nicht gehabt, hast du mir erzählt.«

Ich hab genickt.

»Jedenfalls waren diese Momente sehr schön gewesen, ich hab das als Kind genossen. Er hat sich viel mit mir beschäftigt, hat mit mir gespielt, Ausflüge in den Wald unternommen oder sich mit mir Filme angeguckt. Und er hat mir immer wieder geschworen, dass ich sein Ein und Alles wär, sein Goldstück, seine kleine Prinzessin, die er über alles liebt und die er niemals und für nichts auf der Welt hergeben würde.«

»Aber dann ist es doch anders gekommen, stimmt's?«

»Ja. Er ist eines Morgens hereingekommen, als Mama und ich beim Frühstück gesessen sind, mit zwei großen Reisetaschen in den Händen, und dann hat er uns verkündet, dass er ausziehen und noch am selben Tag bei seiner Geliebten einziehen wird. Einfach so, Knall auf Fall!«

»Oh«, hab ich erwidert. »Das ist aber krass.«

»Das ist sogar mehr als krass, weil wir bei dieser Gelegenheit auch erfahren haben, dass er das Verhältnis mit dieser Frau schon seit über zwei Jahren gehabt hat. Das musst du dir mal vorstellen: In all der Zeit, in der er großkotzig getönt hat, wie er sich für mich und Mama in der Firma abschuftet, wie er uns liebt und dass wir das Wertvollste in seinem Leben wären, hat er gelogen! In Wirklichkeit hat er die Zeit dafür genutzt, um mit dieser Schlampe zusammen zu sein.«

Ich hab kurz nachgedacht und anschließend zu ihr gemeint: »Dann kann er euch nie wirklich geliebt haben. Also *ich* würde das bestimmt nicht tun. Wenn *ich* dir sagen würde, dass ich dich liebe, dann würde ich das auch so meinen, ganz in echt und ohne Lügen.«

Da hat sie sich zu mir gedreht, mich süß angelächelt und erwidert: »Ich weiß, Jürgen. Und genau das macht dich zu etwas Besonderem. Irgendwie warst du von Anfang an anders als die anderen, das habe ich sofort gemerkt. Du hast ein ehrliches Herz. Genau das hat mir so gut an dir gefallen, als du mich damals in der Fußgängerzone angesprochen hast. Genau deshalb hab ich dir meine Nummer gegeben.«

»Äh, nicht wegen meiner Coolheit? Nicht, weil ich so mutig war, auf dich zuzugehen und dich anzusprechen?«

»Nein.«

»Auch nicht, weil ich das mit dem Kompliment so megalässig rübergebracht hab?«

»Nein.«

»Und auch nicht wegen meiner tollen, neuen Klamotten?«

»Jürgen«, hat sie gesagt und mir tiiief in die Augen geguckt. »Das hat alles keine Rolle für mich gespielt. Das war alles vollkommen nebensächlich gewesen. Ich habe gesehen, dass du eine gute und ehrliche Seele bist, ein anständiger Kerl. Genau das hat mir an dir gefallen.«

»Aber ... äh ... wie hast du das denn gesehen? Ich meine, woher wusstest du, dass ich nett bin und nicht so ein durchgeknallter Spinner, der dich entführt und dann zerstückelt?«

Sie hat gelächelt und mit den Schultern gezuckt. »Weibliche Intuition, würde ich sagen. Du siehst einfach nicht aus wie ein Entführer und Frauenzerstückler.«

»Sondern? Wie sehe ich denn aus?«

»Wie ein sehr netter Kerl«, hat sie erwidert und mich dann geküsst, und zwar gaaanz lange. So RICHTIG lange! Und das mitten im Park, vor all den Leuten. Da hab ich sie natürlich zurückgeküsst. Und wir sind noch eine ganze Weile so dagestanden und haben uns voll die schmachtenden Blicke zugeworfen und uns umarmt und alles.

Mir ist in dieser Zeit immer wieder durch den Kopf gegangen, wie verrückt das doch alles ist. Ich meine, da hab ich mich stundenlang in der Fußgängerzone abgequält, hab blöde Lieder gesungen, Leute nach allen möglichen Sachen gefragt, neue Klamotten gekauft, hab versucht, besonders cool und fesch rüberzukommen, und am Ende hat mir nichts davon zu dem Date mit der Anna verholfen, sondern nur meine ›nette Art‹ und mein ›ehrliches Herz‹. Das hab ich echt nicht erwartet. Aber irgendwie freut es mich, weißt du, weil es bedeutet, dass ich mich nicht anstrengen muss, um von der Anna gemocht zu werden. Sie tut es einfach. Und zwar genauso wie ich bin. Das ist ein tolles Gefühl.

Ich hab anschließend zu ihr gemeint: »Du, sag mal, willst du noch zu mir nach Hause mitkommen? Ich hab ganz tolle DVDs, die ich unbedingt mit dir angucken möchte.«

Da hat sie gegrinst und mir wieder so auffällig zugezwinkert. »Soso, DVDs gucken. Ich verstehe.«

»Ja, ganz tolle. Die werden dir gefallen.«

»Das glaub ich gerne.« Sie hat kurz überlegt und dann hinzugefügt: »Okay, einverstanden. Lass uns zu dir fahren.«

Also sind wir zum Hauptbahnhof gelaufen (genau da sind wir übrigens auch im Moment) und werden uns ein Taxi zu mir nach Hause nehmen. Das hat mir der Sebastian geraten, als er mich hergebracht hat. Weil, es würde irgendwie komisch kommen, wenn er uns abholen und zum Sexmachen nach Hause bringen würde, hat er gesagt. Ich glaub, da hat er recht. Und irgendwie ist es mir auch lieber so.

Ich bin übrigens doch noch mal auf die Toilette gegangen, um dir das alles zu erzählen, Tagebuch. Was Besseres ist mir nicht eingefallen, und die Klos am Bahnhof sind eigentlich ganz okay, da kann man nicht meckern. Jetzt muss ich allerdings los, die Anna wartet draußen auf mich und ist bestimmt schon ungeduldig. Ich übrigens auch! Ich will endlich mit ihr nach Hause fahren und mit den DVDs anfangen.

Ist das aufregend!

Mein neues Leben ist schon ganz, ganz nah!

23:44 Uhr.

Sind bei mir zuhause angekommen. Mutti ist nirgendwo zu sehen, das ist ein gutes Zeichen. Ich hoffe, dass sie sich mit dem Schafmann gut versteht – nach Möglichkeit so gut, dass sie erst am Sonntagmittag oder Nachmittag hier aufkreuzt. Dann hätt ich genügend Zeit, um die Anna zu verabschieden und alle Spuren zu verwischen.

Blöd an der Sache ist nur: Was mach ich eigentlich, wenn die Anna noch mal zu mir kommen will – zum Beispiel bei unserem vierten, fünften oder sechsten Date? Ich kann ja Mutti nicht jedes Wochenende in irgendeine Pampa schicken, zu irgendeinem anderen neuen Papi, damit ich eine sturmfreie Bude habe. Oder? Aber vielleicht löst sich das Problem auch ganz von alleine, vielleicht werden sie und der Schafmann ein Paar und besuchen sich dann gaaanz oft. Das wär schon 'n Ding!

Na ja, wie auch immer, ich muss mich jetzt um die Anna kümmern. Die hat sich's in meinem Zimmer gemütlich gemacht. Und weißt du was? Sie findet es SUPER, vor allem – und jetzt kommt der Knaller! – meine rote Couch. HA!!! Siehste? Hab ich also recht gehabt. Sie hat sich mein Zimmer angeguckt und dann zu mir gemeint: »Donnerwetter. Hier sieht's ja aus wie in einem IKEA-Katalog.«

»Ähmmm ... cool, oder?«, hab ich sie gefragt.

»Ja, sehr cool! Vor allem so sauber. Das ist definitiv das sauberste Männer-Schlafzimmer, das ich jemals gesehen habe. Sei ehrlich: Du hast 'ne Putzfrau, oder?« Dabei hat sie total schelmisch gegrinst.

»Nein, das hab ich ganz alleine gemacht.«

»Und du hast 'ne ziemlich große Wohnung, finde ich. Wie kannst du dir die denn leisten? Ich meine, zahlt das Tattoostudio wirklich so gut? Dann will ich da unbedingt auch einen Job haben.«

»Äh, nö, das ... äh ... also, das ist so: Der Vermieter ist ein Freund von mir, und ... ähm ... ich hab noch ein bisschen Erspartes auf der hohen Kante, und ... «

»Schon gut, schon gut«, hat sie gemeint und gelächelt. »Ich will dich nicht ausfragen, das geht mich nichts an. Ich finde es jedenfalls sehr schön hier. Die Wohnung passt zu dir.«

»Danke«, hab ich erwidert und bin dann ganz schnell zu den DVDs gegangen, um das Thema zu wechseln. Irgendwie passt mir das gar nicht, dass ich die Anna heute schon so oft angelogen hab. Aber der Sebastian hat mir ja ausdrücklich gesagt, dass meine Mutti weg sein muss, wenn ich meinen Sex haben will, und das finde ich total okay, weil ich das auch so haben will. Nur hab ich mir deshalb auch 'ne Geschichte einfallen lassen müssen, um der Anna zu erklären, wo die Wohnung herkommt. Ist ja irgendwie logisch, oder? Ich meine, was hätt ich ihr denn sagen sollen? »Du, hör mal: Ich wohne hier mit meiner Mutti zusammen, aber die hab ich ganz weit weg zu 'nem Date mit 'nem völlig Fremden geschickt, damit wir hier in Ruhe Sex machen können«? Nee, das wär bestimmt komisch gekommen, das hätt die Anna bestimmt nicht gut gefunden. Außerdem ist jetzt der Zug sowieso abgefahren. Ich muss nur aufpassen, dass sie mir nicht noch mehr Fragen stellt, das könnte tierisch ins Auge gehen.

Na ja, wie auch immer, ich mach jetzt mal Tee für uns. Das hab ich der Anna versprochen, das passt total gut zu so 'nem gemütlichen, romantischen Abend. Außerdem hab ich dadurch die Gelegenheit gekriegt, dir die nächsten Neuigkeiten von meinem Date zu erzählen, Tagebuch. Ich steh nämlich gerade in der Küche, weißt du. Ich sag dir: Ich bin nicht mehr weit von meinem Ziel entfernt! Ich kann's schon richtig spüren! Ist das zu fassen? Ich hab so hart dafür gekämpft, ich hab so oft gedacht, dass ich es nicht schaffen werde, ich hab so viel auf mich genommen, und jetzt bin ich endlich am Ziel angekommen. Am liebsten würd ich ein Foto von mir und der Anna auf der Couch machen, um es in ein Album zu kleben, damit ich mich ganz oft und noch Jahre später an diesen Tag erinnern kann. Das wird nämlich MEIN TAG!!! Ab heute werd ich nicht mehr Jürgen, der doofe Verlierer sein, ab heute werd ich HINDEL sein, der tapfere und coole Verführungskünstler! Eine neue Ära beginnt. Ich werd es allen zeigen, die mich früher ausgelacht und verspottet haben, ganz besonders auch diesem Idioten aus dem Frauenprofi-Forum. Dem werd ich das Foto von mir und der Anna schicken (sofern ich es wirklich schaffe, eins zu machen), und dann wird ihm sein dämliches Lachen in seinem dämlichen Hals stecken bleiben. Ha! Das wird der Wahnsinn.

Okay, ich muss jetzt los, das Teewasser kocht. Drück mir weiterhin die Daumen, Tagebuch, bisher hat das super funktioniert. Ich melde mich wieder bei dir.

00:03 Uhr.

Nur kurz als Info, Tagebuch: Die Sache mit den DVDs klappt TATSÄCHLICH! Ich kann's kaum glauben! Der Sebastian hat recht gehabt, die Anna fährt VOLL auf diesen komischen Singsang-Typen ab. Scheinbar kennt sie den schon, weil sie zu mir gesagt hat: »Oh, cool, Robbie Williams. Den liebe ich! Der ist ein richtig toller Live-Performer.«

Ich hab nur genickt und »Äh, ja, das hab ich mir schon gedacht, deswegen hab ich ihn auch ausgesucht« erwidert.

Das hat sie dann noch mehr gefreut.

Und soll ich dir was sagen? Kaum, dass ich die erste DVD eingelegt hab und der Typ mit seinem schrägen Tralala angefangen hat, da hat sich die Anna eng an mich gekuschelt und mir zwischendurch so schmachtende Blicke zugeworfen. Und dann haben wir uns ganz lange geküsst und miteinander geschmust und uns gestreichelt, und zwar nicht nur so larifari, sondern fast schon wie ein echtes Pärchen. Fast schon wie diese Männer und Frauen in den Sexfilmen, nur eben noch angezogen und ohne den Sex. Wow, das fühlt sich toll an!!! Ich hätte gar nicht gedacht, dass es so schön sein kann, eine Frau zu berühren. Irgendwie kribbelt da alles bei mir, und mein ... na ja ... mein ... Penis wird auch immer wieder hart und groß. Echt krass!!! Wenn das so weitergeht, dann kann ich schon bald mit der Massagesache um die Ecke kommen. Ich hab's heute zwar nicht mehr geschafft, den ganzen Krempel vorzubereiten – dank dieser blöden Oma von heute Nachmittag –, aber das macht bestimmt nichts, dann überrasch ich die Anna damit. Die wird begeistert sein, da bin ich mir sicher.

So, ich muss wieder zurück. Hab gerade ein bisschen Knabberzeug für uns geholt. Übrigens noch ein toller Vorwand, um rauszugehen und in dich reinzuschreiben, hihi. Langsam werd ich echt gut darin.

01:17 Uhr.

JETZT PASSIERT'S!!! JETZT PASSIERT'S!!!

Ich werd verrückt, es passiert WIRKLICH!!!

Ich hab die Anna gerade gefragt, ob sie Bock auf 'ne Massage hätte, und weißt du, was sie geantwortet hat? Sie hat »Ja, gerne« gesagt und mich dabei gaaanz süß angelächelt.

KANNST DU DIR DAS VORSTELLEN???

Da ist er, der große Moment, ich hab ihn erreicht!!!

Ganz ehrlich, Tagebuch, ich würd dem Sebastian am liebsten um den Hals fallen, so dankbar bin ich ihm. Ohne seine Hilfe hätt ich es niemals soweit geschafft. Der Abend ist MEGA gelaufen, einfach irre gut, und alles, was er mir als Tipp gegeben hat, war eine Wucht. Er ist der beste Kumpel, den man sich wünschen kann, das muss ich ihm unbedingt noch mal sagen. Mehr noch, ich bau ihm ein Denkmal oder so. Eine riesengroße Statue bei uns in der Siedlung, mit seinem Gesicht drauf, und unter der steht dann geschrieben:

Das ist der Sebastian.
Der tollste Freund
und beste Frauenprofi aller Zeiten.

Die hat er sich echt verdient!

Ich bin übrigens kurz ins Nebenzimmer gegangen, um den ganzen Krempel zu holen, den ich heute Nachmittag im Baumarkt gekauft hab. Ich bin sooo aufgeregt, mein ganzer Körper zittert schon. Das ist ein Wahnsinnsgefühl!!! Bitte, bitte, bitte, liebes Schicksal, lass den ganzen Rest auch noch so gut laufen, dann werd ich ein superbraver Mensch sein, der immer nur nett ist und Katzen streichelt und alten Omas über die Straße hilft (oder was nette Menschen halt so machen).

Da fällt mir ein: Wo sind eigentlich meine Kondome?

Und was war das gerade für ein komischer Krach in meinem Zimmer? Das klang irgendwie, als ob da was auf den Boden gefallen wär, so ein Scheppern und Rumsen. Muss ich gleich mal nachgucken. Ich hoffe, mit der Anna ist alles in Ordnung. Nicht, dass sie am Ende hingefallen ist und sich wehgetan hat. Na ja, mal schauen. Ich schnapp mir nur noch das Massageöl, dann kann's auch schon losgehen.

Also dann ...

... NEUES LEBEN, ICH KOMME!!!

04:29 Uhr.

O MEIN GOTT, was hab ich getan???

Was hab ich nur getan???

Ich kann es nicht fassen, das darf alles nicht wahr sein!

Tagebuch, die Sache mit der Anna ist zu einer TOTALEN Katastrophe geworden, und du kannst dir nicht mal in deinen allerschlimmsten Träumen vorstellen, WIE GROSS diese Katastrophe war. Von allen Sachen, die heute hätten schiefgehen können, sind wirklich ALLE schiefgegangen! Nicht nur ein paar wenige, nicht nur eine

Handvoll oder so, sondern ALLE, die es überhaupt gibt. Hier auf der Erde und im ganzen Universum.

Ich kann es immer noch nicht glauben!!!

Pass auf, ich erzähl dir, was passiert ist.

Ich hab doch diesen Krach in meinem Zimmer gehört und hab mich noch gewundert, was das wohl gewesen sein könnte. Tja, jetzt weiß ich's. Und ich weiß außerdem noch, dass ich vom Massieren keine Ahnung hab, und erst recht nicht davon, was man fürs Massieren mitbringen sollte – und was auf keinen Fall! Ich hab mir doch am letzten Freitag Gedanken darüber gemacht, wie ich verhindern kann, mich selbst und die Anna und mein Zimmer und überhaupt die ganze Wohnung mit diesem komischen Ölzeugs zu versauen. Du erinnerst dich bestimmt. Außerdem stand auf den Internetseiten übers Massieren, dass man den Ort, an dem jemand massiert wird, möglichst warm und angenehm machen sollte, damit er sich dort richtig wohlfühlt. Na ja ... das hab ich auch versucht. Aber offensichtlich waren meine Ideen nicht so der Hit. Ich bin nämlich in den Baumarkt gefahren und hab da – das war übrigens die große Überraschung für die Anna – ein paar Abdeckplanen geholt und einen Baustellen-Heizstrahler und dann noch so weiße Ganzkörperkittel, die man sich zum Streichen von Wänden überziehen kann und die dann die ganze Farbe von den Klamotten weghalten. Ich fand das damals einen supergut Einfall, weil, wenn die Dinger Farbe weghalten können, dann logischerweise auch Massageöl. Und damit wären sie prima zum Massieren geeignet gewesen.

Dachte ich jedenfalls.

Ich hab mir im Nebenzimmer das ganze Zeug übergezogen, hab anschließend noch Muttis gelbe Küchenhandschuhe über meine Finger gestreift und bin dann mit dem Massageöl und dem Heizstrahler und den Abdeckplanen und einem Messer aus der Küche (das war zum Aufmachen der Ölflasche gedacht gewesen) in mein Zimmer marschiert, hab die Tür aufgestoßen und ganz laut und freudig gerufen: »DA BIN ICH WIEDER!!! WIR KÖNNEN LOSLEGEN!!!«

Tja, in diesem Moment hat mich blöderweise nicht eine total süß lächelnde und begeistert auf mich wartende Anna angeschaut, sondern eine völlig verstörte Anna mit weit aufgerissenen Augen, die vor meinem Kleiderschrank gestanden ist. Der hat offensichtlich doch nicht so toll dichtgehalten, wie ich mir das gewünscht hätte, weil, die Türen waren aufgesprungen, und der ganze Krempel, den ich da drin verstaut hab, ist wie 'ne Flutwelle rausgeschwappt und hat sich über den Zimmerboden verteilt. Das war übrigens der Lärm gewesen, den ich vorhin gehört hab. Jedenfalls lagen da die ganzen Sachen herum, die ich in dem Laden in Stuttgart gekauft hab: Dieses Abwasserrohr mit der Faust an dem einen Ende oder auch diese rosa Plüschhandschellen. Und natürlich auch Muttis Unterwäsche, Muttis Anziehsachen, die Kusspuppe von Opa Gottfried mit den weißen Klebeflecken im Gesicht, der Perücke auf dem Kopf und dem Schnurrbart über dem Mund. Und die Bücher vom Sebastian übers Flirten und Daten und wie man richtig Sex macht.

Tja, was soll ich sagen? Das ist bei der Anna nicht sooo toll angekommen, weißt du. Oder anders gesagt, sie hat abwechselnd mich und die Sachen angestarrt und dann geschrien: »WAS, ZUM TEUFEL, GEHT HIER VOR? Was spielst du für ein krankes, perverses Spiel? Was soll das hier werden?« In diesem Moment hat sie wohl das Messer und die Abdeckplane in meiner Hand bemerkt und ist schlagartig weiß im Gesicht geworden. »Oh, mein Gott!!!«, hat sie gekrächzt und sich an den Hals gefasst.

Ich hab erst noch einen Moment gebraucht, bis mein Gehirn in den ›Ich kapier wieder, was um mich herum geschieht‹-Modus geschaltet hat, aber dann ist mir klar geworden, dass sie panische Angst vor mir hatte. Sie ist soweit nach hinten zurückgewichen, dass sie mit den Beinen an mein Bett gestoßen ist, dann hat sie ihre Augen noch weiter aufgerissen und die Hände schützend nach vorne ausgestreckt.

»LASS MICH BLOSS IN RUHE, DU KRANKER SPINNER!!!«, hat sie hysterisch gebrüllt. »HAU AB! KOMM MIR NICHT ZU NAHE, ICH WARNE DICH!!!«

»Äääääh ... ich ... ääääh ...«, war das Einzige, was ich rauspressen konnte. Ich hab das ganze Zeug aus meinen Händen auf den Boden fallenlassen und wollte auf die Anna zugehen, um sie zu beruhigen. Aber das hat die Sache nur noch schlimmer gemacht.

»NEIN!!!«, hat sie geschrien. »BLEIB, WO DU BIST!!!« Dann hat sie aus voller Kehle um Hilfe geschrien, immer und immer wieder, als würde ihr Leben davon abhängen.

»Ich ... ich ... ich will dir doch nichts tun ...«, hab ich gestottert und versucht, sie zu beruhigen, aber das hat nicht geholfen.

Und dann hat es plötzlich an der Wohnungstür zu hämmern begonnen. »*Aufmachen, aufmachen!*«, hat draußen jemand gerufen.

Ich wusste nicht, was ich tun sollte. Ich bin völlig verzweifelt zwischen meinem Zimmer und dem Wohnungsflur hin und her getorkelt, bin dabei natürlich voll über diesen dämlichen Heizstrahler gestolpert und in Richtung von Anna gefallen. Das wiederum hat dazu geführt, dass sie noch panischer um Hilfe gebrüllt hat. Als ich dann auf den Boden geknallt bin, hat sie einen riesigen Satz über mich drübergemacht, ist aus meinem Zimmer und durch den Flur gerannt und hat die Wohnungstür aufgerissen.

»Hilfe, oh, bitte, Hilfe!«, hat sie gewimmert, und eine brummige Männerstimme hat erwidert: »Was ist denn los, junge Frau? Was ist da drin passiert?«

Den Rest hab ich nicht mehr verstehen können, weil da plötzlich noch mehr Stimmen gewesen waren, die alle wild durcheinandergeredet haben.

Ich hab mich auf die Beine gerappelt und bin – so, wie ich war – zur Haustür gerannt, um die Anna abzufangen und ihr alles zu erklären. Aber blöderweise bin ich dort mit einem großen Haufen von Menschen zusammengestoßen, der sehr, sehr wütend ausgesehen hat. Das waren alles unsere Nachbarn gewesen. Das Geschrei von der Anna scheint sie aus den Betten geholt zu haben, die hatten alle nur ihre Bademäntel oder ihre Unterwäsche angehabt. Und sie haben mich angestarrt wie einen total Verrückten.

Eine von den Omas hat die Anna, die geheult und gewimmert hat wie so 'n Schlosshund, fest in den Armen gehalten.

»Was haben Sie mit dem armen Mädchen angestellt, Sie kranker, perverser Spinner?«, hat Frau Brodtkamp von links gegenüber gerufen und dabei mit ihrer Faust in der Luft herumgefuchtelt. »Was haben Sie ihr angetan?«

»Nichts! Nichts!«, hab ich zurückgerufen. »Wir haben nur ganz gemütlich DVDs geguckt.« Blöderweise ist mir erst in diesem Moment klar geworden, dass das nicht allzu glaubwürdig gewirkt hat, wenn man mich in meinem weißen Maleranzug mit den gelben Handschuhen gesehen hat. Außerdem hab ich mir beim Hinfallen die Lippe blutig gehauen und hatte deswegen überall rote Punkte, Flecken und Kleckse gehabt.

»Ich ruf die Polizei«, hat Herr Blohm aus der Wohnung über uns gemeint und ist sofort die Treppen zu seiner Wohnung hochgerast. Frau Schultes von unten hat in meine Richtung krakeelt: »Bleiben Sie, wo Sie sind! Rühren Sie sich ja nicht vom Fleck! Ist das klar?«

Tja, Tagebuch, und falls du denkst, dass das schon verrückt genug war, dann muss ich dich enttäuschen, weil, es ist noch VIEL, VIEL krasser gekommen!

In diesem Moment ist nämlich meine Mutti aufgetaucht.

»Was ist denn *hier* los???«, hat sie entsetzt gerufen und hat dabei kein Bisschen weniger wütend ausgesehen als unsere Nachbarn.

»Ihr feiner Sohn hat dieses arme, unschuldige Mädchen belästigt«, hat sich die Oma empört, bei der die Anna immer noch weinend in den Armen gelegen ist.

»Verletzt hat er sie!«, hat Frau Brodtkamp mit ihrer kreischenden Stimme reingeschrien. »Schauen Sie nur, das ganze Blut überall!«

»Bestimmt hat er ihr was angetan, dieser kranke, kleine Lump!«, hat die Oma ergänzt.

Meine Mutti hat mich mit einem Blick angesehen, der mich wie 'n Schaschlik durchbohrt hat. Ich war mir nicht sicher, was sie in diesem Moment mehr gefühlt hat: Fassungslosigkeit oder Wut. Irgendwie war beides drin, glaub ich, und beides nicht nur ein bisschen, sondern so sehr, dass ihr Kopf knallrot geworden ist und ihre Lippen gezittert haben. Das war das erste Mal gewesen, dass ich sie überhaupt so gesehen hab – und ich hab ja schon viel Mist gebaut in meinem Leben, das weißt du. Sie hat mir eine halbe Ewigkeit in die Augen geguckt, während ich dagestanden bin und versucht hab, irgendwas Intelligentes zu sagen. Aber natürlich ist mir nichts eingefallen. Kein einziges Wort. Dann hat sie ihren Kopf langsam zur Seite gedreht und die Anna gemustert.

»Und wer sind Sie, wenn ich fragen darf?«, hat sie mit eiskalter, fieser Stimme gezischt.

»Anna«, hat die Anna erwidert. Dicke Tränen sind ihr übers Gesicht gelaufen. »Jürgen und ich haben uns auf ein Date getroffen, aber dann … « Sie hat nicht weitersprechen können, stattdessen hat sie bitterlich geschluchzt. »Ich will nach Hause«, hat sie ein paar Sekunden später gewimmert. »Ich will hier weg! Bitte!«

»Anna, hör mal, das ist alles ein riesiges Missverständnis!«, hab ich verzweifelt auf sie eingeredet. »Ich wollte dir doch nichts tun, ich wollte nur ... ich meine ... das war doch nur ... ich wollte dich doch nur massieren, verstehst du?«

An dieser Stelle ist der ganze Rentnerhaufen vor unserer Tür total ausgeflippt. Die haben wild durcheinandergeschrien und haben mich beschimpft und mit dem Zeigefinger oder mit der geballten Faust auf mich gezeigt. Ich hab versucht, noch irgendwas zu sagen, aber das Gebrüll war so laut gewesen, dass mich die Anna überhaupt nicht mehr hören konnte. Die ist mit der Oma ganz schnell nach unten gegangen, und ich hab nur noch mitgekriegt, dass sie zu ihr gesagt hat: »Keine Angst, mein liebes Mädchen, Sie sind jetzt in Sicherheit, die Polizei ist bestimmt gleich da.«

Das war sie tatsächlich!

Nur wenige Minuten später sind zwei Typen in Uniform die Treppe hochgekommen und haben sich von dem wütenden Seniorenhaufen erklären lassen, was angeblich passiert ist. Ich hab ab diesem Moment gar nichts mehr gesagt. Ich war mit den Nerven so am Ende gewesen, so total fix und fertig, dass ich mich einfach gegen den Türrahmen gelehnt und wie 'n Zombie in den Hausflur gestarrt hab. Die Omas und Opas haben währenddessen allen möglichen Quatsch durcheinander gebrüllt.

Einer der Polizisten hat sein Funkgerät genommen und meinen Namen durchgegeben. Tja, und das Ergebnis kannst du dir vielleicht denken, Tagebuch: Der Typ am anderen Ende hat im Computer nachgeguckt und dabei festgestellt, dass ich schon einmal Ärger gehabt hab, und zwar wegen dieser Aktion mit der Nicole in der Fußgängerzone. Da waren die beiden Polizisten ganz und gar nicht glücklich gewesen, das kann ich dir sagen! Die haben mich gepackt und ruppig zur Seite gezogen und mich dann streng ermahnt, dass ich mich ja nicht von der Stelle rühren soll. Anschließend sind sie in unsere Wohnung gegangen und haben sich dort umgeguckt. Vor allem natürlich in meinem Zimmer.

Und Mutti ist mitgegangen.

Danach standen zwei Dinge fest. Erstens: Ich bekomm 'ne Anzeige wegen schwerer Nötigung und versuchter Freiheitsberaubung an den

Hals. Und zweitens: Ich werd wohl bis zu meinem fünfzigsten Geburtstag nicht mehr aus meinem Zimmer rauskommen. Mutti hat mir mindestens solange Hausarrest gegeben. Sie hat mich, nachdem die Polizisten gegangen waren und sich irgendwann auch der schimpfende Rentnerhaufen verzogen hat, in mein Zimmer geschickt und dort so dermaßen zur Sau gemacht, dass ich am Ende gar nicht mehr gewusst hab, wo oben und unten ist. Ehrlich, Tagebuch, so wütend hab ich sie noch nie erlebt! Sie hat mich aus voller Kehle angebrüllt, wieder und wieder, und das so laut, dass ich befürchtet hab, unsere Fensterscheiben würden gleich aus dem Rahmen fliegen (sind sie zum Glück nicht).

»WAS HAST DU DIR DABEI GEDACHT, JÜRGEN??? WAS???«, hat sie geschrien. »DU SCHLEPPST EIN MÄDCHEN HIEHER, UM UNZUCHT MIT IHR ZU TREIBEN, DU ÜBERFÄLLST SIE MIT EINEM MESSER, DU HORTEST SÜNDIGEN SCHWEINKRAM IN DEINEM ZIMMER, DU LÜGST MICH AN UND SCHICKST MICH HUNDERTE KILOMETER WEIT ZU EINEM PERVERSLING, DER MICH ANDAUERND BEGRAPSCHEN WOLLTE? WAS HAST DU DIR NUR DABEI GEDACHT???«

»Das war doch alles gar nicht so geplant«, hab ich leise erwidert. Ich bin auf meinem Bett gesessen und hab immer noch ins Leere gestarrt. »Ich wollte doch nur 'nen romantischen Abend mit der Anna haben.«

»UND DA FÄLLT DIR NICHTS BESSERES EIN ALS DAS???« Sie hat mit 'ner schwingenden Handbewegung auf den ganzen Krempel auf meinem Zimmerboden gezeigt.

Da wusste ich auch nicht mehr, was ich noch sagen sollte. Ich hab geschwiegen und einfach mit den Schultern gezuckt, weil, jetzt war sowieso alles egal. Jetzt war eh alles vorbei. Ich wollte nur noch aus diesem blöden Maleranzug raus und in meinen Schlafanzug schlüpfen und mich dann bis zum nächsten Jahrhundert unter meiner Bettdecke verkriechen und alles vergessen. Ich hab es an nur einem einzigen Abend geschafft, all die Sachen kaputtzumachen, die ich mir über Wochen aufgebaut hab. Und ich hab sie nicht nur kaputtgemacht, ich hab sie in die Luft gesprengt wie mit 'ner Atombombe. In meinem Kopf sind Bilder abgelaufen, auf denen ich mit der Anna auf 'ner schönen Blumenwiese sitze, wir haben gekuschelt und uns geküsst, und dann wollte ich sie gerade fragen: »Hey, wollen wir Sex machen?«, aber genau in diesem

Moment ist uns diese Bombe direkt vor die Füße geplumpst, es gab einen riesigen Knall, und ein Atompilz ist in den Himmel aufgestiegen. Genauso hab ich mich in diesem Moment gefühlt. Ich hätt am liebsten geheult, aber sogar dafür hab ich keine Kraft mehr gehabt.

Und weißt du was, Tagebuch? Es kam NOCH schlimmer! Ja, kein Scherz. Weil, nachdem meine Mutti eine halbe Ewigkeit bei mir im Zimmer gestanden war und mich angeschrien und beschimpft hat, da hat es plötzlich an unserer Tür geklingelt.

»Du lieber Himmel«, hat sie wütend aufgestöhnt und die Hände in die Luft geworfen. »Was kommt denn jetzt noch? Muss ich mich auf die nächste Überraschung einstellen? Hast du noch irgendwas geplant, von dem ich nichts weiß?«

»Nein«, hab ich nur erwidert. Meine Stimme hat man kaum noch hören können – sogar ich selber nicht.

Mutti ist zur Wohnungstür gestapft und hat sie aufgerissen.

Tja, und jetzt rate mal, wer das war, Tagebuch.

Der Sebastian!

»Alles klar bei Ihnen? Was ist denn hier los?«, hab ich ihn fragen hören. Ich wusste, dass er heute auch auf ein Date gegangen ist, nämlich mit der Tatjana, und wahrscheinlich ist er genau in diesem Moment nach Hause gekommen und hat Mutti von draußen brüllen hören.

Ich wär am liebsten im Boden versunken.

»Nichts ist in Ordnung!«, hat Mutti laut gerufen. »Absolut gar nichts! Ich weiß einfach nicht, was ich mit dem Jungen machen soll. Vielleicht redest du mal mit ihm. Ich muss mich erst beruhigen.« Dann hab ich hören können, dass sie in die Küche gegangen ist und die Tür hinter sich zugeschlagen hat. Wahrscheinlich, um zu beten. Das macht sie immer, wenn sie wütend ist und nicht mehr weiterweiß.

Der Sebastian ist ganz vorsichtig um die Ecke gekommen. Er hat richtig besorgt ausgesehen und in mein Zimmer gelugt.

»Jürgen? Alles okay? Was, um Himmels willen, ist denn hier los?«

»Ich hab's versaut«, hab ich erwidert, ohne ihn anzugucken. »Ich hab's kolossal versaut! Mehr noch, als du es dir vorstellen kannst.«

Er ist reingekommen und hat sich neben mich aufs Bett gesetzt.

»Wieso hast du einen Maleranzug an?«, hat er mich gefragt. Dann hat er sich in meinem Zimmer umgeschaut. »Und was ist das für ein schräges Zeug hier? Woher hast du das?«

Ich hab ihm die Geschichte ganz von Anfang an erzählt – wie ich in dem Laden in Stuttgart gewesen bin, um Kondome zu kaufen, aber mir der Typ am Ende alles Mögliche angedreht hat; wie ich Mutti zu dem Date mit dem Schafmann geschickt hab, um sturmfreie Bude zu haben; wie ich in den Baumarkt gefahren bin, um den Malerkrempel zu holen und der Anna damit eine superschöne Massage zu schenken; wie wir nach unserem Date hierhergekommen sind und seine DVDs geguckt haben; wie ich anschließend mit dem Maleranzug, den Abdeckplanen, dem Heizstrahler, dem Messer und dem Öl um die Ecke gekommen bin und sich die Anna zu Tode erschreckt hat; und wie sie den Kram in meinem Schrank und das Messer gesehen hat. Ich hab ihm erzählt, wie sie panisch um Hilfe geschrien hat, aus der Wohnung geflüchtet ist und die Nachbarn anschließend die Polizei gerufen haben. Ich hab ihm alles erzählt, wirklich jedes einzelne Detail. Ich hab's heruntergeleiert wie 'n Roboter. Mir war einfach alles egal gewesen.

Am Ende ist der Sebastian fassungslos neben mir gesessen und hat mich mit offenem Mund angestarrt. »Jürgen«, hat er heiser gemurmelt. »Warum hast du das getan?«

»Weil ich alles richtigmachen wollte. Ich wollte alles besonders toll werden lassen. Ich wollte, dass sich die Anna bei mir wohlfühlt. Ich wollte, dass wir einen wunderschönen Abend miteinander verbringen und sie meine Freundin wird.«

»Und *deswegen* hast du dir diesen Serienkiller-Anzug übergestreift und bist mit deinen ›Ich hinterlasse keine Fingerabdrücke‹-Handschuhen um die Ecke gekommen? Und dann auch noch mit einem *Messer* in der Hand?«

»Das war alles gar nicht so gemeint.«

Da hat der Sebastian tief ausgeatmet und hat sich nach hinten sinken lassen, bis er mit seinem Rücken die Zimmerwand berührt hat. »O Jürgen«, hat er gestöhnt. »Was hast du nur getan? Du bist wirklich der schrägste Vogel, der mir je untergekommen ist. Was geht nur in deinem Kopf vor, wenn du dir so was überlegst?«

»Ich wollte niemandem wehtun«, hab ich gemurmelt.

»Aber das hast du.«

»Ja, ich weiß.«

Der Sebastian hat kurz geschwiegen, dann hat er mich gefragt: »Wo ist die Anna jetzt?«

»Zuhause, schätze ich. Die Polizei hat sie mitgenommen.«

»Das ist starker Tobak.«

Wir sind noch eine ganze Weile so dagesessen. Der Sebastian hat nichts mehr gesagt, er hat sich nur irgendwann wieder aufgerichtet, ist ein Stück näher an mich herangerutscht und hat mir seinen Arm um die Schultern gelegt. So sind wir geblieben. Eine ganze Stunde lang. Ohne ein Wort miteinander zu reden. Ich glaube, er wusste selber nicht, was er noch hätte sagen sollen, und ich ebenso wenig. Wir sind dagesessen und haben beide über diesen Abend nachgedacht – jeder auf seine Weise.

Um kurz nach vier Uhr morgens ist er dann gegangen.

»Ich komme morgen noch mal wieder«, hat er gemeint. »Ich kann jetzt keinen klaren Gedanken mehr fassen, das ist zu viel auf einmal. Ich brauche dringend etwas Schlaf, und du auch.«

»Ja«, hab ich matt erwidert, obwohl ich genau gewusst hab, dass es diese Nacht nichts mehr damit werden wird.

»Tu mir bitte einen Gefallen, und lass die Anna in Ruhe, okay? Schreib ihr nicht, ruf sie nicht an, tu einfach gar nichts! Hast du mich verstanden?«

»Ja«, hab ich wiederholt.

»Na schön. Also bis morgen.« Er hat mir einmal schnell über den Kopf gestreichelt. »Halt die Ohren steif, okay? Ich melde mich bei dir, sobald ich aufgestanden bin.« Anschließend ist er gegangen. Ich hab die Wohnungstür ins Schloss fallen hören, und dann war ich ganz alleine.

Tja, Tagebuch, das war er also, der ›tollste‹ Tag meines Lebens.

Ich bin so fertig! Ich weiß gar nicht, was ich noch denken soll, ich fühl mich einfach nur leer und traurig und sehr, sehr erschöpft. Wie konnte es soweit kommen? Wie konnte unser Date, das so prima angefangen hat, in einer solchen Katastrophe enden? Wie konnte ich die Sache mit der Anna so versauen?

Vielleicht bin ich tatsächlich so verrückt, wie alle immer sagen. Vielleicht bin ich ein verkorkster Spinner, der nicht dafür gemacht ist, eine Freundin zu haben. Vielleicht muss ich einfach für den Rest meines Lebens alleine bleiben und mich von allen Menschen fernhalten. Dann kann ich auch keinen Schaden mehr anrichten. Vielleicht wär es besser, wenn es mich gar nicht geben würde.

Keine Ahnung.

Na ja, ich geh jetzt ins Bett, Tagebuch. Ich werd definitiv nicht schlafen können, aber was soll's. Ich mag jetzt nicht mehr nachdenken, ich mag jetzt mit niemandem mehr reden und niemanden mehr sehen. Ich will einfach nur meine Ruhe haben.

Mein Handy hab ich ausgeschaltet. Ich hab natürlich kurz draufgeschaut, um zu sehen, ob die Anna 'ne Nachricht geschrieben hat, aber – oh, Überraschung! – natürlich hat sie das nicht. Und ich will ihr auch nichts schreiben. Ich meine, was sollte das auch sein? Was kann ich ihr schreiben, das DIESEN Abend irgendwie erklären könnte? Ich muss es akzeptieren, wie es ist: Sie hasst mich jetzt, sie hat Angst vor mir und hält mich für einen vollkommen Wahnsinnigen.

Tolles Ergebnis unseres Dates, was?

Ich wünsch dir jedenfalls eine gute Nacht, Tagebuch. Bis in ein paar Stunden. Danke, dass du dir das alles angehört hast, du bist ein echter Freund.

Nach der heutigen Nacht vielleicht sogar mein einziger, wer weiß.

In Liebe, dein Jürgen.

– Tag 32 –

Liebes Tagebuch,

Von Mutti ist weit und breit nichts zu sehen. Keine Ahnung, wo sie abgeblieben ist. Ich hab sie gestern aus der Küche kommen hören, das muss gegen fünf Uhr morgens gewesen sein. Sie ist ins Bad gegangen, anschließend in ihrem Schlafzimmer verschwunden, und als ich vorhin aufgestanden bin, um zu frühstücken, da war sie wie vom Erdboden verschluckt. Einfach weg! Komisch, weil, ich hab überhaupt nicht mitbekommen, dass sie aus der Wohnung raus ist. Das kann allerdings auch daran liegen, dass ich früh am Morgen doch noch eingeschlafen bin, obwohl ich das überhaupt nicht erwartet hätte, und dass ich erst vor einer halben Stunde wieder aufgewacht bin. O Mann, war ich fertig, das kann ich dir gar nicht sagen! So kaputt war ich schon lange nicht mehr. Und obwohl der Schlaf unruhig gewesen ist (ich hab ständig von der schreienden Anna geträumt, und komischerweise auch von einer großen Plastikfaust, die mich mit einem Heizstrahler verhauen wollte), bin ich froh, dass ich mich überhaupt ausruhen konnte. Das hat gutgetan.

Ich hab außerdem über gestern nachgedacht, weißt du. Dabei ist mir eine Sache klar geworden: Ich hab mich zwar in den letzten Wochen sehr verändert und sehr viel vom Sebastian gelernt, ich hab eine riesige Entwicklung durchgemacht, aber ganz tief in mir drin bin ich immer noch der alte, ängstliche Jürgen geblieben, der überall und immer und zu jeder Zeit der Coole und der Erfolgreiche und der Tolle sein will. Nur, um nicht zu zeigen, dass ich eigentlich gar nicht cool und erfolgreich und toll bin. Früher hab ich das viel direkter und offener gemacht, klar, und heute eher versteckt, aber im Grunde ist es dasselbe Verhalten. Ich meine, warum hab ich die Anna überhaupt belogen? Warum hab ich ihr nicht von Anfang an die Wahrheit gesagt? Warum hab ich ihr bei fast allen unserer Dates totalen Quatsch aufgetischt? Als wir uns das erste Mal gesehen haben, da hab ich mir noch fest vorgenommen, ehrlich zu ihr zu sein, weil ich wusste, dass das wichtig ist, wenn man jemanden mag. Und was ist daraus geworden? Mit jedem Date sind die Lügen mehr geworden, und mit jedem sind sie auch noch größer geworden. Am schlimmsten war's gestern.

Ich meine ... ausgerechnet GESTERN!!!

Ausgerechnet an dem Tag, der doch so glorreich hätte werden sollen, an dem mein neues Leben hätte beginnen und die Anna und ich ein Paar hätten werden sollen – mit DVD-Gucken und Massieren und Sex und allem. Das ist doch verrückt!!! Wieso belüge ich ausgerechnet den Menschen am meisten, der mir doch so viel bedeutet?

Bei Mutti ist es auch nicht anders, hab ich gemerkt. Ich meine, okay, sie ist ein bisschen schrullig und komisch, und mit ihrer Religion kann ich absolut nix anfangen, aber andererseits ist sie meine Mutti! Sie hat mir nie was Böses getan. Sie hat immer auf mich aufgepasst, mich immer getröstet, und als mein Therapeut und der Dieter fies zu mir gewesen sind und mich beschimpft und rausgeschmissen haben, da hat sie mir gesagt, dass sie mich lieb hat und immer für mich da ist. Und was mache ich als Dankeschön? Ich such irgendeinen Volldeppen aus dem Internet heraus, den ich überhaupt nicht kenne, und erzähl ihr eine komplett frei erfundene Geschichte, nur um sie für einen Abend loszuwerden und mit der Anna hierherkommen zu können. Ich glaub, genau das war es, was sie gestern so verletzt hat, genau das hat sie so wütend gemacht: Dass ich ihr Vertrauen missbraucht und sie weggeschickt hab wie so 'n nervigen Köter. Ich hätt ihr stattdessen die Wahrheit sagen können! Ich hätt ihr ganz direkt und ehrlich erzählen können, dass ich die Anna kennengelernt hab und mit ihr hierherkommen will. Was hätte mich das gekostet? Ich meine, Mutti hat ohnehin schon kapiert und durchschaut, dass es die Anna in meinem Leben gibt, und sie hat sich sehr für mich gefreut. Warum also hab ich ihr nicht einfach die Wahrheit gesagt? Stattdessen hab ich sie angelogen und verletzt. Tolle Leistung, Jürgen, richtig tolle Leistung!

Na ja, dann muss ich's halt so nehmen, wie es ist: Ich bin ein Verlierer und ich bleibe auch einer. Sebastian hin oder her. Ich bin wahrscheinlich zu blöde oder zu verkorkst dafür, um mich wirklich zu ändern, ich werd immer der Außenseiter sein, der zuhause hockt und den keiner leiden kann und der nur Mist baut. Was soll's. Dann muss ich mich halt mit diesem Leben zufriedengeben. Es gibt Männer, die Erfolg haben (vor allem bei Frauen), und dann gibt es noch Menschen wie mich, die auf der Strecke bleiben und sich damit abfinden müssen, nie glücklich zu werden und nie von jemandem geliebt zu sein.

Was für ein Scheißleben, echt!!!

Sorry, Tagebuch, dass ich das so krass sage, aber warum soll ich mich jetzt noch zurückhalten? Für unsere Nachbarn bin ich ein kranker Perverser, der ein unschuldiges Mädchen angegriffen hat und dem bald 'ne deftige Anzeige in den Briefkasten flattert. Die werden mich wie 'nen Schwerverbrecher behandeln. Für die Anna bin ich ein Lügner und Betrüger, der sie hierhergelockt hat, um irgendwelche ganz abartigen Sachen mit ihr zu machen. Und für meine Mutti bin ich ... na ja ... also ... ach, keine Ahnung, was ich für sie bin. Irgendwas Schlimmes halt. Für meinen Therapeuten und den Dieter bin ich ein Versager, mit dem sie nichts mehr zu tun haben wollen, und für die Typen in dem Frauenprofi-Forum bin ich eine Witzfigur, über die man sich lustig machen kann, weil die einfach nur dämlich und uncool ist. Ein echter Vollpfosten eben, der nie eine Frau abkriegt. Du siehst also: Niemand mag mich! Alle finden mich doof! Wahrscheinlich auch der Sebastian, der wird seit heute Nacht total enttäuscht von mir sein, und das kann ich ihm nicht mal übel nehmen. Ich wär's an seiner Stelle auch.

Ich glaub, es hat keinen Sinn mehr, mein Projekt fortzusetzen. Die Sache mit der Freundin kann ich vergessen, das hat sich erledigt. Wahrscheinlich weiß in ein paar Wochen die ganze City, wer ich bin und was ich getan hab. Die werden Steckbriefe mit meinem Foto verteilen, und wenn ich mich dann einer Frau nähere, dann wird sie kreischend weglaufen und ich krieg sofort die nächste Anzeige an den Hals. Am Ende werden die mich in irgendein dunkles Loch sperren, so wie diesen Quadimoso ... oder Qualimodo ... oder wie auch immer dieser Typ in dem Glockenturm hieß. Und dann werden sie den Schlüssel wegschmeißen und mich vergessen.

Ich sag's ja: So ein Scheißleben!!!

Pass auf, wir machen es so: Ich werd heute zum Sebastian rübergehen und ihm sagen, dass wir das Coaching beenden können. Dann werd ich ihm alle seine Bücher zurückgeben, meine Anmeldung bei dem Frauenprofi-Forum löschen und den ganzen Krempel, den ich für das Date mit der Anna gekauft hab, wegschmeißen. Und dann ist die Geschichte von HINDEL, dem tapferen Verführungskünstler, zu Ende. Es wird keine Abenteuer und keine Ausflüge in die City mehr geben, keine Dates mehr, keine Spielchen, keine Übungen. Ich werd einfach nur noch ich selbst sein: Jürgen, der Verlierer! Das, was ich schon immer war und immer sein werde.

Okay, Tagebuch, das heißt auch, dass wir beide uns jetzt trennen müssen. Es war eine schöne Zeit mit dir! Vielen, vielen Dank dafür, dass du dir mein Zeug so geduldig angehört und mir so oft die Daumen gedrückt hast. Du bist ein …

… so ein Mist!!! Da klingelt irgend so ein Idiot an unserer Wohnungstür! Wer kann das sein? Ich will niemanden mehr sehen, das kann ich jetzt nicht gebrauchen! Steht jetzt die nächste Polizeistreife im Flur und will mich verhaften, weil ich … keine Ahnung … mir die Schuhe nicht richtig abgeputzt hab? Oder beschwert sich eine von den Schachteln aus der Nachbarschaft, dass ich sie schief angeguckt hab?

Verdammt, ich komm ja, ich komm ja!

Tut mir leid, Tagebuch, ich muss kurz nachgucken, wer da an der Tür steht. Der hört gar nicht mehr auf zu klingeln, der Depp. Ich wimmel ihn ab, und dann verabschiede ich mich von dir.

Warte kurz, ich bin sofort wieder da.

* * *

Hm, das war jetzt eine ziemlich große Überraschung, Tagebuch. Weißt du, wer das war? Der Sebastian! Ich meine, okay, diese Tatsache alleine war noch nicht die große Überraschung, er hat ja angekündigt, dass er sich bei mir melden wird. Aber was dann passiert ist, nachdem ich die Tür geöffnet hab, DAS war eine Überraschung.

Pass auf, das muss ich dir unbedingt erzählen. Das lief nämlich so: Ich hab die Wohnungstür aufgerissen und wollte den Trottel, der bei uns geklingelt hat, erst mal deftig zur Sau machen. Aber kaum dass die Tür offen war, hab ich den Sebastian gesehen.

»Du?«, hab ich überrascht gefragt.

»Ja. Schnapp dir deine Jacke, wir fahren weg.«

»Äh, wohin denn?«

»Das wirst du früh genug erfahren. Los jetzt.«

Nach diesen Worten hat er sich umgedreht und ist einfach die Treppen runtergelaufen. Ohne noch was zu sagen.

Ich hab mich zwar gewundert, mir aber trotzdem meine Jacke und den Wohnungsschlüssel geholt, für Mutti einen Zettel in der Küche hinterlassen, auf dem draufstand, dass ich mit dem Sebastian unterwegs bin (Hausarrest hin oder her), und dann bin ich ihm hinterhergelaufen. Bis auf den Parkplatz vor dem Haus, auf dem sein Auto gestanden hat.

»Steig ein«, hat er zu mir gemeint.

Das hab ich gemacht.

Ein paar Minuten später sind wir auf die Landstraße abgebogen und ziemlich lange durch die Pampa zwischen den einzelnen Käffern gekurvt.

»Wo fahren wir hin?«, hab ich ihn gefragt. »Das ist jedenfalls nicht der Weg zur City.«

»Nein, ist es nicht. Wir haben ein anderes Ziel.«

»Und welches?«

»Wart's ab.«

Nach einer dreiviertel Stunde ist er von der Landstraße abgebogen und auf einen Schotterparkplatz aufgefahren, wo Leute ihre Autos abstellen können, wenn sie ihre Hunde zum Kacken ausführen oder wandern gehen wollen. Auf einem Schild an der Seite stand das Wort ›Aussichtsplattform‹ geschrieben, mit einem Pfeil, der nach rechts gezeigt hat – weg von der Straße. Ich hatte keinen blassen Schimmer, wo wir sind, weil ich halt nie wandern gehe und auch keinen Hund hab, den ich ausführen könnte (Tinki musste ich damals nicht ausführen, das Drecksvieh hat ja in die Vasen von Mutti gekackt).

Der Sebastian hat das Auto abgestellt und ist ausgestiegen.

»Komm«, hat er zu mir gemeint. »Lass uns ein Stück laufen.«

Wir sind in die Richtung gegangen, in die der Pfeil gezeigt hat, über einen kleinen Weg, der kaum breiter war als wir beide zusammen. An den Seiten hat es ganz viel Gras und Blumen gegeben und auch das restliche Naturzeugs, was da halt so wächst. War echt schön, muss ich zugeben, nur hab ich mich trotzdem gefragt, was das alles sollte. Weil, der Sebastian hat während der ganzen Strecke kein einziges Wort mit mir geredet. Er hat mich nicht mal angeguckt. Er ist weitergelaufen wie 'n Roboter, stumm und mechanisch, ohne eine Regung, total unheimlich.

In meinem Kopf sind schon schräge Ideen entstanden, dass er mich vielleicht in der freien Natur anketten will, um zu verhindern, dass ich noch mehr Mädels wie die Anna zu Tode erschrecke; dass er mir gleich sagen wird, wie enttäuscht er von mir ist und dass ich der größte Versager aller Zeiten bin.

Aber etwas völlig anderes ist passiert!

Wir haben nach ein paar Minuten eine Stelle erreicht, an der so 'ne Art Aussichtspunkt war, am Kopfende einer Felswand. Da ist es ganz furchtbar steil nach unten gegangen, mindestens fünfzig oder sechzig Meter tief. Gleichzeitig hat man einen superschönen Ausblick auf die Landschaft und auf die ganzen Dörfer gehabt, die in dem Tal darunter liegen. Hier und da gab es Sitzbänke, auf denen man Platz nehmen konnte, und der Sebastian hat genau das gemacht. Ich hab mich neben ihn gesetzt.

»Weißt du«, hat er plötzlich zu mir gemeint, »dieser Ort hat eine ganz besondere Bedeutung für mich. Er ist so atemberaubend schön und friedlich, dass man sich kaum daran sattsehen kann. Findest du nicht auch?«

»Äh, na ja, schon. Aber ich bin nicht so der Naturmensch.«

»Das spielt keine Rolle. Ich komme jedenfalls regelmäßig hierher. Dann setze ich mich auf eine der Bänke und schaue in die Ferne, manchmal stundenlang. Ich lasse meine Gedanken schweifen und erinnere mich daran, wer ich wirklich bin.«

»Hä? Wer du bist?«

»Ja. Wer ich *wirklich* bin, im tiefsten Inneren meines Herzens, im Kern meines Wesens. Verstehst du?«

»Nö, das kapier ich nicht, du bist doch der Sebastian. Wer sollst du denn sonst sein?«

Er hat seinen Kopf zu mir gedreht, und plötzlich hat er sehr, sehr traurig ausgesehen. Ich hab mich richtig erschrocken, weil, damit hab ich überhaupt nicht gerechnet. »Dieser Ort ist für mich ungefähr dasselbe wie dein Zimmer für dich nach der gestrigen Nacht. Er ist meine ganz persönliche Hölle, mein Armageddon, mein Mahnmal. Der Ort meiner Schande.«

»Was soll das bedeuten?«, hab ich ihn gefragt. »Was für eine Hölle? Was für ein Mahnmal?«

Er hat tief durchgeatmet. »Vor sechs Jahren, als ich gerade am Höhepunkt meiner Erfolge in der Flirtprofi-Szene angekommen war, da bin ich bei einer meiner Touren durch die Stuttgarter Innenstadt einem Mädchen begegnet. Katharina hieß sie. Eine bildhübsche, sehr freundliche und herzensgute junge Frau. Ich hab sie in der Unterführung vom Hauptbahnhof gesehen und ganz instinktiv angesprochen. Ich habe ihr erzählt, dass ich sie sympathisch finde und sie gerne kennenlernen möchte.«

»Wie bei mir und der Anna«, hab ich festgestellt.

»Ja, ganz genau. Jedenfalls haben wir uns beide gemocht, und sie hat mir nach ein paar Minuten ihre Telefonnummer gegeben, damit ich sie anrufen kann und wir uns zu einem Treffen verabreden. Das hab ich auch gemacht. Wir haben ein paarmal miteinander telefoniert, haben uns zu Dates getroffen, und nach zwei Wochen sind wir dann bei mir zuhause im Bett gelandet und haben miteinander geschlafen. Alles perfekt, könnte man sagen.«

»Also der letzte Teil deiner Geschichte ist definitiv *nicht* so wie bei mir und der Anna«, hab ich erwidert. Ich hab echt nicht kapiert, was er mir damit sagen wollte, weil, ich hätte mir genau dieses Ende auch mit der Anna gewünscht. Nur ist das ja bei mir in die Hose gegangen. *Warum erzählt er mir das?*, hab ich mich gefragt. *Will er damit angeben, wie toll er ist und was für ein Versager ich bin?*

Doch dann hat er weitererzählt: »Der letzte Teil meiner Geschichte ist sogar noch schlimmer als deiner, Jürgen. Ich habe von Anfang an gewusst, dass Katharina keine Frau für eine Nacht war oder für ein rein sexuelles Abenteuer. Sie war sehr traditionell und konservativ – auf eine süße, romantische, fast naive Art und Weise –, und sie hat mich von Anfang an wissen lassen, dass sie nach einer festen Beziehung sucht. Das war mir bewusst. Es war mehr als offensichtlich gewesen. Aber ich wollte mir damals die Hörner abstoßen, ich wollte keine Beziehung haben, ich wollte all die Freiheiten genießen, die mir mein neues Flirtwissen beschert hat. Ich habe mich gefühlt, als hätte ich den Stein der Weisen gefunden, der Blei in Gold verwandelt, nur dass es hier um sexuelle Erfahrungen gegangen ist. Das Tor zur Frauenwelt stand mir offen, ich war regelrecht besoffen gewesen vor Ego, Stolz und Gier. Deswegen habe ich auf alle Wünsche und Bedürfnisse von Katharina gepfiffen, es war mir vollkommen egal gewesen, wie sie sich fühlt oder wonach sie sich sehnt. Ich habe mir eingeredet, dass jede Frau Lust auf Sex hat und sie sich deshalb von diesem altbackenen, traditionellen Beziehungsdenken lösen muss.« Er hat gelacht. Es war ein bitteres Lachen. »Herrgott, ich habe mir sogar eingeredet, dass ich ein Held sein würde, wenn ich sie zu einem One-Night-Stand überreden kann. Weil ihr das helfen würde, zu einer gesunden Sexualität zu finden. Kannst du dir das vorstellen?«

Ich hab nichts gesagt. Aber ich hab ihn sehr gut verstehen können.

»Aus diesem Grund habe ich ihr alles vorgelogen, was nötig war, um sie ins Bett zu bekommen. Ich habe ihr das Gefühl gegeben, dass wir ein Paar wären und ich mir eine feste Beziehung mit ihr wünschen würde, ich habe sie glauben lassen, dass mir viel daran gelegen wäre, ihr Herz zu erobern und nicht nur ihr Höschen. Ich bin mit ihr an jeden Ort gegangen, an den sie gehen wollte, ich habe ihr Blumen geschenkt, Liebesbotschaften geschickt, ich habe das volle Programm abgezogen, nur um mein Ziel zu erreichen. Und am Ende habe ich damit Erfolg gehabt.«

»Hm, ich könnte mir vorstellen, dass das für die Katharina nicht so toll gewesen ist, oder?«

Er hat genickt. »Nicht mal ansatzweise! Sie wollte das alles gar nicht, sie war überhaupt nicht bereit dafür gewesen. Aber ich habe sie solange bedrängt und manipuliert und auf sie eingeredet, bis sie es trotzdem getan hat – mir zuliebe. Ich habe ihr immer wieder das Gefühl gegeben, dass sie es tun *müsste*, da wir doch ein festes Paar wären und ich als Mann schließlich meine Bedürfnisse hätte. Und wenn sie es nicht tun würde, dann könnte am Ende unsere ganze Beziehung auf der Kippe stehen. Verstehst du?«

»Das ist aber ganz schön fies«, hab ich erwidert und ihn böse angeguckt. Das war es tatsächlich! Ich hab nicht glauben können, dass mir ausgerechnet der Sebastian so etwas erzählt, weil ich ihn für einen total netten Kerl gehalten hab. Das passte überhaupt nicht zu ihm.

»Das war noch viel mehr als nur fies«, hat er bekräftigt. »Das war Manipulation in Reinform! Ich habe mit diesem Mädel Psychospielchen gespielt und sie nach Strich und Faden belogen, nur um sie gefügig zu machen, ins Bett zu bekommen und mich anschließend toll und cool und erfolgreich zu fühlen. Natürlich habe ich mir eingeredet, dass ich das irgendwie auch für sie tun würde, aber in Wirklichkeit ist mir das völlig am Arsch vorbeigegangen. Ich habe mich einen Dreck um ihre Gefühle geschert. Mir war es nur darum gegangen, den Sex zu kriegen, den ich haben wollte. Dafür war mir jedes Mittel recht gewesen.«

Er hat kurz geschwiegen, und ich hab die Zeit genutzt, um sacken zu lassen, was er mir gerade erzählt hat. Das war echt harter Tobak, liebes Tagebuch, das kann ich dir sagen!

»Wie … äh … ist es mit dir und der Katharina weitergegangen?«, hab ich ihn nach ein paar Sekunden gefragt. »Sie hat doch bestimmt irgendwann herausgefunden, dass du sie belogen hast – so wie die Anna bei mir –, oder?«

»Natürlich hat sie das. Ich meine, so ein riesiger Lügenhaufen wie meiner musste früher oder später ans Tageslicht kommen, das war nur eine Frage der Zeit gewesen. Und ich habe sogar persönlich dafür gesorgt, dass es dazu gekommen ist, weil ich mich, nachdem wir zusammen in der Kiste gewesen sind, immer mehr von ihr zurückgezogen und mich immer weniger mit ihr beschäftigt habe. Den Sex hatte ich ja bekommen. Damit war mein Ziel erreicht. Und eine feste Beziehung wollte ich nicht haben. Also war es für mich die logische Konsequenz, sie zunehmend zu ignorieren und ihr aus dem Weg zu gehen. Wenn sie bei mir angerufen oder mir eine Nachricht geschickt hat, dann hab ich sie teilweise stunden-, manchmal sogar tagelang auf eine Reaktion warten lassen. Wenn sie vor meiner Tür gestanden ist und geklingelt hat, dann habe ich so getan, als wäre ich nicht zuhause. Ich habe sie von einem Moment auf den anderen aus meinem Leben gestrichen.«

»Und … wie hat sie darauf reagiert?«

»Irgendwann hat sie mir einen bitterbösen und sehr verzweifelten Brief geschrieben – ganz klassisch auf Papier –, den sie in meinen Briefkasten geworfen hat. Darin wollte sie wissen, was mit mir los sei, warum ich mich nicht mehr bei ihr melden würde, ob sie etwas falsch gemacht oder mich verletzt hätte, oder ob der Sex mit ihr so schlimm gewesen wäre, dass ich das Interesse an ihr verloren hätte.« Der Sebastian hat mich verbittert angesehen. »Lass dir das mal durch den Kopf gehen: Ich behandle sie wie den letzten Dreck, und sie gibt sich selber die Schuld dafür! Jeder normale Mensch hätte das als Weckruf verstanden und irgendwas gemacht, um dem armen Mädel zu helfen, aber ich nicht! Ich war schließlich der coole Verführer und Frauenprofi, ich war der König der Aufreißer – das habe ich mir zumindest eingeredet. In Wirklichkeit war mir sehr wohl bewusst gewesen, dass mein Verhalten eine Schweinerei gewesen ist, dass ich sie für meine Zwecke ausgenutzt habe. Sie war ein liebes und nettes Mädchen gewesen, und ich habe sie benutzt und weggeworfen wie ein Taschentuch. Aber das wollte ich natürlich nicht zugeben – weder ihr gegenüber noch mir selbst –, denn das hätte bedeutet, dass ich mein Gesicht und meinen Status und mein Ansehen in der Frauenprofi-Szene eingebüßt hätte. Ich habe ein abgekartetes Spiel mit ihr gespielt, ich war ein mieser Betrüger gewesen, der nur ein Sexobjekt in ihr gesehen hat und keinen Menschen aus Fleisch und Blut. Ich hätte zugeben müssen, dass ich ein armseliges, manipulatives Stück Scheiße bin, ein mieser Kerl der allerschlimmsten Sorte.«

»Und das hast du natürlich nicht gemacht, oder?«

»Nein, natürlich nicht. Ich habe etwas viel Schlimmeres getan: Ich habe den Spieß umgedreht, sie angerufen und eine Stunde lang zur Sau gemacht.«

»Wie bitte???«, hab ich ihn entsetzt gefragt.

»Ja, du hörst richtig. Ich habe ihr am Telefon vorgeworfen, dass sie viel zu sehr an mir klammern würde und ich das nicht mehr aushalten könnte. Schließlich sei ich ein Mann und bräuchte meine Freiheit. Ich habe ihr unterstellt, dass sie mich vollkommen falsch verstanden hätte und ich noch gar nicht bereit sei für eine Beziehung mit ihr. Ich habe ihr sogar an den Kopf geworfen, dass ihr ständiges Anrufen und Anklingeln und Nachrichtenschreiben manipulativ wäre, mich unter Druck setzen würde und dazu geführt hätte, dass ich mich von ihr zurückgezogen habe. Immerhin hätte sie dadurch bewiesen, wie wenig ich ihr bedeute und wie egoistisch sie ihren Willen durchzusetzen versucht.«

»Das ... das ... hast du nicht wirklich getan, oder?«

Er hat genickt, ohne mich anzusehen. »Doch, genau das habe ich gemacht. Ich habe mich zum Opfer stilisiert und sie zum Täter gemacht. Ich habe die Wahrheit verdreht und aus Katharina die böse Hexe werden lassen, die mich armen, gutmütigen Sebastian drangsaliert.«

»Das kann ich nicht glauben«, hab ich entsetzt gestottert.

»Glaub's mir ruhig, Jürgen, ich erzähle dir keinen Mist. Genauso hat sich das damals zugetragen. Und es hatte fatale Folgen.«

Ein ganz ungutes Gefühl hat sich in meinem Bauch breitgemacht, weil ich gemerkt hab, dass ich gleich etwas erfahren werde, was ich vielleicht gar nicht erfahren will. Andererseits war mir bewusst, dass mir der Sebastian gerade sein Herz ausgeschüttet hat, und das bestimmt nicht ohne Grund. Also hab ich ihn ganz vorsichtig gefragt: »Was ist denn passiert?«

Es hat 'ne halbe Ewigkeit gedauert, bis er mir geantwortet hat. Er hat sich vorgelehnt, die Ellenbogen auf den Oberschenkeln abgestützt und die Finger seiner Hände ineinander verschlungen. »Sie hat einen Nervenzusammenbruch erlitten«, hat er leise, fast flüsternd erwidert. »Sie hat wochenlang nur geweint und sich in ihrem Zimmer verkrochen. Das hab ich später von ihren Eltern erfahren. Sie hat kaum noch was zu essen angerührt, ist immer weiter abgemagert, war völlig am Ende ihrer Kräfte gewesen. Und zum Schluss hat sie sich umgebracht.«

Ich hab den Kopf entsetzt herumgerissen und dabei sogar selber spüren können, wie ich bleich geworden bin. »WAS???«, hab ich gekrächzt. Meine Stimme hat total heiser geklungen.

Der Sebastian hat auf eine Stelle an der Kante dieser Felswand gezeigt, an der es ganz steil in die Tiefe ging. »Da hinten ist sie runtergesprungen. Sie ist denselben Weg hierhergelaufen wie wir. Sie hat sich an den Rand der Felswand gestellt, hat nach unten geschaut und ist dann gesprungen.«

»Aber ... aber ... aber ...« Ich wollte irgendwas sagen, doch es ist mir einfach nichts eingefallen, mein Kopf war komplett leer und matt und betäubt – wie nach 'ner Narkose –, und meine Hände haben ohne Grund zu zittern angefangen.

»Sie hat sich umgebracht«, hat der Sebastian ergänzt, »weil ich nicht den Mumm gehabt habe, ihr die Wahrheit zu sagen. Weil ich mit ihr ein falsches Spiel getrieben habe, nur um meinen Willen zu bekommen. Mein Ego hat ein Leben gekostet.«

»Aber ... du ... ich meine ... also ... das kann doch auch andere Gründe gehabt haben, oder?«

»Natürlich hatte das auch andere Gründe, Jürgen, niemand stürzt sich einfach so von einem Berg, nur weil eine Affäre in die Hose gegangen ist. Katharina litt seit Jahren unter Depressionen und Magersucht, sie war mehrfach in therapeutischer Behandlung gewesen und hatte diverse Zusammenbrüche erlebt. All das wusste ich aber nicht! Ich hatte keine Ahnung davon, weil ich mich nie ernsthaft für sie interessiert habe, nur für ihren Körper. Erst auf ihrer Beerdigung, als ihre Eltern zu mir gekommen sind und mit mir geredet haben, da habe ich davon erfahren, wie labil und verletzlich sie gewesen ist.« Er hat mich angesehen und dabei noch trauriger und verbitterter gewirkt. »Stell dir vor: Sie haben sich sogar bei mir entschuldigt.«

»Wer? Die Eltern? Wofür denn?«

»Na ja, dafür, dass ich in ihren Augen so viel Ärger mit Katharina hatte. Dafür, dass ich von ihr unter Druck gesetzt worden bin. Dafür, dass ich all diese schlimmen Sachen durchmachen und miterleben musste. Sie haben ernsthaft geglaubt, ihre Tochter hätte sich unsere Beziehung nur eingebildet, quasi als fixe Idee, obwohl da eigentlich nichts dran gewesen ist. Sie haben dieselben Lügen geglaubt, die ich auch Katharina aufgetischt habe, um meinen Hals zu retten. Und ich hatte nicht mal dort, am Grab ihrer Tochter, das Rückgrat und die Eier in der Hose, um ihnen die Wahrheit zu sagen. Ich habe stattdessen genickt, ›Danke‹ gesagt und bin so schnell wie möglich wieder nach Hause gefahren.«

»Hast du denn noch Kontakt zu ihnen?«

Er hat den Kopf geschüttelt. »Nein. Ich habe alles, was ich von Katharina hatte, sofort gelöscht und weggeworfen – so als ob mir das irgendwie helfen würde, die Erinnerung an sie loszuwerden. Hat es aber nicht! Es hat mich über Jahre hinweg verfolgt und tut es noch bis heute. Jetzt kannst du vielleicht verstehen, warum ich so ungern über Beziehungen spreche.«

»Ja«, hab ich erwidert. »Ich glaube, ich versteh dich jetzt.«

»Ich habe durch dieses Kapitel gelernt, wie zerstörerisch die Kraft der Lügen sein kann. Weißt du, wir reden uns oft ein, dass wir einem anderen Menschen nicht die Wahrheit sagen, weil wir ihn nicht verletzen wollen. Wir behaupten, dass wir uns um das Wohlergehen des Anderen sorgen, aber das ist Quatsch! Es ist pure Heuchelei, und

Feigheit noch dazu, denn wir lügen nicht, um einem anderen Menschen irgendwas zu ersparen, wir tun es für uns selbst. Wir tun es, weil wir uns einen persönlichen Vorteil davon versprechen oder nicht den Mumm haben, uns unangenehmen Situationen zu stellen. Das ist immer so, ohne Ausnahme! Lügen haben niemals mit Nächstenliebe zu tun, sondern immer mit Egoismus.«

»Ich hab die Anna belogen«, hab ich festgestellt und bin dabei sehr nachdenklich geworden.

»Ja, das hast du«, hat er bestätigt.

»Aber ... dann heißt das doch ... dass ... ich ... dass mir die Anna nie so wichtig gewesen ist, wie ich immer geglaubt hab, sondern dass ich das alles nur für mich selber gemacht hab.«

»Ganz genau.«

»Aber ... aber ... ich mag doch die Anna! Wieso hab ich das getan?«

»Weil wir Menschen nun mal Egoisten sind. Wir alle! Es liegt in unserer Natur. Du wolltest unbedingt deinen Sex haben und eine feste Freundin, das war dein Ziel. Und du hast dich in die Idee verbissen, dass die Anna die Leere in deinem Inneren ausfüllen könnte. Erinnerst du dich? Davor habe ich dich schon einmal gewarnt. Du hast diesen Fehler trotzdem begangen, und dabei hast du das Wesentliche aus den Augen verloren.«

»Nämlich, was die Anna will«, hab ich festgestellt.

»Ja«, hat er erwidert und mir lächelnd zugenickt. »Genauso ist es. Du hast denjenigen Menschen aus den Augen verloren, um den es bei der Sache eigentlich hätte gehen sollen, nämlich deine Anna. Du hast nur noch an dich selbst gedacht und an deinen Erfolg, nicht mehr an sie oder ihre Gefühle. Die Anna ist für dich nur ein Mittel zum Zweck geworden.«

Ich hab ihm nichts mehr geantwortet, ich bin nur noch in mich zusammengesunken und hab unablässig an die Stelle geglotzt, von der aus die Katharina in ihren Tod gesprungen ist. Ein kalter Schauer ist mir den Rücken runtergelaufen. Die Geschichte vom Sebastian hat mich echt fertiggemacht, weil ich gemerkt hab, dass er bis heute daran zu kauen hat und er die Schuldgefühle nicht mehr loswird, die ihn seit damals quälen. Das ist echt hart! Und ich hab mich gefragt, ob es mir mit der Anna irgendwann genauso ergehen wird. Ich meine, der Unterschied ist natürlich, dass sich die Anna bisher noch nicht von irgendeinem Berg gestürzt hat – aber ich hab auch keine Garantie dafür, dass sie's nicht irgendwann tut. Genau wie der Sebastian bei seiner Katharina, weiß auch ich kaum was von der Anna. Sie hat mir zwar ein bisschen was über sich und ihr Leben erzählt, zum Beispiel die Sache mit der Trennung ihrer Eltern, aber ansonsten hab ich mich nie wirklich darum bemüht, sie besser kennenzulernen. Ich hab mich nur darauf konzentriert, total cool und lässig rüberzukommen und sie damit zu beeindrucken. Ich wollte sie als meine Freundin haben, damit ich nicht mehr alleine bin. Ist das nicht verrückt, Tagebuch? Die ganze Zeit hab ich mir eingeredet, dass mir die Anna voll wichtig wär und am Herzen liegen würde, aber in Wirklichkeit ist es mir nie darum gegangen, sie glücklich zu machen. Es ist mir nur darum gegangen, dass ICH glücklich werde.

»Ich bin ein Idiot«, hab ich niedergeschlagen gemurmelt.

»Das sind wir alle«, hat der Sebastian erwidert. »Entscheidend ist, dass du aus diesem Fehler lernst, auch wenn es manchmal bedeutet, dass du eine sehr schwere Bürde zu tragen hast. Ich würde Gott weiß was dafür geben, wenn ich das Rad der Zeit zurückdrehen und die Sache mit Katharina wieder ins Lot bringen könnte, aber das geht nun mal nicht. Also muss ich alles in meiner Macht stehende tun, damit so etwas nicht noch einmal passiert. Genau aus diesem Grund komme ich hierher, an diesen Ort: Um mich zu erinnern, wer ich bin und was ich getan habe und was niemals wieder geschehen darf.«

»Aber ... du triffst dich doch immer noch mit Frauen, nur um Sex mit ihnen zu haben, oder? Ich meine, was genau hast du denn seit damals geändert? Du sagst mir, dass das Problem darin besteht, wenn man sich nicht wirklich für den anderen interessiert, sondern nur seine eigenen Wünsche durchsetzen will. Aber genau das tust du doch bis heute. Oder versteh ich da was falsch?«

»Ich bin Frauen gegenüber ehrlich«, hat er erwidert. »Das hab ich dir doch schon erklärt. Ich mache ihnen nie etwas vor. Wenn wir uns kennenlernen, dann stelle ich von Anfang an klar, was ich möchte und was eben nicht, das ist auch eine Form der Aufrichtigkeit, weißt du. Das Problem entsteht nicht dadurch, dass zwei Menschen Sex miteinander haben, es entsteht erst, wenn sie es nicht auf Augenhöhe tun – wenn sich der Eine vom Anderen etwas erschleicht.«

»Das ist eine lahme Ausrede!«, hab ich gemotzt.

Der Sebastian hat mich überrascht angeguckt. »Wieso denkst du das?«

»Na ja, du behauptest, dass du jetzt ehrlich zu den Frauen bist, aber in Wirklichkeit bist du das überhaupt nicht. Die Tatjana mag dich sehr, und das weißt du auch, und trotzdem willst du sie nicht als deine feste Freundin haben. Wenn es dir wirklich darum gehen würde, ehrlich zu ihr zu sein, wieso triffst du dich dann nach wie vor mit ihr, obwohl du genau weißt, wie sie sich fühlt und was sie von dir will? Genau genommen spielst du mit ihr dasselbe blöde Spiel wie damals mit der Katharina, du nutzt sie aus, um deinen Sex zu kriegen, und hast nicht den Mumm in den Knochen, die Sache zu beenden.«

Als ich das gesagt hab, da war der Sebastian so sprachlos gewesen, dass er mich mit offenem Mund angestarrt hat. Sekundenlang ist er so dagesessen. Dann hat er sich langsam nach hinten sinken lassen, und die nächste halbe Stunde haben wir einfach nur geschwiegen und in die Ferne geguckt und über ganz viele Dinge nachgedacht. Ich glaube, es hat einfach nichts mehr gegeben, was wir hätten sagen können. Wir haben beide an unsere Frauen gedacht – er an die Tatjana (und wahrscheinlich auch an die Katharina), und ich an die Anna.

Irgendwann hat er zu mir gemeint: »Lass uns nach Hause fahren, einverstanden?«

Ich hab ein kurzes »Ja« erwidert und bin aufgestanden.

Wir sind den kleinen Weg zurückgelaufen, den wir vorhin auch gekommen waren, und irgendwie hat sich das gespenstisch angefühlt. Richtig unheimlich. Weil, weißt du, Tagebuch, ich hab mir die Katharina vorgestellt und mich gefragt, was ihr wohl durch den Kopf gegangen sein könnte, als sie hier langgelaufen ist, so kurz vor ihrem Tod. Das hat mich wahnsinnig traurig gemacht. Und ich hab immer mehr verstehen können, was der Sebastian mit dieser ›Kraft der Lügen‹ (oder so ähnlich) gemeint hat, die alles kaputtmacht, weil es echt nichts Schlimmeres auf der Welt gibt, als wenn man von einem Menschen angelogen wird, den man lieb hat. Das ist mir in diesem Moment klar geworden. Wenn das ein dahergelaufener Depp macht, ist das schon schlimm genug, aber man kann's viel leichter vergessen und wegstecken. Wenn das aber ein

Mensch macht, den man mag, dann ist das viel verletzender als eine Million Messerstiche.

Tja, und genau das hab ich bei der Anna gemacht! Und bei meiner Mutti auch. Ich hab sie beide angelogen, obwohl ich sie lieb habe und sie mich auch. Ich hab sie beide verletzt.

Aus diesem Grund bin ich, als wir wieder zuhause angekommen sind, sofort in mein Zimmer gelaufen und hab mein Handy herausgeholt. Das lag immer noch ausgeschaltet in meiner Schreibtischschublade, also genau da, wo ich's gestern gelassen hab. Ich hab's wieder eingeschaltet und auf das Display geguckt. Die Anna hat mir keine Nachricht geschickt. Ich hab auch nicht damit gerechnet.

»Weißt du«, hab ich zum Sebastian gesagt, der neben mir gestanden ist, und hab das Handy wieder auf meinen Schreibtisch gelegt. »Genauso wie du kann ich den Mist, den ich angestellt hab, nicht mehr ungeschehen machen. Ich hab's verbockt, und damit muss ich jetzt leben. Aber ich kann zumindest der Anna sagen, dass es mir leidtut, und meiner Mutti auch. Genau das werde ich tun. Ich will nicht, dass es ihnen schlecht geht, nur weil ich ein Arschloch bin, ich will mich bei ihnen entschuldigen. Und dann wird das Leben für uns alle weitergehen. Irgendwie jedenfalls.«

»Das kannst du gerne versuchen, Jürgen«, hat der Sebastian geantwortet. »Aber mach dir keine Hoffnungen, dass dir die Anna eine zweite Chance geben wird. Nicht nach dem, was du abgezogen hast.«

Ich hab ihn ernst und entschlossen angeguckt. »Ich will nicht, dass sie mir eine zweite Chance gibt. Die hab ich gar nicht verdient! Ich will, dass sie mit mir abschließen und ihr Leben weiterleben kann. Sie soll mich und das Date von gestern Abend vergessen und nach einem Freund suchen, der sie glücklich macht, ohne sie dabei anzulügen. Ich will, dass sie wieder lachen kann – sie hat nämlich voll die schöne Lache, weißt du. Dieses Lachen soll nicht verstummen, nur weil ich Mist gebaut hab und ein Trottel bin.«

Da hat mich der Sebastian wieder total überrascht angeguckt, aber diesmal ist es ganz anders gewesen als auf dieser Bank am Ende von dem Spazierweg. Diesmal hat er mich angestrahlt vor Glück, hat mir zugenickt und dann zu mir gemeint: »Donnerwetter! Jürgen, du brauchst mich nicht mehr als deinen Coach, du hast einen Punkt in deiner

Entwicklung erreicht, an dem ich dir nichts mehr beibringen kann. Ganz im Gegenteil, heute habe sogar *ich* etwas von *dir* gelernt, heute bist du *mein* Coach gewesen, und dafür danke ich dir von Herzen!«

»Äh, ich hab dir was beigebracht? Echt jetzt?«

»Ja, das hast du. Und zwar, dass es für Ehrlichkeit sehr viel mehr braucht als nur Worte.«

»So? Was denn?«

»Opferbereitschaft!«

Nach diesem Wort hat er sich umgedreht und wollte gehen, aber nach nur ein paar Schritten ist er wieder stehen geblieben, hat sich zu mir umgedreht und gemeint: »Kannst du mir vielleicht die Bücher zurückgeben, die ich dir vor ein paar Tagen ausgeliehen habe?«

»Na klar«, hab ich erwidert. »Die liegen in meinem Schrank. Einen Moment. Ich hab sie heute Morgen wieder da reingeschmissen, weil ich den Krempel nicht vor Augen haben wollte.«

Ich hab die Dinger also aus dem Chaos herausgewühlt und dem Sebastian in die Hände gedrückt. Der hat sich bei mir bedankt, hat mich schelmisch angegrinst – ganz seltsam, so wie früher immer – und ist dann ohne ein weiteres Wort gegangen. Ich hab mich noch gewundert, was das zu bedeuten hat, aber weil mir absolut nix eingefallen ist (und ich auch keine Lust hatte, ausgerechnet jetzt darüber nachzudenken), hab ich mir stattdessen mein Handy geschnappt und wollte die Nachricht für die Anna schreiben. Lustigerweise war mein Telefonbuch schon offen gewesen und die Nummer von der Anna war ausgewählt. Echt komisch, ich kann mich gar nicht daran erinnern, wann ich das gemacht hab. Na ja, wahrscheinlich vorhin beim Einschalten, ganz unbewusst. Was soll's. Jedenfalls werd ich mich in Ruhe hinsetzen und mir überlegen, was ich ihr schreiben könnte, um Lebewohl zu sagen. Mal schauen, was mir einfällt. Und ich brauch auch ein bisschen Zeit für mich selbst, um über all das nachzudenken, was mir der Sebastian vorhin erzählt hat.

Ich melde mich morgen wieder bei dir, Tagebuch. Okay?

Also bis dann.

In Liebe, dein Jürgen.

– Tag 33 –

Liebes Tagebuch,

Ich hab gestern Abend mit meiner Mutti gesprochen. Ich weiß jetzt, wo sie gewesen ist: Bei Freunden aus ihrer Kirchengemeinde! Sie ist da hingegangen, um sich ein bisschen zu beruhigen und sich einen Rat zu holen. Ich halt ja echt nicht viel von diesen Leuten, das weißt du, aber diesmal muss ich 'ne Ausnahme machen. Weil, diese Freunde haben nicht auf mir rumgehackt – so wie's die alten Schachteln immer tun, mit denen sie sich trifft –, sondern die haben meiner Mutti ins Gewissen geredet und ihr klargemacht, dass sie mich ›loslassen‹ muss (so haben sie's genannt).

»Weißt du, Jürgen«, hat Mutti zu mir gemeint, »vielleicht solltest du dir eine eigene Wohnung suchen und hier ausziehen.«

»Willst du mich loswerden?«, hab ich sie gefragt.

»Um Gottes willen, nein! Du bist hier immer willkommen, auch wenn es mit dir echt schwer sein kann und du mich gestern sehr enttäuscht und verletzt hast. Aber vielleicht habe ich auch zu sehr an dir festgehalten, weißt du. Vielleicht habe ich dich nicht loslassen können, damit du dein eigenes Leben lebst. Irgendwie bist du in meinem Kopf immer noch der kleine Junge, der meine Hilfe braucht – und in gewisser Weise stimmt das ja auch –, aber andererseits bist du alt genug, um deinen eigenen Weg zu finden und deine eigenen Entscheidungen zu treffen.«

Ich hab kurz überlegt. »Äh ... na ja ... also ... vielleicht hast du recht, aber wo soll ich denn hinziehen?«

»Ich habe mit meinen Freunden gesprochen. Sie kennen da jemanden, der ein paar Ortschaften weiter Wohnungen vermietet, und vor ein paar Tagen ist eine freigeworden. Sie ist nicht groß, aber für eine einzelne Person wäre sie ideal. Du hättest alles, was du brauchst, sogar eine Küche und eine Waschmaschine.«

»Von Waschmaschinen halt ich mich lieber fern«, hab ich gemurmelt und an den Schaumberg gedacht, der vorgestern aus dem Keller gequollen ist. Davon hat Mutti zum Glück noch nichts erfahren, das ist bei dem ganzen Trubel rund um die Anna und die Polizei und die Strafanzeige untergegangen. So gesehen hat der Katastrophenabend also auch was Gutes gehabt.

»Dann kommst du eben hierher und ich wasche dir die Wäsche«, hat Mutti erwidert. »Aber trotzdem hättest du eine eigene Wohnung, da könntest du dann auch …« An dieser Stelle hat sie gestockt, und ich hab gemerkt, dass es ihr schwergefallen ist, das zu sagen, was sie sagen wollte. »… dann könntest du auch eine Freundin mitbringen, ohne dass euch jemand stört.«

»Ich glaub kaum, dass das in nächster Zeit passieren wird.«

»Das kannst du nicht wissen, Jürgen. Hör zu: Die Sache von vorgestern war nicht schön, keine Frage. Aber ich glaube keine Sekunde daran, dass du dem Mädchen wirklich etwas antun wolltest. Du bist einfach ein hoffnungsloser Tollpatsch, genau das ist dein Problem. Sogar *ich* verstehe manchmal nicht, was in deinem Kopf vor sich geht, und ich bin deine Mutter. Trotzdem werden wir das schon irgendwie hinkriegen und aus der Welt schaffen. Und du wirst deinen Weg finden, davon bin ich überzeugt. Auch wenn es etwas länger dauern wird und du niemals geradeaus gehst. Vielleicht musst du einfach Verantwortung für dein Leben übernehmen.«

»Hm«, hab ich erwidert. »Kann schon sein.«

»Soll ich dir die Telefonnummer von dem Vermieter geben? Willst du bei ihm anrufen und dir die Wohnung ansehen?«

Ich hab kurz geschwiegen und nachgedacht. Eigentlich hat sich das total logisch angehört, und der Sebastian hat mir ja auch geraten, mein eigenes Leben zu leben und nicht mehr so sehr an meiner Mutti zu hängen. In einer eigenen Wohnung wär ich frei und könnte tun und lassen, was ich will, das wär klasse. Ich könnte Besucher einladen und müsste niemandem vorher Bescheid sagen und auch niemanden vorher wegschicken. Ich könnte – vielleicht, irgendwann mal – eine Frau auf ein Date zu mir nach Hause mitnehmen und müsste keine Angst haben, dass plötzlich meine Mutti um die Ecke kommt und alles ruiniert. Ich wär ein erwachsener Mann, der alles hat, was ein Mann so haben muss: einen Job, eine eigene Wohnung, ein eigenes Leben. Der Gedanke hat mir echt gut gefallen. Aber gleichzeitig hab ich gemerkt, dass er mir auch Angst macht. Weil, ich hab immer meine Mutti um mich gehabt, weißt du, seit ich denken kann. Und auch wenn das manchmal anstrengend und lästig gewesen ist (für uns beide), hab ich sie trotzdem lieb und fand es schön, dass sie da war. Das hat mir so 'ne Sicherheit gegeben. Verstehst du, was ich meine, Tagebuch?

Aber dann ist mir klar geworden, dass irgendwann sowieso alles zu Ende geht. Ich meine, wie lange würde ich denn bei Mutti leben wollen? Für immer? Das geht sowieso nicht. Mutti wird irgendwann sterben – und ich hab keine Lust, das so zu machen wie Tante Elsbeth mit ihrem Dackel. Den hat sie ausstopfen lassen, und der steht jetzt neben ihrem Kamin. Das ist total schräg, weißt du, weil sie ihm immer noch Futter zum Fressen hinstellt. Mutti hat mal zu mir gemeint, dass wir Tante Elsbeth wahrscheinlich zu einem Doktor bringen müssen, der sich ihren Kopf anguckt. Oder anders gesagt: Sie hat 'nen Dachschaden! Ich will jedenfalls nicht in unserer Wohnung bleiben, bis Mutti auch ausgestopft neben mir sitzt und ich ihr Teller mit Essen hinstelle. Darauf hab ich echt keine Lust. Also bedeutet das für mich, dass ich ausziehen muss. Auch wenn's mir Angst macht und ich keine Ahnung hab, was auf mich zukommt. Andererseits haben das auch schon andere vor mir gemacht und sind nicht abgekratzt (glaub ich zumindest), also werd ich das auch hinkriegen. Ich bin schließlich kein Idiot. Das meinen zwar viele – vor allem seit vorgestern –, aber ich bin's nicht! Ich bin nicht der Hellste und auch nicht der Schnellste, aber ich bin nicht dumm!

Also hab ich zu Mutti gemeint: »Okay, einverstanden. Ich ruf da an und lass mir von dem Typen die Wohnung zeigen. Aber wehe, wenn das so 'n Kirchenbunker ist, in dem nur Kreuze hängen und ich den ganzen Tag beten muss. Dann hau ich sofort wieder ab!«

»Keine Sorge«, hat sie geantwortet. »Der Vermieter gehört nicht zu unserer Kirche. Das kann ich den Leuten nicht mehr antun. Noch ein paar Patzer mehr von dir und die werfen mich raus.«

Ich war mir nicht sicher, ob sie das im Spaß gemeint hat, deswegen hab ich einfach gelächelt und ihr geantwortet: »Ich verspreche, dass ich mich benehmen werde.«

»Ach, Jürgen, du wirst einfach du selbst sein, das bist du immer. Und wirst es auch für immer bleiben. Du meinst es nicht böse, das weiß ich, aber du bist eben ein ...«

»... Tollpatsch«, hab ich ihren Satz beendet.

»Ganz genau.«

»Ich werd trotzdem versuchen, mich zu ändern. Der Sebastian hat gesagt, dass sich jeder Mensch ändern kann, wenn er das nur will, und ich hab das in den letzten Wochen schon getan.«

»Ja, das hast du. Das hast du wirklich.« Sie hat mich angelächelt, und ich hab dabei komischerweise den Eindruck gehabt, als ob sie ein kleines Bisschen stolz auf mich war. Keine Ahnung, wieso. Vor allem nicht nach der Katastrophe vom Samstag. Aber ich hab mich natürlich darüber gefreut, dass sie nicht mehr sauer auf mich ist – zumindest nicht mehr so sehr, dass sie mich anschreien würde. Das war echt nicht schön gewesen, meine Mutti so zu sehen, das kann ich dir sagen! Das hat mir fast am allermeisten wehgetan.

Na, jedenfalls hat sie mir die Nummer von dem Typen gegeben, ich hab da angerufen, und wir haben für heute Nachmittag um 15:45 Uhr einen Besichtigungstermin vereinbart. Natürlich hab ich dem Sebastian sofort eine Nachricht geschrieben und ihn gefragt, ob er mitkommen könnte, und er hat mir eine Stunde später eine Antwort geschickt und gemeint, dass er das sehr gerne tun würde, er müsste nur mal gucken, ob er sich heute etwas früher freinehmen kann. Hoffentlich klappt das! Ich hätt ihn echt gerne dabei, weißt du. Mutti hat sich natürlich auch angeboten, aber ... na ja ... ich hab kurz darüber nachgedacht und mir gesagt: *Nein, das machst du alleine (zumindest fast), weil du willst, dass sie dich loslässt.* Deswegen will ich den Sebastian mitnehmen. Bei dem ist das okay, der muss mich nicht loslassen. Und er ist auch nicht meine Mutti.

Nach unserem Gespräch bin ich dann in mein Zimmer gegangen und hab dort gaaanz lange darüber nachgedacht, was ich der Anna als allerletzte Nachricht schicken könnte. Das war gar nicht so leicht, ganz im Gegenteil! Ich wollte ihr unbedingt sagen, dass es mir leidtut und ich das alles gar nicht so gemeint hab, aber andererseits wollte ich nicht, dass es sich wie 'ne billige Entschuldigung aus der Dose anhört. So oder so mag ich die Anna – trotz allem und immer noch. Und deswegen war mir wichtig, dass ich ihr etwas schreibe, was ihr wirklich hilft, mich zu vergessen, und nicht etwas, das sich nur für mich gut anfühlt. Das war ganz schön schwer gewesen! Ich hab immer und immer wieder einen Text angefangen, dann aber schnell gemerkt, dass sich der nicht wie eine

Entschuldigung liest, sondern eher wie eine Erklärung, warum ich eigentlich ganz okay bin, obwohl ich so großen Mist gebaut hab. Ich kann dir sagen, Tagebuch: Etwas zu tun oder zu sagen oder zu schreiben, was völlig selbstlos und nur für jemand anderen bestimmt ist, das ist VERDAMMT kompliziert!!! Vielleicht ist es sogar das Härteste, was man machen kann, weil ... der Sebastian hat total recht, finde ich: Wir Menschen sind Egoisten! Da hat er den Nagel auf den Kopf getroffen. Und wenn das alle Menschen sind, dann logischerweise auch ich. Das hat dazu geführt, dass ich meinen Text für die Anna immer wieder gelöscht und von vorne angefangen hab. Ganze zwei Stunden lang.

Am Ende hab ich ihr folgendes geschickt:

Ich hab's verbockt! Ich könnte dir jetzt lang und breit erklären, warum. Ich könnte ewig lange Texte darüber schreiben, dass ich nichts davon böse gemeint hab. Aber darauf kommt's nicht an! Ich hab meine Chance gehabt, eine so supertolle Frau wie dich kennenzulernen, und ich hab's versaut! Ganz alleine! Das war meine Schuld! Und ich will keine zweite Chance haben, weil ich die nicht verdiene. Ich hab dich belogen und dir was vorgemacht, das kannst und sollst du mir nicht verzeihen. Ich hab nur eine Bitte an dich: Vergiss mich und werd glücklich! Lass dir von einem Vollidioten wie mir nicht dein Leben und deine Freude kaputtmachen. Sei wieder so fröhlich wie damals, als wir uns kennengelernt haben. Und finde einen Freund, der dich glücklich macht, ohne dabei Mist zu bauen. Ich werd deine Nummer löschen, gleich nachdem ich diese Nachricht rausgeschickt hab, und bitte mach dasselbe auch mit meiner. Leb wohl! Jürgen.

Ich hab die Nachricht abgesendet und anschließend genau das gemacht, was ich ihr versprochen hab: Ich bin in mein Telefonbuch gegangen, hab Annas Nummer ausgewählt und dann auf ›Kontakt löschen‹ gedrückt. Auf dem Display ist die Frage erschienen:

Wollen Sie den Kontakt ›Anna (Mobil)‹ wirklich löschen und auch alle Daten, die damit in Verbindung stehen?

Ich hab den Text angeschaut und dabei tief durchgeatmet. All die vielen Momente, all die schönen Sachen, die wir zusammen erlebt haben, sind mir durch den Kopf gegangen. Ich hab mich daran erinnert, wie wir uns in der Fußgängerzone kennengelernt haben und ich sie angesprochen hab. Oder an ihr Lachen und Glucksen, das mir immer so gut gefallen hat. Oder auch an den Moment, als wir oben auf dem Bahnhofsturm gestanden sind und auf die Fußgängerzone geschaut haben – das war so schön gewesen! Ich hab mich daran erinnert, wie wir im Café Planie gesessen sind und dieses komische Smartiesspiel gespielt und dabei so viel gelacht haben, dass wir irgendwann Bauchschmerzen gekriegt haben. Und auch an unseren Spaziergang durch den Schlosspark, bei dem sie mir von ihren Eltern und ihrer Kindheit erzählt hat. All diese schönen Momente, als sich das Leben so leicht und warm und perfekt angefühlt hat. Es waren nur drei Dates mit der Anna gewesen – und das letzte ist zu einer Katastrophe geworden –, aber trotzdem hat das gereicht, damit sich jeder Augenblick mit ihr in meinen Kopf eingebrannt hat. Ich hab immer noch ihre Stimme hören können, ihre Küsse und Umarmungen spüren. Ich hab jede einzelne Minute, die wir zusammen verbracht haben, vor mir gesehen, wenn ich meine Augen zugemacht hab. Wie bei so 'nem Film, weißt du. Genau das hat es mir in diesem Moment so schwergemacht, auf ›JA‹ zu drücken und damit Anna endgültig und für immer aus meinem Leben zu löschen. Aber ich hab auch gewusst, dass es keinen Weg zurück mehr gibt, dass die Sache sowieso schon gelaufen ist und ich es nur noch schwerer für mich mache, wenn ich die Nummer behalte. Weil, dann würde ich jeden Tag auf mein Handy gucken und mir überlegen, ob ich ihr nicht doch eine Nachricht schreiben soll. Oder sie anrufen. Oder irgendwas anderes, um die Sache wieder einzurenken. Das durfte auf keinen Fall passieren! Das wollte ich der Anna nicht antun!

Also hab ich noch mal tief durchgeatmet, den dicken, fetten Kloß in meinem Hals heruntergeschluckt, leise zu mir selbst gesagt: »Leb wohl, meine süße Anna«, und dann hab ich auf ›JA‹ gedrückt.

Eine Sekunde später stand auf meinem Display:

Der Kontakt ›Anna (Mobil)‹ wurde gelöscht.

Damit war's endgültig vorbei.

Ich hab das Handy wieder weggelegt. Und dann hab ich mich unter meine Bettdecke verkrochen und eine Stunde lang geweint. Das musste einfach sein, weißt du, das hab ich für mich selbst gebraucht, um mit der Geschichte abzuschließen und alles rauszulassen, was ich in diesem Moment gefühlt hab. Da war ein richtiges Chaos in mir gewesen. Aber gleichzeitig hab ich gewusst, dass ich das Richtige getan hab. Deswegen war mir das Weinen nicht peinlich, ganz im Gegenteil, es war gut und hat geholfen.

So, und jetzt weißt du über alles Bescheid, Tagebuch. Das Kapitel Anna ist abgeschlossen. Für immer! Und ich bin ab sofort wieder ein Frauenloser, ganz so, wie's die Oma im Supermarkt vor ein paar Wochen zu mir gesagt hat. Vielleicht ist das gar nicht so schlimm. Vielleicht muss ich erst mal mein Leben auf die Reihe kriegen. Ich bin schon gespannt, wie mir die Wohnung von diesem Typen aus dem Nachbarkaff gefallen wird. Der Sebastian hat mir gerade geschrieben, dass er sich früher freinehmen kann und deswegen mitkommt. SUPER!!! Das freut mich total! Und vielleicht geh ich anschließend ein bisschen bummeln oder werd mir mit Mutti einen Film angucken. Hauptsache, ich komm auf andere Gedanken.

Also dann, liebes Tagebuch, bis bald. Ich melde mich wieder bei dir. Falls es übrigens etwas länger dauert, dann mach dir keine Sorgen, ich brauch einfach ein bisschen Zeit für mich. Nicht böse sein, okay? Ich bin mir sicher, du verstehst das.

In Liebe, dein Jürgen.

– Tag 34 –

Liebes Tagebuch,

Da bin ich wieder. Vier Tage sind vergangen, seit ich das Date mit der Anna hatte, und zwei Tage, seit ich ihre Nummer gelöscht hab. Das ist schon 'ne verrückte Sache, weißt du, weil, beim Nachdenken ist mir klar geworden, dass ich tatsächlich so eine Art neues Leben angefangen hab, nur halt anders, als ich mir das damals gewünscht hätte. Aber soll ich dir was sagen? Ich find's trotzdem gut! Es fühlt sich an, als ob mir eine riesige Last von den Schultern genommen worden wär. Vielleicht liegt das daran, dass ich niemanden mehr beeindrucken will, dass ich niemandem mehr beweisen muss, wie toll oder cool ich bin. Das hab ich bei der Anna andauernd gemacht, und das hat ja kein gutes Ende genommen. Ab jetzt muss ich mir keine Lügen und Schwindeleien mehr ausdenken, jetzt leb ich einfach so, wie ich mich gerade fühle, ganz egal, ob das cool oder uncool ist. Ich will einfach der Jürgen sein, der ich bin, ganz ohne Maskerade. Verstehst du, was ich meine? Ich will mich den Leuten zeigen, wie ich bin, und wenn sie das mögen und toll finden, dann ist es gut, und wenn sie es nicht toll finden, dann ist es auch egal. Das ist echt befreiend! Es fühlt sich an, als ob ich 'nen Weg entlanglaufen würde, den ich vorher nie gesehen hab, oder wie 'ne Reise in ein unbekanntes Land, wo ganz viele fremde Menschen leben und keiner meine Sprache spricht. Ein Abenteuer! Und ein spannendes noch dazu.

Apropos, vorgestern hab ich mir mit dem Sebastian die Wohnung von diesem Typen angeschaut, und sie hat uns beiden sehr gut gefallen. Ja, ganz in echt! Das Ding ist nix Besonderes, eher so 'ne Bude mit einem kleinen Schlafzimmer, einer Miniküche, einem altbackenen Bad und einer Stube fürs Wohnen und Essen, in der es irgendwie muffig riecht. Aber trotzdem war's toll. Ich hab mir alle Räume in Ruhe angeguckt, hab mir von dem Typen alles zeigen lassen, und am Ende hat sich's dann für mich so angefühlt, als würde ich schon längst da wohnen. Verrückt, oder? Ich meine, ich hab mich da richtig zuhause gefühlt! Vor ein paar Wochen wär das undenkbar gewesen, weil, bei Mutti hab ich ein riesiges

Schlafzimmer mit allem Schnickschnack, und ein Wohnzimmer mit großem Fernseher und einer riesigen Couch, und da ist 'ne Küche, in der mir Mutti immer das Essen kocht, und überall ist es pieksauber und riecht wie in 'ner Seifenfabrik. Bei der Wohnung von dem Typen ist das nicht so. Die Zimmer sind bessere Abstellkammern, kochen muss ich selber, und der Muff riecht irgendwie nach allem, nur nicht nach Seife. Das ist so ein Mischmasch aus Essen, Staub, feuchter Wäsche, dem Geruch alter Leute und Zigarettenqualm. Ich hab keine Ahnung, wie man es schafft, all diese Sachen in nur einen einzigen Raum zu kriegen, aber vielleicht hat ja der Vormieter 'ne Party für einen Haufen Opas aus dem Altersheim geschmissen, die alle Kette geraucht, Essen mitgebracht und ihre Wäsche dort getrocknet haben. Wer weiß. Trotzdem fand ich's schön. Ich hab mir vorzustellen versucht, wo ich welche Sachen hintun könnte und wie's dann aussehen würde. Das hat sich super angefühlt! Fast so, als ob mir die Wohnung zurufen würde: »Zieh bei mir ein Jürgen, zieh bei mir ein.« (Das hat sie natürlich nicht in echt gemacht, weil, wenn da wirklich 'ne unsichtbare Stimme gewesen wär und meinen Namen gerufen hätt, dann wär ich aber so was von abgehauen, das kann ich dir sagen!)

Nach der Besichtigung hat mich der Vermieter – der übrigens Harald heißt, eine Glatze hat, aber trotzdem voll nett ist – angeguckt und mich gefragt: »Na, wie sieht's aus? Haben Sie Interesse?«

Ich hab mich zum Sebastian gedreht. »Was sagst du dazu?«

»Ich finde es, um ehrlich zu sein, absolut ideal für dich. Die Miete ist bezahlbar, die Lage ist ruhig und schön, und du hast genügend Platz für dein Zeug. Von daher: keine Einwände!«

»Ja, mir geht's genauso.«

»Dann nimm die Wohnung.«

»Soll ich echt? Ich meine ... das ist 'ne ziemlich große Sache für mich, weißt du.«

»Wenn nicht jetzt, wann dann? Außerdem ist das ein sehr faires Angebot.« Er hat den Harald angeguckt und ihm zugenickt, und der Harald hat zurückgenickt. »Hau rein! Du hast nichts zu verlieren.«

»Wann kann ich denn einziehen?«, wollte ich vom Harald wissen.

Der hat mit den Schultern gezuckt. »Von mir aus sofort. Der letzte Mieter ist vorigen Dienstag nach Hamburg gezogen, seitdem steht sie leer. Sie können also einziehen, wann immer Sie wollen. Je früher, desto besser natürlich, eine leer stehende Wohnung bringt mir kein Geld.«

Ich hab mir alle Räume noch mal sorgfältig angeguckt und mich gefragt, was ich tun soll. Der Sebastian hatte definitiv recht, die Wohnung war tatsächlich ein Schnäppchen und ich könnte sie sogar mit dem Gehalt von dem Tattoostudio bezahlen. Außerdem hätte ich jederzeit die Möglichkeit, zu Mutti zu fahren, weil da 'ne Haltestelle direkt vor der Haustür ist und von dort aus jede Stunde ein Bus abfährt. Den Sebastian könnte ich auch besuchen, wann immer ich will – und er mich –, weil er ja genauso weit weg wohnt. Und gleichzeitig hätte ich hier meine Ruhe, wenn ich mal alleine sein will. Ich könnte Leute einladen, ohne Probleme mit den Nachbarn zu kriegen, weil in dem Haus nur noch drei junge Typen in einer WG zusammenwohnen. Die machen mir bestimmt keinen Ärger, wenn ich mal 'ne Frau mitbringe (außer natürlich, die schreit wieder so rum wie die Anna damals, dann wär's aber okay, wenn die Ärger machen).

Ich hab mich zum Harald umgedreht und ihm gesagt: »Okay, einverstanden, ich nehm die Wohnung!«

»Prima«, hat er erwidert. »Dann hol ich den Mietvertrag. Ich bin sofort wieder da.« Er ist pfeifend raus- und zu seinem Auto gelaufen.

»Meinst du, ich hab das richtig gemacht?«, hab ich den Sebastian unsicher gefragt, als der Harald uns nicht mehr hören konnte.

»Absolut! Das ist eine sehr schöne Wohnung, Jürgen, das kannst du mir glauben. Du wirst dich hier wohlfühlen, da bin ich mir sicher.«

»Hoffentlich hast du recht.«

»Hey, sei mal ein bisschen optimistisch! Das wird schon gut gehen. Und sollte es dir am Ende doch nicht gefallen, dann ziehst du halt woanders hin. Das wär kein Beinbruch. Sei mutig und probier neue Dinge aus, dann wirst du schon sehen, wohin sie dich führen.«

»Ja, ich weiß, das hast du mir in deinem Coaching auch schon beigebracht.«

»Ganz genau.«

Ich hab mich ein drittes Mal in den Räumen umgeguckt. Die Vorstellung war echt schräg für mich gewesen, dass ich bald hier drin wohnen würde, gleichzeitig aber auch cool, spannend und aufregend. Ich hab gar nicht gewusst, ob ich mich jetzt freuen oder Angst haben sollte, weil, irgendwie ist mir beides durch den Kopf gegangen. Das war sehr verwirrend für mich.

Das muss auch der Sebastian gemerkt haben. Er hat mich lange angeschaut, während ich gegrübelt hab, und dann hat er mich gefragt: »Hast du Bedenken, was die Wohnung angeht?«

»Nein, nein«, hab ich geantwortet. »Kein bisschen. Im Gegenteil, ich find es total toll hier. Es ist halt nur … na ja …«

»… einschüchternd, einen so großen Schritt zu machen?«

»Ja, genau.«

Er ist zu mir gekommen und hat mich an sich gedrückt, dann hat er mir kumpelhaft auf den Rücken geklopft. »Du wirst das hinbekommen, Jürgen, mach dir keine Sorgen. Du hast dich in den letzten Wochen sagenhaft entwickelt. Besser, als ich es je vermutet hätte. Und das hier« – er hat auf die Räume gezeigt – »ist der logische nächste Schritt. Du beginnst dein eigenes, freies und selbstständiges Leben. Überleg doch mal, wie geil das ist: Wir haben erst vor ein paar Wochen mit unserem Coaching begonnen, und in dieser Zeit hast du deine Angst vor Menschen überwunden, du hast Frauen angequatscht und Dates gehabt, du hast einen Job gefunden und jetzt auch noch eine eigene Wohnung. Es gibt Leute, die das nach Jahren nicht hinbekommen, und du ziehst die Sache total lässig durch. Das ist erstaunlich!«

»Na ja, ich weiß nicht, ob die Sache mit der Anna wirklich so lässig war«, hab ich eingewandt.

Aber der Sebastian hat mir sofort widersprochen: »Das war ein Rückschlag, Jürgen, kein Weltuntergang! Lass dich überraschen, was die Zukunft noch bringt. Solange du in Bewegung bleibst und dich weiterentwickelst, solange du mit offenen Augen und neugierigem Verstand durch die Welt läufst, wird es niemals Stillstand in deinem Leben geben.«

»Okay«, hab ich erwidert und ihn angelächelt.

Genau in diesem Moment ist der Harald zurückgekommen und hat mir den Vertrag unter die Nase gehalten. Ich hab nicht wirklich viel davon verstanden, was da dringestanden hat, aber der Sebastian hat sich das Ding durchgelesen und mir dann zu wissen gegeben, dass er ihn für gut hält. Also hab ich einen Stift genommen und meine Unterschrift daruntergesetzt.

Damit ist also das nächste Kapitel meines Lebens aufgeschlagen: Ich hab jetzt ganz offiziell eine Wohnung, Tagebuch! Ist das nicht cool? Ich wohne bald nicht mehr bei meiner Mutti, wie so 'n Verlierer, ich bin ab heute ein echter Kerl mit einer eigenen Wohnung! Das fühlt sich super an, kann ich dir sagen! Ich bin so stolz auf mich! Jetzt muss ich nur noch mein ganzes Zeug hierherschaffen und den nervigen Mief aus der Wohnstube rausbekommen. Dann ist alles perfekt. Bin mal gespannt, wie Mutti darauf reagieren wird. Sie hat mir zwar den Tipp mit der Wohnung gegeben, aber ich könnte mir vorstellen, dass sie trotzdem ganz schön traurig sein wird, wenn ich ausziehe. Das ist aber nicht schlimm, weißt du, weil, das werd ich auch sein.

Gleich nach dem Unterschreiben hab ich vom Harald die Schlüssel bekommen. Meine EIGENEN Schlüssel zu meiner EIGENEN Wohnung! Ich hab sie ein paar Sekunden lang betrachtet und dabei gegrinst wie ein Bekloppter, dann bin ich zum Sebastian hin und hab gefragt: »Du, sag mal, können wir heute schon in den Baumarkt fahren und ein paar Tapeten für mich aussuchen? Und ein Raumspray wär auch ganz toll.«

Da hat er fröhlich gelacht und zu mir gemeint: »Jetzt kannst du's gar nicht mehr abwarten, hier einzuziehen, was?«

Ich hab genickt. »Irgendwie schon.«

»Na sicher können wir das. Sehr gerne sogar.«

Also haben wir genau das gemacht. Wir sind im Anschluss in den Baumarkt gefahren und haben uns Tapeten angeguckt. Da gab's echt eine Riesenauswahl von allem Möglichen, was man sich an die Wand kleben kann, Tagebuch, das kannst du dir gar nicht vorstellen. Von der ganz normalen weißen Tapete, wie sie auch bei Mutti hängt, über so wild gemustertes Zeugs mit ganz komischen Motiven, bis hin zu knallbuntem Gedöns, bei dem ich den Eindruck hatte, dass da jemand aus Versehen über 'nen Stapel Farbeimer gestolpert ist und die darüber verschüttet hat. Sah total schräg aus! Ich hab das Zeug betrachtet und mich gefragt, welcher Spinner sich denn so was an die Wand macht. Ich meine, man muss doch einen Dachschaden haben, wenn man sich in seinem Wohnzimmer (oder wo auch immer) eine Tapete anklebt, die neonpink, knallgelb und giftgrün ist und auch noch jede Menge Glitzerstaub draufhat. Das ist doch nicht normal, oder? Das machen doch nur Menschen, die Drogen nehmen oder andere Menschen zerstückeln und auffressen.

Na ja, wie auch immer, ich hab mir jedenfalls 'ne total coole weinrote Tapete für die Stube ausgesucht und dann noch eine weiße mit lässigen schwarzen Streifen an der Seite, die ich mit der roten mischen will. Und dann eine hellgraue, die ich mir in die Küche kleben werde. Weißt du, Tagebuch, je mehr ich in den Regalen mit den ganzen Tapeten gekramt hab, umso mehr Spaß hab ich dabei gehabt. Normalerweise bin ich ja nicht für so 'n Zeug zu haben, das hab ich immer Mutti überlassen, aber diesmal war's anders! Diesmal hab ich gar nicht genug davon kriegen können. Ich hab mir alle möglichen Farben und Formen angeguckt und mir vorgestellt, wie das wohl in diesem oder jenem Zimmer aussehen würde. Das war eine echt coole Erfahrung!

Der Sebastian ist mit einem Schmunzeln danebengestanden und hat mir viele tolle Tipps und Ratschläge gegeben. Nur manchmal, wenn ich 'ne total durchgeknallte Farbe oder eine völlig schräge Tapete herausgesucht hab, ist er zu mir gekommen, hat mir die Hand auf die Schulter gelegt und den Kopf geschüttelt.

»Nicht gut?«, hab ich ihn dann gefragt – zum Beispiel bei dieser Tapete mit den breit grinsenden Sonnen. Ich fand die klasse, weil, die hatten alle Sonnenbrillen auf. Kapierst du, Tagebuch? Sonnenbrillen! Sonnen mit Sonnenbrillen! Ich fand das irre lustig.

Aber der Sebastian hat nur gemeint: »Nein, das passt nicht.«

»Bist du ganz sicher?«

»Aber so was von! Außer natürlich, du hast vor, in absehbarer Zeit mit dem Kiffen anzufangen.«

»Hä?«

»Schon gut, nicht so wichtig. War nur ein Scherz.«

Am Ende haben wir uns für vier verschiedene Tapeten entschieden und von jeder insgesamt fünf Rollen gekauft. Das hat sich unglaublich gut angefühlt. Ich bin mit dem ganzen Zeug aus dem Baumarkt gelatscht und hab mich dabei gefreut wie so 'n kleines Kind, das gerade seine Geschenke unterm Weihnachtsbaum ausgepackt hat. Am liebsten wär ich sofort wieder in die Wohnung (in MEINE Wohnung!) zurückgefahren, um damit anzufangen, das Zeug an die Wände zu kleben, aber der

Sebastian hat leider keine Zeit mehr gehabt. Der will sich heute Abend mit der Tatjana treffen, hat er mir im Auto erzählt.

»Ich glaube, wir müssen ein paar Dinge miteinander besprechen, sie und ich. Das ist mir klar geworden, als ich dir die Sache mit Katharina erzählt habe.«

Ich hab ihn traurig angeguckt. »Willst du mit ihr Schluss machen?«

»Nein ... also ... das heißt ... ich meine ... ach, verdammt, ich weiß es nicht, Jürgen. Jedenfalls kann es so, wie es im Augenblick ist, nicht weitergehen. Ich muss reinen Tisch machen und ehrlich zu ihr sein, da hast du mit dem, was du vorgestern gesagt hast, vollkommen recht gehabt. Ich kann mich nicht weiter mit ihr auf Dates treffen und Sex mit ihr haben, wenn die Dinge zwischen uns ungeklärt sind. Sie muss eine faire Chance kriegen, eine Wahl treffen zu können.«

»Eine Wahl?«

»Ob sie mit mir zusammenbleiben will oder nicht.«

»Das kapier ich nicht«, hab ich erwidert. »Die Frage ist doch nicht, ob die Tatjana mit dir zusammenbleiben will, sondern eher, ob du dir eine feste Beziehung mit ihr vorstellen kannst.«

Er hat eine ganze Weile nichts darauf erwidert. Während wir die Straße nach Hause entlanggefahren sind, hat er nur geschwiegen und nach vorne gesehen und dabei nachgedacht – das hab ich ihm richtig ansehen können. Sein Blick ist während dieser Zeit ganz komisch geworden, so als ob seine Gedanken wie ein Pendel zwischen Traurigkeit und Angst hin und her schwingen würden. Irgendwann hat er sich mit einer Hand über die Stirn gewischt und dann leise geantwortet: »Ja, kann sein.«

Ich hab einen Moment abgewartet, um zu sehen, ob er noch mehr sagen würde, aber das hat er nicht. Also hab ich vorsichtig zu ihm gemeint: »Weißt du, ich fände es sehr schade, wenn ihr euch trennen würdet.«

»Ja, ich auch. Aber ich muss klare Verhältnisse schaffen, verstehst du? Das bin ich ihr einfach schuldig. Ich will so etwas wie mit Katharina nicht noch einmal erleben müssen.«

»Aber du kannst doch nicht dein ganzes Leben vor Beziehungen weglaufen, nur weil du mal eine schlechte Erfahrung gemacht hast, oder? Das hast du mir selber beigebracht! Du hast zu mir gesagt, dass man schlechte Erfahrungen mit guten wieder wegmachen kann.«

»Ja, das ist schon richtig, Jürgen, nur ist das manchmal leichter gesagt als getan, weißt du.«

»Hey!«, hab ich laut gerufen. »Du hast immer zu mir gemeint, dass man sich nicht rausreden darf und einfach mal was wagen muss! Für mich war es auch nicht leicht, in der Fußgängerzone Lieder zu singen. Weißt du noch? Oder als ich Frauen Komplimente machen musste. Oder als ich mein erstes Date mit der Anna hatte. Das hat mich total viel Überwindung gekostet, aber wenn ich es nicht gemacht hätte, dann würde ich heute immer noch vor meinem PC hocken und mit Frauen mailen, die es gar nicht gibt. Alles, was ich erreicht hab, verdanke ich dir und der Motivation, die du mir gegeben hast.« Ich hab zum Kofferraum gezeigt, in dem die Tapeten gelegen haben. »Das da hinten gehört auch dazu, weißt du. Wenn du mir nicht erzählt hättest, dass man als Mann 'ne eigene Bude haben muss, dann würde ich für immer bei meiner Mutti wohnen.«

»Da hast du natürlich recht, keine Frage.«

»Also? Was wirst du dann heute Abend machen?«

»Kennst du das Sprichwort: ›Großer Arzt, heile dich selbst‹?«

»Nö«, hab ich erwidert.

»Das solltest du aber, bei der Mutter, die du hast.« Er hat geschmunzelt. »Das steht in der Bibel. Irgendwo im Lukas-Evangelium, glaube ich. Es bedeutet in etwa, dass es manchmal leichter ist, anderen zu helfen, als sich selbst.«

»Das ist ein doofes Sprichwort! Wenn man anderen helfen kann, dann geht das auch bei einem selbst. Alles andere wär doch Quatsch!«

Er hat zu mir geschaut und gelächelt. »Weißt du, Jürgen, ich glaube, dass deine größte Schwäche gleichzeitig deine größte Stärke ist! Du betrachtest das Leben von einem ganz einfachen und pragmatischen Standpunkt aus. Während sich andere Menschen den Kopf zerbrechen, siehst du die Dinge aus dem Blickwinkel eines Kindes.«

»Ist das gut oder schlecht?«, hab ich ihn gefragt.

»Ich glaube mittlerweile, dass es das Beste ist, was man tun kann, wenn es um die grundsätzlichen Fragen des Lebens geht. Schauen wir einfach mal, wo das heute Abend hinführt, einverstanden? Auf jeden

Fall werde ich an den singenden Jürgen denken und mir fest vornehmen, dich nicht zu enttäuschen.«

»Versprichst du's mir?«

»Ja, ich verspreche es dir.«

»Okay«, hab ich erwidert und zurückgelächelt.

Als wir schließlich zuhause angekommen sind, bin ich als Erstes zu Mutti gegangen und hab ihr von meiner Entscheidung und dem Mietvertrag erzählt. Sie war wahnsinnig stolz auf mich! Wobei ich mich mit meinem Gefühl nicht getäuscht hab, weil, während sie mich umarmt und gelobt hat, da hab ich sie leise hinter mir schniefen hören. Ich hab sie angeguckt, und ihre Augen waren ganz glasig und feucht gewesen.

»Alles klar bei dir?«, hab ich sie gefragt.

»Ja, ja«, hat sie gemeint und abgewinkt. »Alles in Ordnung. Das sind nur Freudentränen, weißt du.« In Wirklichkeit war das noch mehr gewesen, da war ich mir sicher, aber ich wollte nicht weiter nachfragen. Sonst hätt ich auch flennen müssen. Und das hätte mir irgendwie die Stimmung vermiest. Ich wollte mich in diesem Augenblick über meinen Erfolg freuen und schon mal die ersten Sachen in meine Wohnung bringen, und nicht zuhause im Wohnzimmer neben Mutti sitzen und heulend darüber nachdenken, dass ich bald hier ausziehen werde.

Im Übrigen haben der Sebastian und ich genau das gemacht: Wir haben drei Kartons aus dem Keller geholt und ein paar Sachen von mir eingepackt, um sie zu meiner Bude zu bringen. Wir haben einfach die Kisten genommen, in denen der Kram von Opa Gottfried gewesen ist (den haben wir natürlich vorher ausgekippt). Und dann sind wir noch mal hingefahren und haben die Tapeten und das Zeug von mir über die einzelnen Räume verteilt.

»Weißt du«, hab ich dem Sebastian erzählt, »ich hätt so eine große Lust darauf, hier schon die erste Nacht zu pennen.«

»Das glaube ich dir gerne. Aber lass uns morgen erst mal mit dem Tapezieren anfangen und deine Möbel hierherbringen. Es wäre doch deprimierend, in kahlen und leeren Räumen zu schlafen, oder?«

»Für mich nicht«, hab ich erwidert und gelächelt. »Für mich ist das der schönste Ort der Welt geworden.«

Tja, Tagebuch, du siehst also: Morgen geht's wirklich los! Morgen werden der Sebastian und ich meinen Umzug starten. Vielleicht schaffen wir es ja, die Wohnung bis zum Ende der Woche soweit fertigzukriegen, dass ich einziehen und dort schlafen kann. Das wär echt cool! Dann würde am nächsten Montag nicht nur meine Arbeit in dem Tattoostudio anfangen (auf die ich mich total freue), sondern auch mein neues Leben in meiner eigenen Bude. Ist das aufregend! Ich bin echt gespannt, wie's mir dort – so ganz allein und ohne Mutti – gefallen wird. Und ich bin mindestens genauso gespannt darauf, wie meine Arbeit laufen wird. Hoffentlich ist mein Chef wirklich so lässig drauf, wie er bei dem ersten Gespräch gewirkt hat.

Und, wer weiß, vielleicht treffe ich tatsächlich wieder eine Frau, die mir gefällt und sympathisch ist und mit der ich dann auf Dates gehen kann. Ich meine, man weiß schließlich nie, wer einem so begegnet und wem man über den Weg läuft, stimmt's? Eines garantier ich dir jedenfalls: Sollte das wirklich passieren, dann mach ich es diesmal richtig! Dann werde ich die Sache nicht wieder in den Sand setzen, wie damals mit der Anna, ich werde ehrlich zu der Frau sein und ihr von Anfang an den Jürgen zeigen, der ich wirklich bin. Ich will kein Angeber mehr sein, weil, das hab ich nicht mehr nötig. Schließlich hab ich schon ganz viele Sachen in meinem Leben erreicht. So viele sogar, dass selbst der Sebastian immer wieder staunt und mich lobt. Also kann ich nicht so doof und unfähig sein, wie manche behaupten.

Ich lass mich einfach überraschen.

Okay, Tagebuch, bis dann. Ich weiß nicht genau, wann ich dir wieder schreiben kann, weil ich bestimmt viel zu tun haben werde, aber ich geb mir ehrlich Mühe, versprochen! Sobald ich wieder die Zeit hab, berichte ich dir, was es Neues gibt. Und mit ein bisschen Glück wird das schon in der neuen Wohnung sein.

Drück mir die Daumen!

In Liebe, dein Jürgen.

– Tag 35 –

Liebes Tagebuch,

Echt Wahnsinn, wie die Zeit verfliegt. Du hast jetzt über eine Woche in einem Umzugskarton gelegen (tut mir leid!!!) und deshalb natürlich keine Ahnung, was um dich herum passiert ist. Ich hoffe, du bist mir nicht böse. Ich wollte dich immer wieder mal rausholen und dir die neuesten Neuigkeiten erzählen, aber dann ist mir doch irgendwas dazwischengekommen. Entweder hab ich nicht den richtigen Karton finden können, weil der unter 'nem Stapel von zwei Dutzend anderen gelegen hat, oder ich war zusammen mit dem Sebastian am Tapezieren oder Streichen oder Putzen gewesen, oder wir haben gerade meine Möbel ab- und wieder aufgebaut, oder ich hab lange arbeiten müssen und bin dann Ewigkeiten mit dem Bus von der City nach Hause gefahren. Am letzten Mittwoch (es ist übrigens Samstag, nur damit du Bescheid weißt) ist dann auch noch meine Mutti zu Besuch gekommen. Sie wollte sich meine Wohnung ansehen und sichergehen, dass ich noch lebe und nicht schon längst verhungert bin oder so. Da haben wir lange miteinander geplaudert, über alles Mögliche, ist echt schön gewesen! Ich hab das genossen, weißt du, weil, jetzt ist das viel entspannter und leichter als in der Zeit, als ich noch bei ihr gewohnt hab. Keine Ahnung, warum das so ist. Vielleicht liegt es daran, dass sie mich nicht mehr nur als Jürgen, ihren kleinen Sohn ansieht, sondern als Jürgen, ihren kleinen Sohn, der auf eigenen Beinen steht. Jedenfalls hat sie mir an diesem Abend gut und gerne zwanzigmal gesagt, dass sie stolz auf mich ist, und das hat mir richtig gutgetan.

Die Wohnung ist übrigens SUPER geworden, echt der Hammer! Ich wünschte, du hättest Augen, um dir das selber anzugucken, Tagebuch, aber das geht natürlich nicht. Deswegen erzähl ich's dir. Also, pass auf, der Sebastian und ich haben uns stundenlang damit abgequält, in den Zimmern die alten Tapeten abzukratzen (das war 'ne Mistarbeit!) und dann die neuen dranzumachen (das wiederum war der coole Teil gewesen). Und ich kann dir sagen: Es sieht klasse aus! Das Rot und Weiß im Wohnzimmer passt einfach megagut zu meiner Couch. In meinem

Schlafzimmer stehen im Moment nur mein Bett und mein Schrank, deswegen wirkt es ein bisschen kahl, aber andererseits hat mir der Sebastian zur Feier meines Einzugs einen Bettvorleger und eine Lampe geschenkt, dadurch ist's schon viel besser geworden.

Und jetzt wirst du richtig staunen, Tagebuch, weil: ICH KOCHE!!! Ja, ganz im Ernst, ich koche mir jeden Tag was zu essen. Eigentlich hat mir Mutti angeboten, dass ich zu ihr kommen kann, wenn ich etwas brauche, sie würde mir dann was zurechtmachen, aber das will ich nicht. Ich will mich alleine versorgen können, weißt du, ohne ihre Hilfe. Am Anfang hat das noch nicht so dolle geklappt, weil ich nicht wusste, was man überhaupt auf welche Weise zusammenmischen und wie lange man es auf dem Herd lassen muss, damit es nicht wie Matsch schmeckt, sondern total lecker. Beim ersten Mal ist mir der ganze Mist aus dem Topf hochgequollen und hat sich über den Küchenboden verteilt. Das war nicht so lustig gewesen. Beim zweiten Mal ist plötzlich der Rauchmelder im Flur angegangen und hat so lange gepiept, bis meine Nachbarn (diese jungen Typen aus der WG, du erinnerst dich) an meine Tür geklopft und mir gezeigt haben, wie man das blöde Ding wieder abschalten kann. Das war auch nicht so lustig gewesen, wobei die Nachbarn echt nett gewesen sind und wir bei dieser Gelegenheit Freundschaft geschlossen haben. Ich glaub, die sind ziemlich cool drauf, die Jungs. Beim dritten Mal ist es dann richtig gut geworden! Das waren zwar nur Nudeln mit Tomatensoße gewesen, was nicht gerade kompliziert ist, aber es hat mir trotzdem geschmeckt.

Okay, was gibt's sonst noch Neues?

Ach ja, beim Sebastian und bei der Tatjana ist es im Augenblick so, dass sie vor einer Woche miteinander geredet haben, und dabei haben sie sich darauf geeinigt, ihre Freundschaft erst mal auf Eis zu legen und eine ›Auszeit‹ von ihren Treffen zu nehmen (so hat's mir der Sebastian erklärt). Sie wollen beide darüber nachdenken, wie es mit ihnen weitergehen soll. Das fand ich, um ehrlich zu sein, sehr schade, weil ich mir gewünscht hätte, dass sie ein Paar bleiben. Aber auf der anderen Seite merk ich, dass dem Sebastian die Sache mit der Tatjana sehr nahegeht und sie ihm fehlt. Er denkt viel über sie nach, hat er mir verraten. Hoffentlich kriegen die beiden wieder die Kurve.

Apropos Sebastian: Der hat mich vorhin auf meinem Handy angerufen und mich gefragt, ob ich Lust hätte, heute Abend mit ihm in die City zu fahren. Er hätte nämlich eine Überraschung für mich.

»Was denn?«, hab ich ihn gefragt.

Aber er hat nur zu mir gemeint, dass ich mich gedulden müsste. Es wäre etwas richtig Tolles, über das ich mich sehr freuen würde.

Na super! Der ist echt lustig, der Junge! Als ob ich gut darin wär, mich bei irgendwas zu gedulden. Jetzt bin ich die ganze Zeit am Grübeln und Überlegen, was er für mich vorbereitet haben könnte. Ich hab da so eine Vermutung, weißt du, aber sicher bin ich mir nicht. Vielleicht ist ja diese Sache mit der ›Auszeit‹ und dem Nachdenken bei ihm sehr viel schneller gegangen als ich gedacht hätte, und er will mir heute Abend erzählen, dass er mit der Tatjana zusammenbleibt. Das wär natürlich der Knaller! Aber irgendwie glaub ich nicht daran. Dafür würde er keinen so großen Aufwand schieben und mit mir extra in die City fahren. Er würde es mir einfach hier im Wohnzimmer erzählen – oder am Telefon. Was kann es also sonst sein? Hmm, echt schwer! Vielleicht eine Feier in einer coolen Bar oder in einem Café, weil ich in meine Wohnung eingezogen bin? Nein, das kann ich mir auch nicht vorstellen. Er weiß genau, dass ich keine Partys mag.

Na ja, dann muss ich mich halt bis heute Abend gedulden. So ein Mist!!! Ich mag es überhaupt nicht, mit Geschenken überrascht zu werden, weißt du, weil ich dann keine Ahnung hab, was ich kriege. Wenn's was Cooles ist, dann ist ja in Ordnung, aber wenn's was Doofes ist, dann muss man immer so tun, als ob's einem gefällt, um den anderen nicht zu verletzten. Das finde ich voll nervig. Das ist mir mal mit Mutti passiert. Die hat mir zu Weihnachten eine DVD-Box mit uralten Heimatfilmen von vor zweitausend Jahren geschenkt. Du kennst die bestimmt, Tagebuch: Diese komischen Schinken, die ohne Farbe sind und in denen alle nur fröhlich tanzen und singen und sich ständig umarmen. Echt ätzend! Ich weiß nicht, wie sie auf die Idee gekommen ist, dass ich so einen Quatsch mögen könnte. Aber ich Idiot hab natürlich brav »Danke« gesagt und ihr erzählt, dass ich mich voll darüber freuen würde. Tja, und als Folge hab ich mir diesen nervigen Uralt-Mist mit ihr zusammen angucken müssen. ZEHN Stunden lang, Tagebuch, ZEHN!!! Und ab da hab ich dann jedes weitere Weihnachten eine neue DVD-Box geschenkt bekommen, mit neuen Heimatfilmen von vor zweitausend Jahren. Ich hätt gar nicht gedacht, dass die damals so viele Filme gedreht haben – erst recht nicht so viele Filme, in denen streng genommen überhaupt nichts passiert, außer natürlich dieses Umarmen und Singen und Tanzen. O Mann, war das ein Flop gewesen! Hoffentlich hat der Sebastian etwas Besseres für mich vorbereitet, sonst flipp ich aus! Wenn ich noch einen einzigen Heimatfilm anschauen muss, dann garantier ich für nix, dann werd ich Amok laufen und Leute mit den DVD-Boxen verhauen.

Er holt mich übrigens um 19:00 Uhr ab. Das heißt, ich hab noch vier Stunden, bis er vor meiner Tür steht. Keine Ahnung, ob ich mich für heute Abend rausputzen muss, das hat er mir auch nicht gesagt. Ich mach's einfach mal, kann ja nicht schaden. Dann bin ich auf alles vorbereitet (auch aufs Amoklaufen). Und die restliche Zeit werd ich nutzen, um noch ein paar Kartons auszupacken. Es ist echt verrückt, wie langsam man damit vorankommt, irgendwie hab ich bisher nur das Nötigste aus den Dingern rausgeholt und den Rest in eine Ecke gestellt. Der Sebastian hat mir aber gesagt, dass das normal wär, er hätte nach seinem Umzug über ein Jahr gebraucht, bis alle Kartons ausgepackt waren. Na, hoffentlich dauert das bei mir nicht auch so lange.

Also dann, bis nachher. Ich sag dir noch Tschüss, bevor ich gehe. Und wenn ich wieder zuhause bin, erzähl ich dir, was passiert ist, okay?

Übrigens: Es ist schön, dass du den Umzug gut überstanden hast!

* * *

So, es ist jetzt 19:00 Uhr, der Sebastian ist da.

Wir fahren los, Tagebuch! Wünsch uns viel Spaß.

Ich hab übrigens kurz darüber nachgedacht, ob ich dich wieder in die City mitnehmen soll, aber ... sei mir bitte nicht böse ... das ist mir zu anstrengend! Ich muss mich zum Schreiben jedes Mal irgendwo verstecken, und das ist nervig. Außerdem würde mich das zu sehr an die Anna und unsere Dates erinnern. Das verstehst du sicher, oder? Es ist schon zwei Wochen her, seit ich ihre Nummer gelöscht hab, aber ... wenn ich ganz ehrlich bin, dann vermisse ich sie noch immer! Verrückt, oder? Ich hab gedacht, dass mich das nicht so lange beschäftigen wird, aber auf der anderen Seite ist sie ein supertoller Mensch gewesen, und so was vergisst man nicht von jetzt auf nachher. Na ja, dem Sebastian geht's mit seiner Tatjana auch nicht anders, von daher denke ich, dass das normal ist.

Weißt du übrigens, was cool wär? Wenn ich heute Abend eine neue Frau kennenlernen würde! Vielleicht hat der Sebastian so etwas für mich vorbereitet, vielleicht will er mit mir irgendwohin gehen, wo ich neue Menschen (vor allem Frauen) kennenlernen kann. Das wär natürlich der Hit! Weil, ich muss zugeben, dass ich mich seit dieser Katastrophe mit der Anna nicht mehr traue, Frauen anzusprechen – ganz egal, ob auf der Straße oder sonst wo. Vielleicht müsste ich mal wieder die Fußgängerzone entlanglaufen und irgendwelche Spielchen spielen, so wie damals. Aber im Augenblick hab ich einfach keine Zeit dafür. Und, wenn ich ehrlich bin, auch keine Lust.

Na ja, vielleicht wird's ja heute Abend was, schauen wir mal.

Also bis nachher!

* * *

Tagebuch, DU WIRST ES NICHT GLAUBEN!!!

Halt dich fest, das wird dich UMHAUEN!!!

Ich bin gerade aus der City zurückgekommen (es ist jetzt kurz nach Mitternacht, falls dich das interessiert), und etwas so Unglaubliches ist passiert, dass du es nicht für möglich halten wirst! Ich bin immer noch fix und fertig und total aufgekratzt und so überglücklich wie schon lange nicht mehr! Der Sebastian ist der tollste und beste und netteste und coolste und einmaligste Kumpel, den man sich überhaupt wünschen kann! Ich würd ihn am liebsten zwei Stunden lang umarmen und ihm so oft Danke sagen, bis ihm die Ohren wehtun. Ich kann es nicht fassen! Was für ein TOLLER Abend!!! Er hat mir das größte Geschenk gemacht, das er sich überhaupt hätte ausdenken können.

Aber eins nach dem anderen. Ich fang mal von vorne an.

Nachdem er mich abgeholt hat, sind wir in die City gefahren, und schon im Auto hat der Sebastian irgendwie total geheimnisvoll und komisch getan. Er hat immer wieder darüber geredet, was seiner

Meinung nach im Leben wirklich wichtig wär und wie viel Zeit wir Menschen verschwenden, weil wir uns mit Quatsch beschäftigen.

»Wir glauben häufig, dass wahres Glück und echte Zufriedenheit nur durch die Befriedigung unserer Wünsche entstehen kann, aber das stimmt nicht! Das ist mir in den letzten Tagen klar geworden. Das größte Glück auf Erden besteht darin, einem Freund oder Familienmitglied oder einem geliebten Menschen etwas Gutes zu tun. Einfach füreinander da zu sein.«

»Mutti sagt immer: ›Geben ist seliger als Nehmen‹.«

»Ja, genau, damit hat sie vollkommen recht. Wir streben so oft nach unserem persönlichen Erfolg, wir stellen uns selbst so oft in den Mittelpunkt unseres Denkens, dass wir dabei unsere Mitmenschen aus den Augen verlieren.«

»Okay, und … warum genau erzählst du mir das?«

Er hat mich breit grinsend angeguckt. Diesmal war es nicht sein schelmisches, sondern sein glückliches Grinsen gewesen. Als ob er eine tolle Nachricht für mich hätte. »Weißt du«, hat er gesagt, »ich habe in den letzten Tagen genau das getan, Jürgen. Ich habe mich für jemanden eingesetzt, der mir sehr am Herzen liegt und der zu einem wichtigen und wertvollen Bestandteil meines Lebens geworden ist. Ich habe etwas für diesen Menschen getan, was ihn sehr, sehr glücklich machen wird.«

Also doch die Tatjana?, hab ich gegrübelt und wollte innerlich schon jubeln. *Hat er ihr doch gesagt, dass er sie lieb hat und mit ihr zusammenbleiben will?*

Aber er hat sofort nachgeschoben: »Es geht dabei um dich, Jürgen. Ich habe etwas für dich getan.«

Ich hab ihn völlig verwirrt angestarrt. »Hä? Um mich? Wieso denn um mich?«

»Hör zu, du bist mir in den letzten Wochen zu einem guten, engen und persönlichen Freund geworden. Du hast mich in vielen Dingen zum Nachdenken gebracht, was definitiv nicht leicht war, weil ich ein ziemlicher Sturkopf bin und eigensinnig noch dazu. Ich habe zwar immer wieder Menschen geholfen, wenn es darum ging, ihnen die Kunst des Flirtens beizubringen und wie sie auf Frauen zugehen müssen, aber ich war niemals mit ganzem Herzen bei der Sache. Wenn ich ehrlich bin, dann habe ich das nicht für diese Menschen getan, sondern nur für mich allein. Ich habe es für die Anerkennung in der Flirtprofi-Szene getan, für den Adrenalinkick, für die bewundernden Blicke. Auch bei dir war das anfangs so. Ich habe gesehen, dass du dich verzweifelt abmühst, Erfolg bei den Mädels zu haben und von Menschen bewundert zu werden, genau deshalb hab ich dich unterstützt und als dein Coach begleitet. Aber ganz tief in mir drin habe ich das nicht für dich getan, sondern für mich. Ich habe mein Trainingsprogramm und meine Flirtweisheiten heruntergepredigt, um einmal mehr der Held zu sein, der einen Mann auf den rechten Weg geführt hat.«

»Aber ... so hast du auf mich gar nicht gewirkt! Du bist immer nett zu mir gewesen und hast mir nie das Gefühl gegeben, dass ich ein Verlierer bin. Ich hab gedacht, dass du mich wirklich magst.«

»Das habe ich auch, Jürgen, nur eben anders als jetzt. Du bist ein riesiger Tollpatsch, gar keine Frage, aber auch ein herzensguter Kerl, in dem ein Herz aus Gold schlägt. Es hat mir von Anfang an Spaß gemacht, dich zu coachen und dich bei deiner Frauensuche zu unterstützen, aber meine Motivation war eine andere gewesen als jetzt. Ich wollte nicht dir – und ich meine: wirklich *dir* – etwas Gutes tun, sondern mir selbst. Ich wollte einmal mehr groß herauskommen. Das war ein Reflex gewesen. Ein Impuls aus Gewohnheit. Du warst so verloren in deiner kleinen und schrägen Welt aus Hass und Selbstliebe, Verzweiflung und Sehnsucht, du hast dich so unvorstellbar angestrengt, nur um bewundert zu werden, dass es einem richtig leidtun konnte. Also hab ich dich unter meine Fittiche genommen und dich trainiert.«

»Aber jetzt sind wir doch Freunde, oder?«, hab ich ihn gefragt.

»Ja, absolut! Ich sagte dir doch: Du bist für mich zu einem sehr wichtigen und wertvollen Menschen geworden, zu einer Bereicherung meines Lebens. Du hast mich oft zum Nachdenken gebracht – nicht nur über mich selbst, sondern auch über Dinge wie Freundschaft und Liebe, Ehrlichkeit und Opferbereitschaft. Du hast mir etwas Wesentliches voraus, nämlich diese fast schon kindliche Sicht auf die Dinge des Leben. Du brichst die großen Themen auf ganz kleine und einfache Nenner herunter, um sie nicht unnötig zu verkomplizieren. Das ist eine Eigenschaft von dir, die manchmal ein Fluch sein kann, aber eben auch ein sehr großer Segen. Sie macht dich zu etwas Besonderem.«

»Danke«, hab ich erwidert und mich ehrlich darüber gefreut. Das war das erste Mal gewesen, dass mich jemand, der nicht meine Mutti ist, auf diese Weise gelobt hat. Deswegen hat's auch doppelt und dreifach für mich gezählt. Ich meine, versteh mich nicht falsch, Tagebuch, natürlich bin ich auch glücklich, wenn mich meine Mutti lobt, gar keine Frage. Aber trotzdem fühlt sich das immer so an, als ob sie es tun MÜSSTE, weil sie doch meine Mutti ist. Wenn mir jemand anderes erzählt, dass er mich mag oder mich gut findet, dann freut mich das einfach mehr, weil dieser Mensch (meistens) keinen Grund dazu hat, mir Quatsch zu erzählen. So wie der Sebastian eben. Als er mir das im Auto gesagt hat, da wusste ich, dass er das auch so meint, und zwar Wort für Wort. Das war echt schön! Das hat mich sehr gefreut.

»Ich hab auch durch dich sehr viel gelernt«, hab ich ihm deshalb geantwortet. »Ich hab früher geglaubt, dass alle Menschen um mich herum doof sind und nicht verstehen können, was ich ihnen sagen will. Aber du hast mir gezeigt, dass ich nicht so fies sein darf und mich selber auch nicht so wichtig nehmen soll. Der Pfarrer von meiner Mutti nennt das ›Demut‹, glaub ich.«

»Ein schönes Wort. Ja, das passt gut.«

Ich hab ihn angeguckt. »Willst du mir nicht endlich verraten, was wir heute Abend machen?«

Das Grinsen in seinem Gesicht ist noch breiter geworden. »Nö«, hat er geantwortet. »Da musst du dich noch ein bisschen gedulden.«

»Ich mag es nicht, wenn man mich auf die Folter spannt.«

»Ja, ich weiß. Aber du wirst es verstehen, sobald wir angekommen sind, vertrau mir einfach.«

»Na schön, von mir aus.«

Wir sind also die Strecke über die Autobahn und dann über diese gewundene Straße bis in die Stuttgarter City gefahren, dort hat der Sebastian sein Auto in einem Parkhaus abgestellt, und anschließend sind wir zu Fuß in die Innenstadt und in Richtung der Fußgängerzone gelaufen. Den Weg hab ich gut gekannt, weil, den sind wir fast jedes Mal gegangen, wenn wir hier waren, um unser Coaching fortzusetzen. Aber diesmal ist der Sebastian nicht stehen geblieben und hat mir Tipps oder Anweisungen gegeben, diesmal sind wir auch in kein Café abgebogen, um über meine Fortschritte oder Probleme zu sprechen, und auch in keinen Klamottenladen, um Sachen für mich zu kaufen. Stattdessen haben wir den Schlossplatz überquert, an einer Reihe von Gebäuden vorbei, und plötzlich sind wir vor dieser Cocktailbar gestanden, in der die Anna und ich unser erstes Date gehabt haben. Du erinnerst dich bestimmt: *California Bounge* heißt die.

Ich hab den Sebastian völlig überrascht angeguckt. »Was wollen wir denn *hier*?«, hab ich ihn gefragt.

»Du erkennst es wieder?«

»Ja, klar. Aber ...«

»Komm einfach mit, ich hab einen Tisch reserviert.«

Wir sind die Treppen zum ersten Stock hochgelaufen. Alles war immer noch so, wie ich es in Erinnerung hatte. Es gab die vielen Tische, an denen Leute sitzen und miteinander reden konnten, es wurden Getränke serviert, ganz hinten war die Balkonterrasse, und aus den Lautsprechern dudelte chillige Musik.

Der Sebastian ist zu einer der Bedienungen gegangen und hat ihr irgendwas gesagt, daraufhin ist sie mit uns zu einem der Tische gelaufen, hat darauf gezeigt und dann gemeint: »Hier, bitte, Ihre Reservierung.«

Und du wirst es nicht glauben, Tagebuch, aber dieser Tisch war EXAKT derselbe, an dem ich damals mit der Anna gesessen bin!!! Ist das nicht der Wahnsinn??? Ich meine, da stehen Dutzende von Tischen in dieser Bar herum, und wir bekommen von allen möglichen ausgerechnet DIESEN EINEN! Ich bin total sprachlos gewesen, als ich das gemerkt hab.

»Komm, setzen wir uns«, hat der Sebastian gemeint.

Das haben wir getan.

Die Bedienung hat unsere Bestellungen aufgenommen, ich wollte eine Cola haben und der Sebastian einen Kirsch-Banane-Saft. Das war der nächste Punkt, an dem ich nicht glauben konnte, was gerade passierte, weil, GENAU DASSELBE Zeug hat sich damals auch die Anna bestellt! Sie ist sogar auf DEMSELBEN Platz gesessen wie der Sebastian! Ich hab überlegt, ob ich vielleicht 'nen Hirnschlag hätte oder am Träumen bin, jedenfalls hat sich das total komisch und schräg angefühlt.

»Irgendwas ist hier seltsam«, hab ich gesagt.

»Wieso denn? Was ist denn so seltsam für dich?«

Ich hab auf die Tischplatte getippt. »Genau hier, in diesem Laden haben die Anna und ich unser erstes Date gehabt. Und wir sind genau hier, an diesem Tisch gesessen. Und die Anna hat genau dasselbe Mischmasch-Gesöff bestellt, das du dir gerade bestellt hast. Sie ist auf genau demselben Platz gesessen, auf dem du jetzt sitzt. Wenn du noch lange Haare hättest und ein süßes Lächeln im Gesicht, und wenn du kein Mann wärst, sondern eine Frau, und wenn du nicht der Sebastian wärst, sondern die Anna, dann würde ich glauben, dass ich in der Zeit zurückgereist bin oder so. Das ist echt verrückt! Ich meine, das weckt total viele Erinnerungen bei mir.«

»Tja«, hat er erwidert. »So kann es gehen. Du magst sie immer noch sehr gerne, stimmt's?«

»Ja, klar, das weißt du doch. Sie wird für mich die tollste Frau bleiben, der ich je begegnet bin. Aber bei mir und ihr ist es wie bei dir und der Katharina, es ist vorbei, und es gibt auch kein Zurück mehr! Ich hab's versaut und sie verletzt, jetzt ist die Sache gelaufen. Damit muss ich leben. Das finde ich sehr schade, sie war ein supertoller Mensch, und ich denke oft an sie. Aber es ist halt, wie es ist.«

»Du musst dir eine Sache klarmachen, Jürgen: Bei dir und der Anna gibt es immer noch einen riesengroßen Unterschied.«

»Welchen denn?«

»Anna lebt noch, Katharina nicht mehr.«

»Ja, das stimmt schon. Aber trotzdem ist das Ergebnis dasselbe, die Sache ist für uns beide gelaufen.«

Der Sebastian hat kurz geschwiegen und dabei nachdenklich auf die Tischplatte geguckt. In dieser Zeit ist die Bedienung zu uns gekommen und hat uns die Getränke serviert – mir die Cola und dem Sebastian seinen Saft. Nachdem sie wieder verschwunden war, hat er zu mir gemeint: »Weißt du, *Sigmund Freud*, der Vater der Psychotherapie, hat mal gesagt, dass man erst dann mit einem Menschen fertig ist, wenn man ihm alles verziehen hat. Und von *Mahatma Gandhi* stammt das Zitat, dass die Fähigkeit, jemandem zu verzeihen, eine Eigenschaft starker Menschen ist. Wir alle machen Fehler, das ist ganz natürlich. Keiner von uns ist perfekt. Manche dieser Fehler führen dazu, dass wir jemanden verletzen oder vor den Kopf stoßen. Aber wir müssen trotzdem unterscheiden können, was Fehler sind, hinter denen eine böse Absicht steckt, und welche nur ein Versehen waren. Verstehst du, was ich meine?«

»Ja, ich glaub schon. Du willst damit sagen, dass es Dinge gibt, die blöde gelaufen sind, die man aber nicht böse gemeint hat.«

»Ganz genau. Solche Sachen passieren eben.«

»Wie bei mir und der Anna.«

»Genau darauf will ich hinaus. Du hast es nicht böse gemeint, als du sie mit zu dir nach Hause genommen hast. Du hast es auch nicht böse gemeint, als du den ganzen Sexkram gekauft und bei dir im Schrank eingelagert hast. Du hast es noch nicht mal böse gemeint, als du mit deinem schrägen Killer-Outfit um die Ecke gekommen bist. Ich meine« – er musste an dieser Stelle lachen – »das war schon harter Tobak, keine Frage. Ich wär an ihrer Stelle auch schreiend davongelaufen. Aber trotzdem bist du kein schlechter Mensch.«

»Sondern nur ein Tollpatsch, ich weiß.«

»Ein ziemlich großer sogar. Um ehrlich zu sein, bist du der größte, den ich jemals kennengelernt habe. Aber du hast dich in den letzten Wochen so enorm weiterentwickelt, dass es mir das Potenzial gezeigt hat, welches in dir steckt. Du hast es nicht nur geschafft, mit dem Verlust von Anna fertig zu werden, sondern auch, mich zum Nachdenken über Katharina und Tatjana zu bringen. Deswegen ist mir eine Sache klar geworden.«

»Ach ja?«, hab ich ihn gefragt. »Welche denn?«

Er ist aufgestanden und hat mich angelächelt. »Dass du es verdient hast, glücklich zu werden.« Dann hat er auf seinen Platz gezeigt und ergänzt: »Dieser Stuhl ist nicht für mich reserviert, Jürgen. Das war er noch nie. Dieser Stuhl ist für jemand anderen. Warte einfach ab, was passiert.« Nach diesen Worten hat er sich umgedreht und auf den Weg zum Ausgang gemacht.

»Hey!«, hab ich ihm völlig perplex nachgerufen. »Was soll das? Wo willst du denn hin? Ich dachte, wir …« Aber da war er schon außer Hörweite gewesen. Ich bin sofort aufgestanden und zur Brüstung der Balkonterrasse geflitzt, um nach unten zu schauen. Da hab ich ihn nur wenige Sekunden später gesehen, wie er den großen Platz überquert hat, den wir vorhin gekommen waren. Er hat dabei sein Handy in der Hand gehalten und schien irgendwas zu tippen.

Nur Sekunden später hat mein Handy in meiner Hosentasche gesummt und gebrummt. Ich hab's hastig herausgefummelt und auf das

Display geguckt. Da war tatsächlich eine Nachricht von ihm gewesen. Sie lautete ganz kurz und knapp:

Vertrau mir und schau, was passiert!
Bleib auf deinem Platz sitzen und warte ab!

Ich hab ihm total verwirrt nachgeblickt, bis er schließlich hinter ein paar Häusern verschwunden war. Dann bin ich zu meinem Tisch zurück und hab mich wieder hingesetzt.

›Warte ab‹, hat er geschrieben. *Warten ... worauf? Und warum bestellt er sich ein Getränk und verschwindet dann einfach? Was soll das alles werden? Und warum lässt er mich hier alleine?*

Ich hab immer wieder auf mein Handy geglotzt und seine Nachricht gelesen, aber ich hab echt nicht kapiert, was er mir damit sagen wollte. Genauso wenig hab ich verstanden, was er vorhin damit gemeint hat, sein Platz wäre ›für jemand anderen‹ reserviert. *Für wen denn, bitteschön?*

Zwei oder drei Minuten lang bin ich nur dagesessen und hab meinen Kopf in alle Richtungen gedreht, ich hab abgewartet, aber nichts ist passiert. Überall um mich herum sind junge Leute gewesen, die sich begrüßt und miteinander geredet, gelacht oder ihre Cocktails getrunken haben. Aber an meinem Tisch ist alles so geblieben, wie es war. Auf der gegenüberliegenden Tischseite herrschte Leere, Sebastians Glas mit der komischen Pampe stand unberührt da, und ich war allein.

Irgendwann bin ich nervös geworden. Niemand in dem Laden hat sich für mich interessiert, niemand hat mich beachtet, zu mir rübergeschaut oder irgendwelche Bewegungen in meine Richtung gemacht. Ich sag dir, Tagebuch: Je länger ich dort gesessen bin, umso verwirrter und ratloser bin ich gewesen, und umso komischer hab ich mich gefühlt. Ich hab ein paarmal versucht, beim Sebastian anzurufen, aber er ist nicht rangegangen. Und auf meine Nachricht, die ich ihm geschrieben hab (›*Wo bist du? Und was soll das?*‹), hat er auch nicht geantwortet. Nach zehn Minuten war ich drauf und dran gewesen, einfach aufzustehen, die Rechnung zu bezahlen und wieder abzuhauen.

ABER DANN IST'S PASSIERT, TAGEBUCH!!!

Während ich schon nach meinem Geldbeutel gegriffen hab, um zu überprüfen, wie viel Geld ich überhaupt dabeihabe, da hab ich eine leise und wunderschöne Stimme hinter mir gehört.

»Hallo, Jürgen«, hat sie gesagt.

Mein Herz hat sofort einen Schlag ausgesetzt!!!

Ich kannte diese Stimme! Ich kannte sie sogar sehr gut. Es war die schönste Stimme der ganzen Welt!

Ich hab mich wie ein geölter Blitz umgedreht, und da stand sie leibhaftig vor mir.

DIE ANNA!!!

Ja, Tagebuch, du liest richtig, die Anna stand direkt vor mir, ganz in echt und genauso, wie ich sie in Erinnerung hatte. Sie wirkte nur nicht mehr ganz so fröhlich wie sonst, sondern eher nachdenklich und zurückhaltend.

»Ich ... äh ... *was*???«, hab ich gestottert und bin von meinem Platz aufgesprungen, als ob mich gerade was in meinen Popo gestochen hätte. Die Gedanken in meinem Kopf haben sich komplett überschlagen, ich hab gar nicht mehr gewusst, wo ich eigentlich bin und was ich hier mache. Ich bin mir vorgekommen wie in einem Traum. Aber es war keiner! »Was ... was ... was machst du denn hier?«, hab ich mich sagen hören, anschließend sind nur noch hilflose Krächzer aus meinem Mund gekommen.

Sie hat mich lange angesehen, bevor sie geantwortet hat. »Das verdankst du deinem Freund«, hat sie erwidert, ohne eine Miene zu verziehen.

»Meinem ... äh ... was? Welchem Freund denn?«

»Dem Sebastian.«

»WAS???« Ab diesem Moment hab ich gar nichts mehr kapiert. Mein Kopf hat sich angefühlt, als ob er in 'ner Waschmaschine stecken würde. Ich hab mich gefragt, was denn der Sebastian damit zu tun hat, dass die Anna jetzt vor mir steht, und wieso die Anna überhaupt hier ist, und was das alles soll. Ich sag dir, Tagebuch, es hat nicht viel gefehlt, und ich wär in Ohnmacht gefallen, direkt dort in der Cocktailbar. So fertig bin ich gewesen.

Die Anna hat tief durchgeatmet. »Er hat mich vor ein paar Tagen angerufen und versucht, mir alles zu erklären. Alles, was damals vorgefallen ist. Wir haben fast zwei Stunden miteinander telefoniert. Er hat gesagt, dass du es nicht böse gemeint hast und die Sache nur ein riesengroßes Missverständnis war. Ich wollte ihm zunächst nicht glauben, aber er hat einfach nicht lockergelassen und sich so sehr für dich eingesetzt, dass wir uns am nächsten Tag zu einem Gespräch getroffen haben. Hier in der City, in einem Café gleich um die Ecke. Und da hat er mir noch mal alles erklärt und mir versichert, dass du kein schlechter Mensch bist und es nur deshalb verbockt hast, weil du unser Date ganz besonders gut machen wolltest.«

Ich wusste nicht, was ich ihr antworten sollte. Ich war so sprachlos gewesen, dass mein Mund kilometerweit offengestanden hat. Die Leute um uns herum haben angefangen, uns komisch anzugucken, aber das ist mir egal gewesen.

»Stimmt das?«, hat sie mich gefragt. »Bist du ein guter Mensch?«

»Ja! Ja! Das bin ich! Ganz im Ernst, das bin ich! Ich geb dir mein Ehrenwort! Ich wollte dich nie verletzen oder erschrecken, das musst du mir glauben, ich hab das nie böse gemeint! Ich war einfach ... einfach ...«

»Was warst du?«

Ich bin langsam auf meinen Platz zurückgesunken und hab die Tischplatte angestarrt. »Ich war ein Idiot! Ich hab dich total lieb gehabt und jede Sekunde mit dir genossen, ganz im Ernst. Aber auf der anderen Seite wollte ich unbedingt eine Freundin haben. Ich bin schon so lange alleine, ich will schon so lange jemanden finden, den ich lieben kann und der mich liebt, dass mir einfach die Sicherungen durchgebrannt sind. Das war keine böse Absicht, ehrlich nicht, ich wollte dir einen Abend schenken und ein Date, das du niemals wieder vergisst. Aber ich hab's verbockt!«

»Na ja«, hat sie kühl erwidert. »*Unvergesslich* war der Abend auf jeden Fall. Was sollte das mit den Planen und dem Messer und dem ganzen Zeug? Was wolltest du damit machen?«

»Ich wollte dich massieren.«

Sie hat mich fragend angesehen. »Mit einem *Messer* und einer *Abdeckplane*? Was für eine komische Massage sollte das denn werden?«

Jetzt war ich an der Reihe mit dem tiefen Durchatmen. Ich hab das ein paarmal gemacht, dann hab ich auf den leeren Platz auf der anderen Seite gezeigt und zu ihr gemeint: »Bitte, setz dich doch. Ich werd dir alles erklären, ich werd dir die Wahrheit sagen, komplett alles! Aber das wird ein bisschen dauern.«

Sie hat noch einen Moment gezögert und mich gemustert, dann hat sie sich hingesetzt. Und ich konnte es immer noch nicht fassen. *Der Sebastian hat mit der Anna telefoniert!*, ist es mir immer wieder durch den Kopf gegangen. *Woher hat er nur ihre Nummer gehabt?* Doch bevor ich diesen Gedanken zu Ende gedacht hab, ist mir plötzlich der Tag nach dem gefloppten Date eingefallen, als der Sebastian zu mir gekommen ist und mich getröstet hat. Da hat er mich beim Rausgehen gefragt, ob ich ihm seine Bücher zurückgeben könnte, und ich hab mich umgedreht und sie aus meinem Schrank herausgewühlt. Als er dann weg gewesen war, hab ich mich noch gewundert, weshalb auf meinem Handy die Nummer von der Anna angezeigt worden ist. Erinnerst du dich, Tagebuch? Wahrscheinlich hat sich der Sebastian genau in diesem Moment, als ich ihm den Rücken zugedreht hab, die Nummer aus dem Speicher geholt, um mit ihr telefonieren zu können. Ist das nicht der Wahnsinn??? Ich meine, ich kann's kaum glauben, er hat das für MICH gemacht, ganz alleine für MICH! Er hat das gemacht, damit die Sache zwischen mir und der Anna wieder ins Reine kommt und wir uns aussprechen können. Was für ein toller Freund!!! Was für ein Kumpel!!! Ich wär ihm am liebsten um den Hals gefallen vor Freude – aber er war ja nicht da.

Die nächsten anderthalb Stunden hab ich damit verbracht, der Anna mein Leben zu erzählen, und zwar die WAHRHEIT und tatsächlich ALLES! Ich hab nix ausgelassen, nicht mal die unangenehmen oder peinlichen Sachen! Ich hab ihr erzählt, wie ich früher eine riesige Angst vor Frauen hatte, weil die mich gehänselt und ausgelacht haben; wie ich in Therapie gegangen bin, nachdem mich die Oma im Supermarkt so dämlich angequatscht hat und ich gemerkt hab, dass es so nicht weitergehen kann; wie ich mit dem Tagebuchschreiben angefangen hab und mit meinem Projekt, in sechs Monaten eine Freundin zu finden; wie ich dabei unvorstellbar viel Mist gebaut hab, weil ich wie ein Trampeltier an die Sache rangegangen bin und außerdem nicht gewusst hab, was Pornos und Sexseiten sind; wie ich von meinem Therapeuten und dem Dieter rausgeschmissen worden bin, weil die irgendwann keinen Bock mehr auf mich hatten, und wie mir der Sebastian anschließend geholfen hat, das Flirten zu lernen. Ich hab geredet und geredet und geredet, ohne Pause, wie ein Wasserfall. Und die Anna hat geduldig zugehört. Nur manchmal, wenn meine Geschichte sehr traurig geworden ist und ich 'nen Kloß im Hals hatte, da hat sie den Blick gesenkt und dabei sehr betroffen und mitfühlend ausgesehen.

Als ich schließlich mit meiner Erzählung fertig war, da hab ich ihr tief in die Augen geguckt und zu ihr gemeint: »Anna, du bist der tollste Mensch, der mir je begegnet ist! Es tut mir unendlich leid, dass ich dir Angst gemacht und dich verletzt und enttäuscht hab. Das hast du nicht verdient! Du warst immer nett zu mir, du hast mich immer mit Respekt behandelt und hast nie versucht, dich über mich lustig zu machen. Du hast mir vertraut, und ich hab dieses Vertrauen aus purer Blödheit kaputtgemacht. Ich möchte wirklich nur eine Sache, nämlich, dass du glücklich wirst. Das war nie anders. Ich wollte immer, dass es dir gut geht. Und das will ich bis heute.«

»Ich glaube dir«, hat sie leise erwidert.

»Kannst du mir noch mal verzeihen?«

Sie hat sich zurückgelehnt und mich sehr, sehr lange angeguckt. Wirklich SEHR lange! Sie hat mich angestarrt, als ob sie versuchen würde, herauszufinden, ob ich ihr die Wahrheit sage.

Dann aber, nach dieser halben Ewigkeit, ist sie aufgestanden und zu mir rübergekommen. Ich bin von meinem Platz aufgesprungen und hatte keine Ahnung, was mich erwartet, ich hab wirklich mit allem gerechnet, sogar damit, dass sie mir 'ne Ohrfeige verpasst und mir sagt, dass sie mir kein Wort glaubt und ich ein Lügner bin, der sie für doof verkaufen will.

Aber weißt du was, Tagebuch?

Das hat sie NICHT getan!!!

Sie hat sich direkt vor mich gestellt, und auf einmal ist wieder dieses süße Lächeln in ihrem Gesicht erschienen. Dann hat sie mich fest in die Arme genommen und an sich gedrückt. Und ich hab dasselbe bei ihr gemacht. So sind wir dann in dieser Bar gestanden, direkt neben dem Tisch, an dem wir unser erstes Date hatten, mit all den Leuten um uns herum, die uns grinsend oder fröhlich angestarrt haben. Wir haben nicht damit aufgehört, bis auch das letzte Bisschen Schmerz in unseren Herzen verflogen war. Es war beinahe so, als ob wir uns wiedergefunden hätten.

Es war so, als ob wir nach einer langen Reise endlich am Ziel angekommen wären.

»Ich hab dich vermisst«, hab ich ihr leise ins Ohr geflüstert.

»Ich dich auch«, hat sie erwidert.

Als wir uns losgelassen haben, da ist mir aufgefallen, dass ihre Augen feucht waren. Sie hat nicht geweint oder so, aber man hat deutlich sehen können, dass sie kurz davorgestanden hat. Und deshalb sind auch meine Augen feucht geworden. Wir haben uns wieder hingesetzt, an den Händen festgehalten und einfach nur angeschaut. Ganz lange sogar. Ohne etwas zu sagen.

Den Rest des Abends haben wir damit verbracht, über unsere drei Dates zu reden und was dabei alles schiefgegangen ist – aber nicht als ernstes Gespräch, sondern eher wie zwei Freunde, die sich lustige Geschichten erzählen und darüber lachen. Die Anna ist immer lockerer geworden, das hab ich richtig spüren können, und ich natürlich auch. Am Ende war's beinahe wieder so gewesen wie damals, als wir uns noch nicht zerstritten hatten. Eigentlich war's sogar noch besser, weil, wir haben uns so entspannt und fröhlich unterhalten wie noch nie zuvor. Ich glaube, das lag daran, dass es für uns keinen Grund mehr gab, dem Anderen etwas vorzumachen. Nach allem, was wir durchgemacht haben, hatte keiner von uns mehr die Lust, irgendwie anzugeben oder zu schwindeln oder sich zu verstellen (ganz besonders ich nicht). An diesem Abend war ich einfach nur Jürgen, nicht mehr und nicht weniger, und die Anna war einfach nur die Anna. Das hat uns beiden sehr gut gefallen!

Um kurz nach 23:00 Uhr sind wir aus der Bar raus und wollten – so wie früher immer – zum Bahnhof laufen, damit die Anna ihre S-Bahn erwischen kann. Das hat sich alles so wunderbar vertraut angefühlt, Tagebuch, sie hat sich wieder bei mir eingehakt, und wir haben gelacht und geplaudert und waren einfach glücklich gewesen.

Und stell dir mal vor: Als wir gerade zur Fußgängerzone laufen wollten, da hab ich am anderen Ende des Platzes, in fünfzig oder sechzig Metern Entfernung, auf einmal den Sebastian gesehen. Der ist mit den Händen in den Hosentaschen dagestanden und hat uns überglücklich angegrinst. Wir sind stehen geblieben und haben ihm zugewinkt, erst die Anna und dann ich. Der Sebastian hat zurückgewunken, dann hat er sich mit einer kurzen Geste von uns verabschiedet, hat sich umgedreht und ist wieder verschwunden. Keine Ahnung, wohin. Vielleicht ist er noch ein bisschen spazieren gegangen, vielleicht ist er nach Hause gefahren, wer weiß. Aber das war an dem Abend auch nicht weiter wichtig gewesen, weißt du. Ich glaube nämlich, dass er genau gewusst hat, dass er sein Ziel erreicht hat: Er hat mich und die Anna wieder zusammengebracht. Er hat gesehen, dass wir glücklich waren und keine Hilfe mehr brauchten. Seine Arbeit war also getan.

Tja, Tagebuch, und jetzt bin ich nach einer ziemlich langen Busfahrt wieder bei mir zuhause in der Wohnung, ich sitze wieder auf genau demselben Platz auf meiner Couch, auf dem ich heute Nachmittag gesessen bin, und du liegst, während ich in dich reinschreibe, immer noch an derselben Stelle auf dem Couchtisch, an der du auch vorhin gelegen bist. Und doch ist nichts mehr so, wie es war! Alles ist anders geworden! Als ich in Sebastians Auto eingestiegen bin, da war ich ein Single gewesen, da hab ich keine Anna mehr gehabt und wusste nicht, wann ich wieder eine Frau kennenlernen würde. Und jetzt bin ich wieder mit ihr zusammen, und es ist schöner als jemals zuvor. Das Leben ist echt verrückt, oder? Man weiß nie, was als Nächstes kommt, man hat keine Ahnung, wie sich die Dinge entwickeln werden. Man kann einfach nur die Augen schließen und sich treibenlassen – wie in einem Boot, wenn es vom Wasser und vom Wind davongetragen wird.

Soll ich dir was sagen, Tagebuch? Mir geht's richtig gut! Und ich bin wahnsinnig glücklich!

Es wird bestimmt noch eine Weile dauern, bis mir die Anna wieder soweit vertrauen kann, wie sie's vor der Katastrophe getan hat. Aber das ist okay, damit kann ich gut leben. Ich versprech dir hoch und heilig, dass ich mir diesmal Mühe geben werde. Diesmal werd ich die Sache nicht versauen, weil ich genau weiß, dass mir das Schicksal keine dritte Chance schenken wird. Ich werde ehrlich zur Anna sein und keine Spielchen mehr mit ihr spielen.

So, jetzt weißt du alles, was heute Abend passiert ist, Tagebuch. Ich werd dich jetzt zuklappen, noch ein bisschen auf meiner Couch sitzen bleiben und nachdenken. Das verstehst du bestimmt. Ich muss das alles erst mal verarbeiten. Und auch wenn's natürlich wunderschön war und ich mich riesig freue, sind meine Gedanken immer noch am Rasen und

Rotieren. Ich muss das Chaos in meinem Kopf ein bisschen aufräumen, bevor ich schlafen gehen kann.

Also, bis morgen, Tagebuch.

In Liebe, dein (müder, verwirrter, aber sehr glücklicher) Jürgen.

– Tag 36 –

Liebes Tagebuch,

Ich hab eine Entscheidung getroffen. Sie ist mir sehr schwergefallen, das musst du mir bitte glauben, aber ich denke, dass es einfach an der Zeit ist, diesen Schritt zu gehen.

Ich werde mit dem Tagebuchschreiben aufhören!

Ja, du liest richtig. Das hier soll mein letzter Eintrag sein, den ich in dich reinschreibe. Und der Grund dafür ist folgender: Ich hab dich damals gekauft, um dir von meinen Plänen, Fortschritten und Erfolgen bei der Frauensuche zu erzählen. Sechs Monate hab ich mir als Rahmen gesteckt, um endlich eine Freundin zu finden und nicht mehr alleine zu sein. Und genau das hab ich geschafft! Die Anna und ich sind seit gestern fest zusammen, wir sind ein Paar. Von daher kann ich sagen: Ich hab mein Ziel erreicht. Ich hab es (sogar in weniger als sechs Monaten) geschafft, eine Frau kennenzulernen. Soweit, so gut.

Gleichzeitig ist mir aber klar geworden, dass der spannende Teil der Geschichte wahrscheinlich jetzt erst beginnt, nämlich in der Zeit, in der wir uns immer besser kennenlernen. Nicht nur bei Dates, sondern bei ganz normalen Alltagssachen. Wir werden telefonieren und uns treffen, wir werden irgendwann Sex machen (wobei mir egal ist, wann das sein wird), wir werden zusammenziehen und dann abends miteinander einschlafen und morgens zusammen aufwachen, wir werden Wäsche waschen, Essen kochen, lachen und weinen, wir werden viele Stunden und Tage, Wochen und Monate zusammen verbringen und müssen schauen, wie wir das als Paar hinkriegen. Meine Mutti und mein Papi haben sich schließlich auch mal kennengelernt und gemocht, sonst hätten die ja nicht geheiratet – denke ich zumindest. Und trotzdem hat es bei ihnen nicht geklappt, trotzdem ist mein Papi ausgezogen und ist weggegangen und hat Mutti und mich alleingelassen. Ich will nicht, dass es bei mir und der Anna auch so wird. Deswegen glaub ich mittlerweile, dass es gar nicht so sehr eine Leistung ist, jemanden kennenzulernen, sondern eher, mit diesem Jemand auch zusammenzubleiben. Das ist der wirklich spannende Teil der Geschichte.

Ich hab keine Ahnung, was auf mich zukommt. Ich hab keine Ahnung, wie sich die Sache zwischen uns beiden, der Anna und mir, entwickeln wird. Vielleicht bleiben wir für immer zusammen (das hoffe ich!), vielleicht aber auch nicht (das wär sehr schade!). Vielleicht werden wir uns bis in alle Ewigkeit super verstehen (das wär schön!), vielleicht aber werden wir uns ständig streiten und dann merken, dass wir gar nicht zusammenpassen (das fänd ich schlimm!). Wie auch immer es am Ende ausgeht, wichtig ist, dass wir uns so viel Mühe wie möglich geben, um den anderen niemals als Selbstverständlichkeit oder Nebensache zu sehen. Der Sebastian hat völlig recht gehabt, als er mir gesagt hat, dass wir unsere Zeit sehr oft mit Quatsch und Unsinn verschwenden und dabei völlig vergessen, was im Leben wirklich wichtig ist, nämlich die Menschen, die uns am Herzen liegen, die uns wichtig sind, die wir lieb haben. Für die müssen wir Zeit finden. Um die müssen wir uns kümmern. Jeden Tag aufs Neue.

Genau aus diesem Grund will ich mit dem Schreiben aufhören. Weißt du, der Moment ist einfach gekommen, an dem ich mich nur noch mit der Anna beschäftigen möchte und mit nichts anderem mehr. Ich will dafür sorgen, dass sie glücklich ist und wir eine gute Beziehung führen, und falls es doch irgendwann auseinandergehen sollte, dann will ich nicht, dass es passiert, weil ich was verbockt oder verpasst hab oder weil ich ihr zu wenig von meiner Zeit geschenkt hab.

Davon abgesehen, wär es echt anstrengend für mich, dich weiter über alles auf dem Laufenden zu halten. Ich muss mich immer irgendwo verstecken, und das will ich nicht. Ich will außerdem nicht ständig irgendwelche Gedanken in dich reinschreiben, die außer mir keiner lesen kann, ich will die lieber mit der Anna besprechen, ganz direkt und im echten Leben. Am Ende zählen nämlich nicht die Worte, die wir auf ein Blatt Papier geschrieben, sondern nur diejenigen, die wir miteinander geredet haben. Ich hoffe, dass du das verstehen kannst und mir nicht böse bist.

Es war eine tolle Zeit mit dir, Tagebuch! Eine echt lange und schöne Reise, bei der wir beide gute Freunde geworden sind und nicht gewusst haben, wo wir einmal hinkommen werden. Und deshalb hab ich auch eine Überraschung für dich.

Weißt du, bei allem, was ich erreicht hab, verdanke ich dem Sebastian so unendlich viel, dass ich es mit keinem Geschenk der Welt ausgleichen könnte. Es gibt nichts, was ich ihm kaufen oder geben könnte, das auch nur ansatzweise so wertvoll wär. Aus diesem Grund hab ich mir was Besonderes überlegt.

DU wirst mein Geschenk an ihn sein!

Ja, ich mach keine Witze. Ich meine das total ernst.

Ich möchte dich dem Sebastian schenken, Tagebuch, damit er sich die vielen, vielen Sachen durchlesen kann, die ich in den letzten Wochen erlebt hab. Vieles davon weiß er noch gar nicht. Aber gerade diese Sachen gehören zu mir und meinem Leben, gerade diese Abenteuer und Spinnereien, diese idiotischen Aktionen und verrückten Ideen machen meine Geschichte so besonders, denke ich. Wenn der Sebastian erfährt, wie verkorkst ich manchmal gewesen bin und was für einen Quatsch ich angestellt hab, dann wird er kapieren, was für eine großartige Leistung er hinbekommen hat. Du, liebes Tagebuch, bist das schönste und persönlichste Geschenk, das ich ihm machen kann, weil du ein Stück von mir selbst bist.

Tja, und deswegen heißt es jetzt: Abschied nehmen! Der Zeitpunkt ist tatsächlich gekommen.

Liebes Tagebuch, ich danke dir für diese tollen und coolen Wochen! Ich danke dir dafür, dass du mich überallhin begleitet, mir so oft die Daumen gedrückt und zugehört hast. Ich danke dir, dass du mir geholfen hast, meine Gefühle aufzuschreiben. Ich werd dich nie vergessen und mich immer an dich erinnern und dabei ein Lächeln im Gesicht tragen. Du bist mir ein toller Begleiter gewesen. Und ich hoffe, dass der Sebastian gut auf dich aufpassen wird.

Also dann, leb wohl, Tagebuch!

Und ein letztes Mal noch:
In Liebe, dein Jürgen.

– Nachtrag –

Lieber Jürgen,

Hier ist Sebastian. Ich danke dir von ganzem Herzen für dieses großartige und einmalige Geschenk! Ich werde es – darauf hast du mein Wort – für immer in Ehren halten, denn es ist etwas ganz Besonderes. Wie du es in deinem letzten Eintrag selber beschrieben hast: Dieses Buch ist ein Teil deiner Seele! Ich danke dir dafür, dass du es mir anvertraut hast. Und ich danke dir für deine Freundschaft, die mir sehr viel wert ist und die mir in mancherlei Dingen die Augen geöffnet hat.

Weißt du, es ist schon erstaunlich für mich, dass nicht nur du durch mich dazugelernt hast, sondern auch ich durch dich. Wir sind beide zu besseren und reiferen Menschen geworden, wir haben uns gegenseitig ergänzt und inspiriert. Das hätte ich niemals für möglich gehalten! Wir kennen uns schon so lange, immerhin haben wir fünf Jahre als Nachbarn im selben Haus und auf demselben Stockwerk gewohnt. Und dennoch hat es eine Verkettung von Zufällen gebraucht – und nicht zuletzt deinen Entschluss, dein Leben zu ändern und eine Freundin zu finden –, um uns zu Freunden werden zu lassen.

Ich habe übrigens mit einem Schmunzeln die Passagen gelesen, bei denen du dir deine ersten Gedanken zu mir notiert hast. Ich bin in deinen Augen also ›hundertprozentig schwul‹ gewesen? Soso. Und ein ›komischer Kerl‹ war ich auch? Aha.

Nein, nur keine Sorge, ich mache nur Spaß, ich nehme dir natürlich nichts davon übel. Im Gegenteil, ich kann dich sehr gut verstehen. Wahrscheinlich hätte ich mich auch doof gefunden, wenn ich an deiner Stelle gewesen wäre. Genau dieser Umstand macht es für mich umso schöner und beeindruckender, dass wir zu Freunden geworden sind. Ich habe anfangs auch nicht die beste Meinung von dir gehabt, das kannst du mir glauben. Wenn ich mir manche von deinen Einträgen hier durchlese, dann bin ich gottfroh, dass ich das erst jetzt erfahren habe und nicht schon vorher. Ich glaube, ich hätte dich irgendwo im ewigen Eis der Antarktis verbuddelt, wenn ich gewusst hätte, was in deinem

Kopf alles vor sich gegangen ist und was du tagtäglich der armen Frauenwelt angetan hast.

Wobei ... das muss man dir lassen: Unterhaltsam ist das allemal! Ich habe wahrhaftig Tränen gelacht, als ich von deiner Videoproduktion für YouTube gelesen habe oder von dem Speeddating in der Kirche deiner Mutter. Von dem Abenteuer mit ›Tinki‹, der Pudeldame des Teufels, oder dem Berater im Telekom-Laden will ich gar nicht erst anfangen – das war Comedy auf höchstem Niveau! Gleichzeitig musste ich ganz schön schlucken, als ich an manchen Stellen erfahren habe, wie fies sich Menschen dir gegenüber verhalten haben. Du hast es wirklich nicht leicht gehabt im Leben, so viel ist sicher. Umso großartiger ist es für mich, dich jetzt zu sehen: Wie du aufgeblüht bist, wie du dich entfaltet hast. Du bist ein ganz neuer Mensch geworden! Und, ja, du bist nach wie vor ein Tollpatsch, das wirst du wahrscheinlich immer bleiben. Das bist einfach du! Das ist einfach Jürgen.

Am Ende ist nur eines wichtig: Du bist ein außergewöhnlicher Mensch! Ich werde immer dein Freund sein, der dir zur Seite steht, falls du mal Hilfe oder Beistand brauchst oder jemanden zum Reden. Mach weiter so! Geh deinen Weg und finde zu dir selbst! Ich bin so stolz auf dich. Und es ist mir eine Ehre, dich kennen zu dürfen.

Übrigens: Ich hoffe, du nimmst es mir nicht übel, dass ich in dein Tagebuch reingeschrieben habe. Weißt du, ich habe das aus gutem Grund getan. Ich will es dir in fünf oder zehn Jahren – oder vielleicht erst in zwanzig, mal sehen – wiedergeben, damit du darin lesen kannst. Ich bin mir sicher, dass du dich dann kaum wiedererkennen wirst. Und trotzdem zeigt es eine Momentaufnahme von dir, es hält ein Kapitel deines Lebens fest, das sehr wichtig und wegweisend für dich war. Diese abschließenden Worte von mir sollen dir zeigen, dass ich es wirklich gelesen habe, und ich möchte dir dadurch auch sagen, wie dankbar ich dir für dieses tolle Geschenk bin.

In diesem Sinne, mach es gut, und bis in fünf oder zehn (oder vielleicht zwanzig) Jahren!

Dein Freund Sebastian.

– ENDE –